Sanft will ich dich töten

LISA JACKSON

Sanft will ich dich töten

Roman

Aus dem Amerikanischen von
Elisabeth Hartmann

Weltbild

Die amerikanische Originalausgabe erschien 2005 unter dem Titel *Deep Freeze* bei Kensington Publishing Corp., New York

Besuchen Sie uns im Internet:
www.weltbild.de

Genehmigte Lizenzausgabe für Verlagsgruppe Weltbild GmbH,
Steinerne Furt, 86167 Augsburg

Übersetzung: Elisabeth Hartmann
Umschlaggestaltung: Johannes Frick, Augsburg
Umschlagmotiv: Trevillion Images (© Emma Shervington), London
Gesamtherstellung: Clausen & Bosse GmbH,
Birkstraße 10, 25917 Leck
Printed in Germany

ISBN 3-8289-8673-0

2009 2008 2007 2006
Die letzte Jahreszahl gibt die aktuelle Lizenzausgabe an.

Prolog

Im vergangenen Winter

Sie wartete, reglos.
Als ob sie seine Nähe spürte.
Er konnte es fühlen – dieses pulsierende Verlangen zwischen ihnen, als er über eine spärlich beleuchtete Fläche hinweg auf das Bett blickte, in dem sie im Halbdunkel lag.
Jenna Hughes. Die Frau seiner Träume. Die eine Frau, für die er seit langem lebte. So nahe. Und in seinem Bett. Endlich in seinem Bett.
Und er war bereit. Weiß Gott, er war bereit. Schweißperlen traten ihm auf Oberlippe und Stirn. Sein Glied wurde steif, seine Nerven waren wie elektrisiert.
Die Lampen waren gedimmt; ein paar Nachtlichter verliehen dem großen Raum eine intime Atmosphäre voller Schatten und dämmeriger Winkel. Leise Musik, der romantische Soundtrack des Films *Beneath the Shadows*, wisperte durch den höhlenartigen Raum. Sein Atem bildete eine Wolke in der kalten Luft, während er sie in dem hauchdünnen schwarzen Body betrachtete, den er für sie gekauft hatte. Wie lieb, dass sie ihn zu diesem ganz besonderen Stelldichein angezogen hatte. Zu ihrem ersten.
Braves Mädchen.
Der Body aus Seide und Spitze schmiegte sich perfekt an ihre Figur. Genauso, wie er es sich vorgestellt hatte.
Durch den zarten Stoff hindurch konnte er ihre Brüste sehen. Die dunklen Brustwarzen, die durch die Spitzen lugten, sahen beinahe nass aus. Hatte sie sie für ihn befeuchtet? In freudiger Erwartung?

Wunderschön.
Er lächelte in sich hinein in der Gewissheit, dass sie genauso begierig war wie er.
Wie lange hatte er diesem Augenblick entgegengefiebert? Er wusste es nicht mehr. Egal. Jetzt war der Zeitpunkt gekommen. Die Pillen, die er zum Wodka geschluckt hatte, zeigten Wirkung; er näherte sich dem perfekten Rauschzustand – gerade genug Chemie, um den Genuss dieses Augenblicks zum Äußersten zu steigern.
»Ich bin hier«, ließ er sie leise wissen, in der Erwartung, dass sie den Kopf drehte, eine fein geschwungene schwarze Augenbraue hochzog und ihm einen verheißungsvollen Blick zuwarf. Oder vielleicht würde sie sich auf den Ellenbogen aufstützen und ihm langsam mit einem Finger winken, ihn schweigend zu sich heranziehen, den Blick ihrer silbergrünen Augen in den seinen gesenkt.
Doch sie rührte sich nicht. Kein Strähnchen ihres ebenholzschwarzen Haars bewegte sich. Sie lag einfach da auf dem Bett und starrte an die Decke.
Das war nicht richtig.
Er erstarrte.
Sie sollte ihn anblicken. So wollte er es.
»Jenna?«, rief er leise.
Nichts. Nicht einmal ein flüchtiger Blick aus den Augenwinkeln in seine Richtung.
Was war los mit ihr? Da lag sie nun, gekleidet wie eine verdammte Nutte, und tat, als sei es ihr völlig gleichgültig, dass er bei ihr war, dass diese Nacht eine ganz besondere für sie war. Für ihn. Für *sie beide.*
Nicht schon wieder!
Er knirschte mit den Zähnen vor Enttäuschung über ihr

kaltes Desinteresse. War das ein Spielchen? Wollte sie ihn reizen? Was zum Teufel ging hier vor?

»Jenna, sieh mich an«, befahl er in scharfem Flüsterton.

Doch als er sich ihr näherte, bemerkte er, dass sie nicht so perfekt war, wie er geglaubt hatte. Nein ... Ihr Make-up stimmte nicht. Ihr Lippenstift war zu blass, ihr Lidschatten kaum sichtbar. Er hatte gewollt, dass sie mehr wie eine Hure aussah. So verlangte es sein Plan. Hatte er ihr nicht gesagt, sie solle eine Prostituierte darstellen? *Ist sie nicht auch angezogen wie eine Prostituierte? Ist das nicht ein Teil deines Traums?*

Verdammt, er konnte nicht mehr richtig denken. Sein Verstand war nicht so klar, wie er gehofft hatte. Das lag wahrscheinlich an den Drogen ... Oder war etwas anderes der Grund? Etwas Bedeutsames? Jenna reagierte nicht so, wie er gehofft hatte.

Sie wusste genau, was ihm gefiel.

Andererseits war sie schon immer eigensinnig gewesen. Distanziert. Eiskalt. Das war einer der Gründe, weshalb er sich so von ihr angezogen fühlte.

»Komm schon, Baby«, flüsterte er, beschloss, ihr noch eine Chance zu geben, obwohl es ihm schwer fiel, sich zu konzentrieren. Vielleicht war er doch ein bisschen zu high und erkannte diese feinen Nuancen der Lust nicht, für die sie bekannt war. Das musste es sein. Sein Verstand war etwas zu benebelt, sein Denken nicht ganz klar, seine Lust hatte die Oberhand über seine Vernunft. Innerlich zitterte er, empfand ein Gefühl der Beklemmung in der Brust. Seine Erektion war steinhart, drängte sich gegen seinen Hosenlatz, doch die Bilder in seinem Bewusstsein waren etwas verschwommen.

Er fuhr sich mit der Zunge über die Lippen. Schluss mit der Warterei.

Er kniete sich mit einem Bein neben sie auf die Matratze, wobei die Sprungfedern laut quietschten.

Sie sah ihn immer noch nicht an.

»Jenna!«, sagte er schärfer als beabsichtigt. Sein Temperament drohte mit ihm durchzugehen, seine Zunge war ein wenig schwerfällig.

Ruhig bleiben. Sie ist schließlich hier bei dir, nicht wahr?

»Jenna, sieh mich an!«

Sie zuckte nicht einmal mit der Wimper.

Starrsinniges, undankbares Weib! Nach allem, was er für sie getan hatte! Nach all den Jahren, während derer er nur an sie gedacht hatte! Wut stieg in ihm auf, seine Hände begannen zu zittern.

Beruhige dich! Du kannst sie immer noch haben. In deinem Bett. Sie ist schließlich nicht gegangen, oder?

»Jenna, ich bin hier«, sagte er.

Sie ignorierte ihn.

Rasender Zorn drohte ihn zu übermannen, doch er versuchte, ihn niederzukämpfen. Sie trieb ein Spielchen mit ihm, weiter nichts. Sie wusste, dass er sie umso mehr begehrte, umso erregter wurde, je gleichgültiger sie sich gab. Und das war desto besser.

Oder?

Er wusste es nicht. Konnte sich nicht recht darauf besinnen.

Er schwitzte, obwohl die Temperatur im Raum nur wenige Grad über dem Gefrierpunkt lag. Doch zugleich glühte er innerlich, brachte ein Feuer sein Blut in Wallung.

Spürte sie es denn nicht – dieses intime Band, das sie aneinander fesselte?
Er beugte sich über sie und fuhr mit zitterndem Finger die Kontur ihrer Wange nach. Sie fühlte sich warm an.
Dann begriff er. Das alles gehörte zu *ihrem* Traum. Er sollte sie nicht als Jenna Hughes betrachten, sondern als eine der Rollen, die sie auf der Leinwand gespielt hatte. War sie nicht angezogen wie Paris Knowlton, die Prostituierte aus New Orleans in ihrem Film *Beneath the Shadows*? Hatte er nicht selbst gewollt, dass Jenna in dieser Nacht die Rolle der Paris spielte? Und tat sie nicht genau das? Plötzlich ging es ihm besser, und die Glut, die durch seine Adern strömte, rührte nun eher von Lust und Drogen als von Wut her.
»Paris«, raunte er und berührte liebevoll ihr dunkles Haar. Es schimmerte blauschwarz im trüben Licht. »Ich habe dich gesucht.«
Immer noch keine Antwort.
Gott, was wollte sie denn? Er spielte schließlich seine Rolle … oder etwa nicht?
»Jenna?«
Nicht einmal ein flüchtiger Blick in seine Richtung. Plötzlicher Zorn flammte auf. Er hörte das Blut in seinen Ohren rauschen. »Oh, ich verstehe«, fauchte er und fuhr mit den Fingern grob über ihren Hals. »Dir macht das wirklich Spaß, wie? Du spielst anscheinend *gern* die Hure.«
Er hörte ein leises Keuchen.
Endlich!
Seine Finger legten sich um ihren Hals. Er fühlte sich warm an unter seiner Berührung. Nachgiebig. Er versuchte, ihren Puls zu ertasten, während er zudrückte.

Ein Stöhnen.
Schmerz oder Wollust?
»So hast du's gern, nicht wahr? Du magst es, wenn ich grob bin, wie?«
»O Gott, nein!« Ihre Stimme schien aus weiter Ferne zu kommen, hallte in seinem Kopf, wurde von den Wänden zurückgeworfen. »Nicht!«
Sein Griff wurde fester, grub sich in ihr beinahe heißes Fleisch.
»Aufhören! Bitte! Was soll das?«
Er war so erregt, dass er zitterte, doch er konnte die Hände nicht von ihrem Hals lösen, um den Reißverschluss seiner Hose zu öffnen. Dann schüttelte er sie, dass ihr Kopf heftig hin und her geschleudert wurde. Ihre schönen grünen Augen waren noch immer starr auf ihn gerichtet.
Ein entsetzter Schrei hallte durch den Raum.
Jennas Kopf fiel in den Nacken.
Ihr Hals bewegte sich unter seinen Händen.
Ein weiterer panischer Schreckensschrei brach sich an den Deckenbalken und hallte in seinem Kopf nach.
»Miststück!« Er schlug sie grob ins Gesicht.
Klatsch! Der Schlag riss ihren Kopf herum.
»O Gott!« Jetzt weinte sie. Schluchzte. »Nein, nein, nein!«
Ihr Make-up zerlief, ihre makellosen Gesichtszüge waren durch den Schlag verzerrt. Ihr Haar löste sich, die dichte schwarze Perücke fiel auf das zerwühlte Laken, Jennas kahler Kopf schimmerte im Dämmerlicht.
Ein Keuchen.
Sie warf den Kopf zur Seite.
So war es schon besser.

Er hob wieder die Hand.
»Nicht … O Gott, bitte nicht!«, flehte sie mit unbewegten Lippen. »Was soll das?« Sie jammerte laut, beinahe unverständlich, und ihre Stimme klang schrill vor Panik. Doch ihre Schultern blieben steif. Regungslos. Keine Leidenschaft zeigte sich auf ihrem Gesicht.
Hier war irgendetwas faul, sehr faul …
»O Gott, o Gott, o Gott … aufhören, bitte.«
Der verängstigte Tonfall, das atemlose Schluchzen hallten durch den Raum, und doch rannen keine Tränen aus Jennas Augen, sie blinzelte nicht einmal. Ihre Lippen zitterten nicht. Ihre Schultern bebten nicht. Ihr Körper zuckte nicht …
Er blinzelte. Rang um Klarheit in seinem Kopf. Seine Erektion erschlaffte, als ihm bewusst wurde, wo er war und was er da tat.
Verdammt!
Er blickte auf Jenna Hughes nieder und ließ sie, als hätte er sich die Hände verbrannt, auf die zerknitterten Seidenlaken zurückfallen.
Krach!
Ihr Kopf schlug auf dem Bettrahmen auf.
Ein Kreischen schieren Entsetzens gellte durch den Raum.
Jennas Hals brach.
Ihr kahler Kopf löste sich vom Körper.
»O Gott, neiiiin!«
Der Kopf rollte mit weit aufgerissenen Augen von der Matratze.
Mit einem dumpfen Aufprall landete der Kopf auf dem Boden dieses Raumes, der seine Zuflucht und sein Heiligtum war.

Die Schreie wurden hysterisch; entsetzliche Schluchzer erfüllten den Raum, prallten von den Wänden ab und jagten ihm eiskalte Schauer über den Rücken.

»O Gott! Bitte nicht!« Ihre Stimme schien hoch aufzusteigen, das ganze Haus zu erfüllen. Also empfand sie *doch*. Und trotzdem sah sie ihn nicht an. Etwas war faul hier ... gründlich faul.

Auf dem Boden zogen Jennas Züge sich zusammen und verflossen zu einem Brei, der einmal ihr Gesicht gewesen war.

Sein Verstand wurde schlagartig wieder klar.

Er erkannte, dass seine beinahe perfekte Schöpfung, seine Wachsmaske von Jenna Hughes' hinreißendem Gesicht, zerstört war.

Weil er nicht hatte warten können.

Weil er zu viele Pillen geschluckt hatte.

Weil er sie so sehr begehrte, dass er die Beherrschung verloren und sie geschlagen hatte. Lange bevor das Abbild richtig fest geworden war.

»Dummkopf«, knirschte er und schlug sich selbst vor den Kopf. »Idiot!« All die Arbeit für nichts und wieder nichts. Das wunderschöne Gesicht – würde er es rekonstruieren können? Eben noch war es beinahe lebensecht gewesen, und jetzt war es dahin; ehemals ein Michelangelo, jetzt ein Picasso, mit verzerrten Zügen um blinde Augen herum, die glasig und leer starrten.

Er richtete sich auf, wich vor dem Chaos auf dem Bett zurück. Kein Blut war zu sehen. Kein Fleisch, keine Knochen. Nicht von dieser leblosen Gestalt. Er wischte sich den Schweiß von der Stirn und blickte über die Schatten seiner dunklen, sorgfältig vorbereiteten Bühne hinweg, auf der mehrere beinahe perfekte Mannequins stumm und abwartend in der Dämmerung standen. Sie waren wunderschön, aber nicht lebendig. Nachbildungen von Jenna Hughes.

Aber diese eine! Er sah sein vormaliges Meisterwerk noch einmal an und furchte die Stirn. Eine erbärmliche Nachbildung! Er war in letzter Zeit unkonzentriert gewesen.

»Bitte … lassen Sie mich gehen.«

Er kam wieder auf die Füße und spähte über die Schulter in die dunkle Ecke. Sein Blick heftete sich auf die lebendige Frau, die, nackt und gefesselt, gerade aus ihrem durch Drogen herbeigeführten Schlaf erwachte. Es war ihre Stimme gewesen, die er hörte. Ihre Panik, die durch den Raum gellte.

»Bitte«, wimmerte sie noch einmal leise, und er lächelte, empfand neue Hoffnung, als er ihren Körperbau und die Gesichtszüge musterte. Die Breite der Stirn, die gerade Nase, die hohen Wangenknochen unter großen, angsterfüllten Augen. Sie war schmutzig blond, doch die Haarfarbe war seine geringste Sorge. Was das Gesicht betraf, war sie beinahe ein Volltreffer. Er grinste breit, und das Chaos vor ihm war bereits wieder vergessen.

Die nächste Nachbildung der Jenna Hughes würde perfekt sein.

Dieses erbarmungswürdige Geschöpf, das gefesselt um sein Leben flehte, war anatomisch genau das Richtige.

Seine Wut verrauchte sogleich, als er zum Fenster hinüberschaute, durch dessen Scheiben schwaches Mondlicht drang. Draußen auf der Fensterbank schmolz der Schnee.

Der Winter ging zu Ende.

Frühlingshaftes Tauwetter lag bereits in der Luft.

Er musste sich beeilen.

1. Kapitel
Im diesjährigen Winter

Sie sorgen sich also wegen des bevorstehenden Unwetters«, sagte Dr. Randall in seinem Sessel beim Schreibtisch ruhig. Er hatte sich so gesetzt, dass nur eine Orientbrücke auf dem polierten Holzfußboden seines Sprechzimmers ihn von seinem Klienten trennte.

»Ich mache mir Sorgen wegen des Winters.« Die Antwort klang zornig, aber es war ein kalter Zorn. Der Mann, groß und wortkarg, saß in einem Ledersessel beim Fenster. Er musterte Randall mit hartem, unversöhnlichem Blick.

Randall nickte, als ob er verstünde. »Sie machen sich Sorgen, weil …?«

»Sie wissen, warum. Wenn die Temperaturen sinken, scheint sich immer alles zum Schlimmeren zu verändern.«

»Zumindest für Sie.«

»Genau. Für mich. Deswegen bin ich doch hier, oder?« Sein steifer Nacken und die weiß hervortretenden Knöchel der gefalteten Hände verrieten seine Anspannung.

»Weswegen sind Sie hier?«

»Behandeln Sie mich nicht wie ein Kind. Sparen Sie sich dieses hinterhältige Psychogequatsche.«

»Hassen Sie den Winter?«

Ein Stutzen. Sekundenlanges Zögern. Der Patient blinzelte. »Überhaupt nicht. Hassen ist ein reichlich starkes Wort.«

»Was würden Sie dann sagen? Was wäre das richtige Wort?«

»Es ist nicht die Jahreszeit, gegen die ich etwas habe. Vielmehr das, was dann passiert.«

»Vielleicht liegt Ihre Sorge, dass in dieser Jahreszeit alles schlimmer wird, nur in Ihrer eigenen Wahrnehmung begründet.«

»Wollen Sie abstreiten, dass im Winter Schlimmes geschieht?«

»Natürlich nicht, aber auch in anderen Monaten ereignen sich manchmal Unfälle oder andere Tragödien. Menschen ertrinken im Sommer beim Baden, stürzen beim Bergwandern von Felsen, erkranken durch Parasiten, die sich nur in der heißen Jahreszeit vermehren. Jederzeit kann Schlimmes passieren.«

Der Patient biss die Zähne zusammen, sodass sein Kinn hart und kantig aussah, während er sich offenbar innerlich mit dieser Vorstellung auseinander setzte. Er war ein hochintelligenter Mann, sein IQ war beinahe der eines Genies, doch es fiel ihm schwer, mit der Tragödie fertig zu werden, die sein Leben so stark beeinträchtigte. »Vom Verstand her *weiß* ich das, aber für mich persönlich ist im Winter immer alles schlimmer.« Er blickte aus dem Fenster, hinter dem graue Wolken den Himmel verdunkelten.

»Wegen des Vorfalls in Ihrer Jugend?«

»Sagen Sie's mir. Sie sind der Seelenklempner.« Er warf dem Psychologen einen kalten Blick zu, bevor er flüchtig lächelte, ein kurzes Aufblitzen von Zähnen, das, wie Dr. Randall vermutete, die meisten Frauen schwach gemacht hätte. Dieser Mann war ein interessanter Fall, und er wurde noch interessanter durch den Pakt, den sie miteinander geschlossen hatten: Es durfte keine Notizen, keine Aufnahmen, nicht einmal eine Termineintragung in Dr.

Randalls Kalender geben – nichts, was darauf hindeuten konnte, dass sie einander je begegnet waren. Die Sitzung war streng geheim.

Sein Patient warf einen Blick auf die Uhr, griff in seine Gesäßtasche und zückte sein Portemonnaie. Er zählte die Scheine nicht ab. Sie steckten bereits säuberlich gefaltet in einem Extra-Fach.

»Wir sollten uns bald wiedersehen«, schlug Dr. Randall vor, während das Geld auf einer Ecke seines Schreibtisches abgelegt wurde.

Der hoch gewachsene Mann nickte knapp. »Ich melde mich.«

Und das würde er tatsächlich tun, dachte Dr. Randall und strich gedankenverloren die Falte aus den knisternden Zwanzigern, während die Stiefeltritte seines Patienten bereits auf der hinteren Treppe verhallten. Denn so sehr der Mann sich einzureden versuchte, dass er keine Therapie benötigte – er war doch klug genug zu erkennen, dass die Dämonen, die er sich austreiben wollte, sich tief im dunkelsten Winkel seiner Seele eingenistet hatten und sich ohne geeignete Maßnahmen – die Behandlung, gegen die er sich so sehr sträubte – nicht würden vertreiben lassen.

Hochmut kommt vor dem Fall, dachte Randall und schob die Scheine in seine abgeschabte Brieftasche. Er hatte es immer wieder erlebt. Auch wenn es seinem Patienten selbst nicht bewusst war – dieser Mann stand kurz vor einem Absturz.

»Gottverdammter Köter, wo zum Teufel steckst du jetzt schon wieder?«, knurrte Charley Perry und schob seinen Kautabak in die andere Backe. Er stromerte durch die

Wildnis, weit oberhalb des Columbia River, wo es kaum etwas anderes als überaltertes Nutzholz gab. Gerade drang das erste Tageslicht zwischen den Bäumen hindurch. In der Schlucht kündigte sich bereits der Winter an, und seine blöde, nichtsnutzige Spanielhündin hatte sich wieder mal aus dem Staub gemacht. Er erwog, sie einfach zurückzulassen – wahrscheinlich fand sie den Weg zu seiner Hütte auch allein –, doch sein Gewissen ließ ihm keine Ruhe. Schließlich war sie im Grunde das Einzige, was er auf der Welt hatte. Tanzy war früher ein verdammt guter Jagdhund gewesen, erinnerte sich Charley, aber mittlerweile war sie – wie er selbst auch – halb taub und von schwerer Arthritis geplagt.

Er spähte durch das kärgliche Unterholz und pfiff gellend. Der Ton schrillte durch den Wald, während über Charley die Äste knarrten. Mit behandschuhter Hand umklammerte er den Lauf seiner Büchse, einer Winchester, die sein Daddy ihm vor mehr als einem halben Jahrhundert vermacht hatte, als er aus dem Krieg zurückkam. Charley besaß neuere Waffen, viele sogar, doch an dieser hing er ganz besonders, ebenso wie an dem müden alten Hund.

Verdammt, dachte er, ich werde doch wohl nicht auf meine alten Tage nostalgisch?

»Tanzy?«, rief er in der Gewissheit, dass er sich damit jede Chance auf Jagdbeute verdarb. *Blödes Miststück von Hund!*

Er stapfte einen vertrauten Pfad entlang, den Blick auf den Boden geheftet, auf der Suche nach Spuren von Rehen oder Elchen oder womöglich einem Bären, obwohl die sich eigentlich längst zum Überwintern in ihre Höhlen zurückgezogen haben mussten. In der Stadt kursierten

Gerüchte über einen Berglöwen, der angeblich im Sommer in der Nähe der Wasserfälle gesichtet worden war, doch Charley war bisher weder auf eine Fährte noch auf sonst irgendeinen Hinweis dafür gestoßen, dass die Raubkatze in diesen Bergen jagte. Er wusste nicht so genau, wie Pumas den Winter verbrachten; er glaubte allerdings nicht, dass sie Winterschlaf hielten. Wie auch immer – in den zweiundsiebzig Jahren, die er nun in diesen Bergen lebte, hatte er nicht ein einziges Mal einen zu Gesicht bekommen. Und er glaubte nicht, dass er dieses Pech ausgerechnet heute haben würde.

Seine Füße schmerzten trotz der dicken Wollsocken und der Jagdstiefel vor Kälte. Der Granatensplitter, der immer noch in seiner Hüfte steckte, bereitete ihm ebenfalls Schmerzen. Trotzdem ging er auf die Jagd, durchstreifte die Wälder, wie er es als kleiner Junge mit seinem Pa getan hatte. Seinen ersten Bock hatte er mit vierzehn Jahren am Settler's Bluff erlegt. Teufel, das war lange her.

Ein heftiger Windstoß schlug ihm ins Gesicht, und er fluchte. »Komm schon, Tanzy! Ab nach Hause, altes Mädchen!« Es war an der Zeit, in seinem zerbeulten alten Ford-Pritschenwagen zurück in die Stadt zu fahren, sich eine Zeitung zu kaufen und im Canyon Café einen Kaffee zu trinken mit den paar von seinen Freunden, die noch lebten und gesund genug waren, um ihre Frauen für ein, zwei Stunden allein zu lassen. Später würde er dann das Kreuzworträtsel lösen und ein Feuer im Ofen anzünden.

Wo zum Teufel steckte der Köter?

Er pfiff noch einmal und hörte ein Winseln, dann ein Bellen.

Endlich! Charley drehte sich um und marschierte eilig

einen tiefen Bachlauf entlang, in dem Tanzy unvermittelt verrückt spielte. Die Nase dicht am Boden, schnüffelte der Hund um einen vermoderten Baumstamm herum.
»Was hast du da, Mädchen?«, fragte Charley und stieg über einen ausgebleichten Baumstumpf hinweg ins Unterholz. Unter seinen Stiefeln knackten kleine Zweige, während er sich zu dem Hund vorarbeitete und sich darauf gefasst machte, dass ein Eichhörnchen oder Wiesel aus dem offenbar hohlen Baumstamm hervorschoss. Er konnte nur hoffen, dass sich dort kein Stachelschwein oder Stinktier versteckt hatte.
Eine Windbö fuhr durch die Äste über ihm, und da roch er es – den stechenden Geruch von verrottendem Fleisch. Was immer in dem Baumstamm steckte, war längst tot. Keine Gefahr, dass es herausschoss und ihm einen Heidenschrecken einjagte.
Tanzy bellte aus Leibeskräften, sprang gegen den Stamm und wich wieder zurück, das gefleckte Fell gesträubt, wild mit dem Schwanz peitschend.
»Okay, okay, lass mich mal sehen.« Charley ließ sich mit knirschenden Gelenken auf ein Knie nieder. Er beugte sich hinab und spähte in den ausgehöhlten Baumstamm. »Hm, schwer zu sagen.« Aber irgendetwas steckte da drinnen, und es stank. Seine Neugier gewann die Oberhand, er hob den Stamm ein wenig an, sodass das blasse Licht der Wintersonne hineinfiel. Und dann erkannte er, was in dem Stamm steckte.
Ein menschlicher Schädel starrte ihm entgegen.
Charley gefror das Blut in den Adern. Er schrie auf und ließ den Baumstamm fallen.
Das Holz splitterte, als es auf dem Waldboden aufschlug.

Der Schädel, mit winzigen spitzen Zähnen, Strähnen von blondem Haar und Resten faulen Fleisches an den Knochen, rollte in die Tannennadeln und das trockene Laub. »Himmelherrgott!«, flüsterte er, und es war tatsächlich ein Gebet. In diesem Moment frischte der Wind auf, schüttelte den Schnee von den Bäumen und fuhr ihm in den Nacken. Charley wich einen Schritt zurück. Er ahnte Böses – Böses, das aus dem finstersten Winkel von Luzifers Herzen kam und das im Dämmerlicht dieses Waldes lauerte.

»Charley Perry ist ein Spinner«, knurrte Sheriff Shane Carter und schenkte sich eine Tasse von dem Kaffee ein, der seit Stunden in der Küche seines Büros auf der Heizplatte köchelte. Sobald die Glaskanne leer war, wurde frischer Kaffee aufgebrüht.
»Ja, aber dieses Mal behauptet er, in der Nähe von Catwalk Point einen menschlichen Schädel gefunden zu haben. Das können wir nicht einfach ignorieren«, wandte BJ Stevens ein. Sie war eine kleine Frau, ein bisschen breit in den Hüften und mit drei Männernamen gesegnet. Billie Jo Stevens. Es schien sie nicht sonderlich zu stören.
»Schick zwei Männer rauf.«
»Hab ich schon. Donaldson und Montinello.«
»Charley hat auch schon ein paar Mal behauptet, er hätte Bigfoot gesehen«, erinnerte Carter sie, während er durch den Pausenraum zu seinem Büro im hinteren Teil des Gerichtsgebäudes von Lewis County ging. »Und dann war da noch die Sache, als er überzeugt war, ein UFO hätte direkt über der Brücke geschwebt. Weißt du noch?«
»Na schön, er ist eben ein Exzentriker.«

»Ein Verrückter«, korrigierte Carter. »Er ist völlig durchgeknallt.«
»Aber harmlos.«
»Wir wollen hoffen, dass es sich hier auch nur um eine seiner Spinnereien handelt.«
»Aber du fährst rauf, um dich zu überzeugen«, stellte sie fest, denn sie kannte ihn besser, als es ihm lieb war.
»Ja.« Carter ging an Computer-Monitoren, klingelnden Telefonen, Büronischen, alten Schreibtischen und einem Aktenschrank vorbei zu seinem Büro, einem verglasten Raum mit Jalousetten, die er herunterlassen konnte, wenn er ungestört sein wollte. Die zwei Fenster boten Ausblick auf den Parkplatz des Gerichtsgebäudes und auf Danby's Einrichtungshaus auf der anderen Straßenseite. Wenn er den Hals reckte, konnte er auf die Hauptstraße hinunterschauen. Doch diese Mühe machte er sich selten.
Er stellte die Tasse auf den Tisch und rief seine E-Mails ab, doch die ganze Zeit über wurde er das eigentümliche Gefühl nicht los, dass hinter Charley Perrys Geschichte mehr steckte, als sie ahnten. Sicher, Charley war nicht ganz richtig im Kopf, ein exzentrischer Einzelgänger, der nach seinen eigenen Gesetzen lebte, besonders was das Wildern betraf. Aber im Grunde war er harmlos und in Carters Augen ein ganz anständiger Bursche. Hin und wieder flippte er allerdings aus – vielleicht brauchte er auch einfach mehr Aufmerksamkeit. Die Bigfoot-Geschichte hatte ihm einige Beachtung durch die Presse eingebracht. Zwei Jahre später hatte er behauptet, ein UFO entdeckt zu haben und an Bord gebeamt worden zu sein, weil die Aliens – menschenähnlich, aber mit riesigen Köpfen – Forschungen an ihm betreiben wollten. Nun,

falls die armen Aliens angenommen hatten, Charley sei ein Musterexemplar der Spezies Mensch, waren sie wahrscheinlich bitter enttäuscht von der Menschheit. Kein Wunder, dass sie sich nie wieder hatten blicken lassen.

Das Telefon klingelte, und der Sheriff meldete sich automatisch, während er einen Schluck aus seiner Tasse trank und den Blick vom Monitor löste.

»Carter.«

»Montinello, Sheriff.« Durch die schlechte Handy-Verbindung war Deputy Lanny Montinello kaum verständlich. »Ich schätze, Sie sollten mal raufkommen zum Catwalk Point. Sieht aus, als hätte der alte Charley Recht. Wir haben es mit einer Leiche zu tun. Oder wenigstens mit dem größten Teil einer Leiche.«

»Verdammt«, knurrte Carter. Nachdem er noch ein paar Fragen gestellt hatte, wies er Montinello an, den Fundort abzusperren und Charley auf Eis zu legen. Sobald er das Gespräch beendet hatte, informierte er die Spurensicherung, griff dann nach Jacke, Hut und Waffe und holte BJ ab. Unterwegs hinterließ er noch rasch Nachrichten beim Gerichtsmediziner und im Büro des Bezirksstaatsanwalts.

»Na, was hab ich gesagt?«, bemerkte BJ, während er seinen Chevrolet Blazer über die kurvenreiche Holzfällerstraße hinauf zum Catwalk Point steuerte, einem Berg, der sich neunhundert Meter über dem Flussbett des Columbia River erhob. Sie waren unterwegs aufgehalten worden; man hatte sie zu einem Unfall mit Verletzten auf einer Landstraße südlich der Stadt gerufen, was sie zwei Stunden gekostet hatte.

Als sie schließlich am Ende des schlammigen Kieswegs ankamen, war das Gebiet bereits mit gelbem Flatterband abgesperrt. Nicht dass hier oben so bald mit Gaffern zu rechnen gewesen wäre. Früher oder später würde natürlich die Presse Wind davon bekommen und über sie hereinbrechen, doch bis dahin würde es noch eine Weile dauern. Carter zog sich die Kapuze seiner wasserdichten Jacke über den Kopf und stieg aus dem Wagen.

Es war winterlich kalt; für die nächsten paar Tage war ein Schneesturm angekündigt worden. Der Boden war beinahe gefroren, die hohen Fichten schwankten und wiegten sich im eisigen Hauch des starken Ostwindes, der durch die Schlucht tobte.

Vorsichtig suchten Carter und BJ sich ihren Weg durch eine tiefe Senke bis zu der Stelle, wo die Spurensicherer vom Oregon State Kriminallabor schon an der Arbeit waren.

Ein Fotograf machte Aufnahmen, während ein anderer seine Videokamera auf den Boden richtete. Sie hatten bereits eine große Fläche mit einem Raster versehen und den Schauplatz gesichert. Durch den Schnee hindurch wurden Bodenproben genommen, Unrat wurde durchsucht, ein hohler Baumstamm gekennzeichnet. Knochen lagen sorgfältig angeordnet auf einer Plastikplane. Das Skelett war klein, leider unvollständig. Und der Schädel sah merkwürdig aus; die Zähne waren zu klein und zu spitz.

»Was wissen wir bisher?«, fragte Carter Merline Jacobosky, eine gertenschlanke Ermittlerin mit scharfen Gesichtszügen und noch schärferem Verstand. Sie zog die Augenbrauen über der randlosen Brille zusammen und presste die farblosen Lippen aufeinander, ließ das Klemmbrett sinken, auf dem sie eifrig gekritzelt hatte, und betrachtete noch einmal die menschlichen Überreste.

»So dem ersten Eindruck nach? Weiblich, weiß, Mitte zwanzig bis Mitte dreißig, würde ich sagen, aber berufen Sie sich nicht auf mich, bevor der Autopsiebericht vorliegt. Jemand hat sie in den Baumstamm da gezwängt.« Merline deutete mit ihrem Stift auf den hohlen Zedernstamm. »Uns fehlen ein paar Knochen, wahrscheinlich von Tieren weggeschleppt, aber wir suchen noch. Haben schon eine Elle und einen Fußwurzelknochen gefunden. Vielleicht haben wir mit dem Rest auch noch Glück.«

»Vielleicht«, versetzte Carter skeptisch und betrachtete den Waldboden und die zerklüfteten Berge, die steil zum Columbia River hin abfielen. Es war raues Terrain, der Wald war dicht, der Fluss breit und reißend an dieser Stelle, wo er sich sein Bett zwischen den Staaten Oregon und Washington gegraben hatte. Obwohl durch eine Reihe von Dämmen gezähmt, strömte er tosend nach Westen, wie die Gischtkronen verrieten, die zwischen den Bäumen hindurch zu sehen waren. Wenn eine Leiche in den Columbia geworfen wurde, bestand kaum noch die Chance, sie jemals zu bergen.

Er hörte das Heulen eines Motors, der mit der Steigung kämpfte, und erkannte gleich darauf den Dienstwagen des Gerichtsmediziners. Dahinter folgte ein weiteres Fahrzeug, das einem der Stellvertretenden Bezirksstaatsanwälte gehörte.

Merline war noch nicht fertig. Sie fuhr fort: »Ich will Ihnen sagen, was ich wirklich merkwürdig finde. Schauen Sie sich mal ihre Zähne an.« Jacobosky ging in die Knie und benutzte ihren Schreibstift als Zeigestock. »Sehen Sie die Schneide- und die Backenzähne? Das ist kein natürlicher Verfall ... Ich glaube, sie sind abgefeilt worden.«

Carter spürte einen unheilvollen Schauer den Rücken hinablaufen. Wer würde jemandem die Zähne abfeilen? Und warum? »Damit die Leiche nicht identifiziert werden kann?«, fragte er.

»Vielleicht, aber warum hat der Täter die Zähne dann nicht einfach gezogen oder herausgebrochen? Warum hat er sich die Mühe gemacht, sie spitz zuzuschleifen?« Sie hockte sich auf ihre Fersen und tippte sich mit dem Kugelschreiber an die Lippen, während sie den Schädel musterte. »Das ergibt keinen Sinn.«

»Vielleicht ist unser Freund ein Zahnarzt mit einem schrägen Sinn für Humor.«

»Schräg trifft es auf jeden Fall.«

»Irgendwelche Papiere?«, fragte er, obwohl er die Antwort schon ahnte.

»Bisher nicht.« Jacobosky schüttelte den Kopf und blätterte eine Seite auf ihrem Klemmbrett um. »Auch keine Kleidungsstücke oder persönlichen Gegenstände. Aber wir suchen weiter, unterm Schnee, im Eis und tiefer im Boden. Wenn es hier irgendwo Beweismaterial gibt, werden wir es finden.« Sie blickte mit zusammengekniffenen Augen zu Carter auf. Graue Wolken jagten über den Himmel.

»Was ist das hier?« Carter beugte sich hinab und betrachtete den Schädel mit den grotesken Zähnen und den leeren Augenhöhlen. Er deutete auf das Haar. In den verbliebenen Strähnen klebte etwas. Eine rosafarbene Substanz, die er nicht für Fleisch hielt. Sie erinnerte ihn an Radiergummi-Krümel.

»Weiß ich nicht. Noch nicht. Aber es ist jedenfalls eine künstliche Substanz. Wir lassen sie im Labor untersuchen.«

»Gut.« Er richtete sich auf und sah, dass BJ mit einem der Fotografen sprach. Gerade kam Luke Messenger, der Gerichtsmediziner, dazu. Groß und schlaksig, mit krausem rotem Haar und Sommersprossen, näherte er sich dem Fundort und betrachtete stirnrunzelnd die Leiche.

»Unvollständig?«, erkundigte er sich bei Jacobosky.

»Bisher ja.« Er ging vor den Knochen in die Hocke, während Amanda Pratt, die Stellvertretende Bezirksstaatsanwältin, die das Pech hatte, diese Aufgabe zugewiesen zu bekommen, sich einen Weg hügelabwärts suchte. Sie trug eine dicke Daunenjacke, Wollmütze und -schal und roch nach Zigarettenrauch.

»Gott, was für ein scheußliches Wetter«, bemerkte sie und rümpfte angesichts der Leiche die kecke Nase. »Himmel, was haben wir denn da! Sie steckte also in einem hohlen Baumstamm?«

»Sagt Charley.«

»Dem kann man doch kein Wort glauben«, versetzte sie trocken, während sie den Schauplatz in Augenschein nahm.

»Vielleicht sagt er dieses Mal die Wahrheit.«

Ihre Augen blitzten hinter dünnen, kunststoffgerahmten Brillengläsern. »Ja, klar. Und ich bin die Königin von England. Nein, lieber von Spanien. In England ist es zu kalt, verdammt noch mal. Herrgott, das ist ja eine ganz schöne Versammlung hier oben.« Sie ließ den Blick über die Fahrzeuge schweifen. »Ist Charley noch hier?«

»In einem der Pick-ups da drüben.« Jacobosky wies mit einer Kopfbewegung auf einen weißen Pritschenwagen, der mit laufendem Motor am Ende der Straße stand.

Montinello saß hinterm Steuer. Charley Perry kauerte auf dem Beifahrersitz. »Er ist nicht sonderlich begeistert, dass wir ihn hier oben festhalten«, fügte Jacobosky hinzu. »Meckert ständig herum, dass er nach Hause gehen und sich aufwärmen will.«

»Kann ich ihm nicht verübeln. Ich rede mit ihm.«

»Gut«, sagte Amanda. »Vergiss nicht, deinen Quatschdetektor mitzunehmen.«

Carter lachte, betrachtete noch einmal eingehend den mit dem Raster überzogenen Fundort und sagte dann zum Gerichtsmediziner, der noch immer vor der Leiche hockte: »Lassen Sie mich wissen, was Sie herausgefunden haben.«

»Sobald wir mit der Untersuchung durch sind«, antwortete Messenger, ohne aufzublicken. »Sie erfahren es als Erster.«

»Danke.« Carter stieg den Hang hinauf, wo er Charley so griesgrämig wie eh und je vorfand. Er hielt mit beiden Händen eine Tasse Kaffee, die jemand ihm heraufgebracht hatte, und starrte Carter so böse aus dem Seitenfenster an, als sei der Sheriff persönlich verantwortlich dafür, dass ihm der Tag verdorben war. Carter klopfte an die Scheibe, woraufhin Charley widerwillig das Fenster herunterkurbelte.

»Wollen Sie mich verhaften?«, fragte er. Ein kurzer silbriger Bart bedeckte sein kräftiges, vorspringendes Kinn. Seine Augen blitzten wütend hinter starken Brillengläsern.

»Nein.«

»Dann lassen Sie mich von einem Ihrer Jungs nach Hause bringen. Ich habe meine Pflicht und Schuldigkeit getan, oder etwa nicht? Da braucht man mich doch wohl nicht wie einen verdammten Verbrecher zu behandeln.« Er spie einen kräftigen Strahl Kautabaksaft aus dem Fenster, der auf Kies und schmutzigem Schnee landete. Glück für ihn, dass dieses Gebiet nicht mehr zum Fundort gehörte.

»Ich will Ihnen nur ein paar Fragen stellen.«

»Ich habe schon den ganzen Vormittag über Fragen beantwortet!«

Carter lächelte. »Nur noch ein paar, dann lasse ich Sie von Deputy Montinello nach Hause bringen.«

»Toll«, knurrte Charley und verschränkte die Arme vor der schmächtigen Brust. Er zeigte sich kooperativ, wenn auch widerwillig. Tatsächlich hatte er nun einmal nicht mehr Informationen zu bieten. Er erzählte Carter, dass er auf Jagd gewesen war, seinen Hund verloren und ihn in der Schlucht bei dem hohlen Baumstamm wiedergefunden hatte. Er hatte den Baumstamm angehoben, und da war der Schädel herausgerollt, woraufhin er sich zu Tode erschrocken hatte. »... und mehr weiß ich nicht«, schloss er verdrießlich. »Ich bin nach Hause gerannt und habe Ihr Büro angerufen. Und machen Sie mir jetzt bloß keinen Ärger, weil ich mit Tanzy auf Jagd gegangen bin. Ich brauchte einen Spürhund, um wieder nach Hause zu finden«, setzte er hinzu, als sei ihm gerade bewusst geworden, dass er wegen des Jagens mit seinem Hund Schwierigkeiten bekommen könnte. Hastig fuhr er fort: »Zwei von Ihren Leuten haben mich vor ein paar Stunden wieder hier raufgeschleppt, und seitdem friere ich mir hier den Hintern ab!«

»Das tun wir alle, Charley«, sagte Carter und schlug mit der flachen Hand gegen die Tür des Dienstwagens. »Bringen Sie ihn nach Hause«, wies er Lanny Montinello an. Dann blickte er noch einmal in Charleys graues Gesicht. »Wenn Ihnen noch etwas einfällt, rufen Sie mich an, ja?«

»'türlich«, erwiderte Charley, sah Carter dabei jedoch nicht an. Der Sheriff vermutete, dass der alte Eigenbrötler nicht die ganze Wahrheit sagte. Sie hatten sich noch nie gut verstanden, erst recht nicht, seit Carter Charleys Bigfoot-Geschichte entlarvt und ihm einmal gedroht hatte, den Wildhüter über seine Wilderei zu informieren. Nein, Charley Perry würde wohl nicht noch einmal anrufen, nicht, wenn er mit dem Sheriff sprechen musste. Carter warf Montinello einen Blick zu und sagte noch einmal: »Bringen Sie ihn nach Hause.« Die Vernehmung war beendet.

»Mach ich.« Montinello legte den Gang ein, und Carter schlug noch ein paar Mal mit der flachen Hand gegen die Tür, während Charley das Fenster hochkurbelte. Binnen Sekunden war der Pick-up hinter dichtem altem Baumbestand verschwunden. Die Fichten erhoben sich dräuend und schienen bis an die stahlgrauen Wolken zu reichen. Schon fielen die ersten Tropfen eisigen Regens.

Carter vergrub die Hände tief in den Taschen seines Parkas und blickte auf den Fundort am Fuß des Abhangs nieder, wo es von Ermittlern wimmelte. Amanda Pratt stand ein paar Meter entfernt, rauchte und führte ein lebhaftes Gespräch mit Luke Messenger. Und mittendrin lag auf einer Plastikplane die Leiche der Unbekannten mit ihren abgefeilten Zähnen und der roten Substanz im Haar. Wer war sie und wie zum Teufel war sie in diese gottverlassene Gegend gekommen?

2. *Kapitel*

Klick!
Die Fenstertüren öffneten sich.
Ein Windstoß trug die Winterkälte in das dunkle Haus. Die beinahe schon erloschene Glut im Kamin leuchtete rot auf. Der alte Hund, der auf dem Teppich vor Jennas Sessel lag, hob den Kopf und stieß ein tiefes, warnendes Knurren aus.
»Pssst!«, machte der Eindringling.
Aus schmalen Augen folgte Jennas Blick der Silhouette, die sich in das große Zimmer schlich. Trotz der Dunkelheit erkannte sie ihre älteste Tochter, die in Richtung Treppe huschte. Genauso, wie sie es erwartet hatte. Na großartig. Ein junges Mädchen, das mitten in der Nacht nach Hause geschlichen kam.
»Still, Critter!«, zischte Cassie in scharfem Ton, während sie sich auf Zehenspitzen zur Treppe stahl.
Jenna betätigte den Lichtschalter neben sich.
Augenblicklich war es hell in dem Blockhaus. Cassie blieb wie vom Donner gerührt auf der untersten Treppenstufe stehen. »Verdammt«, flüsterte sie und wandte sich mit hängenden Schultern langsam zu ihrer Mutter um.
»Das gibt Hausarrest bis in alle Ewigkeit«, sagte Jenna, die noch immer in ihrem Lieblings-Ledersessel saß.
Cassie ging sofort in die Offensive. »Wieso bist du noch wach?«
»Ich habe auf dich gewartet.« Jenna erhob sich und blickte in das mürrische Gesicht ihrer Tochter, von der so viele

Leute behaupteten, sie sei das Abbild von Jenna in jungen Jahren. Cassie war um anderthalb Zentimeter größer als ihre Mutter, doch sie hatte die gleichen hohen Wangenknochen, die dunklen Wimpern und Brauen und das spitze Kinn wie ihre Mutter. »Wo warst du?«

»Aus.« Sie warf ihr gesträhntes Haar über die Schulter zurück.

»Das weiß ich selbst. Du hättest aber im Bett sein sollen. Ich erinnere mich sogar, dass du gegen elf Uhr so etwas wie ›Gute Nacht, Mom‹ gesagt hast.«

Cassie verdrehte theatralisch ihre grünen Augen und schwieg. »Also, mit wem warst du aus?«, bohrte Jenna nach. »Nein, lass mich raten ... Du warst mit Josh zusammen.«

Cassie äußerte sich noch immer nicht dazu, doch für Jenna stand fest, dass sie sich mit Josh Sykes getroffen hatte. Seit Cassie mit dem Neunzehnjährigen ging, war sie verschlossen, mürrisch und aufmüpfig.

»Also, wo wart ihr? Ich will es genau wissen.«

Cassie verschränkte die Arme vor der Brust und lehnte sich mit einer Schulter an die vergilbte Holzbohlenwand. Ihr Make-up war verwischt, ihr Haar zerzaust, ihre Kleidung zerknittert. Jenna brauchte nicht lange zu überlegen, was ihre Tochter getrieben hatte, und es ängstigte sie zu Tode. »Wir sind nur ein bisschen rumgekurvt«, behauptete Cassie.

»Um drei Uhr morgens?«

»Ja.« Cassie zog eine Schulter hoch und gähnte.

»Draußen ist es eisig kalt.«

»Und?«

»Jetzt hör mir mal zu, Cassie: *So* nicht. Ich habe keine Lust, dir jedes Wort aus der Nase zu ziehen.«

»Weiß gar nicht, warum dich das was angeht.«
»Ach nein?« Jenna stand auf und ging auf ihre rebellische Tochter zu. Dabei nahm sie einen Geruch nach Zigarettenrauch und vielleicht noch etwas anderem wahr. »Zunächst einmal, weil ich dich liebe und nicht will, dass du dir dein Leben versaust.«
»So wie du?« Cassie zog schnippisch eine Augenbraue hoch. »Als du mit mir schwanger geworden bist?«
Der Hieb traf genau da, wo er treffen sollte, doch Jenna ging nicht darauf ein. »Das war eine etwas andere Situation. Ich war fast zweiundzwanzig. Erwachsen. Auf mich selbst gestellt. Außerdem reden wir jetzt nicht über mich. Du bist diejenige, die gelogen und sich heimlich davongeschlichen hat.«
»Ich kann auf mich selbst aufpassen.«
»Du bist sechzehn, zum Kuckuck.« Und bereits eine Frau. Cassies Figur hätte so manchen Hollywoodstar vor Neid erblassen lassen.
»Ich bin einfach nur mit ein paar Freunden ausgegangen.«
»›Rumgekurvt‹.«
»Ja.«
»Aha.« Jenna glaubte ihrer Tochter kein Wort. »Kennst du nicht das alte Sprichwort: ›Wer schläft, sündigt nicht‹?«
Cassie sah sie nur böse an.
»Hör zu, so kommen wir nicht weiter. Geh jetzt ins Bett. Wir reden morgen darüber.«
»Es gibt nichts, worüber wir reden müssten.«
»O doch. Zum Beispiel die Tatsache, dass du dich aus dem Haus schleichst und geradewegs auf das Dilemma einer Teenager-Schwangerschaft zusteuerst. Dann wäre da noch die Sache mit den Drogen. Und das ist erst der Anfang.«

»Mach's nicht so spannend«, versetzte Cassie, und Jenna fühlte sich an ihre eigene Jugend erinnert. »Du kannst Josh bloß nicht leiden.«

»Es gefällt mir nicht, dass er solchen Einfluss auf dich hat, dass du alles dafür tun würdest, um mit ihm zusammen sein zu können. Und dass er dich dazu bringt, mich zu belügen.«

»Das stimmt n...«

»Hör auf zu leugnen. Ich an deiner Stelle, Cassie, ich würde mich hüten, meinen Vorsprung derart zu verspielen. Beziehungsweise das, was davon noch übrig ist.«

Doch Cassies Temperament ging mit ihr durch. Trotzig warf sie ihrer Mutter vor: »Du kannst keinen von meinen Freunden leiden. Jedenfalls seit wir hierher gezogen sind. Das alles ist deine Schuld. Ich wollte nicht umziehen.«

Das stimmte allerdings. Ihre beiden Töchter waren auf die Barrikaden gegangen, als Jenna beschloss, L. A. zu verlassen und etwas Frieden und Normalität in dieser ruhigen kleinen Stadt an den felsigen Ufern des Columbia River in Oregon zu suchen. Seit anderthalb Jahren hörte Jenna sich die Klagen nun schon an. »Das ist Schnee von gestern. Wir leben hier, Cassie, und wir werden das Beste daraus machen.«

»Ich versuch's ja.«

»Mit Josh.«

»Ja, mit Josh.« Cassies Augen funkelten rebellisch.

»Um dich an mir zu rächen.«

»Nein«, entgegnete Cassie gedehnt und reckte provozierend das Kinn. »Ob du's glaubst oder nicht, hier geht es ausnahmsweise einmal nicht um dich. Okay? Wenn ich mich an dir ›rächen‹ wollte, würde ich zurück nach Kalifornien gehen und bei Dad wohnen.«

»Ist es das, was du willst?« Jenna hatte das Gefühl, einen Schlag die Magengrube bekommen zu haben, doch sie zeigte keinerlei Regung, wollte Cassie nicht wissen lassen, dass sie einen sehr empfindlichen Nerv getroffen hatte.

»Ich will nur, dass man mir vertraut, okay?«

»Vertrauen muss man sich verdienen, Cassie«, hielt Jenna ihr vor. Gleich darauf biss sie sich auf die Zunge, als ihr bewusst wurde, dass sie genauso redete wie seinerzeit ihre eigene Mutter.

»Wir reden morgen weiter«, entschied sie, um das Thema zu beenden. Sie knipste die Lampe aus und hörte, wie Cassie die Treppe hinauftrottete. *Ich werde allmählich wie meine Mutter*, dachte sie, ließ jedoch nicht zu, dass ihre Gedanken zu weit in diese beängstigende Richtung schweiften. »Komm schon, Critter«, sagte sie zu dem Hund, während sie die Tür wieder verschloss und dann die Treppe hinaufstieg. Ihr Schlafzimmer befand sich im Zwischengeschoss, gleich neben dem Treppenabsatz, die Zimmer ihrer Töchter eine halbe Treppe höher. »Lass uns schlafen gehen.« Der alte Hund tappte hinter ihr her, etwas schwerfällig aufgrund seiner Arthritis. Jenna wartete auf ihn und hörte, wie Cassies Tür leise geschlossen wurde. »Endlich sind alle sicher daheim.« *Und du musst in zweieinhalb Stunden aufstehen.* Bei dem Gedanken stöhnte sie innerlich auf. Sie stieg die letzten Stufen hinauf, als sie plötzlich aus den Augenwinkeln etwas im Bleiglasfenster des Treppenabsatzes zu sehen glaubte.

Eine Bewegung?

Ihr eigenes verschwommenes Spiegelbild?

Critter knurrte leise, und Jennas Muskeln verkrampften sich. »Psst.« Sie spähte durch das verzerrende bunte Glas und ließ den Blick prüfend über den Hof und die Wirtschaftsgebäude ihrer Ranch gleiten – ›das Lager‹, wie Cassie es nannte. Sicherheitslampen warfen einen gespenstischen blauen Schein auf die Scheune, den Stall und die Schuppen. Die alte Windmühle stand wie ein hölzernes Skelett an der Straße, Jenna hörte das Knarren der Flügel, die sich langsam drehten. Das Haupttor stand weit offen, weil das Schloss eingefroren war und sich um die Pfosten herum hohe Schneeverwehungen aufgehäuft hatten. Die Straße zum Tor war leer – kein Motorengeräusch durchbrach die nächtliche Stille.

Dennoch, die bewaldeten Hügel und zerklüfteten Flussufer waren dunkel und in Dunst gehüllt, die wolkenverhangene Nacht bot perfekte Deckung für …

Für wen?

Sei nicht albern.

Natürlich lauerte niemand in den winterlichen Schatten.

Natürlich nicht.

Schlimmstenfalls lungerte Josh Sykes noch herum, versteckte sich hinter der Scheune und hoffte womöglich darauf, Cassie ins Haus folgen zu können.

Oder?

Es war bestimmt nichts Bedrohlicheres als ein geiler Freund, der ums Haus schlich.

Wieder knurrte der betagte Hund.

»Psst«, machte Jenna noch einmal und öffnete die Flügeltür zum Schlafzimmer, einer gemütlichen kleinen Suite, die sie mit niemandem teilte.

Sie war in diese abgelegene Gegend am Columbia River

gezogen, um ihren Seelenfrieden zu finden, und deshalb würde sie jetzt das dumme Gefühl in ihrem Bauch ignorieren. Sie war einfach nur nervös und aufgewühlt, weil ihre halbwüchsige Tochter ihr Sorgen bereitete. Weiter nichts.

Trotzdem konnte sie, als sie in ihr dunkles Schlafzimmer trat, das Gefühl nicht abschütteln, dass etwas geschehen würde.

Etwas, das ihr nicht behagen würde.

Etwas Böses, das allein sie betraf.

3. Kapitel

Cassie!«, rief Jenna die Treppe hinauf. »Allie! Frühstück! Beeilt euch, in einer halben Stunde müssen wir los!« Sie horchte auf Lebenszeichen von oben, ging dann in die Küche und warf einen Blick auf die Uhr über dem Herd. Sie würden zu spät kommen. So viel stand schon mal fest. In einer Dreiviertelstunde musste Allie in der Schule sein, und sie brauchten mindestens zwanzig Minuten für den Weg zur Junior High School. Jenna schaltete den Fernseher ein, schob zwei englische Muffins in den Toaster und rief: »Macht schon, Mädchen!«

Aus dem Obergeschoss ertönte das Scharren und Poltern von Schritten. *Endlich.*

Sie stürzte die zweite Tasse Kaffee hinunter, wäre beinahe über Critter gestolpert, der vor der Arbeitsplatte lag, stellte die leere Tasse in die Spüle und öffnete die Kühlschranktür. Immer noch kein Geräusch von fließendem Wasser. Gewöhnlich war Cassie um diese Zeit in der Dusche. Jenna nahm eine Packung Orangensaft aus dem Kühlschrank und füllte zwei Gläser. Der Toaster spuckte die Muffins aus. Im Fernsehen kündigte der Wetterbericht die bisher heftigsten Schneefälle der Jahreszeit an. Die Temperaturen waren weit unter den Gefrierpunkt gesunken.

Während sie die ersten Muffins mit Butter bestrich, hörte sie Schritte auf der Treppe. Sekunden später tauchte Cassie auf.

»Wir haben kein Wasser«, verkündete sie mürrisch.

»Wie bitte?«

»Ich habe gesagt, wir haben kein Wasser, verdammt. Ich wollte duschen – nichts!« Wie zum Beweis ging sie zur Spüle und drehte den Hahn auf. Nichts geschah.

»Kein heißes Wasser?«, fragte Jenna voller böser Vorahnung nach. Ein Problem mit dem Durchlauferhitzer wäre noch das kleinere Übel gewesen, aber wenn etwas mit den Leitungen nicht stimmte …

»Auch kein kaltes.« Cassies Blick fiel auf die Kaffeekanne.

»Wie hast du …?«

»Habe gestern Abend alles vorbereitet und die Zeitschaltuhr gestellt.« Sie stand an der Spüle, drehte an den Wasserhähnen herum – vergebens. »Verdammt. Dann musst du dich heute wohl mal ungeduscht anziehen.«

»Bist du verrückt geworden? Ich kann unmöglich mit fettigen Haaren zur Schule gehen.«

»Du wirst es überleben. Und die Schule auch.«

»Aber, Mom …«

»Iss einfach dein Frühstück und zieh dir dann was Frisches an.«

»Kommt nicht infrage. Ich gehe nicht in die Schule.« Cassie ließ sich auf einen Stuhl in der Ecke fallen. Sie hatte dunkle Ränder um die Augen und konnte nach dem späten Rendezvous der vergangenen Nacht ein Gähnen nicht unterdrücken.

»Du gehst. Kennst du das alte Sprichwort: Früh übt sich, was ein Meister werden will?«

»Versteh ich nicht.«

»O doch.«

»Na gut, aber das ist bescheuert.«

»Mag sein, aber heute Morgen ist es dein Motto.«

Cassie verdrehte die Augen und trank einen Schluck von ihrem Saft, rührte den Muffin auf ihrem Teller jedoch nicht an. Critter ließ sich unter dem Tisch nieder und legte den Kopf auf Cassies Knie. Sie schien es gar nicht zu bemerken.

»Du und ich, wir haben noch ein Wörtchen miteinander zu reden. So etwas wie letzte Nacht wird nicht wieder vorkommen. Ich will nicht, dass du dich aus dem Haus schleichst. Nie wieder. Es ist gefährlich.«

»Das sagst du nur, weil du Josh nicht ausstehen kannst.«

»Darüber haben wir doch gestern Nacht schon gesprochen. Es geht nicht darum, dass ich etwas gegen Josh habe.« *Auch wenn sein IQ niedriger ist als seine Schuhgröße.* »Aber mir gefällt es nicht, dass er dich manipuliert.«

»Tut er ja gar nicht.«

»Und falls ihr beiden Sex habt …«

»O Gott. Erspar mir das.«

»… muss ich es wissen.«

»Das geht dich nichts an.«

»Natürlich geht es mich was an. Du bist minderjährig.«

»Können wir vielleicht später darüber reden? Oder noch besser gar nicht?« Cassie warf ihrer Mutter einen finsteren Blick zu, als fände sie, Jenna sei *unglaublich* altmodisch. Was nach Jennas eigener Meinung durchaus zutreffen mochte. Doch sie musste behutsam vorgehen, sonst würde sie das Gegenteil von dem erreichen, was sie wollte, und Cassie dem geilen Josh Sykes geradewegs in die offenen Arme treiben. Jenna sah auf die Küchenuhr, die anzeigte, wie die Sekunden ihres Lebens verrannen. »Gut, später. Nach der Schule, wenn wir mehr Zeit haben.«

»Toll. Genau das, was wir brauchen: *mehr* Zeit«, brummte Cassie, während Jenna – die der Ansicht war, die Wahl des geeigneten Zeitpunkts zähle zu den wichtigsten Fähigkeiten im Leben – die Küche verließ und die Konfrontation damit bis zum Abend auf Eis legte. Sie ging den kurzen Flur entlang zur Treppe. »Allie? Bist du wach?«

Schritte ertönten, und gleich darauf kam Allie, noch im Pyjama, in die Küche geschlurft. Ihr rotblondes Haar sah wüst aus, ihr Koboldgesichtchen trug eine Oscar-würdige Leidensmiene. »Mir geht es nicht gut.«

»Was fehlt dir denn?«, fragte Jenna, obwohl sie ahnte, dass es nichts war. Solche Szenen erlebte sie neuerdings häufiger mit ihrer Zwölfjährigen. Allie war nie gern zur Schule gegangen. Sie war intelligent, aber ein verträumtes Kind, das einfach nicht ins System passte – eines von denen, die sich in der Schule genauso fehl am Platze fühlten wie auf dem Mond. Aber sie musste sich nun einmal anstrengen, das Beste daraus zu machen.

»Halsschmerzen«, klagte Allie und gab sich alle Mühe, krank auszusehen.

»Lass mal sehen.«

Gehorsam öffnete Allie den Mund, und Jenna blickte ihr in den offenbar völlig gesunden Rachen. »Kein bisschen gerötet.«

»Es tut aber weh«, jammerte Allie kläglich.

»Das wird sicher gleich besser. Iss dein Frühstück.«

»Ich *kann* nicht.« Sie ließ sich auf einen Stuhl fallen, verschränkte die Arme auf dem Tisch und vergrub das Gesicht in der Beuge. »*Dad* würde mich niemals zwingen, zur Schule zu gehen, wenn ich krank bin.«

Ich auch nicht, dachte Jenna, nahm den Köder jedoch nicht auf und verkniff sich eine passende Bemerkung über Robert Kramer und seine nicht gerade berückenden Leistungen als Vater. Allie sah ihre Mutter finster an und ignorierte demonstrativ ihr Frühstück.

Perfekt. Jenna blickte auf die Uhr. Der Morgen hatte unerfreulich begonnen und entwickelte sich zusehends unerfreulicher, dabei war es noch nicht mal acht. Sie mochte gar nicht daran denken, was der Rest des Tages noch bringen würde. Sie ließ die Mädchen am Tisch sitzen, prüfte die Wasserhähne im gesamten Haus und kam zu dem Schluss, dass Cassie Recht hatte: Es gab kein Wasser. Als sie wieder die Küche betrat, war Leben in Allie gekommen. Sie ließ die Muffins unbeachtet, denn sie hatte eine Packung tiefgefrorener Waffeln entdeckt und schob gerade zwei in den Toaster. Anscheinend war ihr Appetit doch mächtiger als ihre Halsschmerzen.

Cassie trank ihren Saft und starrte auf den Fernseher. Eine Reporterin stand irgendwo in einem dunklen Wald vor dem Schauplatz eines Verbrechens, dem gelben Flatterband nach zu urteilen.

»Was ist da los?«, fragte Jenna.

»Oben am Catwalk Point haben sie eine Frau gefunden«, antwortete Cassie, ohne den Blick vom Bildschirm zu lösen. »Ich habe es schon im Radio gehört.«

»Wer ist sie?«

»Das sagen sie nicht.«

Wie zur Antwort auf Jennas Frage sagte die kecke rothaarige Reporterin in Mantel und Halstuch jetzt: »... Aus dem Büro des Sheriffs wurde bisher noch nichts über die Identität der Frau verlautbart, die Charley Perry, ein

Mann, der nicht weit vom Fundort entfernt lebt, gestern Morgen entdeckt hat.« Auf der Mattscheibe erschien ein älterer Mann. Jenna kannte ihn nicht, erinnerte sich jedoch vage, ihn schon mal im Café im Ort gesehen zu haben. Er erzählte, wie er die Leiche gefunden hatte, als er auf der Jagd war.

»Catwalk Point ist nicht weit von hier«, bemerkte Allie. Ihre Waffel sprang aus dem Toaster, und sie legte sie zu dem Muffin auf ihren Teller. »Das ist irgendwie gruselig.«

»Allerdings«, stimmte Jenna zu, wechselte dann jedoch rasch den Tonfall. »Die Polizei kümmert sich darum. Kein Grund zur Sorge.«

Cassie seufzte laut, als könne sie nicht glauben, was sie da hörte. Allie holte die Sirupflasche und goss sich eine Pfütze auf den Teller, die für zehn Pfannkuchen gereicht hätte. Ihre zwei kleinen Waffeln ertranken geradezu darin.

Jenna äußerte sich nicht dazu. Sie sah angespannt auf den kleinen Bildschirm, wo inzwischen die Szene gewechselt hatte. Die Reporterin sprach jetzt mit Sheriff Carter, einem großen, breitschultrigen Mann, neben dem die Frau sehr klein und zierlich wirkte. »Es ist noch zu früh, um die Todesursache mit Gewissheit zu bestimmen«, sagte er zurückhaltend. Er sprach mit leichtem Akzent. Sheriff Carter war ein wettergegerbter Mann mit wie gemeißelt wirkenden Zügen, skeptischen, tief liegenden Augen und einem dunklen Oberlippenbart. Sein Haar war glatt, kaffeebraun und adrett geschnitten. »Wir sind noch mit der Identifizierung der Leiche befasst.«

»Denken Sie, dass Sie es mit einem Mordfall zu tun haben?«

»Das lässt sich zum jetzigen Zeitpunkt ebenfalls noch nicht sagen. Gegenwärtig müssen wir alle Möglichkeiten in Betracht ziehen«, erwiderte er fest, und damit war das aufgezeichnete Interview zu Ende.

»Danke, Sheriff Carter«, sagte die Reporterin und wandte sich wieder der Kamera zu. »Das war Karen Tyler mit einem Bericht vom Catwalk Point.« Anschließend wurde zurück ins Studio geschaltet, wo ein glatt rasierter Mann mit schütterem Haar sagte: »Danke, Karen«, bevor er lächelnd zu den Sportmeldungen überging.

Jenna schaltete den Fernseher aus. »Los jetzt«, sagte sie.

Cassie sah ihre Mutter an, als habe sie den Verstand verloren. »Ich habe doch gesagt, so kann ich nicht zur Schule gehen.«

»Und da hast du dich geirrt. Beweg dich. Ich habe keine Zeit für Streitereien.«

Leise schimpfend schob Cassie ihr unberührtes Frühstück von sich und lief polternd die Treppe hinauf.

»Du auch«, sagte Jenna und deutete mit dem Finger auf ihre jüngere Tochter. Die Waffeln waren beinahe vollständig verzehrt.

»Ich habe Halsschmerzen, ehrlich.«

Das war Allies jüngster Trick, um nicht zur Harrington Junior High School zu müssen. Jenna ließ sich nicht darauf ein. Schon gar nicht, als sie sah, dass Allie ohne jegliche Beschwerden ihren Saft austrank. »Ich denke, du wirst es überleben. Aber ich rufe später mal in der Schule an und erkundige mich, wie es dir geht. Los jetzt.«

Allie kam offenbar zu dem Schluss, dass ihre Strategie nicht fruchtete, schob sich das letzte Stück Waffel in den Mund und hastete die Treppe hinauf, während Jenna die

Nummer von Hans Dvorak wählte, einem Pferdetrainer im Ruhestand, der jetzt in Teilzeit als Vormann auf ihrer kleinen Ranch arbeitete. Sie hatte Hans ebenso wie Critter beim Kauf der Farm übernommen. Beim dritten Klingeln meldete er sich mit tiefer, von jahrelangem Zigarettenkonsum rasselnder Stimme. »Hallo?«

»Hans, hier ist Jenna.«

»Bin schon auf dem Weg«, sagte der ältere Mann rasch, als habe er sich verspätet.

»Ich bringe jetzt erst mal die Kinder zur Schule, aber wir haben hier ein kleines Problem.« Sie hörte eines der Mädchen auf der Treppe und erklärte dem Mann hastig das Wasserproblem.

»Das ist wahrscheinlich die Pumpe«, sagte er. »Hat Probleme mit der Stromzufuhr. Ist auch früher schon mal passiert, vor fünf Jahren etwa.«

»Können Sie das reparieren?«

»Ich werd's versuchen. Aber womöglich brauchen Sie einen Elektriker oder irgendeinen Handwerker, der sich besser mit Strom auskennt als ich – vielleicht zusätzlich auch noch einen Klempner.«

Jenna stöhnte bei dieser Vorstellung innerlich auf, wenngleich sie Wes Allen kannte, einen Elektriker und Gelegenheitskünstler, der am Columbia Theater in the Gorge arbeitete, dem Theater am Ort, in dem sie ehrenamtlich tätig war. Dann war da noch Scott Dalinsky, der im Theater für die Licht- und Tontechnik zuständig war. Doch ihm würde Jenna Arbeiten in ihrem Haus nicht anvertrauen. Obwohl er Wes' Neffe und der Sohn ihrer Freundin Rinda war, fühlte Jenna sich in Scotts Nähe unbehaglich. Sie hatte ihn zu oft dabei ertappt, dass er sie anstarrte, sodass sie sich in seiner Gegenwart nicht mehr unbefangen fühlen konnte.

»Ich bin in einer halben Stunde da«, versprach Hans.

»Danke.«

Hans war ein Geschenk Gottes. Mit seinen dreiundsiebzig Jahren half er immer noch bei der Versorgung der Tiere und dem Management der Farm. Er war der Verwalter der früheren Besitzer gewesen, und als Jenna in das Haus einzog, hatte sie ihn geradezu angefleht zu bleiben. Er hatte sich einverstanden erklärt, und sie hatte diese Entscheidung seither nicht eine Sekunde lang bereut. Auch heute war sie wieder einmal froh, ihn zu haben. Wenn Hans nicht selbst in der Lage war, das Problem zu beheben, würde er jemanden auftreiben, der es konnte.

Allie, die ihre wilde Mähne inzwischen halbwegs gebändigt hatte, kam ins Zimmer. Sie trug bereits eine Fleecejacke und hatte sich den Riemen des Schulrucksacks über die Schulter gelegt.

»Hast du dir die Zähne geputzt?«, fragte Jenna, ehe ihr klar wurde, wie unsinnig diese Frage war. »Ich weiß, das ist nicht das, was der Zahnarzt empfehlen würde, aber falls du einen schlechten Geschmack im Mund hast, kau auf dem Weg zur Schule ein Kaugummi.«

»Schon okay«, sagte Allie mit matter Stimme, um ihre Mutter dezent daran zu erinnern, dass sie sich nicht gut fühlte.

»Du schreibst heute einen Mathe-Test, nicht wahr? Bist du gut vorbereitet?«

Allie furchte die Stirn und zog die Brauen zusammen. In diesem Augenblick war sie ihrem Vater wie aus dem Gesicht geschnitten. »Ich hasse Mathe.«

»Du bist immer gut in Mathe gewesen.«
»Aber wir haben Algebra.« Allie rümpfte angewidert die Nase.
»Nun ja, da mussten wir alle durch«, versetzte Jenna und ärgerte sich gleich darauf über sich selbst. Sie nahm ihre Jacke vom Haken an der Hintertür und schlüpfte hinein. »Hör zu, ich versuche heute Abend, dir zu helfen, und wenn ich es nicht kann, springt Mr Brennan vielleicht ein. Er war Ingenieur bei der Air Force und …«
»Nein!«, wehrte Allie hastig ab. Jenna gab es auf – ihre Töchter mochten es beide nicht, dass sie sich mit einem Mann traf, obwohl Robert seit ihrer Scheidung schon zwei Mal wieder geheiratet hatte. Das war selbst für Hollywoodverhältnisse ein Rekord. Harrison Brennan war ihr Nachbar, Exmilitär und Witwer. Seit ihrem Einzug zeigte er mehr als nur ein flüchtiges Interesse an Jenna, und doch fasste er sie nicht ehrfurchtsvoll mit Glacéhandschuhen an, wie so viele andere Einwohner der Stadt es getan hatten, als sie nach Falls Crossing gezogen war.
»Okay, ich werde jedenfalls tun, was ich kann«, versprach sie und streifte ein Paar Lederhandschuhe über, während sie zum Treppenabsatz ging. »Cassie, beeil dich! Wir warten im Auto!«
»Ich komm ja schon!«
»Ist gut.« Wieder in der Küche, sagte sie zu Allie: »Komm, wir wärmen den Wagen schon mal vor.« Im nächsten Moment war sie zur Hintertür hinaus. Eiskalte, trockene Luft schlug ihr entgegen. Eine Bö drang in den überdachten Durchgang und zauste Jennas Haar. Während sie die Garagentür aufschloss, sah sie flüchtig zum Himmel

auf. Tief hängende, metallisch graue Wolken streiften die Hügel der Umgebung und kündigten Schnee an, wie es der Wetterbericht vorausgesagt hatte. »Brrr«, machte Jenna fröstelnd und schwor sich, diesen Durchgang im nächsten Sommer mit dreifacher Isolierverglasung wetterfest zu machen.

Critter und Allie folgten ihr in die Garage, der ebenfalls Wärmedämmung und ein neues Dach nicht geschadet hätten. Nachdem sie alle drei in den Jeep gestiegen waren, steckte Jenna den Schlüssel ins Zündschloss.

Sie trat aufs Gas und drehte den Zündschlüssel.

Der Motor sprang nicht an.

»Nun mach schon«, beschwor Jenna den Geländewagen und warf einen Blick auf Allie, die den Sicherheitsgurt anlegte. »Der Motor ist kalt«, erklärte sie, ebenso zu ihrer eigenen Beruhigung wie zu der ihrer Tochter. Verbissen versuchte Jenna es noch einmal. Und noch einmal. Und noch einmal, aber der verdammte Motor sprang nicht an. Ihr blieb keine Zeit, um lange darüber nachzudenken, woran es liegen konnte. Frustriert sah sie zur angrenzenden Garagenbucht hinüber, wo der alte Ford Pritschenwagen stand, den sie mit der Ranch übernommen hatte. »Wir nehmen den Pick-up.«

»Echt?«

»Ja. Komm.« Jenna war bereits aus dem Jeep gestiegen und auf dem Weg zur Fahrertür des Pick-ups, als Cassie, ihr Handy am Ohr, in die Garage hastete.

Mit einem Blick auf die Szene blieb sie abrupt stehen. »Ich ruf dich zurück«, sagte sie und klappte ihr Handy zu. Während sie das Gerät in ihrer Tasche verstaute, wandte sie sich an ihre Mutter: »Das soll wohl ein Witz sein?«

»Nein.«

»Darin kann ich mich doch nicht blicken lassen, in diesem … Wrack«, protestierte sie und deutete auf die eingedellte Stoßstange des Ford.

»Doch, das kannst du.«

»Aber …«

»Wenn du nicht bald mit dem Gejammer aufhörst, garantiere ich dir, dass er schon bald dir gehört.«

»O Gott!« Cassies Gesicht war eine Maske des Entsetzens.

»Steig ein. *Sofort.*« Jenna hatte genug von nörgelnden Teenagern. Es war schlimm genug, dass Cassie ständig auf die eigenen vier Räder drängte, aber dass sie glaubte, sie müsse unbedingt einen BMW oder einen sportlichen Mercedes oder dergleichen fahren, ärgerte Jenna maßlos. All diese privilegierten Jahre in L. A. wirkten noch nach. Sie setzte sich hinters Steuer, drehte den Zündschlüssel, und der Motor sprang schon beim ersten Versuch röhrend an. »Gott sei Dank«, seufzte sie erleichtert, während ihre Mädchen sich mürrisch neben sie auf die Sitzbank quetschten. Sie steuerte den Wagen über den langen Fahrweg, der von ihrem Achtzig-Morgen-Grundstück führte. Endlich erreichten sie die Straße, die allerdings stark vereist war.

Allie machte sich am Radio zu schaffen und fand zwischen lautem statischem Knistern schließlich einen Sender, der ihr zusagte und den Jenna ertragen konnte, während Cassie über das Wetter nörgelte und anmerkte, sie habe im Internet gesehen, dass die Temperatur in L. A. an diesem Tag bis auf achtundzwanzig Grad ansteigen würde. *Perfekt*, dachte Jenna zynisch und gab sich Mühe, die üble Laune ihrer

Tochter zu ignorieren. Sie konnte nur hoffen, dass die vergangenen paar Stunden nicht ein Vorgeschmack auf noch Kommendes gewesen waren. Aber das war doch lächerlich, oder?, fragte sie sich stumm und sah im Rückspiegel in ihre eigenen besorgten grünen Augen.

Was konnte denn noch schief gehen?

Ein weiterer Blick in den Rückspiegel gab ihr die Antwort. Rote und blaue Lichter rotierten, als der Streifenwagen dicht auf den Pick-up auffuhr. Jenna wich zur Seite aus in der Annahme, er wolle überholen.

Falsch.

»Was ist los?«, wollte Cassie wissen, und beide Mädchen drehten die Köpfe, um durch das schmutzige Heckfenster zu schauen. »Ach, du Schei… – Schande!«

»Reiß dich zusammen!«, ermahnte Jenna ihre Älteste, doch ihr Blick war auf den Seitenspiegel geheftet. Voller Unbehagen beobachtete sie, was hinter ihr vorging.

Ein Geländewagen mit dem Emblem der Sheriff-Behörde hielt hinter ihr am Straßenrand. Ein großer, breitschultriger Mann in Uniformjacke und Hut stieg aus. Lange Beine, geschmeidiger Gang, der strenge Blick war auf ihren Pick-up gerichtet, ein paar Schneeflocken blieben in seinem dichten Oberlippenbart hängen.

Ganz geschäftsmäßig.

»Das ist dieser Sheriff«, flüsterte Cassie. »Der in den Nachrichten war.«

»Scheint unser Glückstag zu sein«, murmelte Jenna. Cassie hatte Recht: Sheriff Carter persönlich stapfte auf ihren Pick-up zu. Dieser Morgen entwickelte sich entschieden unerfreulich.

4. Kapitel

Bin ich zu schnell gefahren?«, erkundigte sich die Frau, nachdem sie das Fenster heruntergekurbelt hatte. Carter erkannte sie auf Anhieb. Jenna Hughes. Die berühmteste Einwohnerin von Falls Crossing. Frisch aus Hollywood, und hier hockte sie nun in einem alten Farm-Pick-up mit abgefahrenen Reifen, diversen Beulen und defekten Bremslichtern. Irgendwann hatte er gehört, dass sie die Ranch vom alten McReedy gekauft habe, und ein paar Mal hatte er sie von weitem gesehen, aber sie waren sich noch nie persönlich begegnet. Bis heute. Tolle Art, sich einer Frau vorzustellen, deren Schönheit legendär war – und das, soweit er sehen konnte, zu Recht. Ihr kleines Gesicht trug eine sorgenvolle Miene, und sie blickte ihn aus diesen berühmten grünen Augen an, die er bereits aus einem halben Dutzend ihrer Filme kannte.

»Nein, das ist nicht das Problem«, erwiderte er. »Ihre Bremslichter funktionieren nicht.«

Sie verzog das Gesicht. »Auch das noch«, murmelte sie vor sich hin.

»O nein.« Das kam von dem Mädchen, das auf der anderen Seite der Vorderbank saß – einem Teenager, der fast genauso aussah wie Jenna. Tochter Nummer eins, vermutete er, und die Kleine in der Mitte, aus deren Strumpfmütze wildes rötliches Haar herausquoll, war die Jüngere. Auf dem Boden zu ihren Füßen lag ein alter Köter. Der Hund knurrte, wurde jedoch rasch zum Schweigen gebracht.

»Könnte ich bitte Ihren Führerschein und die Zulassung sehen?«

»Natürlich.« Jenna kramte in ihrer Handtasche, dann im Handschuhfach, das sich mit lautem Knarren öffnete. »Tut mir Leid, Officer. Gewöhnlich fahre ich diesen Wagen nicht, aber heute Morgen ist mein Jeep nicht angesprungen, und ich muss die Mädchen zur Schule bringen und …«

»Mom! Er will sich bestimmt nicht erst deine Lebensgeschichte anhören«, fiel das ältere der beiden Mädchen ihr ins Wort, warf Carter verstohlen einen düsteren Blick zu und starrte dann wie gebannt aus dem Beifahrerfenster, als sei sie fasziniert vom dem gefrorenen Schneematsch am Straßenrand.

»Ich will doch nur die Situation erklären«, sagte Jenna und brachte ein Lächeln zustande, das ihn vermutlich dahinschmelzen lassen sollte. Was es jedoch nicht tat. Nicht, nachdem in seinem Zuständigkeitsbereich die halb verweste Leiche einer nicht identifizierten Frau gefunden worden war. »Das wird es sein«, sagte sie schließlich und zog einen staubigen Umschlag aus dem Handschuhfach.

»Sie haben doch bestimmt auch einen Versicherungsnachweis.«

»Der müsste in dem Umschlag stecken.« Sie reichte ihm das Päckchen und sah rasch auf die Uhr, um ihn daran zu erinnern, dass sie in Eile war.

»Hören Sie, Sie wollen das doch nicht wirklich«, sagte sie.

Er durchbohrte sie mit seinem Blick.

»Ich meine, wir haben schließlich beide Besseres zu tun.«

Verwöhntes Prinzesschen. Hat wahrscheinlich noch nie im

Leben einen Strafzettel gekriegt. Ja, ich habe weiß Gott Besseres zu tun, als mir hier den Arsch abzufrieren und mir anzuhören, wie du dich um einen Strafzettel herummogeln willst, den du verdammt noch mal verdient hast.

»Es dauert nur ein paar Minuten«, entgegnete er, was mit einem genervten Seufzer von der anderen Seite des Pickups quittiert wurde.

»Gut, denn die Mädchen kommen ohnehin schon zu spät.«

»Sie sind bestimmt nicht die Einzigen«, versetzte er.

»Oh.« Wieder dieses einstudierte sexy Hollywoodlächeln. Sie war sich offenbar bewusst, dass sie Männer um den Finger wickeln konnte; ein unterschwelliger Versuch, ihren Willen durchzusetzen. Der Trick funktionierte wahrscheinlich in den meisten Fällen, aber heute war nicht Jenna Hughes' Glückstag. Nicht, wenn Carter sowieso schon schlechter Laune war.

Er ging mit den Papieren zu seinem Fahrzeug, überprüfte sie und fing an, eine Verwarnung auszustellen, hielt jedoch abrupt inne. Die Frau hatte ein Bußgeld verdient. Zweifellos war sie an Privilegien gewöhnt, daran, dass die Leute nach ihrer Pfeife tanzten, einschließlich Hollywoodbegeisterter Officers, die sie leicht vom Haken ließen. Nun ja, sie waren hier nicht in L. A., und wer sie war, interessierte ihn einen Dreck.

Trotz der Heizung in seinem Chevrolet Blazer waren seine Finger halb erstarrt vor Kälte, als er den Bußgeldbescheid schrieb. Über das Heulen des Windes hinweg vernahm er kaum hörbar das Knistern seines Funkgeräts. Mannomann, es wehte ganz ordentlich heute. Ein paar Fahrzeuge bremsten im Vorüberfahren rasch ab, als sie das Blinklicht des Polizeiwagens bemerkten. Feiglinge. Hatten mehr Angst vor einem Strafzettel als Sorge um ihre Sicherheit und die Einhaltung der Gesetze.

Wütend auf die ganze Welt riss er den Strafzettel vom Block und stieg aus seinem Chevrolet Blazer. Als er durch das Schneetreiben näher kam, bemerkte er, dass Jenna Hughes' berühmte Augen ihn im Seitenspiegel ihres Pickups beobachteten. Himmel, sie war schön. Zum Umfallen schön. Nicht, dass es darauf ankam. An diesem Morgen betrachtete er sie rein dienstlich als eine x-beliebige Staatsbürgerin mit kaputtem Bremslicht.

»Hier, bitte, Ms Hughes«, sagte er, als sie erneut das Fenster heruntergekurbelt hatte und er ihr den Bußgeldbescheid überreichte. »Sie können Widerspruch einlegen, dann wird höchstwahrscheinlich die Strafe gemildert. Inzwischen lassen Sie bitte schnellstens diese Bremsleuchten reparieren, und damit meine ich: gleich heute, wenn Sie schon mal in der Stadt sind. Sie gefährden den Straßenverkehr.«

»Ich werd's versuchen«, entgegnete sie knapp und mit verkniffenen Lippen.

Sie war also sauer. Na und? »Das sollten Sie wirklich tun«, riet er ihr mit einem eingeübten humorlosen Lächeln. »Gute Fahrt, Madam.«

Sie bedachte ihn mit einem Blick, der schwächeren Männern wohl durch Mark und Bein gegangen wäre. Sheriff Carter jedoch scherte es nicht, was sie dachte. Er drehte sich um und kämpfte sich gegen den Wind zurück zu seinem Chevrolet Blazer. Beim Einsteigen sah er, wie Jenna »Hollywood« Hughes wieder auf die Fahrbahn steuerte, wobei sie den Blinker setzte, ganz darauf bedacht, die umsichtige, gesetzestreue Fahrerin zu mimen.

Sie wurden ja alle zu perfekten Autofahrern, sobald sie mal einen Strafzettel bekommen hatten. Seiner Schätzung nach würde ihre neu erworbene Bedachtsamkeit keine zehn Minuten anhalten.

Hey, sie hat keine Geschwindigkeitsbegrenzung übertreten. Ist nicht verkehrswidrig gefahren. Sie hatte nur das Pech, dass ihre Bremsleuchten nicht funktionierten. Sei nicht zu streng mit der Lady.

Und das würde Carter auch nicht – er würde nur ganz genauso streng mit ihr sein wie mit jedem anderen, nicht mehr und nicht weniger. Er setzte sich wieder ans Steuer, schaltete das Blinklicht aus und folgte ihr in die Stadt.

Er saß im Canyon Café, in einer Ecknische am Fenster, und warf einen raschen Blick über die Halbgardine. Durch die vereisten Scheiben sah er die Kirche, ein heruntergekommenes Gebäude, das schon bessere Tage und mehrere Restaurierungen erlebt hatte. Erst neulich war es zum Stadttheater umgestaltet worden – The Columbia Theater in the Gorge, ein verdammt hochtrabender Name.

Sein heißer Tee wurde gebracht, und er goss ihn in ein Glas voller Eis, hörte die Eiswürfel knacken und sah zu, wie sie schmolzen, während die bernsteinfarbene Flüssigkeit rasch abkühlte. An diesem Morgen waren nur wenige Gäste da. Ein paar alte Knaben redeten übers Wetter, Frikadellen und Speck brutzelten auf dem Grill in der Küche, Countrymusic lief kaum hörbar, und die Kellnerin huschte zwischen den Tischen, den Nischen und dem Tresen hin und her. Einige Stammgäste hatten sich hinter ihren Zeitungen vergraben oder waren in Gespräche vertieft. Er winkte dem einen und anderen zu, lächelte die Kellnerin an und behielt dabei verstohlen das Theater im Auge.

Er rührte in seinem Tee und spähte durch den Spalt in den unteren Gardinen, während er so tat, als läse er den Sportteil. Er gab sich Mühe, ruhig zu erscheinen, doch seine Nerven waren gespannt wie Klaviersaiten. Energiegeladen dank der Kältefront. Aufgewühlt von dem Plakat vor dem Theater, das die Weihnachtsaufführung ankündigte.

Ist das Leben nicht schön?

Von wegen.

Er erinnerte sich, den Film in Schwarzweiß gesehen zu haben. Ihn hatte geschaudert bei der Szene, als George Baileys Bruder im Eis einbrach, und er hatte sich nur allzu lebhaft vorstellen können, wie der Junge sich fühlte …

Das kalte, kalte Wasser schlug über ihm zusammen, zog ihn hinab, ließ seine Lunge gefrieren, als er davon schluckte, die ganze Welt verschwamm, sein Herz hämmerte …

Das schwarze Entsetzen, das ihn packte …

»Ist alles in Ordnung?«

Ruckartig hob er den Kopf und sah die Kellnerin an, ein Mädchen von etwa achtzehn Jahren, das eine Kaffeekanne in der einen und einen Krug mit Eiswasser in der anderen Hand hielt.

Sein Blick fiel auf die Eiswürfel, die im Wasser schwammen, und er brachte ein Lächeln zustande. »Ja … alles in Ordnung. Kann mich allerdings nicht unbedingt darüber freuen, dass die Trail Chevrolet Blazers schon wieder verloren haben.«

»Darüber freut sich wohl keiner. Abgesehen vom Wetter wird heute Morgen über nichts anderes geredet.« Sie schien beruhigt zu sein und lächelte breit, sodass ihre Zahnspange zu sehen war. »Noch etwas Wasser oder Tee?«

»Ich bin versorgt.« Zum Beweis hob er sein Glas und trank einen großen Schluck.

In der Gewissheit, den Gast zufrieden gestellt zu haben, eilte sie weiter zum nächsten Tisch.

Du Idiot!, schalt er sich im Stillen. *Versau jetzt nicht alles! Nicht jetzt. Hab Geduld. Alles läuft wie am Schnürchen. Perfekt.*

Er mahnte sich zur Ruhe, griff langsam wieder nach der Zeitung und blätterte um. Dabei bemerkte er durch den Spalt zwischen den Café-Gardinen einen alten, zerbeulten Pick-up direkt vor dem Fenster. Sein Herz machte einen Satz, als er einen weiteren Blick wagte und Jenna Hughes am Steuer erkannte.

Es war Schicksal. Davon war er überzeugt. Sie war nur gekommen, um ihn an sein Ziel zu erinnern.

Er zitterte.

Sie war so nahe.

Sein Atem ging flach.

Ihr Pick-up hielt vor einer roten Ampel, und Jenna blickte starr geradeaus … Nein, sie schaute in den Rückspiegel, berührte mit dem Finger ihren perfekten Mundwinkel, als wollte sie ein bisschen überschüssigen Lippenstift abtupfen, und konzentrierte sich dann wieder auf die Straße.

Er erbebte innerlich, fuhr sich mit der Zunge über die Lippen und hoffte im Stillen, sie möge sich in seine Richtung umdrehen, damit er ihr umwerfendes Gesicht sehen konnte. Ihr Profil war königlich. Klassisch. Doch er wollte ihr unbedingt in die Augen sehen.

Es sollte nicht sein.
Stattdessen wandte sie den Kopf in die entgegengesetzte Richtung, wodurch er kurz ihr glänzend schwarzes Haar bewundern konnte, bevor sie über die Kreuzung fuhr. Direkt hinter der Biegung setzte sie den Blinker und steuerte den Parkplatz des Theaters an.
Er lächelte innerlich, fühlte sich zutiefst befriedigt.
Er kannte die umgestaltete Kirche genauso gut wie sein eigenes Zuhause. Genauso gut wie Jennas Zuhause.
Das Blut rauschte ihm jetzt in den Ohren … Er hatte nicht damit gerechnet, sie zu sehen, und gewöhnlich plante er alles minutiös. Doch das hier … Diese Begegnung war so nahe gewesen, es *musste* Schicksal sein. Kismet.
Nachdem sie aus der Fahrerkabine des Pick-ups gestiegen war, hielt sie inne und blickte die Straße entlang.
Er konnte nicht widerstehen. Er legte Geld auf den Tresen – mehr als genug, um seine Rechnung zu bezahlen –, verließ hastig das Café und stapfte, gegen den Wind ankämpfend, in Richtung Theater.
In einer Gasse an der anderen Straßenseite blieb er im Schatten einer mächtigen Fichte stehen und sah zu, wie sie die Stufen zu dem Doppelportal hinaufstieg. Sie öffnete einen Türflügel. Bevor sie im Inneren des Theaters verschwand, warf er ihr eine Kusshand zu.
»Es dauert nicht mehr lange«, versprach er. Der eisige Wind riss ihm die geflüsterten Worte von den Lippen.

»Also, was haben wir?«, fragte Carter an BJ gewandt und ließ sich in dem Sessel neben seinem Schreibtisch nieder. Er zog seine Jacke aus und ärgerte sich dabei, dass die Begegnung mit Jenna Hughes ihm noch immer nicht ganz aus dem Kopf ging. Als hätte er nichts Wichtigeres zu tun.

»Was wir haben?«, wiederholte BJ und schüttelte den Kopf. »Nicht genug.« BJ hatte kurzes braunes, von roten Strähnchen durchzogenes Haar. Ihr Gesicht waren fein geschnitten, mit großen, dunkelbraunen Augen, denen kaum etwas entging. »Die Gerichtsmedizin ist noch mit der Leiche der Unbekannten beschäftigt. Der Zeitpunkt des Todes steht nach wie vor nicht fest, aber der Gerichtsmediziner glaubt, dass sie wohl in diesem Jahr gestorben ist – möglicherweise letzten Frühling, nach dem Grad der Verwesung und den Insektenlarven am Fundort zu urteilen und auch aufgrund der Tatsache, dass Tiere Leichenteile weggeschleppt haben. Einen ausführlichen Bericht bekommst du, sobald er vorliegt.«

Carter furchte die Stirn und tippte mit dem Radiergummi am Ende seines Bleistifts auf seinen unordentlichen Schreibtisch. »Ich habe mit der Stelle für Vermisstmeldungen in Salem gesprochen. Bislang keine Ergebnisse, aber sie arbeiten noch an einem Abgleich der körperlichen Merkmale unserer Unbekannten mit vermisst Gemeldeten der letzten paar Jahre.«

»Nur im Bereich des Bundesstaats?«

»Nein. Zuerst einmal bis zur Westküste, und ich habe auch mit den Behörden vor Ort gesprochen. Nur um sicher zu gehen. Bis jetzt: nada.« Carter spielte mit seinem Bleistift, drehte ihn zwischen den Fingern, eine nervöse Angewohnheit, seit er nicht mehr rauchte. Sie hatte sich bewährt, abgesehen von der düsteren Zeit, als Carolyn starb. Aus den Augenwinkeln sah er das letzte noch verbliebene Bild von ihr in seinem Büro: einen Schnappschuss von ihrem letzten Ausflug an die Küste. Das Foto steckte in einem Standrahmen aus Rosenholz. »Was ist mit der Todesursache?«

»Bisher unbekannt; die Gerichtsmedizin arbeitet noch daran.«

»Und das rosa Zeug in ihrem Haar?«

»Ich habe danach gefragt. Es wird noch analysiert.« Sie zog die Lippen zwischen die Zähne, wie sie es häufig tat, wenn sie intensiv über etwas nachdachte. »Wahrscheinlich handelt es sich um eine Art synthetische Modelliermasse, bestehend aus einer gummiähnlichen Substanz. So in der Art von … Play-Doh, aber das trifft es nicht genau …«

»Plastik?«

»Ich glaube nicht, dass es darauf hinausläuft. Aber das Labor kümmert sich darum.«

»Und?«, drängte er, als er sah, wie sie die Augenbrauen zusammenzog.

»Und?«, wiederholte sie.

»Du siehst aus, als hättest du noch was zu sagen.«

»Nichts Konkretes, aber die Kollegen haben noch mehr von dem rosa Zeug in dem Baumstamm gefunden. Ziemlich viel sogar. Sie versuchen, die Szene zu rekonstruieren.«

»Also befand es sich an der Leiche?«

»Möglicherweise auch, aber wohl hauptsächlich *im* Körper. Das Zeug war zusammengeballt, massiv, in größeren Klumpen, also kann es nicht bloß an der Haut gehaftet haben. Sie vermuten, dass es sich entweder in der Lunge oder im Magen befand.«

»Sie hat es *eingenommen*?«

»Kann sein. Womöglich ist sie sogar darin ertrunken. Dieser rosa Brei, was immer es sein mag, war unter Umständen die Todesursache.«

»Darin ertrunken?« Carter spannte die Kiefermuskeln an und strich nachdenklich über seinen Oberlippenbart. »Dann war es flüssig?«

»Ich weiß es nicht. Wir müssen den Bericht abwarten.«

»Moment mal. Das alles klingt wie ein Thema für einen Science-Fiction-Film. Warum sollte jemand einen Menschen mit so einem rosa Brei umbringen?«

»Wir können offiziell noch gar nicht sagen, ob es Mord war.«

Er sah sie fest an. »Denkst du an Selbstmord? Selbstmord durch Einnahme von einem rosa Brei? Und dann endet die Leiche auf einem Berg in einem hohlen Baumstamm? Was für ein merkwürdiges Ritual soll das denn sein?«

»Ich versuche nur, alle logischen Möglichkeiten in Betracht zu ziehen.«

»Logisch – vergiss es. Hier ist nichts logisch. Mit einem Unfall haben wir es mit Sicherheit auch nicht zu tun. Es ist Mord, davon bin ich völlig überzeugt. Aber wozu dieser Aufwand? Warum hat der Täter sein Opfer nicht einfach erschossen oder erwürgt oder ihm die Kehle durchgeschnitten?«

»Wer weiß?« Sie zog eine Schulter hoch. »Wenn deine Theorie stimmt, dann läuft da draußen ein Psychopath frei herum – oder es war im letzten Winter einer auf der Durchreise. Er hat seine Arbeit erledigt, entweder hier in der Gegend oder sonst wo, die Leiche verschwinden lassen und sich aus dem Staub gemacht. Es ist eine Weile her, dass das Mädchen ermordet wurde. Der Täter kann längst über alle Berge sein.«

Carter überlegte mit zusammengekniffenen Augen. Er blickte aus dem Fenster in den bedrohlich grauen Himmel, der diese Kleinstadt tief in den Ausläufern der Cascade Mountains einschloss. Es war ein abgelegener Ort; die einzige nennenswerte Verbindung zur übrigen zivilisierten Welt war die I-84, der Interstate Freeway, der an dieser Stelle der Landkarte parallel zum Columbia River verlief. Sein Blick schweifte über die bewaldeten Gebirgszüge, und er dachte nicht zum ersten Mal daran, dass die steilen Felsen und dunklen Wälder in der Umgebung von Falls Crossing die ideale Zuflucht boten für jemanden, der sich verstecken wollte. Aber ein Psychopath? Der Gedanke bereitete ihm Zahnschmerzen.

Vielleicht zog er voreilige Schlüsse.

»Wir forschen weiter nach ihrer Identität, aber wir arbeiten mit der Staatspolizei zusammen. Sollen die doch die Leitung übernehmen – das werden sie sowieso wollen, und schließlich haben sie bessere Möglichkeiten als wir.« Er kratzte sich am Kinn und fügte hinzu: »Ich werde mit Larry Sparks von der hiesigen Behörde reden. Er wird uns bestimmt auf dem Laufenden halten.«

»Eine andere Behörde hinzuzuziehen, das passt gar nicht zu dir.«

»In diesem Fall liegen die Dinge eben anders«, entgegnete er, wobei er verschwieg, dass er ein höchst ungutes Gefühl im Bauch hatte. Eine wirklich böse Vorahnung. »Kontaktiere noch einmal alle zuständigen Stellen in der Umgebung – oder sagen wir lieber in ganz Oregon, Washington, Idaho und Kalifornien, ja, auch Western

Montana. Finde heraus, ob es Parallelen gibt. Finde heraus, ob weitere Fälle bekannt sind von tot aufgefundenen Frauen mit irgendeiner unbekannten Substanz in den Haaren oder Körperöffnungen.«

BJ nickte. »Sonst noch was?«, fragte sie und warf die Akte mit dem Bericht über Vermisstenmeldungen auf seinen Schreibtisch.

»Ja«, antwortete er, während er bereits zum Telefon griff, um Lieutenant Sparks anzurufen. »Besorg mir so schnell wie möglich den Autopsiebericht über unsere Unbekannte.«

5. Kapitel

Cassie hatte darauf bestanden, zwei Häuserblocks von der Schule entfernt abgesetzt zu werden, damit möglichst wenige Leute sie aus dem »Schrotthaufen von Pickup« ihrer Mutter aussteigen sahen. Schon dass der Sheriff Jenna angehalten hatte, war ihr über alle Maßen peinlich gewesen. Jenna ärgerte sich noch immer über das Bußgeld, wollte aber keinen weiteren Streit mit ihrer Tochter und ließ ihr deshalb ihren Willen. Wenn Cassie halb erfroren zum Geometrie-Unterricht kam, war das schließlich ihr Problem. Doch die Kälte schien Cassie nicht zu stören; sie schlenderte davon, das Handy am Ohr, während der Wind ihr das Haar ins Gesicht und in die Augen peitschte. *Heute Abend*, dachte Jenna, *heute Abend haben wir ein Hühnchen miteinander zu rupfen, zwischen Mutter und Tochter.* Das klang so einfach, und trotzdem krampfte sich bei der Aussicht darauf ihr Magen vor Unbehagen zusammen.

Ohne weitere Zwischenfälle brachte sie Allie zur Harrington Junior High School und fuhr dann auf direktem Weg zum Theater, wo Rinda Dalinsky sich in dem Raum, in dem früher einmal das Taufbecken gestanden hatte, in Rollkragenpullover, Daunenweste und Skihose warm zu halten versuchte. Sie trank bereits Kaffee aus einem riesigen Becher und kopierte etwas auf einem uralten Farbkopierer. Rinda war etwa so groß wie Jenna, athletisch gebaut und mit rotbraunem Haar, olivbraunem Teint und goldenen Augen gesegnet, in denen sich stets das Licht zu spiegeln schien.

»Ist Oliver hier? Wenn ja, dann gib Acht. Ich habe den Hund mitgebracht«, verkündete Jenna, während sie, gefolgt von einem glücklichen Critter, die vormalige Apsis der alten Kirche durchquerte. Schmale bleiverglaste Fenster ließen gefiltertes Tageslicht ein, und ein paar religiöse Relikte schmückten die hohen Holzwände.

»Ich sag's ihm«, rief Rinda zurück, und Jenna lachte. Oliver war eine uralte gelbe Katze, die Rinda unter der Veranda der Kirche versteckt gefunden hatte, als sie das Bauwerk für ihre Bühnenproduktionen kaufte. Sie hatte es nicht übers Herz gebracht, den Kater ins städtische Tierheim zu bringen, sondern ihn spontan adoptiert und ihn Oliver getauft, nach ihrer Lieblingsfigur bei Charles Dickens. So wurde Oliver zum inoffiziellen Maskottchen der Theatertruppe. Critter bellte kurz und begann dann wild mit dem Schwanz zu wedeln, als er Rinda sah.

Im selben Moment schoss besagte Katze durch die miteinander verbundenen Räume hinter der Bühne. Empört fauchend kletterte sie an einer Säule empor und versteckte sich auf einem Deckenbalken. Critter, der immer noch um Rindas Aufmerksamkeit bettelte, hatte die Katze überhaupt nicht bemerkt.

Rinda lachte leise über die Gleichgültigkeit des Hundes. »Ich schätze, Oliver ist ziemlich von sich selbst eingenommen.«

»Er ist schließlich ein Männchen, nicht wahr?«, sagte Jenna und dachte an den Officer, der sie am Morgen angehalten hatte. Rindas Freund. Sheriff Shane Carter, ein sehr männlicher Mann mit dunklen Augen, dichtem Schnauzbart, kantigem Kinn und anscheinend ziemlich mieser Einstellung.

»Oliver *war* ein Männchen. Ich habe ihn kastrieren lassen.«

Wieder musste Jenna an Carter denken. Hart. Sexy. Und ein überaus unangenehmer Zeitgenosse. »Lassen wir das lieber«, entschied Jenna, bevor ihr etwas herausrutschte, was sie später bereuen würde. In Rindas Augen war der Sheriff der Stadt ein Heiliger. »Dann sitzen Oliver und Critter im selben Boot. Was machst du da?« Jenna hob eines der Blätter auf, die der Kopierer ausspie. »Handzettel?«

»Mhm. Die erste Charge. Detailliertere Informationen geben wir raus, wenn das Datum näher rückt, aber wir brauchen etwas, das wir in der Stadt verteilen und auf die Website setzen können. Scott zeichnet fürs Design verantwortlich.« Rindas Sohn Scott war ein Studienabbrecher, der in Teilzeit für seine Mutter Bühnenbilder und Kulissen herstellte und während der Aufführungen manchmal mit Rindas Bruder, Wes Allen, zusammen als Beleuchter arbeitete. Scott war Kino-Freak und konnte aus fast jedem bedeutenderen Film seit 1970 Dialoge zitieren. Rinda wies auf die Kopie, die Jenna in der Hand hielt. »Und? Was hältst du davon?«

»Ich finde es gut.« Der Handzettel war in blassem Rot und Grün gehalten und erinnerte an ein Filmplakat aus den fünfziger Jahren. »Nostalgie kommt gut an.«

»Das glaube ich auch«, bestätigte Rinda, doch sie klang ein wenig zögerlich, wie immer, wenn sie über ihren einzigen Sohn sprach, und ihr Lächeln wirkte etwas verkrampft.

Jenna legte das Blatt auf den rasch wachsenden Stapel zurück, griff nach einer Thermoskanne voller Kaffee und schenkte sich eine Tasse ein. Die alte Theater-Kirche musste dringend mit Wärmedämmung und einem neuen Heizsystem ausgestattet werden. Zurzeit brannte der uralte Ofen auf Hochtouren, doch die warme Luft entwich anscheinend sofort wieder durch die Bleiglasfenster und die dünnen Holzwände des Bauwerks, das trotz Rindas Bemühungen immer mehr verfiel.

»Und wie läuft die Produktion?«, fragte Jenna. Sie hatte sich bereit erklärt, ein paar der Schauspieler zu trainieren, doch die tatsächlichen Proben sollten erst Anfang der nächsten Woche beginnen.

»Mit Kindern zu arbeiten ist immer … eine Herausforderung.«

»Sind die Erwachsenen denn so viel besser?«

Rinda zeigte mit Daumen und Zeigefinger ein winziges Stückchen an. »Unerheblich.«

Jenna lächelte. Sie fand ein Päckchen fettfreien Kaffeeweißer und legte es auf den Tresen. »Ich sag dir, es wird der Renner. Ausverkauft bis auf den letzten Stehplatz.«

»Ein Renner würde es, wenn du die Mary Bailey spielen würdest«, schmeichelte Rinda nicht zum ersten Mal.

»Dafür hast du Madge Quintanna.« Jenna öffnete das kleine Päckchen und ließ das weiße Pulver in ihren Kaffee rieseln. Sofort bildeten sich helle Wolken in ihrer Tasse. »Außerdem habe ich schon einen Job. Ich bin Coach Hughes, vergiss das nicht.«

Rinda dachte nicht daran aufzugeben. »Madge ist … Wie kann ich das behutsam formulieren? Geht wohl nicht. Madge ist furchtbar. Steif wie ein Brett, und zu behaupten, sie ›kämpfe‹ mit ihrem Text, wäre die Untertreibung des Jahres.«

»Sie wird sich bessern.« Jenna probierte einen Schluck von ihrem Kaffee. »Ich habe ihr geraten, sich den Film anzusehen, bevor ich nächste Woche anfange, mit ihr zu arbeiten. Donna Reed war unglaublich. Madge wird schon noch begreifen, worum es geht.«

»Sie ist kein Naturtalent. Du bist eines.«

Jenna ließ sich von Rindas Schmeichelei nicht beeindrucken. »Hab ich dir nicht gesagt, dass ich von Herzen gern zur Mitarbeit bereit bin, solange ich mindestens fünf Jahre lang nicht auf die Bühne muss?«

»Aber du hast einen Namen.«

»Hatte«, korrigierte Jenna. »Ich hatte einen Namen, das ist der feine Unterschied. Und nicht einmal dessen bin ich mir sicher. Ich möchte wetten, in Hollywood gelte ich längst als ›Schnee von gestern‹.«

»Du warst eine Hollywoodschauspielerin der A-Klasse!«

Jenna lachte zum ersten Mal an diesem Morgen. »Du übertreibst.«

»Wir könnten mit deiner Hilfe gute Presse kriegen.«

Innerlich schüttelte Jenna sich bei dem Gedanken. Sie hatte zur Genüge erlebt, welchen Schaden die Boulevardpresse und die Gerüchteküche einer Familie zufügen konnten. Seit dem Unfall während der Aufnahmen für ihr letztes Projekt war sie vor jedem Medien-Event zurückgeschreckt. Doch Rinda gehörte einer anderen Zeit und einem anderen Ort an und versuchte nun einmal ihr Möglichstes, um aus der bevorstehenden Weihnachts-Inszenierung einen Renner zu machen. Wenigstens für die Verhältnisse von Falls Crossing.

»Stell dir nur vor, was es für diese Produktion und für die

Theatertruppe überhaupt bedeuten würde, wenn du auf der Bühne stündest! Wir könnten ein Teil der Hypothek abtragen und das alte Gemäuer gründlich aufpolieren. Wir können endlich Wärmedämmung einbauen, zum Teufel noch mal. Sogar eine kleine Weintheke einrichten. Und das wäre erst der Anfang – denk nur mal an ein computergesteuertes Beleuchtungssystem und an Vorhänge, die nicht trotz zahlloser Reparaturen immer noch in Fetzen fallen!«

»Langsam!« Jenna hob abwehrend die Hand. »Nun bleib mal auf dem Teppich. Du bist ja ganz aus dem Häuschen. Ich habe dir gesagt, dass ich gern hier mithelfe, die Finanzierung eingeschlossen, aber was Auftritte und die Nutzung meines Namens betrifft, habe ich ›nein‹ gesagt, und das war mein Ernst. Wenigstens bis auf weiteres. Ich erinnere mich daran, sehr deutlich gemacht zu haben, dass ich Zeit und Freiraum für mich und meine Kinder benötige, um Abstand von Robert und Tinseltown zu gewinnen und endlich Gelegenheit zu haben, eine ganz normale Mutter zu sein.«

»Von wegen!«, versetzte Rinda und nahm den Stapel Papier von der Ablage des Kopierers. »Du wirst niemals eine ›ganz normale‹ Mutter sein.«

»Okay, das mag sein, aber ich möchte zumindest jede Art von … Rummel vermeiden.«

»Das heißt, du willst nicht, dass dein berühmter Name und dein ebenso berühmtes Gesicht ausgeschlachtet werden?«

»Danke! Genau das. Heute muss ich mich auf so glamouröse Dinge wie die Reparatur meiner Pumpe konzentrieren – wir haben im ganzen Haus kein Wasser, und Hans glaubt, es liegt an der elektrischen Pumpe. Außerdem kann ich nur hoffen, dass mein Jeep wieder anspringt, wenn ich nach Hause komme. Sonst muss ich ihn in die Werkstatt abschleppen lassen.« Sie kreuzte die Finger der linken Hand und hielt sie hoch. »Vielleicht ist er nur störrisch wegen des schlechten Wetters.«

»Oder vielleicht haben die Götter der Mechanik dich mit einem Fluch belegt?«

Jenna stöhnte auf und dachte an all das, was ihr im Verlauf der vergangenen Woche widerfahren war: an die Probleme mit ihrem Computer und dem Internetzugang, an ihr Handy, dessen Akku sich nicht aufladen ließ, an die Mikrowelle, die kürzlich den Geist aufgegeben hatte, und jetzt war noch die eingefrorene Wasserpumpe hinzugekommen und der Jeep, der nicht anspringen wollte. »Ich will's nicht hoffen. Wenn das der Fall wäre, könnte es für mich ein langer Winter werden.«

»Lang wird er sowieso. Hast du's noch nicht gehört? Dieser Winter soll der kälteste seit siebzig oder achtzig Jahren werden. Es werden schon Wetten darüber abgeschlossen, ob der Fluss zufriert, und das ist seit den frühen dreißiger Jahren nicht mehr der Fall gewesen, glaube ich.«

»Der Fluss? Meinst du etwa den Columbia River? Er ist tatsächlich mal zugefroren?«, vergewisserte sich Jenna und sah vor ihrem inneren Auge die tosenden Wassermassen, die sich zwischen den Felsen hindurchwälzten, dem Pazifischen Ozean entgegen. Wie kalt musste es werden, damit ein Fluss dieser Größenordnung zufror?«

Rinda lächelte und trank ihren Kaffee aus. »Ja, allerdings. Er war eine massive dicke Eisplatte. Wer ein Auto hatte, konnte hinüberfahren.«

»Das ist ja unglaublich.« Jenna blickte aus dem vereisten Fenster.
»Tut es dir schon Leid, dass du hierher gezogen bist?«
»Du ahnst ja gar nicht, wie furchtbar ich es bereue«, scherzte Jenna.
»Wie warm ist es heute in L. A.? Zwanzig Grad? Fünfundzwanzig?«
»Achtundzwanzig Grad, Luft wie Balsam.«
»Her mit der Sonnenmilch!«
»Sehr witzig«, versetzte Jenna, trank einen großen Schluck aus ihrer Tasse und spürte, wie der warme Kaffee ihr durch die Kehle rann. Angesichts all der Probleme, vor denen sie stand, fragte sie sich wieder einmal, ob es ein Fehler gewesen war, so hoch in den Norden zu ziehen. Zwar wollte sie es sich nicht eingestehen, aber sie hatte diesen Entschluss doch schon manchmal bereut. War der Auszug aus L. A. tatsächlich, wie Cassie ihr immer wieder vorwarf, ein Beispiel dafür, wie Jenna vor ihren Problemen davonlief, statt Lösungen zu suchen? Hatte sie, anstatt ihrer kleinen Familie ein besseres Leben zu bieten, in Wirklichkeit alles verdorben?
Die Tür zum Theater wurde geräuschvoll geöffnet, und in einem Schwall kalter Luft trat Wes Allen, Rindas Bruder, ein.
»Hi!«, begrüßte Rinda ihn strahlend.
»Hi, Rin. Hallo, Jen.« Er nickte Jenna zu, wobei sein Blick ein bisschen zu lange auf ihrem Gesicht verweilte. Wie immer. Es war nur eine Kleinigkeit, aber es störte Jenna. Er war etwa dreißig Zentimeter größer als seine Schwester und hatte ebenso wie sie dichtes, dunkles Haar, eine schlanke Figur und regelmäßige Zähne. »Dachte, ich schau

mal rein und überprüf noch mal die Beleuchtung, bevor ich zur Arbeit gehe. Vielleicht finde ich ja den Kurzschluss.«

»Das wäre prima«, sagte Rinda und bedachte ihn mit dem typischen Großer-Bruder-Blick. »Weißt du, es täte mir verdammt Leid, wenn das Haus in Flammen aufginge.«

Jenna blickte sich in dem hundert Jahre alten Holzgebäude um. Jeder Versicherungsagent musste darin einen Haufen Zunder sehen.

»Hab ein bisschen Vertauen. Das würde ich niemals zulassen.« Wes litt wirklich nicht an mangelndem Selbstbewusstsein. Er schenkte sich eine Tasse Kaffee ein, setzte sich auf die Kante ihres Schreibtisches und griff nach dem Stapel Blätter, den sie in einen Ordner gelegt hatte. »Sind das die Handzettel für die neue Produktion?«

»Ja.«

Er zog ein Blatt heraus und betrachtete es kritisch, während er in seinen Kaffee blies. »Nicht schlecht. Hat Scott die gemacht?«

»Mhm. Mein Sohn entpuppt sich als Künstler«, sagte Rinda.

Wes schob die Zettel wieder in den Ordner und wandte sich Jenna zu. »Hast du von der Leiche gehört, die oben am Catwalk Point gefunden wurde?«

»Nur ganz kurz, heute Morgen in den Nachrichten.«

»Gruselig, wie?«, bemerkte Rinda. »Mit so etwas hätte man in dieser Gegend niemals gerechnet. Wir sind hier schließlich nicht in der Großstadt. Hier kennt doch beinahe jeder jeden.«

Jenna widersprach: »Ich glaube nicht, dass überhaupt irgendjemand einen anderen Menschen wirklich kennt.«

»Das liegt daran, dass du nicht aus dieser Gegend stammst«, behauptete Rinda.

»Nein, ich glaube, sie hat Recht. Ich habe mal gehört, es gibt das öffentliche Leben, das persönliche Leben und das private Leben. Das öffentliche Leben ist das, das jeder während deiner täglichen Routine mitbekommt, das persönliche Leben offenbart man der Familie und den engsten Freunden, aber das private Leben, das betrifft das, was nur du selbst über dich weißt und was du vor allen anderen verbirgst.« Wes trank seinen Kaffee aus und ließ seine Worte nachwirken.

»Willst du damit sagen, dass du mich in Wirklichkeit gar nicht kennst, obwohl wir Geschwister sind?«

»Ich kenne deine private Seite nicht. Deine intimsten Gedanken oder Handlungen. Keine von euch beiden« – er deutete erst auf Rinda, dann auf Jenna, wobei er ihr fest in die Augen sah – »hat eine Vorstellung davon, wie ich bin. Privat.«

»Was soll das? Willst du uns Angst einjagen?«, fragte Rinda.

»Ich sag nur, wie es ist.« Er zwinkerte Jenna zu, ließ seine Tasse auf Rindas Schreibtisch stehen und eilte die Hintertreppe hinauf.

»Manchmal hat er so seltsame Anwandlungen«, flüsterte Rinda. »Dann erscheint es mir kaum vorstellbar, dass wir wirklich verwandt sind.«

»Das hab ich gehört!«, rief er von oben. »Vergiss nicht: Big Brother sieht *und* hört dich!«

»Dann hör gut zu: Mach dich endlich an die Arbeit.«

»Ja, ja ...«

Rinda verdrehte die Augen. »Das habe ich nun davon,

dass ich ihm und Scott gestattet habe, hier im Theater die Strippen zu ziehen.«

Zwanzig Minuten später knarrten die Treppenstufen unter Wes' Schritten. »Ich glaube, ich habe den Defekt gefunden«, verkündete er, während er Rindas Büro betrat. »Ich lege eine neue Leitung, und damit dürfte das Problem behoben sein.«

»Das will ich hoffen.«

»Vertrau mir«, sagte er, und sein Blick schweifte zu Jenna, während er den Reißverschluss seiner Jacke hochzog. »Meine kleine Schwester. Ich sag's ja immer, sie hat einfach kein Vertrauen.«

»Begrenztes. Mein Vertrauen zu dir hat seine Grenzen«, konterte Rinda.

Er sah auf die Uhr und verzog das Gesicht. »Muss los.« Mit einem Lächeln zu Rinda und Jenna fügte er hinzu: »Ihr scheint ja hier alles im Griff zu haben.«

»Verlass dich lieber nicht darauf«, neckte Rinda ihren Bruder. Er winkte und wandte sich zum Gehen. Seine Schritte polterten auf dem Holzfußboden, als er zur Tür hinausging. Die Doppeltüren schlugen heftig hinter ihm zu.

Rinda fröstelte in dem kalten Luftzug. »Wir müssen eine Möglichkeit finden, wie wir Wärmedämmung einbauen können.« Sie ging zum Thermostat und drehte die Heizung höher. »Die zahlenden Gäste sollen doch nicht frieren. Ach, da fällt mir ein, ich wollte dich was fragen.«

»Schieß los.«

»Hast du dir das schwarze Seidenkleid zurückgeholt – du weißt schon, das Etuikleid mit den Perlen am Ausschnitt? Das Kleid, das du in *Resurrection* getragen hast?«

»Zurückgeholt? Nein. Ich habe es doch der Truppe gestiftet. Wieso?«
Feine Falten zeigten sich zwischen Rindas Brauen. »Es ist verschwunden.«
»Verschwunden?«
»Ja. Lynnetta war am Wochenende hier und wollte ein paar Änderungen an dem Kleid vornehmen, aber sie konnte es nicht finden.«
»Aber es hing doch in dem großen Bühnenschrank.«
»Ich weiß. Dort habe ich selbst nachgeschaut.«
»Ich habe es letzte Woche noch gesehen.« Überzeugt, dass sie das fragliche Kleidungsstück finden würde, ging Jenna hinter die Bühne in den Bereich, in dem sich früher das Kirchenbüro und der Aufenthaltsraum des Pfarrers befunden hatten. Im Lauf der Jahre war er immer wieder verändert und umgestaltet worden, sodass er jetzt aus einem Labyrinth von Umkleideräumen und Schränken bestand. Dort befanden sich drei Schminktische mit Spiegeln sowie ein ziemlich großer Lagerraum für Bühnenbilder und Requisiten. Über eine alte Treppe erreichte man eine Art verglastes Büro, von dem aus die Licht- und Tontechnik gesteuert wurde. Dahinter führten die steilen Stufen noch höher hinauf bis in den Glockenturm, den abzureißen Rinda, die die ehemalige Kirche gekauft hatte, nie übers Herz gebracht hatte.
Jenna sah rasch die Kleider durch, die auf Bügeln im großen Bühnenschrank hingen. Zwei Mal. Das Kleid war tatsächlich nicht da. »Jemand muss es verlegt haben«, sagte sie, mehr zu sich selbst als zu Rinda. Sie schaute in einigen kleineren Schränken nach, überprüfte die Kleiderhaken

an diversen Türen und sogar die großen Rattantruhen, doch das Kleid war nicht zu finden.

»Rätselhafte Angelegenheit«, knurrte Rinda.

»Unter der Bühne vielleicht?«

»Dort liegt der Staub von Jahren unberührt.«

»Dann muss jemand es ›ausgeliehen‹ haben.«

»Oder gestohlen.«

»Das Kleid? Aber warum denn?«, fragte sie, doch sie kannte die Antwort.

»Weil es dir gehört hat. Weil du es in einem Film getragen hast. Weißt du, du hast immer noch Fans. Auch wenn du keine Filme mehr drehst, haben die sich nicht einfach in Luft aufgelöst. Ich werde bei eBay danach suchen. Wenn es nicht jemand für seine private Sammlung behalten will, dann wird er wahrscheinlich versuchen, es schnell zu Geld zu machen.«

»Bei eBay?«

Rinda nickte. »Du kannst dir nicht vorstellen, was die Leute da alles verkaufen. Ich habe schon von Organspenden gehört, und ich glaube, irgendein Typ wollte sogar seine Seele verkaufen.«

Jenna lachte. »Und hat jemand darauf geboten?«

»Mhm. Ein Kerl namens Luzifer, glaube ich.«

»Ach, hör auf!« Sie lachte noch einmal, spürte jedoch eine Gänsehaut auf den Armen, und sie beschlich eine Vorahnung von etwas bedeutend Schlimmerem als einem fehlenden Kostüm.

Rinda hegte anscheinend ähnliche Gedanken, denn ihr Lächeln erlosch, als sie zurück ins Büro gingen. »Es fehlen noch mehrere andere Gegenstände. Alles Sachen, die du gestiftet hast. Weißt du noch, vor ein paar Wochen habe ich dich schon mal nach einem Armband und einem Paar Ohrringe gefragt ...«

»Ja, aber ich habe angenommen, sie seien nur verlegt worden.«

Rindas Miene wurde noch düsterer.

Jenna beschwichtigte sie: »Komm schon, du glaubst doch nicht wirklich, dass die Sachen gestohlen worden sind? Dass sich hier ein Dieb herumtreibt?«

»Ich will es nicht hoffen. Gott, ich hoffe wirklich, dass sich eine andere Erklärung findet. Das Schlimmste ist: Wenn jemand das Kleid und die Armbänder und anderen Kram gestohlen hat, dann ist es jemand, mit dem wir arbeiten, jemand, der einen Schlüssel zum Theater besitzt.«

»Du machst dir viel zu viele Gedanken. Die Sachen finden sich bestimmt wieder«, beharrte Jenna, die sich nicht von Rindas Besorgnis anstecken lassen wollte. Sie hatte schon genug Probleme und konnte sich nicht auch noch um ein Kleid und ein paar fehlende Schmuckstücke kümmern. Sie würden schon wieder auftauchen.

Aber es sind lauter Sachen, die dir gehört haben. Wenn jemand sie gestohlen hat, dann deshalb, weil sie dir gehörten.

»Hör auf damit«, sagte sie leise zu sich selbst.

»Was?«

»Nichts. Ich habe mit mir selbst geredet.«

»Kein gutes Zeichen. Wie auch immer, ich habe alles, was ›verlegt‹ wurde, auf einer Liste notiert. Ich denke, ich sollte mit Shane darüber reden.«

»Shane? Meinst du diesen Sheriff?« Jenna sah augenblicklich wieder die Konfrontation mit dem Mann vor sich, die noch nicht einmal eine Stunde zurücklag. Sie spürte, wie ihre Wangen heiß wurden. »Das solltest du nicht tun.«

»Warum nicht?«

Sie erwog, Rinda von der Begegnung zu erzählen, sagte dann aber stattdessen: »Bleib auf dem Boden. Er hat weiß Gott Wichtigeres zu tun. Denk nur an diese Frau, die tot im Wald aufgefunden wurde. Belästige ihn lieber nicht mit diesem Kleinkram.«

»Er wird es bestimmt erfahren wollen.«

»Carter?« Hatte Rinda den Verstand verloren? Der Sheriff war nüchtern, wortkarg und verdrießlich. Er ließ sich ganz sicher nicht gern mit Kleinigkeiten wie den Dingen, die im Theater vermisst wurden, behelligen. Sie konnte sich gut vorstellen, wie spöttisch er sie ansehen würde, falls sie ihm den Diebstahl meldete. In seinen Augen wäre es sicherlich eine Nichtigkeit.

»Er ist ein alter Freund von mir. Und er schuldet mir noch den einen oder anderen Gefallen. Ich verstehe nicht, wieso du ihn nicht leiden kannst.«

»Es geht nicht darum, ob ich ihn leiden kann oder nicht. Ich kenne ihn gar nicht.«

»Du hast dich nie darum bemüht, ihn kennen zu lernen.«

»Na schön, wenn du es unbedingt wissen willst – er hat mich heute Morgen angehalten«, gestand Jenna. »Hat mir ein Bußgeld aufgebrummt.«

»Um Himmels willen, warum hast du das nicht gleich gesagt?«

»Ich wollte nicht mehr daran denken, okay?« Jenna erklärte mit knappen Worten, wie Carter sie mit defektem Bremslicht erwischt hatte. »Er war heute Morgen nicht sonderlich angetan von mir, und ich glaube nicht, dass ich ihm sympathischer werde, wenn ich jetzt in sein Büro gehe und mich über ein paar fehlende Kleinigkeiten beklage.«

»Er tut nur seine Arbeit.«

»Während tote Frauen gefunden werden, das halbe Land keinen Strom hat und die Straßen vereist sind, macht er mir Scherereien wegen meiner defekten Bremsleuchten?« Jenna war immer noch sauer.

»Du hättest ihm sagen sollen, dass du meine Freundin bist.«

»O ja, damit hätte ich ganz sicher großartig Punkte gemacht«, spöttelte Jenna und dachte an Carters strenges Gesicht im Schneetreiben. »Lass uns Carter einfach von meiner Tanzkarte streichen, ja? Das dürfte nicht allzu schwierig sein, zumal ich gar keine besitze.«

Ihr Handy klingelte, und sie klappte es auf. »Hallo?«, meldete sie sich ein wenig scharf.

»Mom?«, ertönte Allies besorgte Stimme. Sogleich verrauchte Jennas Ärger. »Hast du meinen Rucksack?«

»Nein … Na ja, vielleicht doch, ich sitze im Moment nicht im Pick-up. Hast du ihn im Wagen liegen gelassen?«

»Weiß nicht, aber könntest du ihn mir *bitte* zur Schule bringen? Da sind meine Mathe-Aufgaben drin, und wenn ich sie heute nicht abgebe …«

»Bin schon unterwegs, Allie. Keine Sorge.« Im Stillen hoffte sie inständig, dass Allie den Rucksack wirklich im Pick-up vergessen und nicht zu Hause liegen gelassen hatte. »Ich suche ihn und gebe ihn im Sekretariat ab.«

»Danke, Mom.«

»Kein Problem«, sagte Jenna, froh, dass ihre jüngere Tochter die Halsschmerzen offenbar vergessen hatte. Wenigstens vorläufig. »Ich muss los«, rief sie über die Schulter zurück. »Eine Mini-Krise in der Schule.«

Gerade als sie an der Tür angelangt war, wurde diese geöffnet, und die zierliche, lebhafte Lynnetta Swaggart trat eilig ein. »Du liebe Zeit, ist das eisig da draußen«, beklagte sie sich und rieb sich die Hände. Lynnetta, die Frau eines ortsansässigen Predigers, arbeitete in einem Steuerbüro in der Stadt, aber nebenher nähte und änderte sie auch Kostüme für die Bühnenproduktionen.

»Und es wird noch viel schlimmer«, prophezeite Rinda.

»Herrliche Neuigkeiten«, erwiderte Lynnetta und sah dann Jenna an. »Gehst du?«

»Ja. Wir sehen uns später.«

»Sie ist auf dem besten Wege, eine ›ganz normale Mutter‹ zu werden«, zog Rinda sie auf.

Lynnetta lachte leise, und ihre nussbraunen Augen funkelten schelmisch. »Gibt es so etwas überhaupt?«

Wahrscheinlich nicht, dachte Jenna, während sie ins Freie trat. Sie schlug den Kragen ihrer Jacke hoch und zog ihn sich fest um den Hals. Lynnetta hatte Recht, was das Wetter betraf. Die Temperatur schien in der kurzen Zeit, die Jenna im Theater verbracht hatte, noch erheblich gesunken zu sein.

Sie hauchte auf ihre Hände, pfiff nach Critter und stieg in den Pick-up. Tatsächlich, da lag Allies Rucksack hinter der Vorderbank. »Hast du Lust auf einen kleinen Ausflug?«, fragte sie den Hund. »Wir fahren noch einmal zur Harrington Junior High School.«

Der Hund winselte. Jenna tätschelte seinen grauen Kopf, ehe sie vom Parkplatz fuhr. »Ja, ich weiß. Mir geht's genauso.«

Endlich brach sie auf.
Gut.
Er saß in seinem Pick-up auf dem Parkplatz vor dem Lebensmittelgeschäft. Mehrere weitere Pick-ups, Minivans und Autos standen auf dem verschneiten Pflaster, doch niemand beachtete ihn. Durch die Frontscheibe überblickte er den Parkplatz der alten Kirche und sah zu, wie Jenna den alten Halbtonner durch die beinahe leeren Straßen der Stadt steuerte.
Ohne noch einen Augenblick zu verlieren, startete er den Motor und fuhr zügig vom Parkplatz, während sie gerade ein paar Häuserblocks weiter von der Hauptstraße abbog. Er folgte ihr in sicherem Abstand. Zwischen ihr und ihm befanden sich noch ein Ford Explorer und ein Lieferwagen.
Hin und wieder erhaschte er trotzdem einen Blick auf sie, und dann spürte er das vertraute Prickeln im Blut, das einsetzte, wenn der Winter kam. Ihr so nah zu sein, war gefährlich, wenngleich er ein Alibi parat hatte für den Fall, dass jemand ihn hier entdeckte. Das war das Angenehme an dieser Stadt: Er konnte sich unter die Einwohner mischen und sich mit ihnen unterhalten, ohne dass irgendjemand wusste, wer er in Wirklichkeit war oder was er tat. Er war jedermanns Freund und doch für alle ein Fremder.
Er sah, wie Jenna auf den Parkplatz der Junior High School einbog, folgte ihr und stellte seinen Wagen in einer freien Parkbucht nicht zu weit von ihr entfernt ab.
Sie bemerkte ihn nicht.
Sie war so auf ihren Auftrag konzentriert, dass sie geradewegs ins Schulgebäude eilte und gar nicht wahrnahm, dass er in der Nähe war.

Er fuhr sich mit der Zunge über die Lippen und sah flüchtig seine Augen im Rückspiegel.
Eisblau.
Eindringlich.
Tödlich.
Doch das wusste sie nicht.
Noch nicht.

6. Kapitel

Die Schule lag nicht weit von der Stadtmitte entfernt. Jenna parkte ihren Wagen und versuchte, die kalte Luft einfach zu ignorieren, die über den Schulhof fegte, als sie Allies Rucksack in das rote Backsteingebäude trug. Es hatte bereits zum ersten Mal geklingelt, und Schüler und Schülerinnen, die im Aufenthaltsraum zusammengehockt hatten, stoben in alle Himmelsrichtungen davon, unterhielten sich laut, liefen durcheinander, lachten und neckten einander. Jenna konnte Allie in der Gruppe nicht entdecken, doch dafür bemerkte sie eine Gruppe von Mädchen an der Tür zur Sporthalle. Sie starrten sie an, und eines deutete sogar mit dem Finger auf sie.

Daran solltest du dich allmählich gewöhnt haben. Solange es DVDs und Videos gibt, wird dich immer irgendwer erkennen. Sie lächelte der Kleinen zu und winkte. Die Blonde, die auf sie gezeigt hatte, ließ hastig die Hand sinken und wurde hochrot im Gesicht.

»Ruhm«, sagte eine Männerstimme, »kann manchmal furchtbar lästig sein, wie?«

Jenna drehte sich um und sah Travis Settler, der gerade das Gebäude betrat. Der Vater von Allies Freundin Dani war Witwer und zeigte ein gewisses Interesse an Jenna. Sie hatten sich ein paar Mal auf einen Kaffee getroffen und an Elternabenden nebeneinander gesessen, was ihren Töchtern äußerst unangenehm gewesen war.

Sie konnte sich noch lebhaft an die anschließende Diskussion erinnern.

»Mom, du *kannst* dich doch nicht mit Mr Settler treffen«, hatte Allie gesagt, und es war ihr sichtlich peinlich gewesen, dass ihre Mutter mit Danis Vater anbändelte. Dani war diejenige gewesen, die ausgeplaudert hatte, dass Jenna und Travis sich früher am Tag in der Espresso-Bar in der Stadt getroffen hatten, und Allie hatte Jenna auf der Heimfahrt nach der Schule gehörig die Leviten gelesen.

»Und mit Mr Brennan darf ich mich auch nicht treffen«, hatte Jenna sich vergewissert, während sie durch die Stadt fuhren.

»Genau! Du darfst dich mit *niemandem* treffen. Es ist einfach zu peinlich!«

»Ich habe auch noch ein Leben, weißt du?«, gab Jenna zu bedenken.

»Aber du bist schon berühmt ... und ... die anderen haben dich im Kino gesehen und ... na ja.« Allie zuckte die Schultern und wurde rot, dann blickte sie aus dem Seitenfenster des Jeeps. »Du weißt schon.«

»Im Kino haben sie mich fast nackt gesehen.«

»Genau!«, bestätigte Allie. »Weißt du eigentlich, wie komisch das ist?«

Ja, das wusste Jenna. Jeder Einzelne, den sie in dieser Kleinstadt kennen lernte, hatte sie wahrscheinlich bereits im Kino oder privat im Wohn- oder Schlafzimmer auf dem Bildschirm in verschiedenen Stadien der Entkleidung gesehen.

»Jedenfalls ... kannst du dich nicht mit ... Mr Settler treffen«, beharrte Allie mit hochrotem Gesicht. »Er hat die Filme gesehen. Ich weiß es. Die DVDs stehen bei ihm im Regal. *Resurrection*, *Summer's End*, *Beneath the Shadows*, *Bystander*. Sämtliche Filme! Sogar *Innocence Lost*! Der steckte im DVD-Player! Wie alt warst du, als der Film gedreht wurde? Vierzehn?«

»Fast«, gab Jenna zu.

»In *meinem* Alter. Das ist *so* unheimlich.«

Jenna hatte Allies Logik nichts entgegensetzen können. Einmal hatte sie von dem Besitzer des Videoladens in der Stadt erfahren, dass sämtliche Filme, in denen sie mitgespielt hatte, weggingen wie warme Semmeln.

Allie hatte Recht. Das war unheimlich. Sogar sehr unheimlich.

Ganz gleich, wie oft sie sich sagte, dass das alles zur Sicherung ihres Lebensunterhalts beigetragen hatte – sie fühlte sich dennoch nie so recht wohl mit ihrem Ruhm und der Neugier, die sie weckte. Hier zumindest nicht. Jedes Mal, wenn sie in dieser Stadt jemanden kennen lernte, ob es nun ein Kellner war oder der Angestellte der Leihbücherei, fragte Jenna sich, was der Betroffene wohl dachte, ob er einen von ihren Filmen gesehen hatte und, wenn ja, welchen. In L. A. spielte so etwas keine Rolle. Dort arbeitete jeder auf die eine oder andere Weise in der Filmindustrie. Aber hier, in diesem winzigen Provinznest in Oregon, herrschte eine andere Einstellung.

Als sie Travis jetzt im Schulflur der Harrington Junior High School ansah, sagte Jenna: »Glaub mir, der Ruhm ist *immer* nur lästig.«

»Und trotzdem jagt ihm jeder auf die eine oder andere Weise nach.«

»Mag sein.« Sie gingen den Flur entlang auf das verglaste Sekretariat zu. Travis hielt ihr die Tür auf. »Allie hat wohl ihren Rucksack vergessen?«, erkundigte er sich. »Oder gehört der dir?«

Jenna blickte auf den besagten Rucksack hinab. Er war einzigartig – aus Segeltuch, mit Camouflage-Muster in Pink und Violett bedruckt und in Jennas Augen hässlich wie die Sünde. Allie liebte das verflixte Ding, weil Robert es ihr zum letzten Weihnachtsfest nach Oregon geschickt hatte. Der Rucksack wurde in einem riesigen Karton geliefert, zweifellos eingepackt von seiner neuesten Frau, und war gefüllt mit Geschenken, die Robert nach Jennas Überzeugung nie gesehen hatte. Gekauft worden war das Teil in einer teuren Boutique am Rodeo Drive, und es hatte wahrscheinlich ein kleines Vermögen gekostet. »Nein, das ist nicht meiner«, erwiderte Jenna mit einem kleinen Lächeln. »Dein erster Tipp war richtig: Dieser Rucksack gehört meiner Tochter. Meiner liegt zu Hause. Er sieht ähnlich aus – Camouflage-Muster, aber mit Goldlamé abgesetzt. Passend zur Abendgarderobe. Ich trage ihn nur zu besonderen Anlässen.« Sie lächelte Travis an, wobei sie die kleinen Fältchen in den Winkeln seiner blauen Augen bemerkte.

»Vielleicht sollten wir mal zusammen essen gehen. Abends, ganz groß. Dann kannst du deinen Rucksack mitbringen.«

»Die Gelegenheit würde ich mir auf keinen Fall entgehen lassen«, sagte sie und reichte der Sekretärin Allies Rucksack. »Würden Sie bitte dafür sorgen, dass Allison Kramer den bekommt?«, bat sie.

»Kein Problem«, versicherte die Sekretärin, nahm den Rucksack entgegen und auch einen Umschlag, den Travis für Dani hinterlegen wollte. »Das Geld fürs Mittagessen«, klärte er Jenna auf, als sie zusammen nach draußen gingen. »Sie hat es in der Küche vergessen, und ich dachte zuerst, ich sollte sie einfach hungern lassen. Vielleicht würde sie dann in Zukunft an das Geld denken, aber …« Er zuckte mit einer Schulter.

»Dann hast du es nicht übers Herz gebracht.«

»Nein! Vielleicht beim nächsten Mal.«

»Ja, ganz bestimmt«, spottete sie. Der eisige Wind fegte über den Spielplatz, der die Junior High School mit der Grundschule verband. Leere Schaukeln schwangen hin und her, und die Ketten rasselten bei jedem Windstoß.

»Für heute Nacht sind die stärksten Schneefälle dieses Winters angekündigt«, bemerkte Travis.

Jenna blickte zum bleigrauen Himmel auf, während sie eilig den Parkplatz überquerten. »Das glaube ich.«

»Hast du Zeit für eine Tasse Kaffee, bevor der Sturm losbricht?«

»Ich würde liebend gern ja sagen, aber wir sollten es besser auf ein anderes Mal verschieben. Ich habe Probleme mit meinem Jeep, mit meiner Wasserpumpe und wer weiß womit sonst noch.«

»Etwas, wobei ich dir helfen könnte?«

Jenna lächelte. »Sieh dich vor«, riet sie ihm, »du weißt ja nicht, worauf du dich da einlässt.« Sie riss die Tür ihres Pick-ups auf und stieg ein, während Critter sie mit wildem Schwanzwedeln begrüßte. »Aber es könnte passieren, dass ich dich beim Wort nehme, falls Hans nicht damit fertig wird.«

»Tu das. Ich meine das ernst.«

»Danke. Ich werde darauf zurückkommen.«

Sie schloss die Tür, legte den Gang ein und steuerte das große Fahrzeug über den vereisten Parkplatz. Im Rückspiegel sah sie Travis, die Hände tief in den Taschen seiner Jacke vergraben, zu seinem Wagen gehen. Er war sportlich und sah gut aus, mit scharfen Zügen und Augen, denen kaum etwas entging. Sein Haar hatte einen warmen Braunton, der, wie Jenna vermutete, sich im Sommer aufhellte, und wenn ihm sein Leben als allein erziehender Vater schwer fiel, so wusste er es gut zu verbergen. Jenna hatte gerüchteweise gehört, er habe seine Frau durch eine Krankheit verloren, doch sie wusste nicht, ob das haltloser Kleinstadt-Klatsch oder nüchterne Tatsache war. Vielleicht würde Travis es ihr irgendwann erzählen.

Sofern sie ihm Gelegenheit dazu gab.

»Komm schon, wir hauen ab.« Josh hatte den Arm um ihre Schultern gelegt, und sein Gesicht war kaum einen Zentimeter von ihrem entfernt, als sie rauchend in seinem Pick-up saßen, einem Relikt aus den Siebzigern, das er mit mächtigen Reifen, viel Chrom, schicken Radkappen und einer Stereoanlage, die das Dach von der Fahrerkabine sprengen konnte, »aufgemotzt« hatte. Die Karosserie lag so hoch, dass Cassie das Trittbrett benutzen musste, um einsteigen zu können. Josh fand seinen Wagen cool. Cassie fand ihn ziemlich bescheuert. »Wir kommen sowieso schon zu spät«, sagte er. »Warum schwänzen wir nicht einfach?«

»Weil meine Mutter mich dann umbringt«, wehrte Cassie ab. »Ich kann erklären, warum ich heute zu spät gekommen bin, da fällt mir schon was ein, aber wenn ich den ganzen Tag schwänze, kriege ich Hausarrest für den Rest meines Lebens.«

»Du kriegst ständig Hausarrest«, knurrte er.

Das stimmt, dachte Cassie, sog heftig an ihrer Zigarette und stieß den Rauch durch die Nase aus.

»Du wirst dich schon rausreden.«

»Ich muss erst mal mit dem Ärger wegen gestern Abend fertig werden.«

»Scheiße.« Er kurbelte das Fenster herunter und schnippte die Kippe seiner Marlboro aus dem Wagen. »Du hättest vorsichtiger sein sollen.«

»*Wir*«, korrigierte sie ihn mit mühsam unterdrücktem Zorn. »*Wir* hätten vorsichtiger sein müssen.« Sie warf einen Blick aus dem Seitenfenster auf den Park, der jetzt menschenleer war, die Turngeräte auf dem Spielplatz verlassen, die Bäume entlaubt. »Ich hätte mich lieber nicht rausschleichen sollen.«

»Du hast doch Spaß gehabt, oder?« Er liebkoste mit den Lippen ihren Hals, dann wanderte sein Mund weiter zu ihrem Nacken. Sie schüttelte ihn ab.

»Es war ganz nett.«

»Nein, Babe, es war toll!« Er zog sie an sich, um seinen Worten Nachdruck zu verleihen.

»Ja«, sagte sie ohne eine Spur von Begeisterung. Sie hatte wohl Spaß gehabt, als sie hoch oben am Berg parkten und sich mit Gras und Bier in einen netten kleinen Rausch versetzten, aber trotzdem fühlte sie sich nicht wohl dabei. Nicht weil sie erwischt worden war. Nicht weil sie sich aus dem Haus geschlichen hatte. Sondern wegen Josh. Manchmal … manchmal benahm er sich wie ein richtiger Bauernlümmel, und sie glaubte, dass er sich vielleicht doch mehr für ihre berühmte Mutter als für sie selbst interessierte. Im Gegensatz zu den Mädchen in ihrer Klasse, die eindeutig neidisch waren. Sie seufzte. In den achtzehn Monaten, seit sie hergezogen war, hatte sie keine richtigen Freunde gefunden. Niemanden, auf den sie sich hätte verlassen können. Außer Josh. Und auch der war manchmal mit Skepsis zu genießen. In L. A., in der Privatschule, auf der ihr Vater bestanden hatte, war sie immer mit einer großen Mädchenclique zusammen gewesen. Reiche Mädchen, einige aus berühmten Familien, und die meisten hatten in irgendeiner Weise mit der Film- oder Musikindustrie zu tun. Paige und Colby und Ella ... echte Freundinnen, die sie verstanden. Die Trottel in Falls Crossing sahen sie an, als sei sie eine Art Kuriosum.

Vielleicht war sie das ja tatsächlich.

Sie fröstelte. Obwohl Josh die Heizung in seinem Pick-up voll aufgedreht hatte, war ihr kalt. Dieses verdammte Wetter und der blöde Pick-up passten keinesfalls zum Date ihrer Träume. In L. A. war es jetzt warm. Vielleicht sogar heiß. Und sie würde in einem BMW oder Range Rover oder Mercedes Cabrio sitzen. In einem *neuen* Auto, das nicht »aufgemotzt« werden musste. Dort kaufte man Autos einschließlich aller Schikanen.

»Ich finde, wir sollten mal zum Catwalk Point rauffahren«, sagte er. Ihr Inneres erstarrte zu Eis.

»Warum?«

»Hast du nichts davon gehört? Da oben haben sie eine Leiche gefunden.«

»Und du willst dahin?«

»Das ist das Interessanteste, was hier seit Jahren passiert ist. Ich finde, wir sollten uns das mal ansehen.«

»Auf gar keinen Fall.«

»Feige?«

»Da oben sind Bullen, und die würden uns beim Schwänzen erwischen.«
»Nicht, wenn wir vorsichtig sind.«
»Vergiss es.«
»Kann ich nicht«, sagte er, und in seinen Augen blitzte etwas wie makabre Erregung. Ihr lief ein Schauer der Angst – oder war es Spannung? – über den Rücken. Aber sie durfte es nicht riskieren. Nicht heute.
»Hör zu, ich muss jetzt wirklich los.« Sie drückte ihre Zigarette im Aschenbecher aus und öffnete die Tür.
»Ach, jetzt komm schon. Hast du wirklich Lust auf Chemie und Englisch?«
»Nein. Hab ich nicht.« Sie sprang auf den hart gefrorenen Boden und fing seinen gekränkten Hundeblick auf. Sein Haar war raspelkurz geschoren, die Koteletten bleistiftdünn, sein Kinnbart war zwar nur ein Schatten, stellte aber trotzdem einen Verstoß gegen die Schulordnung dar. Er behauptete, seine Eltern kümmerten sich nicht um ihn, sein Stiefvater hielt die Schule für Zeitverschwendung. Seine Mutter hatte ihre Kinder anscheinend aufgegeben. Das College kam für ihn nicht infrage. Es sei denn, er ging zur Army. »Ich muss jetzt wirklich los.« Bevor er sie aufhalten konnte, ging sie raschen Schrittes in Richtung Schulgebäude. Die erste Unterrichtseinheit des Tages, eine Viertelstunde, die für Ankündigungen und Anwesenheitsprüfung vorgesehen war, hatte sie bereits versäumt, also saß sie in der Patsche. Noch vor Mittag würde ihre Mutter einen Anruf von der Schule erhalten. Toll.
Sie nahm eine Abkürzung durch eine Gasse und hörte, wie Josh knarzend den Gang einlegte. Dann trat er aufs

Gas, und der Motor heulte auf. Die großen Reifen surrten, als er wütend zur Stadt hinausfuhr.

Na, herrlich! Sie sah sich nicht um, für den Fall, dass er sie im Rückspiegel beobachtete. Ganz gleich, was ihre Mutter dachte, Cassie tat nicht immer, was Josh wollte. Gott, es war ja nicht so, als sei sie ihm hörig oder er ihr Guru oder sonst was Blödes. Manchmal ging ihre Mom ihr furchtbar auf die Nerven.

Sie rannte die Stufen zum Eingang des Schulgebäudes hinauf.

Begreif doch mal, Mom, dachte sie verächtlich. *Und überhaupt, wie lebst du eigentlich?*

7. Kapitel

»Ich weiß ’ne ganze Menge mehr über Pferde als über Maschinen«, gab Hans zu, wischte sich die Hände ab und betrachtete die Pumpe in dem kleinen Pumpenhaus zwischen der Scheune und der Garage. Hans Dvorak war ein kleiner, drahtiger Mann mit silbrigen Bartstoppeln am Kinn und einer platten Nase, die aussah, als sei sie vor langer Zeit einmal gebrochen gewesen. Er hatte sein ganzes Leben lang draußen mit Pferden gearbeitet, wovon seine rötliche Gesichtsfarbe Zeugnis ablegte. Es war ihm gelungen, die Bremslichter des Pick-ups zu reparieren, doch diese Pumpe war etwas anderes. »Sie ist durch und durch eingefroren.« Mit rotem Gesicht, die Skimütze über die Ohren gezogen, ließ er sich auf ein Knie nieder. »Und das hier ist die Wurzel des Übels, glaube ich. Sehen Sie sich dieses Kabel an.«

Er richtete den Strahl seiner Taschenlampe auf das betreffende Anschlusskabel. Der Draht hatte sich gelöst, das Ende war ausgefranst, als hätte ein Tier es zerbissen. »Das kann ich wahrscheinlich flicken, aber sehen Sie sich hier nur mal um.« Er ließ den Lichtstrahl durch das Innere des Pumpenhauses wandern, das kaum mehr war als ein Schuppen. Es war schmutzig, staubig, ohne richtige Wärmedämmung, sodass im Inneren Eiseskälte herrschte. An der Decke hing eine einzige trübe Glühbirne.

Das Pumpenhaus gehörte zu den Einrichtungen, auf die der Inspektor, der die Ranch vor dem Kauf abnehmen musste, sie hingewiesen hatte. Zwar hatte er zu bedenken gegeben, dass neue Leitungen verlegt, die Installationen erneuert, die Alarmanlage auf den neuesten Stand gebracht und zahllose weitere Instandsetzungen an dem Gebäude vorgenommen werden mussten, doch Jenna war entschlossen gewesen, an diesen abgelegenen Ort zu ziehen, und sie hatte sich vorgenommen, alle notwendigen Reparaturen in Angriff zu nehmen. Sie hatte bereits einen guten Anfang gemacht, doch einige der alten Einrichtungen – diese Pumpe, das elektronisch gesteuerte Tor, die Alarmanlage – schienen ihren eigenen Willen zu haben. Ganz gleich, wie oft sie sie reparieren ließ, sie gaben doch immer wieder den Geist auf.

»Wissen Sie, ich habe den McReedys schon seit Jahren damit in den Ohren gelegen, dass neue Stromleitungen nötig wären. Aber hat Asa auf mich gehört? Teufel, nein! Und als er das Haus zum Verkauf anbot, war ich sicher, dass er alles reparieren lassen würde, aber dann sind Sie gekommen, bevor er etwas unternehmen musste.«

»Ich hätte mich sofort um alles kümmern sollen, als ich eingezogen bin, aber es war so viel.« Sie hatte eine Menge Zeit und Geld darauf verwendet, neue Fenster und Türen einsetzen zu lassen, die Holzböden abzuschleifen und zu lackieren und die Stromleitungen im Hausinneren zu erneuern. Sie hatte gedacht, die Wirtschaftgebäude könnten warten. Augenscheinlich war das ein Irrtum gewesen. »Im Frühling wollte ich mit der Renovierung weitermachen. Ich fürchte, ich habe zu lange damit gezögert«, gestand Jenna. Der Atem stand wie eine Wolke vor ihrem Mund. Himmel, war das kalt. Und es wurde von Minute zu Minute kälter.

»Na ja, uns wird schon was einfallen«, erklärte Hans und rieb sich das Kinn. »Ich habe vorerst genug Wasser für die Pferde in den Trögen, aber das wird heute Nacht gefrieren.« Er kniff die Augen zusammen und schüttelte den Kopf. »Ich hätte schon gestern Abend kommen und ein Tropfrohr einrichten sollen, damit das Wasser in den Rohren in Bewegung bleibt. Dann wäre mir vielleicht das defekte Kabel aufgefallen, und wir hätten uns dieses Problem hier erspart.«

»Es ist nicht Ihre Schuld, okay? Ich schätze, ich rufe am besten schnellstens einen Klempner.«

»Und einen Elektriker.«

»Und einen Mechaniker.« Sie hatten sich den Jeep bereits angesehen und versucht, ihn zu starten. Der verflixte Motor gab keinen Ton von sich.

»Kennen Sie nicht vielleicht jemanden, der gleich sämtliche Reparaturen übernehmen könnte?«

»Vielleicht – Jim Klondike ist ein prima Allround-Handwerker, aber wahrscheinlich hat er alle Hände voll zu tun.« Hans setzte seine Mütze ab und kratzte sich den beinahe kahlen Schädel. »Dann ist da noch Seth Whitaker und ... ach, wie heißt er noch, der Typ, der oben am Fluss wohnt ...« Er schnippte mit den Fingern. »Don Ramsby. Hat eine eigene Werkstatt. Kann allerdings sein, dass die alle ziemlich ausgelastet sind. Andere Leute stehen heute wahrscheinlich vor dem gleichen Problem wie Sie.«

»Das kann ich mir vorstellen.« Während Hans sich dem Stall zuwandte, in dem die fünf Pferde untergebracht waren, die Allie so liebte, ging Jenna ins Haus und hoffte, einen ortsansässigen Handwerker aufzutreiben, der ihr aus der Notlage helfen konnte. »Schlechte Chancen«, sagte sie zu sich selbst. Im Büro öffnete sie die Schublade, in der sie ihre Telefonbücher aufbewahrte. Dabei bemerkte sie das rote Blinklicht des Anrufbeantworters. Sie kreuzte die Finger, hoffte, Allie möge nicht beschlossen haben, dass es ihr wieder schlechter ging oder dass sie noch etwas im Pick-up liegen gelassen hatte, und spielte die Nachrichten ab. Die erste kam von der High School. Cassie, die sie ein paar Blocks von der Schule entfernt abgesetzt hatte, galt offiziell als fahnenflüchtig. »Wunderbar«, zischte Jenna sarkastisch, ließ sich jedoch nicht dazu hinreißen, in Panik zu geraten. Cassie war wahrscheinlich mit Josh zusammen. Der Hausarrest bewirkte offenbar nicht viel. Der zweite Anruf kam von Harrison Brennan, ihrem Nachbarn. Er war knapp fünfzig, von der Air Force pensioniert, allein stehend und hatte schon mehr als einmal angedeutet, dass Jenna auf ihrer Ranch männliche Hilfe benötigte.

Heute, so dachte sie unglücklich, hat er Recht.

Das Problem war nur, dass Harrison sich selbst als den Top-Kandidaten für diesen Job betrachtete. Sie hatten sich ein paar Mal verabredet, und dass er sich für sie interessierte, war nicht zu übersehen. Sie selbst wusste nicht recht, wie sie zu ihm stand, aber die Liebe ihres Lebens war er nun wirklich nicht. Auch nicht ihr »Seelenverwandter« – ein Begriff, den sie nicht verstand und mit Skepsis betrachtete. Er war ein Freund. Und sie bezweifelte, dass er je mehr als ein Freund sein würde.

»Schade, dass ich dich verpasst habe«, hatte Harrison aufs Band gesprochen. »Ich wollte gerade nach dir sehen. Wie ich höre, steht uns ein gehöriges Unwetter bevor, und ich wollte fragen, ob du irgendwelche Hilfe brauchst. Ruf mich doch an, wenn du zurück bist.«

Sie zögerte. Sie wollte sich nicht von Harrison abhängig machen, wollte ihn nicht wissen lassen, dass er mit einigen seiner Ahnungen richtig lag oder dass sie dieses raue Land allein nicht bewirtschaften konnte. Als sie nach Falls Crossing zog, war sie fest entschlossen gewesen, dass sie es allein schaffen und niemandem verpflichtet sein würde. Wenn sie aus der Ehe mit Robert irgendeine Lehre gezogen hatte, dann die, dass der einzige Mensch, auf den sie sich verlassen konnte, sie selbst war. Also musste sie stark sein.

Seufzend fragte sie sich, ob womöglich doch ihre sämtlichen Bekannten in Kalifornien Recht gehabt hatten und ihr Entschluss, in den Norden zu ziehen, tatsächlich etwas überstürzt gewesen war. Sie selbst jedoch hatte es für das Beste gehalten, ihren treulosen Mann, die stagnierende Karriere und das Glitzerleben in Kalifornien hinter sich zu lassen. Sie hatte sich für ihre beiden Kinder und für sich selbst etwas »Realeres« gewünscht, und dieses große Anwesen in der gebirgigen Gegend am Columbia River war ihr aufgefallen, als sie ihre Freundin Rinda besuchte und auf einem Schild am Tor zur Ranch las, dass sie zum Verkauf stand. Sie hatte einen einheimischen Makler aufgesucht, sich die Ranch zeigen lassen und ein Angebot abgegeben. Ihr neues Heim bot ihr Privatsphäre und lag, wenn auch abgelegen, so doch so nahe an der I-84, dass sie die Gewissheit hatte, jederzeit ins Auto steigen und in gut einer Stunde in Portland sein zu können.

Bei ihrem Einzug war die Ranch ihr ideal erschienen. Sie

lag inmitten von mit Eichen, Tannen und Fichten bewachsenen Hügeln, ein Bach, fünf Pferde und ein alter halb blinder Hund gehörten zu dem weitläufigen, zweistöckigen Holzhaus, und das hügelige Land war in ihren Augen genau das, was ihre zerrissene kleine Familie jetzt brauchte. Entzückende Sprossenfenster, ein Spitzdach, Erker und Fenstertüren, passend zur übrigen hölzernen Innenausstattung bleiverglast, wurden ergänzt durch zwei massive gemauerte Kamine. Das Haus und das umgebende Land – beides hatte vormals einem Holzmagnaten gehört – waren eigentümlich. Bukolisch. Ein Zufluchtsort.

Jenna hatte sich in die Ranch verliebt.

Allerdings hatte sie die eingezäunten Morgen Land zuerst im Spätsommer gesehen, als das Wetter warm und trocken war und der reißende dunkle Fluss einen spektakulären Anblick bot. Und zu dieser Zeit musste sie unbedingt dem Albtraum entkommen, zu dem ihr Leben geworden war. Dieses Haus war so geräumig und doch zugleich gemütlich mit seinem nordischen Blockhaus-Charme und lag nur eine halbe Wegstunde entfernt vom Skigebiet am Mount Hood. Das abgelegene Holzhaus schien wie geschaffen für sie und ihre Kinder.

Heute empfand sie gänzlich anders. Wenn der Wind durch die Schlucht pfiff, wenn Schnee und Eis drohten und man kein fließendes Wasser hatte, war die Ranch gar nicht mehr so bezaubernd.

Eine Sekunde nachdem sie den Anrufbeantworter abgeschaltet hatte, klingelte das Telefon. Jenna hob den Hörer ab, und noch bevor sie ein Wort sagen konnte, hörte sie: »Mom? Hier ist Cassie. Ich habe die erste Stunde verpasst,

aber ich bin in der Schule und muss jetzt auflegen, sonst trägt Mr Rivers mich in Chemie als fehlend ein.«
»Warum bist du zu spät gekommen?«
»Das ist ein bisschen kompliziert. Ich erzähle dir alles, wenn ich nach Hause komme. Ich wollte nur, dass du Bescheid weißt. Bei mir ist alles in Ordnung. Tschüss.«
»Cassie, warte …«, bat sie, doch ihre Tochter hatte schon aufgelegt. »Tschüss«, sagte sie zu sich selbst und seufzte. »Toll.« Sie blickte auf Critter nieder, der brav mit dem Schwanz auf den Boden klopfte. »Einfach toll, verdammt noch mal.«

»Ich habe die Verkehrsbehörde von Oregon angerufen. Sie stellen Streukolonnen und Schneepflüge bereit. Wir müssen außer mit Schnee auch mit Eisregen rechnen. In dem Fall sind wir nicht nur auf Streife machtlos, sondern es wird auch mit Stromausfällen und liegen gebliebenen Fahrzeugen zu rechnen sein. Bisher ist die I-84 eisfrei und gut befahrbar, aber wenn es zum Schlimmsten kommt, wird die Staatspolizei sie sperren«, erklärte Deputy Hixx aus seinem Streifenwagen irgendwo in der Gegend. Carter hatte in seinem Büro die Mithörfunktion eingeschaltet und hörte dem Mann nur mit halbem Ohr zu, während er seine E-Mail abrief und darauf hoffte, vom Labor etwas über die unbekannte Tote zu erfahren, die Charley Perry gefunden hatte.
»Halten Sie mich bitte über den Zustand der Straßen auf dem Laufenden. Vielleicht haben wir ja Glück und das Unwetter bleibt aus.«
»Ja, ja«, entgegnete Hixx und ohne eine Spur von Humor. »Sie kennen doch die alte Redensart: ›Wenn die Hölle ein-

friert‹? Na ja, ich schätze, ungefähr dann würde es ausbleiben.«

Der neunundzwanzigjährige Bill Hixx war ein Typ, für den das Glas eher halb leer als halb voll war, doch dieses Mal hatte der Bursche wahrscheinlich Recht, wie Carter vermutete, während er auflegte. Und wenn das Unwetter so schlimm wurde wie vorhergesagt, würde es für alle die Hölle werden, besonders für die Elektriker, den Straßendienst und natürlich für die Gesetzeshüter. Carter blickte aus dem Fenster und bemerkte, wie sehr sich der Himmel verdunkelt hatte. Die grauen Wolken hingen bedrohlich tief und schienen sich über diesem Teil der Columbia-Schlucht zusammenzuballen.

Die Tür zu seinem Büro war nur angelehnt, und er hörte seine Sekretärin sagen: »Moment, bitte. Ich sehe nach, ob er nicht gerade zu beschäftigt ist ...«

Zu spät. Plötzlich stand Rinda Dalinsky an seiner Tür.

»Bist du?«, fragte sie mit dem ihr eigenen Lächeln. »Beschäftigt, meine ich?«

»Immer. Frag Jerri.«

Seine Sekretärin war Rinda ins Büro gefolgt, und der Blick, mit dem sie Rinda bedachte, verriet deutlich, dass Jerri wütend war. »Ich habe versucht, sie aufzuhalten«, erklärte sie und schürzte die Lippen, als wollte sie sagen: »Aber was will man machen?«

Carter winkte ab. »Schon gut. Du weißt ja, sie ist eine alte Freundin.«

»Lege bloß nicht die Betonung auf ›alt‹«, ermahnte Rinda ihn scherzhaft. Ihr schien gar nicht aufzufallen, dass Jerri vor Wut kochte.

»Nie im Leben.« Zum ersten Mal an diesem Tag spürte

Carter, wie sich sein Mund zu einem schwachen Lächeln verzog. Er kannte Rinda Allen, seit sie beide Kinder gewesen waren, hatte sie aus den Augen verloren, als sie heiratete und nach Kalifornien zog, und den Kontakt zu ihr wiederaufgenommen, nachdem sie, frisch geschieden und mit einem Kind, nach Falls Crossing zurückgekehrt war. Eine romantische Verbindung hatte nie zwischen ihnen bestanden, aber Rinda war, auch wenn das schon Ewigkeiten her zu sein schien, Carolyns beste Freundin gewesen. Sie hatte seinerzeit das Blind Date arrangiert, bei dem Carolyn und Shane, beide nur äußerst widerwillig, sich kennen gelernt hatten. Dafür hatte sie bei ihm einen Stein im Brett. Deshalb und wegen zahlloser weiterer Gefälligkeiten, die sich im Lauf der Jahre angesammelt hatten, durfte Rinda Dalinsky sich hier und da mal über die Regeln hinwegsetzen.

»Du bist es doch, der darauf besteht, dass wir uns an die Regeln halten«, erinnerte Jerri ihn ärgerlich. Sie musste sich immer sehr bemühen, ihr Temperament zu zügeln, war aber im Übrigen eine ehrliche und zuverlässige Arbeitskraft.

»Das stimmt, und du hast dementsprechend deine Pflicht getan.«

»Dass sie einfach hier hereinstürmt, verstößt nun mal gegen die Regeln.«

»Ich weiß. Aber es ist schon in Ordnung. Danke.« Er zwinkerte Jerri zu und bemerkte, wie ihr die Röte in die Wangen stieg. »Würdest du bitte die Tür hinter dir schließen?«

»Aber gern.« Direkte Befehle verstand sie gut.

Kaum war die Tür ins Schloss gefallen, stöhnte Rinda auf

und verdrehte ihre Kulleraugen. »Carter, du bist unerträglich.«

»Das sagen sie alle.«

»Aber sie ist ein Drache.« Rinda ließ sich in einen Besuchersessel fallen und betrachtete die einzige Blüte des Weihnachtskaktus auf Carters Schreibtisch, der einzigen Zimmerpflanze, die er nicht auf dem Gewissen hatte. Noch nicht. »Hier geht's wohl in letzter Zeit ein bisschen hektisch zu, wie?«

»Kann schon sein.«

»Wisst ihr schon, wer die Tote oben am Catwalk Point ist?«

»Bist du gekommen, um mir Informationen aus der Nase zu ziehen? Was ist passiert? Hast du das Theater an den Nagel gehängt und bist zur Zeitung gegangen?«

»Nein – aber diese Sache beschäftigt wohl zurzeit uns alle.«

»Machst du dir Sorgen?«

»Machst *du* dir welche?«

»Ich bemühe mich, auf dem Boden der Tatsachen zu bleiben«, erklärte er. Nicht einmal Rinda gegenüber mochte er eingestehen, dass der Fall der unbekannten Toten ihn in vielerlei Hinsicht beschäftigte. Etwas daran ließ ihm keine Ruhe. Ja, er machte sich Sorgen. Große Sorgen.

»Nun ja, ich bin wohl eher hier, weil wir Freunde sind.«

»Was hast du denn auf dem Herzen?«, fragte er. In diesem Moment sprang die veraltete Heizung an, und das Geräusch der Luft, die durch die alten Rohre gepresst wurde, übertönte das Summen der Computer und das Klingeln der Telefone außerhalb seines Büros.

»Im Theater sind einige Sachen verschwunden«, erklärte Rinda.

»Was für Sachen?«

»Requisiten. Kostüme. Unechter Schmuck. Nichts von besonderem Wert.«

»Bist du sicher, dass sie nicht nur verlegt worden sind?«

Sie bedachte ihn mit einem Blick, der ihm zu verstehen gab, dass sie schließlich nicht dumm war. »Zuerst war ich mir nicht sicher. Aber das letzte fehlende Stück macht mir nun doch Sorgen. Es handelt sich um ein schwarzes Kleid, das Jenna Hughes gestiftet hat. Es ist wohl nur ein paar hundert Dollar wert, aber es war ein Kostüm, das sie in einem ihrer Filme getragen hat. Das erhöht den Verkaufswert.«

»Du bist hier, weil ein Kleid abhanden gekommen ist?«, fragte er und konnte seine Verwunderung nicht verbergen. »Ernsthaft?«

Rinda veränderte ihre Haltung in dem Sessel, wich seinem Blick aus und sah aus einem der Fenster seines Büros. Die Scheiben waren von Eis überzogen, sodass die Umrisse der Häuser auf der anderen Straßenseite verschwommen wirkten.

»Oder gibt es sonst noch was?«, bohrte er. Er hoffte inbrünstig, dass sie ihn nicht überreden wollte, etwas gegen das verflixte Bußgeld zu unternehmen.

»Okay ... ja«, gab sie zu und sah ihn schließlich doch wieder offen an. »Ich weiß nicht, mit wem ich sonst darüber reden soll, Shane. Als mir klar wurde, was da vor sich geht, habe ich es mit der Angst zu tun bekommen.«

»Und was geht da vor sich?«

»Alles, was fehlt, hat früher Jenna Hughes gehört. Und nicht nur das; sämtliche fehlenden Gegenstände« – sie zog aus ihrer Handtasche einen Computerausdruck hervor – »stammen aus ihren Filmen. Zwei Armbänder, ein Ring, ein Halstuch, eine Sonnenbrille, drei Paar Schuhe, alles aus verschiedenen Filmen. Und jetzt ist das schwarze Kleid verschwunden. Das Kleid, das sie in *Resurrection* getragen hat.« Sie reichte Carter die gedruckte Liste. »Ich hätte wohl schneller reagieren sollen, aber ich habe anfangs angenommen, wir hätten einige von den Sachen bloß verlegt, und mir kam anfangs gar nicht in den Sinn, dass alle verschwundenen Gegenstände in Jennas Filmen vorkamen. Heute, als Jenna und ich das Kleid nicht finden konnten, habe ich die Liste aufgestellt. Da erst ist es mir richtig klar geworden.«

Er überflog die Seite. »Du hast diese Sachen überall gesucht?«

»Natürlich!«

»Und du hast auch die Belegschaft und die Schauspieler danach gefragt?«

»Ich habe den ganzen Vormittag damit verbracht, alle anzurufen, die Zugang zu den Sachen haben.«

»Das heißt, dieser ganze Kram ist eingeschlossen?«

»Im Theater eingeschlossen. Die Schränke und Garderoben und Schminkplätze haben keine Schlösser.«

»Wäre vielleicht besser.« Er senkte den Blick wieder auf die Liste.

»Du willst mir gute Ratschläge geben.«

»Nein«, schwindelte er. »Ich weiß nur nicht, was ich in dieser Sache unternehmen könnte.«

»Das heißt, du hast zu viel zu tun.«

»Genau. Hast du dich schon an die städtische Polizei gewandt?«

»Noch nicht. Ich dachte, sie würden mich doch nur auslachen.«
»Und ich nicht?«
»Vielleicht doch, aber das würde mir nicht den Schlaf rauben.«
»Ich verstehe. Das hier ist eine persönliche Angelegenheit und nicht unbedingt ein Fall für die Polizei.«
»Im Augenblick zumindest. Ich hatte nur das Gefühl, ich sollte mit jemandem darüber reden.« Sie beugte sich in ihrem Sessel vor. »Findest du es denn nicht merkwürdig, dass alles, was verschwunden ist, von Jenna Hughes stammt?«
»Eigentlich nicht«, antwortete Carter. »Sie ist die größte Berühmtheit weit und breit. Das ergibt schon einen Sinn.«
»Ja, aber auf eine ziemlich unerfreuliche Art und Weise.«
»Stimmt.« Er schob ihr die Liste wieder zu und dachte an die Unbekannte und an das drohende Unwetter. Im alten Holzfäller-Camp im Wald östlich der Stadt war eingebrochen worden. Ein Wanderer wurde in den Ausläufern von Mount Hood vermisst, und im südlichen Zipfel des Bezirks war ein Rauschgiftlabor ausgehoben worden. Zwei Betrunkene hatten ihren Geländewagen gegen Grandys Laden gefahren und saßen im Gefängnis. Ein Autofahrer war auf einer Raststätte bei den Multnomah Falls ausgeraubt worden. Und eine Frau war ermordet worden. Carters Telefon hatte den ganzen Vormittag über unentwegt geklingelt. »Ich kann nicht viel ausrichten, Rinda. Wir stecken bis über beide Ohren in Arbeit, und bei diesem Wetter wird es nur noch schlimmer. Vielleicht hast du bei den Jungs von der Stadt mehr Glück.«

»Das hatte ich noch nie. Behalte das.« Sie nahm das Blatt Papier, das zwischen ihnen lag, nicht an sich. »Es ist eine Kopie, und, ja, ich werde mit Officer Twinkle reden, wenn du meinst.«

»Er heißt Officer Winkle, und mit dieser Einstellung kommst du nicht weit.«

»Ja, Rip Van. Der Typ schläft schon seit Jahren an seinem Schreibtisch.«

»Du redest von den Freunden und Helfern von Falls Crossing und meinem Kollegen. Wir stehen füreinander ein.«

»Dann bist du aber verloren, falls du dich auf Wade Winkle verlässt«, versetzte sie ziemlich bissig und stand auf. »Er ist viel zu sehr damit beschäftigt, Teenies zu belästigen, um jemals Polizeiarbeit leisten zu können.«

Carter wusste, worauf sie anspielte. Vor ein paar Jahren hatte Scott, Rindas Sohn, ein paar Zusammenstöße mit der städtischen Polizei gehabt. Rinda, die zur Löwin wurde, wenn es um ihren einzigen Sohn ging, hatte Carter gebeten, gegen Officer Winkle einzuschreiten.

»Okay, meinetwegen behalte ich die Liste, aber ich kann keine Männer für diese Sache abstellen, das weißt du«, sagte er und rollte mit seinem Stuhl rückwärts. »Sprich mit Wade, erstatte Anzeige wegen Diebstahls und schließ deine Sachen in Zukunft ein, ja? Du könntest dir auch einen Wachhund fürs Theater anschaffen.«

»Das Verbrechen ist also nicht bedeutend genug für dich.«

»Vielleicht ist es nicht einmal ein Verbrechen.«

»Ich sage dir …«

»Es ist eine Prioritätenfrage, Rinda. Und das weißt du

auch.« Er ging zur Tür und öffnete sie zum Zeichen, dass das Gespräch damit beendet war.
Rinda stand auf und legte sich den Riemen ihrer Handtasche über die Schulter. »Okay, okay, schon verstanden. Ich *weiß* ja, dass du viel zu tun hast. Aber ich bin wirklich in Sorge … Die Sache ist irgendwie unheimlich.«
Er antwortete nicht darauf. Rinda ging zur Tür, durch die Bürogeräusche – das Summen der Computer, das Klingeln von Telefonen, Stimmen – ins Zimmer drangen. »Aber weißt du, Shane, du solltest Jenna wirklich eine Chance geben statt eines Strafzettels.« Auf der Schwelle blieb sie stehen und fing sich einen düsteren Blick von Jerri ein.
»Ahnte ich doch, dass das kommen würde«, bemerkte er und wappnete sich gegen den Angriff. »Wie war das? Hat sie dich gebeten, mich dazu zu überreden, dass ich ihr das Bußgeld erlasse?«
»Natürlich nicht. Schon gut, vergiss den Strafzettel. Wen interessiert der schon?«
»Himmel, Rinda, gibst du eigentlich nie auf?«
»Sonst würdest du mich ja nicht lieben.«
Wieder erntete sie einen bösen Blick von Jerri. Herrgott, mussten sie sein Liebesleben denn ausgerechnet hier erörtern?
»Du solltest sie erst mal kennen lernen«, fuhr Rinda hartnäckig fort und blieb unter der Tür stehen. »Und nicht in deiner Eigenschaft als großer böse Bulle. Ich meine, privat.«
»Ich muss überhaupt *niemanden* kennen lernen. Kapiert?« Doch vor seinem inneren Auge tauchte Jenna Hughes' Bild auf –, nicht die zierliche Frau hinter dem Steuer des zerbeulten Ford, sondern der Hollywoodstar. Der

Traum eines jeden Mannes. Glänzend schwarzes Haar, große grünliche Augen, üppige Brüste, schmale Taille und ein knackiger Hintern, den sie in allen ihren Filmen schwenkte. Das waren ihre Markenzeichen. Sie hatte ein herzförmiges Gesicht, das eben noch unschuldig und im nächsten Augenblick berückend sexy wirken konnte. Die Art von Gesicht, die den Beschützerinstinkt in Männern weckte und gleichzeitig den Wunsch, sie ins Bett zu bekommen. Und ihr Ruhm folgte ihr wie ein Schatten. Eine Berühmtheit aus Tinseltown. Nicht sein Typ. Überhaupt nicht sein Typ.

»Ich glaube, du würdest sie mögen.«

»Du glaubst immer, ich würde irgendwen mögen.«

»In Carolyns Fall hatte ich Recht.«

»Zu Anfang.«

Sie verzog das Gesicht. »Lassen wir das lieber.«

»Ist wohl besser.«

»Du hättest es hinkriegen können, wenn du Zeit genug gehabt hättest. Ich wusste, dass sie die Richtige für dich war.«

Er sah ihr in die Augen, entschied, dass sie Recht hatte – kein Grund, im Schlamm zu wühlen. »Okay, der Punkt geht an dich; also verdirb dir jetzt nicht deinen Rekord.«

Kleine Fältchen erschienen auf ihrer Stirn, und sie legte ihm die Hand auf den Arm. »Du kannst nicht bis in alle Ewigkeit trauern.«

»Sehe ich so aus?«

»Ich finde schon.«

»Weil ich mich nicht verabrede?«, forderte er sie heraus. »Und was ist mit dir?«

»Über mich reden wir jetzt gar nicht.«

»Gut. Dann reden wir auch nicht über mich.«

»Du würdest sie mögen, Shane«, beharrte Rinda, während sie endlich doch an Jerris Schreibtisch vorbeiging und das Gebäude verließ.

Er widersprach nicht mehr, aber ihm war klar, dass sie sich im Irrtum befand, was sein Liebesleben betraf. Und zwar gründlich. Und er vermutete, dass Rinda selbst das auch wusste. Sie konnte der Wahrheit nur nicht ins Gesicht sehen.

Genauso wenig wie er.

8. Kapitel

Ich finde es *scheußlich* hier«, sagte Cassie. Sie hockte im Schneidersitz auf ihrem ungemachten Bett und sah ihre Mutter durch den dichten Vorhang ihres Haars hindurch böse an. Sie hatte sich das Headset um den Nacken gelegt, sodass die Ohrstöpsel baumelten und sie trotzdem noch den Text ihres Lieblingssongs hören konnte, doch sie konnte sich nicht konzentrieren. Nicht, solange Jenna wie eine Art mittelalterlicher Wachtposten an der Tür stand. »Ich wollte nie hierher ziehen und Allie auch nicht, also kannst du auch nicht mir die Schuld dafür geben, dass nicht alles so perfekt ist, wie du es dir gedacht hast.«

»Ich hatte nicht erwartet, dass alles ›perfekt‹ ist, Cassie. Nichts ist jemals perfekt.«

»In L. A. doch.« Cassie kochte innerlich. Sie sah, wie ihre Mutter das Gesicht verzog, und wusste, dass sie einen wunden Punkt getroffen hatte.

»Nein.«

»Für dich vielleicht nicht, aber du hast genau das getan, was Allie und ich nicht tun sollen. Du bist weggelaufen. Wegen Dad und wegen Tante Jill.«

Jenna wurde einen Augenblick lang aschfahl im Gesicht, und Cassie hatte das Gefühl, dass sie zu weit gegangen war, doch andererseits hatte ihre Mutter es nicht anders verdient. »Ich habe euch Mädchen hierher gebracht, weil ich es für das Beste für uns alle hielt.«

»Ja, klar«, fauchte Cassie wütend. »Und es hatte wohl nicht das Geringste mit *White Out* zu tun?

»O Gott«, flüsterte Jenna und lehnte sich gegen den Türrahmen des merkwürdig geschnittenen Zimmers mit seinen Erkern und Fensterbänken.

Cassie kam sich gemein vor, wollte es jedoch nicht zeigen.

»Du hast Recht, Cassie. Ich bin weggegangen, um das alles hinter mir zu lassen, und ich ... Jill hat mir so schrecklich gefehlt; ich war so fertig wegen dem, was ihr zugestoßen ist.« Jenna schluckte, und Cassie wandte sich ab. Cassie wollte den Schmerz ihrer Mutter nicht sehen; sie wollte nur, dass Jenna nachgab. »Lass mich einfach in Ruhe«, sagte sie böse, obwohl sie am liebsten in Tränen ausgebrochen wäre.

»Erst wenn wir ein paar Dinge geklärt haben.«

»Ich dachte, das hätten wir längst getan. Ich habe Hausarrest. Das habe ich begriffen.«

»Ich habe dir gestern Nacht Hausarrest gegeben, und heute hast du die Schule geschwänzt. Ich glaube nicht, dass du begriffen hast.«

»Gott, Mom, gib's auf.«

»Du weißt doch, Schatz, ich will nicht mit dir streiten.«

»Dann lass mich in Ruhe.«

»Das kann ich nicht. Ich wäre von Herzen gern deine Freundin, aber ich bin deine Mutter und deshalb verantwortlich für ...«

Cassie stöhnte auf und hörte den Rest nicht mehr. Sie stöpselte die Kopfhörer wieder in die Ohren und versuchte, sich auf die Musik zu konzentrieren. Doch Jenna ging nicht. Sie trat weiter ins Zimmer und setzte sich unaufgefordert auf Cassies Bett. Als seien sie tatsächlich »Freundinnen«. Herrgott noch mal. Warum ging sie nicht endlich? Cassie versuchte, sie zu ignorieren, versuchte, sich mit geschlossenen Augen in der Musik zu verlieren, doch es gelang ihr nicht. Nicht solange ihre Mom neben ihr auf der Bettkante hockte. Begriff Jenna denn nicht? Verstand sie nicht, wie schwer es war, Jenna Hughes' Tochter zu sein? Ihrer berühmten Mutter so ähnlich zu sehen? *Jeder*, den sie kannte, ob in der Schule oder im Tanzkurs, wollte von ihr wissen, wie es war, eine Berühmtheit als Mutter zu haben, eine Mutter zu haben, die eher wie eine ältere, wunderschöne Schwester aussah. Wie oft hatte Cassie die verdutzten Gesichter gesehen und den gleichen alten Spruch gehört: »*Das* ist Ihre Tochter? Ausgeschlossen! Sie sind niemals alt genug, um ihre Mutter zu sein!« Jenna hatte sich immer geschmeichelt gefühlt, und Cassie hätte im Boden versinken mögen. Cassie hegte den Verdacht, dass jeder, der ihre Freundschaft suchte, es in Wirklichkeit nur tat, um an Jenna Hughes heranzukommen, die ehemalige Schauspielerin, die schöne Frau, deren Leben von einer Tragödie gezeichnet war, die allein erziehende Mutter, die um ihrer Kinder willen auf ihr Glitzerleben verzichten wollte. Cassie würgte es bei der Vorstellung.

Und dann war da Josh. *Ihr* Freund und möglicherweise der Schlimmste von allen. Zwar hatte er es nie ausgesprochen, doch Cassie hatte den Verdacht, dass Josh nur wegen Jenna mit ihr zusammen war. Cassie hatte seine geheime DVD-Sammlung entdeckt, die er in der untersten Schublade seines Nachttisches versteckt hielt. In dieser Schublade hatte sie auch Bilder von Jenna gefunden, Fotos aus dem Internet, die er ausgedruckt hatte. Noch widerlicher war sein Verhalten, wenn ihre Mutter in der Nähe war. Josh hatte versucht, seine Begeisterung für Jenna Hughes zu verbergen, doch es war ihm nicht gelungen. Er konnte den Blick nicht von ihr lassen. Er starrte sie an mit diesem gewissen Etwas im Blick, das Cassie eindeutig als Lüsternheit klassifizierte. So, wie es alle Männer taten.

Nein, Josh liebte Cassie nicht, weil sie etwas Besonderes war, wie er tausend Mal behauptet hatte. Sie wusste es besser. Wenn er sie wirklich liebte, was sie manchmal bezweifelte, dann nur, weil sie Jenna Hughes' Tochter war. Das war doch krank! Cassie wurde heiß, und ihre Kehle war wie zugeschnürt. Oh, Mist, sie würde doch jetzt nicht weinen? Ausgeschlossen! Kam gar nicht infrage, verdammt! Sie kniff die Augen zu, entschlossen, keine einzige Träne wegen etwas oder jemand so Dummem zu vergießen.

»Cassie?« Die Stimme ihrer Mutter klang sanft. Sie spürte durch die Jeans hindurch eine Hand auf ihrem Knie.

»Lass mich.« Cassie stellte ihren CD-Player lauter.

»Wir müssen dringend reden.«

War es denn nicht möglich, die besorgte Stimme ihrer Mutter zu übertönen? Verdammt noch mal! »Lass mich in Ruhe, Mom. Ich habe verstanden. Klar und deutlich.« Sie hielt die Augen geschlossen und drehte die Lautstärke noch höher, bis der Sänger ihr in die Ohren schrie. Die Hand auf ihrem Knie fiel herab und die Matratze bewegte sich leicht, wahrscheinlich weil Jenna aufgestanden war.

Als der Song zu Ende war, öffnete Cassie die Augen einen kleinen Spalt. Das Zimmer war leer, die Tür angelehnt. Jenna hatte endlich begriffen und war gegangen. Cassies Gewissen schlug. Tief im Inneren wusste sie, dass ihr und Allies Wohl ihrer Mutter wirklich am Herzen lag, doch

Jenna hatte einen furchtbaren Fehler begangen, indem sie ihre beiden Töchter entwurzelte und sie in dieses Kuhdorf mitten in der Einöde verschleppte.

Cassies gesellschaftliches Leben war den Bach runtergegangen, und Allie war noch schüchterner geworden, als sie in L. A. schon gewesen war. Ja, sie hatte die Pferde und ihre Klavierstunden, aber ansonsten verkroch die Kleine sich ständig mit ihrem Game Boy in ihrem Zimmer.

So wie du mit dem Fernseher und dem CD-Player?

Sie mochte nicht darüber nachdenken; schließlich war sie keine Einzelgängerin wie ihre kleine Schwester.

Wütend auf ihre Mutter, auf sich selbst und die ganze verdammte Welt sprang Cassie vom Bett auf und schloss leise die Tür. Dann atmete sie tief durch und griff nach der Fernbedienung. Sie schaltete den Fernseher ein und suchte nach einem Programm, das ihr zusagte, als sie per Zufall einen Fetzen von den Regionalnachnachrichten mitbekam. Die Reporterin befand sich oben in den Bergen, beim Catwalk Point, wo die tote Frau gefunden worden war. Cassie hielt inne und verfolgte einen Moment lang den Bericht. Es war morbid. In der Schule kursierte das Gerücht, die Leiche sei enthauptet und unvollständig, vielleicht von Tieren zerrissen ... Einige der Geschichten, die sie gehört hatte, waren nichts als Klatsch, doch Cassie fand, die Sache in den Bergen sei auch so schon grauenhaft genug.

Sie schüttelte sich und zappte weiter, bis sie bei einer Dating Show landete. Dann schlug sie ihr Chemiebuch auf für den Fall, dass ihre Mutter noch einmal in ihre Privatsphäre einbrach, und machte es sich in den Kissen bequem.

Noch immer unter dem schmerzlichen Eindruck von Cassies brutalen Worten ging Jenna den Flur entlang und ermahnte sich selbst, stark zu sein. Cassie war wütend und hatte um sich gebissen. Sie sah sich in die Enge getrieben und hatte die gehässigen Worte nicht so gemeint. Trotzdem tat es weh. Höllisch weh.

Weil es der Wahrheit so nahe kam?

Jenna wollte nicht darüber nachdenken. Wollte nicht an Jill denken und an all die düsteren Gründe für ihren Weggang aus Kalifornien. Die Scheidung war schlimm genug gewesen, doch damit wäre sie fertig geworden. Jills Tod war etwas völlig anderes. Seit dem Unfall ließen die Schuldgefühle ihr keine Ruhe. Wieder einmal versuchte Jenna, das überwältigende Gefühl der Verantwortung zu verdrängen, während sie die Treppe hinunterstieg und in die Küche ging. *Lass dich von Cassie nicht unterkriegen. Genau darauf legt sie es doch an. Vergiss nicht, wer hier die Mutter und wer die Tochter ist, Jenna. Sie will dich nur verletzen, weil sie sich selbst verletzt fühlt. Lass ihr ein paar Stunden Zeit, sich zu beruhigen, und dann versuchst du es noch einmal. Du bist hier diejenige, die die Zügel in der Hand hält.*

Oder etwa nicht? Manchmal kam es ihr gar nicht so vor.

Sie wärmte den Kaffee auf, den sie mit dem in der Stadt gekauften stillen Mineralwasser gekocht hatte, sah dann nach Allie und fand sie im Büro, auf dem Boden sitzend, wo sie bei laufendem Fernseher Gameboy spielte. »Hast du alle deine Hausaufgaben erledigt?«

»Fast alle«, antwortete Allie, völlig auf den winzigen Monitor konzentriert.

»Was heißt ›fast alle‹?«

»Dass ich keine mehr habe. Die Mathe-Aufgaben habe ich in der Schule gemacht, und außerdem habe ich nur noch eine mündliche Nacherzählung auf.« Endlich hob sie den Blick und fügte hinzu: »Die mache ich nach dem Abendessen.«

»Okay.« Einem weiteren Streit fühlte Jenna sich nicht gewachsen. Sie blies in ihre Kaffeetasse und ging zurück in die Küche, wo sie ein Telefonbuch aus dem Schrank beim Telefon holte und die Gelben Seiten durchblätterte. Sie hatte bereits mehrere Handwerker angerufen, deren Anzeigen in der Lokalzeitung standen, hatte jedoch immer nur den Anrufbeantworter erreicht. Auf ihre Nachrichten hin hatte bisher niemand zurückgerufen. Zeit, schwerere Geschütze aufzufahren. Sie blätterte durch die Liste der Fachleute für Reparaturen am Haus und überflog die Namen. Einige hatte sie schon einmal gehört, andere waren ihr völlig fremd, wieder andere waren Windbeutel, selbst ernannte Fachkräfte, die einen Hammer nicht von einer Säge unterscheiden konnten und kamen, wann es ihnen passte, schworen, die Alarmanlage repariert zu haben oder das Tor oder den Herd und sich dann verabschiedeten. Ein paar Tage oder Wochen später stellte das alte Problem sich dann wieder ein. Diese Schwindler mied sie lieber.

Du könntest Wes Allen anrufen.

Sie schob die Idee genauso schnell beiseite, wie sie ihr in den Kopf gekommen war. Sie mochte nicht mit ihm allein sein. Ganz und gar nicht.

Außerdem hatte sie noch vor, den Abschleppdienst zu rufen und den Jeep zu ihrer Werkstatt in Gresham bringen zu lassen, beinahe fünfzig Meilen westlich von Falls

Crossing. Oder sie konnte es mit einem einheimischen Mechaniker versuchen, dem Besitzer einer der beiden großen Tankstellen in der Stadt. »So viele Entscheidungen«, sagte sie zu sich selbst und griff nach dem Hörer.

Während sie darauf wartete, dass sich jemand meldete, hallten Cassies Vorwürfe wegen der Gründe, warum sie Kalifornien verlassen hatte, schmerzhaft in ihrem Kopf nach. *Es hatte doch nichts mit* White Out *zu tun?*

Sie spürte den vertrauten Schmerz tief in ihrem Inneren. Jenna konnte noch immer nicht über den Unfall reden, der ihre Schwester das Leben gekostet hatte. *White Out*, der Film, der nie zu Ende gedreht wurde. *White Out*, ein Film, den sie nicht hatte drehen wollen. *White Out*, Roberts Lieblingsprojekt, das von Anfang an mit einem Fluch belegt zu sein schien. *White Out*, das Ende ihrer Karriere, ihrer Ehe und des Lebens, das sie bis dahin gekannt hatte. *White Out*, die Ursache von Jills Tod.

»RS Installationen«, meldete sich eine fröhliche Frauenstimme und riss Jenna aus ihren Gedanken. Sie erkannte, dass sie mit einem lebenden, atmenden Menschen sprach, nicht mit einer Voicemail-Maschine, die ihr verschiedene Optionen anbot.

»Prima.« Jenna versuchte, ein Lächeln in ihrer Stimme anklingen zu lassen und alle Gedanken an die Tragödie, die sie nach Oregon getrieben hatte, aus ihrem Kopf zu verscheuchen. »Ich hoffe, Sie können mir helfen. Ich habe ein Problem mit meiner Pumpe und ...«

»Warten Sie bitte einen Moment?«

Bevor Jenna antworten konnte, schaltete die Frau auf eine andere Leitung um, und Jenna hörte nichts mehr. In der Hoffnung, dass die Frau am anderen Ende der Leitung diese nicht unterbrochen hatte, wartete Jenna, doch nichts geschah. Die Leitung schien tot zu sein. Sie legte auf und versuchte es erneut, doch die Leitung war besetzt. Natürlich. Heute wollte überhaupt nichts klappen. Sie versuchte es noch einmal, aber vergebens.

»Na großartig«, grummelte sie, legte auf und fühlte sich vom Pech verfolgt. »Vergiss es«, sagte sie zu sich selbst, lehnte sich an die Fensterbank und blickte hinaus in das winterliche Zwielicht, in dem die paar Sicherheitsleuchten der Ranch glühten und einen gespenstischen blauen Schein auf das Grundstück warfen. Der Wind hatte sich endlich gelegt, und damit war eine Stille hereingebrochen, die merkwürdig fehl am Platz wirkte. Wie nicht von dieser Welt.

Die Ruhe vor dem Sturm, dachte sie, und ein Schauer, kalt wie der Tod, lief ihr über den Rücken. Sie hatte ein eigentümliches Gefühl, was die kommende Nacht betraf, als brächte sie etwas Dunkles, Lauerndes, etwas Tödliches.

Hör auf! Quäl dich nicht selbst, ermahnte sie sich stumm und sah die ersten Schneeflocken vom Himmel fallen.

Sie war da.

Im Haus.

Irgendwo in dem weitläufigen Blockhaus.

Jenna Hughes glaubte sich zweifellos in Sicherheit. Geschützt.

Doch da täuschte sie sich.

Gründlich.

Während die Schneeflocken vom grauen Winterhimmel schwebten, hielt er Wache in seinem Versteck, einem

Verschlag, den er sich hoch in der alten Douglasie auf einer Bergkuppe gebaut hatte. Unter ihm erstreckte sich Jennas Ranch, Morgen um Morgen gefrorenes Land bis hinunter zum Columbia River.

Das rustikale alte Haus war das Kernstück dessen, was er als ihr Lager bezeichnete. Wände aus grauen Baumstämmen unter spitzen Giebeln und Erkern. Aus den vereisten Fenstern fiel anheimelndes Licht in Flecken auf den gefrorenen Boden und erinnerte ihn an seine eigene Vergangenheit, daran, wie oft er draußen gestanden hatte, in der Eiseskälte, und mit klappernden Zähnen hinaufblickte zu dem Rauch, der aus dem Schornstein des warmen, verbotenen Hauses seiner Mutter stieg.

Das lag lange zurück.

Jetzt richtete er sein Armee-Fernglas auf die Fenster und erhaschte einen Blick auf sie, als sie durchs Haus ging. Nur ein Vorgeschmack, nicht viel, nicht genug, um sich ganz auf sie konzentrieren zu können. Ihr Bild verschwand, als sie in einen Flur trat.

Er suchte das Haus ab, entdeckte eine Bewegung im Büro, doch das war nur der alte, klapprige Deutsche Schäferhund, der fast den ganzen Tag verschlief.

Wo war sie?

Wohin zum Teufel war sie gegangen?

Hab Geduld, mahnte ihn seine innere Stimme, versuchte ihn zu beschwichtigen.

Bald kannst du tun, was du dir so sehr wünschst.

Der Schneefall wurde dichter, überpuderte die Zweige, bedeckte den Boden tief unter ihm, und er blickte hinab auf die weiße Kälte. Vor seinem inneren Auge sah er Blutstropfen in den eisigen Kristallen, noch warm, wenn sie auf den Boden trafen, wo ein Dampfwölkchen aufstieg und sie langsam zu dunkelroten Flecken gefroren.

Erregung fuhr ihm prickelnd über den Rücken, als eine steife Brise, kalt wie Teufelspisse, durch die Schlucht heulte und in die ungeschützte Haut oberhalb seiner Skimaske biss. Über ihm und um ihn herum begannen die Äste wild zu tanzen, und er lächelte hinter seiner Maske. Er hieß die Kälte willkommen, hatte das Gefühl, sie sei ein Zeichen. Ein Omen.

Jetzt fiel der Schnee wirklich dicht. Eiskristalle schwebten vom Himmel.

Jetzt war die richtige Zeit.

Er hatte so lange gewartet.

Zu lange.

Im Schlafzimmer wurde Licht eingeschaltet, und er sah sie noch einmal, das lange Haar zu einem Zopf geflochten, der ihr über den Rücken hing, in einem weiten Sweatshirt, das ihre Kurven verbarg, das ohnehin wunderschöne Gesicht frei von Make-up. Sein Puls beschleunigte sich, als sie an der Fensterreihe vorbeiging und dann einen begehbaren Kleiderschrank betrat. Sein Gaumen wurde trocken. Er stellte das Glas schärfer ein, richtete es auf die Schranktür. Vielleicht bekam er nun eine Gelegenheit, ihren perfekt gebauten Körper nackt zu sehen, den Körper einer Athletin mit großen Brüsten und Wespentaille, muskulös und gleichzeitig feminin. Er spürte einen Druck im Schritt.

Er wartete. Achtete nicht auf das Licht, das in einem anderen Teil des Hauses eingeschaltet wurde. Wahrscheinlich handelte es sich um eines ihrer Kinder.

Los, mach schon, drängte er sie in Gedanken. Sein Mund

war wie ausgedörrt, und die Lust heizte sein unterkühltes Blut auf. Das Schlafzimmer mit den Wänden aus gelblicher Kiefer und dem anheimelnd flackernden Feuer im Kamin blieb leer. Womit hielt sie sich so lange auf, zum Teufel?

Wie er sie begehrte. Schon seit langer, langer Zeit.

Er leckte sich über die vor Kälte tauben Lippen. Endlich erschien sie wieder, in schwarzem BH und tief sitzenden schwarzen Hüftjeans. Sie war wunderschön. Beinahe perfekt in dieser engen Hose.

»Zieh sie aus, Jenna«, flüsterte er, und sein Atem drang wie Nebel durch die wärmeisolierte Skimaske.

Ihre Brüste drängten geradezu aus dem aufreizenden schwarzen BH. Doch nun ging sie ins Bad. Er stellte die Schärfe seines Glases neu ein, während sie sich übers Waschbecken beugte, um Lippenstift und Wimperntusche aufzutragen. Er sah ihr Gesäß, diesen süßen knackigen Hintern, über dem sich der schwarze Jeansstoff spannte, als sie sich näher zum Spiegel vorbeugte; er starrte in ihre großen Augen in diesem Spiegel, in diese silbrig grünen Augen mit den dichten schwarzen Wimpern. Eine Sekunde lang schien sie seinen Blick aufzufangen, ihn direkt anzusehen, und sie zögerte, den Tuschpinsel in der Hand. Feine Fältchen erschienen zwischen ihren geschwungenen Brauen, ein Ausdruck der Besorgnis. Als wüsste sie Bescheid. Ihre Augen wurden schmal, und sein Herz schlug heftig gegen die Rippen.

Sie drehte sich hastig um und sah aus dem Fenster, hinaus in die zunehmende Dunkelheit und den stetig fallenden Schnee. War das Angst, was er in ihren grünen Augen sah? Vorahnung?

»Warte nur«, flüsterte er, und seine Stimme tönte weich durch den totenstillen Wald. Der Schnee fiel jetzt so dicht, dass er Jenna nur noch verschwommen sah, und seine Erektion war plötzlich steinhart, als er sich ausmalte, was er mit ihr machen würde.

Doch der Augenblick der Angst war verflogen, und ihre Lippen verzogen sich zu einem kleinen Lächeln, als habe sie sich selbst bei einer Albernheit ertappt. Sie knipste das Badezimmerlicht aus und ging zurück in ihr Schlafzimmer. Wieder in dem gemütlichen Raum angekommen, nahm sie einen Pullover vom Bett und streifte ihn über. Sekundenlang durchströmte ihn ein Gefühl der Ekstase, als er ihre erhobenen Arme sah, und einen Herzschlag lang war sie blind und in dem Kleidungsstück gefangen, doch dann schlüpfte ihr Kopf durch den weiten Halsausschnitt, und ihre Arme schoben sich durch die Ärmel. Sie zog ihren Haarzopf aus dem Ausschnitt und verschwand dann rasch aus seinem Blickfeld, schaltete das Licht aus und trat hinaus in den Flur.

Heißes Begehren brachte sein Blut in Wallung, wenn er an sie dachte.

Schön.

Hochmütig.

Stolz.

Und bald, sehr bald schon sollte sie in die Knie gezwungen werden.

9. Kapitel

Schau dir das an«, sagte BJ, als Carter am nächsten Tag das Gerichtsgebäude betrat. Er hatte die vergangenen drei Stunden an einem Unfallschauplatz zugebracht. Ein LKW hatte sich auf der I-84 quer gestellt. Der riesige Lastwagen war auf eine vereiste Stelle geraten und mit einem Geländewagen zusammengeprallt. Bei den Insassen des Fahrzeugs handelte es sich um eine Gruppe Teenager, die auf dem Weg in die Berge zum Skifahren waren. Einer der Jugendlichen konnte ambulant behandelt werden, zwei andere wurden mit dem Rettungswagen in nahe gelegene Krankenhäuser gebracht, ein dritter musste per Rettungshubschrauber nach Portland transportiert werden. Der Fahrer des Neunachsers war abgesehen von einem Schock unversehrt davongekommen.

»Bitte nicht schon wieder schlechte Nachrichten«, versetzte Carter und zog seine Handschuhe aus. Er fror und war müde und hungrig, da er sowohl das Frühstück als auch das Mittagessen versäumt hatte. Eisregen hatte den Verkehr fast zum Erliegen gebracht, die Schulen waren geschlossen, und jetzt tobte ein Schneesturm durch die Schlucht.

BJ ignorierte seine schlechte Laune. Er trat in die kleine Küche und schenkte sich eine Tasse Kaffe aus der Kanne ein, die wie immer auf der Warmhalteplatte stand. Er trank einen großen Schluck und spürte, wie die heiße Flüssigkeit in seinen leeren Magen rann. Auf dem Weg zu seinem Büro fragte sie schließlich: »Na, worum wird es wohl gehen? Womit liegst du mir schon seit mindestens vierundzwanzig Stunden in den Ohren?«

»Die Autopsie unserer Unbekannten.«

»Bingo.« Sie lächelte ihm flüchtig zu. »Fraget, und ihr werdet Antwort erhalten.«

Der Bericht lag auf seinem Schreibtisch. Carter zog seinen Mantel aus und hängte ihn an einen Haken, dann griff er nach dem Computerausdruck und überflog die Seiten. »Die Todesursache ist also noch nicht geklärt.«

»Ganz richtig, aber sieh dir mal die Zähne an. Eindeutig abgeschliffen. Keine Zahnbehandlungen zu erkennen, also können wir sie auf diese Weise nicht identifizieren. Kein Fleisch an ihren Fingern, also auch keine Fingerabdrücke. Es ist einfach nicht genug von ihr übrig, um mit Hilfe körperlicher Merkmale ihre Identität festzustellen. Es gibt weder Tätowierungen noch Narben … Aber das Zeug in ihrem Haar ist analysiert worden.«

Carter hatte den Eintrag bereits entdeckt. »Latex?«

»Ja, aber Schaum, keine Farbe.«

»Schaum«, wiederholte er. »Wie dieses Gummizeug.«

»Mhm. Und davon war auch was in ihr drin. Und jetzt sieh mal, das andere Zeug, das sie gefunden haben. Alginat.«

»Was zum Teufel ist das?«

»Es wird aus einem bestimmten Seetang hergestellt, kommt als Pulver auf den Markt. Mit Wasser vermischt ergibt es die Masse, die Zahnärzte für Kieferabdrücke verwenden. Ist dir schon mal eine Krone angepasst worden? Dann musst du nämlich in so eine Form beißen, die mit einem weichen Zeugs mit Kirschgeschmack gefüllt ist. Das ist Alginat.«

»Woher weißt du das?«, fragte er. BJ verblüffte ihn immer wieder.

»Ich bin Internet-Freak.«

»So so, du surfst also im Internet, während ich mir draußen im schlimmsten Unwetter des Jahrhunderts den Arsch abfriere«, stellte er vorwurfsvoll fest, lehnte sich mit der Hüfte gegen seinen Schreibtisch und vertiefte sich wieder in den Bericht.

»Und dabei trinke ich heiße Schokolade und lutsche Bonbons.« Sie zog keck eine rötliche Augenbraue hoch. »So sollte es doch sein, oder?«

»Unbedingt«, versetzte er sarkastisch, während er versuchte, die neuen Informationen zu verdauen. »Und was hat es nun mit diesem Alginat und dem Latex auf sich?«

»Vielleicht besteht da ein Zusammenhang zu der Tatsache, dass ihre Zähne abgeschliffen wurden.«

Er hob den Blick und fragte: »Du glaubst, hier läuft ein sadomasochistischer Zahnarzt frei herum?«

»Ich weiß doch auch nicht, was dahintersteckt.« Plötzlich war sie völlig ernst. Carter spürte, wie der Humor sich in der kalten Luft auflöste. »Aber es gefällt mir nicht.«

»Mir auch nicht.«

»Die Gerichtsmediziner schätzen, dass sie bereits seit annähernd einem Jahr tot ist.«

Carter nickte und las weiter in dem Bericht.

»Sonst noch was Neues?«

»Das Labor arbeitet weiter daran, aber die Spurensicherung hat keinerlei Reifen- oder Fußspuren gefunden, von denen sie hätten Abdrücke nehmen können, und bisher auch kein weiteres Beweismaterial in der Umgebung.«

»Sie ist doch wohl nicht aus eigener Kraft in diesen Baumstamm gekrochen.«

»Nein, aber der Täter hat seine Spuren verwischt, und es ist lange her, fast ein Jahr. Die Jahreszeiten wechseln, Wildtiere verschleppen Körperteile, Bodenerosion und Regen lassen Fußabdrücke verschwinden. Jegliche Spuren, die der Täter womöglich hinterlassen hat, können inzwischen tief begraben liegen. Aber bisher wurde auch mit dem Metalldetektor nichts gefunden.« BJ fuhr sich mit der Hand durch das kurze Haar. »Weißt du, was mir keine Ruhe lässt? Die Zähne. Die gehen mir einfach nicht aus dem Sinn. Warum bringt man jemanden um und nimmt sich die Zeit, die Zähne abzuschleifen?«

»Vielleicht hat er es getan, als sie noch lebte.«

»Himmel. Sag nicht so was. Ich hasse Zahnärzte und Bohrer und … Gott, das ist alles so verdreht.«

»Vielleicht macht ihn das scharf.«

»Dann müssen wir den Scheißkerl fassen.«

»Sofern er noch in der Gegend ist. Ein Jahr ist eine lange Zeit. Vielleicht hat er sich inzwischen was zu Schulden kommen lassen und sitzt ein. Die Staatspolizei prüft nach, ob es weitere Fälle wie diesen gibt, ob gelöst oder ungelöst.«

»So einen Fall gibt es nicht noch einmal«, entgegnete sie. »Das hoffe ich zumindest.«

»Ich auch«, pflichtete er ihr bei. Während sie über den Flur davonging, ließ er sich an seinem Schreibtisch nieder. Er fragte noch einmal bei der für vermisste Personen zuständigen Behörde an und verfasste dann seinen Bericht über den Unfall auf dem Freeway, während er zwischendurch Anrufe entgegennahm und mit einem Auge immer wieder zum Fenster schielte, wo der Schnee sich vor den vereisten Scheiben häufte.

Jenna zog sich die Skimütze über die untere Gesichtshälfte und legte die drei Häuserblocks von der Werkstatt bis zum Postamt zu Fuß zurück. Laut Skip Uhrig, dem Besitzer der Werkstatt, sollte ihr Jeep binnen weniger Stunden wieder fahrtüchtig sein. Anscheinend war nur die Zündung defekt.

Ein Problem weniger, aber Tausende warten noch auf eine Lösung, dachte sie, während sie die Straße überquerte, sorgsam darauf bedacht, auf dem vereisten Pflaster nicht auszugleiten. Schnee fiel vom grauen Himmel, so dicht, dass sie die nächste Straßenecke schon kaum noch sehen konnte; ihre Kinder waren beide zu Hause, da sie wegen des Wetters früher Schulschluss hatten, und bisher war keiner der Handwerker, die sie angerufen hatte, aufgetaucht. »Es ist ja noch früh«, beschwichtigte sie sich selbst und stieß die Glastür zum Postamt auf, einem gelben Backsteingebäude, das gut und gern hundert Jahre alt war. Es gab vier Schalter, von denen jedoch nur einer besetzt war. Das machte nichts, denn davor warteten ohnehin nur zwei Leute. Eine weitere Person, eine große Frau in Parka, Kopftuch und Skihose, blickte sich immer wieder um und musterte Jenna über die Schulter hinweg, während sie ihr Postfach öffnete und ihm einen Stapel Briefe entnahm. Jenna achtete nicht auf sie. So etwas erlebte sie ständig. Entweder erkannten die Leute sie und verstummten schlagartig im Angesicht ihrer Berühmtheit, oder sie musterten sie verstohlen, während die Rädchen in ihrem Gehirn sich emsig drehten, um den Namen zu dem bekannten Gesicht zu finden. Diese Leute rechneten nicht damit, sie in einer Kleinstadt anzutreffen, wo sie die gleichen Besorgungen erledigte wie sie selbst.

Da sie noch mehrere Stunden herumzubringen hatte, beschloss sie, die paar Blocks bis zum Theater zu gehen und Rinda zu fragen, ob sie Lust auf ein spätes Mittagessen oder wenigstens auf eine Tasse Kaffee im Café des Ortes hatte. Sie schob die Post in ihre Handtasche, stieß mit der Schulter die Tür auf und trat auf die Straße hinaus. Auf den Gehsteigen waren nur wenige Leute zu sehen, und der Verkehr war noch schwächer als gewöhnlich.

Betrachte es als Abenteuer, sagte sie zu sich selbst, während sie durch eine Gasse ging, in der die Mülltonnen, die geparkten Wagen und die Garagen zentimeterhoch mit Schnee bedeckt waren. Sie lief eilig über einen Parkplatz zu dem alten Theater hinüber. Das steile Dach war weiß, der Glockenturm stach in den dunklen Himmel, die Bleiglasfenster schimmerten, von innen erleuchtet. Die ehemalige Kirche wirkte bukolisch und nostalgisch, bis man sie näher betrachtete und den Blasen werfenden, abblätternden Anstrich bemerkte, den Schimmel an den Wänden, den bröckelnden Mörtel zwischen den Gehwegplatten und den dunklen Turm, der ohne ein Kreuz auf der Spitze unvollständig und irgendwie Unheil verkündend aussah.

Mach dich nicht lächerlich, ermahnte Jenna sich, doch sie fand die alte Kirche nun einmal etwas unheimlich und einen seltsamen Ort, um ein Theater zu eröffnen, trotz der Steuererleichterungen, die Rinda für die Restaurierung des historischen Bauwerks herausgeschlagen hatte.

Statt die Stufen zum Haupteingang hinaufzusteigen, ging Jenna um das Gebäude herum und trat durch eine

Hintertür ein, die zu einer Treppe führte. Über diese gelangte man einerseits hinauf zum eigentlichen Theaterbereich, andererseits hinunter in die Kellerräume, in denen die Küche und die Garderoben untergebracht waren. Vor fünfzig Jahren hatten sich hier die Klassenräume der Sonntagsschule befunden.

Stimmen hallten durch das Treppenhaus. Eine erkannte sie als Rindas, die andere war männlich und klang zornig, doch sie konnte sie nicht zuordnen.

»... Ich hab dir doch gesagt, du sollst dich an Winkle wenden«, sagte der Mann.

»Und ich habe dir gesagt, dass es reine Zeitverschwendung wäre. Er und ich sind uns nicht grün.«

»Ich weiß, aber das hindert ihn nicht daran, seine Pflicht zu erfüllen.«

»Hör zu, Shane, ich stehe hier vor einem Problem.«

»Weil jemand Schmuckstücke klaut, die mal einer Berühmtheit gehört haben?«, erwiderte er verdrießlich, und jetzt erkannte Jenna, dass Rinda mit dem Sheriff sprach. Großartig. Jenna zog sich wieder in das dämmerige Treppenhaus zurück, während der Mann mit dem Stern weiter schimpfte. »Überrascht dich das etwa? Was erwartest du denn, Rinda? Ganz gleich, ob es sich um Jenna Hughes oder Jennifer Lopez oder Drew Barrymore oder sonst wen mit einem bekannten Gesicht und Namen handelt – die Leute werden immer versuchen, in ihre Nähe zu gelangen, sei es indem sie um ein Autogramm bitten, ihre Freundschaft suchen oder etwas an sich nehmen, was einmal ihr gehört hat. Berühmtheiten fordern so etwas geradezu heraus. Das gehört zu ihrem Beruf. Das ist wohl der Preis des Ruhms.«

»Das ist doch völliger Quatsch, Shane, und das weißt du selbst. Diebstahl bleibt Diebstahl. Ganz gleich, um wessen Eigentum es sich handelt.«
»Deswegen bin ich hier.«
»Du hättest einen von deinen Deputys schicken können.«
»Heute nicht«, fuhr er sie an. »Sie haben zu viel zu tun. Ich opfere meine Mittagspause, um dir einen persönlichen Gefallen zu tun, okay? Und jetzt werde ich mich hier mal umsehen, aber du sagtest ja schon, es gebe keinen Hinweis auf einen gewaltsamen Einbruch, die einzigen Gegenstände, die fehlen, seien von Jenna Hughes gestiftet und du hättest das gesamte Grundstück abgesucht. Hast du die Leute befragt, die hier arbeiten?«
»Die meisten.«
»*Die meisten?*«, wiederholte er mit unverhohlenem Spott.
»Seit ich festgestellt habe, dass das Kleid verschwunden ist, waren noch nicht alle Mitarbeiter hier. Ich habe versucht, die Fehlenden anzurufen, aber nicht alle erreicht.«
»Versuch es weiter«, wies er sie an. »Und sprich mit Ms Hughes. Vielleicht hat sie es sich anders überlegt und will die Sachen doch nicht stiften.«
Jenna horchte erbost auf. Wie kam er darauf, dass sie, Jenna, sich ihre alten Kostüme zurückholte, nachdem sie sie dem Theater vermacht hatte?
»Das würde sie nie tun«, protestierte Rinda.
»Irgendwer hat's getan.«
»Aber nicht Jenna.«
»Wer dann?«
»Das sollst du herausfinden.«
Er fluchte leise. Von dem weiteren Gespräch schnappte Jenna nur noch Bruchstücke auf wie »… das letzte Mal,

okay? Diese verfluchten Hollywoodtypen ... nichts als Ärger ... sollten in Kalifornien bleiben, wo sie hingehören.«

Jenna hatte genug gehört. Sie stapfte die Treppe hinauf zu dem Zwischengeschoss, in dem sich früher die Apsis befunden hatte, trat durch die offene Tür und fand Rinda und den Sheriff im Mittelgang zwischen den ersten Bankreihen vor.

Also los, dachte sie, trat aus dem Treppenhaus und stand dem hoch gewachsenen Mann gegenüber. Er war mindestens einsfünfundneunzig groß. Breite Schultern und schmale Taille sowie schlanke Hüften ließen vermuten, dass er entweder von Natur aus sportlich war oder aber trainierte. In seiner Uniform, aber ohne Kopfbedeckung – er drehte die Hutkrempe in den Fingern einer großen Hand – war er sehr präsent, auf eine sehr männliche Weise präsent. Ja, in der Tat.

»Ich glaube, ich habe da gerade meinen Namen gehört«, sagte sie.

»Oha.« Rinda verzog das Gesicht und lehnte sich an eine Bank, doch der Sheriff warf lediglich einen ungerührten Blick über die Schulter.

Fast schwarze Augen musterten sie aus dem wettergegerbten Gesicht ohne eine Spur von Interesse. »Wird wohl so sein, sofern Sie Jenna Hughes sind.« Er betrachtete sie einen Moment lang und nickte dann, als wolle er sich selbst ihre Identität bestätigen. »Ja, also, dann haben Sie Ihren Namen gehört.«

Immerhin gab er nicht vor, sie nicht zu erkennen. »Dachte ich's mir. Und ... soweit ich verstanden habe, haben Sie bereits beschlossen, mir nicht zu trauen.«

»Ich traue nicht vielen Menschen«, erwiderte er gedehnt. »Das hängt mit meinem Beruf zusammen.«

»Kann ich mir vorstellen«, sagte sie und ging zur vordersten Bankreihe. »Aber schade ist es trotzdem.« Sie streckte die Hand aus und blieb direkt vor ihm stehen. Ihre Stiefelspitzen berührten fast die seinen.

»Finde ich nicht.«

»Nun …« Sie blickte ihm geradeheraus ins Gesicht. »Damit eines klar ist, Sheriff: Ich habe meine Sachen nicht gestohlen, okay? Ja, ich habe einen alten Pick-up mit defekten Bremslichtern gefahren, aber das war für diese Woche das einzige Mal, dass ich ein Gesetz übertreten habe.«

»O Gott«, seufzte Rinda. Sie stützte sich auf die Bank auf und wurde mit jedem Wort, das zwischen ihren Freunden fiel, blasser.

»Gut zu wissen.« Der Sheriff zog eine seiner buschigen Augenbrauen hoch. Er ergriff Jennas Hand fest und warm, doch nicht der Hauch eines Lächelns huschte über sein Gesicht. Gleich darauf ließ er ihre Finger wieder los. Es schien ihm nicht im Mindesten peinlich zu sein, dass sie das Gespräch mit angehört hatte.

»Ich habe ihm gesagt, dass du das Kleid nie im Leben zurückgeholt hast«, warf Rinda ein, die jetzt wieder ein wenig mehr Farbe bekam.

»Ja, das hat sie.« Sein Blick war felsenfest, beinahe unhöflich, und Jenna hatte den Eindruck, dass seinen braunen Augen kaum jemals etwas entging. Sie lagen tief in den Höhlen, überschattet von schwarzen Brauen. Seine hohen Wangenknochen ließen einen indianischen Vorfahren vor nicht allzu vielen Generationen vermuten. Sein Haar war

fast schwarz und dicht und nur von wenigen silbrigen Fäden durchzogen. »Im Grunde singt Rinda Ihr Loblied schon seit dem Tag, an dem Sie hierher gezogen sind.«
Jenna schoss einen Blick auf ihre Freundin ab, der hätte töten können. Rinda hob die Hände und zuckte mit den Schultern, als hätte sie längst keinen Einfluss mehr auf die Richtung, die die Diskussion jetzt nahm.
»Aber Sie haben sie eines Besseren belehrt, wie?« Sie war zu erschöpft, um ihre Wut zu beherrschen, und sie spürte, wie ihr die Röte in die Wangen stieg. Warum zum Teufel hatte dieses Mannsbild von Gesetzeshüter derartige Vorurteile gegen sie? »Sie hielten es für angebracht, sie darüber zu informieren« – Jenna wies mit dem Daumen in Rindas Richtung –, »dass ich vielleicht gar nicht so toll bin, dass man mir womöglich gar nicht trauen darf.«
Seine dunklen Augen glitzerten, doch unter seinem Oberlippenbart zuckte ein Mundwinkel, als ob ihn ihr impulsiver Ausbruch belustigte. Sie vermutete, dass er durchaus gut aussehen könnte, wenn er mal lächelte. Na ja, dazu würde es wohl kaum kommen. Und wenn, dann höchstens bei einer anderen Frau.
Carter nickte. »Ich will nur, dass sie objektiv bleibt.«
»Hey!«, mischte sich Rinda ein. »Ihr müsst nicht über mich reden, als wäre ich gar nicht da!«
»Ich käme nicht im Traum auf die Idee«, beteuerte Carter.
Jenna hätte beinahe gegrinst. Also hatte er doch Humor. Aber darum ging es jetzt nicht. »Hören Sie zu, Sheriff, ich weiß, Sie sind ein viel beschäftigter Mann«, sagte sie und hob das Kinn, um ihr Gegenüber besser betrachten zu können. »Ich glaube, die einfachste Lösung wäre die, dass

ich die fehlenden Sachen einfach durch andere ersetze, die ich noch zu Hause habe.« Rinda schien Einwände erheben zu wollen, doch Jenna fuhr unbeeindruckt fort. »Und dieses Mal werden wir sie in einem Schrank einschließen, zu dem niemand außer Rinda den Schlüssel besitzt.«

»Aber das Kleid und die Armbänder und ...«

»Vielleicht tauchen sie wieder auf«, sagte Jenna. »Wenn nicht, kommen wir auch ohne sie zurecht. Ich habe noch ein Kleid, das infrage kommen könnte, und jede Menge Modeschmuck.«

Rinda fuhr sich mit steifen Fingern durchs Haar. »O Gott, Jenna, das alles ist mir ganz entsetzlich peinlich.«

»Aber es geht hier nicht um Leben und Tod.«

Carter biss die Zähne zusammen, als hätte sie ihn irgendwie beleidigt. »Diebstahl ist und bleibt ein Verbrechen. Ich werde in der Stadt mit Sergeant Winkle reden. Er soll jemanden herschicken. Und jetzt schaue ich mich erst mal hier um.« Er wandte sich Rinda zu. »Zeig mir, wo die betreffenden Sachen verstaut waren.«

Berühmtheiten, dachte er später, als er die Straße zum Café überquerte. *Wem nützen die?* Er hatte seiner Freundin gegenüber seine Pflicht erfüllt und einen von tausend Gefallen vergolten, die er Rinda noch schuldete, doch mit *dem Fall des fehlenden schwarzen Etuikleides der Jenna Hughes* hatte er nichts mehr am Hut. Verdammt, was für eine Zeitverschwendung. Dabei schien das »Opfer« seine Hilfe nicht einmal zu wünschen. Er hatte sie in den vergangenen anderthalb Jahren ein paar Mal von ferne gesehen, sie jedoch nie offiziell kennen gelernt. Nach dieser Begegnung erstaunte ihn nun nicht einmal so sehr, dass sie so zierlich war, sondern vielmehr, was für eine starke

Persönlichkeit sich hinter dieser zarten Statur verbarg. Damit hatte er nicht gerechnet.
Dort im Theater hatte sie nichts von den paranoiden Hollywoodallüren oder dem fordernden Prinzessinnengehabe gezeigt, die seiner Meinung nach typisch waren. Während ihrer Unterredung hatte er sie als ganz und gar vernünftig erlebt, ein bisschen reizbar und starrsinnig und so, als sei ihr in keiner Weise bewusst, dass sie auch ohne sichtbares Make-up zum Sterben schön war. Sie schien nicht einmal übermäßig beleidigt wegen des Bußgeldes. Auch wenn ihm das natürlich völlig gleichgültig war.
Er stieg über einen von Sand und Kies gesprenkelten Schneehaufen, ein Hinweis darauf, dass der Schneepflug hier vorbeigefahren war. Gott, es war kalt. Und kein Ende absehbar. Der Wetterbericht sagte vielmehr voraus, dass noch mit weitaus Schlimmerem zu rechnen sei. Man munkelte sogar, dass die Wasserfälle gefrieren würden.
Daran wollte er nun wirklich nicht denken, und schon gar nicht an das letzte Mal, als die Wasserkaskaden zu Eis erstarrt waren und die Tragödie ihren Lauf nahm. Vor seinem inneren Auge sah er David, sah, wie seine Füße auf einer blanken Eisfläche abrutschten … Carter verscheuchte das Bild energisch aus seinem Kopf und spürte dabei die eiskalte Angst, die diese Erinnerung stets begleitete. Er blickte zum Himmel auf, in den unablässigen Schneefall, und hoffte, das Wetter möge umschlagen, bevor die Eiskletter-Idioten in die Gegend einfielen und ihre Eispickel und Seile und Krampen auspackten, um die gefrorenen Fälle hinaufzusteigen.
Sein Handy klingelte, und er trat unter die Markise des Canyon Cafés, um den Anruf anzunehmen. Es handelte

sich um eine weitere Meldung über ein Fahrzeug, das von der Straße abgekommen war. Ein Streifenpolizist befand sich bereits am Ort des Geschehens und kümmerte sich um alles. Keine Verletzten, nur ein geschockter Fahrer und ein Chevy Impala mit Totalschaden.

Carter klappte sein Handy zu. Insgeheim freute er sich, dass sein Handy, während er sich im Theater umgesehen hatte, dreimal geklingelt hatte – zweifellos hatten sowohl Rinda als auch Jenna Hughes seinen Anteil an dem jeweiligen Gespräch verfolgt und mitbekommen, dass die Polizei vor gravierenden Problemen stand. Selbst die starrsinnige Rinda hatte begriffen, dass angesichts dessen das verschwundene Kleid warten konnte. Carter musste sich auf die lebensbedrohende Situation einrichten, die das Unwetter mit sich brachte. Quer stehende LKW, Rettungshubschrauber, die Verletzte ins Krankenhaus brachten, und eine noch nicht identifizierte Leiche, die am Catwalk Point gefunden worden war, hatten Vorrang vor den verschwundenen Kostümen eines ehemaligen Hollywoodstars.

Ein paar Männer in Skikleidung verließen das Café, als Shane eintrat. Das Canyon Café war klein, die Einrichtung bestand nur aus ein paar Sitznischen und Tischen und einer langen Theke mit Barhockern, die gewöhnlich von Einheimischen besetzt waren. Das kleine Lokal war seit über fünfzig Jahren eine Institution in Falls Crossing und berühmt für sein ganztägiges Frühstück, große, fettige Hamburger, Zwiebelringe und dicke keilförmige Stücke hausgemachter Pasteten.

Shane bestellte einen Cheeseburger mit Pommes und Kaffee zum Mitnehmen, wobei er die Flirtversuche der

Kellnerin ignorierte. Sobald er das Gewünschte bekam, verlor er keine Zeit mehr, sondern ging nach draußen, wo die Temperaturen anscheinend erneut gesunken waren. Der Wind war noch rauer, so scharf, dass er durch Leder und Knochen drang. Eiszapfen hingen von den Dachrinnen der Häuser – lange, klare Dolche, die ihn an den Tag erinnerten, als David vorschlug, die Fälle zu ersteigen.

Carter war damals sechzehn gewesen, ein dummer Junge. Sie waren alle beide dumm gewesen, selbstherrliche Schwachköpfe, dachte er ärgerlich, während er die Stufen zum Gerichtsgebäude emporstieg. Mit zusammengebissenen Zähnen ging er in sein Büro, ließ die Tür einen Spalt offen, wählte die Nummer der städtischen Polizei und hinterließ auf Wade Winkles Anrufbeantworter die Nachricht, er möge sich des »Verbrechens« im Theater annehmen. Noch während er redete, streifte er Jacke und Schulterhalfter ab.

Er hätte gern gewusst, was Winkle unternehmen würde, wenn er überhaupt etwas tat.

Nicht sein Problem.

Sein bisheriger Kontakt mit Jenna Hughes hatte ihm voll und ganz gereicht.

Er ließ sich auf seinem Stuhl nieder, riss die kleinen Ketschup-Beutel auf und träufelte Ketschup über seine Pommes frites. Sie waren kalt und schlapp, aber er war so hungrig, dass es ihn nicht störte. Er hatte gerade mal drei Bissen von seinem Cheeseburger gegessen, als BJ anklopfte und eintrat. »Ist es nicht ein bisschen spät fürs Mittagessen?«, fragte sie und lehnte sich mit der Hüfte an seinen Schreibtisch.

»Ich hatte zu tun.« Er lehnte sich auf seinem Stuhl zurück und legte den Cheeseburger auf die weiße Papiertüte mitten auf dem Schreibtisch. »Verbrecherjagd im Columbia Theater in the Gorge.«

»Im Theater?«

»Frag lieber nicht danach«, sagte er und sah erneut Jenna Hughes vor sich. Wie bereits viel zu häufig in den vergangenen paar Stunden. Er wischte sich mit dem Handrücken über den Mund und schob BJ die Tüte mit den Pommes zu. »Bedien dich. Gibt's was Neues?«

»Die Staatspolizei überprüft alle Lieferanten von Dental-Alginat und Latex und dehnt die Suche nach vermissten Personen aus. Außerdem ist es im Gespräch, die I-84 zu sperren, wenn das Wetter sich nicht ändert.«

»Dachte ich's mir.« Alles wurde immer schlimmer.

»Ein paar Snowboarder werden oben im Meadows-Skigebiet vermisst«, berichtete sie weiter, während sie von den Pommes frites probierte.

Er machte sich wieder über seinen Cheeseburger her, hörte ihr dabei jedoch aufmerksam zu.

»Die Bergwacht sucht nach ihnen. Und in Hampton gibt es bereits Stromausfälle. Die Leitungsmasten brechen unter dem Gewicht des Eises.«

»Klingt, als ob der Spaß gerade erst anfängt«, bemerkte er und schob eine herausgerutschte Zwiebelscheibe zurück in das Brötchen.

»O ja … uns steht noch einiges bevor.« Sie richtete sich auf und streckte sich, ließ den Kopf kreisen, um ihren verspannten Nacken zu lockern, und sah aus dem Fenster. »Möchte wissen, wann endlich Schluss ist mit diesem Wetter.«

»Nie.«

»Wahrscheinlich«, stimmte sie mit einem freudlosen Lachen zu. »Der Sturm dürfte bald losbrechen.« Ein Anflug von Verzweiflung schwang in ihrer Stimme mit. Carter konnte seine Kollegin gut verstehen. Er hatte das Gefühl, ehe die Temperaturen wieder anstiegen, würde die Lage in Falls Crossing erst noch schlimmer werden. Sehr viel schlimmer.

Er schloss die Augen, spürte das Prickeln der Schneeflocken auf der nackten Haut. Winzige, eisige Kristalle, die kühlen sollten, stattdessen jedoch sein Blut erhitzten. Er hatte einen Steifen. Steinhart. Nackt stand er auf der kleinen Lichtung, umgeben von alten Fichten, deren Nadeln mit Eis und Schnee verkrustet waren. Der Wind fuhr heulend durch die schweren Zweige, und er spürte den Ruf. Den Drang.

Es war Zeit, zu töten.

Mit jeder kleinen Berührung der Flocken wurde der Drang stärker. Es pulsierte in seinen Adern, pochte in seinem Gehirn – diese Blutgier, die ihn nur im tiefsten Winter befiel.

Das ist meine Zeit, dachte er, und seine Gedanken rasten voraus zu all dem, was er geplant hatte. *Ich lebe eigentlich nur, wenn Raureif die Straßen überzieht und Eiskristalle vom Himmel fallen.*

Seit dem letzten Opfer war eine lange Zeit vergangen, fast ein Jahr. Aber jetzt war der richtige Moment gekommen. Vor seinem inneren Auge sah er sie: Jenna Hughes. Dachte daran, wie er sie früher am Tag in der Stadt belauert hatte …

Die Frau seiner Träume.
Er war besessen von ihr.
Oh, wie er sie begehrte.
Die heutige Nacht würde perfekt sein.
Er schlug die Augen zum Himmel auf, sah zu, wie der Schnee fiel, hielt die Augen offen, sodass die eisigen kleinen Flocken seinen bloßen Augapfel trafen. Die Kälte brannte ein wenig.
Jenna – diese wunderschöne Frau, die schönste aller Frauen.
Doch der rechte Zeitpunkt war noch nicht gekommen. Nicht für sie. Die Kälte war noch nicht bitter genug. Der Raureif überzog noch nicht die Bäume und Sträucher und Fensterscheiben. Nein, er war noch nicht bereit für sie.
Andere waren zuerst an der Reihe, mussten zuvor für sie geopfert werden.
Paris Knowlton.
Faye Tyler.
Marnie Sylvane.
Zoey Trammel.
Ein paar von denen, die ihr vorangehen sollten. Ganz gleich, wie schmerzlich er sich nach ihr sehnte, er würde sich zwingen zu warten.
Er wusste schon, wer als Nächste an der Reihe war, und sein Blut war so kalt, dass es ihm in den Adern zu gefrieren schien.
Er hatte sie bereits gefunden.
Sie war nicht perfekt.
Nicht wie Jenna.
Aber sie würde genügen.
Vorerst.

10. Kapitel

Okay, Mädchen, wir haben den Jeep zurück«, rief Jenna auf dem Weg zur Küche. Sie stellte drei volle Einkaufstüten auf den Tresen und zog ihre Jacke aus. Dass die Heimfahrt über die vereisten Straßen trotz des Allradantriebs nervenaufreibend gewesen war, erwähnte sie nicht. »Cassie? Allie?«, rief sie, als niemand antwortete. Mitten in der Küche blieb sie stehen, spürte, wie der Schnee in ihrem Haar schmolz. »Allie?«

Warum fühlte sich das Haus so leer an?

Sie hastete die Treppe hinauf, rechnete damit, Cassie mit Kopfhörern in den Ohren in ihrem Zimmer anzutreffen, doch das Zimmer war leer, das Bett nicht gemacht. »Cassie? Allie?« Sie eilte am Bad vorbei weiter zu Allies Zimmer, das jedoch ebenfalls leer war. Der Fernseher lief ohne Ton, Allies Gameboy lag auf dem zerwühlten Kissen.

Keine Panik. Sie müssen hier sein. Wo sollten sie denn hin? Draußen tobt ein Schneesturm.

»Hey, Leute, das ist nicht witzig!«, rief sie, lief die hintere Treppe hinunter und sah im Büro, im Essbereich und im Wohnzimmer nach. »Allie! Cassie!«

Am Kamin blieb sie stehen und lauschte, hörte jedoch nichts als das Heulen des Windes. Sie fragte sich, wie lange sie noch Licht haben würden.

Wo ist der Hund?

Die feinen Härchen in ihrem Nacken richteten sich auf. »Critter?«

Keine Antwort. Das Haus war leer.

All die Sorgen der letzten zwei Tage ballten sich zusammen. Angst verkrampfte ihre Eingeweide. Hatte sie nicht gespürt, dass irgendetwas nicht stimmte? Hatte sie nicht das Gefühl gehabt, beobachtet, sogar verfolgt zu werden? Und jetzt die Mädchen … o Gott.

Reiß dich zusammen, Jenna. Sie sind hier. Irgendwo. Such weiter.

Ein Motorengeräusch ließ sie aufhorchen, und sekundenlang überkam sie Erleichterung. Anscheinend waren die beiden mit jemandem weggefahren, so musste es sein, und wer immer es war – wahrscheinlich Josh –, brachte sie jetzt zurück. Cassie hatte vermutlich angenommen, sie würden vor Jennas Rückkehr wieder zu Hause sein und nicht ertappt werden. Allie hatten sie mitgenommen, damit sie nichts ausplauderte.

Und der Hund? Warum sollten sie Critter mitnehmen?, dachte Jenna, bereits auf dem Weg nach draußen.

Wahrscheinlich Cassies Idee, sagte sie sich, erkannte dann jedoch, dass der Pick-up, der gerade durch das offene Tor pflügte, nicht Josh Sykes gehörte. Hastig lief sie ihm entgegen. Das große Fahrzeug hielt neben der Garage, und auf der Fahrerseite stieg ein hoch gewachsener Mann aus. An der Beifahrerseite tauchte Harrison Brennan auf. Als er sie sah, verzog er einen Mundwinkel zu einem schiefen Lächeln.

»Sind die Mädchen bei dir?«, fragte Jenna atemlos.

»Nein.«

»Hast du sie gesehen?«

Harrison warf einen Blick über ihre Schulter, und sein Lächeln wich einem Ausdruck der Verblüffung. »Du machst wohl Witze?«

Dann hörte sie knirschende Schritte hinter sich. Jenna

begriff und kam sich plötzlich albern vor, wie eine blöde, überbehütende Mutter.

»Mom!«, rief Allie. Jenna drehte sich um und sah Cassie, Allie und den Hund vom Stall her durch den Schnee stapfen. Allie begann zu laufen, Critter tobte durch die Schneewehen hinter ihr her. »Wir haben nur nach den Pferden gesehen.«

»Und, ist alles in Ordnung mit ihnen?«

»Ja«, antwortete Cassie in abfälligem Ton. »Hans hatte ihnen reichlich Wasser hingestellt, aber der Zwerg hier hat sich Sorgen gemacht.«

Unter ihrer Strumpfmütze hervor schoss Allie einen warnenden Blick auf ihre Schwester ab. »Hans hat gesagt, ich sollte nachsehen!«

»Er ist doch erst vor zwei Stunden abgefahren!«

»Hey, ist ja gut.« Jenna kam sich idiotisch vor. Sie hätte die Fußstapfen ihrer Töchter sehen müssen, die zum Stall führten. Wo war sie nur mit ihren Gedanken gewesen? Warum war sie so überreizt? »Entschuldigung«, sagte sie zu Harrison.

»Kein Problem. Das hier ist Seth Whitaker.« Er deutete auf den großen Mann an seiner Seite. »Jenna Hughes.«

»Nett, Sie kennen zu lernen«, sagte sie und schüttelte ihm die behandschuhte Hand.

»Seth war gerade bei mir, um die Heizung zu reparieren, und ich habe ihn überredet, mit herzukommen und sich deine Pumpe auch mal anzusehen.«

»Prima.« Jenna lächelte ihn an. »Dann sind Sie also Elektriker?«

Harrison antwortete für ihn: »Er ist Klempner und ein guter Handwerker. In allen Sparten bewandert.«

»Und in keiner einzigen Meister«, warf der andere Mann ein. Er sah sympathisch aus, war ein paar Zentimeter größer als Harrison und ein bisschen fülliger um die Mitte. Harrison legte größten Wert darauf, militärisch straff zu bleiben, und sein silbriges Haar war fast so kurz geschoren, als sei er noch immer bei der Air Force.

»Gemeinsam werden wir es schon schaffen, das Ding zu reparieren«, versprach Harrison.

»Das wäre prima«, antwortete Jenna. »Hans ist der Meinung, dass im Pumpenhaus Leitungen defekt sind«, erklärte sie und wies auf das kleine Häuschen.

»Ich weiß Bescheid.« Harrison wandte sich Seth zu. »Es ist nicht abgeschlossen.«

»Ich hole mein Werkzeug.« Der größere Mann ging zum Pick-up und schlug die Plane zurück. Jenna sah Harrison fragend an.

»Woher weißt du, dass ich das Pumpenhaus nicht abschließe?«

»Ich kenne dich eben. Du schließt überhaupt nichts ab außer deiner Haustür, deiner Garage und dem Tor, und nicht mal das ist sicher.« Er runzelte die Stirn. »Ich wollte, du würdest mehr Vorsichtsmaßnahmen treffen. Ich habe Angst um dich.« Er warf einen Blick auf das Haus. »Und um die Mädchen.«

»Wir kommen gut zurecht«, behauptete sie und spürte, wie sich ihre Nackenmuskeln verkrampften. Er brauchte sich wirklich nicht aufzuführen, als sei er ihr Vater. »Normalerweise schließe ich das Tor immer ab. Aber das Schloss ist defekt, und anscheinend ist kein Mensch in der Lage, es zu reparieren.«

»Vielleicht kann ich jemanden auftreiben.«

»Nein!«, widersprach sie und hörte selbst die Anspannung in ihrer Stimme. »Hör zu, ich kümmere mich selbst darum.«
»Okay.« Er nickte, was sie erstaunte. Sie hatte fast damit gerechnet, dass er Einwände haben würde. »Ich hoffe es, Jenna«, sagte er und fügte hinzu: »Und jetzt geh lieber rein und wärm dich auf – du hast ja nicht mal einen Mantel an.«
In ihrer Angst um die Kinder hatte sie vergessen, sich etwas überzuziehen.
Als ob er das wüsste, lächelte er freundlich – oder herablassend? Behandelte er sie mal wieder wie ein Porzellanpüppchen? »Seth und ich, wir bringen diese Sache schon in Ordnung.«
»Ich könnte mithelfen.«
»Wir kommen zurecht«, wehrte er ab, und ihr wurde klar, dass es unpassend gewesen wäre, mit ihm zu streiten. Der Mann wollte ihr helfen, zum Kuckuck, und sie ärgerte sich nur über sein Auftreten. Wie war das gleich mit dem geschenkten Gaul?
»Dann koche ich inzwischen einen Kaffee«, bot sie an und redete sich selbst ein, sie sei lediglich vernünftig und höflich, aber nicht eine schwache, von Männern abhängige Frau wie diese Hausfrauen, die in den Schwarzweiß-Fernsehserien aus den Fünfzigern dargestellt wurden. Sie war *keine* June Cleaver! »Das ist das Mindeste, was ich tun kann.« Sie wäre beinahe an diesen Worten erstickt.
»Gute Idee.« Harrisons Grinsen wurde breiter, und er machte sich auf den Weg zum Pick-up, wo Seth Whitaker bereits eine große Werkzeugkiste auslud.
Plötzlich spürte Jenna, wie die Kälte durch ihren Pullover

drang, und sie ging zurück zum Haus. Drinnen bemerkte sie, dass Allie ihre Jacke und die Mütze einfach über einen Barhocker geworfen hatte. Der Schnee, der daran gehaftet hatte, begann bereits zu schmelzen, sodass sich auf dem Boden eine Pfütze bildete.

»Ron hat angerufen«, teilte ihr Cassie von der Treppe her mit. Sie hatte sich inzwischen umgezogen und trug jetzt enge Jeans und einen Pullover. »Er sagt, er schafft es nicht wegen des Schnees.«

Jenna wischte mit einem Geschirrtuch die Pfütze auf. »Ich hatte ihn völlig vergessen«, sagte sie fassungslos. Ron Falletti war Jennas Personal Trainer. Seit kurzem arbeitete er auch mit Cassie. Jenna warf das Geschirrtuch durch die offene Tür in den Wirtschaftsraum.

»Was?«, versetzte Cassie in gespielter Entgeisterung und presste die Hand aufs Herz. »Du hättest dein Training vergessen? Das hätte ich nie für möglich gehalten!«

»Ich hatte in den letzten paar Tagen ziemlich viel um die Ohren.« Jenna mahlte ihre italienische Lieblings-Kaffeebohnen-Mischung, gab das Kaffeepulver in den Filter und füllte den Wassertank mit Wasser aus der Flasche, das sie eingekauft hatte. Doch Cassies Bemerkung hatte sie getroffen. Seit Jenna nach der Scheidung hierher gezogen war, hatte sie kaum jemals eine Trainingsstunde versäumt. In Form zu bleiben war zur Obsession geworden, hatte ihr über den seelischen Schmerz hinweggeholfen und bewirkt, dass ihr Körper mit achtunddreißig noch immer straff war wie der einer Zwanzigjährigen.

Während der Kaffee durchlief und Jenna ihre Einkaufstüten auspackte, trat Cassie ans Fenster und blickte zum Pumpenhäuschen hinüber. »Weißt du, Mom, du gibst mir ständig gute Ratschläge wegen Jungen und Dates.« Sie fuhr mit dem Finger durch das Kondenswasser an der Scheibe.

»Dafür bin ich da. Ich bin deine Mutter.«

»Vielleicht sollte ich zur Abwechslung mal dir einen Rat geben.«

»Oh. Okay.« Jenna folgte dem Blick ihrer Tochter. Harrison war aus dem Pumpenhäuschen getreten und musterte das Haupthaus mit einem gewissen abschätzigen Ausdruck.

»Ich mag ihn nicht«, erklärte Cassie und wies auf Harrison.

Jenna legte die Hand um Cassies ausgestreckten Finger. Sie wollte nicht, dass Harrison Brennan sah, wie ihre Tochter mit dem Finger auf ihn zeigte. »Er will doch nur helfen.«

»Ich weiß, so sieht es aus, aber ...« Cassie nagte an ihrer Unterlippe und wandte sich zu ihrer Mutter um. »Er will viel zu oft helfen und dir vorschreiben, was du zu tun hast. Nicht dass er dich rumkommandiert, aber er scheint sich einzubilden, er wüsste alles besser.«

»Er meint, er hätte immer Recht.«

»Genau.« Cassie nickte. »Wie ein alter Knacker.«

»Ich weiß«, pflichtete Jenna ihr bei und wischte den Küchentresen ab. »Aber so alt ist er noch gar nicht. Zweiundfünfzig oder dreiundfünfzig, glaube ich.«

»O Gott, Mom, das ist uralt!« Cassie war entsetzt.

»Für dich.«

»Für dich auch.«

»Nein, Schatz, eigentlich nicht.« Sie öffnete den Kühlschrank und nahm Senf, Mayonnaise und ein Glas Gurken heraus. » Es wirkt nur so, als ob er zu einer anderen Generation gehörte.«

»Es wirkt nicht nur so, es *ist* so! Außerdem sagt Joshs Vater, er war bei der CIA, nicht bei der Air Force, wie er behauptet. Er war Spion oder Agent oder wie man das nennt.«

»Das ist kein Verbrechen«, betonte Jenna, verärgert darüber, dass Josh und Cassie offenbar über ihre Beziehung zu Harrison geredet hatten.

»Ich weiß, aber es ist irgendwie ... komisch. Ich meine, wie viele Agenten kennst du sonst noch?« Cassie nahm sich einen Becher Joghurt aus dem Kühlschrank.

»Vielleicht mehr, als ich selbst weiß – wenn sie wirklich Spione sind, müssen sie schließlich ihre Tarnung aufrechterhalten«, scherzte sie.

»Ich meine es ernst, Mom.«

»Okay, okay. Ich habe verstanden. Mr Brennan hat mir gegenüber nie erwähnt, dass er bei der CIA war.«

»Desto komischer.« Cassie holte sich einen Löffel und zog die Alufolie von ihrem Joghurtbecher.

»Vielleicht stimmt es gar nicht, Cassie«, sagte Jenna, doch insgeheim erkannte sie, wie wenig sie im Grunde über ihren überfürsorglichen Nachbarn wusste. Sie sah aus dem hinteren Fenster zum Pumpenhaus hinüber, aber Harrison war entweder hineingegangen oder hielt sich irgendwo anders auf dem Grundstück auf. Die Vorstellung hätte ihr eigentlich ein Gefühl der Sicherheit geben sollen, machte sie jedoch im Gegenteil eher nervös.

Um Himmels willen! Langsam wurde sie tatsächlich verrückt – das heißt, *noch* verrückter. Was wusste sie schon von ihm, überlegte sie, während sie Senf auf das Brot strich. Er hatte ihr erzählt, er sei verheiratet gewesen und schon seit einer ganzen Weile geschieden, aber sie wusste nicht, seit wann und warum. Als er es erwähnte – bei einem gemeinsamen Essen in Portland –, blieb er vage, als sei das Thema zu schmerzhaft. Oder ging es um seinen Stolz?

Auch Cassie blickte nachdenklich auf das Pumpenhaus und rührte ihren Joghurt um.

Vielleicht lag es an seiner Erziehung oder an seiner militärischen Ausbildung oder so, aber Harrison erschien ihr allzu höflich, beinahe so, als wollte er eine Frau auf einen Sockel heben, sie aber gleichzeitig unter seiner Knute haben.

»Okay, ich verstehe, was du meinst. Aber keine Sorge. Ja, ich bin ein paar Mal mit ihm essen gegangen und ich habe zugelassen, dass er hier Reparaturen vornimmt und öfter herkommt, aber ich bin nicht an ihm interessiert.«

»Du hältst ihn also hin?« Cassie löffelte ihren Joghurt.

»Nein … Ich wollte mir nur erst über meine Gefühle klar werden.« Jenna kramte im Kühlschrank und fand eine Packung Roastbeef in Scheiben.

»Und?«

»Ich empfinde nichts für ihn. Jedenfalls nichts, was romantischer Natur sein könnte.«

Cassie wirkte erleichtert. »Wirst du's ihm sagen?« Noch ein Löffel Joghurt.

»Nicht heute«, erwiderte Jenna. »Aber bald.« Sie nahm eine Packung fettarme Milch aus dem Kühlschrank, schnupperte daran, um sich zu vergewissern, ob sie frisch war, und goss den Inhalt in einen Krug. »Also, Cassie, nachdem wir jetzt die Pros und Kontras meines Liebeslebens diskutiert haben, könnten wir doch mal über deines reden.«

Cassie stöhnte auf. »Hätte ich doch bloß nicht davon angefangen.«

»Im Gegenteil … Ich bin froh darüber.« Immerhin kam ihre Tochter damit auf sie zu, nahm von sich aus Kontakt auf.

»Jetzt nicht, okay?« Wieder warf Cassie einen Blick aus dem vereisten Fenster.

»Dann später.«

»Wie wär's mit gar nicht?« Sie schabte den letzten Rest Joghurt aus dem Becher.

»Ausgeschlossen. So leicht kommst du mir nicht davon.«

»Ach, lass mich doch in Ruhe«, schnappte Cassie. Im nächsten Moment kam Allie polternd die Treppe herunter. Critter folgte ihr, indem er vorsichtig Stufe für Stufe nahm.

»Wir haben morgen keine Schule!«, verkündete Allie glücklich. Das Mädchen, das noch vor gar nicht langer Zeit hätte schwören mögen, es habe entsetzliche Halsschmerzen, schlug jetzt nahezu Purzelbäume auf dem Küchenboden.

»Woher weißt du das?«, fragte Cassie.

»Es wurde im Fernsehen gemeldet!« Allie führte sich auf wie ein Verurteilter, der erfahren hatte, dass die Todesstrafe aufgehoben wurde.

»Gilt das auch für die High School?«

»Für *alle* Schulen! Kann Dani bei uns schlafen?«, fragte sie. In diesem Augenblick begann das Licht zu flackern.

»Auch das noch«, knurrte Cassie und schaltete den kleinen Fernseher im Einbauregal neben der Speisekammer ein, das Gerät, das meistens während des Abendessens lief.

Jenna ging in die Speisekammer und suchte in einer Schublade nach einer Taschenlampe für den Fall, dass der Strom ausfiel. O Gott, was würde das bedeuten?

»Es wäre wohl keine gute Idee, Dani ausgerechnet heute bei uns übernachten zu lassen«, wehrte Jenna ab. Es tat ihr Leid, Allie enttäuschen zu müssen, nachdem es ihrer jüngeren Tochter endlich gelungen war, nach dem Umzug nach Oregon ein paar Freunde zu finden. Sie war schüchterner und zurückgezogener als in L. A. geworden. »Dani kann gern ein anderes Mal bei dir schlafen, aber heute wäre es nicht so gut. Bei diesem Wetter …«

»Aber wir könnten Schlitten fahren und einen Iglu bauen.«

»Bist du verrückt? Die Temperaturen gehen heute Nacht bis weit unter null runter«, bemerkte Cassie und blickte auf den kleinen Bildschirm, auf dem gerade eine Nachrichtensprecherin in einem roten Parka im Schneesturm an der Interstate stand. Dicke Schneeflocken wirbelten durchs Bild, und eine lange Schlange riesiger LKW stand am Straßenrand.

»… und die Temperaturen sinken noch weiter, sehr zum Missfallen dieser Fernfahrer …«, sagte sie, bevor sie im notdürftigen Schutz eines Neunachsers einen der unglücklichen Fahrer zu interviewen versuchte.

»Autofahren ist jetzt wirklich zu gefährlich«, entschied Jenna.

»Aber Mr Settler hat gesagt, er würde sie herbringen«, wandte Allie ein.

»Und woher weißt du das?« Jenna prüfte die erste Ta-

schenlampe, die sie gefunden hatte. Der Lichtstrahl war schwach, aber beständig.
»Ich habe schon angerufen.«
Das Licht, der Fernseher sowie alle anderen Elektrogeräte versagten für ein paar Sekunden.
»Langsam wird's unheimlich«, bemerkte Cassie.
»Ich finde es toll.« Allie ließ sich nicht abschrecken. »Kann Dani kommen, Mom, bitte bitte?«
Das Telefon klingelte, und Allie schnappte sich noch vor dem zweiten Klingeln den Hörer. »Hallo?«, meldete sie sich und wartete. »Ja … Augenblick bitte.« Sie streckte ihrer Mutter das schnurlose Gerät entgegen. »Mr Settler«, flüsterte sie hörbar. »Bitte, bitte, bitte.« Dabei faltete sie flehentlich die Hände unter dem Kinn.
Cassie verdrehte die Augen. Jenna ignorierte das Betteln ihrer Jüngsten. »Hallo?«
»Hi.« Wie erwartet war Travis in der Leitung. »Allie hat dich wahrscheinlich schon von ihren Plänen unterrichtet.«
»Dass Dani bei uns übernachten soll.«
»Ja. Sie lässt mir keine Ruhe, aber ich wollte zuerst mit dir sprechen.«
»Ich schätze, sie bearbeiten uns beide gleichermaßen, aber wenn du sie herbringen kannst, bin ich einverstanden«, sagte Jenna und hörte Allie hinter sich aufjubeln. »Allerdings war ich vor etwa einer Stunde noch draußen. Die Straßen sind nahezu unbefahrbar, und hier flackert schon das Licht. Außerdem haben wir kein fließendes Wasser, jedenfalls im Moment noch nicht. Ein paar Leute arbeiten an der Pumpe, und ich habe aus der Stadt Wasser in Flaschen mitgebracht. Es geht bei uns also ein bisschen so zu wie beim Camping.«

»Dani wird begeistert sein«, versicherte er, und in seiner Stimme schwang leiser Stolz auf seine sportliche Tochter mit. »Aber die Entscheidung liegt natürlich ganz bei dir.«
Jenna spürte Allies beschwörenden Blick im Rücken. »Sie ist uns immer willkommen.«
»Gut. Soll ich dir noch irgendwas mitbringen, wenn ich schon mal unterwegs bin?«
»Danke, aber wir sind versorgt. Ich habe heute schon unsere Vorräte aufgestockt. Für die nächsten paar Tage wird es reichen.«
»Wenn du wirklich keine Einwände hast, kann ich binnen einer Stunde da sein.«
»Prima. Ich richte es Allie aus.«
Sie legte auf und sah, dass ihre Tochter bereits die Treppe hinaufstürmte. »Hey, Allie, warte, willst du nicht erst mal ein Sandwich essen?«
»Später!«, rief Allie zurück.
Cassie verkündete: »Ich habe keinen Hunger.«
»Schön. Die Sandwiches sind ja haltbar«, entschied Jenna, die sich freute, ihre jüngere Tochter so glücklich zu sehen. Im Augenblick zumindest. Was man von Cassie nicht behaupten konnte, die ihren Joghurt inzwischen aufgegessen hatte und den leeren Becher nun in den Mülleimer unter der Spüle warf. Dann blieb sie mit unter der Brust verschränkten Armen vorm Fernseher stehen und verfolgte die Nachrichten. »Das ist so was von öde«, bemerkte sie, als der Wetterbericht für den Rest der Woche Minustemperaturen ankündigte.
»Wir werden es überleben.«
»Wenn man das hier als überleben bezeichnen kann.«
»Warte nur, bis ich dich Holz hacken schicke und dich in

einem gusseisernen Topf überm Feuer das Essen zubereiten lasse, wenn der Strom ausfällt. Dann können wir alle zusammen in Schlafsäcken vor dem Kamin schlafen.«

»Ach, hör doch auf«, murrte Cassie.

»Stell dir das mal vor. Kein MTV, keine heiße Dusche, kein Fön, überhaupt keine Elektrogeräte. Wenn wir Glück haben, funktionieren vielleicht wenigstens die Handys.«

»Es macht dir wohl Spaß, mir die Laune zu verderben, wie?«, warf ihre Tochter ihr vor.

»Ich will dir nur vor Augen führen, dass alles gar nicht so schlimm ist.«

»Na klar.« Cassie verdrehte die Augen und stieg die Treppe hinauf. Jenna füllte den Kaffee in eine Thermoskanne und wollte ihn gerade zum Pumpenhäuschen bringen, als sie ein Klopfen an der Hintertür vernahm. Im nächsten Moment trat Harrison ein. »Du hast wohl meine Gedanken gelesen«, bemerkte er mit einem Blick auf die dampfende Kanne. Dann rief er über die Schulter nach draußen: »Seth! Ich habe dir doch gesagt, dass sie Kaffee für uns hat!«

Durch die Glastür sah Jenna Whitaker winken. Er trug gerade das Werkzeug zurück zu seinem Pick-up.

»Sag schon, haben wir jetzt wieder fließendes Wasser?«, fragte sie.

»Noch nicht. Aber bald. Wir haben angefangen, die Pumpe aufzutauen, und Seth hat ein paar defekte Kabel repariert. Es dauert noch ein bisschen. Wir haben die Heizung im Pumpenhaus aufgedreht und einen Überlauf und einen Schlauch angebracht, der das Wasser aus dem Haus leitet, damit es drinnen nicht gefrieren kann. Während er an der Pumpe gearbeitet hat, habe ich mir die Isolierung vorgenommen. Es wird noch ein paar Stunden dauern, aber spätestens morgen früh dürfte alles wieder funktionieren, und, ja, dann habt ihr wieder Wasser.«

»Halleluja!«

»Du solltest dir überlegen, ob du im nächsten Sommer nicht ein solideres Pumpenhaus bauen lassen willst.« Er setzte sich an den Tisch, und Jenna schenkte ihm eine Tasse dampfenden Kaffee ein. »Bis dahin helfe ich dir schon über den Winter hinweg.«

»Danke«, sagte sie, doch ein Teil von ihr ärgerte sich über den anmaßenden Ton. Sie ignorierte ihn. Im Moment brauchte sie seine Hilfe. Wenige Minuten später erschien Seth an der Hintertür. Sie bot ihm ebenfalls Kaffee an, doch der Handwerker lehnte ab, während er ins Haus kam und sich die Stiefel abtrat. »Zu viel Koffein«, war seine hastige Entschuldigung. Der zurückhaltende Mann warf einen Blick auf die Uhr.

»Bist du in Eile?«, fragte Harrison

»Noch ein Auftrag.«

»Wenn das so ist, machen wir uns lieber auf den Weg.«

»Was bin ich Ihnen schuldig?«, fragte Jenna den Handwerker.

»Ich habe ihn schon bezahlt.« Harrison schloss den Reißverschluss seiner Jacke.

»Wie? Du hast das für mich übernommen? Kommt nicht infrage.« Sie griff nach ihrer Brieftasche.

»Er hat schon bezahlt«, bestätigte Seth.

»Moment mal. Das kann ich nicht zulassen, Harrison, wirklich nicht. Ich danke dir für deine Hilfe, aber meine Rechnungen bezahle ich selbst.« Sie sah ihm fest in die Augen. »Ich will es so.«

Harrison stieg die Röte ins Gesicht. »Betrachte es als reine Gefälligkeit. Unter Nachbarn.«

»Das ist ja das Problem. Ich bleibe nicht gern etwas schuldig. Niemandem. Gefälligkeiten haben so eine Art, sich anzuhäufen.« Sie wandte sich dem Handwerker zu. »Geschäft ist Geschäft. Ich bezahle Sie für die Arbeitszeit und für das benötigte Material.«

Seth trat von einem Fuß auf den anderen; die Situation war ihm offenbar peinlich. »Lassen Sie nur.«

»Nein.«

»So ist das hier bei uns nun mal«, erklärte Harrison. »Wir sorgen füreinander.«

»Hey, ich sagte nein!« Sie hob beide Hände. »Augenblick mal. So was ist nicht meine Art! Ich kann nicht zulassen, dass du ›für mich sorgst‹. Ausgeschlossen. Ob du es glaubst oder nicht, Harrison, ich kann für mich selbst sorgen, und so soll es auch bleiben.«

Er ging überhaupt nicht darauf ein. »Ob es dir passt oder nicht, ich mache mir Sorgen um euch, wenn du mit den Kindern hier draußen allein bist. Ich habe schon mit Seth gesprochen, und er hat sich bereit erklärt, beim Einbau einer neuen Alarmanlage hier im Haus zu helfen. Außerdem gefällt es mir auch nicht, dass das Haupttor sich nicht mehr schließen lässt.«

»*Was?*«, brauste Jenna auf. »Ich denke, diese Entscheidung musst du schon mir überlassen.«

»Deine alte Alarmanlage ist hinüber.«

Das stimmte. »Dann besorge ich mir eine neue. Das hatte ich ohnehin vor. Aber aufgrund des Unwetters wird es wohl noch eine Weile dauern.«

»Seth, kannst du das nicht erledigen? Hast du nicht gesagt, du hast Beziehungen zu der Firma hier in der Stadt?«

Whitaker hob abwehrend die Hände. »Hey, ich will nicht in diese Sache reingezogen werden.«

Jenna war dem Mann dankbar für diese Antwort. Sie wandte sich erneut Brennan zu. »Hör zu, Harrison, das Haus *hat* bereits eine Alarmanlage. Sie ist unzuverlässig, funktioniert nicht immer, obwohl ich schon versucht habe, sie reparieren zu lassen. Trotzdem bemühe ich mich, immer daran zu denken, dass ich sie einschalte, und wenn es dich beruhigt, werde ich mir in Zukunft noch mehr Mühe geben.«

Er lächelte entwaffnend. Weil er seinen Willen durchgesetzt hatte. »Ja, das beruhigt mich.«

»Schön!«, fuhr sie ihn gereizt an. Herrgott, für wen hielt dieser Kerl sich eigentlich? »Und nachdem das nun geklärt ist, brauchst du dir wegen mir und der Mädchen keine Sorgen mehr zu machen. Wirklich nicht.« Sie verschränkte die Arme vor der Brust. »Ehrlich gesagt, deine Sorge ist mir ausgesprochen unangenehm. Ich kann auf mich selbst aufpassen.«

»Schon gut, schon gut.« Er hob die Hände zum Zeichen, dass er sich geschlagen gab. »Tut mir Leid ... Ich habe einen Fehler gemacht.«

Jenna kochte innerlich noch immer, nickte jedoch. »Okay. Hauptsache, wir haben uns verstanden.«

»Ich fürchte, ich bin es einfach zu sehr gewohnt, das Kommando zu übernehmen. Meine militärische Ausbildung.«

»So wird es wohl sein.« Sie versuchte, sich zu beherrschen. Immerhin musste sie ihm zugute halten, dass der Mann

alles tat, um ihr zu helfen. Er war nur ein bisschen zu anmaßend.
Er zwinkerte ihr zu. »Soll nicht wieder vorkommen.«
»Gut.«
»Ich mag dich eben, und deswegen mache ich mir schon mal Sorgen wegen dir und der Mädchen.«
»Und ich habe dir gesagt, du sollst es lassen«, erwiderte sie fest. »Wir sind nicht dein Problem.«
Seth rieb sich mit einer Hand den Nacken, als könnte er den Streit nicht länger ertragen. »Hören Sie, ich möchte im Pumpenhaus fertig werden, noch einmal nachsehen, ob alles funktioniert.« Bevor jemand Einwände erheben konnte, ging er zur Hintertür hinaus und ließ dabei einen winterlich eisigen Luftstrom ins Haus. Dann schlug die Tür hinter ihm zu.
Jenna sah Harrison Brennan an. »Hör mal, tut mir Leid, dass ich so ausgeflippt bin. Ich weiß, du willst mir nur helfen, aber ich lege wirklich Wert darauf, allein zurechtzukommen. Es stimmt schon, manchmal brauche ich doch Unterstützung, und ich bin dir sehr dankbar für alles, was du für mich getan hast.«
»Aber?«, sagte er, und auf seiner Stirn begann eine Ader zu pulsieren. »Ich ahne doch, dass da noch ein ›Aber‹ folgt.«
Sie strich sich das Haar aus den Augen. »Aber ich kann nicht zulassen, dass du mein Leben bestimmst und meine Rechnungen bezahlst oder …«
»Der Bursche war mir noch was schuldig«, fiel Harrison ihr ins Wort. Plötzlich zeigte sein Gesicht keine Spur eines Lächelns mehr. Er sah streng aus, ganz und gar geschäftsmäßig. Seine steife Haltung verriet unterdrückten Zorn.

Seine Kiefermuskeln arbeiteten, und Jenna ahnte, dass sie ihn in seiner Männlichkeit gekränkt hatte. Was lächerlich war.

Männer!

»Wenn du Whitaker selbst bezahlen willst, heuer ihn noch einmal an«, sagte Harrison. »Aber für heute sind wir quitt. Wir alle. So hatte ich es mit ihm vereinbart. Alles muss seine Ordnung haben. In Zukunft kannst du mit ihm oder mit mir aushandeln, was du willst, aber ich werde niemals Geld von dir annehmen, wenn ich dir irgendwie helfe.«

»Na gut«, gab sie nach. Für den Augenblick zumindest. Sie deutete auf den Küchentresen und die halb fertigen Sandwiches, die ihre Kinder nicht wollten.

»Also … wie wär's mit Roastbeef auf Sauerteigbrot als Entschädigung für deine Mühe?«

»Einverstanden.« Seine Miene hellte sich auf, als sie die Brote mit Roastbeefscheiben, Dillgürkchen und Zwiebeln belegte. Einen Augenblick lang sah sie im Geiste June Cleaver mit Perlenkette und weitem Rock vor sich, doch sie verdrängte die Vorstellung. Im Moment herrschte Frieden im Haus, und bald würde es wieder fließendes Wasser geben. Wer wollte noch mehr verlangen?

11. Kapitel

Eine halbe Stunde später stellte Harrison seinen Teller in die Spüle und warf einen Blick aus dem Fenster. Er zog die silbrigen Augenbrauen zusammen, seine Gesichtsmuskeln verspannten sich noch mehr. »Sieht aus, als bekämst du Besuch«, bemerkte er.

»Ach ja, Allies Freundin schläft heute Nacht bei uns«, erklärte Jenna.

Harrison presste die Lippen aufeinander, als er Travis Settler auf den verharschten Boden springen sah. Im nächsten Augenblick landete seine Tochter Dani neben ihm.

»Ich mache mich jetzt besser auf den Weg.« Während er seine Jacke überstreifte, steuerte er bereits auf die Hintertür zu.

»Ach ja, und noch einmal vielen Dank«, sagte sie, als Harrison seine Stiefel anzog und in Richtung von Seth Whitakers Pick-up davonstapfte. Jenna beobachtete, wie er Travis knapp zunickte. Gleich darauf polterten Schritte die Treppe herunter, und Allie rannte Hals über Kopf zur Hintertür. Ohne Mantel.

Jenna nahm ihre Skijacke von der Lehne eines Küchenstuhls, als auch schon Dani und Allie in die Küche stürmten. Lachend und kichernd rannten die beiden die Treppe hinauf. »Bekommen wir Nachos?«, rief Allie über die Schulter zurück, wartete aber nicht auf eine Antwort.

Travis trat ein. »Nicht zu übersehen, wie es ihnen das Herz zerreißt, dass sie morgen nicht zur Schule dürfen.«

Jenna lächelte. »Mir ging es früher genauso.«

»Hattet ihr denn Schnee in L. A.?«

»Nein.« Sie schüttelte lachend den Kopf. »Ich bin am Stadtrand von Seattle aufgewachsen. Ich erinnere mich noch genau, wie ich mich mit meinen Freundinnen getroffen und im Gruppengebet um Schnee gefleht habe.«

»Hat es geklappt?«

»Selten, und schon gar nicht, wenn eine größere Hausaufgabe, die ich vergessen hatte, fällig war.« Sie hörte das Dröhnen eines Motors und sah, wie Seth Whitakers Pickup wendete.

»Habe ich deine Gäste verscheucht?«

»Nein«, erwiderte sie, wobei sie sich dessen jedoch selbst nicht sicher war. Durch das Beifahrerfenster des Wagens war zu sehen, wie Harrison Brennan steif auf seinem Platz saß und mit versteinerter Miene geradeaus blickte. Oder täuschte der Eindruck? Er war zu weit entfernt, als dass sie es genau erkennen konnte, doch sie meinte zu bemerken, dass er das Haus im Seitenspiegel beobachtete. *Hör auf! Das bildest du dir nur ein! Er ist nichts weiter als ein freundlicher Nachbar, der helfen will.*

»Stimmt was nicht?«, erkundigte sich Travis, und plötzlich wurde Jenna bewusst, dass er am Tisch stand und sie aufmerksam musterte.

»Nein … Entschuldige … Ich war in Gedanken wohl gerade bei meinen Problemen.«

»Kann ich dir helfen?« Er schien es ernst zu meinen, und seine blauen Augen drückten Sorge aus.

»Klar. Wie wär's, wenn du heißen Sand, aquamarinblaues Wasser und jede Menge Palmen heraufbeschwören würdest … Ach ja, nicht zu vergessen: Dazu wünsche ich mir dreißig Grad im Schatten.«

»Dürfen es auch noch ein paar Margaritas sein?«, fragte er.
»Aber bitte doppelte.«
»Meine Güte, du hast ja ganz genaue Vorstellungen.«
»Warum sollte man träumen, wenn man nicht weiß, was man will?«, fragte sie und spürte, wie die Verspannung in ihren Schultern sich ein wenig lockerte.
»Weißt du es denn? Was du willst?«
»Mhm.« Sie nickte. »Meistens. Und du?«
»Ich dachte mal, ich wüsste es … vor langer Zeit.« Er zuckte mit einer Schulter. »Jetzt bin ich nicht mehr so sicher.« Er schien noch mehr sagen zu wollen, überlegte es sich jedoch anders. Sein Lächeln erlosch und die Wärme in seinem Blick wich etwas Kaltem, Geheimnisvollen. »Ich mache mich lieber wieder auf den Weg«, sagte er. »Dani sagte, ich sollte nicht länger bleiben als eben nötig. Sie bräuchte ihren Freiraum, meint sie. Ruf mich an, falls sie Schwierigkeiten macht.«
»Macht sie bestimmt nicht.«
»Oder falls du dich hier zu abgeschnitten fühlst.« Er blickte durch das Fenster auf das von Wald umgebene Gelände hinaus. »Du wohnst hier wirklich ein bisschen einsam.«
»Wir kommen zurecht«, versicherte sie, obwohl seine letzten Worte sie ein wenig erschreckten. Sie hatte sich gerade wegen der Abgeschiedenheit für diese Ranch entschieden, doch jetzt, als sie ihm auf dem Weg zu seinem Wagen nachblickte, während das Schneetreiben immer dichter wurde und der Wind durch die Schlucht heulte, fragte sie sich, ob es ein Fehler gewesen war. Als Travis ins Auto stieg, widerstand sie dem Drang, nach draußen zu laufen, ihn aufzuhalten und zu bitten, er möge doch

bleiben; einzugestehen, dass sie nicht so stark war, wie sie erschien, dass ihr die Vorstellung gefiel, einen Erwachsenen in der Nähe zu haben, einen Mann, wenn die Naturgewalten so rau und bedrohlich tobten.

Doch sie tat es nicht.

Wollte nicht zugeben, dass sie womöglich doch nicht allein zurechtkam.

Fröstelnd rieb sie sich die Arme, während sie ihm nachsah, wie er die Zufahrt hinunterfuhr. Die Reifen drehten im hohen Schnee durch, die Scheinwerfer strahlten weitflächige Schneeverwehungen an.

Das Telefon klingelte, und sie griff nach dem Hörer.

»Hallo?«, meldete sie sich, aber niemand antwortete. »Hallo?« Sie hörte statisches Knistern wie bei einer schlechten Handy-Verbindung, und gedämpfte, melodische Töne, wie ein Song, der ihr vage bekannt vorkam. »Hallo? Ich kann Sie nicht hören«, sagte sie mit Nachdruck. »Versuchen Sie es noch einmal.«

Sie legte auf und wartete.

Doch es folgte kein weiterer Anruf.

Das Telefon blieb stumm, und auch das Haus erschien ihr unnatürlich still. Die üblichen Geräusche – das Summen des Kühlschranks, das dumpfe Geräusch der Heizung, die schwachen Laute aus dem Fernseher im ersten Stock –, alles ging unter im Heulen des Windes, der an einem undichten Fenster auf dem Dachboden rüttelte. Wieder flackerte das Licht, und Jenna schluckte heftig, als ihr plötzlich klar wurde, was sie da eben am Telefon gehört hatte. Nicht genug damit, dass tatsächlich jemand am anderen Ende der Leitung gewesen war, nein, bei der kaum vernehmbaren Melodie hatte es sich auch noch um den

Titelsong von *White Out* gehandelt, dem letzten Film, den sie gedreht hatte, dem Film, der nie in die Kinos gekommen war. Zwar war der Titelsong ein Hit geworden, aber *White Out* entwickelte sich zu einem Katastrophen-Projekt, an dem ihre Ehe zerbrach und ihre Schwester zugrunde ging.

Jetzt trat sie einen Schritt zurück. Als sie dabei flüchtig ihr gespenstisches Spiegelbild in der Fensterscheibe erblickte, glaubte sie im ersten Moment, Jill zu sehen. Die schöne, unschuldige Jill, die Jenna äußerlich so ähnlich war, dass sie oftmals für Zwillinge gehalten wurden. Jetzt war sie tot.

Deinetwegen.

Ihre Augen brannten, als sie sich an die tausend Tonnen Schnee erinnerte, die den Berg heruntertosten.

Du hättest sterben sollen, nicht deine Schwester.

Die Anschuldigungen hallten in ihrem Kopf nach, wie schon seit Jahren immer wieder. »O Gott«, flüsterte sie und taumelte rückwärts zu einem Stuhl in der Ecke. Die Stuhlbeine kreischten über den Holzboden. Es gelang Jenna, sich zu fangen, obwohl die Melodie von *White Out* noch immer in ihrem Kopf nachhallte. Wer hatte sie angerufen, und warum hatte er diese Musik gespielt?

Du bist ja gar nicht sicher, dass es so war. Du hast es nicht deutlich gehört. Vielleicht war es eine völlig andere Melodie. Oder eine Störung in der Leitung. Sieh dir doch das Wetter an! Vielleicht brechen die Telefonleitungen zusammen. Du bildest dir Dinge ein, Jenna.

Hastig hob sie den Hörer ab und las den Hinweis auf dem Display ab. Eine unterdrückte Nummer. »Verdammt.« Sie wählte *69 und hoffte, den Namen des letzten Anrufers zu erfahren, doch die Stimme vom Band wiederholte nur, was sie bereits dem Display entnommen hatte. Der Anrufer blieb anonym.

Mit Absicht?

Weil er was zu verbergen hatte?

»Du Dreckskerl«, zischte sie und legte innerlich zitternd den Hörer auf die Gabel.

Sie versuchte sich einzureden, dass sie überreagierte. Dass alles in Ordnung war. Dass ihre allzu lebhafte Fantasie mit ihr durchging.

Aber zugleich war ihr klar, dass sie sich selbst belog.

Wieder einmal.

»Reiß dich zusammen«, befahl sie sich, wusste jedoch, dass es ihr an diesem Abend nicht gelingen würde, Ordnung in ihre aufgewühlten Emotionen zu bringen.

Da war sie, direkt auf der anderen Seite des kalten Glases. Nicht so schön wie Jenna Hughes, aber doch ziemlich ähnlich, sodass er, als er sie jetzt – vorbei an dem rot und blau flackernden Licht einer Neonreklame für Bier – betrachtete, zu dem Schluss kam, es würde ausreichen. Die Körpergröße stimmte in etwa; sie war zierlich, die Brüste waren allerdings kleiner und die Hüften nicht so schön gerundet wie Jennas. Doch die Ähnlichkeit war da … und das genügte erst einmal. Sie war blond, aber die Haarfarbe wirkte unnatürlich; der dunkle Ansatz ließ erahnen, dass sie von Natur aus brünett war. So dunkel wie Jennas schwarz gewelltes Haar war das ihre jedenfalls nicht. Nicht, dass das eine Rolle spielte, sagte er sich, während er zusah, wie sie ihre Tische versorgte, sich die Hände nervös an ihrem Schürzchen abwischte und im-

mer wieder zum Fenster und in das tobende Unwetter hinausblickte.
Als ob sie wüsste, dass er da war.
Als ob sie begriff, dass ihr Schicksal in dieser dunklen, kalten Nacht ihrer harrte.
Er lächelte und spürte ein erregendes Prickeln in seinen Adern, einen so kalten Impuls, dass er ihn an andere Zeiten erinnerte … an eine ferne Jugend und einen zugefrorenen See, an eiskaltes Wasser, das über ihm zusammenschlug, an ein zitterndes Mädchen und dunkles, todbringendes Wasser … Bilder von längst Vergangenem. Für den Bruchteil einer Sekunde schloss er die Augen und dachte nicht an die Vergangenheit, sondern an die Zukunft. Eine Fantasie entführte ihn, lockte ihn, malte ihm lebhafte erotische Bilder von der Frau dort in dem Imbisslokal … Faye … ja, Faye Tyler aus dem Film *The Bystander* – sie war Faye und versteckte sich hier unter falschem Namen …
Wunderschön.
Sexy.
Perfekt.
Wie Jenna.
Ihr Name klang klar wie Glockengeläut in seinem Kopf, und er leckte sich die Lippen, spürte die Kälte auf seiner Haut, als er sich die Frau vorstellte. Sich nach ihr verzehrte.
Jenna.
Sie war die Eine.
Anders als alle anderen.
Und heute Nacht würde sie mittels dieser anderen Frau, dieser bleichen Nachbildung, die Seine sein.

12. Kapitel

Man soll nie allein trinken.

So sagte man doch. Wer auch immer ›man‹ sein mochte.

Pech. Jenna hatte einfach einen grauenhaften Tag hinter sich und entschied, dass eine Tasse koffeinfreier Kaffee mit einem Schluck Kahlua und Bailey's Irish Cream sie schon nicht umbringen würde. Als sie im Kühlschrank Sprühsahne entdeckte, konnte sie nicht widerstehen. »Wenn schon, denn schon«, sagte sie und setzte ein Sahnehäubchen auf ihren Kaffee, das sie mit Schokoraspeln bestreute. Wenn ihr Trainer Ron davon erfuhr, würde er sie mit zusätzlicher Zeit auf dem Laufband bestrafen, aber was kümmerte sie das? Er war schließlich erst sechsundzwanzig und wusste sicher nichts über die tröstliche Wirkung von Schokolade und Alkohol in Stress-Situationen. Und in einer solchen befand sie sich eindeutig.

»Nicht wahr?«, sagte sie zu dem Hund, der sich auf seinem Lieblingsplatz unterm Tisch niedergelassen hatte und auf weitere heimlich zugesteckte Leckerbissen wartete. Sein Schwanz klopfte mit dumpfem Geräusch den Boden, als Jenna sich auf einen Stuhl setzte und in ihrer Tasche nach der Post kramte, die sie vor einigen Stunden abgeholt hatte. Über allem, was sich an diesem Tag in ihrem Leben ereignet hatte, war die Post bis zu diesem Moment einfach in Vergessenheit geraten. Die Mädchen hatten Pizza, Salat und Eis verschlungen und hielten sich jetzt oben in ihren Zimmern auf, während Jenna überlegte, ob sie sich ein ausgedehntes heißes Bad gönnen sollte.

Sie nippte an ihrem Kaffee und ging dabei die Zeitschriften, Rechnungen und Reklamesendungen durch, die sich im Lauf der letzten Woche in ihrem Postfach angesammelt hatten. Bis sie auf einen von Hand adressierten Umschlag stieß. Ihr Name war in präzisen Blockbuchstaben geschrieben, ein Absender fehlte. Mit dem Brieföffner schlitzte sie den Umschlag auf, wobei sie nebenbei bemerkte, dass er in Portland abgestempelt worden war.

Der Umschlag enthielt ein einzelnes Blatt Papier.

Ein ganz besonderes Blatt Papier: Ein kurzes Liebesgedicht war über ein blasses Foto von Jenna in einem schwarzen Etuikleid mit perlenbesticktem Ausschnitt geschrieben – ein Bild, das während der Dreharbeiten zu *Resurrection* aufgenommen worden war. Es war ein PR-Foto von ihr in der Rolle der kühl verführerischen psychopathischen Mörderin Anne Parks.

Du bist die Frau schlechthin.
Sinnlich. Stark. Erotisch.
Du bist die eine Frau.
Die sucht. Begehrt. Wartet.
Du bist meine Frau.
Heute. Morgen. Für immer.
Ich komme dich holen.

Jennas Herz setzte einen Schlag aus. Das Blut schien ihr in den Adern zu gefrieren. »O Gott«, flüsterte sie und ließ den Brief fallen, als hätte sie sich die Finger verbrannt. Der Kaffee schwappte aus ihrer Tasse auf den Tisch über das Blatt und den Umschlag. Wer hatte ihr das geschickt? Warum? Mit wild hämmerndem Herzen sah sie sich im Zimmer um, als könnte der Verfasser des Gedichts plötzlich auftauchen.

Critter erhob sich und winselte.

»Schon gut«, sagte sie, obwohl sie kaum Luft bekam. Jemand kannte ihre Postanschrift, wusste, wo sie wohnte. Als sie aus L. A. fortgezogen war, hatte sie einen Neuanfang versucht, hatte veranlasst, dass ihre gesamte Fanpost an die Adresse ihres Agenten geschickt wurde. Ihr hiesiges Postfach war doch angeblich geheim …

Es ist eine Kleinstadt.

Wo du wohnst, ist allgemein bekannt.

So etwas gehört zu deinem Beruf, das weißt du doch.

Bleib ruhig.

Doch ihr Puls raste noch immer, so sehr sie sich auch bemühte, die Panik zu unterdrücken. Sie hatte schon öfter Post von besessenen Fans erhalten, aber das lag Jahre zurück. Es war zu der Zeit gewesen, als sie noch verheiratet war und in Südkalifornien lebte. Als sie noch Filme drehte, in der Filmindustrie zu Hause war, einen Namen hatte, der immer mal wieder in den Klatschkolumnen auftauchte. Während der vergangenen anderthalb Jahre war ihre Post größtenteils von Monty Fenderson von der Fenderson-Agentur abgefangen und gefiltert worden. Sie kämpfte gegen den absurden Drang an, ihn anzurufen, zu schimpfen und zu toben, herauszuschreien, dass ihre Privatsphäre verletzt worden war.

Sie hätte sich nur lächerlich gemacht.

Die Öffentlichkeit wusste, dass sie in einer Kleinstadt in Oregon lebte. Mit so etwas war zu rechnen.

Es war also ein Brief von einem Spinner zu ihr durchgedrungen. Na und?
Ihre Nerven waren einfach zum Zerreißen gespannt. Das Unwetter machte ihr Sorgen, und dann war da noch das Gerede über eine ermordete Frau, der Streit mit ihren Töchtern ... Sie musste sich beruhigen. Ihren Kaffee austrinken. Das geplante Bad nehmen ... Trotzdem lief sie unruhig im Haus umher. Obwohl es weit außerhalb der Stadt lag, abgeschirmt von hohen Bäumen und dem Fluss, geschützt vor der Außenwelt, ging sie von Zimmer zu Zimmer und schloss die Jalousien. Ein kalter Schauer lief ihr über den Rücken, als sie die letzte Zeile noch einmal las.
Ich komme dich holen.
Ohne lange zu überlegen, trat sie vor die Wand, an der die Alarmanlage angebracht war, und gab den Code ein. Eine Sekunde später wechselte ein kleines Lämpchen von Grün zu Rot. Es war ein einfaches System, das nach Angabe des Maklers lange nach dem Bau des Hauses eingerichtet wurde und nur mit den Türen verbunden war. Ein Summer wurde aktiviert, wenn bei eingeschalteter Anlage eine Tür geöffnet wurde; zwei Minuten später begann eine Sirene zu heulen, sofern der Alarm dann noch nicht deaktiviert worden war. Doch sie stand in keiner Verbindung zu einem Sicherheitsdienst, der den Sheriff benachrichtigte, wenn der Alarm ausgelöst wurde. Noch nicht. Darum würde sie sich gleich morgen kümmern.
Inzwischen hatte sie sich an den Kamin gesetzt und wärmte sich die Hände. Zu ihrem Schutz verfügte sie über einen altersschwachen Hund und eine Flinte ohne Munition.

Flipp nicht gleich aus. Es ist doch nur ein anonymer Brief … Nichts Besonderes.
Doch der Brief war in Portland abgeschickt worden, kaum eine Stunde entfernt.
Von ihr.
Von ihren Kindern.
Ihr Innerstes schien zu Eis zu gefrieren.
Ich komme dich holen.
Sie atmete tief durch. *Versuch's doch*, dachte sie, und ihre Wut besiegte die Angst. Morgen würde sie nicht nur einen Vertrag mit dem Sicherdienst abschließen, sondern sich auch Munition für die Flinte besorgen.

»Komm schon, Cass … Das wird ein Riesenspaß«, drängte Josh. »Und außerdem haben wir morgen keine Schule. Wir treffen uns in einer Stunde an der üblichen Stelle.«
»Wenn ich erwischt werden, ist alles aus.« Cassie hatte sich ins Bett gewühlt, die Decke über den Kopf gezogen und das Handy ans Ohr gepresst. Er wollte, dass sie sich aus dem Haus schlich. Schon wieder. So bald, nachdem sie erwischt worden war. Nein … Sie konnte es nicht riskieren.
»Na und? Mehr als Hausarrest kann sie dir nicht aufbrummen.«
»Sie kann mir das Leben verflixt schwer machen«, sagte Cassie und verzog das Gesicht. Es stimmte, ihre Mutter ging ihr gewaltig auf die Nerven, spionierte ihr nach, stellte Regeln auf, behandelte sie wie ein kleines Kind, aber tief im Inneren wusste Cassie, dass Jenna sich autoritär gab, weil sie für ihre Töchter nur das Beste wollte. Was natürlich völlig daneben war.

»Du wirst schon nicht erwischt. Du gehst ja erst nach ein Uhr raus. Dann schläft sie längst. Garantiert. Sie wird überhaupt nichts merken.«
Cassie zögerte und nagte an ihrer Unterlippe, bevor sie schließlich zu einer Entscheidung kam. »Ich kann nicht. Echt nicht.«
»Ach, sei kein Frosch. Fast alle gehen heute Nacht raus.«
»Die haben die Erlaubnis ihrer Eltern.«
»Nein, Cass. *Die* lassen sich von ihren Eltern einfach nicht alles sagen, so wie du. *Die* haben keinen Schiss vor ihren Eltern.«
»Ich habe keine Angst vor meiner Mom.«
»O doch.«
»Quatsch.«
»Warum fragst du sie dann nicht, ob du heute Abend raus darfst?«
»Sie würde nein sagen. Ich habe Hausarrest. Schon vergessen?« Manchmal stellte er sich so bescheuert an!
»Was hindert dich daran, einfach abzuhauen?«
»Zum einen hat sie heute Abend die Alarmanlage eingeschaltet. Ich habe es von der Treppe aus gesehen. Das tut sie sicher nur, damit ich nicht abhauen kann.«
»Dann schalte sie aus. Du kennst doch den Code, oder?«
»Dann wäre das Haus ja ungeschützt.«
»Na und?«, fragte er lachend.
»Hör mal, ich will einfach keinen Ärger.«
»Weil du Angst vor deiner Mom hast. Sag ich doch. Du gibst ihr solche Macht über dich. Das ist eigentlich gar nicht ihr Problem. Sondern deins.«
»Von mir aus. Aber deins ist es jedenfalls nicht!« Sie klappte ihr Handy zu und schaltete es aus, damit sie es

nicht hörte, falls Josh auf die Idee kam, sie noch einmal anzurufen. Manchmal bedrängte er sie so. Doch was er gesagt hatte, ließ ihr keine Ruhe. *Du hast Angst vor deiner Mom. Du gibst ihr solche Macht über dich. Das ist eigentlich gar nicht ihr Problem. Sondern deins.* Er hielt sie also für schwach. Nein, darauf ließ sie sich nicht ein. Er wollte sie nur dazu bringen, zu tun, was *er* wollte. *Er* war derjenige, der Macht über Cassie ausüben wollte. Nicht ihre Mutter. Sie kroch unter der Bettdecke hervor und schaltete mit der Fernbedienung den Fernseher ein. Für die meisten Unterhaltungssendungen war es schon zu spät, aber es lief noch ein Film, einer, den sie versäumt hatte, als er in die Kinos kam, weil sie zu der Zeit mitten im Umzug von Kalifornien nach Oregon steckten. Junge, Junge, war das ein Fehler gewesen.

Aus dem Zimmer nebenan hörte sie Gelächter. Allie und ihre Freundin waren völlig aus dem Häuschen über das Schulfrei. Sie waren eine Weile draußen gewesen und hatten versucht, einen Iglu zu bauen. Weil es dafür zu kalt war, gingen sie zu den beheizten Ställen, um nach den Pferden zu sehen, die alle wohlauf waren, und dann waren sie ins Haus gekommen, um heiße Schokolade zu trinken und Popcorn zu essen und ... Cassie schluchzte leise. Sogar Allie hatte eine gute Freundin. Jenna hatte die Leute vom Theater, auch wenn einige von denen ausgesprochen merkwürdig waren. Aber sie selbst hatte das Gefühl, seit ihrem Einzug auf der Ranch noch keinem Menschen näher gekommen zu sein.

Nur Josh.

Und selbst ihm traute sie nicht völlig; seine Motive dafür, dass er mit ihr ging, waren nicht ganz sauber.

Aber er ist alles, was du hast.

Sie erwog, ihre alten Freundinnen in L. A. und Santa Monica anzurufen, aber es war schon spät, und danach würde sie sich nur noch schlechter fühlen. Außerdem war das letzte Gespräch mit Paige so peinlich gewesen. Paige hatte kaum etwas erzählt, sondern Cassie schon nach kurzer Zeit abgewimmelt unter dem Vorwand, sie habe viel zu tun. Und Cassie konnte es ihr nicht mal verübeln. Im umgekehrten Fall hätte sie sich genauso verhalten.

Die Tränen wollten ihr in die Augen steigen. Auf den Film konnte sie sich nicht konzentrieren. Sie wechselte zu einem anderen Sender und sah ihre Mutter. »Verdammt!«

Da war Jenna Hughes, nicht einmal so alt, wie Cassie jetzt war, und spielte eine halbwüchsige Prostituierte in *Innocence Lost*. Wütend drückte Cassie die Power-Taste auf der Fernbedienung, und das Bild verschwand. Anscheinend konnte sie sich ihrer Mutter einfach nicht entziehen. Nicht einmal in ihrem Zimmer, wo sie Trost suchte. Sie spürte eine Träne im Augenwinkel und wischte sie wütend ab. Was war los mit ihr? Sie warf einen Blick auf die Uhr. Es war fast ein Uhr ... und im Haus war alles still. Sie schlich auf den Flur hinaus und spähte in Allies Zimmer. Beide Mädchen lagen in Schlafsäcken auf Luftmatratzen auf dem Boden und schliefen tief und fest. Sie huschte zur Treppe und blickte hinab auf den Absatz, wo sich Jennas Zimmer befand. Die Tür war geschlossen, kein Lichtschimmer drang durch die Ritze.

Alle schliefen.

Wieder in ihrem Zimmer angekommen schaltete Cassie ihr Handy ein.

Eine SMS war eingegangen. Sie lautete: *Ich liebe dich.*

Jetzt musste sie wirklich weinen. Josh war der einzige Mensch in dieser gottverlassenen Stadt, der sie überhaupt zur Kenntnis nahm, dem etwas an ihr lag. Sie drängte die Tränen zurück und tippte rasch eine Antwort.

Bin in 20 Min am Tor. Liebe dich auch.

»Ich geh gleich«, verkündete Sonja, nahm ihre Schürze ab und warf sie in den Wäschekorb im Hinterzimmer. Aus den Lautsprechern dröhnte Country-Western-Musik.

Lou, der Koch, knurrte zustimmend und kratzte den Grill ab. Außer ihnen beiden hielt sich nur noch der Kellnerlehrling im Hinterzimmer des Imbisslokals auf, ein nichtsnutziger, träger Bursche mit stets verdrießlicher Miene, immer high von irgendeiner unbekannten Substanz. Er trug Kopfhörer, hörte Gott weiß was für Musik und nörgelte wie üblich über die Musikauswahl, die sein Onkel Lou getroffen hatte. Jetzt schaffte er es sogar, den Kopf zu heben und Sonja einen demonstrativ gleichgültigen Blick zuzuwerfen, während er ohne sichtbaren Erfolg den Fliesenboden mit dem Mopp bearbeitete.

An diesem Abend kümmerte es sie nicht. Sie wollte nur noch nach Hause zu ihrem Mann und ihren drei Kindern. Der letzte Gast war vor fünfzehn Minuten gegangen – Sonja hätte ihn schon am liebsten von seinem Barhocker gezerrt und eigenhändig rausgeschmissen. Wer trieb sich in einer solchen Nacht draußen herum, der nicht völlig den Verstand verloren hatte?

Nur die Stammgäste von Lou's Imbiss, sagte sie sich nicht zum ersten Mal und nahm sich fest vor, sich einen besseren Job zu suchen.

Sie zog ihre Skijacke an, eine Wollmütze sowie Handschuhe und griff nach ihrem abgewetzten Rucksack.
»Bis morgen – sofern die Straßen passierbar sind«, sagte sie, was Lou dem Schweiger ein neuerliches Knurren entlockte. Lou der Schweiger war jedoch wohl erträglicher als Lou das Plappermaul oder Lou der Allwissende. Oder Lou der Lüsterne, überlegte sie, während sie in ihrer Handtasche kramte, ihre Schlüssel fand und sich gegen die Kälte wappnete, die ihr draußen entgegenschlug. »Verdammte Eiszeit«, fluchte sie leise.
Der Wind peitschte ihr heftig entgegen, biss in ihre bloßen Wangen und trieb ihr Schneeflocken aus harten kleinen Eiskristallen ins Gesicht.
Wie hatte sie sich nur von Lester Hatchell überreden lassen können, von Palm Desert hierher zu ziehen? Palm Desert, verdammt noch mal, wo in dieser Nacht sicherlich zwanzig Grad herrschten, und zwar *über* null. Ganz im Gegensatz zu dieser gottverlassenen Gegend am Ufer des Columbia River. Schöne Landschaft? Ja. Auch im Winter. Ein Ort, wo man leben konnte? Zum Teufel, nein! Jedenfalls nicht im tiefsten Winter. *Lieber Gott, bitte gib mir täglich Palmen, heißen Sand, eine Piña Colada. Nein, lieber einen ganzen Eimer voll Piña Colada! Das ist tausend Mal besser als Tannen, Schneewehen und Rumgrog, verdammt! Winter-Wunderwelt, dass ich nicht lache!*
Der eisige Wind drang durch ihre dicke Jacke, und selbst die Weihnachtsbeleuchtung an den Giebeln des Imbisslokals wirkte schwach und erbärmlich. Warum hatte sie sich bloß von Lester beschwatzen lassen, in diese grauenhafte Stadt zu ziehen, in der man sich den Arsch abfror? Warum?

Herrgott, was für eine Nacht!
Sie stapfte über den Parkplatz zu ihrem Kleinwagen, einem mit Eis überzogenen Honda mit Allradantrieb. Selbst das Schloss, das sie vorsorglich mit Pappe isoliert hatte, war eingefroren.
Zum Glück besaß sie einen batteriebetriebenen Türschlossenteiser; sie schob den Stab ins Schloss und lächelte weniger als eine halbe Minute später zufrieden, als die Tür sich öffnen ließ. Sie freute sich darauf, heimzukommen zu dem unablässig schnarchenden Lester und den Kindern, die kreuz und quer in ihren Etagenbettchen schliefen. Sie hatte schon den ganzen Abend lang ein schlechtes Gefühl gehabt, so eine Ahnung, dass etwas nicht in Ordnung war. Die Intensität dieser Kaltfront erschien ihr unnatürlich, und die Gespräche, die sie während der letzten paar Tage im Imbisslokal aufgeschnappt hatte, beinhalteten allesamt die Feststellung, dass dieser Winter der kälteste seit mehr als hundert Jahren war.
Toll! Das fehlt uns gerade noch, dachte sie. Die Kinder in der Gegend waren schon völlig aus dem Häuschen, weil sie wahrscheinlich tagelang nicht zur Schule zu gehen brauchten. Ihr Junge, Cliff, hatte Luftsprünge gemacht vor Freude, als sie gegen fünf Uhr zu ihrer Schicht aufgebrochen war.
Völlig durchgefroren trotz der warmen Jacke stieg sie in ihren Wagen, schloss die Tür, steckte den Zündschlüssel ins Schloss und drehte ihn.
Nichts geschah.
»O nein«, flüsterte sie und versuchte es noch einmal. »Tu mir das nicht an.«
Nichts. Nicht mal ein Klicken.

Sie trat aufs Gas. Eine leise Angst beschlich sie – die gleiche düstere Vorahnung, die sie schon früher gehabt hatte. Aber das war doch lächerlich.

»Mach schon, mach schon.« Sie versuchte es wieder und wieder. Die Windschutzscheibe war zugeschneit, sodass sie nichts sehen konnte, und sie hatte keine Ahnung, wie lange sie auf den Abschleppdienst würde warten müssen. Sie konnte Lester anrufen, aber er würde die Kinder allein lassen oder den achtjährigen Cliff warm anziehen müssen, um sie abzuholen … Vielleicht würde Lou sie nach Hause fahren. Sie versuchte ein letztes Mal, den Motor zu starten, dann gab sie auf. Es war sinnlos. Der Wagen sprang nicht an.

Perfekt, dachte sie sarkastisch, stieß die Tür auf und stieg aus.

Dann sah sie ihn.

Er kam zielstrebig auf sie zu.

Im ersten Moment hatte sie Angst, doch dann erkannte sie ihn an seinem Körperbau und seinem Gang. Er kam häufig in den Imbiss. Als er näher kam, sah sie trotz des trüben Lichts das Blau seiner Augen unter der Skimütze und sein Lächeln. Ein bekanntes Gesicht! Einer der Stammkunden. Jemand, dem sie an diesem abgelegenen Ort vertrauen konnte. »Hi!«, begrüßte sie ihn. »Gott sei Dank, dass Sie gerade vorbeikommen.«

»Haben Sie ein Problem?«

Nun ja, Sherlock Holmes war er offenbar nicht. Aber in dieser Situation durfte sie schließlich nicht wählerisch sein.

»Ja. Mein Wagen springt nicht an. Gibt keinen Mucks von sich.«

»Soll ich's mal versuchen?«

Als ob sie zu dumm oder zu ungeschickt oder zu weiblich war, um ihren eigenen Wagen zu starten. Männer! Doch sie setzte ein Lächeln auf und trat beiseite in den harschigen, knöcheltiefen Schnee. »Bitte sehr«, forderte sie ihn auf und wies auf die offene Fahrertür, als ein eiskalter Windstoß ihr den Atem verschlug. »Wenn Sie meinen Wagen in Gang bringen, sorge ich dafür, dass Lou Ihnen für den Rest Ihres Lebens einen Rabatt von zehn Prozent einräumt.«

»Das wird nicht nötig sein«, entgegnete er, beugte sich zu ihr vor und drückte etwas Hartes an ihre Jacke. Bevor sie noch ein Wort herausbrachte, schoss ein weiß glühender Blitz durch ihren Körper. Schmerz überwältigte sie. Panik explodierte in ihrem Gehirn. Sie versuchte zu schreien, doch er legte ihr seine behandschuhte Hand über den Mund. Sie roch etwas widerlich Süßes, Erstickendes, hustete, konnte nicht mehr atmen ... Was tat er da nur? Und warum? O Gott, dachte sie, außer sich vor Angst. Er will mich vergewaltigen ... oder noch schlimmer ... *Nein, o Gott, nein*, schrie sie stumm, versuchte, nach ihm zu treten und sich zu wehren, aber ihre Gliedmaßen gehorchten ihr nicht, ihre Beine und Arme waren schwach und wie losgelöst von ihrem Körper. *Nein! Nein! Nein!*

Sie konnte ihn nicht abwehren. Konnte nicht schreien. Muskeln, hart wie Stahl, umklammerten sie, und sie sank hilflos zappelnd gegen ihn. Ihr Körper schien zu schmelzen und reagierte nicht mehr. Inmitten dieser Panik schoss ihr der Gedanke an ihre Kinder durch den Kopf. Das alles konnte doch nicht wahr sein. Unmöglich!

»Wehr dich nicht dagegen, Faye. Es ist ohnehin zwecklos«, flüsterte er.

Faye? Ich bin nicht Faye! Er hat die falsche Frau erwischt … oh, bitte. Sie versuchte, ihm zu sagen, dass ihm ein schrecklicher Fehler unterlaufen war, doch der Lappen über Nase und Mund ließ ihr Bewusstsein schwinden. Ihre Zunge war wie gelähmt, die Worte kamen als winselndes Flehen aus ihrer Kehle. *Ich bin nicht Faye! Verstehen Sie denn nicht? Schauen Sie mich doch bitte an! ICH BIN NICHT DIE, FÜR DIE SIE MICH HALTEN!*

Ihr Kopf fiel schlaff in den Nacken. Sie versuchte, ihn anzusehen, ihn zu zwingen, ihre Gedanken zu lesen, doch es war zu spät. Durch niederprasselnden Schnee und Eisregen drehte sich die Welt gespenstisch. Riesige, bedrohliche, von Eis überzogene Neunachser, hohe Straßenlaternen und die Weihnachtsbeleuchtung am Giebel des Imbisses verschmolzen und verschwammen vor ihren Augen. Die letzte schwache Gegenwehr erlahmte, ihre Beine gaben völlig unter ihr nach. Schwärze flutete in ihren Geist, schlug über ihr zusammen.

Als ihr Bewusstsein schwand, wusste Sonja Hatchell, dass sie verloren war.

13. Kapitel

Um 4:15 Uhr schrillte das Telefon neben dem Bett. Carter, aus dem Tiefschlaf gerissen, griff nach dem Gerät und stieß es von der Basisstation. »Verdammt«, knurrte er, bekam den Hörer zu fassen und drückte ihn ans Ohr. Wer immer ihn um diese Zeit anrief, hatte bestimmt keine guten Nachrichten für ihn. »Carter.«

»Hallo, Sheriff, hier ist Palmer aus der Zentrale.«

»Was gibt's, Dorie?«, fragte Carter, fuhr sich mit der freien Hand übers Gesicht und versuchte, die Schläfrigkeit abzuschütteln.

»Habe gerade einen Anruf von Lester Hatchell bekommen, und ich dachte, Sie sollten Bescheid wissen. Sonja ist nach ihrer Schicht nicht nach Hause gekommen. Er hat sich gerade eben gemeldet. Völlig verstört. Ihr Wagen steht nicht mehr auf dem Parkplatz beim Imbiss; er hat schon nachgesehen. Er ist auch ihre übliche Strecke abgefahren und hat sie nirgends gefunden. Ich habe Hixx zum Imbiss rausgeschickt, um nachzusehen. Das alles passt so gar nicht zu Sonja.«

»Sind von den Straßen in der Umgebung Unfälle gemeldet?« Plötzlich war Carter hellwach. Er war mit Lester Hatchell befreundet.

»Ja. Seit Mitternacht einer. Nur ein einziges Fahrzeug beteiligt. Eine männliche Person, der Fahrer, wurde ins Krankenhaus gebracht. Der Unfall hat sich zehn Meilen nördlich von Falls Crossing ereignet.«

»Scheiße.« Er warf die Bettdecke zurück, stellte die bloßen Füße auf den kalten Holzfußboden.

»Ich dachte, das sollten Sie wissen.«

»Richtig, Dorie. Danke.« Er steckte das Mobilteil hastig zurück in die Basis, ging in das kleine Bad neben seinem Schlafzimmer und drehte in der Dusche das heiße Wasser auf. Als er seine Boxershorts ausgezogen und sich die Zähne geputzt hatte, war das Wasser heiß genug, und er sprang rasch unter die Dusche. Zehn Minuten später hatte er sich rasiert und angezogen und lief die Lofttreppe von seinem Schlafzimmer hinunter.

Das Feuer im Holzofen war fast niedergebrannt. Er legte keine Scheite nach – niemand konnte sagen, wann er zurück sein würde, und die Heizung würde ausreichen, damit die Wohnung nicht auskühlte. Auf dem Tisch standen noch die Essensreste vom Vorabend – die Kruste einer Tiefkühlpizza und zwei leere Bierdosen –, doch er hatte keine Zeit mehr zum Aufräumen.

An der Hintertür des kleinen Holzhäuschens schob er die Glock ins Halfter, zog seine Jacke an, setzte den Hut auf und schloss die Tür zur Garage auf, wo er im Gehen seine Handschuhe überstreifte und den ersten Biss der Morgenkälte spürte. Er hatte am Abend zuvor den Wetterbericht gehört. Keine Veränderung. Keine Anzeichen dafür, dass die Kälte nachließ. Schnee, Schnee und nochmals Schnee wurde vorhergesagt, und die Meteorologen redeten munter von sinkenden Temperaturen, so kalt, dass die Fälle und der Fluss womöglich einfrieren würden.

Schlechte Nachrichten.

Er stieg in seinen Chevrolet Blazer und dachte mit finsterem Gesicht wieder einmal an das letzte Mal, als die Fälle gefroren waren. Damals war er sechzehn gewesen. Sechzehn Jahre alt und ein halbwüchsiger Idiot.

Er biss die Zähne zusammen und setzte rückwärts aus der Garage. Die Reifen knirschten auf dem frisch gefallenen Schnee, die Windschutzscheibe beschlug. Vor seinem inneren Auge sah er sich vor dem Pious Fall stehen, dessen herabstürzende Wassermassen zu dicken, eisigen Flächen erstarrt waren.

»Wagen wir's«, hatte sein bester Freund, David Landis, eifrig gesagt. Davids Gesicht war rot vor Kälte, seine Augen strahlten vor Begeisterung, als er von dem zugefrorenen Fluss, auf dem sie standen, zu dem Felsen hinaufblickte, zu der Stelle, von der aus das Wasser im freien Fall zu Eis erstarrt war.

David und Shane waren seit dem ersten Schultag beste Freunde.

»Lieber nicht.«

»Warum nicht?« David hatte bereits seine Steigeisen angelegt, den Eispickel in den Gürtel gehakt und Seile, Geschirr und Karabinerhaken an seiner Jacke befestigt. »Das wird ein Spaß.« Er warf einen belustigten Blick über die Schulter zurück »Sag jetzt nicht, dass du Angst hast. Shane Carter, Ski-Ass und Extrembergsteiger, und was noch? Oberfeigling? Das größte Weichei aller Zeiten?«

»Ich finde, das ist einfach keine gute Idee.« Wie um seinen Worten Nachdruck zu verleihen, kreischte der Wind durch die Schlucht und rüttelte an den morschen Ästen der Bäume in der Umgebung. Alles war dick mit Eis überzogen und glitzerte klar und hart wie Glas.

David ließ sich nicht abschrecken. Furchtlos wie immer rückte er seine Skimütze zurecht. »Du hast doch immer was einzuwenden«, versetzte er herausfordernd. Sein Atem erzeugte Dampfwolken in der eisigen Luft. »Ich sag dir, Mann, das ist die Chance unseres Lebens. Wann wird es je so kalt, dass die Fälle gefrieren? Morgen schon wimmelt es hier und an den Multnomah-Fällen von Bergsteigern. Heute sind wir allein.« Er zog den Riemen seines Helms straff und setzte die Skibrille auf. Noch einmal blickte er zu den Eissäulen auf, die bis zur Felsspitze hoch über ihnen aufragten, so hoch, dass sie in den tief hängenden Wolken verschwanden. »Ich gehe, Carter, ob mit dir oder ohne dich. Also entscheide dich …«

Jetzt, mehr als zwanzig Jahre später, spähte Carter mit zusammengekniffenen Augen durch die Frontscheibe, während die Scheibenwischer den Schnee vom vereisten Glas schabten. Der Chevrolet Blazer schlitterte, der Motor heulte immer wieder auf, wenn die Reifen durchzudrehen drohten, bis er den Highway erreicht hatte, wo die Fahrbahn geräumt und gestreut war, doch schon legte sich wieder Neuschnee über die alten verharschten Wälle, die zu beiden Seiten aufgehäuft waren.

Wo war Sonja Hatchell?

Er befürchtete das Schlimmste. Die Straße vom Imbiss bis zum Haus der Hatchells schlängelte sich ins Vorgebirge hinauf und führte über drei oder vier Brücken über schnell fließenden Flüsschen hinweg. Er konnte nur hoffen, dass sie nicht auf Glatteis geraten und von der Fahrbahn abgekommen war und jetzt in ihrem Kleinwagen gefangen saß, während eiskaltes Wasser ins Innere flutete.

Denk nicht an so etwas.

Sonja geht es bestimmt gut.

Vielleicht hatten sie und Les nur Streit, und sie hat beschlossen, nicht nach Hause zu kommen …

Carter glaubte nicht eine Sekunde lang daran, aber er wollte sich andere Möglichkeiten nicht ausmalen. Noch nicht. Denn der Gedanke machte ihm Angst.

Um 9:30 Uhr stieß Jenna mit der Hüfte die Eingangstür zum Theater auf. In jeder Hand balancierte sie eine Tasse mit dampfendem Kaffee, den sie in der Espresso-Bar in der Stadt geholt hatte. Sie betrat Rindas Büro und verkündete: »Einen großen Latte-Karamell ohne Zucker, mit extra Schaum und Schokostreuseln für dich.« Sie stellte eine Tasse auf Rindas Schreibtisch und fuhr fort: »Und einen winzigen doppelten Mokka mit Schlagsahne für mich.«

»Du rettest mir das Leben.« Rinda nahm die einsame mit Schokolade überzogene Mokkabohne vom Deckel ihrer Tasse und schob sie in den Mund. »Das ist genau das, was ich jetzt brauche. Es ist eiskalt hier drinnen, die Heizung droht den Geist aufzugeben, und der Kopierer streikt. Und das ist erst der Anfang.« Sie prostete Jenna mit ihrem Pappbecher zu. »Auf dass es besser wird.«

»Amen«, sagte Jenna und ließ sich in dem ausgeblichenen, dick gepolsterten Sessel in der Ecke nieder, der häufig bei Aufführungen benutzt wurde.

Die Eingangstür wurde geräuschvoll geöffnet, und ein paar Sekunden später trat Wes Allen ins Büro. Obwohl das Thermometer minus achtzehn Grad anzeigte, trug er nur Jeans und einen Fleece-Pullover mit Kapuze. Keine Jacke, keinen Mantel, keine Mütze. »Was ist das denn? Das neue Theater-Kaffeekränzchen?«, fragte er und lehnte sich mit der Hüfte an Rindas Schreibtisch.

»Das Espresso-Kränzchen«, korrigierte Rinda, und ihre Miene hellte sich beim Anblick ihres Bruders auf.
»Mädchenkram.« Er schnaubte. »Für mich lieber was Unverfälschtes. Schwarzer Kaffee – ohne alles.«
Rinda lachte. »Ein echtes Macho-Getränk.«
»Wenn du meinst.« Er zwinkerte Jenna zu, und sie zwang sich zu einem Lächeln, obwohl ihr keineswegs danach zumute war. Was war es nur, das sie an ihm so störte? Er war schließlich Rindas Bruder! Aber er schien ihr immer einen Zentimeter zu nahe zu kommen, berührte ständig irgendwie ihre Schulter oder zwinkerte ihr, wie jetzt, verschwörerisch zu, als ob sie beide miteinander irgendein amüsantes Geheimnis hätten.
Beruhige dich, befahl sie sich selbst. Sie war immer noch übernervös, das war alles.
»Also, was gibt es Schreckliches, dass du mich in aller Herrgottsfrühe aus dem Bett geholt hast?«
»Da wären zunächst mal die Heizung und der Kopierer. Und Scott sagt, in einer Beleuchtungsleiste ist ein Kurzschluss. Er hat gestern Abend versucht, den Schaden zu beheben, aber es ist ihm nicht gelungen.«
»Weil er noch ein dummer Junge ist. Ich dagegen bin Profi.« Er streckte die Hände mit theatralischer Geste in die Höhe, als ob er Applaus erwartete.
»Ja, sicher. Wenn ich mich recht erinnere, hast du erst neulich versucht, diesen Kurzschluss zu reparieren.«
»Der Punkt geht an dich. Und du, was ist *dein* Problem?«, fragte er und wandte sich, noch immer an die Schreibtischkante gelehnt, zu Jenna um. »Deine Pumpe?«
»Ist bereits repariert. Harrison Brennan und ein Freund von ihm, Seth Whitaker, waren gestern bei mir.«

Wes spielte den Enttäuschten. »Du hättest mich rufen können.«
»Das nächste Mal«, versprach sie und trank einen kleinen Schluck von ihrem Mokka.
Von der Bühne her waren Schritte zu hören. »Das ist sicher Blanche. Sie wollte noch ein paar Veränderungen an den Noten vornehmen«, erklärte Rinda, und schon steckte die besagte Frau ihren Kopf zur Tür herein.
»Störe ich?«, fragte Blanche und zog die Augenbrauen über den Rand ihrer schmalen schwarzen Brille hoch. Laut Rinda war Blanche über sechzig, doch sie wirkte bedeutend jünger. Kurzes, stacheliges Haar, eher orangefarben als rot, rahmte ihr rundes Gesicht. Wenn sie lächelte, wurden die kleinen Falten an ihren Augen und Lippen deutlicher sichtbar. Zurzeit war sie allein stehend, doch Gerüchten zufolge war sie mehrmals verheiratet gewesen und hatte womöglich sogar Kinder, was Jenna allerdings nicht mit Sicherheit wusste, denn die ältere Frau redete selten über ihr Privatleben. Blanche schüttelte jetzt die Kälte ab und wickelte einen flauschigen Schal von ihrem Hals.
»Überhaupt nicht. Komm rein. Ich koche gleich Kaffee.«
»Wird aber auch Zeit«, bemerkte Wes und stieß sich vom Schreibtisch ab. »Während er durchläuft, seh ich mir mal die Heizung an.«
»Wird aber auch Zeit«, parierte Rinda mit seinen eigenen Worten und wandte sich dann Blanche und den Änderungen in der Musik zu, die sie plante. Zwanzig Minuten später war der Kaffee fertig, und Blanche hatte eine Tasse getrunken, bevor sie auf die Uhr sah, erschrocken nach Luft schnappte, erklärte, dass sie zu spät zu einem Termin

käme, und hastig aufbrach. Wes hämmerte noch an der Heizung herum, sodass Rinda und Jenna allein im Büro zurückblieben.

»Ich möchte dir etwas zeigen«, sagte Jenna und griff in ihre Handtasche.

»Was denn?«

»Etwas, das gestern in der Post war.«

»Fanpost?«

»So könnte man es nennen … Sofern ›Fan‹ von ›fanatisch‹ kommt.« Sie reichte Rinda eine verschließbare Plastikhülle, in der sich Brief und Umschlag befanden. »Mach's nicht auf. Du kannst den Brief durch das Plastik hindurch lesen.«

»Okay.« Rinda las den Text, und alle Farbe wich aus ihrem Gesicht. »Herrgott, Jenna, was zum Teufel ist das?«

»Ich weiß es nicht.«

»Du bist die Frau schlechthin? Du bist meine Frau?«, flüsterte sie und riss die Augen auf. »Wer hat dir diesen Brief geschickt?«

»Er ist anonym.«

»Der Absender hat sich sogar die Mühe gemacht, seinen Text auf ein Foto von dir zu schreiben.«

»Das ist ein Abzug von einem PR-Foto von *Resurrection*.«

»Das ist krank, Jenna! Verrückt! Psychopathisch! Geh sofort mit dem Brief und dem Foto zu Shane Carter!«, befahl Rinda und las den Text noch einmal laut vor. »*Ich komme dich holen*? Heiliger Strohsack, das ist ja gruselig.« Rinda ließ die Plastikhülle auf den Stapel ungeöffneter Post auf ihrem Schreibtisch fallen, als hätte sie sich die Finger verbrannt.

»Mehr als gruselig.«
»Woher hat der Spinner deine Adresse?«
»Ich weiß es nicht ... Ich schätze, es ist gar nicht so schwer, sie herauszufinden, mit Hilfe von Computern, Internet, Auskunftsdiensten. Heutzutage kann doch offenbar jeder jeden finden. Ich könnte mir vorstellen, dass nicht einmal Leute sicher sind, die unter Zeugenschutz stehen. Datenklau ist an der Tagesordnung.«
»Das hier ist schlimmer als Datenklau.«
»Ich weiß«, pflichtete Jenna ihr bei. Sie trank ihren Mokka aus und zerdrückte den Pappbecher in der Hand. Es klackte mehrmals laut, und man hörte, wie auf Metall gehämmert wurde; vermutlich versuchte Wes, die Heizung zu reparieren. Jenna musste daran denken, dass er neulich einen Teil ihres Gesprächs mitgehört hatte. Lauschte er auch jetzt?
»Also, sei vernünftig«, drängte Rinda. »Zeig den Brief der Polizei. Zeig ihn zuerst Carter.«
Jenna stöhnte innerlich auf. Sie wollte dem wortkargen Sheriff nicht noch einmal begegnen.
»Deine Ranch liegt in seinem Zuständigkeitsbereich. Entweder hilft er dir, oder er sagt dir, an wen du dich wenden musst.« Rinda nagte an ihrer Unterlippe und zog die Stirn in Falten. Jenna konnte beinahe sehen, wie die Rädchen im Kopf ihrer Freundin arbeiteten. »Was meinst du, ist es nicht mehr als nur Zufall, dass von den Sachen, die du gestiftet hast, einige gestohlen wurden? *Alles*, was aus dem Theater verschwunden ist ...« – sie wies in die Richtung der Räume, in denen Kostüme und Requisiten aufbewahrt wurden –, »... hat einmal dir gehört. Alles stammt aus dem einen oder anderen deiner Filme. Von den Sachen,

die andere Leute gestiftet haben, fehlt nichts. Wir haben tonnenweise Kram bekommen ... buchstäblich *tonnenweise* ... Alles Mögliche wurde in den letzten Jahren gestiftet, und die einzigen Dinge, die verschwunden sind, haben ursprünglich dir gehört. Mir gefällt das nicht.«

»Mir auch nicht«, pflichtete Jenna ihr bei, und ihre Angst wuchs erneut, obwohl sie sich bemühte, ruhig zu bleiben und nicht zuzulassen, dass die Panik, die sie seit dem Erhalt des Briefs verfolgte, Oberhand gewann. Alles, was Rinda da sagte, war ihr ebenfalls bereits durch den Kopf gegangen. »Ehrlich gesagt, in letzter Zeit gefällt mir eine ganze Menge nicht.«

»Ist sonst noch was passiert?«

Ein lautes *Klack* ertönte, dann war es plötzlich ganz still im Theater. Der Motor der Heizung war verstummt, und auch das leise Rauschen des Gebläses war nicht mehr zu hören. Gespenstisch.

Vielleicht lag es aber auch nur an Jennas überreizten Nerven.

Oliver, der sich hinter dem Bücherregal versteckt hatte, stieß ein angstvolles Maunzen aus, bevor er auf Rindas Schreibtisch sprang und sich zu putzen begann.

»Ich hatte einen merkwürdigen Anruf«, gestand Jenna. »Ich konnte es nicht deutlich hören, weil die Verbindung schlecht war, aber ich glaube ...« Sie zögerte. Hatte sie wirklich Musik im Hintergrund gehört? Oder hatte sie Wahnvorstellungen?

»Was für einen Anruf?«, drang Rinda in sie, und ihr Tonfall verriet, wie besorgt sie war.

»Der Anrufer hat nichts gesagt, aber ich habe die Filmmusik von *White Out* gehört.«

»Das reicht! Du *musst* zur Polizei gehen. Auf der Stelle.« Sie sprang auf, woraufhin Oliver hastig vom Schreibtisch flüchtete. Wie ein gelb gestreifter Blitz war er zur Tür hinaus.

»Ich weiß, ich weiß. Ich gehe ja auch.« Auf Rindas fordernden Blick hin fügte sie hinzu: »Heute noch.«

»Hast du den Mädchen davon erzählt?«

»Ich habe erwähnt, dass ich merkwürdige Fanpost bekommen habe und dass sie besonders vorsichtig sein sollen. Ich habe ihnen auch gesagt, dass sie alle Anrufe vom Anrufbeantworter aufzeichnen lassen sollen, damit wir nachverfolgen können, wer uns auf dem Festnetz anruft. Ich wollte ihnen keine Angst einjagen, deshalb habe ich ihnen den Brief nicht gezeigt.«

»Allie ist noch ziemlich klein, aber vielleicht hättest du Cassie den Brief lesen lassen sollen.«

»Ich wollte sie nicht noch mehr gegen mich aufbringen. Im Augenblick haben wir beide keine besonders harmonische Mutter-Tochter-Beziehung.«

»Sie ist ein Teenager. Was erwartest du?«

»Ich weiß. Aber in letzter Zeit liegen wir beide uns *ständig* in den Haaren. Ich habe sie erwischt, als sie sich nachts aus dem Haus geschlichen hatte, und sie zu Hausarrest verdonnert, aber ich glaube nicht, dass es was nutzt.«

»Zeigt sie dir die kalte Schulter?«

»Die eiskalte Schulter«, schimpfte Jenna und wünschte im selben Moment, sie hätte nichts gesagt. Was zwischen ihr und ihrer Tochter ablief, ging niemanden außer ihnen beiden etwas an. Allerdings brauchte Jenna hin und wieder jemanden, dem sie sich anvertrauen konnte, Eltern, die selbst Teenager erzogen hatten, Mütter, die

die Rückschläge und Sorgen bei der Kindererziehung kannten.

»Du kannst ihren Freund einfach nicht leiden«, warf Rinda ihr vor. Die Heizung sprang wieder an, und das Geräusch des stetigen Luftstroms verdrängte die Stille.

»Das sagt Cassie auch.«

»Und, stimmt es denn nicht?« Rinda goss den Kaffeesatz aus ihrem Becher in den Topf eines Zimmerfarns.

»Wie soll ich ihn leiden können? Er raucht, er trinkt, ich glaube, er nimmt auch Drogen, er arbeitet nicht und hat keinen guten Einfluss auf meine Tochter. Er macht hoffentlich in diesem Jahr seinen Schulabschluss, sofern er nicht wegen ständigen Schwänzens vorher hinausgeworfen wird, und er kann sich nicht entscheiden, ob er in der Stadt aufs College will, zur Army gehen oder für seinen Onkel als Teppichverleger arbeiten soll. Er hat nichts außer Sex, Drogen, Alkohol und Ärgermachen im Kopf.«

»Das hat er wohl mit den meisten anderen Achtzehnjährigen gemeinsam.«

»Er ist neunzehn und sollte langsam zur Vernunft kommen.«

»Wie du selbst seinerzeit?«, fragte Rinda mit hochgezogener Augenbraue und streckte sich, wobei sie eine Hand in den Nacken legte.

»Ich habe wenigstens gearbeitet.«

»Für einen Produzenten, der doppelt so alt war wie du und dich schamlos ausgenutzt hat.«

»Robert hat mich nicht ausgenutzt. Immerhin haben wir später geheiratet«, widersprach Jenna und verzog das Gesicht, als ihr bewusst wurde, was sie da gerade gesagt hatte. »O Gott, ich kann nur hoffen, dass Cassie Josh nicht heiraten will.«

Rinda bedachte sie mit einem Blick, der besagte, sie solle sich gefälligst nichts vormachen. »Das ist ihr bestimmt schon in den Sinn gekommen. Was nicht heißt, dass sie es ernst meint.«

»Aber sie hat so großes Potenzial. Sie ist klug und hübsch und ...« Jenna schüttelte seufzend den Kopf.

»Ist es nicht wunderbar, allein erziehende Mutter zu sein?«

»Doch, wirklich – ich mag es nur nicht, die strenge Erzieherin herauskehren zu müssen. Der Rest ist ein Kinderspiel.«

»Wenn du meinst«, pflichtete Rinda ihr bei, doch ihr Blick hatte sich verdüstert, als ob sie an ihren Sohn Scott dächte. »Irgendwie finde ich, es ist insgesamt eine Qual.«

»Ich habe mir sagen lassen, wenn sie erst mal vierzig sind, wird es besser.«

Rinda lachte, doch ihr Lächeln wirkte angespannt und konnte die Sorge nicht aus ihrem Blick vertreiben. »Es haben schon schwächere Frauen Kinder zu Erwachsenen erzogen. Allerdings mussten die sich auch nicht mit so etwas herumschlagen ...« Rinda wies auf die Plastikhülle auf dem Schreibtisch. »Soll ich mit dir zum Sheriff gehen?«

»Ich brauche niemanden, der mein Händchen hält.« Jenna schob die Plastikhülle wieder in ihre Handtasche. Innerlich wand sie sich bei der Vorstellung, Sheriff Carter noch einmal gegenübertreten zu müssen. Es war nicht zu übersehen, dass er sie nicht mochte und schon ihre letzte Beschwerde als lächerlich empfunden hatte.

Von ihrer jetzigen würde er auch nicht mehr halten. Verdammtes Pech.

Sonja fröstelte. Fühlte sich benommen. Sie hatte das Gefühl, dass ihr das Blut in den Adern gefror, und da war ein Geräusch … ein Summen und im Hintergrund irgendwelche Musik.

Wo war sie, und warum zum Teufel fühlte sie sich so benebelt? Sie wollte sich bewegen, hatte jedoch keine Kontrolle über ihren Körper … Moment mal!

Sie riss die Augen auf und blinzelte heftig, doch es blieb dunkel … zumindest fast dunkel. Nein … Sie befand sich mitten im Licht, in einem intensiven, eng begrenzten Lichtkreis, als stünde sie mitten auf der Bühne im Spotlight, während alles um sie herum stockdunkel war.

Hielten sich außerhalb dieses kleinen Lichtkreises Menschen auf? Menschen, die sie *beobachteten*, unsichtbare Augen, die sie musterten? Sie versuchte, sich zu bewegen, und stellte fest, dass sie nackt in einer Art Lederstuhl mit Fußrasten und Kopfstütze festgeschnallt war … in einem Zahnarztstuhl – oder auf einem antiquierten elektrischen Stuhl, wie sie ihn aus Filmen kannte?

Gott, nein, dachte sie, und die Spinnweben in ihrem Kopf machten einer so tief greifenden Angst Platz, dass sie glaubte, wieder das Bewusstsein zu verlieren.

Oder schlief sie vielleicht noch? *O Gott, bitte! Gib, dass es nur ein Traum ist.* Aber was für ein merkwürdiger Traum sollte das sein? Ihre nackte Haut wurde fest an das kalte Leder gepresst. Ihr Kopf war an die Lehne des Stuhls geschnallt, ihr Mund von Klampen, die sie nicht sehen konnte, schmerzhaft aufgerissen.

Ich will hier raus!

Und das Gefühl, beobachtet zu werden … *Falls da draußen jemand ist, bitte, bitte, helft mir!* Sie strengte ihre Augen an, sah aber nur flüchtige Schatten um sich herum.

»Wachst du auf?«, fragte eine körperlose Männerstimme aus der Dunkelheit. Sie bäumte sich unter den straffen Fesseln auf, und sofort fuhr ein heftiger Schmerz in ihre festgeschnallten Hände und Füße. »Das müssen wir ändern.«

Wo bist du, du Dreckskerl? Warum zum Teufel tust du mir das an? Sie versuchte zu sprechen, doch ihre Stimme war nur ein Winseln, ihr Kiefer war unbeweglich. Jetzt erinnerte sie sich wieder an die Entführung, daran, dass ihr Wagen nicht anspringen wollte … O Gott, wo war das Ungeheuer, das ihr dies antat? Wo? Sie hob den Blick und sah eine Apparatur über ihrem Kopf hängen … der Arm eines alten Zahnarztbohrers glänzte boshaft in dem grellen Licht. Ihr Blut gefror zu Eis, als sie das grausige stählerne Instrument erkannte. *O Gott, nein!*

Ihr Herz hämmerte.

Trotz der Kälte brach ihr am ganzen Körper der Schweiß aus, als sie versuchte, sich zu bewegen.

Könnte sie doch nur diese Fesseln abstreifen und von hier flüchten! Panik erfasste sie. Sie zerrte an den Riemen, die sie festhielten, kämpfte wild, aber vergebens. Das Summen wurde intensiver, und in der nächsten Sekunde schwoll die Musik an. Es war ein Song, den sie zu kennen glaubte … vielleicht aus einem Film, aber sie war so außer sich vor Angst, dass sie darüber jetzt nicht nachdenken konnte.

Sie musste hier raus. Sofort! Verzweifelt wand sie sich auf

dem Stuhl, konnte sich jedoch kaum bewegen. Ihre Muskeln waren träge, die Riemen an Händen und Füßen und über ihrem Oberkörper hielten sie fest und schnitten ins Fleisch. Jetzt erst bemerkte sie die Nadel in der Haut eines Handgelenks und den langen, schlangenähnlichen Plastikschlauch eines Tropfs. Eine klare Flüssigkeit sickerte Tropfen für Tropfen in ihren Blutkreislauf.

Das war makaber. Unwirklich. Ein Albtraum. Das *konnte* nichts anderes als ein Albtraum sein.

Sie versuchte zu schreien. Zu kreischen. Zu treten. Vergebens. *Wer bist du, du elender Dreckskerl?*

»Es ist sinnlos, Faye«, sagte die körperlose Stimme, jetzt anscheinend aus größerer Nähe.

Ich bin nicht Faye, wollte sie ihm erklären, und ihre Augen bewegten sich hektisch von einer Seite zur anderen. *O Gott, er hat die falsche Frau entführt! Das alles ist ein grauenhafter Irrtum! Ich bin Sonja! Siehst du denn nicht, dass du die falsche Frau erwischt hast, du Scheißkerl? Lass mich frei!*

Flüchtig sah sie eine Bewegung in der Dunkelheit, erkannte, dass jemand sie langsam umkreiste, ganz knapp außerhalb der Reichweite des Lichtscheins.

Es verursachte ihr eine Gänsehaut, und beinahe hätte sie vor Grauen ihre Blase entleert.

Das *konnte* doch nicht wahr sein! Sie befand sich auf einem Horrortrip, das musste es sein. Und doch zog er seine Kreise immer enger, eine große männliche Gestalt, kräftige Muskeln unter straffer Haut. Ihr Blick huschte fieberhaft von einer Seite zur anderen in dem Versuch, ihm zu folgen.

Plötzlich, als sei unvermittelt die Morgendämmerung über

dieses Höllenloch hereingebrochen, begann Licht zu schimmern, vom Boden auszustrahlen, ihre Umgebung zu beleuchten, und sie erkannte, dass sie sich in der Mitte einer Bühne befand und dass die anderen, deren Nähe sie gespürt hatte – die Leute, die sie anstarrten … nein, keine Leute, sondern Schaufensterpuppen, nackt, kahlköpfig und ausdruckslos –, um sie herum gruppiert waren. Wo Augen hätten sein müssen, starrten leere Höhlen sie an.

Als sei sie ein Opferlamm auf einem Altar.

Sie sank vor Angst in sich zusammen.

Was um Gottes willen ging hier vor?

»Siehst du sie, Faye?«, fragte die körperlose Stimme. »Sie warten auf dich.«

Ich bin nicht Faye, und das hier sind Puppen. Sie warten auf niemanden!

Aus den Augenwinkeln bemerkte sie eine Bewegung. Er war ganz nahe, ein muskulöser, völlig nackter Mann. Sämtliche Körperhaare waren abrasiert, er war haarlos wie diese Schaufensterpuppen und hatte sich eine enge Kappe über den Schädel gezogen.

Sie kannte dieses Monster. Hatte ihm vertraut. Und jetzt umkreiste er sie, nichts am Körper außer Chirurgenhandschuhen, hochkonzentriert. In einer Hand hielt er eine Schere, in der anderen einen Rasierapparat, der laut summte.

Ihr Inneres krampfte sich zusammen, als er eine ihrer Haarlocken anhob und sie flink abschnitt. Die lange blonde Strähne fiel zu Boden. Unwillkürlich zuckte sie zurück, doch sie konnte ihm nicht ausweichen, konnte ihn weder treten noch kratzen, konnte nicht einmal schreien.

Du widerlicher Scheißkerl, tobte sie innerlich, während

die augenlosen Schaufensterpuppen zusahen, wie er ganz langsam und ruhig ihr Haar abschnitt. Schnipp, schnapp. Im Takt der Musik.
Sie dachte an Szenen in Gefängnisfilmen, in denen den Verurteilten vor der Exekution der Kopf geschoren wurde. O nein … nein …
Dann wurde das Summen an ihrem Ohr zum Dröhnen, und während die Puppen mit ihren leeren Gesichtern weiterhin zusahen, spürte sie die erste kalte Berührung der Rasierklinge auf ihrer Haut.
Es gab kein Entkommen.

14. Kapitel

Tut mir Leid, Les ... ich habe bisher noch nichts gehört«, sagte Shane mit einem Gefühl, als ruhte die Last der Welt auf seinen Schultern. »Ich habe mit der Staatspolizei gesprochen. Sie wissen nichts. Meine Deputys auch nicht. Genauso wenig wie die Kollegen von der städtischen Polizei. Wir haben die Krankenhäuser in der näheren Umgebung überprüft. Sonja ist nicht eingeliefert worden. Ich habe mit Lou Mueller gesprochen, und er sagt, du hättest schon mit ihm geredet und auch mit seinem Neffen, Chris Mueller, der Lou geholfen hat, bevor sie den Imbiss geschlossen haben. Sieht so aus, als ob die beiden die Letzten waren, die Sonja gesehen haben.«

»Was ist mit den Gästen?«, fragte Lester, und in seiner Stimme klang Hoffnung durch und noch etwas anderes, etwas Düsteres.

»Die überprüfen wir. Lou hat uns die Namen der Leute gegeben, die er kennt – die Stammkunden –, und wir haben die Beschreibungen von ein paar anderen sowie die Quittungen von Kreditkartenzahlungen. Ich habe veranlasst, dass die Deputys jeden vernehmen, der sich gestern in dem Imbiss aufgehalten hat. Zugleich lassen wir Sonjas Honda suchen.« Doch bisher hatten sie noch nichts gefunden. Natürlich spielte das Wetter gegen sie, die Hunde konnten kein großes Gebiet auf Spuren untersuchen, die Hubschrauber konnten nicht starten und selbst die berittenen Polizisten mit Nachtsichtgeräten konnten aufgrund der Kälte nicht richtig arbeiten. »Wir brauchen ein Bild von ihr, möglichst neueren Datums.«

»Okay. Kann ich sonst noch was tun?«

»Bleib in der Nähe des Telefons. Sprich mit Sonjas Freunden und Verwandten und gib Acht auf dich. Ich schicke dir jemanden nach Hause.« Seit Sonja zuletzt gesehen worden war, waren noch keine vierundzwanzig Stunden vergangen, doch ihr Verschwinden weckte böse Vorahnungen in Shane. Es passte nicht zu ihr. Überhaupt nicht. Lester hatte geschworen, sie hätten keinen Streit gehabt, und selbst wenn sie sich gezankt haben sollten – würde sie sich dann etwa im schlimmsten Unwetter seit einem halben Jahrhundert einfach mitten in der Nacht aus dem Staub machen? Nein, das ergab keinen Sinn. Lou hatte einem der Deputys im Imbiss erzählt, Sonja habe nicht aufgeregt oder besorgt oder sonst wie unnormal gewirkt. Er war davon ausgegangen, dass sie nach der Arbeit auf direktem Weg nach Hause fahren würde, hatte aber nicht gesehen, wie sie aufbrach, sondern nur festgestellt, dass ihr Auto fort war, als er sich selbst auf den Heimweg machte.

Nicht gut.

Ganz und gar nicht.

»Danke, Shane.« Les' Stimme zitterte ein wenig, und dann ertönte ein *Klack*, als er auflegte.

Shane starrte auf das Telefon. »Verdammte Scheiße.« Was war mit Sonja Hatchell geschehen? Er trank seine zweite Tasse Kaffee aus, zerdrückte den Pappbecher in der Hand und schickte einen Deputy zum Haus der Hatchells. Sein Job hier in Lewis County bestand gewöhnlich aus Konferenzen, Bürokram und Bagatellkriminalität, wenn überhaupt. Es gab Drogenrazzien, Verkehrsunfälle, Trunkenheit am Steuer, Partys von Minderjährigen und einigen Vandalismus. Natürlich wurden seine Deputys auch zu Fällen von häuslicher Gewalt gerufen, doch gewöhnlich wurde die Anklage fallen gelassen, noch bevor die Parteien vor Gericht erschienen waren. Seine Behörde hatte vor zwei Jahren geholfen, ein Drogenlabor auszuheben, und in East County hatte sie die Werkstatt eines Autodealer-Rings dicht gemacht, aber normalerweise fielen keine toten Frauen aus hohlen Baumstämmen, wurden keine Bürgerinnen vermisst gemeldet.

Bis jetzt. Er blickte aus einem der Fenster. Über den Häuserdächern zogen träge graue Wolken dahin. Bedrohlich und todbringend. Das Leben hier in Falls Crossing hatte sich verändert. Und zwar nicht zum Besseren.

Er spähte durch die offene Lamellentür seines Büros. Auf der Wache ging es zu wie im Irrenhaus. Telefone klingelten, überarbeitete Deputys gingen ein und aus, um Berichte abzulegen und Häftlinge einzuliefern. Ihnen blieb gerade noch Zeit genug, den Schnee von ihren Stiefeln zu stampfen und ihre halb erfrorenen Finger an einem Kaffeebecher zu wärmen, bevor sie wieder hinaus mussten auf die eisigen Straßen. Immer mehr Meldungen über Unfälle, Stromausfälle und herabstürzende Äste gingen ein. Das Krankenhaus war überfüllt, in der Notaufnahme war die Hölle los. Und Amanda Pratt, die berüchtigt ehrgeizige Stellvertretende Bezirksstaatsanwältin, lag ihm wegen der Toten vom Catwalk Point in den Ohren. Sie hatte zwei Mails geschickt und einmal angerufen und verlangte nach mehr Information. Und dann war da noch die Presse, die ihn bereits bedrängte, insbesondere eine Lokalreporterin namens Roxie Olmstead, die sich nicht mit einer abschlägigen Antwort abspeisen ließ.

Carter wollte gerade Lieutenant Sparks anrufen, als er eine bekannte Gestalt zwischen den Büronischen hindurch auf sich zukommen sah. Zwar war sie nicht sonderlich groß, aber Jenna Hughes war nicht zu übersehen, wenn sie einen Raum betrat. Sie trug eine dicke Skijacke und eine enge Skihose, dazu schmale Stiefel. Köpfe fuhren herum, als sie vorbeiging. Carter selbst war auch nicht immun gegenüber ihren Reizen und bemerkte durchaus, wie ihre Stretchhose die Rundungen ihrer Hüften, die Form ihrer Schenkel und Waden nachzeichnete. Sie war einfach verdammt sexy und schien sich dessen selbst nicht einmal bewusst zu sein.

Ohne gewählt zu haben, legte Carter den Hörer wieder auf. Durch die Lamellen beobachtete er, wie sie in seine Richtung blickte und dann am Schreibtisch seiner Sekretärin stehen blieb. *Jenna Hughes wird hier allmählich Stammgast*, dachte er, während er zusah, wie sie sich an Jerri vorbeizumogeln versuchte.

Zusätzlich zu allem, was im Bezirk passierte, brauchte oder wünschte er sich nicht auch noch die Ablenkung durch diese Hollywoodprinzessin. Ganz gleich, was für ein Problem sie hatte. Aber ob es ihm passte oder nicht, er musste sie empfangen. Er stand auf, als Jerri an die Tür klopfte und ihren Kopf ins Büro steckte. »Jenna Hughes ist hier und möchte dich sprechen.« Jerri sah nicht allzu begeistert aus. Aber das tat sie eigentlich selten.

»Schick sie rein.«

Kaum waren die Worte über seine Lippen, als Jenna auch schon in den Raum stürmte. Er bemühte sich, nicht zur

Kenntnis zu nehmen, dass sie auch dezent geschminkt und ohne den Weichzeichner der Kameralinsen oder besondere Beleuchtung umwerfend gut aussah. Das fehlte ihm jetzt gerade noch.

»Haben Sie Ihre Bremsleuchten reparieren lassen?«, fragte er, was ihm einen bösen Blick einbrachte.

»Ja, allerdings, das habe ich.«

»Freut mich zu hören. Nehmen Sie Platz.« Er deutete auf einen Stuhl vor seinem Schreibtisch.

Sie setzte sich und zog Wollmütze und Handschuhe aus. Ein langer schwarzer Haarzopf fiel ihr über die Schulter.

»Hören Sie, ich störe Sie nur äußerst ungern. Wirklich. Ich weiß, Sie haben genug um die Ohren. Dank des Unwetters geht es hier sicherlich zu wie im Irrenhaus.«

»Wir halten die Stellung.«

»Schön.« Sie seufzte, zupfte nervös an den Handschuhen in ihrer Hand und sah ihn aus diesen berühmten grünen Augen beschwörend an. »Ich habe ein Problem.«

Wer hat das nicht? »Sind im Theater schon wieder Requisiten verschwunden?«, fragte er, halb im Scherz, doch es gelang ihm nicht, auch nur das kleinste Lächeln auf diese tausendfach fotografierten Lippen zu locken.

»Wenn es das nur wäre.«

Sie kramte in ihrer übergroßen Handtasche und schüttelte den Kopf. Sie stand unter einer Anspannung, die ihm vorher nicht aufgefallen war; er bemerkte einen harten Zug um ihren Mund, kleine Sorgenfältchen zwischen den hübsch geschwungenen Brauen, Nervosität in ihren Bewegungen, als sie in der Tasche kramte. »Ich schätze, das hier ist ein bisschen ernster als die gestohlenen Sachen. Rinda sagt, ich solle Sie informieren, da ich außerhalb der Stadt wohne und somit in Ihren Zuständigkeitsbereich falle. Pech für Sie, wie?« Noch immer ohne die Spur eines Lächelns sah sie zu ihm auf. Endlich hatte sie gefunden, was sie suchte. Sie zog eine Plastikhülle hervor und legte sie auf seinen Schreibtisch. »Das habe ich mit der Post bekommen; ich fand es in meinem geheimen Postfach.«

»Was ist das?«, fragte er und griff danach. »Fanpost?«

»Oh, es geht weit darüber hinaus.« Ihre Stimme war spröde vor Sarkasmus. Er las den Text, der auf ein Foto von ihr geschrieben war.

Er überflog die Worte durch die dünne Folie hindurch. Mit jeder fanatischen Zeile krampfte sich sein Magen stärker zusammen. Kein Wunder, dass sie so übernervös war.

Du bist die Frau schlechthin.
Sinnlich. Stark. Erotisch.
Du bist die eine Frau.
Die sucht. Begehrt. Wartet.
Du bist meine Frau.
Heute. Morgen. Für immer.
Ich komme dich holen.

»Wer hat Ihnen das geschickt?«, wollte er wissen.

»Das weiß ich nicht.«

Jetzt hatte sie seine volle Aufmerksamkeit. »Und Sie haben auch nicht die geringste Ahnung, wer Ihnen so etwas schicken würde?« Er hob den Klarsichtbeutel dichter an die Augen und betrachtete den Umschlag. Dieselbe Schrift wie in dem Brief. Abgestempelt in Portland – im östlichen Teil, wie er vermutete.

»Nicht die geringste.«

»Ist so etwas schon mal vorgekommen?«

Sie stieß einen leisen Seufzer aus und zuckte mit den Schultern. »Nun … ja. Einmal.«
Er warf die Plastikhülle auf den Schreibtisch, nahm einen Kugelschreiber aus einem Becher, ließ ihn klicken und zog einen Notizblock zu sich heran. »Weiter.«
»Das war vor einiger Zeit, als ich noch in L. A. lebte. Natürlich gab es besessene Fans. Immer schon. Aber …« Sie nagte an ihrer Unterlippe, nahm sich dann jedoch zusammen und sah ihn wieder fest an. »… Ich dachte, hier wäre ich in Sicherheit.«
»Hat Ihnen schon einmal jemand nachspioniert?«
»In letzter Zeit nicht.«
»Aber früher?«
Sie zögerte, dann nickte sie. »Es gibt Fans, die die Grenze überschreiten, ein bisschen zu nahe kommen, in die Privatsphäre einzudringen versuchen, und einmal war da ein Typ, der ein ›Nein‹ nicht akzeptierte.« Ihre klaren Augen wurden dunkel bei der Erinnerung. »Er rief an und tauchte vor meinem Haus auf, verfolgte mich, wenn ich joggen ging, erschien plötzlich bei den Dreharbeiten oder sogar, wenn ich essen ging. Und, ja, er hat mir einen Brief geschickt. Es war … nervenaufreibend, gelinde gesagt. Damals war ich verheiratet. Mein Mann und ich haben eine einstweilige Verfügung gegen ihn erwirkt.«
»Was passierte dann?«, fragte Carter.
»Ich habe nie wieder von ihm gehört. Ich vermute, er hatte begriffen.«
Ihre Erklärung erschien ihm nicht plausibel. »Moment mal. Mit der einstweiligen Verfügung war die ganze Sache ausgestanden?« Das nahm er ihr nicht ab. Nicht eine Sekunde lang. »Er war so besessen von Ihnen, dass Sie

sogar zur Polizei gingen, und dann ist er einfach verschwunden?«

»Ja.« Sie hob die Schultern. »Ich weiß nicht, was aus ihm geworden ist, aber er hat mich von da an in Ruhe gelassen.«

Das gefiel dem Sheriff nicht. Er ließ ein paar Mal seinen Kuli klicken. »Wie heißt der Kerl?«

»Vincent Paladin.«

Carter kritzelte den Namen auf seinen Block.

»Adresse?«

»Wie ich schon sagte, ich weiß nicht, was aus ihm geworden ist. Er war so eine Art Vagabund, vermute ich. Damals etwa siebenundzwanzig Jahre alt. Hat nie länger als ein, zwei Monate an einem Ort gelebt. Damals hatte er eine Wohnung in Compton, in L. A. County – süd-südwestlich der University of Southern California. Behauptete, er sei Student, doch die Polizei fand heraus, dass das gelogen war. Im Wirklichkeit arbeitete er in einem Copyshop – ich glaube, der Laden hieß Quicky Print.«

»Wie lange ist das her?«

»Fünf Jahre, fast sechs«, antwortete sie.

»Und seitdem haben Sie nie wieder von ihm gehört?«

»Nichts.«

Merkwürdig. War es möglich, dass Paladin hier wieder aufgetaucht war?

»Hatte der Brief Ähnlichkeit mit diesem hier?«

»Überhaupt nicht. Er war lang und weitschweifig, handgeschrieben auf gelblichem Papier von einem Block. Insgesamt umfasste er sieben Seiten, glaube ich.«

»Haben Sie eine Kopie von dem Brief?«

»Nein.« Sie bedachte ihn mit einem kleinen, entschuldigenden Lächeln. »Ich wollte nicht mehr daran erinnert werden.«

»Aber die Polizei in L. A. hat ihn sicher zu den Akten genommen, nicht wahr?«

»Das nehme ich an. Detective Brown, Sarah Brown, hat damals die Ermittlungen geleitet.«

Carter notierte sich den Namen der Zuständigen und fügte einen Vermerk hinzu, um sich selbst daran zu erinnern, bei der Polizei in Los Angeles nachzufragen. »Können Sie mir noch etwas über Paladin sagen?«

»Nicht viel.« Sie schüttelte den Kopf, wobei ihr langer Zopf zwischen ihren Schulterblättern hin und her schlenkerte. »Er war sehr introvertiert und sprach kaum über seine Besessenheit von mir.«

»Hat er Ihnen je etwas angetan?«

»Nein, und ich glaube auch nicht, dass das in seiner Absicht lag. Er war nie gewalttätig, ist nie in mein Haus eingedrungen, lungerte nur immer wieder vor dem Tor herum. Es war mir unheimlich, ihn dort zu sehen, aber er blieb nie lange.«

»Was hat es mit diesem Foto auf sich?« Carter griff wieder nach dem Folienbeutel mit dem Brief und betrachtete das Bild unter der Schrift – ein wunderschönes Foto, auf dem Jenna Hughes sexy, sinnlich und mondän wirkte.

»Eine PR-Aufnahme für *Resurrection*, einen Film, den ich vor fast zehn Jahren gedreht habe.«

»Hat das Bild eine besondere Bedeutung? Könnte es einen Grund dafür geben, dass jemand von allen PR-Fotos von Ihnen ausgerechnet dieses ausgewählt hat?«

»Nicht dass ich wüsste. Es gehörte einfach zur Promotion für den Film. War überall zu haben. In Videotheken, im

Internet – ein Sammelstück für Fans, vermute ich. Bevor der Film in die Kinos kam, standen Tausende von Fotos zur Verfügung, aber, wie gesagt, das liegt schon lange zurück.«

Carter stellte noch ein paar Fragen zu Paladin, erfuhr aber nicht viel Verwertbares. Er nahm sich vor zu prüfen, was der Kerl jetzt so trieb, wo er sich in letzter Zeit niedergelassen hatte – ob er Jenna hierher in den Norden gefolgt war? Sachen von ihr gestohlen hatte? Sie erwähnte den Anruf und den Umstand, dass sie glaubte, die Titelmusik von einem ihrer Filme im Hintergrund gehört zu haben. Der Sheriff spürte, wie sich seine Eingeweide zusammenkrampften.

»Haben Sie Feinde?«

»Außer dem Freund meiner Tochter?«, versetzte sie, bereute es jedoch augenblicklich. Sie spielte mit den Handschuhen in ihrer Hand. »Das haben Sie nicht gehört, okay?«

»Warum?«

»Er hat nichts mit dieser Angelegenheit zu tun … Es war nur ein Scherz.«

»Scherze sind hier nicht angebracht.«

»Nein«, bestätigte sie nüchtern, und ihre grünen Augen verdunkelten sich plötzlich. »Das stimmt.«

»Was ist mit Ihrem Exmann?«

Sie schüttelte den Kopf. »Robert ist zu sehr mit sich selbst beschäftigt, und außerdem verstehen wir uns recht gut.«

»Und Freunde oder ehemalige Liebhaber?«

Sie lächelte und errötete, als sei ihr die Frage peinlich. »Es gibt keine«, sagte sie, legte die Handschuhe in ihren Schoß und sah ihn offen an. »Überrascht Sie das?«

»Ja.«
»Ich bin nicht so wie die Typen, die ich in meinen Filmen spiele, Sheriff«, erklärte sie hastig, und Ärger färbte ihre Wangen rosig.
»Das dachte ich mir.«
Sie zog eine Augenbraue hoch und bezichtigte ihn insgeheim der Lüge. »Viele Leute glauben das, wissen Sie? Sie halten mich für die Person, die sie im Film sehen. Sie neigen dazu zu vergessen, dass meine Berufsbezeichnung nicht ohne Grund Schauspielerin lautet. Sie identifizieren mich mit dem Charakter, den ich darstelle, aber ich bin nicht so. Ich ...«
Sein Telefon klingelte. Er hob eine Hand, nahm den Anruf entgegen und legte nach einem kurzen Wortwechsel wieder auf.
»Verzeihen Sie«, entschuldigte er sich und überflog seine Notizen.
»Sie waren gerade dabei, mich über mein Liebesleben zu befragen«, erinnerte sie ihn in ziemlich scharfem Tonfall, und der Zorn sprühte immer noch aus ihren Augen.
Er konnte ihr nicht verübeln, dass sie ihr Privatleben nicht vor ihm ausbreiten wollte, aber das war nun mal ihr persönliches Pech. Wenn sie die Hilfe seiner Behörde in Anspruch nehmen wollte, musste sie ihm seine Fragen beantworten. Alle seine Fragen. »Also, wie sieht es aus?«
Sie verzog den Mund und schien drauf und dran, ihm an die Kehle zu gehen. Stattdessen umklammerte sie die Armlehnen ihres Stuhls. »Folgendermaßen: Seit der Scheidung habe ich nicht viel mit Männern zu tun. Ich habe mich gelegentlich mit einem zum Kaffee oder zum Essen getroffen, und das ist schon so ziemlich alles. Insgesamt

hatte ich vielleicht mit vier oder fünf Männern Verabredungen, wenn man es denn so nennen will.«

»Wer waren diese Männer?«

»Herrgott noch mal.«

Er wartete, sah sie an, ließ ihr Zeit.

»Ich möchte sie nicht alle in diese Sache hineinziehen.«

»Es ist wichtig.« Er blieb hart, war ihre ewigen Rückzieher leid. »Entweder wollen Sie, dass ich Ihnen helfe, oder nicht.«

»Ja, ich weiß. Okay, ich bin zweimal mit Harrison Brennan essen gegangen – er ist mein Nachbar und repariert manchmal Kleinigkeiten auf meiner Ranch. Außerdem habe ich ein paarmal mit Travis Settler, dem Vater der Freundin meiner Tochter Allie, Kaffee getrunken. Glauben Sie mir, all das war absolut harmlos. Nichts, was nicht jugendfrei wäre.«

Er ignorierte die Anspielung. »Warum haben Sie nicht mehr Kontakt zu Männern?«, fragte er und sah sie wieder fest an. Er war davon ausgegangen, dass die Männer bei ihr Schlange standen, doch anscheinend schwindelte sie nicht.

»Schätze, ich habe zu viel zu tun, und ich glaube, viele Männer fühlen sich von mir eingeschüchtert.«

»Weil Sie so berühmt sind?«

»Genau.«

»Gut, dann sagen Sie mir, was *Sie* glauben. Wer könnte Ihnen den Brief geschickt haben?«

»Ich weiß es nicht. Deswegen bin ich ja hier.«

Er sah sie aus schmalen Augen an. »Ich habe nicht viel Zeit, Ms Hughes. Versuchen Sie einfach mal zu raten.«

»Wenn ich das könnte!«, fuhr sie ihn an. Ihr fiel wirklich

niemand ein, der ihrer Meinung nach den Drang verspüren könnte, sie zu quälen. Dann nannte sie ihm die Namen aller, die sie seit ihrem Umzug nach Oregon kennen gelernt hatte. Die meisten kannte Carter persönlich. Keinen von ihnen hielt er für einen Spinner, der einen so fanatischen Brief schreiben würde, wie Jenna ihn erhalten hatte.

Andererseits wusste kein Mensch, was in einem anderen in Wirklichkeit vorging.

Er betrachtete noch einmal den Brief, den sie über ihre Postfachadresse erhalten hatte. Der Text war äußerst sorgfältig so platziert, dass er das Gesicht nicht beeinträchtigte und nicht von der sinnlichen Ausstrahlung des Fotos ablenkte.

»*Resurrection* ist der Film, in dem Sie die Mörderin spielen, nicht wahr?«

Feine Fältchen umgaben ihren Mund. »Eine psychopathische Mörderin.«

»Mit sadomasochistischen Neigungen.«

»Hauptsächlich mit sadistischen«, korrigierte sie ihn. »Anne Parks fügte ihren Liebhabern Schmerzen zu, nicht sich selbst.«

Er erinnerte sich an den Film. Hatte ihn mit Carolyn im Kino gesehen. Erinnerte sich an das Gespräch während der langen Heimfahrt über die Verschränkung von Erotik und Gewalttätigkeit in dem Thriller. »Erscheint es Ihnen nicht sonderbar, dass jemand aus der Vielzahl von PR-Fotos, die von Ihnen existieren, ausgerechnet dieses ausgewählt hat?«, fragte er. Ihn beschlichen die düstersten Vorahnungen. Mit einem Schlag sah er in Jenna Hughes keineswegs mehr die Hollywoodprinzessin, die aus ihrer

Stiftung an das örtliche Theater ein paar Glitzersteine vermisste.

»Ich glaube nicht, dass derjenige zufällig gerade dieses Bild ausgewählt hat«, gab sie zu und fuhr sich nervös mit der Zunge über die Lippen. »Das macht die Sache ja gerade so unheimlich.«

»Aber die Musik, die Sie gehört haben, stammte aus einem anderen Film?«

»Aus *White Out*. Der Song war ein Hit. Der Film ist nie in die Kinos gekommen.« Sie räusperte sich und berichtete dann hastig von dem Unfall, der der Filmproduktion ein Ende gesetzt hatte. Carter erinnerte sich, über die Lawine und die Tragödie gelesen zu haben. Als er Jenna jetzt ansah, bemerkte er den Schmerz in ihren Augen und die hängenden Schultern, und ihm wurde klar, dass sie den Verlust ihrer Schwester, die während der Dreharbeiten ums Leben gekommen war, nie verkraftet hatte. Es war ein idiotischer Unfall gewesen; Sprengstoff, der in einer späteren Szene hätte zum Einsatz kommen sollen, war unerklärlicherweise zu früh explodiert und hatte eine mörderische Lawine ausgelöst. Jennas Schwester hatte den Hunderten Tonnen tosend niedergehenden Schnees und Eises mitten im Weg gestanden. Sie hatte keine Chance gehabt. Jenna, so vermutete er, machte sich Vorwürfe, weil sie ihre jüngere Schwester nicht hatte retten können.

Er stellte noch ein paar Fragen, und ihr Gespräch war fast beendet, als BJ an die Tür klopfte. »Hast du mal eine Minute Zeit?«, fragte sie durch den Türspalt. Sie lächelte nicht, wie man es sonst bei ihr gewohnt war.

»Wir sind hier fast fertig.«

Jenna erhob sich. »Ich will Ihre Zeit nicht länger in Anspruch nehmen. Bitte lassen Sie mich wissen, wenn ich noch irgendetwas tun kann.«

»Das hier behalte ich«, sagte er und deutete auf die Klarsichthülle. »Geben Sie inzwischen bitte gut Acht auf sich. Schließen Sie immer das Haus und alle Fahrzeuge ab.«

»Okay.«

»Ich melde mich bei Ihnen. Geben Sie Bescheid, wenn Sie etwas Neues erfahren, wenn Sie Post oder Anrufe erhalten, die Sie beunruhigen, oder wenn Ihnen noch etwas einfällt, was hilfreich sein könnte.«

»Mach ich.«

»Sie haben doch eine Alarmanlage?«

»Ja.«

»Schalten Sie sie ein. Sie sollten auch überlegen, ob Sie sich nicht einen Wachhund zulegen wollen.«

»Ich habe einen Hund.«

Er erinnerte sich, den uralten Köter beim Theater im Auto gesehen zu haben. Eine Sekunde lang erwog er, ihr zu raten, das Tier durch ein jüngeres, fähigeres zu ersetzen, das wenigstens noch hören konnte, doch er beschloss, lieber den Mund zu halten. »Gut.«

Er stand auf und schob die Hände in die Hosentaschen. »Hören Sie, Sie sollten wirklich besondere Vorsichtsmaßnahmen treffen, ja? Für sich selbst und für Ihre Kinder. Ich werde dafür sorgen, dass auf der Straße zu Ihrem Haus nachts Streife gefahren wird, aber leider muss ich Ihnen gestehen, dass meine Leute ohnehin schon Überstunden machen. Sie selbst sind also aufgerufen, für Ihre Sicherheit zu sorgen und auf der Hut zu sein.

Vielleicht überlegen Sie sich, ob Sie nicht einen Bodyguard anheuern wollen und einen … etwas aggressiveren Hund.«
Ohne die Spur eines Lächelns hob er die Plastikhülle hoch. »Ich lasse das hier im Labor untersuchen. Vielleicht finden wir Fingerabdrücke oder andere Hinweise. Möglicherweise sind auch die Art von Papier, die verwendet wurde, die Tinte und der Druckertyp aufschlussreich.«
»Danke.«
Es klang aufrichtig. Vielleicht hatte er sie falsch eingeschätzt, als er sie auf Anhieb in seinen geistigen Mülleimer für vorurteilsbehaftete Klischees entsorgt hatte, denen zufolge sämtliche Hollywoodstars Egozentriker waren.
»Ich halte Sie auf dem Laufenden.«
»Gut.« Sie nickte knapp und verließ hastig das Büro. Er blickte ihr nach in der Gewissheit, dass er sie nicht zum letzten Mal gesehen hatte. Erstaunlicherweise störte ihn diese Vorstellung nicht allzu sehr.
Jenna Hughes war nun einmal eine überaus faszinierende Frau.

15. Kapitel

Ärger?«, erkundigte sich BJ und blickte Jenna nach, die eilig zwischen den Schreibtischen hindurch dem Ausgang zustrebte.

»Immer.« Auch Carter musterte das Gesäß der berühmtesten Einwohnerin von Falls Crossing. Obwohl unter mehrfachen Lagen von Fleece verborgen, war doch zu erkennen, wie fest und überaus feminin ihr Hinterteil war. Er riss sich von dem Anblick los, ahnte aber, dass BJ sein prüfender Blick nicht entgangen war. »Also, was gibt's?«

»Charley Perry. Offensichtlich genießt er seinen Ruhm. Der Sender KBST hat den ganzen Vormittag über Auszüge aus einem ›Exklusiv-Interview‹ mit ihm gebracht.«

»Sag doch so was nicht«, knurrte Carter. »Ich hab ihm doch eingeschärft, er soll gefälligst den Mund halten.«

»Genauso gut könntest du einem Grizzly befehlen, manierlich zu essen, wenn du ihm ein Steak anbietest.«

»Da magst du Recht haben. Gibt es was Neues über unsere Unbekannte?«

»Bisher keinerlei Übereinstimmung mit vermisst gemeldeten Personen.«

Na großartig, dachte Carter und griff nach der Fernbedienung für den kleinen Fernseher, der auf einem Aktenschrank stand. *Einfach großartig*.

»Was ist das hier?« BJ betrachtete die Klarsichthülle auf Carters Schreibtisch.

»Sieht aus, als hätte Jenna Hughes einen neuen Fan.«

»Du bist die Frau schlechthin? Du bist die eine Frau?

Herrgott, für wen hält so ein Kerl sich? Julio Iglesias?« Sie musterte den Umschlag.

»Du meinst Enrique – oder willst du dich älter machen, als du bist?« Er blickte erneut auf den Brief, der ihm keine Ruhe ließ, auch wenn er es sich ungern eingestand. Er dachte an ihr schönes Gesicht. »Der Kerl, der ihr diesen Brief geschickt hat, bildet sich offenbar ein, sie gehörte ihm.«

»Hat sie eine Ahnung, wer es sein könnte?«

»Nein, aber sie hat mir immerhin den Namen eines Stalkers genannt, der sie vor ein paar Jahren mal belästigt hat. Vincent Paladin, so ein Typ, der sich in Videotheken herumtreibt.«

»Lebt er hier in der Gegend?«

»Weiß ich nicht. Noch nicht.« Er klopfte auf die Schreibtischplatte und furchte die Stirn. War es nur Zufall, dass Jenna Hughes den Brief zur gleichen Zeit erhielt, als eine unbekannte Tote am Catwalk Point gefunden und Sonja Hatchell als vermisst gemeldet wurde? Zwischen den Vorfällen schien kein Zusammenhang zu bestehen … oder doch?

Die Unbekannte war offenbar das Opfer eines ziemlich weit zurückliegenden Gewaltverbrechens.

Sonja Hatchell war verschwunden. Es konnte aber auch sein, dass sie sich einfach aus dem Staub gemacht hatte oder ihr in dem Unwetter etwas zugestoßen war.

Und jetzt wurde Jenna Hughes belästigt, wenn nicht gar terrorisiert.

»Hey, was ist los?« BJ blickte ihn forschend an. »Ich kann geradezu sehen, wie sich die Rädchen in deinem Gehirn drehen.«

»Ich denke nach. Glaubst du an Zufälle?«
»Nein.«
»Ich auch nicht«, sagte er, kaute auf seinem Schnurrbart und schaltete mit Hilfe der Fernbedienung den Fernseher ein.
»Oha, da haben wir's ja.« BJ starrte auf den kleinen Bildschirm, auf dem Charley Perry in seiner ganzen Pracht und Herrlichkeit mit einer Reporterin sprach. Charleys weißes Haar war ordentlich gekämmt, sein Bart gestutzt, sein kariertes Hemd sauber und gebügelt. »Schau ihn dir an, fein herausgeputzt und geradezu würdevoll.«
»Idiot.« Angewidert stellte Carter den Ton lauter und hörte zu, was Charley Perry von sich gab. »Ich sollte ihn wegen Behinderung laufender Ermittlungen verhaften lassen.«
»Aber denk doch mal an die negative Kritik, die das unserer Behörde einbringen würde.« BJ zwinkerte ihm zu. »Vergiss nicht, du bist ein gewählter Beamter, darauf eingeschworen, Recht und Gesetz zu vertei…«
»Ja, ich habe verstanden.« Er hörte zu, wie Charley seine Theorie darüber darlegte, was seines Erachtens mit der nicht identifizierten Frau geschehen war. Dann berichtete er, wie er und sein treuer Hund Tanzy die Leiche gefunden hatten. Die Kamera richtete sich auf den besagten Hund, einen weiß und hellbraun gefleckten Köter mit ein paar Spaniel-Merkmalen. Tanzy winselte, versteckte sich hinter Charleys krummen, jeansbekleideten Beinen und weigerte sich, den Leckerbissen anzunehmen, den die Reporterin ihr anbot. Die Szene war schnell vorüber, und Carter schaltete den Fernseher aus. »Weltbewegende Nachrichten«, schimpfte er.

»Charley ist harmlos.«

»Und bescheuert.« Carters Stimmung wurde noch düsterer. Keine neuen Erkenntnisse über die ungekannte Tote, Sonja Hatchell blieb verschwunden, Jenna Hughes wurde von einem Stalker bedroht – der Tag fing schlecht an und konnte nur noch schlimmer werden.

Herrgott, ist das kalt. So kalt … und die Musik … Woher kommt die Musik?

Mit schmerzhaft klappernden Zähnen schlug Sonja die blutunterlaufenen Augen auf und versuchte, wach zu bleiben. Sie war zwischenzeitlich immer wieder aus der Bewusstlosigkeit aufgetaucht, meinte sie sich zu erinnern, doch ihr Verstand arbeitete schwerfällig, die Gedanken waren zusammenhanglos. Sie wusste, dass einige Zeit vergangen war; ob Minuten, Stunden oder Tage hätte sie jedoch nicht sagen können. Die kurzen wachen Momente waren ihr verschwommen im Gedächtnis geblieben. Vage erinnerte sie sich, entführt worden zu sein, allerdings ohne zu wissen, von wem – war das wirklich geschehen? Und sie erinnerte sich bruchstückhaft daran, wie jemand sie ausgezogen hatte, doch auch diese Erinnerung war traumähnlich, unwirklich. Dann hatte das Ungeheuer ihr nicht nur die Haare geschoren, sondern auch die Zähne abgeschliffen … Sie tastete mit der Zunge über ihre Schneidezähne, schmeckte Blut und fand nur spitze kleine Stummel, wo vorher die Zähne gewesen waren.

O Gott … Es war kein Traum gewesen.

Und wo befand sie sich jetzt? Wieso lebte sie noch?

Sie fühlte sich schwerelos, fror jedoch erbärmlich … Die Haut am ganzen Körper fühlte sich an wie mit Eis überzogen. Schatten huschten um sie herum, verschwommene Farben, die in der dunklen Endlosigkeit weder Form noch Bedeutung hatten.

Wo bin ich?

Wo zum Teufel bin ich?

Das hier kann nicht sein. Darf nicht sein. Es ist absurd!

Sie strengte ihre Augen an, doch die huschenden Schatten blieben gestaltlos. Sie lauschte angespannt auf jedes Geräusch, vernahm jedoch nur die klagende Melodie einer Ballade, die ihr bekannt vorkam, eines Songs, den sie hätte erkennen müssen.

War es nur Einbildung, oder spürte sie tatsächlich, dass in der dunklen Umgebung Bosheit lauerte, etwas oder jemand Böses sie beobachtete?

Sie zitterte, versuchte, sich zu konzentrieren, sich zu erinnern … klar zu denken. Trotz der Kälte. Trotz der Angst, die sie zu überwältigen drohte.

Mach schon, Sonja! Was um alles in der Welt geht hier vor?

Erinnerungsbruchstücke, scharfe Scherben wie von zersplitterten Eiszapfen stachen in ihr Gehirn.

Himmel, es ist so kalt!

Sie bewegte sich, und alles um sie herum verschob sich. Spuren von trübem Licht umspielten gespenstisch ihren nackten Körper – ja, nackt, dachte sie verzweifelt, und ein neues Grauen begann in ihrem Hirn zu pulsieren. Jeder Zentimeter ihrer Haut war entblößt und kälter als je zuvor in ihrem Leben. Sie rang nach Luft und hatte das Gefühl, als würde die Flüssigkeit, in die sie fast gänzlich eingetaucht war, sie von außen nach innen einfrieren.

Nicht in Panik geraten! Überleg lieber, wie du hier rauskommst.

Ihr war, als stünde sie aufrecht, wenngleich sie keinen Druck unter den beinahe tauben Füßen spürte ... eher so, als ob sie frei schwebte. Ohne von Seilen oder Drähten gehalten zu werden.

O Gott, das hier ist ein grauenhafter Trip ... wie schlechtes LSD. Denk nach, Sonja, denk nach!

Sie schloss ganz fest die Augen, versuchte, klar zu denken, hoffte, dass die verzerrten Bilder verschwanden, doch als sie die Augen wieder öffnete, hatte sich nichts verändert. Unter Aufbietung sämtlicher Kraftreserven neigte sie den Kopf und blickte auf ihre Füße hinab. Auf ihre nackten Füße. Ihre nackten, erfrorenen Füße, die auf nichts standen. Die reglos hinunterhingen. Was zum Teufel ...? Ihr Herz krampfte sich zusammen, als sie versuchte, sich zu konzentrieren und wieder geradeaus zu blicken auf die verzerrten Bilder, das merkwürdige Spiel des spärlichen Lichts. Es war, als sei sie in einem großen Tank gefangen ... in einem riesigen Glasbecken, das mit einer klaren, halb flüssigen Substanz gefüllt war, wie Wasser kurz vor dem Gefrieren, und sie wurde doch von irgendwelchen Riemen gehalten, Riemen, die mit einer Art riesigem Hebekran verbunden waren – einem mechanischen Arm, über ihrem Kopf ausgestreckt. Sie konnte diese Riemen nur nicht spüren, weil ihr so furchtbar kalt war. *Was ist das hier? Irgendeine verrückte Science-Fiction-Scheiße?* Verzweifelt versuchte sie, mehr von ihrer Umgebung zu erkennen. Der Wassertank selbst stand in einem verdunkelten Raum, einer riesigen Lagerhalle mit schwachem Licht, erfüllt von gespenstisch huschenden Schatten. Durch das gewölbte Glas sah sie Frauen, weich angestrahlt und unbeweglich, in merkwürdigen Posen,

einander gegenüber aufgestellt. Die Schaufensterpuppen! Sie standen auf der Bühne, doch der Zahnarztstuhl und der Bohrer waren weggeräumt worden.
Wie lange war sie bewusstlos gewesen? Sie erinnerte sich noch daran, dass er den Tropf gelegt, ihr etwas gespritzt hatte, bevor sie das Bewusstsein verlor, und dann … dann war sie hier aufgewacht.
Immer noch rieselte Musik, eine klagende Melodie aus irgendeinem Film, durch den höhlenartigen Raum.
Verzweifelt versuchte sie, sich zu bewegen, sich zur Wand des Tanks vorzukämpfen, um an der glatten Glaswand hinauf und über den Rand zu klettern. *Beweg dich, Sonja. SOFORT!*
Sie kämpfte. Bot all ihre Kraft auf. Ihr Herz hämmerte. Das Blut rauschte ihr in den Ohren. Doch ihre Arme und Beine blieben schlaff. Bewegten sich nicht. Gehorchten nicht.
Nein! O nein!
Sie versuchte es noch einmal. Strengte sich so sehr an, dass ihre Kiefer mit den abgeschliffenen Zähnen sich zusammenkrampften und sie das Gefühl hatte, jeden Moment müsse ein Blutgefäß platzen.
Nichts.
O Gott.
Hilfe! Sie versuchte zu schreien, doch nur ein Winseln drang aus ihrer Kehle. Als sei sie bereits im Begriff zu gefrieren.
Angst pulsierte durch ihre Adern.
Adrenalin schoss in ihr nahezu gefrorenes Blut, und trotzdem vermochte sie sich nicht zu bewegen. War nicht einmal in der Lage, einen Finger zu krümmen.

Warum zum Teufel konnte sie sich nicht bewegen und nicht sprechen?

Warum konnte sie nicht schreien?

Was war mit ihrer Stimme geschehen?

Was um alles in der Welt ist hier los?

Bleib ruhig, ermahnte sie sich, während die Musik in ihrem Kopf widerhallte.

Das Wasser schien immer fester zu werden, als erstarrte es gleichzeitig mit ihrem Körper langsam zu Eis. Doch das war verrückt. Das war Wahnsinn.

Plötzlich setzte die Musik aus.

Stille breitete sich aus, was noch schlimmer war, und dann näherten sich Schritte, leise, aber stetig … todbringend. Von hinten.

Völlig außer sich versuchte sie sich umzudrehen, zu schreien, um Hilfe zu flehen, doch es war sinnlos. Ihr Hals bewegte sich nicht einmal den Bruchteil eines Millimeters.

»Jetzt schon wach?« Es war das tiefe Flüstern einer Männerstimme. Und doch erfüllte es den Raum, hallte in ihrem Kopf wider. Die Stimme, die sie schon vorher gehört hatte. *Seine* Stimme.

Lass mich hier raus, du Schwein!

»Ich habe mich schon gefragt, ob du noch mal zu dir kommst, Jenna.«

Jenna? Ich bin nicht Jenna! Sie wollte ihm entgegenschreien, dass er die falsche Frau erwischt hatte, dass alles ein Irrtum war, doch ihre Stimme gehorchte ihr nicht.

»Oder soll ich dich lieber Faye nennen?«

Faye? Nein! Ich bin nicht Faye. Ich bin auch nicht Jenna. Ich bin keine von den Frauen, die du willst, du Blödmann!

Sie unternahm noch einmal eine verzweifelte Anstrengung, sich zu bewegen, doch ihr Gehirn wurde zunehmend ebenso träge wie ihr ganzer Körper. Sie konnte sich nicht bewegen, nichts fühlen ... Sie wusste instinktiv, wenn sie sich jetzt einfach aufgab, sich in die verlockende Schwärze der Bewusstlosigkeit fallen ließ, würde sie nie wieder aufwachen, nie wieder atmen, niemals wieder ihre Jungen sehen ... *Lass mich raus, bitte, oh, bitte ... Tu mir das nicht an ... Das alles ist ein Irrtum!* Doch noch während die Worte ihr durch den Kopf schossen, noch während sie versuchte zu schreien, spürte sie, wie sie unterging, gab ihren tapferen Kampf um klares Bewusstsein auf und wusste, dass der Tod sehr nahe war.

Sie bemühte sich noch immer, wach zu bleiben, doch ihre Lider wurden schwer, ihr Körper wurde taub, und dann trat der Mann, der bisher nur eine körperlose Stimme gewesen war, vor das Becken. Sie blickte in sein Gesicht, sah, durch das gewölbte Glas verzerrt, die sadistische Bestie.

»Deine Zeit ist gekommen, Faye«, sagte er weich, als wolle er sich jede Silbe auf der Zunge zergehen lassen, und als Sonjas Blick dem seinen begegnete, erkannte sie das absolut Böse in seinen eisigen, starren Augen.

16. Kapitel

Sie kamen keinen Schritt weiter. So erschien es Carter zumindest, als er seine Schlüssel neben der Haustür seiner Hütte auf ein Regal warf. Körperlich war er zu Tode erschöpft, doch sein Verstand arbeitete wie überdreht, angeheizt durch Koffein und das Nikotin, das er eingesogen hatte, nachdem er von Jerri ein paar Zigaretten geschnorrt hatte. Vor zehn Jahren hatte er das Rauchen aufgegeben, doch zu Zeiten, wenn er hundemüde war und über einem Problem brütete oder wenn er mehr als zwei Bier getrunken hatte, wurde er rückfällig. Allerdings nie so sehr, dass er sich selbst eine Schachtel kaufte. An diesem Punkt zog Carter die Grenze: Er würde kein Geld fürs Rauchen ausgeben. Obwohl er wusste, dass diese Regelung idiotisch war. Damit machte er nur sich selbst was vor.

Er hängte seine Jacke an einen Haken und trat aus seinen Stiefeln. Es war so frostig im Haus, dass der Atem vor seinem Mund kondensierte. Die eisige Kälte kroch durch den alten Holzfußboden hindurch und drang in seine Wollsocken. Die nächsten zehn Minuten verbrachte er damit, das Feuer zu schüren und ein paar bemooste Eichenkloben aufzulegen, die er am Vortag hereingeholt hatte.

Als das Feuer im Ofen prasselte und Wärme sich ausbreitete, hockte er sich auf die Fersen und starrte durch das Glasfenster der Ofentür in die Flammen.

Das Kriminallabor der Polizei von Oregon hatte keine

weiteren Hinweise für die Identifizierung der unbekannten Toten liefern können. Bisher wurden nirgendwo größere Mengen Alginat vermisst, wie Erkundigungen bei den Herstellerfirmen ergeben hatten, und es gab auch keine Vermerke über die Abgabe großer Mengen an Einzelpersonen, die nicht Zahnärzte oder Künstler waren oder das Zeug zu sonst einem legitimen Zweck verwendeten. Doch die Detectives der Staatspolizei waren noch mit der Überprüfung anderer Hersteller, zum Beispiel in Kanada, befasst. Sowohl der Computer als auch der Polizeizeichner arbeiteten daran, das Gesicht der Unbekannten zu rekonstruieren, doch die Ergebnisse ließen auf sich warten.

All diese Operationen brauchten Zeit.

Sonja Hatchell wurde nun schon seit achtundvierzig Stunden vermisst, und die Aussicht, sie zu finden, wurde mit jeder Minute, die verstrich, geringer. Deputys hatten einen Suchtrupp aus Freiwilligen organisiert, der zwar noch arbeitete, aber durch das schlechte Wetter behindert wurde. Alle befahrbaren Straßen und Brücken waren mehrfach abgesucht worden. Immer noch nichts. Es war, als seien sie und ihr Wagen vom Erdboden verschwunden.

Dann war da noch der Fall der verschwundenen Kleidungs- und Schmuckstücke von Jenna Hughes, des beängstigenden Anrufs und des anonymen Briefs, und hinzu kamen die Schäden durch das Unwetter, das sich immer noch nicht gelegt hatte. In den letzten paar Tagen hatte der Wind nachgelassen, und der Schneefall hatte gerade lange genug ausgesetzt, dass die Streumannschaften mit den Schneepflügen Schritt halten konnten, doch dann schneite es von Neuem. Auf der I-84 war es zu zwei weiteren Unfällen gekommen, sodass die Polizei die Interstate schließlich wieder sperren musste.

Häuser ohne Strom waren evakuiert worden, sämtliche Bergbäche waren massiv zugefroren. Sogar die größeren Flüsse begannen zu vereisen. Alles in allem herrschte Chaos, und laut dem verdammten Wetterdienst war kein Ende in Sicht. In den Medien gaben fröhliche Reporter in Designer-Skianzügen die Schneehöhe durch, wurden Videos von Kindern gezeigt, die auf den Straßen der Stadt Schlitten fuhren, von Autos, die von der Straße rutschten, von LKW-Schlangen, die entstanden waren, weil die Lastwagenfahrer den Weg durch die Berge nicht schafften, und von Skilangläufern auf den Straßen von Portland. Währenddessen waren Carter und seine überforderte Mannschaft zusammen mit der Staatspolizei, der Verkehrsbehörde und allen möglichen Dienstleistungs-Gesellschaften rund um die Uhr für die Sicherheit der Straßen und Einwohner im Einsatz. Die sie nicht gewährleisten konnten.

Herrgott, er war müde.

Draußen fegte der Wind durch den Wald. Carter knurrte etwas Unverständliches, dann ging er in die Küche und öffnete den Kühlschrank. Statt eines gehaltvollen Abendessens nahm er jedoch nur die Eiswürfel heraus und holte dazu eine Flasche Jack Daniels aus dem Schrank. Er schlug den Eiswürfelbehälter auf die Arbeitsplatte, sodass ein paar der Würfel durch den Raum flogen, und schenkte sich einen Drink ein. Eigentlich hatte er die nächsten zwei Tage dienstfrei, doch er rechnete damit, noch vor Tagesanbruch gerufen zu werden.

Trotzdem blieb ihm noch Zeit für einen kleinen Drink. Er schlürfte den Whiskey, schmachtete nach einer weiteren Zigarette, ignorierte das Verlangen jedoch, setzte sich an den Schreibtisch und fuhr den Computer hoch. Das Licht flackerte, und er musste den Computer neu starten. Der Strom fiel jedoch nicht ganz aus, und die Internetverbindung kam zustande. Ohne zu zögern rief er eine Suchmaschine auf und gab Jenna Hughes' Namen ein.

Die Zahl der Seiten zu diesem Thema war astronomisch. Insbesondere für eine Schauspielerin, die nicht mehr arbeitete, einen Star von gestern, der eigentlich aus dem Blickfeld des Publikums hätte verschwunden sein müssen. Carter öffnete die erste Fan-Club-Seite und hatte sogleich ein Computerbild Jennas vor sich, das Äquivalent des Internets für ein Glanzporträt. Auf dem Bild war sie der Kamera halb zugewandt, der Hauch eines Lächelns spielte um ihre Mundwinkel. In ihren grünen Augen blitzte es ein wenig keck; durch die ernste Fassade schimmerte etwas Schelmisches durch. Glänzendes schwarzes Haar rahmte kokett ihr Gesicht. Obwohl das Bild nur Kopf und Schultern zeigte, weckte es das Gefühl, dass sie nackt vor der Kamera stand, dass sie sich über den kühnen Betrachter lustig machte.

Carters Magen krampfte sich zusammen.

Er verspürte Lust, ein leises Begehren, genau das, was das Foto, wie er sehr wohl wusste, bewirken sollte. Das und die Vorstellungen, die nicht nur einen Mann im Vollbesitz seiner geistigen Kräfte, sondern auch einen gestörten Geist zu intimen Gedanken über Jenna Hughes verführten, dazu, sich auszumalen, wie es wäre, mit ihr Sex zu haben.

Eine beängstigende Vorstellung.
Und nun zu seinem Problem.
Er ging mehrere Seiten durch, las ein paar Informationen über sie, überflog einige Foreneinträge und surfte weiter. Ohne größere Schwierigkeiten fand er das Foto von Jenna, das für die Werbung zu *Resurrection* verwendet worden war – die gleiche sinnliche Aufnahme, die irgendein Spinner kopiert, bedruckt und an sie gesendet hatte.
Es war nicht schwer, das Bild herunterzuladen.
Das konnte jeder Sechsjährige.
Bis Carters Glas leer war, hatte er ein Dutzend Seiten angesehen, doch das war nur die Spitze des Eisbergs. Er gab ein paar Zeilen von dem Gedicht ein, erhielt aber kein brauchbares Ergebnis und gab dann auf. Jenna Hughes hatte ein ernstes Problem, ja, aber das hatten viele andere Menschen auch. Er dachte an Lester Hatchell, und seine Miene verdüsterte sich.
Was war mit Sonja geschehen?
Autos mitsamt Fahrer verschwanden auch bei einem Schneesturm nicht einfach so.
Oder doch?
Er ging in die Küche und schenkte sich einen zweiten großzügigen Drink ein. Der Wind tobte, rüttelte an den Fenstern, heulte in den Bäumen und peitschte starr gefrorene Äste gegen die alten Holzwände. Herrgott, er hasste die Kälte.
Wie oft hatte er schon mit dem Gedanken gespielt, in eine wärmere Gegend zu ziehen?
Nach Tempe in Arizona, nach Sonoma in Kalifornien oder nach Taos in New Mexico. Er hatte sich Literatur über mehr als ein Dutzend Städte im Südwesten besorgt,

die Pros und Kontras eines Umzugs der Sonne entgegen abgewogen und den Plan doch nie in die Tat umgesetzt. Es schien ihm fast, als sei es ihm vom Schicksal bestimmt, hier zu bleiben, als seien die unsichtbaren Fesseln, die ihn an Falls Crossing banden, stark wie Stahlkabel.

Als er sich mit dem neu gefüllten Glas wieder an seinen Schreibtisch gesetzt hatte und sich gerade erneut auf den Monitor konzentrieren wollte, fiel sein Blick auf einen Fotowürfel, der seit ewigen Zeiten unter seiner Schreibtischlampe lag und nie wahrgenommen wurde. Er war ein Geschenk von Carolyn zum ersten Hochzeitstag, und unter den Plastikflächen befanden sich verblasste Fotos von ihm als bedeutend jüngerem Mann, einem viel weniger erschöpften Mann, einem Mann, der das Lächeln noch nicht verlernt hatte. Sechs Fotos. Alle zeigten ihn, vier davon mit Carolyn zusammen, ein anderes mit David, als sie noch schlaksige junge Burschen auf der High School waren, und das letzte war ein Gruppenfoto mit Rinda Allen, ihrem Bruder Wes, Carolyn und noch ein paar anderen. Sie hatten Silvester gefeiert, trugen alle alberne kleine Hütchen und bliesen in lächerliche Krachmacher.

Diese Neujahrsparty lag so weit zurück.

Auch damals war der Winter hundekalt gewesen.

Carter schloss für eine Sekunde die Augen. Versuchte, Carolyns Gesicht heraufzubeschwören. Doch alles, woran er sich erinnerte, waren Bilder von Fotos oder Videofilmen, die sich im Lauf der Jahre angesammelt hatten. Wohl wissend, dass es ein Fehler war, ging er dennoch zum Schrank im Flur, schob ein paar Werkzeuge beiseite und holte eine alte Pappschachtel hervor. Darin befanden sich Videoaufnahmen aus einem Leben, das er vor langer

Zeit geführt hatte. Er griff wahllos eine Kassette heraus und ging ins Wohnzimmer. Nur eine Sekunde lang zögerte er, bevor er sie in den Videorekorder schob und den Fernseher einschaltete.

Wenige Sekunden später war sie da.

Sein Herz krampfte sich zusammen.

Sie lachte, ihr blondes Haar lugte unter einer roten Strumpfmütze hervor, der Schal löste sich, und sie rutschte aus, als sie durch den Schnee lief und eilig geformte Schneebälle auf den Mann hinter der Kamera warf.

»Nicht ... Shane, wag es nicht«, befahl sie und lachte, als das Bild verwackelte, ein Schneeball aus der Richtung der Kamera geflogen kam und auf ihren Rücken klatschte.

»Oh, du Teufel! Das war fies! Warte nur.« Sie warf ein paar Schneebälle nach der Kamera. »Wenn du nach Hause kommst ...«

»Was dann?«, fragte seine Stimme.

»Dann zahle ich's dir heim!«

»Wie?«

»Du wirst es am eigenen Leib erfahren.«

»Ich kann's kaum erwarten«, versetzte er, und dann flog ein Schneeball knapp an ihrem Kopf vorbei und die Sequenz war zu Ende. Der letzte Film, den er von ihr aufgenommen hatte. Drei Tage später wurde er zu einem Unfall gerufen. Sie hatte hinterm Steuer gesessen, war auf Glatteis geraten, von der Straße gerutscht und in die tiefe Schlucht des Cougar Creek hinabgestürzt. Sie hatte sich beim Aufprall das Genick gebrochen und war auf der Stelle tot.

Carolyn.

Seine Frau.

Er hatte geschworen, sie bis zum Tag ihres Todes zu lieben.
Und das hatte er getan.
Gott, er hatte sie geliebt.
Noch lange Zeit danach.

Irgendetwas stimmte nicht mit Faye.
Er stand nackt vor dem durchsichtigen Glastank, betrachtete den fast toten Körper der Frau, der in dem eisigen Behälter hing, und fragte sich, wieso er sie für geeignet gehalten hatte. Sicher, sie wies eine gewisse Ähnlichkeit mit Jenna Hughes auf, doch ihre Haut hatte nicht die richtige Farbnuance, die tätowierte Rosenranke an ihrem Fußknöchel war völlig falsch. Ihr Kinn war spitzer, ihre Augen waren kleiner, die Nase war nicht ganz so gerade. Sie war einfach nicht perfekt.
Aber perfekt war ja keine.
Außer Jenna.
Unzufrieden mit seiner Wahl löste er die Fesseln dieser bleichen Nachbildung und spürte eine leise Erregung, als ihre eisige Haut die seine berührte. Das Gefühl kalten Fleisches an seinem Körper ließ sein Herz heftiger schlagen, sein Blut schneller strömen. Er konnte noch so einiges mit ihr anstellen. Sinnliche Dinge, die er schon lange plante. Und er konnte es jetzt tun, während sie noch lebte, während ihre fast erfrorene Lunge noch ganz flach atmete.
Er sog kurz und scharf den Atem ein. Verschloss sein Bewusstsein gegen die Vorstellungen von erotischen Dingen mit dieser Frau, dieser Fälschung. Es wäre ein Sakrileg, bei ihr zu liegen, sie zu berühren, sie in diesem Zustand zu küssen. Er musste sich aufsparen.

Für Jenna.
Der Zeitpunkt war nahe, so nahe. Er musste sich zwingen, Geduld zu üben. Er legte sich die Frau über die Schultern und schaute sich noch einmal um. Sein Blick wanderte über die Wände, an denen die Bilder, die den gesamten Raum schmückten, von Bodenlampen angestrahlt wurden. Bilder von Jenna Hughes blickten auf ihn herab. Fotos, die er anonym aus dem Internet heruntergeladen hatte, Filmposter, die er im Lauf der Jahre gekauft hatte, vergrößerte Aufnahmen aus Illustrierten und Zeitungen, sogar körnige Fotos aus der Skandalpresse. Sie war überall, ihr Abbild war behutsam und liebevoll an Decke und Wänden angebracht.
Die bloße Vorstellung, dass er auch nur daran hatte denken können, mit dieser … dieser traurigen, blassen, kahlköpfigen Fälschung Unzucht zu treiben.
Scham brannte in ihm, als er sie in eine dunkle Ecke des Raums trug und sie sanft in seine lange Spezialkiste legte. Sie zuckte ein wenig, als ihre Haut mit dem zuvor angerührten Alginat in Berührung kam, doch er legte sie in ihren Sarg, wo die gelatineartige Substanz über ihren Körper quoll. Langsam sank sie tiefer ein. Der Trick bestand darin sicherzustellen, dass das Alginat ihren Körper trug, dass Gesäßbacken und Schultern nicht den Boden des Behälters berührten und das Alginat die perfekte Konsistenz hatte, die gewährleistete, dass ihr Körperabdruck makellos wurde. Es war Präzisionsarbeit, denn das Zeug erstarrte schnell.
Ihm ging es darum, einen Ganzkörperabdruck herzustellen, doch seine bisherigen Versuche waren fehlgeschlagen, und er war gezwungen gewesen, die Körper von Schau-

fensterpuppen mit Kopfabgüssen zu benutzen. Er hoffte, den Herstellungsprozess nun endlich perfektioniert zu haben, sodass er, wenn er Jenna entführte, ihren herrlichen Körper immer und immer wieder reproduzieren konnte, vielleicht – wenn es ihm gelang, sie lange genug am Leben zu erhalten – sogar in verschiedenen Haltungen, um dann seine Weihestätte für sie zu bauen. Ihm waren bereits einige Fehler unterlaufen.

In seinem ersten Versuch hatte er der Frau den Kopf nicht gründlich genug rasiert, und ihr Haar hatte den Abdruck verdorben. Ein dummer, amateurhafter Fehler. Dieser Fehler hatte ihm Zeit geraubt. Eine Vergeudung. Was hatte er sich bloß dabei gedacht? Seitdem arbeitete er gründlicher, hatte seine Kunst zu einer Wissenschaft verfeinert, alles bis ins kleinste Detail geplant. Er wusste, wen er für seine Arbeit gebrauchen konnte ... Er hatte während der vergangenen zwei Jahre eine Liste der Frauen aufgestellt, die so beinahe-perfekt wie eben möglich für seine Weihestätte waren, wenngleich er erst im vergangenen Winter tatsächlich mit der Ausführung seiner Kreationen begonnen hatte. Bevor Jenna Hughes hierher gezogen war, hatte er infrage kommende Exemplare studiert, Ausschau gehalten nach Frauen mit der richtigen Gesichtsform, mit akzeptabler Figur.

Als Faye jetzt in pinkfarbene zähflüssige Tiefe sank, hatte er das Gefühl, etwas geleistet zu haben. Sie bewegte sich nicht. Konnte sich nicht bewegen, da sie starr war vor Kälte. Das Alginat quoll zwischen ihren Beinen, zwischen Armen und Körper hindurch und über ihre geschlossenen Augen. Es drang in ihre intimsten Körperöffnungen und schmiegte sich um ihren Leib. Der Vorgang dauerte nur wenige Minuten. Sie würde ersticken, konnte aber nicht kämpfen, da sie komatös war, ein Opfer von Eiswasser und Beruhigungsmitteln.

Bald würde er den perfekten Abdruck erreicht haben. Mit extremer Präzision würde er sie aus dem erstarrten Alginat lösen und ihren nutzlos gewordenen Körper dann in der Gefriertruhe verstauen, bevor er sich seiner für immer entledigte.

Er sah zu, wie das Alginat fest wurde.

Genauso, wie er es geplant hatte.

Er wandte sich von dem Sarg ab, ging durch eine separate Tür in seinen Computerraum und setzte sich an den Schreibtisch mit mehreren Tastaturen. Er loggte sich anonym ein und begann seine Suche bei eBay und einigen seiner liebsten Modegeschäfte. Irgendwo würde er, wenn er sich genug Zeit ließ und die Geduld bewahrte, Kleidungsstücke und Schmuck auftreiben, die für das Kostüm der Zoey ausreichten – sein nächstes Projekt, die Rolle, die Jenna in *A Silent Snow* gespielt hatte. Er lächelte in sich hinein und stellte sich vor, wie er Zoey ausstellte, genauso wie die anderen. Das Kostüm für Faye Tyler aus *Bystander* hatte er bereits gefunden, ebenso das schwarze Kleid, das er aus dem Theater gestohlen hatte und das Anne Parks aus *Resurrection* bald tragen würde.

Sein Lächeln wurde breiter, als er sich vorstellte, was Jenna sagen würde, wenn sie diese seine Huldigung an sie zu sehen bekam. Zweifellos würde sie ehrfürchtig staunen. Sprachlos sein. Für immer in seiner Schuld.

Diesen Moment würde er genießen!

Er hoffte, sie lange genug am Leben erhalten zu können, damit ihr bewusst wurde, wie sehr er sie liebte, wie viel sie

ihm bedeutete, wie er sie unsterblich zu machen gedachte.
Durch die Glastür warf er einen Blick in den kalten Raum, in dem das Alginat über Faye Tyler erstarrte.
Bald würde seine Aufgabe erfüllt sein.
Er trat ans Fenster, wo er sein Spiegelbild in voller Größe in der Scheibe sehen konnte, das bleiche Abbild eines großen, muskulösen Mannes mit vollem Haar, scharfen Gesichtszügen und intelligenten Augen.
Er war stolz darauf, ein beinahe perfektes Exemplar seiner Spezies zu sein.
Ein Mann, den jede Frau begehrte.
Ein Mann, der nur eine einzige Frau begehrte.
Ein Mann, der entschlossen war, diese eine, einzigartige Frau zu bekommen.
Bald.

17. Kapitel

Carter und du, ihr habt also Waffenstillstand geschlossen?«, erkundigte sich Rinda.

Sie und Jenna saßen im Büro des Theaters und sortierten die vorverkauften Eintrittskarten.

»Wir hatten nie Krieg.«

»Aber ihr habt beide immer die Stacheln aufgestellt, wenn ihr euch begegnet seid.«

»Die Stacheln aufgestellt? Ach, hör doch auf.« Jenna schüttelte den Kopf. »Vergiss deine Kuppelversuche, Rinda, okay? Und versuche gar nicht erst zu leugnen. Ich weiß doch, was du im Schilde führst, und es wird nicht klappen.«

»Ich finde, ihr zwei würdet ...«

»Ja, ja, ich weiß. Aber vergiss es.« Das Letzte, was Jenna im Augenblick brauchen konnte, war die Ablenkung durch einen Mann in ihrem Leben, wer auch immer er sein mochte.

»Er sieht verflixt gut aus.«

Das war Jenna bereits aufgefallen. »Na und? Wer braucht so was?«

»Mir könnte er schon gefallen.«

»Dann fang *du* was mit ihm an.« Sie zählte die Karten für den Bereich A durch und legte sie säuberlich gestapelt auf Rindas Schreibtisch. »Der Mann geht mir auf die Nerven.«

»Also magst du ihn *doch*.«

»Hör auf.« Sie fing an, Bereich B zu zählen, geriet jedoch

durcheinander. »Er ist stur, hat nur seinen Beruf im Kopf und hält sich anscheinend an seine eigenen Regeln. Ein Cowboy.«

»Dagegen ist nichts einzuwenden.«

»Dagegen ist eine ganze Menge einzuwenden«, widersprach Jenna, die sich insgeheim maßlos darüber ärgerte, dass Rinda sie völlig durchschaute. »Lassen wir Carter vorerst beiseite, ja?«

»Na schön. Mal sehen … hier …« Rinda rückte näher an den Monitor heran. Die Platzbelegung wurde mittels eines Computerprogramms verwaltet, doch der Rechner lief recht instabil, seine Kapazität war durch die neue Software, die Wes in den vergangenen paar Wochen installiert hatte, bis aufs Äußerste ausgereizt. Seiner Meinung nach erleichterten neue Programme das Leben im Theater, bisher allerdings war eher das Gegenteil der Fall, denn die veraltete Maschine kämpfte selbst mit den einfachsten Befehlen. Rinda sog in höchster Konzentration die Unterlippe zwischen die Zähne und versuchte, den Plan für die Sitzverteilung auszudrucken, während Jenna, auf einem Klappstuhl am Schreibtisch ihrer Freundin sitzend, die Karten abzählte, die noch nicht verkauft worden waren.

Im Hintergrund rauschte die Heizung und verbreitete heiße Luft, die sich in dem zugigen alten Theater rasch wieder abkühlte. Klavierspiel klimperte durch die Räume, denn Blanche arbeitete an der Musik für die nächste Aufführung. »Was hast du eigentlich gegen Carter?«, drang Rinda weiter in ihre Freundin, ohne den Blick vom Bildschirm zu lösen.

»Ich dachte, das Thema hätten wir abgeschlossen.«

»Es ist nur eine Frage.«

»Nun, abgesehen davon, dass er mir ein Bußgeld aufgebrummt und mich wie eine zickige Hollywooddiva abgefertigt hat, als ich das erste Mal in seinem Büro war, habe ich nichts gegen ihn.«

Rinda blickte über den Rand ihrer Arbeitsbrille hinweg. »Gib's einfach zu, Jenna. Der Mann geht dir unter die Haut«, sagte Rinda. Im nächsten Moment sprang Oliver auf den Schreibtisch, und sie streichelte geistesabwesend seinen gelben Kopf.

»Du wolltest sagen, er bringt mich in Rage.«

»Nenn es, wie du willst. Aber inzwischen kommst du ganz gut mit ihm aus, nicht wahr?

»Okay, ja, ich glaube schon.« Sie verzählte sich wieder bei den Karten für Bereich B und fluchte leise. »Verdammt, wo war ich?«

Rinda lachte.

»Gut, ich geb's auf! Wenn du es genau wissen willst, Carter hat sich prima verhalten, als ich bei ihm war, um ihm den Brief zu zeigen. Interessiert. Besorgt. Professionell. Nicht wie beim ersten Mal, als er sich aufgeführt hat, als ob ich gewissermaßen eine Sonderbehandlung von ihm verlangte. Ich hatte das Gefühl, er rechnete damit, dass ich in einer Limousine vorfahre, eine Sonnenbrille und tonnenweise Lippenstift trage und Gucci-Schuhe ... wie sich eben jeder Idiot sein Hollywoodklischee zurechtbastelt.«

Rinda lachte. »Du beurteilst ihn völlig falsch. Er ist einfach ein viel beschäftigter Mann. Ich kenne Shane. Er wird hinter diesem Stalker-Typen her sein wie der Teufel hinter der armen Seele.«

»Das will ich hoffen.« Sie griff erneut nach dem Stapel B-Karten.

»Du solltest dir überlegen, ob du nicht doch ein paar von seinen Ratschlägen annehmen willst.«
»Fängst du auch noch damit an! Nur damit du's weißt: Ich werde Critter *nicht* gegen ein neueres, flotteres, gefährlicheres Modell eintauschen«, versetzte Jenna. Als der alte Hund, der vor der Treppe zum Glockenturm eingerollt auf einer Fußmatte lag, seinen Namen hörte, wedelte er mit dem Schwanz. »Und ich stelle auch keinen verdammten Bodyguard ein.«
»Aber du hast die Alarmanlage reparieren lassen, oder?«
»Ich bin noch dabei. Ich habe bei der Firma angerufen, aber die sind völlig ausgebucht.«
»Na ja, das ist wenigstens schon mal ein Anfang. Wie kommen die Mädchen mit der Situation zurecht?«
»Mit Hangen und Bangen. Ich will nicht, dass sie die Nerven verlieren, deshalb habe ich diese Stalker-Geschichte ein bisschen heruntergespielt, aber ich lasse sie nicht gern allein. Hans und Ellie, seine Frau, haben sich bereit erklärt zu kommen, wenn ich sie brauche.«
»Die Dvoraks? Die sind uralt.«
»Du bist genauso schlimm wie die Mädchen. Hans ist Anfang siebzig, das ist nicht sonderlich alt, und Ellie ist noch jünger. Beide sind geistig auf der Höhe und körperlich fit. Moment mal – warum verteidige ich sie überhaupt gegen dich?«
»Tut mir Leid, dass ich gefragt habe.«
»Sollte es auch. Und außer Hans und Ellie kommt Estella ein paar Mal die Woche zum Saubermachen.«
»Wenn das Wetter es zulässt.«
»Und Ron kommt wegen meines Trainings. Er ist sechsundzwanzig – ist das jung genug für dich?«

»Ich sagte doch, es tut mir Leid. Jenna, um Himmels willen, wieso bist du so empfindlich?«, fragte Rinda. Dann lenkte sie mit einem Lächeln ein. »Okay, ich schätze, du hast guten Grund dazu.«
Scott kam vom Dachboden zurück, wo er die Beleuchtung eingestellt hatte. Er hatte offenbar gelauscht. »Wissen Sie, ich könnte mir die Alarmanlage mal ansehen«, bot er an, ohne Jenna in die Augen zu blicken. Er war ein schlaksiger Junge mit roter Igelfrisur und Augen, die ein bisschen zu rund wirkten, weil er sich anscheinend nie richtig an seine Kontaktlinsen gewöhnt hatte. »Gib mir doch eine Chance, Mama.«
»*Wie?* Oh!« Jenna bekam eine Gänsehaut, als sie das Zitat aus ihrem ersten Film, *Innocence Lost*, erkannte. Als Katrina, die dreizehnjährige Prostituierte, hatte sie genau diese Worte gesprochen, als sie ihre störrische Mama, die Puffmutter, um die Chance bat, ihr eigenes Geld zu verdienen, indem sie sich entjungfern ließ.
»Scott!« Auch Rinda war die Anzüglichkeit nicht entgangen. »Hör endlich auf, aus den Filmen zu zitieren, ja? Jenna hat längst begriffen, dass du ein Fan von ihr bist. Meine Güte.«
Scott blinzelte mehrmals in rascher Folge und wurde rot. »Tut mir Leid.«
»Das will ich hoffen. Also, hör auf damit.« Es war nicht das erste Mal, dass Scott eine Dialogzeile aus einem Film ins Gespräch einflocht, doch Rinda hatte bisher nie etwas gesagt, und Jenna hatte es einfach ignoriert. Aber es war doch eigenartig, und sie war froh, dass Rinda ihren Sohn zur Ordnung gerufen hatte.
»Ich, äh, ich dachte nur, ich könnte dafür sorgen, dass

Jenna eine Alarmanlage mit all dem modernen Kram kriegt, mit Infrarot-Sensoren und Bewegungsmeldern und so. Technik auf dem neusten Stand.« Scott wandte sich Jenna zu. »Haben Sie nicht gesagt, Sie wollten eine neue Anlage?«

»Ja, ich spiele mit dem Gedanken«, antwortete sie zurückhaltend, denn sie ahnte, was kommen musste.

»Ich könnte Ihnen eine installieren!«, verkündete er mit einem Lächeln, das eigentlich ganz echt wirkte, und doch wurde sie das Gefühl nicht los, dass mit dem Bengel irgendetwas nicht in Ordnung war. »Kinderspiel!«

»Ich weiß nicht«, wich Jenna aus.

»Ich finde, das ist eine gute Idee.« Rinda spähte durch ihre Arbeitsbrille auf den Monitor. »Warum nicht?«

Jenna entgegnete: »Ich halte es für besser, die Anlage von einem Sicherheitsdienst installieren zu lassen, der auch Wachleute und die Verbindung mit der Polizei bereitstellt, falls, was Gott verhüten möge, jemand einbricht und den Alarm auslöst.«

»Hast du so etwas denn noch nicht?«, fragte Rinda.

»Nun ja, gewissermaßen. Aber die Anlage funktioniert nicht, und die Firma, die sie vor Jahren installiert hat, existiert nicht mehr.«

»Dann ist dein Alarmsystem ja quasi nutzlos. Ich an deiner Stelle würde die alte Anlage von Scott reparieren lassen, so gut es geht, bis du eine neue bekommst. Bei diesem Wetter wartest du vielleicht noch Wochen darauf. Wenn nicht gar Monate.« Rinda drückte eine Taste und fluchte leise, als der Monitor flackerte und dann schwarz wurde.

»Ach, Mist«, knurrte sie und schlug mit der Hand auf den Schreibtisch, sodass ihr Kaffee überschwappte.

Erschrocken sprang Oliver auf, wobei er die Post vom Tisch fegte, und verschwand die Treppe zu den Umkleideräumen hinunter.

»Großartig«, bemerkte Rinda, während sie und Jenna die Umschläge auflasen. Dann wandte Rinda sich an ihren Sohn. »Wenn du so versessen darauf bist, elektronische Einrichtungen zu reparieren, könntest du dir doch auch mal diesen blöden Computer ansehen.«

»Der braucht ein neues Motherboard, mehr Speicherplatz und noch ein Dutzend andere Dinge. Es wäre billiger, einen neuen zu kaufen.«

»Wunderbar.« Rinda stapelte die Post wieder auf einer Ecke ihres Schreibtisches. »Ich bin völlig hilflos, was Technik angeht.«

»Okay, okay«, sagte Scott und hob scherzhaft die Hände, als wolle er sich geschlagen geben. »Ich sehe ihn mir an. Mach mal Platz.« Er kniete sich neben den Schreibtisch seiner Mutter und hackte wild auf die Tastatur ein. Dabei furchte sich seine Stirn immer mehr, und sein Mund wurde zu einem schmalen Strich, während er den Monitor betrachtete. »Das Programm ist zu umfangreich«, brummte er schließlich.

»So viel weiß ich auch schon«, gab Rinda zurück.

»Vielleicht kann ich noch was anderes ausprobieren …« Wieder flogen seine Finger über die Tastatur, und er starrte wie hypnotisiert auf die Zeilen von Symbolen, die über den Bildschirm liefen.

Die Eingangstür öffnete sich geräuschvoll und fiel mit einem *Klack* wieder ins Schloss. Unvermittelt setzte die Klaviermusik aus. Sekunden später schlenderte Wes in Jeans und dicker Jacke in das kleine Büro.

»Probleme?«, fragte er mit einem Blick auf Scott, der vor dem Rechner kniete. »Lass mich raten – die Festplatte.«

»Das dürfte es sein, ja.« Rinda verschränkte die Arme vor der Brust. »Es treibt mich in den Wahnsinn.«

»Sekunde noch.« Scott starrte immer noch auf den Monitor, der flackernd wieder zum Leben erwachte. »Okay ... das funktioniert jetzt. Aber wahrscheinlich nur vorübergehend. Ihr solltet wirklich mal ein bisschen aufrüsten.«

Wes zog seine Handschuhe aus. »Lass sehen.«

Scott biss die Zähne zusammen. »Ich sagte doch, es funktioniert jetzt.«

»Ja, aber trotzdem möchte ich es mir ansehen.« Wes drängte den jungen Mann zur Seite, rieb sich die Hände und bedeutete Rinda, ihm ihren Stuhl zu überlassen, was sie widerwillig tat. Er setzte sich, begann zu tippen, fluchte und fing von vorn an. »Meine Finger sind starr vor Kälte, verdammt noch mal.« Er warf Jenna einen Blick zu. »Die letzten paar Stunden hab ich mit den anderen Freiwilligen zusammen nach Sonja Hatchell gesucht.«

»Und? Fündig geworden?«, fragte Rinda, die an einer Säule lehnte, doch Wes' Gesichtsausdruck verriet unmissverständlich, dass die Frau nicht gefunden worden war.

»Nein. Bei diesem Wetter ist es unmöglich, aber die Polizei gibt nicht auf.«

Rinda rieb sich die Arme. »Was ihr wohl zugestoßen ist?«

Nichts Erfreuliches, dachte Jenna, sprach aber nicht aus, was ihnen allen klar war.

»Ich habe gehört, sie und ihr Alter haben sich nicht so gut verstanden.« Scott zuckte gleichmütig mit den Schultern. »Möchte wetten, sie ist einfach abgehauen.«

»Warum sagst du so was?«, wollte Rinda wissen.
»Weil ich sie manchmal in diesem Imbiss gesehen habe. Immerzu hat sie sich über die Kälte beschwert. Sie kommt wohl aus Südkalifornien und wollte zurück. Möchte wetten, sie hatte Krach mit Lester, hat sich gedacht, ›Was soll's?‹, und ist einfach nach Süden abgehauen.«
»Und hat ihre Kinder zurückgelassen?«
»Manche Eltern machen das so«, sagte Scott sarkastisch.
In diesem Moment steckte Blanche Johnson den mit einer gestrickten Baskenmütze bedeckten Kopf durch die Tür. »Ich gehe jetzt. Falls ihr noch was braucht, ruft einfach an«, sagte sie. Dann erst schien sie die ernsten Gesichter zu bemerken. »Ist etwas passiert?«
Rinda erklärte: »Wir haben gerade über Sonja Hatchell geredet.«
Blanche legte die Stirn in tiefe Falten. »Ich bin überzeugt, dass sie wieder auftaucht. Oder von irgendwoher anruft. Oder … so ähnlich.«
»Das glaube ich auch«, pflichtete Scott ihr bei.
»So rücksichtslos würde Sonja niemals handeln.« Rinda schüttelte den Kopf. »Ich kenne sie. Selbst wenn sie sauer auf Lester gewesen wäre, hätte sie doch ihre Kinder nicht im Ungewissen gelassen.«
»Mag sein.« Scott war nicht überzeugt.
»Wie auch immer, am besten wäre es ja, wenn sie einfach nur abgehauen wäre«, flüsterte Rinda und griff sich an die Kehle. »Es ist so unheimlich. Zuerst diese Frau, die sie am Catwalk Point gefunden haben, und dann ist Sonja verschwunden. Man fragt sich doch, ob beide Fälle etwas miteinander zu tun haben.«
»Die Polizei beschäftigt sich bestimmt mit dieser Frage«,

versetzte Blanche und kramte in ihrer Handtasche nach den Schlüsseln. »Ich muss jetzt wirklich los.« Nachdem sie endlich ihren riesengroßen Schlüsselring gefunden hatte, wandte sie sich noch einmal kurz an Jenna. »Ich habe meine Privatstunden für diese Woche wegen des Wetters abgesagt. Sag Allie bitte, sie möchte trotzdem fleißig üben. Wir holen alles nach, wenn das Unwetter vorbei ist und die Straßen wieder frei sind.« Ihr Blick wanderte zu einem der vereisten Fenster. »Ich hoffe, es ist bald soweit. Ich hasse dieses Wetter.«

»Tun wir das nicht alle?«, fragte Rinda über die Schulter und sah dann wieder Wes zu, der am Computer arbeitete.

Jenna versprach: »Ich werde dafür sorgen, dass Allie wenigstens hin und wieder Klavier spielt.«

»Dafür wird sie dich hassen. Bei solchem Wetter zieht es die meisten Kinder unwiderstehlich nach draußen. Schlitten fahren, Schneemänner bauen, Eis laufen.« Blanche war schon auf halbem Weg nach draußen. »Klavierspielen wird ganz unten auf der Liste ihrer bevorzugten Beschäftigungen stehen.«

»Wir werden sehen.«

»Mhm. Werden wir.« Blanches Schritte verklangen, als sie das alte Theater verließ.

»Komischer Vogel«, bemerkte Wes wie zu sich selbst.

Jenna war der gleichen Meinung, sagte aber nichts. Neuerdings schienen sich alle Menschen in ihrer Umgebung merkwürdig zu verhalten. Vielleicht lag es am Wetter. *Oder alles war nur Einbildung*… Sie wollte nicht darüber nachdenken. Nicht heute.

»Das sollte genügen.« Wes streckte sich und lehnte sich

auf dem Schreibtischstuhl so weit zurück, dass es in seinem Rücken knackte. »Ah, das tut gut.« Er straffte sich und fügte hinzu: »Das Programm läuft jetzt, nur leider ziemlich langsam.«

Scott sah ihn finster an. »Hab ich doch gesagt!«

»Himmel, Scott, bist du mit dem falschen Fuß aufgestanden oder was ist los?«, fragte Wes und beging den Fehler, ihm das Haar zu zausen. »Ein bisschen zu viel Haargel, mein Kleiner.«

Scott verzog das Gesicht und wich zurück. »Hör auf damit!« Er wurde so rot wie sein Haar, und seine runden Augen funkelten drohend. »Ich bin nicht dein Kleiner.«

»Stimmt. Du solltest allmählich aufhören, diese Haarpflegeprodukte für Frauen zu benutzen«, zog Wes ihn auf. »Das ist Tuntenkram.«

»Hör auf, Wes«, mischte Rinda sich ein.

»Der kann mich mal«, knurrte Scott. »Der alte Knacker.«

»Autsch!« Wes grinste von einem Ohr bis zum anderen. »Okay, ich habe verstanden. Ich habe dich in Verlegenheit gebracht. Vergessen wir's einfach, ja?« Er streckte Scott die Hand entgegen.

Scott wollte eigentlich schmollen, überlegte es sich jedoch anders, schüttelte seinem Onkel aber trotzdem nicht die dargebotene Hand. »Okay. Kein Problem.« Er zuckte mürrisch die Schultern und verdrückte sich in Richtung Tür, wo er noch einmal kurz stehen blieb. »Also, Jenna«, sagte er verlegen, »wenn Sie Hilfe bei Ihrer Alarmanlage brauchen, lassen Sie es mich wissen.«

Jenna wäre am liebsten im Erdboden versunken, als Wes sich ihr jetzt zuwandte. »Du hast immer noch Ärger mit deiner Alarmanlage?«

»Ja, natürlich«, sagte Rinda.
»Dann repariere ich sie dir.«
»Das ist nicht nötig …«
»Das ist eine prima Idee«, mischte Rinda sich ein und wies auf ihren Sohn, der seinen Onkel böse ansah. »Nimm Scott mit, Wes.« Als Rinda sah, dass Jenna sich energischer zur Wehr setzen wollte, fügte sie hinzu: »Hör mal, Jenna, tu's für mich, ja? Damit ich mir keine Sorgen mehr machen muss. Es ist nur vernünftig, für eine funktionierende Alarmanlage zu sorgen.«
Jenna gab den Widerstand auf. Wenn das Haus durch eine Alarmanlage für sie und ihre Kinder sicherer wurde, dann sollte eben eine funktionstüchtige installiert werden. Hatte sie das nicht ohnehin schon beschlossen? Spielte es da eine große Rolle, dass sowohl Wes als auch Scott sie nervös machten? Neuerdings hatte es doch den Anschein, als ob jeder Mensch in ihrer Nähe sie beunruhigte. Selbst dieser sachliche Sheriff mit dem kalten, abschätzenden Blick.
Dank ihrer Berühmtheit war sie an neugieriges Anstarren, interessierte wie auch flüchtige Blicke und selbst unverhohlenes Gaffen gewöhnt. Doch nur äußerst selten war sie so kühl, so aseptisch distanziert gemustert worden wie von diesem Bullen. Bei ihrer ersten Begegnung war er so nüchtern aufgetreten, dass es schon beinahe brüsk wirkte, beim zweiten Mal ein bisschen wärmer, doch zwischen ihnen schwelte immer noch gegenseitiges Misstrauen. Oder war es, wie Rinda angedeutet hatte, etwas Schlimmeres als Misstrauen?
Stimmte es etwa nicht, dass sie den Gesetzeshüter attraktiv fand?

Lächerlich.

Sie hatte sich noch nie zu dem düsteren, schweigsamen, wachsam grüblerischen Männertyp hingezogen gefühlt, aber dieser …

Sie rief sich selbst energisch zur Ordnung. Wohin zum Teufel schweiften ihre Gedanken ab? Zu Shane Carter? *Bleib auf dem Teppich, Jenna!* Sie lief nach draußen, doch die Gedanken an Carter ließen sich nicht abschütteln. Ja, er sah gut aus. War Single. Und sexy. Doch was hatte das alles mit ihr zu tun? Er war tabu für sie. Und offensichtlich wusste er seinerseits nichts mit ihr anzufangen. Sie dachte an einige seiner Ratschläge.

Kaufen Sie sich einen Pitbull … Stellen Sie einen Bodyguard ein … Ja, bestimmt!

Sie schlug ihren Kragen hoch, um sich vor dem kalten Wind zu schützen, und ging über den verschneiten Parkplatz zu ihrem Jeep. Carter war nichts weiter als eines von vielen Beispielen für einen abgearbeiteten Gesetzeshüter, der zu viel gesehen hatte. Und was sonst wollte sie erwarten? Dass er ihr die Füße küsste, weil sie einmal ein Filmstar gewesen war?

Sie stieg in ihren Jeep und ermahnte sich, schnellstens auf den Boden der Tatsachen zurückzukommen.

»Ich komme am Mittwochmorgen. Früh.«

»Um sieben?«, fragte Dr. Randall und warf einen Blick auf die Uhr. Es war spät, schon fast elf Uhr abends. Er hatte bereits fast überall in seiner Wohnung das Licht gelöscht und wartete nur noch auf die Spätnachrichten im Fernsehen. Die Mattscheibe erleuchtete schwach sein Arbeitszimmer.

»Um sechs, wenn es Ihnen recht ist.«
Der Psychologe wollte einwenden, dass ein Termin zu dieser Uhrzeit zu früh sei, doch er hielt den Mund. Sollte der Mann seine Entscheidungen selbst treffen. Das gehörte zu seiner Persönlichkeit. Ein Individuum, darauf bedacht, stets alles unter Kontrolle zu haben, was ihm aber nicht immer gelang. Oh, nach außen hin wirkte er ruhig und entschlossen, ein Mann, der wusste, was er wollte. Macho-Typ. Doch im Inneren ... Das war eine völlig andere Geschichte.
Und zwar eine höchst interessante.
Nicht zum ersten Mal war Randall versucht, die Sitzung heimlich aufzuzeichnen. Das hier war Stoff für ein ganzes Buch. Doch er hatte sein Wort gegeben. Und bisher hatte er noch nie gelogen oder im Widerspruch zu seinen persönlichen Moralvorstellungen gehandelt.
Er stand zu seinem Wort.
Aber wäre es nicht ein gefundenes Fressen für die Presse?
Oder die Polizei? Der würde es doch maßlose Freude bereiten zu erfahren, was Dr. Emerson Randall über seinen Klienten wusste.
Das war das Heikle an seinem Beruf, dieser Zwiespalt. Subjektive Wahrheit contra Realität. Und was war überhaupt die Realität? Es gab unzählige philosophische Abhandlungen darüber, was real war und was nicht.
Dann war da noch der ethische Aspekt.
Sehr interessant.
Er spürte, wie die Winterkälte durch die Wände seiner Wohnung drang, und lächelte. Im Gegensatz zu seinem Klienten mochte er die Kälte, er mochte den Wechsel und

die Verschiedenheit der Jahreszeiten, mochte er sogar Schnee und Eis. Sie hatten irgendwie reinigende Wirkung, und die Gewalt der Elemente, die Macht von Mutter Natur, die Kraft Gottes oder wie immer man es bezeichnen mochte, lehrte den Menschen Demut, wies ihm auf diesem sich schnell drehenden Planeten seinen Platz zu. Die Winterkälte war gut.

Er hielt immer noch den Hörer in der Hand, zwang sich, ihn loszulassen. Nachdenklich rieb er sich den Kinnbart, während die Standuhr im Flur die volle Stunde schlug.

Seine Verantwortung galt dem Klienten.

Doch während er da auf dem dicken Teppich stand, überlegte er, wem es denn, falls sein Patient ums Leben kam – und angesichts seiner Lebensumstände konnte das jederzeit passieren –, schaden würde, wenn er dieses Buch schrieb.

Er zog einen kleinen Rekorder hervor, drückte die rote Taste und begann auf Band zu sprechen. Ein paar Anmerkungen, mehr würde er zu diesem Fall nicht aufzeichnen, nur so als Gedächtnisstütze. Und dann würde er die Minikassette in seinem Safe einschließen. Er würde die Informationen nicht für eigene Zwecke nutzen.

Jedenfalls nicht, solange sein Klient noch lebte.

18. Kapitel

Sheriff? Montinello hier. Oben am Catwalk Point findet anscheinend eine kleine Party statt.«

»Eine Party?«, wiederholte Carter, bremste ab und wendete rasch in drei Zügen auf der von Schnee geräumten Straße. Im Augenblick schneite es nicht, doch laut Wetterbericht war es wieder nur eine kurze Verschnaufpause.

»Teenager.«

»Großartig. Halte sie fest. Ich bin in zwanzig Minuten da.«

»Müsste ich nicht die Staatspolizei benachrichtigen? Es ist ihr Tatort.«

»Ich werde Sparks informieren.« Er legte auf und fluchte hemmungslos. Diese bescheuerten Kids. Was fiel ihnen ein, mitten in der Nacht den Schauplatz der Ermittlungen in einem Mordfall zu beeinträchtigen? Er schaltete herunter und bog ins Vorgebirge ab. Es hieß ja immer, es zöge den Täter zurück an den Ort seines Verbrechens. Vielleicht traf das manchmal sogar zu, aber Carter hatte es noch nicht erlebt. Wer würde so dumm sein? Teenager, versteht sich.

Einer von ihnen könnte mit dem Mord zu tun haben oder wissen, wer der Täter ist. Vielleicht hatten sie etwas gehört, was nicht für ihre Ohren bestimmt war.

Möglich, aber er bezweifelte es. Er vermutete, dass diese Kids nur Unfug im Sinn hatten. Alkohol, Drogen. Sich bekiffen am Schauplatz des größten Verbrechens in Falls Crossing seit Jahrzehnten. Idioten. Carter beschloss, ihnen einen gehörigen Schrecken einzujagen.

Er gab seine Position durch, hinterließ eine Nachricht für Sparks und fuhr stetig bergauf. Die Reifen rutschten ein bisschen, doch der Allradantrieb brachte ihn durch die steilen Kurven. Die Nacht war ausnahmsweise klar, der Mondschein versilberte die Schneewehen und schwer beladenen Äste. Die Temperaturen bewegten sich immer noch weit unter null, wie schon seit über einer Woche. Als er in seinem Chevrolet Blazer die Brücke über den Cougar Creek passierte, sah er, dass der Wasserfall massiv gefroren war. Gischtformationen waren zu spektakulären Eiskristallen erstarrt, während sie den Felshang hinabstürzten.

Genauso, wie die Wasserfälle der Umgebung in jenem Winter gefroren waren, als David starb. Carter kniff die Augen zusammen, doch er sah nicht die Straße, die sich zwischen schneebeladenen Bäumen hindurchschlängelte. Stattdessen sah er eine andere Zeit und einen anderen Ort, eine Eishölle, in der sein bester Freund den hirnlosen Klugscheißer spielte.

»Ich sag dir, Mann, das ist die Chance deines Lebens. Wir können die Ersten sein, die diesen Brocken raufsteigen!«

David hatte gelacht, als er mit den Zähnen den Riemen seines Handschuhs festzurrte. Er und Shane standen am Fuß des Falls und blickten auf zu den unglaublichen Eisformationen.

Shane musterte die Felsspitze in fast hundert Meter Höhe. »Ich weiß nicht.«

Doch David hatte nicht warten können. Sekunden später war er bereits an den Eissäulen hinaufgeklettert, höher und höher.

»Verdammt noch mal«, hatte Shane geflucht und nach

oben geblinzelt, während er seine eigene Ausrüstung in Ordnung brachte. »David, warte!«

»Kann ich nicht, Mann!«

»Scheiße.«

Shanes Herz schlug nahezu einen Trommelwirbel, und trotz der eisigen Kälte schwitzte er unter seinen Hüllen aus Fleece und Daunen.

David war immer furchtlos gewesen, der tollkühne, der Kerl, der das Leben beim Schwanz packte und es über seinem Kopf schwang. Aber das hier – der Aufstieg auf die Pious Falls – war idiotisch. Carter hatte es gewusst, obwohl er gerade erst sechzehn geworden war.

»Himmel, Carter, sei kein Weichei!« David arbeitete sich an dem gigantischen Eiszapfen hinauf und rief dabei die Worte zu Shane herab, der am Fuß des gefrorenen Falls stand.

Shane stand da, den Kopf in den Nacken gelegt, und verfolgte den langsamen, stetigen Aufstieg seines Freundes über die glatte Fläche gefrorener Gischt. Er rutschte auf der massiven Eisplatte aus, die vormals ein großer See am Fuß des Wasserfalls gewesen war. Als er den Blick senkte, bemerkte er zwei tote Forellen, die im Eis unter seinen Füßen eingeschlossen waren und zu ihm emporstarrten.

»Worauf wartest du noch, du Blödmann? Mach schon!«, rief David über die Schulter zurück, und seine Stimme hallte durch die stille, verharschte Schlucht. *»Von diesem Tag kannst du später deinen Enkelkindern erzählen!«*

Diese Worte ließen Carter seit jenem entsetzlichen Tag keine Ruhe.

Jetzt begann sein Funkgerät zu knistern, was ihn abrupt

in die Gegenwart zurückholte. Östlich von Falls Crossing war ein Transformator ausgefallen, sodass mit einem Schlag noch mehr Einwohner ohne Strom waren. Aus dem folgenden Funkverkehr, den er mithörte, schloss er, dass Einsatzgruppen unterwegs waren. »Scheiße«, fluchte Carter. Er fürchtete, dass ein Ende dieses gottverdammten Wetters noch lange nicht absehbar war. Wenn die Kaltfront nicht abzog, würde es zu weiteren Stromausfällen kommen, würden noch mehr Wohngebiete evakuiert werden müssen, noch mehr Fahrzeuge im Schnee stecken bleiben, noch mehr Notaufnahmen überfüllt sein.

In düsterer Stimmung lenkte er seinen Wagen den letzten Steilhang zum Catwalk Point hinauf.

Blaue und rote Blinklichter verliehen dem umgebenden Wald eine gespenstische Färbung.

Montinellos Wagen stand mitten auf der ehemaligen Holzfällerstraße, den Strahl der Scheinwerfer auf drei weitere Fahrzeuge gerichtet – zwei Pick-ups und einen Ford Bronco –, die kreuz und quer neben dem Fundort der Leiche abgestellt waren. Als Shane den Motor ausschaltete, winkte Montinello in Richtung der Wagen, und eine Gruppe zerknirschter Teenager stieg aus. *Die üblichen Schulversager*, dachte Carter und musterte Josh Sykes, Ian Swaggart und ein paar andere, die sich bemühten, ihre Gesichter abgewandt zu halten.

»Also, sie alle behaupten, sie hätten sich hier oben nur so getroffen. Ohne besonderen Grund. Ein paar geben an, nicht gewusst zu haben, dass hier polizeiliche Ermittlungen laufen.«

»Ja, sicher.« Shanes Atem kondensierte an der kalten Luft. Er warf einen viel sagenden Blick auf das gelbe Flatterband, das immer noch von einem Baum zum nächsten gespannt war. »Vermutlich können sie nicht lesen.«

Das brachte ihm einen wütenden Blick von Sykes ein.

Carter schnorrte eine Zigarette, zündete sie an und sog den warmen Rauch in die Lunge. »Hast du ihre Aussagen?«

»Wenn man es als solche bezeichnen kann. Auf Band.«

»Rechte verlesen?«

»Ja.«

»Gut. Sonst noch was Gesetzwidriges, außer ihrer Anwesenheit hier oben?«, fragte er. Der Wind wehte schneidend kalt vom Fluss herauf. Zwei Mädchen gehörten zu der Gruppe. Sie drängten sich eng an die Jungen.

»Minderjährige, Alkohol und Marihuana. Ein paar nicht identifizierte Pillen.«

Na großartig, dachte Carter und nahm noch einen tiefen Zug. *Genau das, was uns jetzt noch gefehlt hat.* »Können sich alle ausweisen?«

»Ja.«

Aus der Ferne ertönte das Heulen eines Motors.

»Wahrscheinlich die Staatspolizei«, sagte Carter. »Ich habe Sparks informiert. Dieser Tatort fällt unter die Zuständigkeit der Staatspolizei von Oregon.«

»Offiziell schon.« Montinello stampfte mit den Füßen und steckte sich eine Zigarette an. »Ein paar der Kids hier sind minderjährig. Will sagen, unter achtzehn. Zwei Mädchen. Eine ist BJs Tochter. Ich habe sie bereits angerufen. Sie tobt vor Wut und ist schon auf dem Weg hierher.«

»Heilige Scheiße«, knurrte Shane. Vor seinem inneren Auge sah er bereits die Schlagzeile in der *Falls Crossing*

Tribune: TOCHTER EINER POLIZISTIN UNTER ANKLAGE WEGEN GROBEN UNFUGS. Da Megan unter achtzehn war, durfte zumindest ihr Name nicht in der Zeitung preisgegeben werden. Das hoffte er jedenfalls.

»BJ wird im Achteck springen.«

»Das tut sie bereits, aber warte ab, es kommt noch besser«, versicherte Montinello, und ein weiterer heftiger Windstoß fuhr die Hänge herauf.

Carter machte sich auf einiges gefasst. »Wie das?«

»Das andere Mädchen ist die Tochter von Jenna Hughes.« Montinello deutete auf das größere der beiden Mädchen. »Die mit der violetten Strumpfmütze.«

»Scheiße.« Natürlich steckte die Tochter der berühmtesten Einwohnerin von Falls Crossing mit drin. Er musterte die zusammengedrängte Schar der Jugendlichen, die sich immer noch cool gaben, obwohl ihnen die Zähne klapperten und sie vor Angst genauso high waren wie von anderen Dingen. Sein Blick blieb an der kleinen Hughes hängen. Tochter Nummer eins, die im Pick-up saß, als er Miss Hollywood angehalten hatte.

Das Mädchen hatte eine bemerkenswerte Ähnlichkeit mit seiner berühmten Mutter. Die gleichen hohen Wangenknochen, die geschwungenen Augenbrauen. Eine etwas größere Nase, aber ebenso ausdrucksvolle Augen. Widerspenstiges gesträhntes Haar quoll unter ihrer Strickmütze hervor und wehte über ihr jetzt schon wunderschönes Gesicht. Sie hatte den Kragen ihrer Jacke gegen die Kälte hochgeschlagen und stand neben dem kleinen Sykes, einem hoch gewachsenen, schlaksigen Jungen, der den Starken markierte und sonst nicht viel im Kopf hatte.

Carter war lange genug Bulle in dieser Gegend, um Josh

Sykes' Familie zu kennen. Rein beruflich. In seinen Augen war Josh ein Musterbeispiel für das, was aus einem vernachlässigten Kind wurde, das tun und lassen konnte, was es wollte. Josh war im Grunde gar kein schlechter Kerl, doch er langweilte sich und brauchte Anleitung. Sonst würde er früher oder später in größte Schwierigkeiten geraten. Eher früher als später.

Während Carter seine Zigarette rauchte, parkte Lieutenant Sparks seinen Wagen. Er war ein großer Mann mit dunklem, krausem Haar und eindringlichen dunklen Augen. Nachdem er ausgestiegen war, schaute er sich zunächst um, wobei ihn die jungen Leute aufgrund seiner Uniform und Haltung wachsam im Auge behielten. Er stieß einen lang gezogenen Pfiff der Enttäuschung aus, während er sich der Gruppe bibbernder Teenager näherte. »Was zum Teufel habt ihr euch dabei gedacht?«, fragte er rein rhetorisch und ohne eine Antwort zu erwarten. Kopfschüttelnd ordnete er an, dass die Älteren in die Stadt gebracht und die beiden Sechzehnjährigen ihren Eltern übergeben und später vorgeladen wurden.

Ein weiterer starker Motor dröhnte durch die Wälder. Helle Scheinwerfer strahlten die Bäume an.

»Oh-oh«, entfuhr es Montinello.

Der Pick-up von BJ Stevens kam schlitternd zum Stehen. Sie ließ den Motor laufen, die Scheinwerfer Lichtsäulen in die Dunkelheit bohren und sprang aus der Fahrerkabine. Wie von der sprichwörtlichen Tarantel gestochen.

In Jeans, Sweatshirt und einer übergroßen Skijacke stapfte sie durch den Schnee. »Was zum Teufel ist hier oben los?«, wollte sie wissen, verschwendete jedoch kaum einen Blick an die Männer, sondern ging schnurstracks auf die

Teenager zu. Ohne Make-up, übernächtigt, wutentbrannt hielt sie ihrer Tochter eine Gardinenpredigt.

»Himmelherrgott, Megan, hast du denn keinen Funken Verstand im Kopf? Das hier ist ein *Tatort*, verdammt noch mal!«

Megan starrte zu Boden.

»Ich bin Polizistin!«

Immer noch keine Reaktion.«

»Los, steig in den Wagen. *Sofort*!«

Als sie ihre widerspenstige Tochter zu dem Pick-up scheuchte, dessen Motor noch immer lief, hielt sie kurz bei den Männern inne. »Ich weiß nicht, was ich sagen soll«, gestand sie mit schmalen Lippen, das Gesicht weiß wie der Schnee unter dem Gestrüpp. »Tut mir Leid. Ich wusste gar nicht, dass sie sich aus dem Haus geschlichen hatte.«

»So was kommt vor«, sagte Sparks.

»Ja, nun, aber ich hätte nicht geglaubt, dass ich es erleben würde, und glauben Sie mir, es kommt nicht wieder vor. Geben Sie's ihr ordentlich! Sie hat es verdient. Gott, wird sie denn nie klug?« BJ verdrehte die Augen zum sternenlosen Himmel.

»Irgendwann werden sie's«, bemerkte Carter.

»Nicht alle.« BJ ließ sich nicht so leicht beschwichtigen. »So etwas fehlt mir jetzt gerade noch.« Sie warf Carter einen erschöpften Blick zu. »Du weißt ja gar nicht, wie glücklich du dich schätzen kannst, keine halbwüchsige Tochter zu haben.«

Sie stapfte in Richtung Pick-up und sagte: »Es ist mein Ernst, Megan, dieser Mist muss ein Ende haben. Sofort!« Damit öffnete sie die Beifahrertür und wartete, bis ihre schweigende, innerlich kochende Tochter eingestiegen war.

»Ich kann es nicht fassen!«, rief BJ, bevor sie um den Wagen herum zur Fahrerseite ging, wo sie stehen blieb und über den Kühler hinweg einen der Jungen ansah. »Hör mir gut zu, Ian. Damit ist jetzt Schluss. Kapiert?« BJ stieß wütend mit dem Zeigefinger in Richtung der Gruppe in die kalte Luft. »Wenn so etwas noch einmal passiert, wende ich mich an deine Mutter und an deinen Prediger-Vater, und was ich denen zu sagen habe, wird dir nicht gefallen.« Damit drehte sie sich um, stieg in den Pick-up, legte den Rückwärtsgang ein, dann den ersten und fuhr mit röhrendem Motor davon. Unter den Reifen stob der Schnee auf, als sie ihre auf Abwege geratene Tochter nach Hause schaffte.

»Ich möchte jetzt nicht in Megans Haut stecken«, dachte Montinello laut.

Auch nicht in der ihrer Mutter, pflichtete Carter ihm im Stillen bei, während BJs Heckleuchten langsam in der Ferne verschwanden.

Sparks deutete auf Cassie Kramer. »Kannst du sie nach Hause bringen?«, fragte er Carter. »Ich wollte BJ darum bitten, aber sie hat genug um die Ohren.«

»Und sie ist ohnehin schon weg.« Carter nickte. Er war nicht gerade begeistert, aber alle anderen hatten noch mit den übrigen Kids und mit der Sicherung des Schauplatzes zu tun. Zum Glück war das Beweismaterial zum größten Teil bereits sichergestellt.

Er winkte Cassie zu sich heran. »Steig ein«, befahl er und fragte dann nach ihrer Festnetznummer. Bevor sie losfuhren, wählte er die Nummer, wurde jedoch unverzüglich an die Mailbox weitergeleitet. Eine computergenerierte Frauenstimme wies ihn an, eine Nachricht zu hinterlassen, was er auch tat.

»Was ist mit dem Handy?«, fragte er, und wieder rasselte Cassie eine Nummer herunter, die er rasch eintippte. Auch diese Verbindung wurde direkt zu Jenna Hughes' Mailbox umgeleitet. Eine zweite Nachricht hinterließ er nicht.

Er hatte gehofft, Cassies Mutter vorwarnen und den Schrecken mildern zu können. Falls Jenna bereits wusste, dass ihre Tochter sich unerlaubt entfernt hatte, wollte Carter sie rasch von ihren Sorgen befreien. Wenn nicht, wollte er nicht unangemeldet vor ihrer Tür auftauchen.

Doch er hatte kein Glück.

Allerdings war dies auch keine Nacht, die Glück hätte bringen können.

Er startete den Chevrolet Blazer und warf einen Blick in den Rückspiegel. Der Kleinen ging es gut. Sie saß zusammengekauert in der Ecke seines Wagens und machte ein unglückliches Gesicht, aber sonst fehlte ihr nichts.

Er fragte sich, wie ihre Mutter wohl reagieren würde, dann dachte er daran, wie Jenna Hughes in enger Skihose auf dem Stuhl vor seinem Schreibtisch gesessen und von dem Stalker berichtet hatte.

Das Gedicht des Stalkers kam ihm wieder in den Sinn. *Du bist die Frau schlechthin. Sinnlich. Stark. Erotisch.* Der Verfasser hatte völlig Recht, wenn er sie als sinnlich beschrieb. Aber in dieser Nacht würde Jenna Hughes, wie Carter vermutete, nichts weiter sein als bekümmerte Mutter, die sich zu Tode ängstigte. Es sei denn, ihre Kinder wären ihr gleichgültig. Es sei denn, sie gehörte zu den

Eltern, die Kinder als Accessoires betrachteten; die so mit sich selbst beschäftigt waren, dass sie ihre Sprösslinge vernachlässigten und sie nur bei passender Gelegenheit hervorholten, um sich mit ihnen zu schmücken.
Carter glaubte es nicht. Diesen Eindruck hatte er bei den paar Begegnungen mit Jenna Hughes nicht gewonnen. Man munkelte, sie sei hierher gezogen, um dem Rampenlicht und dem Glitzerleben in Tinseltown zu entfliehen. Um ihrer Kinder willen. Er sah noch einmal in den Rückspiegel und bemerkte, dass Tochter Nummer eins demonstrativ den Blick abwandte. Sie kochte innerlich geradezu vor Aufmüpfigkeit.
Leise fluchend legte er den Gang ein.

19. Kapitel

Die Nacht erschien eigentümlich.
Irgendetwas störte.
Jenna öffnete die Augen und horchte.
Neben ihrem Bett gab Critter ein leises, verdrießliches Knurren von sich. Er hob den grauen Kopf, als hätte auch er eine Veränderung in der Atmosphäre, in den Geräuschen der Nacht wahrgenommen.
Dann hörte sie es: den Klang eines Motors im Leerlauf ganz in der Nähe. Ganz dicht beim Haus.
Sie sah auf die Uhr: 3:53 Uhr.
Was zum Kuckuck …?
Rasch schlüpfte sie aus dem Bett, streifte den Morgenmantel über, den sie über das Fußende gelegt hatte, und war bereits auf dem Weg zum Fenster. Als sie durch die Jalousie spähte, sah sie ein Fahrzeug von der Sheriffbehörde nahe der Garage stehen.
Ihr Herz setzte einen Schlag aus.
»O Gott«, flüsterte sie.
Was war passiert? Warum war der Sheriff gekommen? Der Stalker? Hatte er den Verfasser des Briefs gefunden … oder war der Typ womöglich hier? Panik befiel sie.
Critter knurrte. Vor Aufregung sträubte sich das Fell auf seinem Rücken.
Im nächsten Moment war Jenna aus dem Schlafzimmer. Ihre bloßen Füße klatschten auf dem Holzfußboden. Sie lief, gefolgt von dem Hund, die halbe Treppe bis zu Allies Zimmer hinauf. Ihre Jüngste schlief; sie hatte die Decke

von sich geworfen und schnarchte leise, die Arme angewinkelt. Jenna hastete ins nächste Zimmer. Ihr Herz trommelte wie wild. Sie stieß die Tür auf und wäre beinahe vor Schreck gestorben, als sie das leere Bett sah.

»O Gott, nein«, flüsterte sie. Im selben Moment hallte ein Klopfen an der Tür durchs ganze Haus. Cassie war sicher etwas Entsetzliches zugestoßen! Deswegen kam jemand vom Büro des Sheriffs mitten in der Nacht zu ihr. Angst trieb sie in Windeseile die Treppe hinunter und hielt ihr Herz in eisernem Griff. *Lieber Gott, bitte gib, dass nichts passiert ist*, betete sie stumm. Dann hörte sie, wie sich knarrend die Küchentür öffnete. Sie hastete weiter.

»Mom?«

Cassies Stimme.

Gott sei Dank!

Jenna wäre beinahe auf den Stufen gestolpert. Critter knurrte und bellte, seine Pfoten scharrten über den Holzboden.

Jenna stürzte in die Küche, gerade als Cassie das Licht einschaltete. »Was geht hier vor? Wieso bist du nicht im Bett?« Dann fiel ihr Blick auf den Mann, der Cassie begleitete: Sheriff Carter. Der strenge Sheriff Carter mit dem kantigen Kinn und dem skeptischen Blick, den sie erst kürzlich zuletzt gesehen hatte.

Der Hund bellte wie wahnsinnig, fletschte den Ordnungshüter an und umkreiste ihn.

»Critter. Still! Still jetzt!«, befahl Jenna.

Mit einem letzten misstrauischen Knurren verzog sich Critter unter den Küchentisch, um von dort aus Carter aus wachsamen, dunklen Augen zu beobachten.

»Entschuldigen Sie«, sagte Jenna und zog den Gürtel ih-

res Morgenmantels straff. Ihr Blick blieb auf Cassie haften. »Was ist los? Wo zum Kuckuck warst du?«
Carter erwiderte: »Ihre Tochter und ein paar andere Jugendliche waren heute Nacht am Catwalk Point.«
Sie stutzte. *Catwalk Point?* »Ist da nicht diese Frauenleiche gefunden worden?«
»Genau.« Carter nickte. Todernst. Cassie trat von einem Fuß auf den anderen und sah zu Boden.
»Warum?«, fragte Jenna ihre Tochter. »Warum hast du dich mitten in der Nacht aus dem Haus geschlichen, und was hattest du am Catwalk Point zu suchen?« Sie strich sich das Haar aus den Augen. Allmählich beruhigte sich ihr Herzschlag. Was zum Teufel ging hier vor?
Cassie zuckte mit den Schultern und schob starrsinnig das Kinn vor.
»Du solltest im Bett sein. Was hast du dir dabei gedacht, dich heimlich aus dem Haus zu schleichen?«
Trotz blitzte in Cassies Augen. Sie biss die Zähne zusammen und sagte kein Wort.
Carter erklärte: »Ich habe versucht anzurufen, habe aber nur den Anrufbeantworter erreicht.«
»Was? Aber ich war zu Hause und habe auch nicht auf der anderen Leitung …«, setzte Jenna an, doch dann wurde ihr klar, was geschehen war. »Moment mal. Hast du den Hörer daneben gelegt?«, fragte sie ihre Tochter, deren Augen dunkel und streitsüchtig wurden.
»Ach, Cass«, seufzte Jenna und fühlte sich plötzlich uralt.
»Wir haben auch versucht, Sie auf dem Handy zu erreichen, aber Sie haben sich nicht gemeldet.«
»Nachts lade ich immer den Akku auf. Dann ist es aus-

geschaltet«, erklärte sie, wobei sie seine Missbilligung bereits ahnte.

»Ich dachte, Sie hätten eine Alarmanlage.«

»Ich habe eine ... Und ich habe sie auch eingeschaltet, bevor ich schlafen ging ... O Gott, Cassie, hast du sie etwa ausgeschaltet?«

Cassie presste die Lippen aufeinander, schwieg aber weiterhin.

»Cass ...«, sagte sie vorwurfsvoll. »Wie konntest du nur? Ich habe dir doch von dem Brief und dem Anruf erzählt und ...«

»Die Alarmanlage funktioniert doch sowieso nicht. Du weißt ja, wie das ist«, fiel Cassie ihr grob ins Wort. »Das rote Lämpchen hat nicht geleuchtet und so.«

»Lass uns jetzt mal nicht von der Alarmanlage reden, okay? Ich habe Wes Allen gebeten, sie provisorisch instand zu setzen, bis ich einen Sicherheitsdienst finde, der eine neue installiert.«

Bildete sie es sich nur ein, oder verspannte Carter sich ein wenig, als sie Wes Allen, Rindas Bruder, erwähnte?

»Hör zu«, fuhr sie fort, »solange dieses Unwetter anhält, müssen wir uns nun einmal mit der Anlage behelfen, die wir haben, und manchmal funktioniert sie auch. Also, Cassie, lass sie uns um Himmels willen nutzen.« Sie seufzte noch einmal und sah ihre älteste Tochter fest an. »Cassie, was um alles in der Welt hast du dir dabei gedacht?«

»Ich wollte nur mal ein bisschen Spaß haben. Weißt du überhaupt, wie stinklangweilig es hier ist?«, platzte Cassie heraus, dann huschte ihr Blick zum Sheriff, und sie verschloss sich wieder wie eine Muschel.

»Wir mussten den Vorfall zur Anzeige bringen. Bei ihr wurde Alkohol gefunden; sie ist minderjährig.«
Jenna wurde das Herz schwer.
»Sie haben da oben getrunken und Drogen genommen.«
»O Gott.« Jenna sank ein wenig in sich zusammen und stützte sich auf den Küchentresen. »Die anderen – ist alles in Ordnung mit ihnen? Ist auch niemand verletzt?«
»Nein. Es war nur eine Party.«
»Am Schauplatz eines Verbrechens.« Jennas Blick wanderte wieder zur Uhr. »Um halb vier morgens?« Schlagartig brach der Ernst der Lage über sie herein. Diese dummen Kids. Sie ballte beide Hände zu Fäusten, schob sie in die Taschen ihres Morgenmantels und musterte ihre Tochter durchdringend.
Trotz ihrer Dreistigkeit und ihres Bemühens, stark und unnahbar zu wirken, sah Cassie verängstigt aus. Gut. Das war ein Anfang.
»Du warst mit Josh zusammen, nicht wahr?«, warf Jenna ihr vor, doch ihre Älteste gab wieder einmal keine Antwort. Als müsse sie ihren Freund, diesen großen, starken Kerl, schützen. Jennas Probleme mit Cassie gingen viel tiefer, als sie vermutet hatte. »Hast du dem Sheriff noch etwas zu sagen?«
Cassie starrte auf den Holzfußboden, als gäbe es dort etwas Faszinierendes zu sehen, und murmelte rasch und kaum hörbar: »Danke fürs Mitnehmen.«
Mehr würde Jenna nicht aus ihr herausbekommen. In diesem Augenblick hörte sie im Obergeschoss die Bodendielen knarren. Critter spitzte die Ohren und wedelte mit dem Schwanz. Allie war aufgewacht. »Oje.«
»Sie braucht nichts über diese Sache zu erfahren«, sagte

Cassie hastig, als von oben und dann auf der Treppe rasche Schritte zu hören waren.

»Na schön.« Ausnahmsweise war Jenna einer Meinung mit ihrer Ältesten. Sie hatte keine Lust auf weitere Szenen, schon gar nicht in Sheriff Carters Gegenwart. »Wir sprechen morgen früh darüber.«

Die Schritte hatten den Fuß der Treppe erreicht.

Allie, das rotblonde Haar wild zerzaust, stolperte mit verwirrtem Blick aus halb offenen Augen in die Küche. »Ich habe Geschrei gehört«, beklagte sie sich und blieb abrupt stehen, als sie Carter bemerkte.

»Das ist Sheriff Carter«, erklärte Jenna widerwillig.

»Ich weiß. Er hat dir einen Strafzettel verpasst.«

Allerdings, dachte Jenna. »Er hat Cassie nach Hause gebracht.«

»Nach Hause? War sie denn nicht zu Hause?« Ihre jüngere Tochter war plötzlich hellwach. Allie machte einen großen Bogen um den Sheriff, wobei sie ihn misstrauisch beäugte, und drückte sich an ihre Mutter.

Jenna sagte: »Cassie ist noch einmal ausgegangen.«

»Ausgegangen?«, wiederholte Allie und warf einen Blick aus dem Fenster in die kalte Nacht hinaus. »Wohin? Sie hat doch Hausarrest?«

»Das geht dich nichts an«, sagte Cassie scharf.

»Wie spät ist es überhaupt?« Allie sah kurz auf die Uhr und dann wieder auf ihre Schwester. »Das versteh ich nicht«, erklärte sie, doch noch während die Worte über ihre Lippen kamen, wechselte ihr Gesichtsausdruck von Verwirrung zu Begreifen. Sie zwinkerte. Presste die Lippen zusammen. Hielt den Mund. Sie hatte verstanden. Sie stellte unverzüglich das Fragen ein, und Jenna bemerkte

zu ihrer Überraschung, wie ihre Töchter stumm einen Blick wechselten wie in einer stillen Übereinkunft, von der Jenna bis zu diesem Augenblick nichts geahnt hatte.
»Wir reden morgen früh weiter über diese Sache, wenn wir alle ausgeschlafen sind und ein bisschen klarer denken können. Wichtig ist, dass heute Nacht niemandem etwas zugestoßen ist. Und ihr beide« – dabei zeigte sie mit dem Finger auf ihre Töchter – »geht jetzt ins Bett.« Jenna wies mit einer Kopfbewegung zur Treppe.
Cassie lief eilig los, als rechnete sie damit, noch einmal zurückgerufen zu werden. Sie polterte die Stufen hinauf, ganz anders als noch wenige Stunden vorher. Da war sie geräuschlos auf Zehenspitzen nach draußen geschlichen. Sie hatte Übung. Jenna mochte gar nicht daran denken, wie oft das Mädchen wohl schon leise durch den Flur und die Treppe hinuntergeschlichen war. Wie oft hatte Cassie sie belogen? Wie oft hatte sie die Alarmanlage ausgeschaltet und die Türen aufgeschlossen, um hinaus in die Dunkelheit zu schlüpfen, zu ihrem Rendezvous mit Josh?
Jenna wurde flau im Magen. Was trieben sie dann? Tranken sie? Natürlich. Hatten sie Sex? Höchstwahrscheinlich. Rauchten sie Marihuana oder Crack? Lieber Himmel, hoffentlich nicht. Welche Drogen waren in dieser Gegend leicht zu beschaffen? Metamphetamine? Ecstasy? Ganz sicher. O Gott.
Jenna seufzte hörbar auf. Durchaus möglich, dass Cassie längst schwanger war.
Hab ein bisschen mehr Vertrauen zu ihr, ja?
Nachdem sie sie in der vergangenen Woche zweimal beim unerlaubten Ausgehen ertappt hatte? Wohl kaum.
So gern Jenna ihren Kindern vertrauen wollte, sie konnte

doch nicht glauben, dass Cassie und Josh keinen Sex hatten. Und Cassie war erst sechzehn. Was für ein Schlamassel!

Am liebsten hätte sie Josh Sykes den dürren Hals umgedreht und ihn anschließend kastriert!

»Na großartig«, murmelte sie wütend, bevor ihr klar wurde, dass Sheriff Carter, die Hände in den Jackentaschen vergraben, immer noch in ihrer Küche stand und sie mit seinen vorwurfsvollen braunen Augen ansah. »Entschuldigen Sie«, sagte sie hastig. »Ich bin Ihnen wirklich dankbar dafür, dass Sie Cassie nach Hause gebracht haben.«

Er nickte. »Kein Problem«, erwiderte er, doch seine Miene drückte etwas anderes aus. »Leider ist es damit nicht getan. Sie wird sich trotzdem vor dem Jugendgericht verantworten müssen.«

»Was in Anbetracht der Vorfälle vielleicht nicht das Schlechteste ist. Cassie kann so einen Schrecken oder Schock gut gebrauchen – ein Erlebnis, das sie ordentlich aufrüttelt, ihren Blick für die Realität schärft und ihr Verantwortungsbewusstsein weckt.« Jenna strich sich das Haar aus dem Gesicht und schüttelte den Kopf. »Meine Tochter nimmt von mir kaum noch einen Rat an.«

»Was ist mit ihrem Vater?«

»Robert?« Jenna lachte kurz und freudlos auf. »O ja, sicher. Ich rufe ihn gleich morgen früh an ... Nein, zuerst soll Cassie ihn anrufen und gerade stehen für das, was sie angestellt hat.« Sie hatte Angst vor der Konfrontation. Zweifellos würde Robert Jenna die Schuld daran geben, dass sie ihre Töchter nicht unter Kontrolle hatte. Er war großartig darin, anderen die Schuld zuzuweisen, statt sich den Problemen selbst zu stellen. In schwierigen Fragen war der Umgang mit Robert wie ein Spaziergang durch Fließsand. Unmöglich, sinnlos und mit allem möglichen emotionalen Mist beladen, der Jenna fertig machte. Wenn Robert von den Vorfällen erfuhr, würde das nichts, aber auch gar nichts zum Besseren hin verändern.

Wieder fühlte sie sich von Carter beobachtet, und plötzlich wurde ihr bewusst, wie sie aussehen musste – zerzaustes Haar, kein Hauch von Lippenstift, das Gesicht zerfurcht von Sorge, im karierten Flanell-Pyjama, der unter ihrem leicht abgetragenen Lieblings-Morgenmantel aus Chenille hervorschaute. *Nicht gerade der glamouröse Hollywoodlook*, dachte sie zynisch. »Himmel, habe ich denn meine Manieren vergessen?«, bemerkte sie scherzhaft und verzog die Lippen zu einem selbstironischen Lächeln. »Ich fürchte, ich bin an Gäste um vier Uhr morgens nicht gewöhnt.«

»Ich bin nicht als Gast gekommen.« Seine Stimme war tief, aber nicht so barsch wie sonst. Als ob er verstünde, was sie in dieser Nacht durchgemacht hatte. Herrgott, vielleicht hatte der Kerl doch tatsächlich irgendwo in seinem mächtigen Brustkasten ein Herz verborgen. Nein, darauf wollte Jenna keine Wette eingehen.

»Tja, nun sind Sie aber schon mal hier. Also … möchten Sie vielleicht eine Tasse Kaffee oder so?«, fragte sie, und dann fiel ihr Blick auf die Kaffeemaschine auf dem Küchentresen. Alter Kaffeesatz trübte das Glas.

Carters Blick folgte dem ihren.

»Ich koche natürlich frischen«, bot sie an.

»Keine Umstände, bitte. Ich muss jetzt los.« Er ging einen Schritt in Richtung Tür, doch Jenna war der Kaffee plötzlich immens wichtig. Und sie war es gründlich leid, dass sie jedes Mal, wenn er sie sah, die Rolle des Opfers spielte.

»Das ist das Mindeste, was ich tun kann.« Sie wusste, dass sie selbst zu aufgewühlt war, um schlafen zu können, und so spülte sie trotz seines Protests den Kaffeesatz von gestern in den Ausguss, wusch die Glaskanne ab und füllte frische Bohnen in die Kaffeemühle. Während das Mahlwerk kreischte, sagte sie: »Ich habe einen Thermobecher, den können Sie mitnehmen.«

»Wirklich, das ist nicht nötig.«

»Nein, aber es ist auch kein Bestechungsversuch, um mich und meine Tochter vor Schwierigkeiten zu bewahren«, gab sie zurück. »Wissen Sie, es ist schon komisch, aber jedes Mal, wenn ich Sie sehe – und das geschieht in letzter Zeit ziemlich häufig –, stecke ich irgendwie in Schwierigkeiten.«

»Hängt wohl damit zusammen, dass ich Bulle bin.«

»Ich weiß. Aber in den letzten paar Tagen kommt es mir so vor, als stünde ich, wann immer ich mich umdrehe, Ihnen gegenüber.«

»Ein Albtraum, wie?«

»Na ja. Irgendwie schon.« Sie warf ihm über die Schulter einen Blick zu und sah ihn wahrhaftig lächeln, ein Aufblitzen weißer Zähne unter seinem dunklen Schnauzbart, ein Riss in seiner ernsten Fassade. Wenn er lächelte, sah er gut aus auf die herbe, urwüchsige Weise eines Mannes, der viel im Freien arbeitete. Früher hatte sie dieser Männertyp nie sonderlich beeindruckt. Doch jetzt, als sie die Krähenfüße an seinen Augen und den dunklen Bartschatten sah, der sein Macho-Image noch betonte, fiel ihr auf, wie attraktiv er war. Das war doch lächerlich. Es war vier Uhr morgens, um Himmels willen. Er hatte sich die letzten paar Stunden mit ihrer Tochter, der jugendlichen Straftäterin, herumgeschlagen, obwohl er doch so viel Wichtigeres zu tun hatte. Trotzdem fiel ihr ausgerechnet in dieser Nacht auf, wie seine Jeans und sein Parka saßen.

»Schlafmangel«, murmelte sie vor sich hin, goss Wasser in die Kaffeemaschine und schaltete sie ein.

»Wie bitte?«

»Nichts.«

Mit dem Aroma des brühenden Kaffees schien sich die Küche zu erwärmen.

»Haben Sie Kinder?«, fragte sie, obwohl sie nach dem, was man in der Stadt über ihn hörte, längst vermutete, dass er keine hatte.

»Nein.« Er lehnte sich an den Schrank, und sein Blick wanderte von Jenna zum Fenster über der Spüle, in dessen Winkeln sich Schnee angesammelt hatte.

»Sie sind ein Segen … manchmal aber auch …«

»Ein Fluch?«

»Na ja, sagen wir lieber: eine Plage«, gestand sie ein und wischte den Tresen mit einem Küchentuch ab.

»Aber sie sind es wert?«

»Unbedingt. Das eine wiegt das andere auf.« Sie öffnete einen Schrank und fand den Thermobecher, den sie suchte, in einem Fach hoch außerhalb ihrer Reichweite. Sie lehnte sich an den Tresen, reckte sich auf die Zehenspitzen, doch ihre Finger streiften nur knapp den Boden des Fachs. Hochzuspringen kam nicht infrage. Stattdessen schwang sie sich behände auf den Tresen und drehte sich gerade um, als er näher kam.

»Lassen Sie mich das machen.« Er stand vor ihr, ehe sie

Gelegenheit zum Ausweichen fand. Plötzlich war sie gebannt von der reinen Ausstrahlung des Mannes. Ihre Beine befanden sich auf der Höhe seiner Hüften. Er roch nach draußen und schwach nach Tabak und irgendeinem Aftershave, doch sie nahm nur einen Hauch davon wahr, als er den Becher ergriff. »Meinten Sie den?« Sein Gesicht war dem ihren sehr nahe, so nahe, dass sie die goldenen Sprenkel in seinen braunen Augen sah und feststellte, dass sich ein paar widerspenstige graue Haare in seinen dunklen Schnauzbart gewagt hatten.

»Mhm.« Mehr brachte sie nicht hervor.

»Sonst noch was?« Er reichte ihr den Becher.

»Das ist alles.«

Daraufhin wich er zurück, und sie hatte das Gefühl, nach langer Zeit endlich wieder atmen zu können. Bedeutend verwirrter, als sie sich selbst eingestehen mochte, sprang sie vom Tresen auf die glatten Fliesen, schenkte den Kaffee ein und schraubte den Deckel auf den Thermobecher, bevor sie fragte: »Ach ja … möchten Sie Zucker und Milch?«

»Schwarz.« Sein Handy klingelte, und er zog es sofort aus der Tasche. »Carter«, meldete er sich. Dabei streifte er Jenna mit einem flüchtigen Blick. »Was?« Sein Gesicht wurde angespannt, er presste die Lippen zusammen. »Wo?«, fragte er knapp und lauschte dann angestrengt, während der Kaffee weiter in die Kanne tropfte. »Okay. Ich bin in einer halben Stunde dort … Und bitte, halte die Kids vom Catwalk Point auf der Wache fest, bis ich da bin und mit ihnen reden kann … Wo, ist mir egal. Gibt es keine freie Zelle? Wenn nicht, dann eben eine Ausnüchterungszelle … Ja, lass sie ruhig unsere Stammkunden kennen lernen. Vielleicht bringt der Schock sie ja zur Vernunft.« Er unterbrach die Verbindung und lächelte Jenna flüchtig und freudlos an. »Ich muss gehen, aber ich melde mich wieder. Was den Brief betrifft, habe ich noch nichts aus dem Labor gehört, aber ich rufe heute noch an. Werde ihnen Druck machen. Sie haben doch nicht noch weiteren Ärger gehabt?«

»Abgesehen von Cassie? Nein.«

Sein Lächeln war flüchtig. »Überprüfen Sie Ihre Alarmanlage. Vergewissern Sie sich, dass sie funktioniert. Und das Tor – warum ist es offen?«, fragte er und wies mit einer Kopfbewegung zum Küchenfenster, von dem aus die Einfahrt zu Jennas Grundstück zu sehen war.

»Kaputt«, gestand sie. Im Schein der Sicherheitslampen auf den Pfeilern sah man das doppelflügelige Eisentor weit offen stehen, vereist und durch Schneewehen blockiert. »Es hat ein elektronisches Schloss. Das ist defekt. Wieder mal. Ich habe es schon zwei Mal reparieren lassen.« Sie zuckte mit den Schultern. »Ich weiß nicht, was mit mir los ist – schlechtes Karma vermutlich. Alles Mechanische oder Elektrische hier geht kaputt.«

»Brauchen Sie Hilfe? Ich kenne ein paar Leute in der Stadt, die die Alarmanlage und das Tor reparieren und sogar kleine Überwachungskameras installieren könnten oder was immer Sie wollen.« Die feinen Linien auf seiner Stirn vertieften sich, als er hinzufügte: »Wegen des Unwetters und der Stromausfälle arbeiten die meisten Elektriker natürlich rund um die Uhr. Aber mit etwas Glück finden Sie einen, bevor das Frühlingstauwetter einsetzt.«

»Ich weiß. Aber ich kenne selbst ein paar Leute, die mir auch schon Hilfe angeboten haben.«

»Gut.« Er blickte auf Critter hinab, und endlich wedelte der alte Hund doch noch mit dem Schwanz und kroch unter dem Rattansessel hervor. »Ja, du bist mir ein prima Wachhund«, sagte Carter und tätschelte Critters Kopf.

»Ihn werde ich nicht austauschen.« Sie reichte Carter den Thermobecher. Der Sheriff zog einen Mundwinkel hoch.

»Das täte ich selbst wahrscheinlich auch nicht«, gestand er und hob den Becher. »Den bringe ich Ihnen bei Gelegenheit zurück.«

»Nicht so wichtig.« Sie deutete auf den Hochschrank, in dem sie allerlei Krimskrams aufbewahrte, der kaum jemals benutzt wurde. »Sie sehen ja selbst, wie häufig ich ihn brauche.«

»Okay. Gute Nacht, oder sollte ich besser sagen: Guten Morgen.« Er trank einen Schluck und ging zur Hintertür. »Schließen Sie hinter mir ab.«

Jenna befolgte den Rat, verriegelte die Tür und sah dabei durchs Küchenfenster zu, wie Shane Carter raschen Schrittes den Durchgang durchquerte und seiner eigenen Spur im Schnee zurück zu seinem Chevrolet Blazer folgte. Wenige Sekunden später fuhr er davon. Als er das Haus passierte, hob er noch einmal grüßend die Hand.

Automatisch winkte sie zurück und rührte sich nicht von der Stelle, bis seine roten Rücklichter hinter dem Tor im Dämmerlicht verschwanden.

Jenna fröstelte und fühlte sich so einsam wie noch nie seit ihrem Umzug nach Falls Crossing. Es war immer noch stockdunkel draußen; kein Schimmer des Morgengrauens erhellte den Himmel im Osten.

Nichts als Kälte und Dunkelheit umgab sie.

20. Kapitel

Du kennst doch das Sprichwort über Lehrers Kinder und Pastors Vieh«, knurrte BJ am nächsten Morgen. Sie sah müde aus. Ihre Augen waren dunkel gerändert, ihr Haar schlecht frisiert, sie ließ die Schultern hängen. Eine Aura der Erschöpfung umgab sie. »Das trifft wohl auch auf die Kinder von Bullen zu: Sie geraten selten oder nie. Meines zumindest nicht.« Angewidert warf sie sich in den Sessel neben Shanes Schreibtisch.

»Vielleicht ist es ganz gut, dass Megan erwischt wurde, solange sie noch minderjährig ist.«

»Ach ja? Und warum? Meinst du nicht, dass das erst der Anfang ist?« BJs sonst so lebhafte Miene war starr und gereizt, der Mund schmal vor Sorge. »Weißt du, wenn ich sie in eine Kadettenschule schicken könnte, würde ich's tun.«

»Übertreibst du nicht ein bisschen?«

»Sicher.« BJ lehnte sich zurück und schloss die Augen. »Herrgott, gib mir Kraft.«

»Megan wird schon werden.«

»Wann? Wenn sie fünfundzwanzig ist? Dreißig? Bis dahin bin ich längst tot. Ich sag dir, die bringt mich noch ins Grab. Sie bringt mich buchstäblich ins Grab.«

Carter lachte. »Ich glaube nicht, dass sie eine Chance gegen dich hat.«

»Verdammt, ich hoffe, du hast Recht.« BJ öffnete die Augen und straffte sich. »Hast du die Jungs verhört?«

»Ja. Mit Sparks und einem anderen Officer von der Staatspolizei von Oregon.« Er dachte an die missmutigen

Gesichter von Josh Sykes, Ian Swaggart, Anthony Perez und Cal Walters, die sämtlich stundenlang ihre großspurige Haltung aufrechterhalten hatten, bis sie an diesem Morgen zu ihren Eltern entlassen worden waren. Erst als sie ihren schwer enttäuschten Müttern oder wütenden Vätern gegenüberstanden, zeigten sich Risse in den harten Fassaden der Jungen. Wenn die Verhaftung ihnen Angst gemacht hatte, so hatten sie es gut verborgen. »Es würde mich wundern, wenn zwischen irgendeinem von ihnen und der Toten ein Zusammenhang bestünde. Ich glaube, es war einfach nur ein Fall von Großtuerei, nachts zu der Stelle zu fahren, an der ein Mordopfer gefunden wurde. Eine Art Mutprobe oder so.« Er ließ den Bleistift zwischen seinen Fingern kreisen.

»Ich würde ihnen allen am liebsten den Kopf abreißen. Besonders diesem Swaggart, dem kleinen Mistkerl.«

»Lass es lieber. Könnte als brutaler Übergriff der Polizei gewertet werden.«

»Er hätte es verdient. Sie *alle* hätten es verdient.« Ein Muskel zuckte an ihrem Kinn, und sie blinzelte mehrmals in rascher Folge. »Die kleinen Biester. Sex, Drogen und Alkohol ... mehr haben sie nicht im Kopf.«

»Es gibt Gesetze zum Schutz minderjähriger Mädchen.«

»Ich weiß, ich weiß. Aber alles, was passiert ist, geschah mit ihrem Einverständnis.«

»Sie ist erst sechzehn.«

»Ja, und die Jungs? Siebzehn, achtzehn? Haben alle zusammen nicht einen Funken Verstand.«

»Geht's Megan gut?«

»Sie sagt, ja. Ihr einziges Problem ist ihre ... wie war das? ... Mal sehen, ob ich es noch zusammenkriege ... Ihr einziges Problem ist ihre ›blöde, anmaßende, neugierige, ewiggestrige, nichts begreifende Bullin von Mutter‹ – damit meint sie mich –, die sie nicht machen lässt, was sie will.« BJ schloss wieder die Augen und presste die Fingerspitzen an die Stirn. »Ich habe es Jim noch nicht gesagt. Er würde die Jungs in der Luft zerreißen, und ich kann dir sagen, das täte ich selbst im Augenblick auch am liebsten.«

»Wie kommt es, dass er nichts von der Sache weiß?«

»Hat alles verschlafen. Kannst du dir das vorstellen? Er hat so ein Atemgerät wegen seiner Apnoe, und er schlief in einem der Gästezimmer ohne Telefon. Hat nicht gehört, wie es klingelte, wie ich geschrien habe, wie Megan die Tür geknallt hat. Heute Morgen gegen sechs ist er ganz normal zur Arbeit gegangen, und ich dachte mir, ich spare die schlechten Nachrichten bis heute Abend auf. Vielleicht habe ich selbst mich bis dahin wenigstens ein bisschen mehr beruhigt und weiß Näheres darüber, was diese Kids getrieben haben.« Sie stieß so heftig den Atem aus, dass ihre Ponyfransen in Bewegung gerieten, und sah Carter direkt in die Augen. »Und dann ist die Du-weißt-schon am dampfen. Und wie. Jim hat diese antiquierte Einstellung, dass seine kostbare Tochter nicht trinkt, keine Drogen nimmt und als Jungfrau in die Ehe geht, und zwar erst wenn sie die Dreißig längst überschritten hat, wenn es nach Daddys Kopf geht.« BJ straffte sich in ihrem Sessel. »Ich schätze, es ist an der Zeit, dass wir den Tatsachen ins Auge sehen. Wir alle.« Sie streckte die Arme aus und ließ ihre Knöchel knacken. »Okay, so viel zu meiner Bilderbuchfamilie. Was gibt es Neues?«

»Nicht viel Gutes«, gab Carter zu und klärte sie auf.

»Nachdem ich Cassie Kramer zu ihrer Mutter gebracht hatte, wurde ich zu einem Einbruch bei den Tanners gerufen. Jemand hatte Werkzeuge aus dem Schuppen geklaut. Spuren führten den Hügel hinab bis zur Straße. Dann habe ich mir die Jungen vorgenommen, und den Rest des Vormittags habe ich mit Gesprächen mit der Staatspolizei von Oregon zugebracht. Die Unbekannte ist noch immer nicht identifiziert. Von Sonja Hatchell fehlt bislang auch jede Spur. Ich habe heute schon zweimal mit Lester gesprochen, und Suchtrupps haben die Wälder in der Nähe seines Hauses und auch die Umgebung des Imbisses durchkämmt. Sie haben nichts gefunden. Ich habe alle Krankenhäuser und Notfallkliniken überprüft. Niemand hat Sonja Hatchell gesehen.«

»Was ist mit ihrem Wagen?«

Shane schüttelte den Kopf. »Ist bisher ebenfalls nicht gefunden worden. Es liegen auch keinerlei Bußbescheide gegen sie vor. Der Wagen ist in keiner Werkstatt oder Lackiererei aufgetaucht. Wenn das Wetter aufklart, will die Staatspolizei Hubschrauber einsetzen, um zu prüfen, ob er womöglich von der Straße abgekommen ist und irgendwo feststeckt.« Er begegnete ihrem sorgenvollen Blick. »Aber wenn das der Fall sein sollte, besteht kaum noch eine Chance, dass sie lebt.«

»Es ist zum Kotzen«, kommentierte BJ. Die Sorgen um ihre Tochter waren zeitweise vergessen. »Menschen können nicht einfach vom Erdboden verschwinden – es gibt keine Aliens in UFOs, die Einwohner von Falls Crossing entführen, ganz gleich, was Charley Perry sagt.«

»Aber sie könnte entführt worden sein. Nicht von Aliens, aber es besteht immerhin die Möglichkeit, dass ein Bewaffneter ihr aufgelauert und sie gezwungen hat, irgendwohin zu fahren.«

»Wo war dann sein Fahrzeug?«, fragte BJ und verzog das Gesicht, während sie angestrengt die Situation am vermutlichen Tatort rekapitulierte. »Wie ist der Täter zu dem Imbiss gekommen? Zu Fuß? Oder hat er seinen Wagen irgendwo in der Nähe versteckt, wo ihn niemand gesehen hat, und ihn dann später abgeholt?« BJ dachte laut, den Blick auf eine Ecke des Schreibtisches geheftet, doch Carter wusste, dass ihre Gedanken woanders waren, dass sie versuchte, sich vorzustellen, was mit Sonja Hatchell geschehen war.

»Falls sie entführt wurde – *ob* das der Fall ist, wissen wir nun mal nicht genau –, ist es vielleicht gar nicht bei diesem Imbiss passiert«, gab Carter zu bedenken. »Möglicherweise hat der Täter sie irgendwo von der Straße abgedrängt – oder er hat sie angehalten oder so – und ist dann in ihren Wagen eingedrungen. Vielleicht hat sie ihn sogar freiwillig einsteigen lassen. Es war spät, und das wäre bestimmt nicht klug gewesen, aber vielleicht hat sie jemandem helfen wollen, der in dem Unwetter feststeckte.«

»Irgendwo muss er aber dennoch ein Auto oder einen Kombi oder einen Pick-up abgestellt haben.«

»Irgendwo in der Nähe der Stelle, an der sie entführt wurde. Aber seitdem sind mehrere Tage vergangen – er könnte ihn inzwischen abgeholt haben.«

»Wie denn – zu Fuß? In dieser Kälte? Oder per Anhalter?«

»Oder mit einem Komplizen.«

»Lieber Himmel, mehr als ein Täter?«

»Möglich wär's«, beharrte Carter. »Sparks arbeitet auch an dieser Theorie. Er hat sogar vorgeschlagen, die Staatspolizei solle sich an die Presse wenden, von dort sei möglicherweise Hilfe zu erwarten. Ich bin ganz seiner Meinung.« Carter spielte schon eine ganze Weile mit diesem Gedanken. Reporter waren gewöhnlich eine lästige Brut, immer zur Stelle, immer auf der Suche nach dem großen Coup, immer zu Spekulationen über die Vorfälle bereit. Doch mitunter waren sie den Ermittlungen auch dienlich, statt sie zu behindern. Beispielsweise indem sie die Einwohner vor Gefahren warnten oder die Bevölkerung zur Unterstützung aufriefen.

Wenn es nach ihm allein gegangen wäre, hätte Carter den Vierten Stand lieber aus jeglicher Ermittlung herausgehalten, aber vielleicht war es jetzt doch an der Zeit, die örtlichen Fernseh- und Radiosender sowie die Zeitungen um Hilfe bei der Suche nach Sonja Hatchell zu bitten. Die Staatspolizei hatte die Öffentlichkeit bereits aufgefordert, sich mit eventuellen Hinweisen auf die Umstände von Sonjas Verschwinden an die Polizei zu wenden. Bisher war jedoch nur bekannt, dass Lou und sein Neffe, die beide im Imbiss arbeiteten, die Letzten waren, die Sonja gesehen hatten. In dem Augenblick, als sie nach Beendigung ihrer Schicht das Lokal verließ, schien sie spurlos verschwunden zu sein.

»Wenn jemand Sonja also mit Waffengewalt in ihr Auto gedrängt hat, muss sie irgendwohin gefahren sein. Wie weit konnte sie bei dem Unwetter kommen?«

»Ihr Wagen hat Allradantrieb.«

»Was nicht heißt, dass sie auf den vereisten Straßen keine Probleme bekommen hätte. Und viele Verkehrswege waren gesperrt.«

»Du glaubst, der Täter ist ein Einheimischer?«

»Könnte sein«, antwortete BJ, »und ich habe so ein Gefühl – nenn es Instinkt oder weibliche Intuition –, dass Sonjas Verschwinden in einem Zusammenhang mit dem Fall der unbekannten Toten stehen könnte.«
Carter hörte auf, mit dem Bleistift zu spielen, und sah BJ direkt in die Augen. »Weibliche Intuition scheidet aus, denn diesen Gedanken hatte ich auch schon. Es ist allerdings ziemlich weit hergeholt, denn bislang gibt es keinerlei Verbindungen zwischen den beiden Frauen oder den Fällen.«
»Abgesehen davon, dass beide Vorfälle höchst merkwürdig sind. Völlig untypisch für diese Gegend.« BJs Nasenflügel blähten sich leicht, als hätte sie einen üblen Geruch wahrgenommen. »Das ist für meinen Geschmack eine zu große Häufung von Zufällen.«
»Die Staatspolizei geht nicht darauf ein. Aber ich habe mit Sparks über einen möglichen Zusammenhang gesprochen. Er ist ein guter Polizist, er wird es nicht einfach ignorieren. Zumindest wird er diese Möglichkeit gründlich abklopfen. Inzwischen sind alle Polizeibehörden zur Mithilfe aufgerufen, und in Oregon, Washington, Idaho und Kalifornien ist eine Suchmeldung für Sonja und ihren Wagen herausgegeben worden. Ein Bild von Sonja wurde bereits in den Nachrichten gesendet.« Er trommelte mit den Fingern auf die Schreibtischplatte, war sich bewusst, dass immer mehr Zeit verstrich, dass noch schlechteres Wetter bevorstand und dass die Chance, Sonja lebend zu finden, ständig geringer wurde.
»Wie geht's Lester?«, fragte BJ, stand auf und reckte sich.
»Er reißt sich zusammen. Wenn auch mit Mühe. Aber er muss. Wegen der Kinder.«

»Was für ein Schlamassel.« BJ trat ans Fenster und blickte hinüber zu Danby's Einrichtungshaus. »Es liegt an diesem verdammten Wetter. Es macht uns alle verrückt.«
»Meinst du? Und ich hatte gedacht, es läge am Wasser.«
»Sehr witzig, Carter«, spottete sie, brachte aber doch ein Lächeln zustande, als sie sein Büro verließ. »Wirklich sehr witzig.«
»Finde ich auch.« Doch das war gelogen. In Wahrheit fand er neuerdings nichts mehr witzig. Überhaupt nichts.

»... Ich werde Robert ausrichten, dass Sie angerufen haben«, versprach die Sekretärin ihres Exmannes.
»Tun Sie das.« Jenna legte den Hörer auf. »Toll.« Wieder einmal war der Vater ihrer Kinder während einer Krisensituation nirgends aufzufinden. Wieder einmal musste sie allein fertig werden. Was letztendlich wahrscheinlich alles ein wenig leichter machte.
Es war zehn Uhr morgens, und beide Mädchen schliefen noch, aber das sollte sich bald ändern. Jenna stieg leise die Treppe hinauf, ging an Allies Zimmer vorbei, klopfte leicht an Cassies Tür und stieß sie auf. Im Zimmer herrschte Chaos. Trotz der geschlossenen Jalousien sah Jenna, dass Cassies Kleider vom Vorabend dort, wo sie sie ausgezogen hatte, in einem unordentlichen Haufen am Fußende ihres Betts lagen. CDs und Bücher lagen auf dem Fußboden verstreut, Make-up-Töpfchen, Nagellack, Cremes und Parfümflakons standen überall auf dem Schreibtisch und in den Regalen herum. Teller und Gläser, Wasserflaschen und leere Kartons bedeckten Fußboden, Schreibtisch, Nachttisch und Fensterbank. Der Abfallkorb quoll über.

Entweder war Cassie eine unverbesserliche Schlampe, oder sie war deprimiert.

Vielleicht ein bisschen von beidem. Was Jenna verstehen konnte.

Cassie hatte die Scheidung ihrer Eltern durchlitten. Der Umzug nach Oregon war ihr schwer gefallen. Trotzdem – all das war keine Entschuldigung für offene Rebellion und einen solchen Schweinestall.

»Cass, wach auf«, sagte Jenna leise und setzte sich auf die Kante des zerwühlten Betts.

Als Antwort ertönte ein verschlafenes Brummen.

»Wir müssen reden.«

»Jetzt?« Cassie hob den Kopf, öffnete die verquollenen Augen und richtete den Blick auf den Nachttisch, auf dem die Ziffern ihres Radioweckers rot leuchteten. Sie stöhnte auf und krächzte: »Mom, ich bin noch sooo müde.«

»Kann ich mir vorstellen. Aber du weißt ja, was ich dir immer sage: Früh übt sich …«

»Ja, ja. ›Früh übt sich, was ein Meister werden will.‹ Ein dummes Sprichwort.«

»Ja, aber ein Sprichwort, nach dem wir uns in Zukunft richten werden. Also komm mit nach unten, bevor deine Schwester aufwacht.«

»Aber es ist noch so früh!«

»Finde ich nicht. Ich mache Frühstück.«

»Würg.« Sie seufzte laut, als sei sie der meistgequälte Teenager auf der Welt.

Erbarmen, dachte Jenna, stand auf und sagte: »Du hast fünf Minuten Zeit.« Damit schlüpfte sie rasch aus dem Zimmer und lief die Treppe hinunter, bevor ihre Tochter auch nur eine Silbe des Protests von sich geben konnte.

Sie war nicht mehr so wütend wie in der Nacht zuvor, wollte Cassie aber doch ordentlich aufrütteln. Was hatte die Kleine sich nur gedacht? *Gar nichts, Jenna. Das ist ja das Problem. Cassie ist noch ein Kind. Sie wollte nur Spaß haben und mit ihren Freunden Unfug machen. Das hast du selbst mehr als einmal getan.*

Trotzdem war Cassie auf dem besten Wege, sich in größte Gefahr zu begeben – Gefahr, die ihr Leben verändern, wenn nicht bedrohen würde –, und das machte Jenna wahnsinnige Angst.

Sie wischte gerade verschüttetes Kaffeepulver auf, als sie die gedämpften Schritte ihrer Tochter auf der Treppe hörte.

»Okay, ich bin wach«, murrte Cassie und tappte barfuß über den Holzfußboden der Küche. Sie trug eine Pyjamahose und ein abgeschnittenes Flanell-Top, das ihren Nabel frei ließ, und hatte eine verdrießliche Miene aufgesetzt. »Kann das nicht warten?«

»Es hat schon zu lange gewartet.«

»Toll.« Gähnend ging sie zur Kaffeemaschine, schenkte sich eine Tasse Kaffee ein und setzte sich an den Tisch. »Dann schieß mal los.«

»Hör auf mit diesem Benehmen, Cass. Es hängt mir zum Hals heraus. Ich will, dass du heute dein Zimmer aufräumst, und zwar picobello, und dann rufst du deinen Vater an und berichtest ihm alles, was gestern Nacht vorgefallen ist. Ich habe schon versucht, ihn zu erreichen, aber er war ›aushäusig‹. Vielleicht hast du mehr Glück. Außerdem bin ich der Meinung, du selbst solltest ihm sagen, was du angestellt hast. Und dann, wenn das alles erledigt ist, werden wir mal über deinen Umgang reden.«

»Also über Josh.«
»Im Augenblick bin ich nicht gerade begeistert von ihm.«
»Du hast ihn noch nie gemocht«, ging Cassie zum Angriff über. Sie trank einen kleinen Schluck Kaffee.
»Es geht nicht um ihn, das habe ich dir doch schon gesagt. Mir gefällt nicht, was mit *dir* passiert. Wie um alles in der Welt kommst du auf die Idee, dich aus dem Haus zu stehlen und zum Point raufzufahren?«
»Das war doch harmlos.«
»Erzähl das mal Sheriff Carter.«
Cassie lehnte sich auf ihrem Stuhl zurück. »Er mag dich, wie?«
»Was soll das heißen?«
»Ach, Mom, du bist doch nicht blöd. Der Typ fährt auf dich ab. Ist das nicht unheimlich? Wie die Männer dich anhimmeln? Mr Brennan. Mr Settler. Und jetzt der Bulle. Himmel, hast du eine Ahnung, wie viele von diesen einheimischen Bauernlümmeln im Internet surfen und sich deine Website ansehen und all die anderen Seiten über dich? Möchte wetten, dass sogar Hans sich deine Filme ausleiht und … ach, Scheiße …« Sie blinzelte hastig und wischte sich über die Augen, dann schniefte sie laut. »In L. A. war alles so viel einfacher.«
»Das mag sein«, gestand Jenna ihr zu. »Aber deswegen brauchst du nicht in Gossensprache zu verfallen, und wir reden hier auch nicht über mich oder meine Website oder den Umzug. Wir reden jetzt über dich, deine Einstellung und deine Lügen mir gegenüber. Du bist auf dem falschen Weg, Cassie, und ich habe Angst um dich. Große Angst. Du könntest dich für etwas entscheiden, was dein Leben für immer verändert.«

»Bei mir ist alles in Ordnung«, behauptete Cassie. Ihre Augen waren wieder trocken. Sie reckte das Kinn vor und presste die Lippen zusammen.
»Tatsächlich?«, hakte Jenna nach. Sie war wütend und aufgebracht und wusste, dass sie nicht zu ihrer Tochter durchdringen konnte.
»Weißt du, Mom, vielleicht geht es hier gar nicht um mich. Du bist in letzter Zeit so furchtbar angespannt. Aber das bist du zu Weihnachten ja immer.«
Das stimmte. Seit der Tragödie bei den Dreharbeiten zu *White Out* hatte Jenna eine Aversion gegen alles, was auch nur entfernt mit Weihnachten zu tun hatte.
Cassie ließ sich auf ihrem Stuhl tiefer gleiten und hielt die Tasse in Höhe ihrer nackten Körpermitte. »Die meisten Familien haben Spaß während der Feiertage, weißt du? Sie feiern Partys, schmücken den Weihnachtsbaum, singen Weihnachtslieder und gehen einkaufen und Schlitten fahren.«
»Willst du das auch? Weihnachtslieder singen und einkaufen und Schlitten fahren?«, fragte Jenna, schenkte sich ebenfalls eine Tasse Kaffee ein und stellte dabei fest, dass ihre Hände leicht zitterten. *Reiß dich zusammen. Du kannst Jill nicht wieder lebendig machen. Es war ein Unfall, hast du das vergessen?* Doch der nagende Verdacht, dass das, was in Colorado geschehen war, mehr als ein dummer Unfall war, hatte sie nie losgelassen, war in einem Winkel ihres Bewusstseins stets gegenwärtig und mischte sich mit dem Schuldgefühl, weil sie überlebt hatte, während ihre kleine Schwester umkam.
»Vielleicht«, sagte Cassie gleichgültig.
Jenna konnte sich nicht vorstellen, dass ihre älteste Tochter

im Wollmantel, einen Schal um den Hals gewickelt, durch die vereisten Straßen von Falls Crossing stapfte und die Nachbarn fröhlich mit Weihnachtsliedern wie ›Stille Nacht‹ und ›Kommet, ihr Hirten‹ beglückte. Nein, das passte einfach nicht zu ihr.

Cassie stellte ihre Tasse auf den Tisch. »Himmel, ich will einfach nur ein bisschen Spaß haben. Ist das denn so schlimm?«

Jenna rührte Sahne in ihren Kaffee. »Und es macht wohl Spaß, sich nachts davonzuschleichen und am Schauplatz eines Mordes Drogen zu nehmen?«

»Ja!« Cassie lehnte sich noch weiter zurück, sodass sich die Haut ihres Unterleibs spannte, und verschränkte die Arme unter der Brust. Ihr Nabelpiercing blinkte im Licht der Küchenlampe. »Es ist allemal besser, als hier rumzuhängen und nichts zu tun.« Sie blickte sehnsüchtig zum Fenster hinaus. »Ich habe dieses Wetter so satt. Echt, ich rufe Dad wirklich an. Er erlaubt mir bestimmt, zu Weihnachten nach Hause zu kommen.«

Nach Hause. Jennas Herz krampfte sich zusammen, und sie setzte sich ihrer Tochter gegenüber an den Tisch. Cassie hatte dieses Haus nie als ihr Zuhause betrachtet, war immer noch der Meinung, in Südkalifornien daheim zu sein. »Das wäre vielleicht keine schlechte Idee«, sagte sie, obwohl die bloße Vorstellung ihr zuwider war. »Bis dahin kannst du mir bei den Weihnachtsdekorationen im Haus helfen. Und jetzt … reden wir über Sex, Drogen und Alkohol.«

Cassie stöhnte. »Muss das sein?«

»O ja«, versetzte Jenna und trank einen wärmenden Schluck Kaffee.

Mit äußerster Sorgfalt malte er ihr Gesicht an. Er tauchte den Pinsel in die Farben auf der Palette, mischte behutsam die fleischfarbenen Töne und arbeitete unermüdlich. Währenddessen spielte Musik: Die Titelmusik von *Bystander* tönte aus beinahe zwanzig Lautsprechern, die er überall auf seiner privaten Bühne und im Arbeitsbereich angeschlossen hatte. Er liebte diese Musik; es war sein Lieblings-Soundtrack, und als er den Blick zu der Bühne erhob, auf der die Schaufensterpuppen posierten, war er stolz.

Die meisten Figuren waren in perfekte Nachbildungen der Original-Kleidungsstücke aus seinen liebsten Jenna-Hughes-Filmen gekleidet. Einige waren noch nackt, warteten auf das richtige Kostüm, und alle waren bisher kahlköpfig und gesichtslos, ohne erkennbare Züge. Das sollte sich jetzt ändern.

Er betrachtete die Bühne, auf der bewegungslos seine Traumfrauen standen. Zwar waren sie noch nicht fertig, doch er stellte sie sich genauso perfekt vor, wie sie in Jennas Filmen gewesen waren.

Marnie Sylvane, die einsame Lehrerin aus *Summer's End*, stand neben Katrina Petrova aus *Innocence Lost*. Katrina war Jennas erste Rolle gewesen; bereits als Teenager hatte sie die junge Prostituierte gespielt. Von Katrina abgewandt stand Anne Parks, die psychopathische Mörderin aus *Resurrection*. Und ein bisschen weiter zum Bühnenrand hin stand Paris Knowlton, die junge verängstigte Mutter aus *Beneath the Shadows*, die sich das Rampenlicht mit Rebecca Lange, der Abfahrtskiläuferin aus dem nie fertig gestellten Film *White Out* teilte. In der hinteren Ecke saß Zoey Trammel, eine autistische Frau aus *A Silent Snow*, in demselben Schaukelstuhl, der im Film zum Einsatz gekommen war, und jetzt war Faye Tyler, eine auf sexuelle Abenteuer versessene Frau aus den Siebzigern, in seinen Händen fast zur Vollendung gediehen. Wie viel er in so kurzer Zeit bereits erreicht hatte!

Und immer noch blieb ihm so viel zu tun. Er musste sich möglichst bald der Leiche und des Wagens entledigen. Er hatte einen Plan, musste aber noch ein Weilchen warten, bevor er Faye … nein … nicht Faye, sondern den Kadaver, der die Form für sein Kunstwerk abgegeben hatte, wegbrachte. Er musste ihn in dem Kleinwagen zu den Klippen über dem Columbia River fahren und ihn in den Abgrund stürzen. Der Wagen würde, wenn überhaupt, erst nach langer, langer Zeit gefunden werden. Bis dahin würde die Leiche im Inneren nach und nach im Wasser des Flusses verwesen.

Sie loszuwerden war einfach. Alle Beweise würden vernichtet sein.

Kein Dreck. Kein Ärger.

Das Formen und Malen der Gesichter hingegen, das war der schwierige Teil seiner Mission. Die Züge wollten ihm einfach nicht gelingen, so sehr er sich auch anstrengte. Anscheinend war es unmöglich, Jenna Hughes' Schönheit zu reproduzieren. Die Gesichter, die er von Frauen, die ihr ähnlich waren, nachbildete, gerieten nie so, wie er es sich wünschte. Irgendwie wirkten die Abbilder billig und amateurhaft.

Finster betrachtete er die Maske in seiner Hand, gab sich noch größere Mühe und spürte, wie ihm trotz der Kälte Schweiß auf die Stirn trat. Mit sicherer Hand umpinselte er die Augenhöhle und zog einen dünne schwarze Linie am Lid entlang, wo später die Wimpern angebracht wurden. Er stellte sich vor, wie sein Werk aussehen würde, wenn er das Auge, die perfekte Nuance von Grün, eingesetzt hatte. Die Perücke lag schon bereit, genau die Frisur, die Jenna als Faye Tyler getragen hatte: ein kinnlanger Bob mit fransigem Pony, der bis auf die Augenbrauen fiel.

Er hielt einen Moment lang inne, legte den Pinsel zur Seite und griff nach der Fernbedienung. Wie schon hundert Mal zuvor schaltete er den in der gegenüberliegenden Wand eingelassenen Fernseher mit dem großen Bildschirm ein und suchte auf der DVD von *Bystander*, die bereits eingelegt war, die gewünschte Szene. Er fand sie problemlos: eine Nahaufnahme von Jenna Hughes' wunderschönem Gesicht. Da war sie, blickte direkt in die Kamera, ein erotisches, verführerisches Funkeln in den Augen, den Hauch eines Lächelns auf den weichen rosa Lippen …

Sein Puls beschleunigte sich, als er sich vorstellte, sie sähe ihm direkt in die Augen. Flirtete mit ihm. Reizte ihn. Lockte ihn. Sie wollte ihn. Ohne den Blick vom Bildschirm zu lösen, drückte er die Abspieltaste. Sah, wie sie lässig das Haar zurückwarf, sich umdrehte und langsam davonging. Die Kamera war auf ihre Gesäßbacken unter einem schwingenden leichten Rock gerichtet und auf ihre Beine, die durch extrem hohe Absätze betont wurden.

Er zitterte innerlich.

Leckte sich die Lippen.

Wartete.

Dann war der Moment gekommen. Die Sekunde, für die er lebte.

Langsam drehte Faye Tyler den Kopf und blickte über die Schulter zurück.

Er drückte die Pausentaste. Studierte diesen auffordernden Blick und spürte, wie seine Männlichkeit reagierte, wie das Blut heftig durch seine Adern pulsierte.

Sie war so perfekt.

Tränen traten ihm in die Augen, während er ihre schlichte Schönheit bewunderte.

Leise gelobte er: »Du bist meine Frau. Heute. Morgen. Für immer. Ich komme dich holen.«

21. Kapitel

Die gute Nachricht war die, dass der Schneesturm nachgelassen hatte. Die Temperaturen waren gestiegen, sie bewegten sich laut der Digitalanzeige in seinem Chevrolet Blazer um den Gefrierpunkt.

Die schlechte Nachricht war, dass eine weitere Kaltfront, schlimmer als die erste, im Anzug war und der Schnee also vorerst nicht schmelzen würde. Hinzu kam, dass nach fast einer Woche immer noch keine Spur von Sonja Hatchell gefunden worden war. Er bezweifelte, dass sie noch lebte, wenngleich er das Lester gegenüber niemals zugegeben hätte. Zumindest jetzt noch nicht.

Während Carter die kurvenreiche Straße nach Falls Crossing entlangfuhr, hörte er den Polizeifunk. Die Heizung in seinem Chevrolet Blazer war auf höchste Stufe gestellt. Er hatte zwei Mal täglich die Staatspolizei angerufen und war von Sparks auf dem Laufenden gehalten worden, aber es gab einfach nichts Neues. Sie hatten immer noch keine Ahnung, wer die unbekannte Tote war, trotz der erweiterten Überprüfung der Vermisstenliste, und es gab auch nach wie vor kein Phantombild von der Frau, weder vom Computer noch von dem Sachverständigen, der anhand der Knochenstruktur das Gesicht zu rekonstruieren versuchte. Die Suche nach Personen, die größere Mengen Alginat gekauft hatten, war ebenfalls bislang ergebnislos verlaufen, doch im Labor waren Spuren einer weiteren Substanz im Haar der Unbekannten gefunden worden:

ein winziges Stückchen Gips, auf das sich niemand einen Reim machen konnte.

Aber es war wenigstens etwas.

Wenn auch nicht viel.

Es war früh am Morgen, das erste Licht der Dämmerung fiel durch die mit Eis überzogenen Bäume entlang der von hohen Schneewällen gesäumten Straße. Auf dem Weg zur Stadt fuhr er an einigen liegen gebliebenen Fahrzeugen vorbei, ein Schneepflug kam ihm entgegen und nicht weit dahinter ein Streufahrzeug. Er war hundemüde, sein Nacken war verspannt, und aller Kaffee der Welt hätte seine Müdigkeit nicht vertreiben können.

Er konnte einfach nicht schlafen.

Vielleicht lag es am Wetter.

Vielleicht auch an der Unbekannten und an Sonja Hatchell.

Und vielleicht lag es an Jenna Hughes, die, ohne es selbst zu wissen, in sein Leben eingedrungen war. Er hatte den Brief studiert, den jemand ihr geschickt hatte, hatte Erkundigungen über die verschwundenen Gegenstände eingeholt, bei eBay danach gesucht und in den Leihhäusern von Portland nachgefragt, hatte sogar Fanseiten im Internet aufgerufen und nichts gefunden. Er hatte Videotheken und Großhändler überprüft, Listen der Kunden angefordert, die Jenna Hughes' Filme ausgeliehen hatten, war aber bisher auf keinen Verdächtigen gestoßen. Schlimmer noch, er hatte – was er keiner Menschenseele verraten würde – angefangen, von ihr zu träumen. Szenen aus ihren Filmen drangen in seine Nächte ein, er war schweißgebadet und hart wie Granit aufgewacht und hatte sich idiotisch gefühlt.

Zwei Mal hatte er sie angerufen, und auch wenn sie keine weiteren Drohbriefe bekommen hatte und keine persönlichen Gegenstände mehr verschwunden waren, hatte sie doch inzwischen ihre Alarmanlage und das elektronische Tor instand setzen lassen.

Als er in die Stadt hineinfuhr, gingen gerade die Straßenlaternen aus. Bunte Weihnachtsbeleuchtung blinkte vor sämtlichen Geschäften. Als er am Theater vorbeifuhr, hielt er automatisch Ausschau nach Jennas Jeep. Doch auf dem verschneiten Parkplatz standen keine Fahrzeuge, nur ein angestrahltes Plakat verkündete, dass der Kartenvorverkauf für das nächste Stück, *Ist das Leben nicht schön?*, begonnen hatte, das Ende Dezember Premiere haben sollte.

Vor dem Gerichtsgebäude stellte Carter den Wagen auf seinem reservierten Parkplatz ab, straffte sich und ging hinein. Er holte sich eine Tasse Kaffee, bevor er sich in seinem Büro niederließ und die Berichte, die Post, die eingegangenen Anrufe und die E-Mails durchging.

BJ kam gegen zehn. Sie wirkte erleichtert – ihre Tochter und deren Freunde waren für ihre Beteiligung an der Party am Catwalk Point lediglich wegen groben Unfugs verwarnt worden. Wie sich herausgestellt hatte, war kein Schaden entstanden, allem Anschein nach war keiner der Jugendlichen in das Verbrechen verwickelt, der Fundort der Leiche und der Fall selbst waren nicht beeinträchtigt worden. Sparks hatte beschlossen, Milde walten zu lassen, hatte die Jüngeren wegen groben Unfugs verwarnt und die Älteren wegen Anstiftung Minderjähriger angezeigt, dann jedoch mit dem Bezirksstaatsanwalt vereinbart, dass die Klage fallen gelassen wurde und die Jugendlichen

lediglich einige Stunden gemeinnütziger Arbeit leisten mussten. Carter hatte allerdings seine Zweifel, ob die jungen Missetäter dadurch ihr Verhalten ändern würden.
BJ hingegen hielt die Strafen für angemessen. »Niemand wurde verletzt. Sollen die Eltern sich doch selbst um ihre Kinder kümmern. Megan weiß, woran sie bei Jim und mir ist.« Carter war nicht sicher, ob das die richtige Einstellung war. Er dachte daran, wie er Josh Sykes verhört hatte. Der unverschämte Bengel hatte lässig zurückgelehnt auf dem Metallstuhl gesessen, das spärlich behaarte Kinn vorgereckt und die Augen halb geschlossen, und hatte Carter beinahe herausgefordert, etwas zu tun, was eine Klage nach sich ziehen könnte. »Ich sag gar nichts«, hatte Josh immer wieder verkündet, und Carter hätte gern gewusst, was Cassie Kramer an dem kleinen Scheißkerl fand.
BJ setzte sich jetzt auf den Stuhl vor seinem Schreibtisch, sprang jedoch plötzlich wieder auf, hastete aus dem Zimmer und kehrte mit einem Becher Wasser zurück, den sie in den Topf der halb toten Pflanze auf seiner Schreibtischecke leerte. »Dieser Weihnachtskaktus müsste eigentlich blühen«, schimpfte sie. »Gib ihm mal ein bisschen Dünger.«
»Reg dich ab«, knurrte Carter. »Gerade ist der Bericht über Vincent Paladin eingetroffen, den Kerl, der Jenna Hughes früher mal belästigt hat.«
»Ja?«
»Er lebt in Florida. Auf Bewährung. Ist ein braver Junge, erscheint allwöchentlich zum Termin bei seinem Bewährungshelfer. An dem Tag, als der Brief in Portland abgeschickt wurde, hielt er sich in Tampa auf.«
»Er könnte einen Komplizen haben.«

Carter trank mit einem großen Schluck seinen Kaffe aus und zerdrückte den Pappbecher in der Hand. »Glaube ich nicht. Diese Typen, Stalker, sind gewöhnlich Einzelgänger.«

»Du willst ihn also als Verdächtigen ausschließen?«

»Ich schließe niemanden aus«, widersprach er prompt.

BJ zog eine Augenbraue hoch. »Bist du heute Morgen mit dem falschen Fuß aufgestanden?«

»Wie jeden Morgen.«

»Ja, aber neuerdings ist es deutlicher denn je.«

Er schnaubte verächtlich. »Vielleicht liegt es daran, dass ich die Kälte nicht ausstehen kann.«

»Dann wird sich deine Laune vorerst nicht bessern, wie? Der Wetterbericht sagt noch Schlimmeres als bisher voraus. Wir sollten uns wohl daran gewöhnen.«

Niemals, dachte er, erwiderte jedoch nichts.

Die abendliche Probe war eine Katastrophe. Zwei Schauspieler waren nicht erschienen – eine Frau mit der Begründung, ihr Wagen springe nicht an, und ein Mann, der seinen gezerrten Knöchel pflegen musste, nachdem er auf Glatteis ausgerutscht und gestürzt war. Den übrigen Mitgliedern des Ensembles war dank der Launen der Heizung abwechselnd zu kalt und zu warm, und nur wenige hatten ihren Text gelernt. Das Klavier war verstimmt, und es gab laufend Probleme mit der Beleuchtung und dem Lautsprechersystem.

Nach der zweistündigen Probe, als auch der letzte der Möchtegern-Schauspieler das Theater verlassen hatte, hätte Jenna sich am liebsten die Haare gerauft. Sie hatte sich bereit erklärt, die Schauspieler anzuleiten, was sie nach diesem Abend bitter bereute. Warum hatte sie nur eingewilligt, Rinda bei dieser Produktion zu helfen? War sie etwa Masochistin? War sie so verzweifelt darauf bedacht, sich in die Gemeinde einzugliedern, dass sie sich für die nächsten paar Wochen dieser Quälerei unterziehen musste? *Nie wieder*, gelobte sie sich im Stillen, während sie und die übrige Belegschaft ihre Sachen zusammensuchten und über die bevorstehende Aufführung diskutierten.

Blanche stand beim Klavier neben der Bühne und packte ihre Noten ein, während Lynnetta noch in einer der hinteren Bankreihen saß und ein Kostüm säumte. Wes und Scott arbeiteten vermutlich oben unterm Dach an der fehlerhaften Beleuchtungsanlage, und Jenna, Rinda und Yolanda Fisher hockten auf dem Rand der Bühne, wo früher die Kanzel gewesen war.

»Das war gar nicht so übel, oder?«, sagte Blanche, nahm die Blätter vom Klavier und schob sie in ihre Mappe.

»Nein«, versetzte Rinda missmutig. »›Übel‹ wäre geschmeichelt.«

Blanche steckte die Notenmappe in ihre lederne Aktentasche. »Ach, das sagst du jedes Mal, wenn eine Produktion an diesem Punkt angelangt ist.«

»Wie dem auch sei, ich bin der gleichen Meinung.« Yolanda Fisher band sich ein magentarotes Tuch um ihr kurz geschnittenes Kraushaar. Yolanda, eine schlanke Afro-Amerikanerin, gab dienstags und donnerstags abends Tanzstunden im Theater und verkaufte tagsüber Versicherungen. An diesem Abend war sie als freiwillige Helferin eingesprungen. »Es war schlechter als schlecht.« Sie legte sich die Enden des Tuchs um den Hals. »›Erbärmlich‹ wäre vielleicht noch die zutreffendste Beschreibung. Was keine Kritik sein soll.«

»Hm!« Blanches zusammengepresste Lippen zeigten Überreste blassroter Farbe, da von ihrem Lippenstift bereits nach dem ersten Akt nicht mehr viel übrig geblieben war. »Was meinst du, Jenna?«

»Dass allenfalls himmlische Intervention uns noch retten kann.«

Rinda und Yolanda lachten, und selbst Wes, der irgendwo unter den Dachbalken verborgen an der Beleuchtung arbeitete, kicherte leise, doch Lynnetta furchte die Stirn und biss stumm den Nähfaden ab. Scott, Rindas Sohn, blieb stumm. Jenna fragte sich, ob auch er noch mit der Lichttechnik beschäftigt war. Unwillkürlich überlief sie eine Gänsehaut, was albern war, doch sie konnte nicht anders – sie musste hinaufblicken zu der hohen Decke mit den dunklen Balken und verborgenen Nischen. Früher einmal hatte der inzwischen umgebaute Dachboden eine Empore für den Chor, einen Rückzugsraum für junge Mütter mit Säuglingen und diverse kleine Abstellkammern beherbergt. Oberhalb der Empore erhob sich, über eine Treppe zu erreichen, der Glockenturm, ein hoher Spitzturm, der nach Jennas Meinung schon vor zwanzig Jahren hätte abgerissen werden müssen.

Blanche stieß verächtlich den Atem aus. »Ich möchte doch meinen, ihr alle wisst, dass eine solche Aufführung Zeit braucht und Proben, Proben und nochmals Proben.« Sie zog ihre Baskenmütze und ein Paar Lederhandschuhe aus der Tasche.

»Du hast ja Recht«, pflichtete Jenna ihr bei. »Durch Proben wird es besser.« Im Stillen sagte sie sich, dass darüber hinaus allerdings auch noch ein bisschen Talent vonnöten wäre und bedeutend mehr Arbeitseifer. Doch schließlich handelte es sich hier um ein privat finanziertes Kleinstadttheater mit unbezahlten Laiendarstellern, und die Erlöse aus den Kartenverkäufen flossen in den Theaterfonds, wurden für Reparaturen und für die Bezahlung der Belegschaft verwendet, also durfte sich eigentlich niemand beklagen.

Yolanda sagte: »Ich gehe jetzt. Bis später«, und verschwand durch eine Seitentür zum Parkplatz.

Lynnetta stieß ihre Nadel in ein Nadelkissen und legte sich das Kleid über den Arm. »Ich finde, wir sollten uns nicht aufregen und aufhören, die Schauspieler schlecht zu machen. Blanche hat Recht: Wenn die Arbeit so weit wie jetzt gediehen ist, werden wir alle immer etwas nervös.«

»Nur zu wahr«, gab Rinda zu. Die Heizung arbeitete plötzlich auf Hochtouren und rumpelte laut, als heiße Luft durch die uralten Röhren schoss. »Okay, lassen wir das. Ein Schritt nach dem anderen. In zwei Tagen findet die nächste Probe statt. Wollen wir hoffen, dass dann *alle* Schauspieler teilnehmen.«

»Oh, das werden sie sicher.« Blanche schlüpfte aus ihren pinkfarbenen Ballerinas und zog pelzgefütterte Wildlederstiefel an, die bis knapp über ihre Knöchel reichten. »Seid guten Mutes!« Sie lachte über ihren eigenen kleinen Scherz, doch es wirkte nicht heiter, sondern eher wie ein Zähneblecken. »Oh, der Spruch ist unter diesem Dach wohl schon etwas öfter gehört worden.« Sie nahm ihre Mappe vom Klavierschemel. »Wir sehen uns dann in ein paar Tagen wieder. Um sieben Uhr, ja?«

Rinda nickte. »Sofern das Wetter es zulässt.«

»Ach, Schätzchen, ich glaube, in diesem Winter lässt das Wetter überhaupt nichts zu.« Blanche verzog die Lippen noch einmal zu ihrem ausdruckslosen Lächeln und verließ mit klappernden Absätzen das Theater.

»Was ist denn sie gefahren?«, rief Wes von oben, bevor er mit schweren Schritten die Treppe am Fuß des Glockenturms herunterkam und am hinteren Bühnenausgang erschien.

»Sie versucht eben mit aller Macht, optimistisch zu sein«, antwortete Rinda.

Jenna war sich dessen nicht so sicher. Hinter dieser Klavierlehrerin steckte mehr, als man auf den ersten Blick annahm. Blanche lebte allein mit fünf Katzen, drei Klavieren, einem ganzen Haus voller Glaskunst und Stapeln von Taschenbüchern. Sie war einmal verheiratet gewesen, doch niemand wusste, ob sie geschieden oder verwitwet war oder einfach nur von ihrem Mann getrennt lebte. Oder ob es diesen Mann überhaupt gab und den Sohn, den sie gelegentlich erwähnte. Sie war eine talentierte Musikerin und ein wenig exzentrisch. Und nach Jennas Meinung nicht unbedingt optimistisch.

»Ich finde, wir sollten alle etwas positiver denken.« Lynnetta strich das Kleid glatt, das sie zusammengelegt hatte, und verstaute es in einer kleinen Sporttasche.

»Schon gut, schon gut.« Rinda nickte und strich sich das Haar aus den Augen. »Du hast ja Recht. Das war die erste Probe – alle Beteiligten werden sich bestimmt noch steigern.« Sie sah auf ihre Uhr und riss die Augen auf. »Verdammt. So spät schon. Der Hund ist schon den ganzen Tag allein zu Hause. Ich muss los.« Ihr Blick schweifte durch das Theater. »Scott!«, rief sie zu den Dachbalken hinauf. »Los, komm.« Als sie nicht gleich eine Antwort erhielt, wandte sie sich ihrem Bruder zu. »War er nicht bei dir?«

Wes nickte. »Anfangs schon. Aber seit dem zweiten Akt habe ich ihn nicht mehr gesehen.«

»Scott!«, schrie Rinda.

Jenna blickte hinauf zu all den dunklen Winkeln. »Hey, nun komm schon!«

Immer noch keine Antwort.

»Er ist doch noch nicht nach Hause gegangen?« Rinda schwang sich von der Bühne und ging zu einem der hohen Bogenfenster. Durch eine klare Stelle in der Bleiverglasung spähte sie hinaus auf den dunklen Parkplatz. »Mein Wagen steht noch da.«

»Er würde nicht einfach verschwinden, ohne Bescheid zu sagen«, wandte Lynnetta ein, aber es klang nicht sehr überzeugt.

»Scott?« Sorge schwang in Rindas Stimme mit. »Scott!«

»Vor einer halben Stunde war er noch beim Mischpult. Ich sehe mal nach.« Wes lief die Treppe hinauf. Jenna sagte sich, es gebe keinen Grund zur Beunruhigung – Scott ging immer seiner eigenen Wege, war nie ganz im Einklang mit dem Rest der Welt. Doch Rinda steigerte sich in eine Stimmungslage irgendwo zwischen Wut und Panik hinein.

»Hier oben ist er nicht!«, rief Wes über den Lautsprecher herunter, und seine Stimme hallte durch den großen Raum. »Scott … Du bist vermisst gemeldet, und deine Mom möchte nach Hause fahren!«

»Er muss doch hier sein«, sagte Rinda, bereits auf dem Weg zu der Treppe, die hinter der Bühne zu den Umkleide-

räumen im Keller führte, als Scott an der Tür auftauchte.
»Oh! Himmel, du hast mir einen Schrecken eingejagt«, rief Rinda und presste die Hand aufs Herz.
»Ich dachte, du suchst mich.« Scotts pickeliges Gesicht trug den Ausdruck eines Unschuldsengels. Um seinen Nacken hingen Kopfhörer, aus denen laute Rap-Musik dröhnte.
»Ja, ich habe dich gesucht ... Wo zum Teufel hast du gesteckt?«
»Unten. Du hast doch gesagt, ich sollte da sauber machen?«
»Oh ... nun ... ja ... Wird wohl so sein«, erwiderte sie leicht verwirrt. »Ist ja auch egal. Es ist spät, lass uns gehen ...« Rindas Ärger verrauchte rasch, während sie Mantel und Mütze anzog und ihren Sohn zur Tür hinausscheuchte.
Jenna nahm ihre Sachen und folgte ihr. Das Abschließen überließ sie Wes und Lynnetta.
Draußen herrschte Nacht, so ruhig, dass es an die Nerven ging. Vereinzelte Schneeflocken fielen vom dunklen, sternenlosen Himmel. Die Hände in den Taschen, sah Jenna sich noch einmal nach dem Theater mit seinem hohen Glockenturm und den bleiverglasten Fenstern um und fröstelte. Wie magisch angezogen wanderte ihr Blick nach oben zur Turmspitze und dem steilen Dach, unter dem früher die Kirchenglocken geläutet hatten. Sie nahm eine Bewegung wahr, einen flüchtigen Schatten, und hatte das eigentümliche Gefühl, dass etwas oder jemand dort im Turm stand, sich in der eiskalten Dunkelheit verbarg und auf sie herunterblickte.
Aber das war natürlich Spinnerei.

Verfolgungswahn.
Niemand außer Wes und Lynnetta hielt sich im Theater auf, niemand war im Turm ... Es sei denn, Wes wäre in aller Eile die wacklige Treppe bis zur Turmspitze hinaufgerannt.
Sie wollte etwas zu Rinda und Scott sagen, doch die beiden waren bereits in ihren Wagen gestiegen. Scott saß am Steuer, und Rinda winkte kurz, als sie vom Parkplatz fuhren. Auf der Straße gab Scott so heftig Gas, dass der Wagen schleuderte, ehe er sich auf der richtigen Spur wieder fing. Vierundzwanzig Jahre alt, aber er führte sich auf wie ein Sechzehnjähriger, wie ein Jugendlicher, dessen emotionale Reifung irgendwie unterbrochen war und nie zum Abschluss kam. Und er wohnte noch immer zu Hause bei seiner überbehütenden Mutter.
Mit welchem Recht übst du solche Kritik? Denk nur an deine eigene Tochter. Cassie ist auch nicht gerade ein Engel.
Jenna schloss den Jeep auf und stieg ein.
Sie war gerade vom Parkplatz gefahren, als ihr Handy klingelte. Sie drückte die Sprechtaste und bog auf die Straße ab. »Hallo?«
»Mom, kannst du eine Pizza mitbringen?«, fragte Allie.
Jenna lächelte, als sie die Stimme ihrer jüngeren Tochter hörte. »Ich glaube, das ist eine gute Idee. Falls die Pizzeria noch geöffnet ist.«
»Und darf ich zu Dani?«
»Jetzt?« Sie blickte auf die Uhr. Halb zehn. »Musst du morgen denn nicht zur Schule?«
»Ich meine ja *nach* der Schule. Morgen.«
»Da hast du doch Klavierunterricht, wenigstens sofern das Wetter es zulässt.«

»Ich *hasse* Klavierunterricht.«
Vor Jennas geistigem Auge erschien kurz ein Bild von Blanche mit ihrer Baskenmütze und den Stiefeln. Die Frau war schon mehr als merkwürdig. »Wie wär's mit Freitag, das heißt, wenn Mr Settler einverstanden ist?«
»Ach, du sollst ihn übrigens anrufen.«
»Soll ich das?«
»Ja – er war am Telefon.«
»Wann?«
»Ähm … als du weg warst.«
»Heute Abend?«
»Ja.«
»Ich rufe ihn an, wenn wir uns über das Wochenende geeinigt haben«, versprach sie, hielt vor einem Stoppschild und blickte die Straße entlang. »Hey, du hast Glück. Martino's ist noch geöffnet. Welchen Belag möchtest du denn?«
»Peperoni.«
»Und …?«
»Nur Peperoni.«
»Okay, dann gib mir mal Cassie, damit ich sie nach ihren Wünschen fragen kann.«
»Sie ist unter der Dusche.«
»Na, dann eben nur Peperoni«, entschied Jenna. »Ich bin gleich zu Hause.«
Sie beendete das Gespräch und bog auf den verschneiten Parkplatz ein, wo sie den Jeep zwischen einem schwarzen Kombi und einem roten Pick-up abstellte, dessen Reifen so groß waren, dass er ohne weiteres an einem Monster-Truck-Rennen hätte teilnehmen können. Musik dröhnte aus den Lautsprechern, die Bässe hämmerten so laut, dass

der Hip-Hop-Song trotz der fast völlig geschlossenen Fenster durch die Luft pulsierte. Drei Jungen, die Schirme ihrer Baseballkappen im Nacken, saßen in der Fahrerkabine, lachten, redeten und rauchten.

Einer der Jungen war Josh Sykes.

Jennas gute Laune löste sich schlagartig in nichts auf. Sie erwog, ihn gleich jetzt zur Rede zu stellen, entschied sich jedoch dagegen. Es würde ihr nichts bringen, wenn sie ihn vor seinen Freunden demütigte. Also beherrschte sie sich, schlug den Kragen ihrer Skijacke hoch, eilte in das Lokal und bestellte die Pizza und eine Cola light.

Sie setzte sich in eine freie Nische, wartete auf die Pizza und trank ihre Cola. Zwei andere Nischen waren besetzt, doch niemand warf auch nur einen Blick in ihre Richtung. *Anonymität*, dachte sie und genoss das Gefühl der Freiheit, das diese mit sich brachte.

Wenige Minuten später betraten Josh und seine Freunde, die einander glichen wie Klone, das Lokal. Jennas friedliche Stimmung war dahin.

Einer der Jungen – in Baggy Jeans, mit schweren Goldketten behangen und in einer drei Nummern zu großen Jacke – lehnte sich mit dem Ellenbogen auf den Tresen und versuchte, mit dem Mädchen, das die Bestellungen aufnahm, zu flirten. Ein anderer stützte sich am Fenster ab und sah nach draußen, als ob er auf jemanden wartete, und Josh, der Jenna bemerkt hatte, bewies Verstand genug, das Herumalbern einzustellen. Ihre Blicke trafen sich, und sie glaubte zu sehen, wie sein Adamsapfel hüpfte, bevor er zu seiner üblichen Scheißegal-Haltung zurückfand.

Vermutlich wäre es besser gewesen, sich still zu verhalten,

doch sie konnte es nicht. Nicht wenn ihr eine Gelegenheit wie diese in den Schoß fiel. Sie ließ ihr Getränk auf dem Tisch stehen und ging auf Cassies Lümmel von Freund zu. »Hi, Josh.«
Er reagierte erst, als sie direkt vor ihm stand. »Hallo.«
»Wie geht's?«
Skepsis blitzte in seinen Augen auf. Er traute ihrer Freundlichkeit nicht. »Gut. Hol mir eben 'ne Pizza.«
»Ich auch.« Sie sah sich nach seinen beiden Freunden um, die die Konfrontation gespannt verfolgten. »Komm doch mit an meinen Tisch, dann können wir reden. Ich lade dich zu einer Cola ein.«
»Ich, ähm, ich habe keinen Durst.«
»Dann setz dich einfach ein paar Minuten zu mir, ja? Schließlich müssen wir doch beide warten. Da hat wohl das Schicksal die Hand im Spiel, wie?«
Er erwiderte nichts darauf, folgte ihr jedoch zu ihrem Tisch, während seine Freunde versuchten, ihr Grinsen zu verbergen. Jenna war es gleichgültig. Sie gab sich Mühe, ruhig und beherrscht zu bleiben. Ihr war klar, wenn sie einfach loslegte, würde er sich in die Defensive gedrängt fühlen und wütend werden. Impulsiv und rebellisch, wie ein Junge in seinem Alter nun einmal war, würde er es nur darauf anlegen, ihr zu beweisen, dass sie im Unrecht war, und sich gegen jede Forderung oder Regelung, die sie aufstellte, auflehnen. Obwohl ihr Blut kochte und sie ihm am liebsten den schmutzigen Hals umgedreht hätte, forderte sie ihn also höflich auf, Platz zu nehmen, und setzte sich ihm gegenüber. »Willst du wirklich nichts trinken?«
»Nein.« Er senkte den Blick auf die gefalteten Hände. Legte sie auf den Tisch. Als würde er beten.

»Okay, mein Vorschlag. Ich weiß, dass du Cassie magst, und sie mag dich.«
Er hob den Blick, um sich zu vergewissern, ob sie scherzte oder nicht. Es war ihr Ernst.
»Deshalb möchte ich annehmen, dass du auf sie Acht geben, sie beschützen willst.« Sie musste sich zwingen, so zu reden; die Worte blieben ihr schier im Hals stecken, denn das Letzte, woran sie selbst glaubte, war die Möglichkeit, dass ein Mann eine Frau beschützte. Und Josh konnte sie sich von allen Männern am wenigsten als Ritter in strahlender Rüstung vorstellen.
»Ja ...«, sagte er zaghaft, als traute er seinen Ohren nicht.
»Deshalb meine ich, du würdest nur das Beste für sie wollen, und, weißt du, wenn du sie aufforderst, sich nachts aus dem Haus zu schleichen und mit dir zum Schauplatz eines Verbrechens zu fahren, um dort zu trinken und Drogen zu nehmen ... das ist nicht unbedingt das Beste.« Sie gab sich größte Mühe, nicht sarkastisch zu werden, aber es gelang ihr nicht ganz.
»Wir haben nichts Schlimmes getan«, behauptete er, bemerkte ihren warnenden Blick und änderte seine Taktik. »Wir wollten nur ein bisschen Spaß haben.«
»Ich weiß.« Wie sie es sagte, klang es, als ob sie ihm glaubte. Joshs Probleme waren sein Mangel an Vorstellungskraft, die Tatsache, dass er aus einer Familie kam, die sich einen Dreck um ihn scherte, und die Langeweile angesichts der Aussichten für sein weiteres Leben. Auch wenn er anscheinend nicht über das Ortsschild dieser Kleinstand hinausblicken konnte. »Aber das war die Sorte Spaß, die gefährlich werden kann oder bei der ihr das Risiko eingeht, verhaftet zu werden – und das ist nicht zu

Cassies Bestem. Auch nicht zu deinem Besten. Hör zu, ich will ganz ehrlich sein, ja? Ich war wirklich wütend auf Cassie und dich, aber ich bemühe mich, nicht das Kind mit dem Bad auszuschütten und etwas zu tun, was wir alle bereuen würden.«

Er hob wieder den Blick, und sie sah ihm fest in die Augen, vergewisserte sich, dass er verstand, was sie verlangte, und dass sich hinter ihren verständnisvollen Worten eine Drohung verbarg. Josh sollte wissen, dass sie am längeren Hebel saß und sich dessen bewusst war. »Lass uns also versuchen, miteinander zurechtzukommen. Komm zu uns nach Hause. Besuche Cass. Führ sie aus, aber nicht mehr heimlich, okay? Es ist einfach zu gefährlich, und ich bin sicher, das Letzte, was du dir wünschst, wäre, Cassies Sicherheit und Wohlergehen zu gefährden.«

»Ja … aber …«

»Pizza für Hughes«, rief das Mädchen hinter dem Tresen, und Jenna erhob sich rasch.

»Danke, Josh«, sagte sie und ließ ihre kaum angerührte Cola und einen verdutzten Josh in der Nische zurück. Sie zwang sich für Joshs zwei Freunde zu einem Lächeln, das eines Oscars würdig gewesen wäre, nahm den Pizzakarton entgegen und verließ das Lokal.

Nun, sie hatte eine Konfrontation mit Josh gehabt; die letzte war es bestimmt nicht.

22. *Kapitel*

Wieder fiel Schnee, und der Wind wirbelte die Flocken vor sich her.

Jenna stieg in ihren Jeep und ließ den Motor an. Als sie rückwärts vom Parkplatz des Martino's fuhr, warf sie noch einmal einen Blick in das Fenster der Pizzeria. Alle drei Jungen starrten durch das kalte, vereiste Glas zu ihr heraus. Kein Wunder, dass sie förmlich gespürt hatte, wie ihre Blicke sich ihr in den Rücken bohrten.

Mit einem Winken und einem aufgesetzten Lächeln fuhr sie davon. »Hormongesteuerte, selbstverliebte Idioten«, murmelte sie vor sich hin, während sie noch immer gekünstelt lächelte, und schalt sich dann selbst für ihre Falschheit. Allerdings war sie schon immer der Meinung gewesen, dass man mit Zucker mehr Fliegen fing als mit Essig, und deshalb ging sie nicht allzu hart mit sich ins Gericht. »Ein Mittel zum Zweck«, redete sie sich ein, und der Zweck war Cassies Sicherheit und Wohlergehen.

Als sie am Gerichtsgebäude vorbeifuhr, einem vor beinahe hundert Jahren errichteten dreistöckigen, gelbbraunen Backsteinbau, sah sie die erhellten Fenster, suchte das von Carters Büro und stellte fest, dass dort noch Licht brannte. Nur wenige Fahrzeuge standen auf dem Parkplatz, unter ihnen auch Carters Chevrolet Blazer. Also arbeitete er noch. Vom Hörensagen wusste sie, dass er quasi rund um die Uhr arbeitete, dass er sich nach dem Tod seiner Frau voll und ganz in die Arbeit gestürzt hatte. Dem Kleinstadtklatsch zufolge war sie in einem ähnlich harten

Winter Opfer eines Verkehrsunfalls ohne Fremdbeteiligung geworden, doch Jenna achtete darauf, alle Gerüchte, die sie hörte, mit einer Prise Skepsis aufzunehmen, da sie im Lauf der Jahre immer weiter aufgebauscht wurden.

Sie schaltete die Scheibenwischer ein, denn der Schnee fiel jetzt dicht und stetig. In der Hoffnung, den Wetterbericht hereinzubekommen, drehte sie am Radio und landete stattdessen bei einem statisch knisternden Jimmy-Buffett-Song, der Vorstellungen von heißem Sand, tropischen Stränden und schäumenden Drinks heraufbeschwor.

Das hörte sich himmlisch an.

Sie summte die Melodie mit. Ihr Handy klingelte, und sie rechnete damit, dass Allie, die nicht gerade mit Geduld gesegnet war, nachfragte, wann sie mit der Pizza käme. Sie klappte das Handy auf und sah auf dem Display eine Nummer aus L.A.

Robert.

Ihr wurde flau im Magen, als sie sich meldete. »Hallo?«

»Hi, Jen.« Roberts samtiger Bariton wurde von statischem Knistern unterbrochen. »Wie ich höre ... Ärger ... Cassie hat angerufen ... und ...«

»Robert, ich kann dich nicht richtig hören. Der Empfang ist sehr schlecht.«

»... verflixtes Handy ... ruf dich ...« Er wurde immer wieder durch Knistern unterbrochen.

»Kannst du mich hören?«

»... undeutlich ...«

»Ja, ich höre dich auch nur undeutlich. Ich ruf dich noch einmal an ... auf dem Festnetz, wenn ich zu Hause bin. Verstanden?«

»...Cass ...«

»Ich kann dich nicht hören!«, schrie sie und drosselte kurz vor einer scharfen Kurve die Geschwindigkeit, ohne auf die Bremse zu treten. Die Reifen gerieten ins Rutschen und sie schleuderte auf die Gegenfahrbahn. »Verdammt!« Sie ließ das Handy fallen. Auch der Pizzakarton rutschte vom Beifahrersitz auf die Bodenmatte.

Adrenalin schoss durch ihre Adern. Sie umklammerte fest das Steuerrad und lenkte gegen, um den Wagen wieder auf die richtige Fahrspur zu bringen. Dort geriet sie erneut ins Schleudern. »O Gott«, flüsterte sie, schaltete herunter, setzte die Motorbremse ein und spürte, wie die Reifen wieder Bodenhaftung gewannen. Das Handy knisterte. Sie kümmerte sich nicht darum, sondern konzentrierte sich auf die Straße, auf den eisüberzogenen Asphalt.

Der Schnee fiel immer dichter, und vorsorglich schaltete sie die Scheibenwischer schneller. Wieder klingelte das Handy. Sie beachtete es nicht. Robert konnte noch einmal anrufen oder es sein lassen, das war ihr ziemlich gleichgültig. Wichtig war nur, dass sie unbeschadet nach Hause kam. Außerdem war sie es gewöhnt, ihre Kinder allein zu erziehen. Fast eine Woche war vergangen, seit Cassie heimlich ausgerückt war, und jetzt endlich geruhte ihr Vater auf ihren Anruf zu reagieren. Dieser Mistkerl!

Endlich hatte sie den Jeep wieder unter Kontrolle, doch ihr Puls raste immer noch, ihre Nerven waren zum Zerreißen gespannt, während sie der abschüssigen, kurvenreichen Straße folgte und sich dabei immer dichter dem Columbia River näherte mit seinem tosenden, dunklen, eiskalten Wasser, das mit Macht durch die Schlucht rauschte.

Sie konnte es kaum erwarten, nach Hause zu kommen,

das Feuer zu schüren und in ein Stück würzige Pizza mit zerlaufenem Käse und scharfen Peperoni zu beißen. Vielleicht würde sie anschließend noch ein Bad nehmen und in dem Roman lesen, der neben ihrem Bett wartete.

In ihrem Rückspiegel leuchteten Scheinwerfer auf.

Gott sei Dank. Jetzt war sie wenigstens nicht mehr allein auf der Straße. Außer ihr fuhr noch ein Idiot diese abgelegene Strecke am Fluss entlang. Das war irgendwie tröstlich.

Sie sah in den Rückspiegel und blinzelte, als das Fahrzeug hinter ihr stark beschleunigte. Das Fernlicht war eingeschaltet und blendete, als der Wagen näher kam.

Jenna nahm die nächste Kurve. Das Fahrzeug – ein Pickup? – fiel zurück, als sie in die Kurve ging, holte dann aber wieder auf.

Auf gerader Strecke änderte sich die Lage rapide. Das Fahrzeug hinter ihr schloss rasend schnell auf. Viel zu schnell angesichts der vereisten Fahrbahn. »Was um alles in der Welt ...?« Jenna ging leicht auf die Bremse – eine Warnung an den Fahrer hinter ihr. Erfolglos. Grell blinkte die Lichthupe auf. Als sei das Ganze eine Art Spielchen.

Der Fahrer wollte sie ärgern? Trotz des Glatteises? Aber das war Wahnsinn.

Ihr Herz hämmerte vor Angst, und Josh Sykes kam ihr in den Kopf. Hatte sie ihn vor seinen Freunden in Verlegenheit gebracht und machte er sich jetzt einen Spaß daraus, sie zu Tode zu erschrecken? Das wäre verrückt. Der Wagen war so dicht hinter ihr, dass sein Licht sie blendete. Jenna ging vom Gas in der Hoffnung, dass der Typ verstand. Nein. Er klebte fast an ihrer Stoßstange, legte es auf einen Unfall an.

»Schwachkopf«, murmelte Jenna. Ihr brach der Schweiß aus. Sie dachte an all die Warnungen vor Straftätern, die absichtlich dicht auf die Stoßstange auffuhren, wenn eine Frau allein im Fahrzeug saß, und sie zwangen, am Straßenrand zu halten. Wenn das potenzielle Opfer den Köder schluckte, anhielt und ausstieg, um dem Kerl die Meinung zu sagen und Angaben zu seiner Versicherung zu verlangen, wurde sie mit Waffengewalt entführt, verschwand und wurde erst viel später wieder gefunden, vergewaltigt oder tot.

Keine Panik!

Jenna biss die Zähne zusammen.

Sie dachte an den anonymen Brief, an das Gefühl, beobachtet zu werden, das sich nicht abschütteln ließ, an den entsetzlichen Leichenfund in den Bergen und an die Frau aus der Stadt, die noch immer vermisst wurde.

Hör auf. Das da ist bloß ein blöder Halbwüchsiger – wahrscheinlich Josh mit den Widerlingen, die er seine Freunde nennt.

Sie fuhr sich mit der Zunge über die Lippen und sah noch einmal in den Rückspiegel. Angst pulsierte in ihrem Blut.

Halte durch. Sei schlau.

Doch der Kerl ließ nicht locker.

Sie gab Gas.

Er blieb hinter ihr.

Bäume und Wegweiser flogen vorbei.

Sie drosselte das Tempo.

Spürte einen Ruck.

Es ging ihr durch Mark und Bein.

»Nein!« Sie umklammerte das Steuer, aber der Jeep geriet bereits ins Schleudern.

O Gott!

Noch ein Auto, aus der entgegengesetzten Richtung. Jenna betätigte wie wild die Lichthupe, doch das entgegenkommende Fahrzeug fuhr vorbei. Wohin konnte sie sich wenden? Ganz gleich, wo sie abbog, er konnte ihr doch folgen. Nein, sie durfte nicht anhalten.

Rumms!

Er hatte sie wieder von hinten gerammt. Diesmal heftiger.

»Scheißkerl«, fluchte sie, als der Jeep sich zu drehen begann. Sie trat auf die Bremse, lenkte in die Schleuderbewegung und spürte, wie die Reifen wieder griffen. Ihr Herz hämmerte gegen die Rippen.

Denk nach, Jenna, denk nach. Willst du den Kerl, der dich hier verfolgt, zu dir nach Hause führen?

Das Büro des Sheriffs lag in der entgegengesetzten Richtung, und sie hatte nicht genug Benzin im Tank, um bis Troutdale zu fahren ... O Gott ... Sie war nicht mehr weit von der Zufahrt zu ihrem Haus entfernt, und das Handy befand sich im Wagen, aber für sie unerreichbar auf dem Boden vor dem Beifahrersitz neben dem Pizzakarton.

Aber der Blödmann hinter dir weiß nicht, dass du es fallen gelassen hast.

Sie konnte ihn hinters Licht führen. Vielleicht.

Obwohl sie sich sagte, sie müsse den Verstand verloren haben, betete sie doch, dass ihr Trick funktionieren möge. Sie nahm die rechte Hand vom Steuer und kramte in ihrer Handtasche. Ohne den Blick von der Straße zu lassen, ertastete sie den kleinen schwarzen Türöffner für das Garagentor, hielt ihn vor sich und tat, als drücke sie die Tasten auf einem Handy. Dann hielt sie sich das kleine

Gerät ans Ohr. Mit etwas Glück konnte der Kerl mit seinen grellen Scheinwerfern sehen, was sie da tat, ohne zu erkennen, dass es nur vorgetäuscht war. Eine Hand am Steuer, nickte sie, bewegte die Lippen, erfand ein Gespräch und schwitze Blut und Wasser.

Vielleicht war der Kerl hinter ihr einfach nur ein miserabler Fahrer.

Und man hat schon Pferde kotzen sehen.

Sie blickte wieder in den Rückspiegel.

Bildete sie es sich nur ein, oder fuhr der Pick-up tatsächlich langsamer?

Bitte, lieber Gott.

Sie schluckte krampfhaft. Die Einmündung der Landstraße, die an ihrem Haus vorbeiführte, war nur noch eine Meile entfernt. Sie gab immer noch vor, ins Handy zu sprechen, während die Straße sich einen Hügel hinabschlängelte. Das Fahrzeug hinter ihr blieb noch weiter zurück. »Na also, du Scheißkerl. Hau ab«, sprach sie in den Türöffner. Noch eine letzte Kurve auf dieser Strecke, und der Jeep rutschte leicht, war jedoch gleich wieder auf Kurs.

Sie blickte in den Spiegel.

Nichts.

Keine Scheinwerfer.

Noch nicht.

Sie trat aufs Gas und rechnete jede Sekunde damit, das grelle Licht des Fahrzeugs wieder zu sehen.

Doch die Dunkelheit der Nacht hüllte sie ein.

Als sie bei der Einmündung der Landstraße anlangte, war sie allein.

Keine Scheinwerfer folgten ihr, und selbst als sie das Radio ausschaltete, hörte sie außer dem Motorengeräusch ihres Jeeps kein anderes Fahrzeug.

War ihr Verfolger irgendwo abgebogen?

Oder folgte er ihr ohne Licht?

Das ist doch lächerlich.

Trotzdem verursachte der Gedanke ihr eine Gänsehaut, und sie behielt den Rückspiegel angestrengt im Blick.

Hatte sie nicht vorhin vor dem Theater den Eindruck gehabt, dass jemand sie vom Glockenturm aus beobachtete? Konnte dieser verborgene Beobachter rasch aus dem Gebäude geschlüpft und ihr zu der Pizzeria gefolgt sein? Aber warum?

Um dich zu terrorisieren. Genauso wie mit dem Brief.

»Aber er ist weg«, sagte sie und merkte dann, dass sie laut mit sich selbst redete. Kein gutes Zeichen. Ein weiterer hastiger Blick in sämtliche Spiegel zeigte ihr, dass sie allein auf der Straße war.

Ihr Verfolger hatte von ihr abgelassen.

Und es bestand immer noch die Möglichkeit, dass er einfach nur ein schlechter Fahrer war, einer, der zu dicht auffuhr, der versehentlich das Fernlicht einschaltete …

Und was ist mit deiner Stoßstange? Von wegen!

Ihre Aufmerksamkeit galt der Straße vor ihr und der dunklen Nacht hinter ihr, als sie auf die Landstraße abbog, die zu ihrem Haus führte. Wegen der nervlichen Anspannung nahm sie die Kurve rasanter als gewohnt und geriet erneut ins Schleudern. Als der Jeep wieder ausgerichtet war und die Reifen Bodenhaftung hatten, gab sie Gas, um die letzte Steigung zu bewältigen. Oben angekommen, konnte sie das offene Tor am Ende ihrer Zufahrt sehen.

Das Tor hätte geschlossen sein müssen; es funktionierte ja

wieder, nachdem Hans das Eis abgeschmolzen und die defekten Leitungen repariert hatte.
Wieder setzte ihr Herz einen Schlag aus. Was, wenn jemand ins Haus eingedrungen war? Jemand mit bösen Absichten? *Mach dich nicht verrückt. Das Tor steht seit achtzehn Monaten offen, ohne dass etwas passiert ist. Du machst dir zu viele Sorgen!*
Sie fuhr zwischen den Steinpfosten hindurch und drückte dann auf die Taste ihrer Fernbedienung. Mit einem Surren schlossen sich die Torflügel hinter ihr. Ein weiterer Druck auf die Taste für das Garagentor, und die schwere Tür hob sich. Als sie hindurchfuhr, sah sie Allie im Licht der Deckenlampe in der Küche stehen. Sie winkte hektisch, und noch bevor Jenna aus dem Jeep gestiegen war, rannte Allie nur in Pyjama und Hausschuhen nach draußen in den Durchgang. Critter sprang neben ihr her und wedelte wie verrückt mit dem Schwanz, nein, mit dem ganzen Körper, als er Jenna erblickte.
»Bist du verrückt?«, schalt Jenna ihre Tochter, als Allie die Seitentür zur Garage öffnete. »Geh ins Haus und zieh dir eine Jacke und Stiefel an!« Sie holte ihre Handtasche und den Pizzakarton aus dem Wagen, wobei sie immer wieder dem überschwänglichen Hund ausweichen musste.
»Aber ich habe Hunger«, protestierte Allie und stürzte sich auf den Pizzakarton, so wild, dass sie Jenna beinahe umgerissen hätte.
»Du bekommst ja sofort was zu essen. Komm schnell, zurück ins Haus. Ihr beide!« Sie scheuchte ihre Tochter und den Hund zurück in die Küche, aus der ihr warme Luft einladend entgegenschlug. »Was hast du dir nur dabei gedacht, Allie?«

Cassie saß im Arbeitszimmer, die Füße auf der Heizung, und blätterte in einer Zeitschrift. »Manchmal denkt sie einfach nicht, Mom«, bemerkte sie.
»Ich hau wenigstens nicht heimlich ab.« Allie riss Jenna bereits den Pizzakarton aus den Händen.
»Du bist ja auch viel zu blöd dazu.«
»Das reicht!«, schaltete sich Jenna ein. Sie war nicht in der Stimmung für die kleinen Sticheleien der Mädchen. »Was war heute Abend los?«
»Nichts«, sagte Cassie. »Wie üblich.«
»Lüge!« Allie öffnete den Pizzakarton und sah eine zerlaufene Masse. Der Käse und die Peperoni waren vom Teigboden gerutscht und klebten an einer Seite des Kartons; die Pizza selbst war nackter Teig mit Spuren von rotem Tomatenpüree. »Bah, was ist denn da passiert?«
»Ich musste stark bremsen, und da ist der Karton vom Sitz gerutscht.«
Allie rümpfte die Nase. »Das sieht eklig aus.«
»Stimmt, aber es schmeckt nicht anders als sonst.« Jenna hatte keine Lust auf einen Streit. Nicht an diesem Abend.
Cassie legte ihre Zeitschrift zur Seite und trat an den Tisch, auf dem die Pizza erkaltete. »Mom hat Recht«, sagte sie, und Jenna vergaß beinahe, den Mund zu schließen. Sie konnte sich nicht erinnern, wann ihre ältere Tochter zum letzten Mal einer Meinung mit ihr gewesen war. Cassie nahm ein zerlaufenes Dreieck aus der Schachtel, schob etwas Käse und Salami darauf und probierte einen Bissen. »Schmeckt prima.«
Allie war noch immer argwöhnisch, tat es jedoch ihrer älteren Schwester nach und griff sich ein Stück ohne Belag.

»Gut, dann erzählt mal, was passiert ist, seit ich weggefahren bin. Hans ist schon nach Hause gegangen?«
»Ja, er hat die Pferde gefüttert und getränkt und ist dann gegangen. Ich durfte ihm helfen.« Allie wickelte zerlaufenen Mozzarella um ihr Pizzastück.
»Gut. Sonst noch was? Hat jemand angerufen?«
»Ja, Travis Settler. Er hat gesagt, er versucht es später noch einmal«, antwortete Cassie. »Und ein paar Mal hat jemand aufgelegt. Keine Nummer auf dem Display – das waren private Anrufe. Ich habe versucht, Sternchen neunundsechzig zu wählen, aber das hat mir auch nicht weitergeholfen. Wahrscheinlich war es eine schlechte Handy-Verbindung.«
»Wahrscheinlich«, bestätigte Jenna, obgleich es sie beunruhigte. Die Heimfahrt steckte ihr noch in den Knochen. »Falls noch ein Anruf kommt, lasst mich ans Telefon gehen.«
Cassie seufzte laut, legte ihr Pizzastück auf eine Serviette und kehrte damit zu ihrem Sessel und der Zeitschrift zurück.
Allie hörte schon längst nicht mehr zu, sondern dekorierte zwischen den Bissen ihr Pizzastück mit den restlichen Peperoni.
»Und euer Dad?«
»Was soll mit ihm sein?«, fragte Cassie.
»Er hat nicht angerufen?«
Sie schüttelte den Kopf, setzte sich in den Sessel und begann wieder in der Zeitschrift zu blättern. »Moment mal. Einen von den Anrufen hat Allie angenommen.«
»Allie?«, fragte Jenna.
»Was?« Ihre Tochter hob den Blick von ihrem Garnierungs-Meisterwerk.

»Hat Dad angerufen?«
»Heute Abend? Nein.«
»Aber vorher irgendwann?«
»Ja.«
»Du hast nichts davon erzählt.«
»Dann hab ich's wohl vergessen.«
»Wann war das?«
Sie zog eine ihrer schmalen Schultern hoch. »Weiß nicht … gestern, glaube ich. Vielleicht auch vorgestern.«
»Wollte er mich sprechen?«
Allie biss sich auf die Unterlippe und verzog das Gesicht. »Ja.«
Also war Robert doch nicht so unzuverlässig, wie sie geglaubt hatte. Der Zorn auf ihren Exmann legte sich ein bisschen. »Du musst mir über alle Anrufe Bescheid geben, die du für mich annimmst, okay? Oder schreib sie auf.«
»Okay«, murmelte Allie.
»Aber heute Abend ist noch ein weiterer Anruf gekommen. Wer war das?«
»So ein Typ.«
Jennas Nackenhaare richteten sich auf. »Was für ein Typ?«
»Weiß ich nicht. Er hat gesagt, er versucht's noch mal.«
»Hat er gesagt, was er wollte?«, fragte Jenna, bemüht, sich ihre Angst nicht anmerken zu lassen.
»Nein. Er wollte dich sprechen und hat gefragt, wo du bist, und ich hab gesagt, ich weiß es nicht.«
Jetzt brach die Angst sich Bahn. »Moment mal. Du hast einem Fremden verraten, dass du allein zu Hause warst?«
»M-m.« Allie schüttelte den Kopf. »Ich war ja nicht allein. Hans und Ellie und Cassie waren hier. Als er dann

gefragt hat, ob ich allein wäre, habe ich nein gesagt.« Sie reckte das Kinn vor, aber ihre Unterlippe zitterte ein wenig. »Ich bin doch nicht blöd, Mom.«

»Natürlich nicht.«

Cassie schnaubte verächtlich. »Du sollst *überhaupt keine* Informationen rausgeben. Hast du das nicht schon gelernt, als dieser widerliche Paladin Mom in L. A. belästigt hat?«

»Das hier war was anderes!«, wehrte sich Allie, doch Jenna war plötzlich schlecht vor Angst. Der Brief. Das Gefühl, verfolgt zu werden … beobachtet zu werden. Die Sachen, die aus dem Theater verschwunden waren.

»Warum war das Tor nicht verschlossen?«, fragte sie bemüht ruhig.

»Die elektronische Steuerung war wieder mal hinüber. Hans hat versucht, sie zu reparieren«, erklärte Cassie, warf ihre Zeitschrift zur Seite und blickte zu Jenna auf, als hätte sie endlich doch die unterschwellige Angst in ihrem Tonfall bemerkt. »Was ist los, Mom?«

»Ich denke, wir sollten etwas besser auf unsere Sicherheit achten.«

Cassie kniff die Augen zusammen. »Es geht nur darum, dass ich nachts nicht heimlich abhauen kann, nicht wahr?«, warf sie Jenna vor.

»Hey, Cass! Dich heimlich aus dem Haus zu schleichen, ist *unter gar keinen Umständen* erlaubt. Darüber brauchen wir nicht noch einmal zu reden. Aber vergiss bitte nicht, dass ich vor ein paar Tagen merkwürdige Fanpost bekommen habe.«

»Und wie merkwürdig war die genau?«, wollte Cassie wissen.

»Jedenfalls merkwürdiger, als mir lieb ist.«

Allie verlor plötzlich ihr Interesse an der Pizza; der Angst-Radar des kleinen Mädchens hatte etwas aufgeschnappt.

»Du glaubst, der Typ, der den Brief geschrieben hat, war derselbe wie der Anrufer?«, fragte sie mit gefurchter Stirn und nagte besorgt an ihrer Unterlippe.

»Ich weiß es nicht«, gab Jenna zu. Dann drehte sie eine Runde durch das ganze Haus und verriegelte sämtliche Türen und Fenster. »Ich weiß es einfach nicht.«

Allie folgte ihr wie ein Hündchen. »Sind wir hier in Sicherheit?«

»Natürlich«, beteuerte Jenna, doch insgeheim glaubte sie nicht daran. Nicht eine Sekunde lang.

23. Kapitel

Muss ich wirklich?«, fragte Cassie widerstrebend, als Jenna ihr das Telefon reichte. Das Letzte, wozu sie jetzt Lust hatte, war eine Auseinandersetzung mit ihrem Vater.

»Unbedingt!«

Cassie hätte sich gern davor gedrückt, doch sie wählte die Nummer ihres Vaters, ging ins Büro und kehrte ihrer Mutter den Rücken zu, als ihr Vater sich mit barscher Stimme meldete. »Hi, Daddy.«

»Cass.«

Als Cassie die Wärme in seinem Tonfall hörte, fehlte er ihr plötzlich ganz furchtbar. Sie wusste, dass er als Ehemann nichts getaugt hatte und als Vater manchmal auch nicht, aber er war schließlich der einzige, den sie hatte.

»Was gibt's?«

Ihre Kehle war wie zugeschnürt. Gott, sie wollte ihn doch nicht enttäuschen. Sie seufzte, wischte sich die Tränen aus den Augen und gestand: »Ich habe Mist gebaut.« Dann erzählte sie ihm die ganze Geschichte. Nun ja, sie verschwieg, dass sie Gras geraucht und mit einem Jungen herumgemacht hatte – sie wollte ihn nicht unnötig zur Raserei treiben –, aber den Rest erzählte sie ihm, einschließlich der Tatsache, dass sie nachts heimlich von zu Hause abgehauen, mit Josh zu dem Tatort gefahren und vom Sheriff nach Hause gebracht worden war.

Die ganze Zeit über sagte er kein einziges Wort.

»War das alles?«, fragte er, als sie schließlich verstummte.

»Ja.«
»Hast du was daraus gelernt?«
»Dass ich mich nicht erwischen lassen darf?«, versuchte sie zu scherzen, obwohl ihr die Tränen über die Wangen liefen.
»Na, ich glaube, du weißt es besser. Versuch mal, ein wenig Rücksicht auf deine Mom zu nehmen, ja?«
»Ja.« Sie schniefte laut. »Was meinst du ... Ob ich wohl nach Hause kommen könnte?«
Eine Pause.
Cassies Herz wurde schwer.
»Zu Weihnachten?«
»Ich dachte eigentlich ...«
»Ich würde mich freuen!«, fiel er ihr ins Wort, bevor sie eingestehen konnte, dass sie am liebsten für immer zurück nach L. A. ziehen wollte. »Allerdings planen wir, ein paar Tage im Ferienhaus von Tammys Familie in Tahoe zu verbringen. Ich bin schon seit Jahren nicht mehr Ski gelaufen.« *Seit dem Unfall bei den Dreharbeiten zu* White Out *nicht mehr*, dachte sie. »Aber ich könnte ja mal nachfragen, ob da auch noch Platz für dich wäre ...« Er sprach nicht weiter. Cassie schluckte die nachdrängenden Tränen hinunter. Er versuchte sie auf elegante Weise abzuwimmeln. Er sprach es zwar nicht aus, aber der Besuch seiner Tochter käme ihm ungelegen.
»Wahrscheinlich würde es ohnehin nicht klappen. Mom will ja unbedingt, dass Allie und ich hier bleiben.«
»Vielleicht in den Frühlingsferien ... Ach, verflixt, das geht auch nicht. Ich habe ein neues Filmprojekt, und wir fangen im März mit den Dreharbeiten an. Vielleicht kann ich mir ein paar Tage freinehmen und euch besuchen. Wir

drehen in Vancouver, B. C. Oder ihr Mädchen könntet mit dem Flugzeug zu mir kommen!« Er sagte das mit großer Begeisterung. Als ob es ihm ernst damit sei. Was es vermutlich auch war, im Moment jedenfalls. »Ich werde mit eurer Mutter darüber reden. Versprochen. Also … mach ihr bitte keinen Ärger mehr.«

»Nein«, brachte sie hervor und unterdrückte mühsam ein Schniefen. Er sollte nicht wissen, wie sehr er sie verletzt hatte.

»Gut, dann wäre damit wohl alles okay?«

Okay? War er verrückt geworden? »Ja«, schwindelte sie. Dabei war überhaupt nichts okay. Nichts würde jemals wieder okay sein.

»Braves Mädchen. Soll ich noch mit deiner Mutter sprechen?«

»Nein.« Sie schüttelte den Kopf, als könnte er sie durch die Leitung hindurch sehen.

»Gut. Ich rufe bald wieder an. Hab dich lieb … Ach, ist Allie noch wach? Ich sollte wohl mal kurz mit ihr reden.«

Das ärgerte Cassie. Natürlich sollte er das! »Ich hole sie.« Sie ging in die Küche, sagte leise: »Dad will mit dir reden«, und reichte Allie den Hörer. Bevor noch jemand irgendetwas sagen konnte, verlor sie völlig die Fassung, hastete die Treppe hinauf in ihr Zimmer und warf sich aufs Bett. Sie würde nicht weinen. Um nichts in der Welt. Nicht, wenn ihre Mutter oder ihre Schwester sie hören konnten. Trotzdem rannen heiße Tränen aus ihren Augen.

Sie lief ins Bad, verriegelte die Tür und stellte das Radio auf volle Lautstärke. Dann drehte sie den Wasserhahn und die Dusche auf, legte ein nasses Handtuch über ihr

Gesicht und stieß kleine Schluchzer aus, gerade genug, um ein bisschen von ihrer Seelenqual herauszulassen, aber nicht so viel, dass jemand sie hätte hören können.

»Mistkerl«, flüsterte sie und meinte damit ihren Vater. Das Problem war nur, dass sie ihn liebte. Irgendwie musste es ihr gelingen, dieses alberne Gefühl auszuschalten. Ihm lag im Grunde nichts an ihr. Er hatte sich während der Scheidung nicht einmal um das Sorgerecht bemüht. So ein Weichei! Schniefend tupfte sie ihre Augen ab. Robert Kramer war es nicht wert, dass sie seinetwegen so litt.

Und was ist mit Josh?

Gute Frage. Und schwer zu beantworten.

Wenn du noch in L. A. wärst, würdest du dann an einen Jungen wie Josh Sykes auch nur einen zweiten Blick verschwenden? Oder würdest du ihn nicht vielmehr für einen Typen halten, dem man am besten aus dem Weg geht, für einen Menschen, dem die Natur nicht viel mit auf den Weg gegeben hat?

»Himmel, ich weiß es doch nicht.«

Sicher weißt du das. Denk an Mike Cavaletti und Noel Fedderson und Brent Elders!

Die Jungen, für die sie in Südkalifornien heimlich geschwärmt hatte. Braun gebrannt, intelligent, privilegiert, weltgewandt ...

»Snobs«, sagte sie leise.

Wie du. Bist du nicht im Grunde genauso wie sie? Wie würde es dir gefallen, wenn deine Freunde in L. A. dich mit Josh gesehen hätten, da oben im Schnee am Schauplatz eines Verbrechens ... wo der Sheriff dich in seinen Wagen packt und dich wie eine Verbrecherin zurück zu deiner Mutter schleppt ...

»Mist, Mist, Mist!«, sagte sie plötzlich, wütend über ihre Lage, wütend auf ihre Familie, auf die ganze verdammte Welt. Sie zog sich aus, stellte sich unter die Dusche und ließ den heißen Wasserstrahl auf ihr Gesicht und ihren Körper prasseln. Sie hatte es satt, sich von ihrer Mutter bevormunden zu lassen, hatte ihre blöde Schwester satt, ihren Vater, der ihnen allen aus dem Weg ging, und Josh, der sie drängte, Dinge zu tun, von denen sie nicht recht wusste, ob sie sie überhaupt wollte.

»Dann wirst du wohl etwas daran ändern müssen«, knurrte sie. Wie lautete noch dieser spießige Spruch? *Heute ist der erste Tag vom Rest deines Lebens* oder so ähnlich. Kam der Sache ziemlich nahe. An diesem Abend wollte sie sich danach richten. Es war an der Zeit, dass sie ihr Leben selbst in die Hand nahm. Denn im Grunde gab es niemanden, der sie wirklich kannte, niemanden, der sie verstand, niemanden, dem sie etwas bedeutete. Auch nicht Josh. *Josh am allerwenigsten!*

Von jetzt an würde sie selbst für sich sorgen.

Aufmerksam richtete er das Fernglas auf das Grundstück. Im Schutz seines Verstecks hoch in den eisüberzogenen Ästen stellte er die Schärfe ein. Das Tor war geschlossen, im Haus brannte Licht. Jenna und ihre Kinder hockten in der Küche zusammen. Sie war in Sorge. Immer wieder hatte sie verstohlene Blicke aus dem Fenster geworfen und schließlich die Jalousien heruntergelassen, sodass ihm die Sicht genommen war.

Nicht, dachte er, konnte jedoch nichts dagegen unternehmen.

Mach sie wieder auf, befahl er stumm und ließ den Blick

verzweifelt von einem verdunkelten Zimmer zum nächsten wandern, doch sie ging an keinem Fenster ohne Jalousie vorüber, zeigte sich ihm nicht.

Zorn wallte in ihm auf.

Schließ mich nicht aus. Bitte nicht …

Seine Gedanken schweiften in die Vergangenheit, stolperten über Erinnerungen an kalte Winter und zugeschlagene Türen. Auch noch nach ›dem Vorfall‹, wie man das Geschehene später nannte, blieben ihm die Türen verschlossen.

»Mama, nein!«, sagte er laut und erschrak über sich selbst.

Er zitterte, als er in seiner Erinnerung wieder das hässliche Geräusch von Eis hörte, das langsam brach. Er und Nina waren über den im Mondschein silbern schimmernden zugefrorenen See gewandert, ganz mit sich selbst beschäftigt, während am Himmel hoch über ihnen die Sterne funkelten. Er spürte wieder die Wärme ihrer bloßen Hand durch seinen Handschuh hindurch, bemerkte, wie ihr Nachthemd wehte und ihre schmalen weißen Knöchel umspielte. Ihr schwarzes Haar war zerzaust und struppig, und ihre Augen versprachen Genüsse, die er sich kaum vorstellen konnte. Sie küssten sich. Oft. Durch die Knopfleiste ihres Nachthemds erhaschte er einen Blick auf ihre Brust – klein, rund, mit einer verlockenden dunklen Spitze, die hart war vor Kälte.

»Komm mit mir«, hatte er kurz zuvor gesagt, nachdem er an ihr Schlafzimmerfenster geklopft hatte. Sie hatte rasch den Riegel zurückgeschoben und war aus dem Fenster geschlüpft, während ihre kleine Schwester im oberen Stock des Etagenbetts weiter schnarchte. Sie legte ihm sanft einen Finger an die Lippen, damit er still war, und er grinste, wartete, bis sie ihre pelzgefütterten Schuhe angezogen hatte, nahm dann ihre Hand und führte sie rasch in den Wald.

Gemeinsam liefen sie durch den Schnee … den bösen Blicken entronnen, den zornigen Worten, den harten Händen, die fest und rasch und grundlos zuschlugen.

Die Nacht war kalt und frisch, ohne den Geruch von schlechtem Atem, Zigarettenrauch und nicht ganz leeren Whiskeyflaschen. Der Mond und die Sterne wiesen ihnen den Weg.

Sie waren frei.

Und sei es nur bis zur Morgendämmerung.

Ihm war es gleich, wie wenig Zeit ihnen blieb, solange sie nur zusammen sein konnten. Jung. Stark. »Komm schon, Nina«, drängte er und zerrte an ihrem Arm. Sie liefen zum See, und sie lachte. Es war der reinste Ton, den er je gehört hatte, klang wie ein Glöckchen durch den mitternächtlichen Wald, als sie am Ufer angelangt waren und auf das feste Eis traten. Beim ersten Schritt wäre sie beinahe ausgeglitten. Er fing sie auf, schloss sie in die Arme, und sein Herz schlug einen urtümlichen Trommelwirbel, der gleichzeitig beglückend und erschreckend war.

Die Nacht war still bis auf das leise Wispern des Windes, nur wenige Lichter schimmerten von den Hütten im Wald herüber, Anleger ragten ins Eis hinaus, am nächsten Bootssteg lag ein festgefrorenes Kanu.

Sie warf den Kopf in den Nacken und forderte ihn heraus: »Du fängst mich nicht!«

Er drückte sie an sich. »Ich habe dich ja schon.«

»Nicht mehr lange.« Schlüpfrig wie ein Aal entwand sie

sich ihm und begann zu laufen, wobei sie immer wieder ins Schlittern geriet. Ihr schwarzes Haar wehte im Wind.

»Warte!«, rief er, doch sie beachtete ihn nicht, und er musste ihr nachjagen, immer weiter fort von den schneeverwehten Ufern hinaus aufs gefrorene Wasser. Er wusste, dass das gefährlich sein konnte. Wie oft hatte seine Mutter ihn ermahnt, sich vom See fern zu halten, wenn sie die Tür hinter ihm schloss? Aber in dieser Nacht schien von dem See eine Magie auszugehen. Schwarze Magie.

Natürlich holte er sie ein, packte sie, und sie wand sich lachend in seinen Armen, durchgefroren bis auf die Knochen. Sein Herz pochte wild, sein Atem ging kalt und flach, als er sie an sich drückte und in ihre Augen sah, die die Nacht spiegelten. »Küss mich«, befahl sie und zog, die Hände in seinem Haar, seinen Kopf zu sich herab. Kalte Lippen berührten seinen Mund und brachten sein Blut in Aufruhr. Ihre Zunge stieß gegen seine Zähne, schob sich zwischen ihnen hindurch und berührte die seine.

Er stöhnte. War verloren. Er schob ihr Nachthemd hoch, zwischen seinen Beinen pochte es plötzlich vor Begierde. Zuerst hielt er das Geräusch für das Rauschen des Blutes in seinen Adern, das Hämmern seines Herzens, doch er täuschte sich. Instinktiv spannten sich seine Muskeln an, während er horchte und das gespenstische Ächzen vernahm. Ein bedrohliches, kaum hörbares Knirschen, das wie eine Warnung in sein Bewusstsein drang.

Er hob den Kopf. Das Ufer lag hundertfünfzig Meter entfernt. Wie hatten sie sich so weit vom festen Boden entfernen können? »Beweg dich nicht«, flüsterte er zitternd. Vielleicht würde es einfach aufhören.

Doch er wusste es besser.

Noch einmal hallte ein tiefes Ächzen durch das Tal. Die feinen Härchen auf seinen Armen richteten sich auf.
»O Gott.«
»Was denn?«
Sie waren zu weit vom Ufer entfernt. Viel zu weit. »Komm!«, befahl er, als ein neuerliches Knacken in seinem Kopf nachhallte. Und dann spürte er es: eine leise Bewegung unter seinen Stiefeln. Er packte ihre Hand. »Lauf!«, schrie er über das Knirschen hinweg, das immer lauter und schärfer ertönte – das Geräusch eines Risses, der sich in Windeseile durchs Eis zog.
»Warum? O Gott!«
»*Lauf!*«
»Ich kann nicht!« Ihre Füße in den Pelzschühchen fanden keinen Halt auf der glatten Oberfläche, sie glitt immer wieder aus. Er packte ihr Handgelenk, rannte los und zerrte sie mit sich in Richtung Ufer. Sie war schwer, hielt ihn auf, doch das kümmerte ihn nicht. Er lief schneller und schneller, geriet selbst mehrmals ins Schlittern. Er lief in Richtung des Hauses, wo er zwischen den entlaubten Bäumen hindurch warmes Licht aus den Fenstern scheinen sah. Er roch den Rauch des Holzfeuers, der aus dem Schornstein aufstieg, hörte leises Lachen und Musik, bemerkte das unbekannte Auto, das auf der verschneiten Zufahrt parkte.
Nina weinte jetzt verängstigt. »Komm schon«, drängte er, zerrte an ihrem Handgelenk, zwang sie weiter. Dann drehte er sich wieder zum Haus um. »Ma!«, schrie er so laut, dass das Eis den Schall zurückzuwerfen schien. »Ma! Hilfe!«
Erneut fuhr ein Ruck durch die Eisfläche unter ihm.
Ninas Hand glitt aus seinem behandschuhten Griff.

Er wirbelte herum, als sie aufschrie, ein Laut der Todesangst, der die Nacht durchschnitt.

Krrrrach!

Das Eis unter ihnen brach auf.

Seine Füße verloren den Halt, und er sah den Spalt, einen klaffenden Riss, der sich bewegte und weiterlief, als sei er lebendig.

Nein!

Die Spalte hielt direkt auf Nina zu.

Sie keuchte. Versuchte, sich aufzurappeln und zu laufen.

»Schnell, Nina!« Er schlitterte und rutschte in ihre Richtung. Der Riss weitete sich zu einem Abgrund, und Nina – die schöne, vertrauensselige Nina – schrie entsetzlich, als sie mit einem widerwärtigen Klatschen ins Eis einbrach.

»Nein! O Gott, nein!« Er warf sich an der Stelle, an der sie verschwunden war, nieder, spähte in die trübe, eiskalte Tiefe, hörte das Eis um sich herum bersten und splittern, doch Nina ging unter, versank in der Schwärze.

Ohne nachzudenken, sprang er in das klaffende Loch. Eiskaltes Wasser schlug über ihm zusammen, erstickte ihn, zog ihn mit kalten, grausamen Fingern hinab. Er ruderte wild mit den Armen, tastete im trüben Wasser des Sees um sich. *Bitte, lieber Gott, bitte …* Seine Lunge brannte vor Sauerstoffmangel. Er sah nichts, zitterte am ganzen Körper, nicht allein vor Kälte.

Wo bist du? Nina … Wo?

Er schwamm fieberhaft im Kreis, hatte das Gefühl, explodieren zu müssen, hoffte, sie irgendwo zu entdecken, ihr Nachthemd, *irgendetwas.* Suchte verzweifelt. Und wusste, dass er vielleicht sterben würde.

Luftblasen kamen aus seiner Nase. Als er unwillkürlich nach Atem rang, drang ihm eiskaltes Wasser in Nase und Kehle. Verzweifelt ruderte er nach oben, in Richtung der Spalte im Eis. Sobald er die Wasseroberfläche durchbrochen hatte, schnappte er keuchend nach Luft. Hustete. Spuckte. Spie Wasser. »Nina!«, schrie er aus Leibeskräften, doch seine Stimme war nur ein Krächzen in der eisigen Dunkelheit. »Nina!«

Nichts.

Kein Laut ihrer süßen Stimme.

Sein Blick schweifte über die Oberfläche des Sees, doch nichts regte sich. O Gott, sie war immer noch dort unten. Sie würde erfrieren. Ertrinken. *Sie würde sterben.*

Er tauchte wieder unter, hinein in die tintenschwarze Tiefe. *Nina, wo zum Teufel bist du? Oh, Baby. Komm schon, komm schon!* Die Sekunden verstrichen, und er konnte im trüben Wasser nichts erkennen. Wie groß war die Chance, dass sie überlebte? Wie lange konnte jemand unter Wasser bleiben – unter Wasser, das nahe dem *Gefrierpunkt* war? Gab es unter der Eisdecke eingeschlossene Luftblasen? Konnte es sein, dass sie in diesem Augenblick ihre süßen Lippen gegen das Eis presste in der Hoffnung, eine kleine Luftblase zu finden? In seinem Geist wirbelten die Gedanken wild durcheinander, ein Kaleidoskop lebhafter Bilder von Nina schoss ihm durch den Kopf, während er in Panik und mit brennender Lunge weiterschwamm.

Etwas Schlüpfriges streifte sein Bein; erschrocken trat er danach, bevor ihm der Gedanke kam, es könnte Nina sein.

Er zwang sich, tiefer zu tauchen, suchte weiter in der

Schwärze. Glaubte, von fern Stimmen zu hören. Seine Lunge wollte bersten, schmerzte unerträglich, doch er konnte Nina nicht hier unten lassen. Wollte es nicht. *Wo bist du? Wo?*

Er stieß Luftbläschen aus und starrte angestrengt ins Dunkel. Plötzlich sah er weiße Finger vor sich ... eine Hand ... Er griff danach, nur um festzustellen, dass es seine eigenen beinahe gefühllos gewordenen Finger waren. Das Gewicht des Sees erdrückte ihn, seine Lunge wollte bersten. Da spürte er wieder etwas, das federleicht sein Bein streifte. Was war das? Was zum Teufel war das? Nina? Oder ... oder ... Er konnte nicht denken, war der Bewusstlosigkeit nahe, die Lunge drohte ihm zu explodieren.

Er stieß den Atem aus und strampelte kräftig mit den Beinen, ruderte an die Oberfläche.

Bam!

Sein Kopf schlug ans Eis.

Luft entwich aus seiner Lunge.

O Gott, er war eingeschlossen!

Sie beide waren eingeschlossen.

Luftbläschen sprudelten aus seinem Mund, während er dicht unter der Oberfläche weiterglitt, mit den Händen fieberhaft nach der Spalte im Eis tastete. Schwärze umfing ihn. Er rang nach Luft, und Wasser drang in seine Lunge. Er schlug wild um sich, hörte wieder das ächzende Knirschen, und dann brach über ihm das Eis auf.

Hustend und keuchend und schnaubend kam er an die Oberfläche, spie Wasser und klammerte sich an der scharfen Kante der klaren Eisdecke fest, die quer über den See gerissen war.

Er hörte Stimmen ... ferne Stimme ... Engel ... oder Dämonen? In seinem Kopf drehte sich alles; die Stimmen klangen gedämpft und fern.
Er spuckte noch mehr Wasser, und dann, gerade als kleine, tanzende Lichtpunkte sich ihm näherten, ergriff die Schwärze, die bereits sein Bewusstsein getrübt hatte, vollends Besitz von ihm.
Er war überzeugt, sterben zu müssen, und er ergab sich willig dem Tod.
Doch Gott ließ ihn leben. Irgendwie war er verschont worden.
Jetzt, da er im wirbelnden Schneeregen stand, die Äste der mächtigen Fichten und der Boden in seinem Verschlag mit Raureif überzogen, jetzt empfand er die gleiche Düsterkeit und Wut, die ihn in den Jahren nach dem Vorfall beherrscht hatten.
Warum hatte er überlebt?
Warum war Nina gestorben?
Bald nachdem er in einem Krankenhausbett wieder zu sich gekommen war, wurde ihm klar, dass man ihm die Schuld an Ninas Tod gab. Er hatte es im unglücklichen Blick seiner Mutter erkannt, hatte das Wechselspiel der Gefühle in den Mienen der Polizisten und Therapeuten bemerkt, die mit ihm sprachen.
Zwar wurde er weder verhaftet noch vor Gericht gestellt, aber die stumme Anklage derer, die von der Sache wussten, lief ihm bis in alle Ewigkeit nach.
Ebenso wie seine eigene Selbstanklage.
Hatte er sie nicht hinausgelockt?
Hatte er sie nicht für sich gewollt?
Hatte er nicht sogar eine heimliche Freude, einen Hauch

von Erregung verspürt bei dem Gedanken, dass sie seinetwegen, wegen ihrer *Liebe* zu ihm, ihr Leben verloren hatte?

Hätte er sie retten können?

Wahrscheinlich nicht.

Doch als diese kleinen Finger seinen Knöchel berührten – und inzwischen war er überzeugt, dass es ihre Berührung war, die er gespürt hatte –, warum strebte er da nach oben, statt zu ihr hinabzutauchen? Was hätten ihn zwei weitere Sekunden schon gekostet?

Das Leben?

Er wusste es besser.

Sie war seinetwegen gestorben.

Seine Lippen verzogen sich zu einem Lächeln angesichts dieser Gewissheit. Der Gewissheit seiner Macht. Er stellte das Fernglas scharf. Während beruhigende Eiskristalle sein Gesicht streiften, beobachtete er von seinem Versteck aus Jenna Hughes' Haus.

Nina war die Erste gewesen, die sterben musste. Er hatte versucht, sein Hochgefühl des Triumphs zu unterdrücken, als er feststellte, dass er die Macht über Leben und Tod besaß. Er hatte sich bemüht zu trauern. Schuldgefühle zu empfinden. Doch beides gelang ihm nicht auf Dauer.

Er hatte sich vorgenommen, nie wieder zu lieben.

Und dann hatte er Jenna Hughes gesehen.

In dem Sekundenbruchteil, als er sie zum ersten Mal erblickte, hatte er es gewusst.

Sie war die Eine.

Von diesem Augenblick an erschien ihm jede andere Frau in seinem Leben bedeutungslos. Selbst Nina. Die arme, vertrauensselige kleine Nina.

Wunderschön.
Wie die anderen.
Er griff in seine Tasche und befühlte den Handschuh, den er gestohlen hatte … einen kleinen schwarzen Lederhandschuh, einen von dem Paar, das Jenna als Anne Parks in *Resurrection* getragen hatte. Er schloss die Augen und dachte an die Szene, in der Anne, bekleidet mit einem glänzenden schwarzen BH, einem Slip mit hohem Beinausschnitt, ebendiesem Handschuh und einem Halsband, sich auf ihren Lover stürzte. Der Mann, der ausgestreckt auf dem Bett lag, hatte ausgefallene Sexspielchen erwartet und begegnete stattdessen einem äußerst erotischen Tod.
Perfekt.
Er ließ das Fernglas sinken, das er an einem Riemen um den Hals trug, und schloss die Augen, als der kalte Kuss des Windes seinen Nacken berührte. Langsam öffnete er seinen Hosenlatz. Er dachte an Jenna. Er dachte an das eisige, gierige Wasser des Sees. Er hob das Gesicht zum Himmel und bot es dem Eisregen dar.
Langsam schob er den Handschuh über sein Glied.
Dann stellte er sich vor, dass Jenna Hughes vor ihm kniete.

24. Kapitel

Es war ein langer Tag gewesen. Nicht nur das, es war eine verdammt lange Woche gewesen. Carters Scheibenwischer schoben den Schnee zur Seite, der vom Nachthimmel fiel, und seine Scheinwerfer durchschnitten die Dunkelheit. Der festgefahrene Schnee und das Eis auf der Straße glitzerten in ihrem Licht.

Auf der einen Straßenseite ragten hundert Jahre alte Fichten in die sternenlose Nacht empor; groß, bedrohlich fingen sie die Schneeflocken mit ihren mächtigen Ästen auf. An der anderen Seite trieb der Columbia River seine Eisschollen stetig nach Westen. Schnee und Eis sammelten sich an den Rändern der Windschutzscheibe, und das Gebläse kam nicht gegen den Kondensnebel an, der sich auf den Scheiben ablagerte.

Gerade als Carter eine schmale Brücke über dem Pious Creek überquerte, klingelte sein Handy. Im Vorbeifahren nahm er flüchtig wahr, dass der Bach massiv gefroren zu sein schien.

»Carter«, bellte er.

»Hier Sparks.«

»Ich hoffe, du hast gute Nachrichten für mich.«

»Sieht so aus. Wir haben nicht nur ein Phantombild der Toten vom Catwalk Point, sondern vielleicht sogar ihren Namen.«

Shanes Hände krampften sich um das Steuer.

»Wir nehmen an, dass es sich um Mavis Gette handelt.«

Der Name weckte keine Erinnerungen in Carter, aber es war immerhin etwas.

Mavis Gette.

Keine Unbekannte mehr.

Vielleicht.

»Achtundzwanzig Jahre alt. Letzter bekannter Wohnort war Yorba Linda in Kalifornien«, erklärte Sparks. »Sie war eine Einzelgängerin. Mit ihrer Familie zerstritten, keine Freunde … Wir überprüfen noch eine Cousine, die in Portland lebt – quasi in der Nachbarschaft, stell dir das mal vor. Sie hat die zwei Fotos von Mavis Gette, die sie besitzt, bereits gescannt und uns per E-Mail geschickt. Nicht gerade Spitzenqualität, doch sie kommen unseren Computerbildern recht nahe. Bis morgen früh müsste uns auch das Zahnschema vorliegen. Allerdings dürfte es schwierig werden, sie anhand des Gebisses eindeutig zu identifizieren, da ihre Zähne ja abgeschliffen wurden … Wir prüfen die Kieferknochenstruktur, fehlende Zähne, jeden Hinweis auf Spuren von Zahnbehandlungen. Die Frau wurde im vergangenen Winter zuletzt gesehen, soweit sich die Zeugin erinnert. Gegen Ende Januar hat Gette noch mit ihrer Cousine gesprochen.«

»Und seitdem hat niemand sie vermisst?«

»Das Telefonat verlief wohl ziemlich unerfreulich, was nicht zum ersten Mal vorkam. Gette war arbeitslos und bat wieder mal um Geld. Die Cousine – Georgina Sharpe – sagte nein. Es kam zum Streit, und Gette legte unter wüsten Beschimpfungen auf. Sharpe hat uns die Namen einiger von Gettes Bekannten und Verwandten gegeben, aber bislang haben wir nur mit einer Tante gesprochen. Die hat seit fast einem Jahr nichts von Gette gesehen oder gehört.«

Carter spürte einen Energieschub, einen von der Art, die es ihm ermöglichte, in seinem Job durchzuhalten. Immer wenn sich ihm die Aussicht bot, einen Fall zu lösen, wurden all seine Sinne hellwach. »Wo hielt sich Mavis Gette zu dem Zeitpunkt auf, als sie ihre Cousine anrief?«

»Die Cousine weiß es nicht mehr genau, glaubt aber, dass Gette per Anhalter von Kalifornien aus auf der I-5 unterwegs war.«

»Per Anhalter?«

»Ja, nun, wir reden hier nicht unbedingt über die Elite unseres Landes. Gette hat im zweiten Jahr die High School abgebrochen und seitdem nicht viel geleistet. Wie auch immer, Sharpe meint sich zu erinnern, Gette habe gesagt, sie sei auf ihrem Weg nach Norden bereits bis Medford gekommen. Wir sind schon dabei, Sharpes Telefonregister zu prüfen, um zu sehen, woher der Anruf kam. Und wir erkundigen uns auch bei ihrem letzten Arbeitgeber, einem Motel in Yorba Linda, wo sie als Zimmermädchen angestellt war, sowie bei sämtlichen Personen, die sie gekannt haben. Sie war nicht verheiratet, blickte aber auf zwei Loser von Exmännern und eine Reihe von Freunden zurück, von denen ein paar ein Strafregister haben. Das behauptet zumindest die Cousine ... Mehr Neues gibt es im Augenblick nicht, aber ich halte dich auf dem Laufenden.«

»Kannst du mir das Bild per Mail schicken?«

»Ist schon geschehen. Zusammen mit dem Bericht.«

Carter bremste vor einer Kurve und blickte mit zusammengekniffenen Augen auf die Straße, während er aufmerksam zuhörte. »Ich nehme an, ihr überprüft auch diese Sharpe.«

»Und ihren Mann. Sie war Buchhalterin für ein unabhängiges Transportunternehmen. Die Firma gehört ihrem Mann.«

»Und Mavis Gette fuhr per Anhalter.«

»Ja, wir nehmen uns sämtliche Fahrer vor, aber das wird nicht viel bringen, wenn man bedenkt, dass die Frau sich von sich aus bei uns gemeldet hat.«

»Es sei denn, sie hat einen Verdacht.«

»Wir werden sehen. Ich habe bereits mit dem FBI geredet, und die Polizei in Kalifornien durchsucht ihre Sachen, zumindest den Kram, den sie nicht aus ihrer Wohnung geschafft hat, bevor sie abgehauen ist. Allerdings ist das Ganze schon so lange her, dass die Vermieterin die restlichen Sachen womöglich inzwischen verkauft oder entsorgt hat. Da bleibt uns nicht viel Hoffnung, aber wer weiß? Sobald die Identität bestätigt ist, halten wir eine Pressekonferenz ab. Vielleicht meldet sich dann noch jemand mit neuen Informationen.

»Hoffen wir's«, sagte Carter. »Ich weiß, das ist an den Haaren herbeigezogen, aber ich werde trotzdem Lester Hatchell fragen, ob Sonja diese Frau gekannt hat.«

»Du glaubst immer noch an einen Zusammenhang zwischen den beiden Fällen?«

»Vielleicht, vielleicht auch nicht.«

»Schaden kann es jedenfalls nicht«, pflichtete Sparks ihm bei. Sie unterhielten sich noch ein paar Minuten, dann beendete Carter das Gespräch. Seine Gedanken überschlugen sich bei dem Versuch, sämtliche Möglichkeiten in Erwägung zu ziehen.

Sonst gab es bislang keine neuen Erkenntnisse, aber zum ersten Mal seit dem Leichenfund am Catwalk Point hatte er das Gefühl, voranzukommen. So, als hätte er einen winzigen festen Halt im Fließsand gefunden, durch den er watete – einen Halt, der jeden Augenblick nachgeben konnte, rief er sich in Erinnerung.

Wenige Minuten später war er zu Hause, hatte Handschuhe, Jacke und Stiefel abgelegt, das Feuer geschürt und sich am Schreibtisch niedergelassen. Er fuhr den Rechner hoch, rief seine E-Mail ab, fand mehrere Nachrichten von Sparks und öffnete die Anhänge – einen Bericht und ein mittels Computer rekonstruiertes Bild von Mavis.

Sie war eine sehr schöne Frau.

Regelmäßige Züge, hohe Wangenknochen, energisches Kinn …

Und nichts war von ihr geblieben außer ein paar Knochen in einem hohlen Baumstamm.

Warum?

Wer hatte ihr das angetan? Ein Psychopath, dem sie beim Trampen zufällig über den Weg gelaufen war? Oder jemand, den sie kannte? Carter klickte die Fotos an, die die Cousine geschickt hatte, und erkannte die Ähnlichkeit mit dem Computerbild. Eine ziemlich große Ähnlichkeit. Die Fotos waren allerdings nicht sehr scharf, da hatte Sparks Recht. Sie zeigten eine Frau in den Zwanzigern mit mürrischem Gesicht, großen Augen und unbändigem braunem Haar.

»Was ist mit dir passiert?«, murmelte Carter und betrachtete das Bild noch ein paar Sekunden lang, bevor er zum Kühlschrank ging und eine Dose Bier aus der Plastikschlaufe des Sechserpacks zog. Er riss sie auf, trank einen tiefen Zug und setzte sich wieder an den Computer. Der Holzofen zog endlich richtig durch, und Carter umfing eine angenehme Wärme, während er den Ordner zum Fall Sonja Hatchell öffnete und ein Foto von Sonja anklickte. Sie sah genauso aus, wie er sie in Erinnerung hatte.

Er war nicht unbedingt ein Technik-Genie, verstand aber genug von Computern, um ausschneiden, einfügen, vergrößern, verkleinern und die Bilder der zwei Frauen nebeneinander platzieren zu können. Sie übereinander zu legen, überstieg leider seine Fähigkeiten, doch das war gar nicht nötig. Die Ähnlichkeit der Gesichter sprang auch so bereits ins Auge, und als er die Angaben zur Person las, fand er weitere Übereinstimmungen. Sonja war einsachtundsechzig groß, Mavis einsneunundsechzig – genauso groß, wie die Pathologen geschätzt hatten. Sonja war zierlich gebaut, wog fünfundfünfzig Kilo. Mavis Gettes letzter Führerschein, ausgegeben vom Staat Kalifornien, wies ihr Gewicht mit sechsundfünfzig Kilo aus. Kaum ein Unterschied.

Und beide ähnelten hinsichtlich Statur und Gewicht Jenna Hughes.

Was nicht hieß, dass ein Zusammenhang bestand. Es gab keinerlei Indizien, die Jenna Hughes mit Mavis Gette oder Sonja Hatchell in Verbindung brachten.

Noch nicht.

»Ich kann das coole Armband nicht finden«, murrte Allie am nächsten Morgen und stocherte gereizt in ihrem Frühstück herum.

»Welches coole Armband?« Jenna saß im Arbeitszimmer an ihrem Schriebtisch und suchte im Internet nach Sicherheitsdiensten. Drei Firmen hatte sie bereits angerufen, aber alle waren ausgebucht und würden ihr erst etwa in einem Monat Mitarbeiter schicken können, die ihr eine neue Alarmanlage installierten. Jenna hatte sich sogar nach einem Bodyguard erkundigt, denn nach dem Schrecken des vergangenen Abends hatte sie sich Sheriff Carters Rat zu Herzen genommen. Heute war sie zwar überzeugt davon, dass der Blödmann, der an ihrer Stoßstange geklebt hatte, Josh Sykes gewesen war, doch sie hatte keine Beweise. Außerdem wurde sie das Gefühl nicht los, dass jemand sie beobachtete und dass hinter den vielen Pannen mit der Technik auf der Ranch noch etwas anderes steckte als Alter und Verschleiß. *Du leidest unter Verfolgungswahn*, sagte sie zu sich selbst, kam jedoch zu dem Schluss, dass Verfolgungswahn immer noch besser war als allzu große Sorglosigkeit.

»Du kennst es doch«, sagte Allie.

Jenna rollte mit ihrem Stuhl rückwärts, damit sie an den untersten Treppenstufen vorbei in die Küche blicken konnte, wo Allie gerade Erdnussbutter auf ihr Muffin strich.

»Das mit den schwarzen und weißen Perlen, so ein Stretch-Teil.«

»Falsche Perlen«, berichtigte Cassie. Sie war in ihrem Zimmer gewesen, hatte ostentativ Ordnung in ihr übliches Chaos gebracht und trug jetzt in der einen Hand einen prall gefüllten Müllsack und in der anderen drei Teller und mehrere ineinander gestapelte Gläser.

»Ich glaube, es ist in meiner Schmuckschatulle, und die steht im Schrank.« Jenna klickte auf der Suche nach einem Sicherheitsdienst einen Link zu einer weiteren Website an.

»Nein, da ist es nicht. Da habe ich schon nachgesehen.«

»Bist du sicher?«

»Ja!«, brauste Allie auf, offenbar wütend, weil ihre Mutter ihr nicht glaubte. Sie waren alle ein bisschen gereizt, seit sie größtenteils im Haus festsaßen und darauf warteten, dass das Unwetter sich legte. Jennas Nerven waren angespannt, und Cassie schmollte, weil sie immer noch Hausarrest hatte. Ihr Telefongespräch mit ihrem Vater hatte auch keine Besserung gebracht; das Ergebnis war lediglich, dass Robert die gesamte Schuld auf Jenna schob, und Jenna hatte den Eindruck, dass sein Blutdruck proportional zum Druck in L.A. in die Höhe schoss. »So etwas hat mir jetzt wirklich gerade noch gefehlt«, hatte er Jenna wissen lassen, nachdem er kurz mit Allie gesprochen hatte. Jenna hatte Robert darauf hingewiesen, dass Cassies Verhalten nichts mit ihm zu tun habe, aber wie immer hatte er ihr das Wort im Mund umgedreht. Als sie auflegte, war sie frustrierter denn je. Selbst Allie, die sonst immer lachte und für alles zu begeistern war, wirkte gelangweilt und antriebslos. »Ich wollte es tragen, wenn ich zu Dani gehe.«

Als ob Dani Settler Wert auf Schmuck legte. Die Kleine war ein rechter Wildfang.

»Ich schau mal nach.« Jenna ging hinauf in ihr Zimmer und durchsuchte die Schmuckschatulle. Das Armband war nicht da. Sie sah noch in einer anderen, älteren Schatulle nach, die Accessoires enthielt, die sie kaum benutzte. Nichts. Wo war das verflixte Ding? Zuletzt hatte sie es gesehen, als sie selbst es als Haargummi benutzt hatte, doch sie wusste genau, dass sie es wieder in die Schatulle gelegt hatte. Natürlich hätten beide Mädchen es zwischenzeitlich »ausleihen« können, doch ihrer Meinung nach hätte das Armband in der Schatulle sein müssen. Hatte sie es nicht noch letzte Woche dort gesehen?

Ratlos durchsuchte sie die Schlafzimmer, sah nicht nur in den Zimmern der Mädchen rasch nach, sondern auch in den Gästezimmern im oberen Stockwerk. Sie ging sogar hinauf auf den Dachboden, wo Allie manchmal spielte. Keine Spur von dem Armband.

Na und? Es kam täglich vor, dass man irgendetwas verlegte. Trotzdem konnte sie ein leises Unbehagen nicht abschütteln. Wieder einmal handelte es sich bei dem verschwundenen Gegenstand um etwas, das sie in einem ihrer Filme getragen hatte – in diesem Fall als Marnie Sylvane in *Summer's End*. Vielleicht hatte es nichts zu bedeuten, vielleicht aber doch. Sie ging zurück in ihr Schlafzimmer, drehte sich einmal um sich selbst, wobei sie sämtliche Regale und Fensterbänke, ihren Nachttisch, jede Oberfläche, auf der sie manchmal Dinge ablegte, einer Musterung unterzog, aber alles lag an seinem Platz, und das Armband war nicht zu sehen.

Sie erwog, ihre Reinigungskraft, Estella, anzurufen, unterließ es jedoch. Es war ja keine große Sache. Nun gut, ein weiteres Teil war verschwunden ... Nein – verlegt, *nicht* verschwunden. Jenna würde es finden. Irgendwann. Sie setzte sich auf die Bettkante und versuchte, sich zu entspannen. Sie war viel zu überdreht, und hinter ihren Augen kündigten sich leise pochend Kopfschmerzen an.

Sie ging ins Bad, schluckte drei Ibuprofen mit einem Glas Wasser und begab sich zurück ins Schlafzimmer. Aus reiner Gewohnheit öffnete sie die Schublade ihres Nachttischchens und betrachtete die üblichen Dinge, die sie dort aufbewahrte: Kleingeld, eine Taschenlampe, eine kleine Packung Kleenex und das Taschenbuch, das sie gerade las. Dann blickte sie über das Bett hinweg auf den zweiten Nachttisch, den sie nie benutzte. Es war der gleiche wie der auf der Seite des Bettes, auf der sie schlief.

Natürlich war er leer, sagte sie sich, wälzte sich aber trotzdem über das Bett, zog die Schublade auf und spähte hinein.

Ihr Herz schien stillzustehen.

»Lieber Gott«, flüsterte sie und bekam eine Gänsehaut.

In der Schublade lag ein Briefumschlag.

An sie adressiert.

In den Blockbuchstaben, die sie schon einmal gesehen hatte.

Identisch mit dem Umschlag, den sie vor ein paar Tagen mit der Post erhalten hatte.

Sie schluckte krampfhaft. Wehrte sich gegen die Panik. Wie lange lag er schon dort? Wie war er dorthin gekommen? War die Person, die den Brief geschrieben hatte, hier gewesen? In ihrem Haus? In ihrem *Schlafzimmer*?

Kalter Schweiß rann zwischen ihren Schulterblättern hinab, und sie musste sich sehr beherrschen, um nicht zu schreien. Angst ließ ihre Haut prickeln.

»Du Mistkerl«, zischte sie leise. »Das machst du nicht mit mir … Ich lasse es nicht zu.« Doch innerlich war sie außer sich vor Angst. Zitterte.

Behutsam nahm sie den weißen Umschlag mit Hilfe eines Kosmetiktüchleins aus der Schublade und öffnete ihn mit dem Fingernagel. Ein einzelnes Blatt fiel heraus. Noch ein Gedicht. Wieder auf ein Foto gedruckt, auf ein PR-Foto für *Bystander*.

Ich bin der Mann schlechthin.
Hungrig. Stark. Bereit.
Ich bin der eine Mann.
Der weiß. Beobachtet. Wartet.
Ich bin dein Mann.
Heute. Morgen. Für immer.
Ich komme dich holen.

25. Kapitel

Jenna wartete nicht ab, bis die Sekretärin sie angemeldet hatte, sondern stürmte gleich in Sheriff Shane Carters Büro und ließ sich in den Sessel fallen. »Ich brauche Ihre Hilfe«, sagte sie. Adrenalin strömte durch ihre Adern. Sie musste etwas unternehmen. Sofort. »Und wenn Sie mir nicht helfen können«, fuhr sie fort, »müssen Sie mir sagen, an wen ich mich wenden soll. Ich habe einen weiteren Brief erhalten.«

»Was?«, fragte er todernst.

»Ganz recht. Mein persönlicher Wordsworth hat wieder zugeschlagen.« Sie bemühte sich um einen unbeschwerten Tonfall, konnte die Angst jedoch nicht verbergen, die beinahe ihr Blut gefrieren ließ. Die Vorstellung, dass er in ihrem Haus gewesen war, in ihrem Schlafzimmer … Gänsehaut kroch über ihre Arme, als sie den Klarsichtbeutel mit dem grässlichen Gedicht aus ihrer Handtasche zog und auf Carters Schreibtisch warf. »Und gestern Abend hat jemand versucht, mich von der Straße abzudrängen. Außerdem sind noch ein paar Sachen verschwunden, Requisiten aus Filmen, und zwar aus meinem Haus. Und ständig geht irgendetwas kaputt. Ich weiß nicht, ob jemand versucht, mich in den Wahnsinn zu treiben, oder ob ich unter Verfolgungswahn leide oder … oder …« Sie unterbrach sich plötzlich, merkte, dass sie sich in ihre Angst hineinsteigerte, sich anmerken ließ, wie verstört sie war. »O Gott.« Sie strich sich das Haar aus den Augen und zwang sich, tief durchzuatmen.

»Geht's vielleicht etwas langsamer? Möchten Sie noch einmal von vorn beginnen?« Carter lehnte sich auf seinem Stuhl zurück und blickte sie über die zusammengelegten Fingerspitzen hinweg an. Seine Miene war finster, die Lippen schmal, doch zum ersten Mal, seit sie sich kennen gelernt hatten, glaubte Jenna, etwas wie Zärtlichkeit in seinen Augen zu entdecken. Einen Hauch von Mitgefühl. »Eine Sekunde bitte.« Er griff nach dem Telefon, drückte die Taste der Gegensprechanlage und sagte: »Jerri, wärst du wohl so lieb, Ms Hughes eine Tasse Kaffee oder ein Glas Wasser zu bringen oder ...?« Er warf Jenna mit hochgezogenen buschigen Brauen einen fragenden Blick zu und wartete offenbar darauf, dass sie einen Wunsch äußerte.

»Mir ist es gleich. Irgendwas ...«

Carter nickte. Sie schlang die Arme um ihren Körper und suchte wieder einmal nach einer Erklärung für den Brief. Wer sollte sie hier belauern wollen – hier in Falls Crossing, diesem verschlafenen kleinen Ort, der allerdings in den vergangenen paar Wochen gar nicht so verschlafen gewesen war? War jemand ihr von L. A. bis hierher gefolgt, oder war sie ihrem ganz persönlichen Spinner irgendwo in dieser kleinen Stadt begegnet, ohne es zu bemerken?

»Koffeinfrei, Jerri«, sagte Carter und zuckte sichtlich zusammen, als er die Erwiderung seiner Sekretärin hörte. »Ich werde daran denken, wenn du zur Beförderung ansteht. Ach ja – und stell keine Anrufe durch ... Na ja, du weißt schon, aber sind es nicht *immer* dringende Fälle? Okay, in Ordnung, falls Sparks anruft, stell ihn durch. Dasselbe gilt für Messenger und die Kollegen vom Labor, insbesondere Merline Jacobosky. Alle anderen rufe ich zurück … Ja, danke.«

Er schaltete die Sprechanlage aus und richtete seine Aufmerksamkeit ganz auf Jenna. Kaffeebraune Augen musterten sie. »Nun, Ms Hughes, gehen wir das Ganze noch einmal durch. Langsam.«

»Okay.« Sie berichtete. Wohl wissend, welche hektische Betriebsamkeit außerhalb seines Büros herrschte, wohl wissend, dass er verantwortlich war für einen Bezirk, dessen Gouverneur hoffte, dass die Regierung ihn zum Katastrophengebiet erklären werde, berichtete sie ihm alles, was ihr zu der Sache einfiel. Er las den Brief durch die Plastikfolie hindurch und furchte die Stirn, sodass die feinen Linien in seinen Augenwinkeln sich zu Falten vertieften.

»… Ich hatte mich ohnehin schon entschlossen, Ihrem Rat zu folgen«, setzte sie hinzu, als sie ihren Bericht abgeschlossen hatte. »Ich habe verschiedene Sicherheitsdienste angerufen, bin auf der Suche nach jemandem, der mir eine neue Alarmanlage einbaut. Leider wird es aufgrund des Wetters und der Bürokratie noch eine Weile dauern. Aber Wes Allen – Sie kennen ihn, soviel ich weiß …« Carter nickte, verzog den Mund und spannte reflexartig die Muskeln an. »Ich arbeite mit Wes im Theater zusammen, und er hat sich bereit erklärt, meine derzeitige Anlage auf Vordermann zu bringen, damit sie wenigstens funktioniert, bis ich sie auswechseln lassen kann.«

»Gute Idee.«

»Sie hatten auch angeregt, dass ich mir einen Bodyguard zulegen sollte.«

Er nickte.

»Wissen Sie vielleicht jemanden, der an dem Job interessiert wäre?«, fragte sie. »Sie kennen doch viele Leute in dieser Gegend. Leute von der Polizei, die vielleicht einen Job in dieser Art suchen. Ansonsten bleiben mir nur die Gelben Seiten und das Internet.« Sie brachte ein schmales Lächeln zustande. »Aber womöglich käme ich dann vom Regen in die Traufe.«

Er zog die Brauen hoch und grinste. »Tja, das wollen wir doch vermeiden. Sie haben schon genug Ärger mit dem da.« Er tippte auf die Plastikhülle auf seinem Schreibtisch. »Ich werde mich umhören. Ich habe ein paar Freunde, die vielleicht für den Job infrage kämen.«

»Gut.« Trotzdem war sie nicht sicher, ob sie sich besser fühlen würde, wenn ein Fremder sich zu ihrem »Schutz« auf ihrem Grundstück aufhielt.

»Neben der Garage befindet sich eine Atelierwohnung, und es gibt auch noch die Unterkünfte für die Angestellten, die ich momentan allerdings als Lager nutze.«

Er machte sich eine Notiz und sagte: »Zunächst einmal möchte ich Ihr Haus überprüfen und alle Personen, die Zugang dazu haben.« Er blätterte durch einen Aktenstapel auf seinem Schreibtisch, zog die Mappe mit ihrem Namen heraus und schlug sie auf. Als er die gesuchte Seite gefunden hatte, drehte er die Akte auf seinem Schreibtisch um, damit Jenna lesen konnte. »Hier ist eine Liste der Personen, die während der vergangenen sechzig Tage Zugang zu ihrem Haus hatten, wie Sie bei Ihrem letzten Besuch hier angegeben haben. Möchten Sie daran noch Änderungen vornehmen? Namen hinzufügen?«

Sie griff nach der Akte und hakte im Geiste die einzelnen Namen ab. Freunde, Familienmitglieder, Handwerker,

Lieferanten, sogar ein Pärchen, das mit einem religiösen Anliegen von Tür zu Tür ging. »Die Liste scheint vollständig zu sein«, sagte sie.

»Was schätzen Sie, wann wurde dieser Brief hinterlegt?«

»Ich weiß es nicht. Ich benutze die betreffende Schublade nie. Es könnte gestern gewesen sein oder vor drei Monaten ... oder noch früher.«

»Ihre Reinigungskraft, schaut sie in diese Schublade?«

»Das bezweifle ich, sie staubt nur die Oberflächen ab.«

»Und die Kinder? Manchmal schnüffeln sie verbotenerweise herum.«

»Ich habe die Mädchen gefragt, bevor ich zu Ihnen gekommen bin. Keine von ihnen hat sie je geöffnet.«

»Sind sie jetzt allein?«

»Nein. Ich lasse sie nicht mehr allein, obwohl meine Älteste schon sechzehn ist ...« Sie brach ab, ihr Blick begegnete dem des Sheriffs. Carter kannte Cassie bereits; er hatte sie ja nach Hause gebracht, als sie das letzte Mal nachts heimlich ausgerückt war. »Tja, Sie haben Cassie selbst kennen gelernt. Sie ist der Meinung, ich behandle sie wie ein Baby, aber das lässt sich wohl nicht ändern.«

»Der Meinung sind anscheinend die meisten Sechzehnjährigen, wie?«

»Leider ja.«

Er las den Brief noch einmal. »Unser Dichter wiederholt sich.«

»Begrenzter Wortschatz«, scherzte sie, doch der Witz kam nicht an.

»Das hier lasse ich im Labor untersuchen«, sagte er. »Ich schicke sofort einen Deputy zu Ihnen, der Fingerabdrücke nimmt, und komme selbst etwas später nach. Wir müssen mit Ihren Nachbarn reden und mit allen, die in letzter Zeit in Ihrem Haus waren. Vielleicht hat jemand etwas Verdächtiges bemerkt.«

»Hätte derjenige dann nicht längst Bescheid gegeben?«

»Kann sein, dass irgendetwas Wichtiges dem oder der Betreffenden selbst gar nicht verdächtig erschienen ist. Ich will versuchen, dem Gedächtnis auf die Sprünge zu helfen.« Sein Lächeln war hart; er verzog kaum die Lippen unter dem Schnauzbart. »Wie gesagt, ich komme zu Ihnen und kann Ihnen dann hoffentlich schon die Namen von ein paar potenziellen Bodyguards nennen.« Er lehnte sich in seinem Stuhl zurück.

»Danke«, sagte sie. Als sie das Büro des Sheriffs verließ und den Weg zum Sportgeschäft einschlug, fühlte sie sich allerdings nur geringfügig besser. Sie hielt nichts von Waffen, und die Vorstellung, eine geladene Waffe in ihrem Haus zu wissen, war ihr zuwider, doch da ihre Familie bedroht war, brauchte sie eine zu ihrem Schutz. Sie hatte schon früher daran gedacht, Patronen für das Gewehr zu kaufen, war jedoch nicht dazu gekommen. Jetzt war es an der Zeit.

Du hast nie im Leben auf etwas anderes als Zielscheiben aus Pappe geschossen.

»Nun ja, einmal ist immer das erste Mal«, sagte sie leise zu sich selbst, als sie die Stufen des Gerichtsgebäudes hinunterstieg und sich den Schal fester um den Hals schlang.

Carter blickte ihr nach, als sie ging. Sie hatte Angst, und er konnte es ihr nicht verdenken. Nachdem sie über die Treppe verschwunden war, stand er auf, reckte sich, trat ans Fenster und blickte durch die vereisten Scheiben hinaus. Mehrere Chevrolet Blazer, ein Explorer, ein Pick-up und zwei Crown Victorias standen unten auf dem Parkplatz; ein paar Fußgänger gingen vorbei, die Köpfe zum Schutz gegen den Wind gesenkt. Auf der anderen Straßenseite fand bei Danby's mal wieder ein Ausverkauf statt, und die Werbung dafür schloss einen auf die Schaufensterscheiben gemalten Weihnachtsmann ein.

Amerikanische Kleinstadt, dachte er.

Amerikanische Kleinstadt, in der eine Frau vermisst und eine andere tot aufgefunden wurde. Das gefiel Carter nicht. Ganz und gar nicht.

Lieutenant Sparks hatte ihn kurz zuvor angerufen. Das Zahnschema der Mavis Gette ließ sich wie erwartet schwer abgleichen, weil ihre Zähne abgeschliffen waren. Also wartete man jetzt auf das Ergebnis der DNA-Untersuchung. Es würde noch einige Zeit auf sich warten lassen, doch Gettes Cousine hatte bereits bestätigt, dass Mavis sich einmal das Schlüsselbein gebrochen hatte – und die Pathologen hatten an einem der bei der Leiche gefundenen Schlüsselbeine einen alten Bruch festgestellt. Carter war überzeugt, dass es sich bei der Unbekannten tatsächlich um Mavis Gette handelte. Das FBI stimmte dem zu, wie Sparks berichtet hatte, der persönlich mit den zuständigen Agenten in Kontakt stand. Aber warum hatte der Täter ihr die Zähne abgeschliffen? Warum klebte Alginat in ihrem Haar? War der Täter etwa so etwas wie ein überspannter psychopathischer Zahnarzt? Wie kam eine Frau, von der man zuletzt in Medford gehört hatte, an den Catwalk Point?

Der Sheriff ließ den Kopf kreisen, um die Verspannungen zu lindern, während er durchs Fenster beobachtete, wie Jenna Hughes über den Parkplatz eilte. Dabei glitt sie

einmal aus und musste sich am Kotflügel eines der Crown Victorias abstützen.
Merkwürdig, was er für sie empfand. Er hatte angenommen, sie sei eine Hollywoodprinzessin, verwöhnt, anspruchsvoll. Doch da hatte er sich getäuscht. Zumindest hier, in Falls Crossing, war sie kein Star – nein, weit gefehlt. Sie war eine allein erziehende Mutter, die sich zu Tode ängstigte. Im Geiste ging er sämtlich Exbullen seiner Bekanntschaft durch, die bereit sein könnten, ihr als Bodyguard beizustehen. Er hakte sie alle als ungeeignet ab, und dann gab er sich sozusagen innerlich einen Tritt, als er den Grund erkannte. Dieser bestand nämlich in einem sonderbaren Zug von Eifersucht.
Es passte ihm nicht, dass jemand, den er kannte, sich um sie kümmern sollte.
Allerdings passte es ihm noch weniger, sie unbeschützt zu wissen.
Er selbst konnte den Job nicht annehmen.
Er hatte ohnehin schon mehr zu tun, als er bewältigen konnte.
Sein Blick folgte ihr, als sie sich hinter das Steuer ihres Jeeps setzte und vom Parkplatz fuhr. Der armselige Hund saß neben ihr auf dem Beifahrersitz.
»Du brauchst gar nichts zu sagen.« BJs Stimme ließ ihn herumfahren.
Er fühlte sich geradezu ertappt, als er sie in der Tür stehen sah, eine Schulter gegen den Rahmen gelehnt. »Was?«
»Du weißt genau, was ich meine«, versetzte sie unwirsch. »Du und jeder andere gesunde Mann in diesem Bezirk – nein, im ganzen Land –, ihr seid alle scharf auf Jenna Hughes.«

Er schnaubte verächtlich.
»Sieh an! Du streitest es nicht mal ab.« Sie grinste breit. »Ich hätte nicht gedacht, dass ich das noch erleben würde.«
Er seufzte. »Ich denke, wir haben zu tun.«
»Du bist verliebt, Carter. Gib's zu. Oder du bist zumindest scharf auf sie.«
»Deine Fantasie geht mit dir durch.«
»Du Mistkerl«, versetzte sie, lächelte jedoch noch immer. »Ich dachte, du wärst über so was erhaben.«
Keiner von uns ist immun, dachte er und ging zurück zu seinem Schreibtisch. »Die Dame hat ein Problem«, erklärte er und zeigte BJ den zweiten Brief. »Sie hat es ganz eindeutig mit einem Stalker zu tun, und ich dachte, du könntest vielleicht in deine Comupter-/Internet-Trickkiste greifen und mir helfen, diesen Scheißkerl zu finden.«
»Mit Freuden«, stimmte BJ zu. »Ich bin immer noch mit der Liste der Personen beschäftigt, die ihre Filme ausleihen, aber ich kann auch mal das Netz durchsuchen.«
»Gut«, sagte er, bevor ihm in den Sinn kam, dass sie unaufgefordert in seinem Büro erschienen war. »Wolltest du etwas Bestimmtes?«
»Ich nicht. Aber die Presse. Man fordert eine Stellungnahme.«
»Das sollen sie mit der Staatspolizei von Oregon klären.«
»Ja, das hat man ihnen schon empfohlen, aber ein paar lassen sich einfach nicht abwimmeln. Die Hartnäckigste ist mal wieder Roxie Olmstead, die Lokalreporterin vom *Banner*. Sie verlangt ein Interview mit dir. Hat mich auf der Straße gestellt, weiß, dass ich mit dir zusammen-

arbeite, bla, bla, bla, und ob sie bitte ein Exklusiv-Interview bekommen könnte?«

Er kannte sie von einem früheren Fall her. Hübsch. Zierlich. Ausdauernd. Lästig. »Du hast ihr doch gesagt, sie möge sich hinten anstellen?«

»Ich habe ihr gesagt, dass ich nicht den geringsten Einfluss auf dich habe. Sie müsse schon versuchen, auf eigene Faust zu dir vorzudringen.«

»Herzlichen Dank.«

»Ich wollte dich bloß aufmuntern.«

»Danke.« Er griff nach dem Telefon.

»Es ist sicher die Hölle, so begehrt zu sein«, bemerkte BJ und wandte sich zum Gehen.

Da hast du Recht, dachte er, hielt jedoch den Mund. Er rief Montinello an und schickte ihn zu Jenna Hughes' Ranch. Zwar bezweifelte er, dass sie dort Fingerabdrücke finden würden, aber einen Versuch war es allemal wert. Trotzdem, BJs Bemerkung hatte ziemlich genau ins Schwarze getroffen. Was zum Teufel dachte er sich dabei, von Jenna Hughes zu träumen? Heiliger Strohsack, er war ein entschieden größerer Idiot, als er sich selbst eingestehen mochte.

»Ein Bodyguard? Ist das dein Ernst?« Cassie, die die Kisten mit der Aufschrift *Weihnachtsschmuck* öffnete, hielt inne und sah ihre Mutter entsetzt an. »Du willst, dass ein Fremder bei uns einzieht? Kommt nicht infrage. Völlig ausgeschlossen.«

»Er soll in der Atelierwohnung hinter der Garage untergebracht werden.« Jenna ließ keinen Widerspruch zu. Seit sie den zweiten Brief gefunden hatte, war sie extrem gereizt. Übernervös. Außer sich vor Angst. Selbst die üblichen Geräusche im Haus ließen sie aufschrecken, und wie unter einem Zwang musste sie immer wieder sämtliche Schlösser überprüfen. Sie hatte im Sportgeschäft Patronen für das Gewehr gekauft, das alte Ding aber noch nicht geladen.

Allie wickelte einen Schneemann aus Kristall aus. »Du könntest Mr Settler einstellen.«

»Verschone mich«, flüsterte Cassie.

»Nein, echt. Er arbeitet manchmal als Detektiv.«

»Tatsächlich?«, fragte Jenna.

»Mhm.« Allie stellte den Schneemann auf den Tisch, wo er das rötliche Glühen des Kaminfeuers am anderen Ende des Zimmers reflektierte.

»Hat er dir das erzählt?«, wollte Cassie wissen.

»Nein, Dani.«

»Dani erzählt jedem, der blöd genug ist, ihr zuzuhören, allen möglichen Quatsch.«

»Aber es stimmt. Ich habe seine Pistole gesehen.«

»Wie bitte?« Jenna schlitzte gerade das Klebeband einer weiteren Kiste auf und hob nun ruckartig den Kopf. »Wie kommst du dazu, in Mr Settlers Sachen zu stöbern?«

»Hab ich ja gar nicht. Er hatte sie bei sich. In einem Schulterhalfter. Ich hab sie unter seiner Jacke gesehen.«

»Merkwürdig.« Cassie zerknüllte eine Lage Zeitungspapier und entnahm ihrer Kiste eine Lichterkette. »Hast du gewusst, dass er Privatdetektiv ist?«, fragte sie ihre Mutter.

»Nein. Er hat nichts dergleichen erwähnt.«

»Noch merkwürdiger.«

»Ich glaube nicht, dass wir Mr Settler einstellen sollten.«

»Gott sei Dank«, kommentierte Cassie leise.

»Aber das wäre klasse.«

»Du willst doch nur, dass Dani bei uns wohnt«, warf Cassie ihr vor, und Allies Miene verdüsterte sich.

»Er könnte das. Er war bei der Army. In einer Spezialtruppe oder so.«

»Noch so ein Märchen. Gott, Allie, werde endlich erwachsen, ja?«

»Aber es stimmt!«

»Ja, natürlich.« Cassie steckte die Lichterkette ein, und die Lämpchen leuchteten auf und spiegelten sich als kleine bunte Flecken auf dem Fußboden.

»Das reicht. Wir wissen überhaupt nichts über Mr Settler.«

»Außer dass er scharf auf dich ist.«

»Cassie!« Jenna rutschte mit dem Tapetenmesser ab und ritzte sich den Daumen der anderen Hand. »Verdammt!«

»Ist doch wahr.«

Allie wandte sich ihrer Schwester zu. »Er war bei der Army, klar? Dani hat mir nämlich ein paar Sachen gezeigt, Orden und Fotos und Auszeichnungen. Mr Settler war ... so was wie ein Sergeant – in irgendeiner Elitetruppe.«

Jennas Schultern verkrampften sich. Sie steckte den blutenden Daumen in den Mund, holte aus dem Schrank neben der Spüle ein Päckchen Heftpflaster und riss die Verpackung von einem der kleineren Streifen auf. Warum hatte Travis nie von seiner Vergangenheit gesprochen? Sie klebte das Pflaster über die Wunde. Das Blut färbte das Material rot, doch es drang nicht hindurch. Jenna machte sich wieder an die Arbeit. »Also«, sagte sie und sah ihre Jüngste streng an. »Wusste Mr Settler, dass ihr in seinen Sachen gestöbert habt?«

Allie zuckte mit den Schultern.
»Allie?«, ermahnte Jenna sie sanft und schlitzte eine Schachtel mit elektrischen Baumkerzen auf.
»Weiß nicht. Dani hat gesagt, es macht nichts.«
»Himmel. Was ist nur mit diesem Mädchen los?«, fragte Cassie, die gerade die letzte Lichterkette entwirrte. »Sie nimmt doch auch Unterricht in Taekwondo und schießt auf dem Schießstand und reitet ohne Sattel, nicht wahr?«
»Na und?«, versetzte Allie zunehmend gereizt.
»Hält sie sich für einen Jungen, oder was?«
»Hey! Vielleicht sollten wir alle uns an Dani ein Beispiel nehmen«, sagte Jenna, während sie den Lichterstrang ordnete. Sie dachte an das bevorstehende Fest und fragte sich, wie um alles in der Welt sie es schaffen sollte, jemals in Weihnachtsstimmung zu kommen. Nicht genug damit, dass sie Jills Tod immer noch nicht verarbeitet hatte – jetzt kam auch noch dieser … dieser Stalker hinzu, der sie beobachtete und in ihr Haus eindrang.
Fröhliche Weihnachten, dachte sie zynisch.

26. *Kapitel*

Die Befragung der Nachbarn brachte keine neuen Erkenntnisse. Eine der angrenzenden Ranches war unbewirtschaftet und nicht bewohnt, eine andere gehörte einem älteren Paar, dem nichts Außergewöhnliches aufgefallen war. Harrison Brennan äußerte wortreich seine Sorge und Wut darüber, dass jemand Jenna Hughes »belästigte«, doch abgesehen davon hatte niemand etwas gesehen oder gehört, was er für erwähnenswert hielt.

Als Carter schließlich den Chevrolet Blazer auf Jenna Hughes' Zufahrt abstellte, war es bereits früher Nachmittag, und Montinello wollte gerade aufbrechen. Er hatte die Suche nach Fingerabdrücken beendet und bemerkte, als er Carter begegnete, es sei nichts anderes als die sprichwörtliche Suche nach der Nadel im Heuhaufen. »Es gibt so viele Abdrücke in dem Haus. Sie hat zwei Kinder, Freunde, eine Hauswirtschafterin, einen Vormann, einen Personal Trainer, die Kinder haben natürlich auch Freunde, und außerdem waren Handwerker im Haus.« Montinello stand neben einem der behördeneigenen Geländewagen, den er vor Jenna Hughes' Garage geparkt hatte. »Wenn der Typ, der den Brief hinterlegt hat, sich nicht unglaublich blöde angestellt hat, bezweifle ich, dass wir fündig werden«, erklärte er und schüttelte den Kopf. Ein paar Schneeflocken wirbelten vom Himmel, und das Licht war trotz der frühen Stunde schwach. Die Düsternis des Winters nistete in den Bäumen und Gebäuden der Umgebung.

»Man kann nie wissen. Wie viele Abdrücke hast du in ihrem Schlafzimmer gefunden?«, fragte Carter und ließ den Blick über den Koloss von Haus schweifen. Rauch kräuselte sich aus einem hohen steinernen Schornstein, Dampf stieg von einer seitlichen Terrasse auf, wo, wie Carter vermutete, der Whirlpool in Betrieb genommen worden war. Inmitten der Bäume, mit den Eiszapfen an der Regenrinne, erinnerte das Haus an das Motiv einer Weihnachtskarte. Doch hinter der anheimelnden Fassade lauerte etwas Tückisches, etwas Böses.

»In dem Zimmer habe ich mehrere verschiedene Abdrücke gefunden ... und einige waren größer als ihre.«

Carter nickte. Bei dem Gedanken an einen Mann in Jennas Schlafzimmer biss er unwillkürlich die Zähne zusammen. Montinello hob das Köfferchen, das er bei sich trug. »Ich habe von allen Hausbewohnern Fingerabdrücke genommen, um sie mit den gefundenen abgleichen zu können. Wenn nötig, nehme ich mir auch noch alle anderen vor, die im Haus waren – ihren Personal Trainer, den Kerl, der sich um die Ranch kümmert, und dessen Frau. Aber erst einmal fange ich mit diesen hier an. Ich habe ihr geraten, inzwischen schon mal die Sicherheitsvorkehrungen zu verstärken, und während ich hier beschäftigt war, haben zwei Typen, Wes Allen und sein Neffe, die Alarmanlage und die elektronische Torverriegelung repariert. Beides funktioniert jetzt. Ich habe mich selbst noch einmal vergewissert. Allerdings sagt Ms Hughes, die Alarmanlage müsste entweder gründlich überholt oder durch eine komplett neue ersetzt werden. Sie hat bereits herumtelefoniert, also bemüht sie sich wohl darum.«

»Gut.« Carter hätte bezüglich Jennas Sicherheit beruhigt

sein können, war es aber nicht. Dieses Haus – schön wie ein Bild auf einer Ansichtskarte, doch so abgelegen – hatte etwas an sich, was ihm keine Ruhe ließ. Sein Blick glitt über die umgebenden Wälder, die einsamen, schneebedeckten Felder und viel zu viele Wirtschaftsgebäude. Stall, Scheune, Garage, Windmühle, Pumpenhaus, Schuppen ... Das alles war viel zu unübersichtlich. Jede Menge Verstecke für einen Kriminellen.

Montinello öffnete die Tür seines Chevrolet Blazers und warf das Köfferchen hinein.

»Lass mich wissen, was du herausbekommst.«

»Klar doch.«

Während Montinello davonfuhr, ging Carter durch den überdachten Gang zur Hintertür und klopfte laut. Der Hund fing an zu bellen, und als Jenna die Tür öffnete, versuchte er hinauszuschlüpfen.

»Ruhig, Critter«, befahl sie und öffnete die Tür ein Stück weiter. Der Hund war völlig aus dem Häuschen und drehte sich ausgelassen um sich selbst.

»Und Sie behaupten, er ist kein guter Wachhund«, bemerkte sie und lachte. Ihr Haar war hochgesteckt, und sie duftete schwach nach dem Parfüm, das Carter schon früher an ihr wahrgenommen hatte.

»Wie es scheint, wächst er mit seinen Aufgaben.«

»Ich glaube eher, es liegt an der Drohung, ihn durch einen Pitbull zu ersetzen.« Sie lächelte und hielt den Hund am Halsband zurück. »Kommen Sie rein, sofern Sie sich trauen.« Ihre Augen schienen zu leuchten, als sie ihn ansah, stellte er fest, und gleich darauf schalt er sich einen Idioten. Sie freute sich natürlich, ihn zu sehen, weil sie Angst hatte und er Polizist war. Oder aber sie täuschte ihm nur Freude vor – darin hatte sie ja Routine nach all diesen Jahren beim Film. »Willkommen in meinem Albtraum«, sagte sie mit einladender Geste.

Er zog die Schuhe aus, und sie ließ den Hund los, der unverzüglich begann, an seinen Beinen zu schnuppern und heftig mit dem Schwanz zu wedeln.

»Oh, Critter, jetzt hast du dich verraten«, schimpfte Jenna und führte Carter in die Küche.

Außer den Weihnachtsdekorationen, Kisten, Seidenpapier und Lichterketten überall auf dem Boden bemerkte der Sheriff auch an einigen Stellen schwarzen oder silbernen Staub – letzte Spuren von Montinellos Suche nach Fingerabdrücken. Das jüngere Mädchen wechselte gerade defekte Glühbirnchen in einer Lichterkette aus und hob kaum den Blick.

»Allie, das ist Sheriff Carter, erinnerst du dich?«

»Ja.« Sie sah ihn nicht einmal an.

»Du kannst Shane zu mir sagen«, bot er an. An Jenna gewandt fügte er hinzu: »Das klingt nicht so einschüchternd. Stimmt's, Allie?«

Das Mädchen zuckte stumm die Schultern und arbeitete weiter.

»Kinder mögen mich«, scherzte er, und Jenna lachte. Ihr Blick begegnete dem seinen – nur ganz flüchtig, doch es reichte, um ihn in ihren Bann zu ziehen.

»Das spüre ich.«

»Wie Sie meinen.« Sie musterte das Durcheinander auf dem Fußboden. »Versetzt einen irgendwie in eine Winter-Wunderwelt, wie?«, spottete sie und fühlte sich schon bedeutend ruhiger als zuvor.

»Und wie.« Er umrundete eine offene Kiste mit Christbaumschmuck und zog ein Blatt Papier aus der Innentasche seiner Jacke. Darauf standen die Namen und Telefonnummern der drei Männer, denen er vertraute. »Ich habe die Burschen noch nicht angerufen, aber vielleicht können sie Sie bei Ihren Sicherheitsvorkehrungen unterstützen.«

»Als Bodyguard?«

»Möglicherweise, ja.« Er nickte. »Ich kann mich für sie verbürgen.«

Etwas in ihr schien zu schmelzen. Sie biss sich auf die Unterlippe. Dann sah sie zu ihm auf, und ihre Augen leuchteten noch stärker. »Danke, Sheriff. Das war ja prompte Arbeit.«

»Gehört zu meinem Job.«

Sie zog eine dunkle Braue hoch. »Wenn Sie es sagen.«

»Ja«, erwiderte er, doch dann dehnte sich das Schweigen zwischen ihnen aus, und ihm fiel auf, wie ihre Wimpern die Wangen streiften, wenn sie blinzelte. Er hörte die Uhr ticken, und irgendwo im Haus lief ein Fernseher. »Zeigen Sie mir, wo Sie den Brief gefunden haben?«

»Oh … ja, sicher … Hier entlang, bitte.« Sie räusperte sich, stieg über eine lange Lichterkette hinweg und führte ihn die Treppe hinauf. Während Carter ihr folgte, bemühte er sich, nicht darauf zu achten, wie ihre Hüften sich in ihren Jeans bewegten oder wie sich ein paar schwarze Haarlocken aus ihrer Hochsteckfrisur lösten, doch es gelang ihm nicht. Er nahm kaum wahr, dass der Hund an ihnen vorbeischoss, als Jenna die Doppeltür auf dem Treppenabsatz öffnete. Ihr Schlafzimmer nahm ein eigenes Stockwerk ein, und als er den Raum betrat, wusste er, dass er ein Problem hatte. Der Duft nach Zedernholz,

Seife und Flieder drang auf ihn ein. Ein Doppelbett war an die eine Wand gerückt, ein weißseidener Morgenmantel nachlässig über einen der schmiedeeisernen Pfosten gehängt. Im Zimmer verteilt standen Kerzen und Potpourris, dicke Teppiche bedeckten den glatt polierten Holzfußboden. Hinter spaltbreit geöffneten Türen in einem Schrank war ein Fernseher zu sehen, eine Reihe von Sprossenfenstern bot einen schönen Ausblick auf die bewaldeten Hänge.

Fast überall lag schwarzes oder silbernes Fingerabdruck-Pulver, besonders an einem der Nachttische, auf dem Schreibtisch, am Schrank, den Fenstergriffen und Türen.

»Darf ich mich ein wenig umsehen?«

»Bitte«, sagte sie, und er betrat ein angrenzendes Bad mit versenkter Wanne, einer Dusche und einer Saunakabine. Nebenan befand sich ein begehbarer Schrank, so groß wie sein Wohnzimmer. Er war unterteilt durch Regale und Kleiderstangen und Kommoden. Kleider für unterschiedliche Anlässe, Hosen, Blusen, Röcke, Pullover hingen über Fächern voller Schuhe und Regalen voller Handtaschen. Mehr Kleider, als einer Frau von Rechts wegen zustehen sollten. Eine der Schubladen war halb geöffnet und gab den Blick auf einen roten Spitzen-BH frei. Ihm wurde sekundenlang die Kehle eng, als er sich Jenna in diesem Wäschestück vorstellte, doch er rief sich sogleich zur Ordnung und ging zurück ins Schlafzimmer.

Sie stand neben einem der Nachttische und wartete auf ihn.

»Hier habe ich den Brief gefunden«, erklärte sie und öffnete behutsam eine nunmehr leere Schublade. »Wie gesagt, niemand benutzt diesen Nachttisch. Ich glaube, seit unserem Einzug ist die Schublade nicht mehr geöffnet worden.«

»Außer von dem Kerl, der den Brief hinterlegt hat.«

»Ja.« Sie fröstelte, schlang die Arme um ihren Körper und trat an die Fensterfront. »Wissen Sie, zu Anfang, als ich hier einzog, fühlte ich mich so frei. Dieses Haus war ein sicherer Hafen für mich. Aber in letzter Zeit …« Sie drehte sich zu ihm um und senkte für einen Moment den Blick auf den Teppich. »Ich weiß, es klingt überspannt, aber ich habe so ein Gefühl … ein Gefühl, als ob mich jemand beobachtet.« Sie zog die Unterlippe zwischen die Zähne. »Und das hatte ich schon, bevor ich den Brief bekam, sogar schon vor dem ersten Brief. Es ist … einfach … ein eigenartiges Gefühl. Mir wird innerlich ganz kalt, wenn ich nur daran denke.« Sie errötete ein wenig. »Ich weiß … Verfolgungswahn, wie?«

»Vielleicht auch nicht.«

»Na ja.« Sie warf einen Blick auf den Nachttisch. »Wenn ich mir vorstelle, dass er *hier* war … In meinem Haus. In meinem *Schlafzimmer*.« Ihre Stimme zitterte ein wenig. »Womöglich war er sogar hier, als ich im Bett lag und schlief. Gott, er hätte in die Zimmer der Mädchen eindringen können. Können Sie sich vorstellen, wie unheimlich das ist?«

Er nickte. In diesem Moment hörte er das Motorengeräusch eines Pick-ups, der näher kam. »Sie sollten sich überlegen, ob Sie nicht lieber für eine Weile in ein Hotel ziehen.«

»Ich lasse mich nicht von irgendeinem … Spinner aus meinem eigenen Haus vertreiben. Ausgeschlossen. Ich werde jemanden einstellen. Gleich heute Vormittag habe ich einen Schlosser angerufen. Er hat bereits sämtliche

Schlösser ausgewechselt. Wes Allen hat heute die Alarmanlage repariert, und ich habe Patronen für das Gewehr gekauft.«

»Sie haben *was?«* Er war schockiert. Diese kleine Frau mit einer Waffe in der Hand? »Können Sie denn damit umgehen?«

»Ich hoffe, dass es nicht nötig wird.«

»Aber Sie haben Kinder im Haus und ...«

»Und ich werde sie beschützen. Ich habe vor Jahren schießen gelernt, für meine Rolle in *Resurrection*. Anne Parks war eine Mörderin. Gewöhnlich bediente sie sich zwar anderer Waffen, aber in zwei Szenen benutzte sie eine Schusswaffe. Der Regisseur wollte, dass ich den Eindruck erweckte, ich sei damit vertraut, und deshalb habe ich Unterricht im Schießen genommen. Ob ich je auf etwas Lebendiges geschossen habe? Nein. Ob ich es könnte? Ja. Wenn ich meine Kinder verteidigen muss.«

»Im Film haben Sie eine Pistole benutzt, nicht wahr?«

»Ja.«

»Dann sollten Sie vielleicht mit dem Gewehr üben. Ein Gewehr funktioniert anders als eine Pistole, und ... Ich an Ihrer Stelle würde eine andere Waffe wählen.«

»Ich habe keine andere, und ein Gewehr ist besser als gar nichts.«

Er dachte an die Statistiken bezüglich der Besitzer von Gewehren, die sich selbst oder ihre Lieben mit der eigenen Waffe umgebracht hatten. »Worauf es ankommt, ist Ihre Sicherheit.«

»Um die bemühe ich mich«, entgegnete sie. In diesem Moment hob der Hund den Kopf und knurrte laut. Mit scharrenden Krallen lief Critter über den Holzboden, begann wie irre zu bellen und stürmte die Treppe hinunter.

»Er nimmt seine Aufgabe sehr ernst«, scherzte Jenna und folgte Critter nach unten.

Besser wär's, dachte Carter. *Es wäre verdammt noch mal besser.*

Harrison Brennan stand auf der hinteren Veranda und spähte durch die Scheibe in der Hintertür.

Und er schien stinksauer zu sein.

Toll, dachte Jenna und öffnete die Tür. Der Hund stieß ein missmutiges »Wuff« aus. Critter hatte Brennan nie gemocht, genauso wenig wie die Mädchen. Trotz seiner guten Absichten ging er allen gehörig auf die Nerven.

»Ist der Sheriff hier?«, fragte er. »Er war vorhin bei mir zu Hause.« Brennan blickte über ihre Schulter hinweg, biss die Zähne zusammen und spannte die Lippen zu einem schmalen Strich.

»Hallo, Harrison«, sagte Carter so dicht hinter Jenna, dass sie seinen Atem im Nacken spürte. Ein kleiner Schauer lief ihr über den Rücken, doch sie achtete nicht darauf.

»Damit ist deine Frage wohl beantwortet.« Jenna versuchte, sich nicht zu sehr über ihren Nachbarn zu ärgern. Schließlich meinte Harrison es immer nur gut mit ihr. Critter schien allerdings anderer Meinung zu sein und knurrte Harrison an.

»Ruhig«, ermahnte sie den Hund, »sonst musst du raus in den Schnee.«

»Der verdammte Köter will sich einfach nicht an mich gewöhnen«, bemerkte Harrison, tätschelte aber dennoch den Kopf des Hundes. Das Knurren verstummte, aber Critters Nackenfell blieb gesträubt und er wedelte nicht mit dem Schwanz. Er duldete die Berührung, hielt jedoch den Kopf gesenkt und verfolgte wachsam jede Bewegung Harrisons. »Zum Teufel, am liebsten würde er mir die Hand abbeißen.«

»Beachte ihn gar nicht. Komm rein«, lud Jenna ihn ein und warf dem Hund einen warnenden Blick zu. »Du, benimm dich. Geh in dein Körbchen.«

Critter zog sich an seinen Lieblingsplatz unter dem Tisch zurück. Carter fragte, anscheinend bemüht, ihre Privatsphäre zu wahren: »Kann ich mich etwas im Haus umsehen? Ich würde mich gern mit der Anordnung der Räume vertraut machen.«

»Tun Sie, was Sie für nötig halten«, erwiderte sie mit einladender Geste, dankbar, dass er die an sie gerichteten Drohungen genauso ernst nahm wie sie selbst. Sie fühlte sich sicher, wenn er im Hause war, und sie wurde ein wenig ruhiger, obwohl Harrison vor Wut zu platzen schien. Während Carter von einem Zimmer zum anderen und irgendwann wieder die Treppe hinaufging, führte Jenna Harrison ins Arbeitszimmer, damit Allie ihr Gespräch nicht mit anhörte, und erklärte ihm, was in den letzten paar Tagen geschehen war.

Je länger sie erzählte, desto finsterer wurde Harrisons Miene. Er biss die Zähne zusammen und rieb nervös Daumen und Zeigefinger aneinander. Doch er sagte kein Wort, stand nur da, sah sie aus seinen eindringlichen blauen Augen an und presste die Lippen zusammen.

Als sie ihren Bericht beendet hatte, rieb er sich das Kinn und sah sie böse an. »Soll das heißen, jemand hat einen

Drohbrief in deinem Haus hinterlassen, und du hast mich nicht gerufen?«

»Meiner Meinung nach ist es ein Fall für die Polizei«, versetzte sie. Im selben Moment hörte sie Schritte auf der Treppe.

»Oder für mich. Ich wohne schließlich nebenan«, betonte er und zog die Augenbrauen zusammen. »Und ich habe Beziehungen. Das FBI sollte eingeschaltet werden!« Er fuhr sich mit einer Hand durch das kurze stoppelige Haar, sodass die silbrigen Borsten sich aufrichteten. »Was zum Teufel geht hier vor?«

»Das versuchen wir gerade herauszufinden«, versetzte Carter.

Brennan war aufgewühlt. Mit gerötetem Gesicht ließ er seinen Zorn an Carter aus. »Und Sie glauben, sie ist hier in Sicherheit?«

»Mir fehlt hier nichts, Harrison«, mischte sie sich ein.

»Aber die Alarmanlage – sie ist kaputt. Ich hole Seth. Wenn er sie nicht reparieren kann, suche ich jemand anderen, der es kann.«

»Schon geschehen«, entgegnete sie. »Wes Allen war heute hier.«

Carter, der neben ihr stand, spannte unwillkürlich die Muskeln an. Brennan schnaubte durch die Nase. »Was versteht *er* denn davon? Er bastelt an Lautsprecheranlagen und dergleichen herum. Das hier ist eine ernste Sache.«

Jenna fuhr ihn an: »Glaub mir, das ist mir klar.«

»Ich überprüfe die Anlage noch mal. Besorge jemanden, der was von Elektrik versteht. Wenn nicht Seth Whitaker, dann Jim Klondike – er ist ein prima Handwerker.« Sie wollte abwehren, doch Harrison ließ sich nicht dreinreden und wandte sich dem Sheriff zu. »Was unternehmen Sie und Ihre Behörde in dieser Sache?«, fragte er und stieß mit dem Zeigefinger nach Carters Brust.

»Alles, was in unserer Macht steht.« Der Sheriff verschränkte die Arme und wich keinen Zentimeter zurück.

»Hmpf.« Harrison zog skeptisch die silbrigen Brauen hoch und drehte sich wieder zu Jenna um. »Du brauchst Schutz. Eine Frau, hier draußen allein mit ihren Kindern. Das gefällt mir nicht.«

»Das hier ist mein Zuhause.«

»Du bist hier nicht sicher.« Er rieb sich den Nacken. »Ich könnte hier bleiben.«

Carters Gleichmut war mit einem Schlag dahin. Jenna sagte rasch: »Das wird nicht nötig sein, Harrison. Ich stelle einen Bodyguard ein.«

»Einen Bodyguard? Wen?«, wollte er wissen.

»Das weiß ich noch nicht, aber ich möchte gleich heute anfangen, Kontakt zu möglichen Kandidaten aufzunehmen. Sheriff Carter hat mir ein paar Namen gegeben ...«

»Jake Turnquist«, sagte Brennan hastig und kniff die blauen Augen zusammen. »Mir wäre es lieber, wenn ich bei dir bleiben könnte, aber wenn nicht, dann setz dich mit Jake in Verbindung. Er ist ein Freund von mir und war früher bei den Navy Seals. Nach einem Intermezzo bei der Polizei in Portland hat er als Privatdetektiv gearbeitet. Er wohnt jetzt in Hood River, ist allein stehend – weder Frau noch Kinder, auf die er Rücksicht nehmen müsste. Er könnte sicher bei dir im Haus wohnen.«

Jenna spürte, wie sich ihre Rückenmuskeln verkrampften, während sie sich Mühe gab, ihre Wut zu zügeln. Sie war todmüde und hatte Angst, außerdem hatte sie fast den ganzen Tag lang nichts gegessen, und sie wäre Harrison am liebsten an die Kehle gesprungen. Wieso bildete dieser Mann sich ein, er könne über ihr Leben bestimmen? War sie so ein zartes Pflänzchen? »Hör zu, Harrison, ich werde mir überlegen, was *ich* für richtig halte«, sagte sie und biss die Zähne zusammen. Unterdrückter Zorn brachte ihr Blut in Wallung. »Aber zuerst rede ich mit den Leuten, die der Sheriff kennt.« Langsam entspannte sie ihre Hände, die sie unwillkürlich zu Fäusten geballt hatte.

»Turnquist steht auf meiner Liste«, schaltete sich Carter ein und warf Harrison Brennan einen warnenden Blick zu. »Harrison hat Recht. Turnquist ist ein guter Mann. Ich habe ein paar Fälle mit ihm zusammen bearbeitet, bevor er den Dienst quittierte.«

Brennans starre Miene lockerte sich ein wenig. »Dann wäre das ja geklärt.«

»Noch nicht«, widersprach Jenna, die den Mann noch immer am liebsten erwürgt hätte. »Aber ich werde ihn anrufen.«

»Gut.« Carter ließ den Blick noch einmal durchs Haus schweifen. »Wir bleiben in Kontakt. Geben Sie mir Bescheid, wenn Sie etwas brauchen oder irgendetwas Sie beunruhigt.«

»Mach ich«, versprach sie und fühlte sich doch ziemlich verzagt, als sie ihn zur Hintertür begleitete. Dann wartete sie, sah dem Sheriff durch die Scheibe in der Tür nach, während er durch das offene Tor davonfuhr. Mit ihm hatte auch das warme Gefühl der Sicherheit sie verlassen, das sie in seiner Gegenwart empfunden hatte. Sie war allein mit Harrison und der nackten Tatsache, dass er zunehmend lästig wurde. Gewiss war er besorgt um sie, aber trotzdem lästig. Sie drückte nicht auf die Taste für die elektronische Verriegelung des Tors, die, wie Wes versichert hatte, wieder funktionierte. Sie würde das Tor schließen, wenn Harrison gegangen war.

Er wartete in der Küche auf sie, mit der Hüfte an den Tresen gelehnt, ihr schnurloses Telefon in der Hand.

»Ich habe Jake angerufen«, sagte er mit einem Lächeln, das verriet, wie stolz er auf sich war. »Mission erfüllt.«

»Was soll das heißen?«

»Er übernimmt den Job.«

Sie war wie vor den Kopf geschlagen. »Einfach so? Ohne mich zu kennen oder sich auf dem Grundstück umgesehen zu haben?« Sie wies ins Hausinnere. An der Sache schien etwas faul zu sein. »Habt ihr über die Bezahlung gesprochen? Die Arbeitszeiten? Himmel, Harrison, hör auf, dich derart einzumischen, sofort! Du kannst nicht über mein Leben bestimmen.« Sie ging auf ihn zu, sah ihm geradewegs ins Gesicht, hitzige Wut im Blick.

»Ich will dir nur helfen.«

»Du nimmst mir die Luft zum Atmen.«

»Jake wird dir gefallen.« Der Mann war unmöglich. Er sah sie an, als verstünde er kein Wort von dem, was sie sagte.

Sie straffte die Schultern. »Darum geht es gar nicht, okay? Du brauchst mich nicht zu beschützen.«

»Weil du das allein so großartig hinkriegst?«, fragte er, und in seine Augen trat ein hässliches Glitzern.

»Weil ich es nicht will! So einfach ist das. Vielleicht solltest du jetzt lieber gehen. Wenn du glaubst, irgendwelche Ansprüche auf mich zu haben, dann irrst du dich.«

Er starrte sie an, als habe sie den Verstand verloren. »Moment mal. Du redest Unsinn. Du brauchst Hilfe.«

»Aber ich brauche mich nicht ersticken zu lassen! Ich bin eine erwachsene Frau, verdammt noch mal. Also lass mich in Ruhe. Und, bitte, geh jetzt.«

Sekundelang blieb er noch in der Küche stehen, bewegungslos, mit offenem Mund, dann schien er endlich zu begreifen und atmete tief durch. »Wenn du es so willst.« Er zog den Reißverschluss seiner Jacke hoch und ging zur Hintertür. »Tut mir Leid, dass ich mich aufgedrängt habe, Jenna«, sagte er, eine Hand bereits auf dem Türgriff, und sah sie über die Schulter an. »So bin ich eben. Du weißt ja, habe jahrelang das Kommando geführt.«

Sie ließ sich nicht erweichen. Sah ihn nur böse an.

»Hör zu, ich schau mir die Alarmanlage noch einmal an, nur damit ich beruhigt sein kann, und dann belästige ich dich nicht mehr. Wenn du es dir anders überlegst, ruf mich an.«

Das würde sie nicht tun. Dessen war sie sicher.

Er wahrscheinlich auch.

Sein Blut pulsierte. Rauschte durch die Adern. Schneeflocken schmolzen auf seiner Haut, kalte Rinnsale liefen über sein Gesicht und seine bloße Haut. Er trug nur Handschuhe, sonst kein einziges Kleidungsstück. Seine Muskeln bebten, als er sich an der Stange hochzog, die er für Klimmzüge benutzte: eine kalte Metallstange, die sich tief in die raue Rinde gigantischer Fichten bohrte.

Hochziehen … langsam … herunterlassen … noch langsamer. Mit starrem Körper. Die Füße geschlossen. Rauf. Runter. Rauf. Runter. Hundert Mal.

Das Training gehörte zu seinem festen Tagesablauf. Tag für Tag. Ohne Rücksicht auf das Wetter.

Weder Schnee noch Regen oder Hitze oder dunkle Nacht … Ja, so war es, so regelmäßig wie die Post der USA.
Zuverlässig.
Aber tödlich.
Unbesiegbar im Winter.
Stark eben durch die Kälte, die er so verabscheute. Im Geiste zählte er seine Klimmzüge mit, spürte den Schmerz in den Muskeln, empfand erneut das Bedürfnis zu töten, und sein Puls beschleunigte sich. Er biss die Zähne zusammen, beendete sein Training, ließ sich geschmeidig zu Boden fallen und sank mit den nackten Füßen tief in den Schnee.
Der Schweißglanz seiner Haut vermischte sich mit den eisigen Schneeflocken. Heiß und kalt. Eiskalter Wind streifte seine Nacktheit. Sein Fleisch dampfte.
Die Schärfe der Nacht ging ihm unter Haut.
Er schloss sekundenlang die Augen.
Stellte sich die Jagd vor.
Es war Zeit, zu töten.
Und er wusste, wo er sie finden würde …

27. Kapitel

Wenn der Prophet nicht zum Berg kam, dann musste der verdammte Berg eben zum Propheten kommen.

Roxie Olmstead hatte es satt, vom Sheriffbüro von Lewis County immer nur mit »Kein Kommentar« abgespeist zu werden, und sie war sauer, weil sie nicht zu Carter vordringen konnte. Der Kerl ließ sie abwimmeln, kein Zweifel.

Sie hatte mehrmals Nachrichten auf seinem Anrufbeantworter hinterlassen und E-Mails geschickt, hatte sogar draußen vor dem Gerichtsgebäude herumgelungert in der Hoffnung, Carter abzufangen und irgendwelche Informationen über Mavis Gette, die Tote vom Catwalk Point, aus ihm herauszuquetschen. Selbst nachdem die Leiche identifiziert war, hatte Carter ihre Anrufe nicht angenommen – beziehungsweise seine Hexe von Vorzimmerdame, Jerri Morales, hatte Roxie unterkühlt zu verstehen gegeben, Carter sei »nicht im Hause« oder »in einer Konferenz« oder »derzeit nicht zu sprechen«. Das Einzige, was sie über Mavis Gette wusste, hatte sie aus dem Statement der Staatspolizei von Oregon erfahren.

»Teufel noch mal«, knurrte sie, als sie das Bürogebäude des Lewis County *Banner* verließ. Der Wind sprang sie an, riss ihr die Kapuze vom Kopf und fuhr mit eisigen Fingern durch ihr Haar. Sie drückte Laptop, Thermosflasche und Handtasche an sich, lief durch das Schneetreiben zu ihrem Wagen und schloss den kleinen Viertürer auf. Ihr Magen machte ihr mal wieder zu schaffen, und sie schluckte ein paar Tabletten gegen Sodbrennen, nachdem sie in das Eis auf der Windschutzscheibe ein kleines Loch gekratzt hatte. Dann drehte sie den Zündschlüssel, und das Gebläse ihres Toyota begann das Glas zu erwärmen. Der Corolla hatte mehr als zweihunderttausend Meilen auf dem Kilometerzähler, war völlig zerbeult und im Inneren zerschlissen, doch der Motor lief und lief. Mit dem standardmäßigen Dreigang-Getriebe und Winterreifen brachte das alte Fahrzeug Roxie nahezu überallhin. Auch zu Sheriff Carters Haus.

Sie lächelte still bei dem Gedanken an den Gesetzeshüter. Groß und gut aussehend wirkte Carter eher wie das Hollywoodklischee eines Cowboys statt wie ein echter Sheriff. Es ärgerte Roxie maßlos, dass er ihr nicht einmal »guten Tag« sagte. Nun ja, heute Abend sollte sich das ändern.

Sie schaltete die Scheibenwischer ein, um das Eis zu beseitigen, suchte ihren Lieblingssender im Radio – einen der wenigen, die hier zu empfangen waren – und hörte Popmusik aus den Achtzigern, während das Eis langsam schmolz und es im Wagen wärmer wurde. Noch bevor sie wirklich klare Sicht hatte, wischte sie auf der Innenseite der Frontscheibe ein Guckloch frei, kurvte behutsam zwischen den wenigen Fahrzeugen auf dem Parkplatz hindurch und bog auf die Straße ab. Als der Wagen etwas ins Schleudern geriet, grinste sie. Himmel, sie liebte den Schnee, sah gern, wie er vor ihren Scheinwerfern wirbelte und tanzte. Vor einer Ampel bremste sie ab, kramte eine Tube Lipgloss aus ihrer Handtasche und rieb etwa Pink auf ihre Lippen. Gerade als sie ihr Werk im Rückspiegel bewunderte, schaltete die Ampel auf Grün; sie trat aufs Gas, noch ehe der Typ hinter ihr nervös werden und auf die Hupe drücken konnte.

Auf dem Weg aus der Stadt hinaus überlegte sie, was sie zu Carter sagen würde, wenn er die Tür öffnete.

Falls er nicht zu Hause sein sollte, würde sie warten. Sie hatte eine Thermosflasche Kaffee, eine Wolldecke und ein Buch dabei, das interessant genug war, damit ihr nicht langweilig wurde, aber auch wieder nicht so spannend, dass sie darüber die Zeit oder ihr Ziel aus den Augen verlieren würde. Wenn er nach einer Stunde nicht kam, würde sie aufgeben und es am nächsten Tag noch einmal versuchen. So sehr sie auch darauf brannte, ihn zu stellen, in dieser Kälte konnte sie doch nur begrenzte Zeit ausharren, und außerdem wollte sie nicht riskieren, dass die Batterie ihres Autos den Geist aufgab.

Aber, bei Gott, sie würde mit ihm reden.

Von Angesicht zu Angesicht.

Sie wollte ihm ein paar Fragen stellen und plante bereits, was sie sagen, wie sie ihm begegnen, wie sie verhindern würde, dass er ihr die Tür vor der Nase zuschlug. Sie erwog sogar, einen Trick anzuwenden – »Entschuldigen Sie, Sheriff, ich habe keinen Sprit mehr« –, wusste jedoch, dass er sie durchschauen würde. Was sollte sie tun? Wie sollte sie es schaffen, durch die Furcht einflößende Fassade zu sehen und einen Blick auf den eigentlichen Menschen hinter der rauen Schale zu erhaschen? Was für ein Mensch war Sheriff Carter in Wirklichkeit? Sie kannte sämtliche Eckdaten über ihn: sein Alter, seine Ausbildung, die Tatsache, dass er fast sein ganzes Leben in Falls Crossing verbracht hatte. Er war verheiratet gewesen, seine Frau war während eines Kälteeinbruchs ähnlich dem derzeitigen tödlich verunglückt. Doch die Reporterin wollte die unsichtbare Mauer, die ihn umgab, durchbrechen. Wie war der Mann, der sich hinter der Dienstmarke verbarg?

Sie dachte höchst ungern daran, wie oft sie von ihm geträumt hatte. Dieser nachdenkliche, stille, zurückgezogene Mann in Uniform hatte etwas an sich, das sie erregte. O Gott, sie mochte gar nicht daran denken, welche Schlüsse ein Psychologe daraus ziehen würde, zumal auch ihr Vater Bulle gewesen war.

Sie war so in ihre Gedanken vertieft, dass sie rein mechanisch bremste und den Blinker setzte, während sie sich durch den Schneesturm Carters Haus näherte. Sie summte einen alten Billy-Idol-Song mit und nahm den spärlichen Verkehr kaum wahr, sah weder entgegenkommende Fahrzeuge noch die hinter ihr.

Der Motor summte, der Toyota rollte gleichmäßig über die Straße, die Winterreifen griffen gut auf dem vereisten Pflaster, die Lichtsäulen der Scheinwerfer durchschnitten die Dunkelheit und ließen den schmutzigen, mit Sand versetzten, verharschten Schnee glitzern. Der Song war zu Ende, und sie warf einen Blick in den Rückspiegel. Erst jetzt bemerkte sie das Fahrzeug, das dicht hinter ihr fuhr. Es klebte quasi an ihrer Stoßstange. »Himmel«, knurrte sie, als könnte der Fahrer sie hören. »Hey, Freundchen, wir sind hier nicht in L. A.« Sie gab Gas, rutschte ein wenig. Er folgte noch immer direkt hinter ihr. So ein Idiot. Einer von ach so vielen. Mann, wenn sie doch bloß sein Kennzeichen sehen könnte … Sie bremste ab, doch er überholte sie nicht, klebte weiter an ihrer Stoßstange,

wagte offenbar kein Überholmanöver auf dieser kurvenreichen, vereisten Straße.
Zum Glück war die Zufahrt zu Carters Haus nur noch etwa eine Meile entfernt. Dort würde sie diesen Mistkerl dann bestimmt abhängen.
Vor der Abzweigung schaltete sie herunter, trat auf die Kupplung und spürte, wie sie auskuppelte. Teufel, in letzter Zeit hatte das Ding Launen. Der Wagen hinter ihr drosselte das Tempo nicht. »Pass bloß auf«, murmelte sie vor sich hin, schaltete in den zweiten Gang und wollte kurz vor der Abzweigung den ersten einlegen. Der Blödmann war immer noch hinter ihr! Blieb keinen Zentimeter zurück. Was zum Kuckuck dachte er sich dabei? Behutsam trat sie auf die Bremse und lenkte in die Kurve.
Rumms!
Ihr Kopf ruckte nach hinten.
Was zum Teufel sollte das? Der Blödmann hinter ihr war ihr auf die Stoßstange gefahren!
Ihr Toyota geriet heftig ins Schleudern.
Instinktiv trat sie die Bremse durch.
Ein Fehler! Sie verlor die Kontrolle über den Wagen, drehte sich um die eigene Achse und schlitterte unaufhaltsam auf die Bäume zu. »Scheiße!«
Sie versuchte sich in Erinnerung zu rufen, dass man mit der Schleuderrichtung lenkte und die Bremse nicht durchtrat, doch der Straßenrand und die Bäume kamen in rasender Geschwindigkeit näher. Viel zu nahe. »Verdammt, verdammt, verdammt!«, schrie sie, bemühte sich, ruhig zu bleiben, und betete, der Wagen möge rechtzeitig zum Stehen kommen. Sie hatte jetzt den Straßenrand erreicht.

Eine riesige Douglasie mit dicker, knorriger Rinde erschien drohend in ihrem Blickfeld.
Immer näher. »Nein!«
Noch näher sah sie das Schild mit der Aufschritt ZUFAHRT VERBOTEN vor sich. »Lieber Gott, nein!«
Rummms!
Metall ächzte.
Sie schlug die Hände vors Gesicht.
Der Wagen kam ruckartig zum Stehen.
Sie wurde nach vorn geschleudert, schlug mit dem Kopf auf das Steuerrad, doch der Gurt zerrte ihren Körper zurück an die Sitzlehne.
Glas splitterte und prasselte auf sie nieder, während Schnee und Eiskristalle in den Toyota wehten.
Sie schmeckte Blut; sie hatte sich auf die Lippe gebissen.
Benommen griff sie nach dem Schloss des Sicherheitsgurts. Dabei sah sie im gesprungenen Seitenspiegel, dass jemand sich näherte. Der Blödmann, der auf ihren Wagen aufgefahren war! Mit unsicheren Fingern löste sie den Gurt und tastete nach dem Türgriff. Sie hatte das Gefühl, sich übergeben zu müssen.
»Ist alles in Ordnung?«, fragte eine Männerstimme.
Nein, du verdammter Schwachkopf, dachte sie benommen. *Nichts ist in Ordnung, und das verdanke ich dir!*
»Warten Sie, ich helfe Ihnen.«
Gut und schön. Bevor ich dir die Meinung sage und dir eine Klage anhänge, die sich gewaschen hat.
Die Wagentür öffnete sich. Sie würgte, übergab sich in den Schnee und über den Türrahmen. Sie hatte einen säuerlichen Geschmack im Mund und schaffte es gerade noch, sich mit dem behandschuhten Handrücken über die

Lippen zu wischen. Himmel, sie zitterte. Das konnte sie sich jetzt wirklich nicht erlauben. »Warum zum Kuckuck sind Sie so dicht aufgefahren?«, fragte sie, als eine große Hand ihren Arm umfasste. Unter ihrem von Glasscherben durchsetzten Haar hervor sah sie zu ihm auf. Kannte sie diesen Kerl nicht? Hatte sie ihn nicht schon mal in der Stadt gesehen?

»Ich wollte dich nur auf mich aufmerksam machen, Marnie.«

»Was?« Sie rang um einen klaren Gedanken. »Marnie? Ich bin nicht Marnie! Was für ein Blödmann sind Sie eigentlich?«

»Einer, der Ihnen helfen will.« Er lächelte, und sie bemerkte etwas Finsteres in seinem Grinsen, etwas beinahe Grausames.

»Dann nehmen Sie die Finger weg. Ich komme allein zurecht«, sagte sie, und ihr Kopf wurde klarer. Sie hatte Abwehrspray in der Handtasche, einen Eiskratzer in der Seitentasche der Fahrertür.

»Nicht doch.« Er zerrte sie aus dem Wagen. Sie wollte sich zur Wehr setzen, doch dann sah sie seine Waffe, eine Art Pistole, und ihr Herz setzte einen Schlag aus.

»Was soll das?«, flüsterte sie und blickte in ein Paar Augen, die kalt waren wie Eis.

»Erlösung.«

»Aber Sie haben die Falsche erwischt.« Sie wehrte sich, versuchte, den Eiskratzer zu fassen zu bekommen, ihre Handtasche, irgendeinen Gegenstand.

»Ich weiß«, sagte er, dann richtete er die Pistole auf sie und drückte ab. Ein elektrischer Schlag traf sie, ihr Körper bäumte sich auf und erschlaffte dann. »Natürlich bist du die falsche Frau, Marnie. Aber fürs Erste muss ich eben mit dir vorlieb nehmen.«

Randall warf einen Blick auf die Uhr. Er beendete die Sitzung nur ungern, zumal ihre Termine immer seltener wurden. Sein Klient hatte den letzten abgesagt, der so früh am Morgen hatte stattfinden sollen, und dann einen Tag später angerufen, um den jetzigen Termin zu vereinbaren. Leider war es an der Zeit, das Gespräch für heute zu beenden. Eine weitere Patientin, der letzte an diesem verdammten Abend, würde binnen einer Viertelstunde die vordere Treppe heraufkommen. Es wunderte ihn, dass sie bei diesem Wetter nicht abgesagt hatte, doch sie war zäh, nicht unterzukriegen. Sie war bereits seit fünfzehn Jahren in Behandlung und würde wohl für den Rest ihres Lebens therapeutische Hilfe in Anspruch nehmen. Wie dieser hier es ebenfalls halten sollte. Randall tippte mit dem Bleistift, den nicht zu benutzen er geschworen hatte, auf die Schreibtischplatte, ertappte sich selbst dabei und hörte auf.

Seinem Klienten entging das nicht. »Sie sagen also, ich muss mich meinen Ängsten stellen.«

»Darauf läuft es hinaus.« Randall nickte und steckte den Bleistift in einen Becher auf seinem Schreibtisch.

»Das tue ich jeden Tag.«

»Tatsächlich?« Randall nickte zustimmend, doch sein Patient blieb skeptisch und angespannt. Er saß auf der Sofakante, hatte die Hände zu Fäusten geballt und rieb mit den Daumen über die gekrümmten Zeigefinger.

Stahlharte Augen musterten ihn. »Wissen Sie, allmählich glaube ich, das alles hier ist Quatsch.«

»Sie sind zu mir gekommen.«

»Einer meiner Vorgesetzten hat mir dazu geraten.«

»Und Sie haben den Rat befolgt.«

Er verzog das bartstoppelige Kinn zur Seite. »Ich dachte, es könnte helfen.«

»Und? Hilft es?«

»Sagen Sie's mir – Sie sind doch der Profi.«

»Ich kann nicht Ihre Gedanken lesen.«

Die Andeutung eines Lächelns. »Nicht? Warum zum Teufel werfe ich dann mein Geld zum Fenster raus?«

»Weil Sie Ihre Schuldgefühle überwinden wollen.«

Er öffnete die Fäuste und schloss sie wieder. »Ich glaube nicht, dass das möglich ist.« Die dichten Augenbrauen zogen sich zusammen.

»Ich finde, wir machen Fortschritte.«

»Ach ja?«

»Mhm. Aber diese Sitzungen sind nicht nur vertraulich, sie sind auch freiwillig. Niemand zwingt Sie, zu mir zu kommen.« Er blickte über den Rand seiner Brille hinweg und wartete auf eine Bestätigung seiner Feststellung.

»Stimmt.«

»Sie wissen selbst, dass Sie für Davids Tod nicht verantwortlich waren.«

Ein Muskel zuckte in dem energischen Kinn.

»Auch nicht für Carolyns Tod.«

Sein Patient blickte aus dem Fenster und zupfte an einer Naht im glatten Leder des Sofas.

Randall betrachtete Carters ungläubiges Profil, während der Sheriff versuchte, die Dämonen der kalten Winternacht niederzukämpfen. »Sie glauben mir nicht«, sagte Randall.

»Sie waren nicht dabei. Sie kennen nur meine Version der Geschichte. Wenn David oder Carolyn jetzt hier wären, würden sie vielleicht etwas völlig anderes erzählen.« Er blickte den Psychologen entschlossen an. »Beide haben sich auf mich verlassen. Ich habe sie im Stich gelassen.«

»Wie sie Sie im Stich gelassen haben.«

Carter schnaubte verächtlich. »Ich habe nicht mein Leben gelassen, weil mein bester Freund ein Dummkopf war und meine Frau mich betrogen hat.«

»Sie haben sie nicht umgebracht. Sie konnten den gefrorenen Wasserfall nicht schnell hinaufsteigen, um Davids Sturz zu verhindern, und Carolyn war auf dem Weg zu ihrem Liebhaber, als sie aufs Glatteis geriet – ihr Wagen kam von der Straße ab und stürzte in eine Schlucht. Das hätten Sie nicht verhindern können.«

»Wir hatten davor einen Streit.«

»Trotzdem.«

»Ich hätte verhindern müssen, dass sie sich überhaupt ins Auto setzte.«

»Hätten Sie es denn verhindern können?«, fragte der Therapeut, und die Uhr auf dem Kaminsims tickte laut die Sekunden.

»Ich weiß es nicht.« Carter schüttelte den Kopf. »Wahrscheinlich nicht.« Er verlagerte sein Gewicht auf der Couch, griff in seine Hosentasche und zückte die Brieftasche mit seiner Dienstmarke. »Schützen und dienen – so steht es doch schließlich hier drauf.« Seine dunklen Augen verrieten, wie aufgewühlt er war. »Und ich konnte weder meinen besten Freund noch meine Frau retten.«

»Sie waren noch nicht bei der Polizei, als David starb.«

»Aber ich war bei der Polizei, als ich die Scheidung verlangte und Carolyn weinend das Haus verließ.«
»Haben Sie versucht, ihr zu folgen?«
»Nur bis zum Stadtrand«, erwiderte Carter, und seine Augen wurden schmal. Randall wusste, dass der Gesetzeshüter jetzt in sein Inneres blickte und nicht das Abenddunkel vor dem Fenster sah, sondern die Unfallszene, die seine Frau das Leben gekostet hatte.
»Und warum?«
»Weil sie auf dem Weg zu *ihm* war«, sagte Carter, wandte den Kopf und sah den Psychologen wieder an. »Hören Sie, ich finde, so kommen wir nicht weiter.« Er nahm seine Jacke und seinen Mantel vom Kleiderständer im Flur und griff nach der Türklinke. »Wenn ich das Gefühl habe, dass ich noch eine Sitzung benötige, rufe ich Sie an.«
Randall lächelte nur. »Wie Sie wünschen. Aber ich glaube, es gibt da noch einige Fragen, mit denen Sie sich auseinander setzen sollten.«
»Wissen Sie was, Doc? Die wird es immer geben.« Damit ging er hinaus und die Hintertreppe zum Erdgeschoss hinunter. Randall wartete kurz und trat dann an das Fenster, aus dem Carter wenige Minuten zuvor nach draußen geschaut hatte. Der Sheriff wischte den Schnee von seiner Windschutzscheibe und stieg in den Chevrolet Blazer. Gerade als er den Wagen aus seiner Parklücke am Rand der kleinen Seitenstraße setzte, bog die letzte Patientin auf den Parkplatz ein.
Randall ging zurück an seinen Schreibtisch und griff in die Schublade. Mit einem kurzen Anflug schlechten Gewissens schaltete er den kleinen Rekorder aus, mit dem er die gesamte Sitzung aufgezeichnet hatte.

Sheriff Carter wusste es wahrscheinlich selbst nicht, aber er litt unter Todessehnsucht, die mit dem Schneefall über ihn kam. Der Sheriff hatte nicht nur die Menschen, die ihm lieb waren, im Winter verloren, sondern darüber hinaus auch eine erhebliche Anzahl lebensbedrohlicher Situationen erlebt, und alle diese Vorfälle hatten sich im tiefsten Winter ereignet. Sein eigenes Fahrzeug war mehr als einmal von der Straße geschleudert. Als er ein Kind aus einer Hütte rettete, in der die Eltern eine gewalttätige Auseinandersetzung ausfochten, hatte der Vater, verzweifelt, betrunken, arbeitslos und voller Wut auf die ganze Welt, Carter versehentlich ins Bein geschossen. Carter hatte während eines winterlichen Unwetters, das mit dem derzeitigen vergleichbar war, eine eingeschneite ältere Frau gerettet, und bei seiner Ankunft war die unverantwortlich hoch eingestellte Gasheizung explodiert. Überraschenderweise hatten sowohl er als auch die Frau überlebt. Und dann war da noch der Unfall beim Angeln, als sein Boot einen Felsen rammte und im eiskalten Wildwasser des Columbia River kenterte. Von einem anderen Boot aus war der Unfall beobachtet worden, und man war wie durch ein Wunder noch rechtzeitig zur Stelle gewesen, um ihn zu retten.
Früher oder später aber würde das Glück Carter im Stich lassen, und seine Tollkühnheit würde ihm zum Verhängnis werden.
So war es immer.

Endlich funktionierten die Kameras wieder ... Er starrte auf den Bildschirm und beobachtete durch die verborgene Linse, wie Jenna Hughes ihr Schlafzimmer durchquerte, ihren Pullover auszog, sich bückte, um die Jeans abzustreifen. Ihre perfekt gerundeten Pobacken waren nur mit einem spitzenbesetzten Bikinislip bekleidet … mit einem schwarzen Slip mit hohem Beinausschnitt, der kaum ihre intimste Körperregion bedeckte.

Sein Glied zuckte ein bisschen, wurde hart, als sie ins Bad ging, das Wasser in der Dusche aufdrehte, dann ihren BH öffnete und das winzige Fetzchen schwarzen Stoffs an einen Haken bei der Glastür hängte.

»So ist's recht«, flüsterte er und starrte mit plötzlich trockenem Mund auf den Bildschirm. Er hörte ein Stöhnen aus dem Vorzimmer und ärgerte sich. Marnie wurde allmählich wach. Die Schlampe! Eine Lehrerin, die in Bars Jagd auf immer die falschen Männer machte … die für einen Fick alles riskierte. Er wollte sie nicht hören, solange er Jenna betrachten konnte. Die perfekte Jenna. Sie zog ihren Slip aus, entblößte ihren wunderschönen Körper völlig, schob mit dem Fuß das hauchzarte Wäschestück aus dem Weg, blieb dann vor dem Waschbecken stehen, um sich rasch das Haar hochzustecken. Im Spiegel sah er ihre Brüste – groß, fest, mit spitzen kleinen Brustwarzen.

Dampf quoll aus der Duschkabine, als sie hineinstieg und die Tür hinter sich schloss.

Plötzlich war er steinhart, und er ließ die Hand an seiner Nacktheit hinabgleiten, um die glatte, kühle Haut seiner Erektion zu streicheln. Ganz sachte. Er stellte sich Jennas Hand an seinem Glied vor, das sinnliche Wunder ihrer Finger … und dann ihrer Zunge. Die berührte. Streichelte.

»Aaaaah.«

Jenna?
Nein, Marnie.
Im Nebenzimmer. Sie wachte auf.
Seine Erektion erschlaffte.
Es war Zeit, sich um Marnie zu kümmern.

28. Kapitel

Carter hatte es ernst gemeint, als er seine letzte Sitzung mit Dr. Randall als »Quatsch« bezeichnete. Sie kamen nicht von der Stelle, bewegten sich immer wieder im Kreis um die immer gleichen alten Emotionen herum. Ursprünglich hatte er auf Anraten der Bezirksstaatsanwältin Kontakt zu dem Psychologen aufgenommen, um seine Trauer zu bewältigen, doch er suchte Randall seitdem allenfalls sporadisch auf und fühlte sich immer unwohl in den Sitzungen.

Vor ein paar Jahren hatte er die Therapie ganz aufgegeben und sie in diesem Winter nur wieder aufgenommen, weil mit der Kälte die alten Albträume zurückgekommen waren. Schreckliche Albträume, in denen er Davids Gesicht unterm Eis sah, das zu ihm aufblickte und stumm die Lippen bewegte, während die Luft aus seiner Lunge wich, und noch düsterere Bilder von Carolyn, blutüberströmt im Wrack ihres Autos eingeklemmt. Während David in seinem Traum stumm blieb, fragte Carolyns Stimme immer und immer wieder: »Warum, Shane, warum? Warum kannst du mir nicht verzeihen?«

Eine gute Frage.

War es Carolyns Schuld gewesen, dass Shane seiner Arbeit als Deputy mehr Zeit gewidmet hatte als seiner Rolle als Ehemann? War es ihre Schuld gewesen, dass er noch nicht bereit war für das Kind, das sie sich so sehnlich wünschte? War es ihre Schuld gewesen, dass Shane sie ermunterte, ohne ihn mit Freunden auszugehen, wenn er arbeitete? War es ihre Schuld gewesen, dass Wes Allen, der tief im Herzen Künstler war, genau wusste, wie er einer einsamen Frau das Gefühl geben konnte, begehrt zu werden?

»Scheiße«, fluchte Carter leise und verscheuchte das Bild, das ihn seit Jahren verfolgte: die Vorstellung von Carolyn und Wes in seinem, Carters, Bett, während er seinen Dienst versah. Er umklammerte das Steuer fester. In diesem Moment klingelte sein Handy.

Er drückte schon vor dem zweiten Klingelton die Sprechtaste. »Carter«, bellte er.

»Sheriff, hier ist Hixx. Wir haben einen Unfall, nur ein Fahrzeug beteiligt, auf der Southeast Rivercrest – ein 1973er Toyota, zugelassen auf Roxie Olmstead.«

Die Reporterin. In der Nähe seines Hauses.

»Ist sie verletzt?«

»Weiß ich nicht. Sie war nicht in ihrem Fahrzeug, und der Schnee deckt alles zu.«

»Wo ist sie?«

»Das ist ja das Problem. Niemand weiß es. Sie hat ihr Büro gegen sieben Uhr verlassen, hat um zehn vor sieben ausgestempelt und ist, wie ihre Vermieterin angibt, noch nicht zu Hause gewesen, nicht einmal um mit dem Hund rauszugehen. Sie ist ledig, lebt allein. Wir haben die Krankenhäuser angerufen; sie ist nirgends eingeliefert worden. Sie hat auch weder einen Abschleppdienst angefordert noch bei der Polizei angerufen, um den Unfall zu melden. Bislang haben wir keinen Kontakt zu Freunden und Familie aufgenommen.«

»Vielleicht hat sie sich aus dem Staub gemacht. Hat womöglich zu viel getrunken, wollte sich den Konsequenzen entziehen und versteckt sich irgendwo, bis sie wieder nüchtern ist.«

»Es sieht so aus, als hätte jemand sie mitgenommen. Reifenspuren eines zweiten Fahrzeugs und Stiefel- oder Schuhabdrücke. Merkwürdig ist dabei allerdings, dass ihre Handtasche und ihr Laptop noch im Wagen liegen. Sie hat sie nicht mitgenommen, und derjenige, der bei ihr am Unfallort war, auch nicht.«

Carter lief ein kalter Schauer der Angst über den Rücken.

»Und da ist noch etwas. Sie hat sich eine Route ausgedruckt, aus dem Internet. Den Weg zu Ihrem Haus, Sheriff.«

»Zu meinem Haus?« Was zum Teufel sollte das? Er empfand so etwas wie ein schlechtes Gewissen. Hatte diese Olmstead ihm nicht schon die ganze Woche über aufgelauert, um ihn zu einem Interview zu überreden oder wenigstens einen O-Ton von ihm zu ergattern? Er hatte sie ignoriert. »Sichern Sie die Unfallstelle«, sagte Carter und trat aufs Gas. Der Chevrolet Blazer schoss vorwärts, schleuderte nur leicht. »Ich bin gleich da.«

Carter gefiel die Geschichte nicht, sie erinnerte ihn an Sonja Hatchells Verschwinden. Daran, wie Mavis Gette am Catwalk Point gefunden wurde. Zwei Fälle, die nicht zwangsläufig in Verbindung standen, zwei völlig verschiedene Situationen. Zum einen eine Anhalterin, die zu dem falschen Kerl ins Auto gestiegen war, zum anderen eine Kellnerin, die in einer eiskalten Nacht samt ihrem Fahrzeug verschwunden war. Doch alle standen im Zusammenhang mit dieser Gegend. *Zieh keine voreiligen Schlüsse*, ermahnte er sich, doch er hatte ein schlechtes Gefühl in dieser Sache, ein äußerst schlechtes. Es wollte auch nicht weichen, als er durch das Schneetreiben bis zu der Abzweigung fuhr, an der mittlerweile nicht nur ein Streifenwagen der Staatspolizei von Oregon eingetroffen war, sondern auch mehrere Reporter vom *Banner* und anderen Zeitungen herumstanden. Zudem sah er einen Ü-Wagen des lokalen Nachrichtensenders. Auslöser war wahrscheinlich der Anruf der Polizei bei der Zeitung, als sie versuchten, Olmstead ausfindig zu machen. Jemand musste dann den Fernsehleuten einen Tipp gegeben haben.

Eine zierliche Frau in blauem Parka stürzte sich auf ihn und hielt ihm ein Mikrofon unter die Nase. »Sheriff Carter? Ich bin Brenda West von KBST.« Sie hatte einen Kameramann im Schlepptau. »Glauben Sie, dass zwischen Roxie Olmsteads Verschwinden und dem Fall Sonja Hatchell ein Zusammenhang besteht?«

Carter drehte sich zu der Reporterin um und bemerkte, dass die Kamera auf ihn gerichtet war. »Wir wissen noch gar nicht, ob sie überhaupt verschwunden ist. Bislang haben wir es lediglich mit einem Unfall zu tun, der wahrscheinlich auf die Witterungsverhältnisse zurückzuführen ist. Zum gegenwärtigen Zeitpunkt will ich nicht mehr dazu sagen und mich auch nicht in Spekulationen ergehen.«

Sie bedrängte ihn weiter, winkte ihren Kameramann heran, doch Carter ignorierte sie und stapfte zum Unfallort. Zum Glück folgte sie ihm nicht hinter die Absperrung.

Die Lage war genauso, wie Hixx sie am Telefon geschildert hatte, doch als Carter dastand, den Wind im Rücken, inmitten des Schneetreibens, und den eingedrückten

Kühler des Toyota betrachtete, kamen ihm Zweifel. Hier war was faul.

Ausgesprochen faul.

Sie lag auf einer harten, kalten Platte, als sie erwachte. Jeder Muskel in Roxies Körper schmerzte. Ihr Kopf dröhnte. Sie hatte einen üblen Geschmack im Mund. Und vor allem war ihr kalt. So verdammt kalt, dass sie kaum atmen konnte. Sie schlug die Augen auf, als Erinnerungen in ihr Bewusstsein strömten. Sie war auf dem Weg zum Sheriff gewesen, irgendein Spinner hatte sie von der Straße gedrängt, es war zu einem scheußlichen Unfall gekommen, und dann hatte der Typ sie mit einem Elektroschocker betäubt.

Noch schlimmer: Sie war nackt.

Hatte nichts am Leib außer einer Gänsehaut.

Himmel, was hatte der Mistkerl mit ihr gemacht?

Sie war gefesselt, konnte sich nicht rühren und fürchtete sich zu Tode, doch sie versuchte, ihre Angst niederzukämpfen. Ganz gleich, wo sie sich befand, sie musste hier raus. Auf der Stelle. Und sie musste sich ruhig verhalten, um den Perversen nicht darauf aufmerksam zu machen, dass sie wach war. Langsam drehte sie den Kopf auf der kalten, glatten Betonplatte, reckte den Hals, spähte angestrengt um sich in der Hoffnung, einen Hinweis darauf zu entdecken, wo zum Teufel sie sich befand und wie sie flüchten könnte.

Das Licht war dämmrig, doch sie strengte ihre Augen an und erkannte, dass sie sich in einer Lagerhalle oder einem ähnlich großen, höhlenartigen Raum mit hoher Decke befand, die ebenso wie die Wände mit Postern und Bildern

bedeckt war. Sie alle stellten dieselbe Frau dar: Jenna Hughes. Heilige Scheiße, was für ein Psychopath war der Typ? Roxie sah keine Fenster, keine Türen, doch irgendwo musste schließlich ein Ausgang sein. In der Mitte des großen Raumes befand sich eine Bühne, auf der etwa ein halbes Dutzend Leute standen. Halb bekleidete Frauen. Einige kahlköpfig. Einige völlig nackt. Manche mit aufgemalten wächsernen Gesichtern, andere völlig gesichtslos. Roxies Herz drohte stehen zu bleiben, als sie diese Frauengruppe ansah. Keine regte sich … Nein, jetzt wurde ihr klar, es waren keine Frauen, sondern Puppen. Surreale Figuren. Sie blinzelte mehrmals und erkannte schließlich, dass es sich um Schaufensterpuppen handelte. Schaufensterpuppen wie bei Saks oder Neiman-Marcus.
Was zum Teufel sollte das darstellen? Irgendeine verrückte Szene aus *Die Frauen von Stepford*? Und warum war es so verdammt kalt? Hatte der Blödmann noch nie was von Heizungen gehört? Oder war es Teil einer Folter? Bei dem Gedanken wurde ihr übel. Folter. O Gott, nein. Sie betrachtete die Schaufensterpuppen, die um einen Ruhesessel gruppiert standen – nein, es war kein Ruhesessel, sondern ein Zahnarztstuhl mitsamt Bohrer.
Sie hörte ein Geräusch und erstarrte.
Musik erfüllte den Raum. Eine Melodie aus *Summer's End*, einem Film mit Jenna Hughes. Roxie hatte ihn ein halbes Dutzend Mal im Kabelfernsehen gesehen, hatte sich mit Marnie Sylvane identifiziert, der Hauptfigur, einer einsamen Lehrerin, die keine Liebe fand. *Marnie* Sylvane. Hatte das Scheusal sie nicht Marnie genannt, als er sie angriff?
Verrückt. Was zum Teufel ging hier nur vor?

Aus den Augenwinkeln sah sie ihn flüchtig. Splitternackt stand er in einem verglasten Raum und starrte auf einen Computerbildschirm. Sie schauderte angstvoll. Als hätte er ihren Blick gespürt, drehte er sich plötzlich um und sah sie an.

»Ah, Marnie. Du bist also wach?« Er lächelte eiskalt und trat durch eine Glastür in den großen Raum.

»Ich bin *nicht* Marnie«, widersprach sie, woraufhin sein Lächeln ein wenig erstarb.

»Natürlich bist du Marnie.«

»Ich bin Roxie Olmstead, Reporterin beim Lewis County *Banner*.« Sie versuchte aufzustehen, doch ihre Fußknöchel waren mit starken Seilen gefesselt. Verdammt noch mal. »Mein Mann wird mich vermissen, und dann ruft er die Polizei, aber das ist noch nicht mal das Schlimmste. Er wird dich suchen, und wenn er dich findet, dann dreht er dir den Hals um!«

»Du bist nicht verheiratet, Marnie.«

»Ich sagte doch, Blödmann, ich *bin* nicht Marnie.« *Und verheiratet bin ich auch nicht*, dachte Roxie verzweifelt und hoffte, er möge ihren Bluff nicht durchschauen.

»Du bist nur verlegen.«

»*Wie bitte?*«

»Weil du dich hast gehen lassen … Aber das werde ich schon richten. Du wirst sehen.«

»Wovon zum Teufel redest du? An mir braucht nichts gerichtet zu werden – hey!« Sie hatte es geschafft, sich in eine sitzende Position aufzurichten, als sie den Elektroschocker an seiner Seite sah und erstarrte. Das Blut schien ihr in den Adern zu gefrieren.

»Schon besser«, sagte er, wobei seine Stimme beinahe von

der Musik übertönt wurde. Ihr Blick haftete auf der abscheulichen kleinen Waffe. »Und jetzt … entspann dich.«

Den Teufel werde ich tun, dachte sie, warf sich ihm entgegen, kratzte mit den Fingernägeln nach ihm, entschlossen, ihn zu verletzen. Er schrie auf, als ihre Nägel seine Wange ritzten. Der Elektroschocker zischte, und ein heftiger Stromschlag schleuderte sie zu Boden.

Rumms!

Ihr Kiefer schlug auf dem kalten Beton auf.

Schmerz explodierte in ihrem Kopf. Sie hätte beinahe das Bewusstsein verloren.

»Dumme Kuh«, knurrte er, tastete nach der Schramme in seinem Gesicht und verschmierte dabei das Blut, das unter seinem linken Auge hervorquoll. »Das ist dein Problem, Marnie. Ich glaube, es ist an der Zeit, dass ich dir eine äußerst wertvolle Lektion erteile.«

Nein, dachte Roxie verzweifelt, zum ersten Mal in ihrem Leben ganz und gar hilflos. *Nein, was auch immer hier vorgeht!* Sie konnte nicht sprechen, sich nicht bewegen, sah jedoch, wie er eine glänzende Spritze aus seiner Tasche zog, sie senkrecht hielt und etwas klare Flüssigkeit aus der Nadel quellen ließ. Ihr entsetzter Blick begegnete seinem, und er lächelte wieder – das kalte, berechnende Grinsen eines Mörders.

Zum ersten Mal seit fünfzehn Jahren begann Roxie Olmstead zu beten.

29. *Kapitel*

Jake Turnquist hielt alles, was Harrison Brennan versprochen hatte, und noch mehr. Gebaut wie ein Hochleistungssportler, mit blauen Augen, denen nichts zu entgehen schien, kam er zu einem Gespräch mit Jenna, wurde handelseinig mit ihr und entschied sich, nachdem er das Grundstück in Augenschein genommen hatte, für die Atelierwohnung über der Garage, weil von dort aus das Gelände aus der Vogelperspektive zu sehen sei. Er erklärte sich einverstanden, in der Atelierwohnung zu übernachten, die Mädchen morgens zur Schule zu fahren und nach Schulschluss wieder abzuholen. Jenna machte sich größere Sorgen um das Wohlergehen ihrer Töchter als um ihr eigenes. Sie ließ sich auf seinen Vorschlag ein, ihr Handy mit einem GPS-Chip auszurüsten, ein Sprechfunkgerät bei sich zu tragen und auch in ihren Jeep ein GPS einzubauen. Die Mädchen sollten ebenfalls ein Handy mit GPS-Chip bekommen und Sprechfunkgeräte bei sich tragen.

»Das wird komisch«, prophezeite Cassie, während sie aus dem Küchenfenster zusah, wie Jake seine Ausrüstung aus einem Trailer lud, der an seinen Pick-up angehängt war. Einen Seesack über der Schulter und in jeder Hand einen Ausrüstungskoffer, schleppte er die mitgebrachten Geräte die Außentreppe hinauf. »Das ist wie ›Big Brother Is Watching You‹.«

»Aber eure Mutter wird sich bedeutend sicherer fühlen.« Jenna schloss die Spülmaschine, und ihr Blick folgte Cassies.

»Wie lange bleibt er?«
»So lange, wie es nötig ist.«
Sein Atem kondensierte in der kalten Luft, als Turnquist die Außentreppe zu der Wohnung wieder hinuntereilte. Er lief zu seinem Pick-up, lud einen Schlafsack, einen Laptop und ein Gewehr mit Zielfernrohr aus.
»Gruselig«, flüsterte Cassie.
Jenna drückte die Hand ihrer Tochter. »Aber sicherer.«
»Ich weiß nicht, ob ich mich unbedingt sicherer fühle, wenn hier ein Fremder mit Waffen und Nachtsichtgeräten und Agentenkram wohnt«, wandte Cassie ein, und Jenna ließ ihre Hand los. »Er hält sich wohl für Rambo oder so.«
Rambo wäre nicht schlecht, dachte Jenna, sagte jedoch: »Wir wollen ihm eine Chance geben, ja?« Am Vortag hatte Turnquist ihr persönlich eine drei Seiten lange Liste mit Referenzen überreicht. Neun der Namen auf der Liste hatte Jenna angerufen, und alle hatten Turnquist in den höchsten Tönen gelobt und wärmstens empfohlen.
»Ich würde ihm bedenkenlos meine Töchter anvertrauen. Oder auch meine Enkelinnen«, hatte ein Mann verkündet.
»Er hat uns geholfen herauszufinden, wer uns terrorisierte«, berichtete eine Frau. »Jake Turnquist hat die Hooligans gestellt, die in unserem Garten ein Kreuz verbrannt und die Reifen unseres Pick-ups aufgeschlitzt hatten. Hat sie geschnappt und die Polizei gerufen. Danach konnten wir endlich wieder ruhig schlafen.«
Kein einziger hatte auch nur ein Wort gegen den Mann gesagt.
Jenna hatte ihn auf der Stelle engagiert.

Als sie jetzt zusah, wie er in die Wohnung über der Garage einzog, verspürte sie Erleichterung. Obwohl Jake Turnquist nicht ihre erste Wahl als Bodyguard war. Im Stillen wünschte sie sich, sie hätte den Sheriff zu ihrem Schutz und dem ihrer Töchter anheuern können. Seit sie sich mit dem Gedanken an einen Bodyguard trug, hatte sie sich insgeheim vorgestellt, wie Shane Carter sich in der Atelierwohnung einrichtete, das Grundstück bewachte, abends mit ihr zusammensaß, sicherstellte, dass alle Türen und Fenster verriegelt waren und der Zaun, der ihre Ranch umgab, intakt war.

So sehr Carter sie auch emotional durcheinander brachte, Jenna vertraute doch seinen Instinkten und respektierte ihn als Polizisten. Von Rinda hatte Jenna genug über seine Persönlichkeit erfahren, um zu wissen, dass er alles Notwendige zu ihrer Sicherheit und der ihrer Töchter unternehmen würde.

Allerdings musste er den gesamten Bezirk beschützen, nicht nur ihre kleine Familie.

Trotzdem … Sie stellte sich vor, wie er seinen Koffer die Garagentreppe hinauftrug.

Also wirklich, Jenna, mach dir doch nichts vor. Du willst ihn gar nicht in der Atelierwohnung, stimmt's? Etwas in dir wüsste gern, wie es ist, von diesem Mann im Arm gehalten, geküsst, geliebt zu werden.

Wow! Sie verbannte den Gedanken energisch aus ihrem Bewusstsein.

Woher war er gekommen?

Sie wäre dumm, wenn sie abstreiten wollte, dass Shane Carter ein rauer Gesetzeshüter mit großem Sexappeal war, aber was sollte es? Sie brauchte nur einen Blick auf den Stapel Post auf ihrem Küchentisch zu werfen, in dem sich auch der Bußgeldbescheid befand, um zu wissen, was für ein Blödmann Carter sein konnte. Er war tabu. Absolut. Was um alles in der Welt fiel ihr ein, sich Fantasien um diesen Mann hinzugeben? Wusste sie nicht allzu gut, was er von ihr hielt, seit sie in der Kirche mitangehört hatte, wie er sich bei Rinda über sie beklagte? Hatte er nicht angedeutet, dass sie sich seiner Meinung nach für eine Art Hollywoodkönigin hielt?

Ja, aber das war, bevor du ihn kanntest, bevor er anfing, sich um dich und deine Töchter zu sorgen, bevor dir das Lächeln, der Hauch von Freundlichkeit in seinen Augen aufgefallen ist. Gib's zu, du bist drauf und dran, dich in den Mann zu verlieben.

»Ach, völlig ausgeschlossen!«, sagte sie laut.

»Was ist ausgeschlossen?«, fragte Cassie.

»Nichts. Ich … ich war nur gerade völlig in Gedanken versunken.« Sie sah noch einmal aus dem Fenster und stellte fest, dass Jake inzwischen sämtliches Gepäck in die Wohnung getragen hatte und nun zum Tor ging. Er hatte erwähnt, er wolle das Tor und die Alarmanlage überprüfen und dann den Grenzzaun abschreiten, um sich einen Überblick über das Grundstück zu verschaffen.

Danach hätte er vielleicht noch ein paar neue Vorschläge. Sie war bereit, sie anzuhören.

Noch immer empfand sie ein gewisses Unbehagen, wann immer sie ihr Schlafzimmers betrat. Wie hatte ein Eindringling hinein- und wieder herausschlüpfen können, um den beängstigenden Brief zu deponieren? Wie oft war er schon in ihrem Haus gewesen? In ihrem Schlafzimmer? Hatte er in ihrer Abwesenheit auf ihrem Bett gesessen? Sich in ihr Bett gelegt? Sich vorgestellt, mit ihr zusammen zu sein? Sich selbst befriedigt, während er das Bild von ihr und ihren Töchtern auf dem Schreibtisch betrachtete?

»Mom? Ist alles in Ordnung?« Cassies Stimme riss Jenna abrupt in die Gegenwart zurück. Cassie starrte sie an, als sei etwas nicht in Ordnung, und plötzlich wurde Jenna bewusst, dass sie am Küchentresen lehnte und sich die verschränkten Arme kratzte. Sie hatte es nicht einmal bemerkt. »Du flippst doch wohl nicht aus, oder?«

»Ach wo!« Jenna lächelte gezwungen und log, ohne rot zu werden. »Ich denke nur gerade an unser Theaterstück. Morgen Abend haben wir wieder Probe, und die letzte war eine Katastrophe. Die nächste mussten wir wegen des Wetters ausfallen lassen, aber« – sie blickte nach draußen auf die grauen Wolken – »es soll ja über Nacht aufklaren. Das bedeutet für dich, dass du morgen wieder zur Schule musst …«

Cassie stöhnte theatralisch auf.

»… und für mich, dass mir wieder eine nervtötende Probe für *Ist das Leben nicht schön*? bevorsteht. Komm, wir suchen deine Schwester und fragen sie, was sie zu Mittag essen möchte.«

»Lass mich raten. Käse-Makkaroni, Chicken Nuggets oder Pizza.«

»Oder Nachos«, ergänzte Jenna, froh über den Themenwechsel. »Später kannst du mir helfen, die Außenbeleuchtung anzubringen.« Sie warf einen Blick auf das Durcheinander in einer Ecke des Arbeitszimmers. Weihnachtsbeleuchtung, Girlanden, Schleifen und Deko-Teile lugten aus den Kisten hervor.

»Kann Hans das nicht machen? Oder der Neue – Turnquist?«
Jenna lachte leise. »Ich glaube nicht, dass das in seinen Aufgabenbereich fällt. Du selbst hast doch davon geschwärmt, wie Familien gemeinsam Weihnachten begehen, oder? Plätzchen backen? Weihnachtslieder singen? Nun, wir fangen mit der Beleuchtung an. Das ist der Beginn einer neuen Tradition.«
»Toll.« Cassie stieß einen Seufzer aus. »Warum habe ich bloß nicht meinen großen Mund gehalten?«
»Weil du vom Geist der Weihnacht erfüllt bist.«
»Oh, verschone mich«, flüsterte sie, lachte aber dann – und Jenna fühlte sich so gut wie schon lange nicht mehr, sicher nicht, seitdem sie den Brief in ihrem Schlafzimmer gefunden hatte.

Zwei Tage nach dem Unfall fuhr Carter in die Stadt. Unterwegs kam er an der Fichte vorbei, gegen die Roxie mit ihrem Kleinwagen geprallt war. Seit das verlassene Autowrack entdeckt worden war, hatte niemand von ihr gehört. Auch die Suchtrupps hatten keinen Hinweis darauf gefunden, was mit ihr geschehen war. Der Baum hatte eine böse Schramme davongetragen; die Rinde war abgerissen, das nackte Holz jetzt mit Raureif überzogen.
Die Staatspolizei von Oregon arbeitete mit dem FBI zusammen, und Lieutenant Sparks hielt Carter auf dem Laufenden. Wegen des Verdachts der Entführung hatte das staatliche Forensik-Büro den Unfallort untersucht, und der Corolla war zur Polizeiwerkstatt abgeschleppt und dort von den Technikern einer gründlichen Untersuchung unterzogen worden. Diese hatte kaum neue

Erkenntnisse erbracht, bis auf die Feststellung, dass Roxie offenbar auf dem Weg zu Carter gewesen war, als sie die Kontrolle über ihr Fahrzeug verlor. Eine frische Beule in der hinteren Stoßstange und am Kotflügel legte die Vermutung nahe, dass sich ein Auffahrunfall ereignet hatte, doch die zahlreichen weiteren Beulen, die der Wagen aufwies, waren sämtlich älteren Datums. Das Labor untersuchte die Kratzer an der Stoßstange, fand jedoch keine Farb- oder Lackspuren.

Roxie hatte ihre Handtasche, ihre Sporttasche, ihren Laptop, eine ausgelaufene Thermosflasche mit Kaffee und eine aus dem Internet ausgedruckte Straßenkarte mit einer Wegbeschreibung bis zu Carters Haustür in ihrem Wagen zurückgelassen. Nach Aussage des Chefredakteurs arbeitete sie zum Zeitpunkt des Unfalls an mehreren Storys, von denen eine das Verschwinden Sonja Hatchells behandelte. Jetzt war sie selbst verschwunden.

Ironie des Schicksals.

Vorbestimmt?

Oder einfach nur Pech?

Carter hatte mit den Detectives der Staatspolizei gesprochen und eingestanden, dass er Roxie Olmstead vor ihrem Verschwinden wie jedem anderen Pressemitglied aus dem Weg gegangen war. Jetzt freilich stellte er seine Handlungsweise infrage und focht wegen des Unfalls seinen privaten Kampf mit den Dämonen seines Gewissens aus. Wenn er ihr ein Interview gewährt hätte, würde Roxie dann heute noch leben?

Es gibt keine Beweise für ihren Tod. Vergiss das nicht. Du suchst nach einer vermisst gemeldeten Frau, nicht nach einer Toten.

Doch tief im Innern hegte er eine Befürchtung, die so grausig war, dass er sich ihr nicht stellen konnte. Er wollte nicht der Erste sein, der das Wort »Serienmörder« aussprach, solange nicht einmal Leichen gefunden worden waren, die den schrecklichen Verdacht untermauert hätten.

Trotzdem kreisten seine Gedanken unablässig um die Frage, ob sie jene Wegstrecke auch gefahren wäre, wenn er ihr ein Interview gewährt hätte. Ob sie auch dann von hinten gerammt worden wäre. Entführt worden wäre.

»Scheiße«, sagte er zu sich selbst. Sein Funkgerät knisterte, als er am Theater vorbeifuhr. Weihnachtsbeleuchtung schmückte die Fenster, und ein angestrahltes Plakat erinnerte an den Kartenverkauf für die neueste Produktion der Truppe, eine lokale Adaption des Stückes *Ist das Leben nicht schön?*

Seit wann ist das Leben schön?, fragte sich Carter. Seine Stimmung war so grau wie der Himmel über ihm. Immerhin schneite es nicht. Endlich war es dem Straßendienst gelungen, die Fahrbahnen zu räumen und zu streuen, und bis auf eine Hand voll Haushalte in Lewis County waren alle wieder mit Strom versorgt, doch die Temperatur lag immer noch unter dem Gefrierpunkt, und inzwischen gaben die Eisschollen im Fluss Anlass zur Sorge. Schneeregen ging in den höheren Lagen in Schnee über, und eine Verbesserung der Wetterlage war nicht in Sicht.

Er bemerkte, dass Jenna Hughes' Jeep auf dem Parkplatz des Theaters stand, und hätte gern gewusst, ob sie Turnquist eingestellt hatte oder immer noch einen Bodyguard suchte. Ihm behagte der Gedanke nicht, wie isoliert sie und ihre Töchter draußen auf ihrer Ranch lebten. Da ihm noch ein paar Minuten bis zu seinem offziellen Dienstantritt blieben, bog er auf den Parkplatz ein. Bevor er sich selbst Rechenschaft über seine Gründe ablegen konnte, lief er die Stufen zum Eingang hinauf und betrat das Theater.

Musik erklang aus den Lautsprechern, und Carter hörte Stimmen aus der unteren Ebene. Seine Schritte hallten laut auf dem Holzfußboden, als er den Geräuschen folgte und Rinda und Jenna vor einem Monitor antraf.

»Hey, Süßer«, begrüßte ihn Rinda, stand auf und umarmte Carter, um ihn dann auf Armeslänge von sich zu halten und ihn zu mustern. »Hast wohl einen schlechten Tag?«

»Hatte ich schon mal einen guten?«

Rinda verdrehte die Augen, doch Jenna, die am Schreibtisch lehnte, musste wahrhaftig lächeln. Und wie sie lächelte! Beinahe strahlend, verdammt. Das hatte sie sicher trainiert.

»Ich habe draußen Ihren Jeep gesehen und wollte fragen, wie es bei Ihnen so geht. Sie haben Turnquist also eingestellt?«

Sie nickte.

»Aber er ist nicht hier.«

»Er hat die Mädchen zur Schule gebracht und fährt jetzt zurück nach Hause. Wir haben uns auf diese Regelung geeinigt. Er übernachtet in der Atelierwohnung über der Garage, von wo aus er das Grundstück aus der Vogelperspektive überwachen kann, und meine Töchter und ich tragen ständig Handys und Sprechfunkgeräte bei uns.«

Als hätte sie die Frage in Carters Augen gelesen, fügte sie hinzu: »Hören Sie, ich habe Angst, natürlich, aber ich kann es nicht ertragen, wenn jemand mir den ganzen Tag lang jede Sekunde über die Schulter guckt. Ich brauche ein bisschen Privatsphäre. Unabhängigkeit.«

»Die Alarmanlage funktioniert?«

»Bislang ja. Jake hat alles überprüft, und er macht jeden Abend einen Kontrollgang am Zaun entlang ... Ich fühle mich schon bedeutend sicherer. Danke.«

»Tun Sie einfach, was er sagt.«

Rinda stieß gereizt den Atem aus. »Die höfliche Antwort wäre: ›Gern geschehen.‹ Himmel, Carter, wann hörst du endlich auf, den harten Mann zu spielen?«

»Wenn ich der Meinung bin, dass für die Sicherheit gesorgt ist.«

»Absolut sicher ist man nie«, betonte Rinda. Ihre gute Laune verflüchtigte sich. »Aber du hast Recht, im Augenblick ist es hier nicht besonders gemütlich. Zuerst Sonja und jetzt Roxie ...« Sie schnalzte mit der Zunge und rieb sich die Arme. »Gehe ich recht in der Annahme, dass du nichts Neues von ihnen erfahren hast?«

»Noch nicht.«

»Gott, ich finde es grauenhaft. Roxie war ein liebes Mädchen. Eigensinnig, das schon, aber schließlich war sie noch jung.«

»Du hast sie gekannt?«

»Nicht allzu gut, aber als Scott und ich aus Kalifornien wieder hierher gezogen sind, habe ich Lila, Roxies Mutter, kennen gelernt. Wir waren beide frisch geschieden, das hat uns verbunden. Scott war häufig mit Roxie zusammen, obwohl sie ein paar Jahre älter war.«

Die Tür zum Theater öffnete sich, Schritte ertönten, und gleich darauf erschien Wes Allen. »Hey, was ist denn los ...?« Sein Blick fiel auf Carter. »Hallo, Shane«, sagte er und nickte dem Sheriff zu, doch sein Lächeln wirkte gezwungen. Wie schon seit Jahren. Kaum vorstellbar, dass sie einmal Freunde gewesen waren.

»Hi, Wes.«

»Kämpfst du heute hier im Theater gegen das Verbrechen?«, fragte Wes und zwinkerte mit einem stahlblauen Auge.

Rinda stieß ein nervöses Lachen aus.

»Wo immer ich es antreffe«, versetzte Carter, nicht bereit, sich auf einen kumpelhaften Ton einzulassen. Nicht mehr. Es hatte mal eine Zeit gegeben, da hätte er Wes Allen am liebsten die Fresse eingeschlagen, und eines Nachts hatte er sogar den Ansatz dazu gemacht und seinen Job aufs Spiel gesetzt, einzig für die Gelegenheit, den Mann zusammenzuschlagen, der seine Frau verführt hatte. Doch das lag Jahre zurück, in der Zeit bevor Carter akzeptiert hatte, dass wahrscheinlich Carolyn diejenige war, die Wes verführt hatte, und dass er, Carter, seinen Beitrag dazu geleistet hatte, sie in seine Arme zu treiben. Vielleicht waren die Jahre der Therapie doch nicht pure Zeitverschwendung gewesen. Er nickte Jenna Hughes noch einmal flüchtig zu. »Ich schaue später bei Ihnen rein.«

Bildete er es sich nur ein, oder leuchteten ihre grünen Augen ein bisschen auf? »Tun Sie das.«

»Bestimmt«, versprach er, und zum ersten Mal seit mehr als zwei Wochen hatte Carter das Gefühl, Licht am Ende des Tunnels zu sehen. »Bis demnächst«, sagte er zu Rinda und schlug dem verdutzten Wes Allen auf die Schulter.

Warum ist es so dunkel?
Und so kalt … so verdammt kalt.

Schmerzen schossen durch ihre Arme.
Benommen schlug sie die Augen auf.
Wo bin ich?
Roxies Kopf war wie mit Watte gefüllt, ihre Gedanken waren zusammenhanglos, ihre Erinnerungen bruchstückhaft. Ihr Mund tat weh. Die Zähne fühlten sich merkwürdig an.
Sie zitterte heftig, ihre schmerzenden Zähne schlugen dermaßen aufeinander, dass das Klappern in ihrem Kopf widerhallte, während sie sich anstrengte, klar zu denken. Kalte Luft strich über sie hinweg, streifte ihre bloße Haut.
War sie nackt?
Sie zwang sich, die Augen aufzuschlagen, und erkannte, dass sie sich in einer Art Kammer befand … oder in einem Labor, in einem dunklen, zylindrischen Raum, in dem es so kalt war, dass ihr Atem in der Luft gefror. Sie hing über einem großen Behälter.
Was! Sie hing?
Himmel, Roxie, denk nach! Wo zum Teufel bist du hier?
Erinnerungsfragmente kamen zurück. Der Unfall. Der Elektroschocker. Die Nadel. O Gott, sie war einem Perversen in die Hände gefallen!
Sie wollte schreien, brachte jedoch keinen Ton heraus. Sie hing, an den Handgelenken gefesselt, von einem Querbalken, und ihre Beine waren ebenfalls an einen langen Stahlträger geschnallt, den sie hart an der Wirbelsäume spürte.
Als sie den Blick senkte, sah sie, dass der Behälter unter ihr ein Glasbecken war, gefüllt mit einer klaren Flüssigkeit.

O Gott, das ist Salzsäure!, dachte sie panisch, und ihr schossen Szenen aus den Horrorfilmen, die sie so gern sah, durch den Kopf. Verzweifelt versuchte sie sich zu befreien. Eiskalte Luft umströmte sie. Sie musste fliehen. Sofort! Hastig sah sie sich in dem großen, eiskalten Raum um. Die Decke befand sich sechs Meter über ihr, die gewölbten Wände lagen weit entfernt im Dunkeln, doch in einer Ecke bemerkte sie Menschen. Nein, keine Menschen – es waren die gesichtslosen Schaufensterpuppen, die sie früher schon gesehen hatte, in ihren merkwürdigen Kleidern ... oder Kostümen ... Kleidern, die sie von irgendwoher kannte, dessen war sie sich sicher, aber das konnte doch nicht sein ... Sie würgte ihre Angst hinunter und erkannte Poster an den Wänden um die makabre Bühne herum, Poster von Filmen, die sie gesehen hatte.

Resurrection.

Beneath the Shadows.

Innocence Lost.

Summer's End.

Filme, in denen Jenna Hughes die Hauptrolle gespielt hatte ... Und Bilder von ihr hingen überall an der Decke und an den Wänden. Das hier war eine Art ... was? Eine Art makabrer Altar zu ihren Ehren? Was für ein Wahnsinn war das?

Es ist ein Traum. Ein Albtraum. Nichts weiter. Beruhige dich.

Doch ihr Herz raste, ihr Puls dröhnte ihr in den Ohren. Obwohl ihr bitterkalt war, brach ihr der Schweiß aus, klare Tropfen schierer Angst.

War sie allein?

»Hilfe!«, schrie sie. »O Gott, bitte, hilf mir doch jemand!« Doch ihre Stimme klang verzerrt und dumpf, selbst in ihren eigenen Ohren. Angst und Verzweiflung hatten sie fest im Griff.

Dann sah sie ihn. Wieder.

Den Dreckskerl, der ihr das antat.

Splitternackt stand er im gespenstisch blauen Schein eines Computermonitors.

»Du verdammter Schweinehund!«, versuchte sie zu schreien. »Lass mich hier runter, du Scheißkerl!« Ihre Worte waren vergebens … unverständlich.

Er blickte zu ihr herauf. Lächelte sogar.

O Gott, er genoss die Situation.

Ihre Dreistigkeit fiel in sich zusammen.

»Hilf mir!«, verlegte sie sich aufs Betteln. »Bitte!«

Er bewegte sich ein wenig, und sie sah seine Erektion … dick und hart. Die Sache erregte ihn. O Gott … Sie glaubte sich übergeben zu müssen.

Er drückte eine Taste am Computer. Musik erfüllte den Raum. Ein Song, den sie erkannte. Die Titelmusik eines Films. *White Out*, das war's – der Film, der nie fertig gestellt worden war. Aber der Titelsong war auf den Markt gekommen.

Der Balken ruckte.

Das Grauen fuhr Roxie über den Rücken, und sie schrie.

Mit einem Surren wickelte sich das Stahlkabel ab.

Langsam senkte sich der Balken. Zentimeterweise wurde Roxie hinabgelassen, immer näher heran an den Behälter mit der klaren, todbringenden Flüssigkeit.

»Nein! O Gott, nein!« Sie begann zu wimmern und zu zittern, kämpfte vergebens mit ihren Fesseln und sah voller

Entsetzen, wie sie immer tiefer hinabgelassen wurde.
»Bitte, um Gottes willen, lass mich hier raus!«
Die Lautstärke der Musik schwoll an, bis sie durch den Raum hallte und in ihrem Kopf dröhnte, während der Trägerbalken den Flüssigkeitsspiegel erreichte. Sie atmete tief ein, die Kälte brannte in ihrer Lunge, als ihre Zehen die eisige Flüssigkeit berührten.
Keine Salzsäure.
Wasser.
Aber so kalt, dass es längst hätte zu einem Eisblock gefrieren müssen.
»Aufhören! Bitte! Warum tust du mir das an?«
Ihre Füße waren nun eingetaucht, die Muskeln verkrampften sich gegen die Kälte, die höher kroch, immer höher. Über ihre Waden hinweg bis zu den Schenkeln und noch höher. Sie schrie aus Leibeskräften, versuchte um sich zu schlagen, doch ihre Arme und Beine reagierten nicht. Die Fesseln waren zu straff, das Blut gefror ihr schier in den Adern. Als das Wasser ihr bis an die Brust reichte, wusste sie, dass sie verloren war. Durch ihre Tränen und das gewölbte Glas des Behälters hindurch sah sie den Scheißkerl noch einmal, jetzt aus bedeutend größerer Nähe. Sie spie in seine Richtung, traf das Glas oberhalb des Wasserspiegels. Er zuckte nicht mit der Wimper.
Stand nur da, nackt und hart.
Sah zu.
Wartete.
Tötete sie zentimeterweise, in Eiseskälte.

30. Kapitel

Eine Viertelstunde nachdem er beschlossen hatte, seinen alten Groll gegen Wes Allen aufzugeben, saß Carter an seinem Schreibtisch im Gerichtsgebäude. Fast den ganzen Vormittag brachte er mit dem Beantworten von E-Mails, Berichteschreiben, Telefonieren und den üblichen Vorgängen in der Behörde zu, doch während der gesamten Zeit kreisten seine Gedanken um die vermissten Frauen, Mavis Gette und die Briefe, die Jenna Hughes erhalten hatte. Bestand ein Zusammenhang? Beweisen konnte er etwas Derartiges jedenfalls nicht.

Doch noch gab er den Versuch nicht auf.

Dass die Bezirksstaatsanwaltschaft ihm im Nacken saß, war auch nicht gerade hilfreich für seine Arbeit. Amanda Pratt hatte ihn kurz zuvor in seinem Büro aufgesucht und sich honigsüß nach dem Fall Mavis Gette erkundigt. Das gebrochene Schlüsselbein, ein leichter Überbiss und schließlich die DNA-Analyse hatten belegt, dass es sich bei der Unbekannten tatsächlich um Mavis Gette handelte, deren Mörder vermutlich immer noch frei herumlief. Als Stellvertretende Bezirksstaatsanwältin bekam Amanda Druck vom Bezirksstaatsanwalt, der seinerseits unter Druck stand, weil die Medien und die Bevölkerung forderten, dass Mavis Gettes Mörder gestellt werde.

»Wir müssen endlich Ergebnisse präsentieren«, verkündete Amanda, als sie in sein Büro stürmte.

Stell dich hinten an, dachte Carter, sagte jedoch: »Wir

arbeiten daran. Wenn sich etwas ergibt, sind Sie die Erste, die es erfährt.«

»Danke, Carter.« Sie hatte eine Hand auf seine gelegt, als säßen sie irgendwie in einem Boot. Dann krauste sie die Nase und schenkte ihm ein Lächeln, das süß und harmlos wirken sollte. Doch der äußere Schein trog. Die Frau war ein Hai in engem Rock und hohen Absätzen, darauf aus, die Nummer eins und irgendwann selbst Bezirksstaatsanwältin zu werden. Ihr war es gleich, wen sie auf ihrem Weg nach oben mit ihren Stilettos aufspießte. Carter wusste das. Jeder in der Behörde wusste es.

Zum Glück war sie jetzt fertig mit ihm, verschwand mit klackenden Absätzen den Flur entlang und überließ ihn seiner Arbeit. Er verbrachte die nächsten paar Stunden wieder mit Telefonieren und Berichteschreiben. Zwischendurch studierte er immer wieder die Bilder von den zwei vermissten Frauen und Mavis Gette. Alle drei hatten einen ähnlichen Körperbau, unterschieden sich jedoch in Haarfarbe und Teint. Sie waren alle hübsch und zierlich, um die einsachtundsechzig groß, alle um die dreißig, alle kaukasischen Typs. Aber Mavis hatte sich auf der Durchreise befunden, Roxie war eine Karrierefrau, Sonja eine Ehefrau und Mutter, die zusehen musste, wie sie über die Runden kam. Mavis und Sonja hätten in Kalifornien gelebt, Roxie nicht.

Dennoch gab es eine Gemeinsamkeit zwischen ihnen, davon war er überzeugt. Er musste sie nur sehen. Gedankenverloren schrieb er die drei Namen auf seinen Block und dachte nach.

Mavis Gette ist tot.

Sonja Hatchell und Roxie Olmstead sind verschwunden.

Aus dem Beweismaterial ist keine Gemeinsamkeit zu entnehmen.
Und doch … Während er die Computerbilder der drei Frauen betrachtete, spürte er immer deutlicher, dass es eine Verbindung gab. Er wusste nur noch nicht, welche.
»Hey!« BJ steckte den Kopf zur Tür herein. Carter war so in seine Überlegungen vertieft gewesen, dass er sie nicht hatte kommen hören. »Was hältst du davon, wenn ich dich zum Mittagessen einlade?«
»Gibt es einen besonderen Anlass?«
»Wir brauchen beide eine Pause.«
»Und was ist daran Besonderes?«, versetzte er, griff aber bereits nach seiner Jacke. »Das ist bei mir Dauerzustand.«
»Hör zu, Carter, hast du schon mal was von dem geschenkten Gaul gehört, dem man nicht ins Maul schaut? Also, sei still und komm mit, es sei denn, du willst dir deinen verdammten Hamburger lieber selbst kaufen.«
»Ich dachte, du spendierst mir wenigstens ein anständiges Steak.«
»Träum weiter«, sagte sie, bereits auf dem Weg zur Treppe.
Trotz der Kälte legten sie den Weg zum Canyon Café zu Fuß zurück. Zwar war es schon spät, aber das kleine Restaurant war trotzdem gut besucht, voll von Gästen, die nach über einer Woche Lagerkoller in die Stadt gefahren waren. Die Kinder gingen wieder zur Schule, es wurde normal gearbeitet, die Interstate war nicht mehr gesperrt. Ja, das Leben ging wieder seinen gewohnten Gang, abgesehen davon, dass er, Carter, es zusätzlich zu den üblichen Gesetzesbrüchen mit einer Leiche, zwei verschwundenen Frauen und einem Stalker zu tun hatte.
Die Countrymusic wurde vom Stimmengewirr, dem

Klappern von Geschirr und dem Zischen des Grills fast völlig übertönt. Zwei Kellnerinnen schenkten geschäftig Kaffee und Wasser ein, während ein Koch die Bestellungen auf dem Tresen aufreihte und der Geruch von Röstzwiebeln und brutzelnden Hamburger-Frikadellen sich mit dem Duft frisch gebackener Kuchen mischte.

BJ hatte eine gerade erst frei gewordene Nische okkupiert, und sie warteten, während der einzige Aushilfskellner den Tisch abräumte und das Trinkgeld von zwei Dollar einsteckte, das zwischen Strohhalmhülsen, Servietten und benutztem Geschirr seiner harrte. Kaum hatte er die beschichtete Tischplatte abgewischt, schenkte ein Serviermädchen, das schon im Café arbeitete, solange Carter zurückdenken konnte, Kaffee ein und nahm die Bestellung auf.

»Gibt es was Neues über die Kids, die am Catwalk Point verhaftet wurden?«, fragte BJ.

»Darum geht es dir also – du willst Insider-Informationen. Von der Staatspolizei?«

Über ihre Kaffeetasse hinweg sah sie ihn aus schmalen Augen an. »Genau. Betrachte die Einladung zu Fish and Chips als Bestechung. In solchen Sachen bin ich ganz abgebrüht. Aber im Ernst: Ja, da du dich mit Sparks so gut verstehst, dachte ich, du weißt vielleicht Näheres.«

Carter lachte. »Den Mädchen passiert nichts. Der Fall wird nicht gerichtlich verfolgt, aber das weißt du sicher schon von Megan.«

»Und die anderen?«

»Die Jungs müssen wohl wegen des Alkoholdelikts eine Zeit lang gemeinnützige Arbeit leisten, obwohl sie selbst noch nicht einundzwanzig sind. Im Grunde kommen sie ziemlich billig davon.«

»Zu billig«, bemerkte sie. »Aber das Gute an der Sache ist, dass Megan endlich zur Vernunft gekommen ist und sich von Ian Swaggart getrennt hat.«

»Dauerhaft?«

»Zu früh, das zu beurteilen. Aber ich gebe die Hoffnung nicht auf.« Sie zeigte Carter ihre gekreuzten Finger. »Seit dem ›Vorfall‹ – weißt du, so nennen wir es: den Vorfall – schleicht Megan zu Hause an den Wänden entlang. Jim springt nicht immer gleich im Achteck, so wie ich, sondern schmollt eher und schaut Megan mit großen, traurigen, enttäuschten Augen an. Du kennst das ja – sein Blick fragt überdeutlich: ›Wie konntest du mir das antun?‹ Als ginge es nur um ihn. Hey, ich will mich nicht beklagen. Es wird sich noch herausstellen, ob Swaggart, dieses Würmchen, Megan in Ruhe lässt. Ich würde es ihm raten, denn sonst bekommt er es mit mir zu tun.« Sie nahm einen großen Schluck Kaffee. »Da siehst du, was du versäumst dadurch, dass du keine Kinder hast.«

Die Serviererin brachte das Essen: einen Hamburger mit Pommes frites für BJ, Heilbutt und Pommes für Carter. BJ griff zu, als hätte sie seit Wochen nichts gegessen. »Ich unterbreche heute meine Diät«, gestand sie. »Bei diesem Wetter abnehmen zu wollen, ist die Hölle. Also wirklich, wer hat Appetit auf Spinatsalat ohne Dressing, wenn es draußen friert?« Genüsslich biss sie in ihren Hamburger.

Eine Zeit lang redeten sie über Nebensächlichkeiten, winkten ein paar Gästen zu, die sie kannten, und hatten ihre Mahlzeit beinahe beendet, als BJ sagte: »Ich habe endlich den Bericht über die Personen fertig, die Jenna Hughes' Filme gekauft oder ausgeliehen haben. Glaub mir, die Liste ist endlos lang und sehr aufschlussreich.« Sie schob ihr Tablett zur Seite. »Dein Name taucht auch ein paar Mal auf.« Er äußerte sich nicht dazu. »Aber da befindest du dich in bester Gesellschaft.« Sie zückte ihre Brieftasche und legte ein paar Scheine auf den Tisch. »Ich habe sämtliche Videotheken der Stadt überprüft, ebenso die in der Umgebung, Online-Videotheken und sogar die Leihbücherei. In unserer Gegend stehen Jenna-Hughes-Filme hoch im Kurs, das kann ich dir sagen. Zumindest seit sie hierher gezogen ist. Und dabei habe ich natürlich diejenigen nicht einmal erfasst, die ihre Filme privat aufzeichnen, wenn sie im Fernsehen laufen.«

Als sie ins Freie traten, zog BJ ihren Mantel fester um sich. »Und? Sind dir irgendwelche Namen ins Auge gesprungen, abgesehen von meinem?«

»Mhm. Ihr größter Fan ist anscheinend Scott Dalinsky.«

»Rindas Sohn?«

BJ nickte. »Er besitzt jeden Film, den sie je gedreht hat – er hat sie alle online bestellt und sogar ein paar Filmrequisiten über eBay gekauft.«

»Hast du seine Kreditkarten-Register geprüft?«

Sie grinste frech. »Ich habe meine Quellen.«

»Wer sonst noch?«

»So ziemlich jeder in der Stadt«, gab sie zu, blieb am Bordstein stehen und ließ einen Pick-up vorbeifahren, bevor sie die Straße überquerte, die mittlerweile fast frei von Schnee war. Schneepflüge hatten die Straßen geräumt und der Rest war größtenteils unter der Wärme der Fahrzeugmotoren geschmolzen. »Und auch in der Umgebung. Ein Typ in Hood River und eine Frau in Gresham sind offenbar Hyper-Fans. Hier in der Gegend besitzt Wes Allen eine Sammlung, ebenso Blanche Johnson und Asa

McReedy, der Typ, von dem sie die Ranch gekauft hat. Und dann noch jede Menge Kids von der High School, einschließlich Josh Sykes ... Nun ja, du kannst dir den Ausdruck selbst ansehen, aber glaub mir, die Liste vergrößert die Zahl unserer Verdächtigen eher, statt sie einzuschränken.« Sie stiegen die Stufen zum Gerichtsgebäude hinauf und freuten sich auf die Wärme. Durch die Sicherheitsschleuse und das Archiv erreichten sie die Treppe zum ersten Stock. »Augenblick«, sagte BJ und erschien fünf Minuten später mit nicht nur einem, sondern drei Stapeln Ausdrucke in Carters Büro. Die erste Liste von Personen, die Filme ausgeliehen oder gekauft hatten, umfasste dreißig Seiten.

»So viele?«

»Ganz recht«, bestätigte sie. »Und das ist erst der Anfang. Das hier sind die Leute, die in den letzten zwei Jahren einen Jenna-Hughes-Film ausgeliehen oder gekauft haben und im Umkreis von hundert Meilen von Falls Crossing leben.« Sie blickte Carter viel sagend an. »Ich hatte Angst, das Papier würde nicht reichen, wenn ich die Suche ausdehnte, aber wir können den Umkreis jederzeit erweitern, wir können auch in der Zeit weiter zurückgehen oder die Suchkriterien in anderer Hinsicht ausweiten. Ich habe mich für einen Umkreis von hundert Meilen entschieden, weil dadurch Portland und der Postleitzahlbereich des Postamts, an dem der Brief abgestempelt wurde, inbegriffen sind. Darüber hinaus schließt dieser Radius eine Entfernung von weiteren fünfundzwanzig Meilen von diesem Postamt ein für den Fall, dass unser Spinner ganz schlau sein wollte und vom anderen Ende der Stadt oder aus einem Vorort dorthin gefahren ist, um den Brief abzuschicken. Auch dann wäre er immer noch auf der Liste erfasst. Sollte er von weiter her kommen, müssten wir den Umkreis erweitern, aber ich bin zunächst davon ausgegangen, dass der Kerl von seinem Wohnort aus Jenna Hughes' Ranch per Auto erreichen kann. Wir wissen ja, dass entweder er oder ein Komplize den Brief in ihrem Schlafzimmer deponiert hat.« Sie legte die zweite Liste – einen weiteren dicken Stapel – auf die erste.

»Die Lady ist ausgesprochen beliebt«, stellte Carter fest, griff nach seinem Bleistift und drehte ihn zwischen den Fingern, während er die Liste der Personen überflog, die Filme ausgeliehen oder gekauft hatten.

»Viel zu beliebt, wie mir scheint.«

»Mhm.« Die Namen waren nach Häufigkeit sortiert. Diejenigen, die die meisten Filme ausgeliehen oder gekauft hatten, standen ganz oben. »Viel zu beliebt. Und zu sexy. Was dir wahrscheinlich noch nicht aufgefallen ist.«

Er warf ihr einen Blick zu und überflog die Liste. Scott Dalinskys Name stand an erster Stelle. »Hast du diese Liste mit der ihrer Bekannten abgeglichen?«

»Mhm. Siehe letzte Seite.«

Er blätterte um und fand eine Aufstellung von wenigstens dreißig Namen vor, einschließlich seines eigenen. Scott Dalinsky, Harrison Brennan, Wes Allen, Travis Settler, Asa McReedy, Yolanda Fisher, Lou Mueller, Hans Dvorak, Rinda Dalinsky, Estella Trevino, Seth Whitaker, Blanche Johnson, Jim Stevens. »Dein Mann?«

»Hey, Jim ist ein vollblütiger amerikanischer Mann. Auch nicht immun. Wie findest du das hier? Derwin Swaggart. Der Prediger. Ians Dad. Glaubst du, er hat *Resurrection* wegen des religiösen Beiklangs ausgeliehen, sich womöglich in seiner Sonntagspredigt darauf bezogen?«

Carter schnaubte verächtlich.

»Oder *Beneath the Shadows* – das erinnert wahrscheinlich an den dreiundzwanzigsten Psalm. Du weißt schon, an diesen Vers, in dem es heißt, dass man durch den Schatten des Todes geht.«

»Du hast eindeutig was gegen die Swaggarts«, bemerkte Carter.

»Nur gegen den Jungen. Und nur, wenn er sich an meine Tochter heranmacht.« Sie wies auf die Liste. »Die überlasse ich dir – ach ja, und schau dir das mal an, Seite sieben, glaube ich …« Hastig schlug sie die Seiten um und fuhr mit dem Finger die Spalte entlang. »Da. Roxie Olmstead hat knapp eine Woche vor ihrem Verschwinden *Innocence Lost* ausgeliehen. Lass dir das mal durch den Kopf gehen.«

»Das werde ich«, versprach er und warf einen Blick auf die übrigen Computerausdrucke, die BJ ihm noch nicht vorgelegt hatte. »Noch mehr Informationen, vermute ich.«

»Ah, Sherlock, deshalb wurdest du also zum Sheriff ernannt: aufgrund deines detektivischen Scharfsinns.«

»Verflixt. Und ich dachte immer, es läge an meinem altmodischen Charme.«

»Aber natürlich, so muss es sein«, versetzte sie spöttisch. Sie warf den nächsten Papierstapel auf seinen Schreibtisch. »Ich habe mit Webmaster Jenna Hughes' offizielle Homepage geprüft, nachgesehen, wer ihr die meisten E-Mails schickt, wer sich am häufigsten einloggt. Daraus ist eine riesige Datei entstanden, aber ich habe auch hier wieder nur die Namen von Fans ausgedruckt, die im Umkreis von hundert Meilen leben. Das Gebiet ließe sich ebenfalls erweitern.«

Er überflog den Bericht. »Tüchtig, tüchtig.«

»Finde ich auch.« Sie lehnte sich mit der Hüfte an seinen Schreibtisch. »Der nächste Schritt war die Sichtung der Fan-Websites, die Jenna Hughes gewidmet sind – nicht nur der offiziellen Homepage, sondern auch aller anderen nicht sanktionierten ›inoffiziellen‹ Websites. Ich sage dir, das war ein Erlebnis! Sie zieht besessene Typen geradezu scharenweise an.«

Carter presste die Lippen zusammen; ihm gefiel die Richtung nicht, die seine Gedanken nahmen. Jeder Perverse, der einen Computer besaß, konnte ein Stückchen von Jenna Hughes haben.

Wie du?, forderte eine innere Stimme ihn heraus, die er schnell zum Schweigen brachte. Er wollte nicht darüber nachdenken.

BJ setzte ihre Erklärungen fort. »Ein paar von diesen Seiten sind nichts als Mist, einschließlich Nacktfotos, die ebenso gut gefälscht sein können, sexuellen Anzüglichkeiten und weitschweifigen Diskussionen darüber, wie unheimlich sexy sie ist.

Wenn das das Übliche für die Reichen, Schönen und Berühmten ist, möchte ich nicht dazugehören. Beim Sichten mancher dieser Websites hatte sich das Gefühl, ich sollte Gummihandschuhe anziehen, weil wahrscheinlich meine Tastatur verseucht wäre. Und während der gesamten Suche ging ein Pop-up nach dem anderen auf, immer und immer wieder. Verdammt nervenaufreibend. Ich finde, ich sollte nicht nur Überstunden, sondern zusätzlich auch Gefahrenzulage bezahlt bekommen.«

»Stell einen Antrag. Warte ab, was die Zuständigen dazu sagen«, riet Carter ihr reichlich humorlos.

»Ich werde ihnen sagen, dass der Vorschlag von dir stammt«, zog BJ ihn auf und wandte sich wieder den Ausdrucken zu.

Carter war die dunklere Seite der Berühmtheit natürlich bewusst – der Mangel an Privatsphäre, die fotogierigen Paparazzi, die besessenen Fans, die Ausschlachtung durch die Boulevardpresse –, aber seiner Meinung nach gehörte das eben zum Berufsbild, war im Grunde der Preis für den Ruhm. Doch als er sich jetzt die Angst vorstellte, die Teil von Jenna Hughes' Leben geworden war, erschien ihm die Kehrseite der Medaille realer, die Gefahr wirklicher. Er empfand einen inneren Zorn, eine stille Entschlossenheit, den Typen, der sie terrorisierte, zu stellen und hinter Gitter zu bringen.

BJ berichtete immer noch von den Ergebnissen ihrer Internetrecherchen. »Bei diesen groteskeren Sites ist es natürlich schwieriger, den Verantwortlichen ausfindig zu machen, doch ich konnte die Logs der Chatrooms und Foren einsehen und diejenigen heraussuchen, die am heftigsten von Jenna Hughes und ihren Filmen besessen waren. Das Problem ist nur, dass diese Typen nicht ihren Realnamen angeben müssen – sie benutzen alle möglichen merkwürdigen Nicknames, und ich arbeitete immer noch daran, herauszufinden, wer sich hinter einigen davon verbirgt.«

»Aber das kannst du?«

BJ zwinkerte. »Ich glaube schon.«

»Ist das legal?«

Sie sah ihm fest in die Augen. »Absolut.«

»Damit wir, wenn wir den Scheißkerl kriegen, ihn auch einlochen können. Damit er nicht irgendeinen teuren schmierigen Anwalt dafür bezahlt, dass er über den Missbrauch der Rechte seines Klienten durch die Polizei lamentiert und den Prozess platzen lässt.«
Sie zögerte nur eine Sekunde. »Nein.«
»Ganz sicher?«
»Keine Sorge, Carter. Alles, was ich herausfinde, wird vor Gericht standhalten.«
»Wollen wir's hoffen.« Er fächerte mit dem Daumen den unteren Rand des Papierstapels auf. »Sag jetzt bitte noch, dass du irgendeine Sortierfunktion oder so benutzt hast und so eine Namensliste derjenigen gefunden hast, die deines Wissens ihre Website besucht *und* die meisten ihrer Filme ausgeliehen oder gekauft haben.«
»Und im näheren Umkreis leben.« Sie lächelte selbstzufrieden und schob einen dünneren Papierstapel auf seinen Schreibtisch. »Bitte schön, Boss«, sagte sie. »Sämtliche unüblichen Verdächtigen.«

31. Kapitel

Zu Hause ist es wie im Gefängnis«, maulte Cassie, als Josh sie nach der Schule abholte. Sie ging ein Risiko ein, indem sie die Vorbereitungsstunde schwänzte, aber es war ihr gleichgültig. In einigen Fächern hinkte sie ohnehin schon hoffnungslos hinterher. Sie öffnete die Tür seines Pick-ups und stieg in die höher gelegte Kabine. Dann zündete sie sich eine Zigarette an und sagte: »Wir haben jetzt einen Bodyguard, der aussieht wie ein Ausbildungsoffizier oder Agent oder so. Er will über *alles* Bescheid wissen, was ich unternehme.«

»*Alles*?«, fragte Josh und zog die Augenbrauen hoch.

»Mindestens.« Sie nahm den Köder nicht, blies nur eine weiße Rauchwolke aus. »Das nervt mich.«

»Wie lange bleibt er?«

»Keine Ahnung. Wahrscheinlich bis der Absender dieser komischen Briefe gefasst ist, die Mom bekommen hat.«

»Was meinst du, wer die geschrieben hat?«, erkundigte er sich, fuhr vom Schulparkplatz und trat so heftig aufs Gas, dass der Wagen hinten ausbrach.

»Hey!«, schrie Cassie, doch die großen Reifen hatten bereits wieder Halt gefunden. »Lass das, ja? Dazu bin ich nicht in der Stimmung.«

Doch Josh grinste sie nur selbstzufrieden an und bremste vor der nächsten Querstraße ab.

Er führt sich auf, als hätte er gerade das Indy 500 gewonnen, dachte sie. Plötzlich betrachtete sie die Situation ganz klar und nüchtern. *Was ist nur los mit ihm? Mit mir?*

Warum zum Teufel bin ich mit diesem arroganten Vollidioten zusammen?

»Also, wer schickt die Briefe?«, wiederholte er, als hätte er einen Sprung in der Platte.

»Himmel, das weiß ich doch nicht.« Sie seufzte entnervt. »Vielleicht derselbe Spinner wie beim letzten Mal. Oder auch ein neuer. Ich wollte, er würde einfach verschwinden.« Sie warf einen Blick auf Josh, gespannt auf seine Reaktion. »Die Polizei ist auch schon eingeschaltet. Der Sheriff versucht, dem Briefeschreiber auf die Spur zu kommen.«

»Der Drecksack findet doch seinen eigenen Arsch nicht, nicht mal mit einer Lupe.«

»Himmel, musst du immer so vulgär sein?«, versetzte sie.

»Stimmt doch«, beharrte er verdrossen. »Dauernd versucht er, mich am Arsch zu kriegen.«

»Tja, jetzt ist er aber hinter dem Kerl her, der Mom diese Briefe schickt. Ich vermute, er sucht ihn unter all den Typen, die so fanatisch von ihr besessen sind.«

»Das trifft auf jeden zweiten Mann in unserer Gegend zu.«

»Ja, ich weiß.« *Den Sheriff selbst eingeschlossen*, setzte Cassie in Gedanken hinzu. Sheriff Carter … also, das war mal ein interessanter Typ. Ruhig. Intelligent. Gut aussehend … der neue Leibwächter ebenfalls, obwohl er schon echt alt war, in den Dreißigern oder so. Ihr gefielen sein kurzes blondes Haar, die ausdrucksvollen blauen Augen, die gerade Nase und die makellosen Zähne. Er war durchtrainiert, muskulös, und wenn er lächelte, was leider nicht oft vorkam, sah er aus wie ein Typ aus dieser Werbung für die Marines im Fernsehen. Darüber hinaus war er hochintelligent. Das hatte sie auf Anhieb erkannt. Es stimmte, dass Jake Turnquist ihr das Leben zu einem Gefängnis machte, doch Cassie konnte sich schlimmere Gefangenenwärter vorstellen. Sie kurbelte das Fenster einen Spalt herunter und ließ die kalte Luft ein, damit der Zigarettenrauch sich verflüchtigte, während Josh, ohne die Straße ganz aus den Augen zu lassen, eine CD einlegte und die Bässe voll aufdrehte. Sein Subwoofer dröhnte, seine Finger trommelten den Rhythmus auf dem Lenkrad mit, sein Kopf nickte zur lauten Musik.

»Ist deine Mom noch sauer auf mich?«

»Sogar ganz gewaltig.«

Er verzog das Gesicht. »Scheiße.«

»Stört dich das etwa?«

»Klar. Wenn sie sauer auf mich ist, wird's desto schwerer, mich mit dir zu treffen.« Er sah sie mit einem lüsternen Lächeln an, das wahrscheinlich sexy wirken sollte.

Doch es ärgerte sie nur. Manchmal fragte sie sich, was sie eigentlich an Josh fand. Seit dem Fiasko am Catwalk Point spielte sie mit dem Gedanken, mit ihm Schluss zu machen. *Dann wärst du allein.* Na und? Allein zu sein war vielleicht doch besser, als sich von Josh in Verlegenheit bringen zu lassen, der sich manchmal benahm wie ein Vierzehnjähriger. Vielleicht war das der Grund dafür, dass sie den Bodyguard so attraktiv fand. Er war erwachsen. »Weißt du, du könntest doch zu uns kommen. Wenn Mom zu Hause ist. Wir könnten für die Schule lernen oder fernsehen.«

»Zusammen mit diesem Bodyguard? Klingt verlockend«, spottete er und schüttelte eine Zigarette aus dem Päckchen auf dem Armaturenbrett. Er ließ sein Feuerzeug aufflammen, zündete die Zigarette an und konzentrierte sich wieder aufs Fahren und auf die Musik. Cassie schnippte ihre Kippe zum Fenster hinaus. Joshs Nähe machte sie nervös. Er hielt vor einem Minimart, kaufte eine Cola für Cassie und sich selbst und fuhr weiter durch die vereisten Straßen. Hier und da winkte er Freunden zu, gab mit seinem aufgemotzten Pick-up an und tat sonst eigentlich nichts.

Cassie langweilte sich zu Tode.

»Wenn du zu uns kommen würdest, könntest du immerhin meine Mom sehen«, bemerkte sie und zog eine Augenbraue hoch.

»Was soll das denn heißen?«

»Was immer du denkst.«

»Herrgott, Cass, nicht diese Leier schon wieder. Ich sag dir, ich bin nicht scharf auf deine Mom.«

»Schön zu wissen«, sagte sie leise.

»Meine Alten sind nicht zu Hause.« Er schenkte ihr ein etwas freundlicheres Lächeln. »Wir könnten zu mir fahren, da haben wir sturmfreie Bude.«

Als würde mit Sex alles wieder gut. Plötzlich fühlte sie sich müde. Sie warf einen Blick auf die Uhr. »Ich kann nicht. Jake holt mich gleich nach dem letzten Klingeln ab.«

»Jake?«, wiederholte er.

»Der Bodyguard.«

»Ich dachte, der passt auf deine Mom auf.«

»Auf mich und meine Schwester auch. Er und Mom haben ein regelrechtes Programm ausgearbeitet. Am Tag fährt er uns zur Schule und zurück und so weiter, und nachts bewacht er das Grundstück. Ich muss an der Schule sein, wenn er kommt.« Sie nahm einen großen Schluck Cola und sah, wie sich Joshs Miene verdüsterte, als dämmerte ihm jetzt erst allmählich, dass sie anderes zu tun hatte – dass sie vielleicht andere Dinge unternehmen *wollte*, als nur mit ihm abzuhängen.

»Komm schon, Cass …«

»Wirklich, Josh. Ich darf mich nicht noch tiefer reinreiten. Mom war echt stinksauer, als ich das letzte Mal nachts abgehauen bin zum Catwalk Point und die Bullen kamen.«

»Scheiße.« Er drängte sie nicht weiter, setzte nur sein bestes Schlechte-Laune-Gesicht auf und fuhr wie ein Verrückter zurück zur Schule. Dort setzte er sie ab, ohne ihr auch nur einen Kuss zu geben, und raste unter dröhnender Musik vom Parkplatz. Seine schlechte Laune umgab ihn wie der Gestank nach verbranntem Reifengummi.

Ach, werd doch endlich erwachsen!, dachte sie und wunderte sich über ihre veränderte Einstellung. Seit sie am Fundort der Leiche erwischt worden waren, kam es ihr vor, als sähe sie Josh mit anderen Augen. Er behauptete, sie zu lieben, aber sie glaubte ihm nach wie vor nicht. Er war nichts weiter als ein Junge vom Land, der Spaß haben wollte und sich nicht um die Folgen scherte, der lieber als alles auf der Welt Autorennen fuhr oder auf die Jagd ging, Softpornos ansah und Bier trank. Josh Sykes würde es trotz seines aufgemotzten alten Pick-ups mit höher gelegter Fahrerkabine und extra breiten Reifen mit Alufelgen nicht weit bringen.

Was für ein Getue.

Cassie hatte Besseres zu tun.

Viel Besseres.

Carter ging BJs Liste wohl zum zwanzigsten Mal durch. Den ganzen Tag über, wann immer er zwischen seinen anderen Aufgaben etwas Zeit erübrigen konnte, las er die Namen der Leute, die er fast sein Leben lang kannte, doch die eine Person, die ihm nicht aus dem Kopf gehen wollte, war Scott Dalinsky. Rindas Junge. Ein komischer Vogel, aber bestimmt harmlos. Oder? Oder war er in seinem Urteil befangen, weil er Scotts Pate war? Und was war mit Harrison Brennan, diesem Nachbarn, der anscheinend glaubte, Besitzrechte an Jenna zu haben?

Shane trommelte mit den Fingern auf dem Schreibtisch und ging wieder einmal die Liste durch, wobei sein Blick nicht zum ersten Mal an Wes Allens Namen hängen blieb. Sein ehemaliger Freund. Carter wusste aus persönlicher Erfahrung, dass ihm nicht zu trauen war, doch er ließ nicht zu, dass ihn das, was zwischen Wes und Carolyn gewesen war, in seinem Urteil beeinflusste.

Er zwang sich, andere Möglichkeiten in Betracht zu ziehen. Was war mit Ron Falletti, Jennas Personal Trainer, oder mit Lester Hatchell? Les hatte lange vor dem Verschwinden seiner Frau zwei von Jennas Filmen gekauft. Und er war bei weitem nicht der Einzige. Nahezu jeder in der Behörde, einschließlich Lanny Montinello und Amanda Pratt, hatten schon mal den einen oder anderen Film von ihr ausgeliehen, und, zum Teufel, selbst der gute alte Dr. Dean Randall, der Psychologe, hatte innerhalb der letzten zwei Monate *Innocence Lost* und *Resurrection* gekauft.

Es sah aus, als hätte die gesamte verdammte Stadt ein Stückchen von Jenna Hughes im Haus.

Was nicht weiter verwunderte angesichts der Aufregung,

die geherrscht hatte, als sie von Hollywood hierher gezogen war. Im Umkreis von Meilen erwachte in allen plötzlich ein großes Interesse an ihr und ihrer Arbeit. In den sechs Monaten seit ihrem Umzug waren sehr viele ihrer Filme gekauft oder ausgeliehen worden.

Selbst er besaß ein paar der DVDs. Was ein Witz war. Seine ganze Sammlung bestand lediglich aus *Rocky, Der Terminator* und *Der Pate, Teil I und II,* sowie drei Jenna-Hughes-Filmen. Früher hatte er mal mehr CDs und Videokassetten besessen, doch die hatte er der Leihbücherei vermacht, als er nach dem Unfall Carolyns Sachen ausgeräumt hatte.

Außer ein paar Fotos und Filmaufnahmen hatte er nach ihrem Tod alles weggeschafft, als könnte er sie dadurch aus seinem Leben tilgen, den Schmerz auslöschen, sich vormachen, ihr Betrug habe nie stattgefunden. Verdammt ...

Sein Telefon klingelte, und er nahm den Hörer ab, ohne den Blick von der Liste abzuwenden. Der Name des Stalkers stand auf diesen Seiten, dessen war er sicher. Carter musste nur noch einen Weg finden, ihn ans Tageslicht zu zerren.

Die Probe war katastrophal verlaufen, fand Jenna. Sie legte den Riemen ihrer Handtasche über die Schulter und ging zum Ausgang des Theaters. Tiffany, eines der Mädchen in der Truppe, litt an einer Kehlkopfentzündung. Madge Quintanna, die die Mary Bailey spielte, zeigte auf der Bühne eine Emotionalität, die an die Statuen auf den Osterinseln erinnerte. Der Mann, der Marys Gatten darstellte, humpelte auf Krücken über die Bühne und hatte dreißig Prozent seines Texts vergessen. Während des ersten Akts hatte das Licht gespenstisch geflackert, und Rinda hatte entnervt Wes angeschrien, der wiederum Scott die Schuld gab.

Jenna war todmüde und freute sich auf ein ausgiebiges heißes Bad und ein Taschenbuch, das langweilig genug war, um sie in den Schlaf zu lullen. Blanche, ihre Tasche mit Notenblättern unterm Arm, ging mit Rinda und Jenna zur Tür. Als habe sie Rindas gereizte Miene bemerkt und wolle sie besänftigen, sagte Blanche: »Tiffanys Mutter sollte ihr heißes Wasser mit Zitrone und Honig gegen die Kehlkopfentzündung geben. Das ist tausend Mal besser als das Zeug, das man rezeptfrei in der Apotheke bekommt.«

»Heißes Wasser?«, vergewisserte sich Rinda.

»Mit Honig. Und Zitrone. Ich habe mir sagen lassen, man könnte auch noch Whiskey hinzufügen, aber so etwas habe ich meinen Kindern nie gegeben. Und es hat auch ohne den Whiskey immer geholfen. Soll ich Jane anrufen? Ich tu's gern. Ich kenne sie ganz gut, denn Tiffany nimmt schon seit zwei Jahren Klavierunterricht bei mir ... oder sind es drei Jahre?«, setzte sie leicht verwirrt hinzu. »Zwei, glaube ich. Ist ja auch egal. Ich kann sie jedenfalls gern mal anrufen.«

»Wenn du glaubst, dass es etwas nützt, dann tu es.« Rinda wechselte einen Blick mit Jenna, während Blanche strahlte und sich eifrig auf den Weg machte. Als die Tür hinter ihr zuschlug, sagte Rinda: »Ich bezweifle, dass irgendetwas außer himmlischer Intervention uns jetzt noch helfen kann.«

»Es wird schon werden«, erwiderte Jenna und wickelte sich ihren Schal um den Hals.

»Ja, wenn die Hölle einfriert.« Rinda sah zu den Fenstern

hinüber und schnippte mit den Fingern. »Nun ja, vielleicht hast du Recht. Kalt genug ist es ja – ich glaube, die Hölle ist bereits im Begriff einzufrieren.«

»Ich wusste gar nicht, dass Blanche Kinder hat«, bemerkte Jenna. Dabei wurde ihr klar, wie wenig sie im Grunde über ihre Mitarbeiter und Freunde wusste.

»Schreckliche Vorstellung, wie?«

»Ja, wirklich«, antwortete Jenna mit leisem Lachen, während sie und Rinda durch den Mittelgang zwischen den Bankreihen hindurch zum Ausgang gingen.

An der Tür blieb Rinda stehen. »Wir sind die Letzten, die gehen, oder?«

»Nein, ich glaube Lynnetta arbeitet im Umkleideraum noch an den Kostümen.«

»Himmel, stimmt ja! Lynnetta!«, rief Rinda aus, und ihre Stimme hallte in der Apsis nach. »Lynnetta?«

»Ja?«, ertönte leise die Antwort.

»Wir gehen jetzt.«

Höchste Zeit, dachte Jenna. Nach dieser grauenhaften, nervenaufreibenden Probe erschien es ihr wie ein Segen, das Theater endlich verlassen zu können.

»Okay.« Lynnettas weiche Stimme schwebte von unten zu ihnen herauf.

»Kommst du?«, rief Rinda.

»Gleich. Geht ruhig schon vor. Ich schließe ab.«

Rinda zuckte mit den Schultern und verdrehte die Augen. »Okay«, rief sie zurück. »Ich schließe hinter uns ab. Denk aber daran, dass du wieder abschließt, wenn du gehst. Und mach das Licht aus!«

»Ja, ja«, erwiderte Lynnetta laut, und die Dachbalken warfen das Echo zurück.

»Die Akustik hier drin lässt eine Menge zu wünschen übrig«, bemerkte Rinda leise. »Noch etwas, das geändert werden muss.«
»Lass uns noch warten.« Jenna verknotete den Schal unter ihrem Kinn. »Ich möchte sie nicht allein hier zurücklassen.«
»Sie ist nicht allein. Oliver ist bei ihr.«
»Ach ja, er ist sicher ein großartiger Beschützer.«
Rinda hörte nicht auf Jennas Einwände. »Lynnetta passiert schon nichts. Ich lege den Riegel vor, damit kein Schwarzer Mann hereinkann.«
»Es ist mein Ernst – du weißt selbst, dass in der letzten Zeit zwei Frauen verschwunden sind und eine tot aufgefunden wurde.« Jenna war unruhig. »Ich finde, wir sollten bleiben.«
»Wie ich Lynnetta kenne, braucht sie mindestens noch eine halbe Stunde. Mach dir um sie keine Sorgen. Sie wohnt nur ein paar Häuserblocks entfernt, und nach Einbruch der Dunkelheit ruft sie immer ihren Mann an, damit er sie abholt. Der Reverend tut ihr gern den Gefallen, und ich finde das ausgesprochen romantisch.«
»Aber in dieser Stadt ist niemand mehr sicher.«
»Ich *schließe* die Tür *ab*, okay?« Rinda legte Jenna eine Hand auf den Arm. »Wirklich, es ist alles in Ordnung. Beruhige dich.«
»Wenn ich das nur könnte.«
»Sieh mal, sie ruft ihren Mann an, und Romeo kommt her und geleitet sie sicher nach Hause.«
Jenna konnte sich nur schwer vorstellen, dass Lynnettas Mann irgendwelcher romantischen Verhaltensweisen fähig war. »Ich frage sie zur Sicherheit noch einmal.« Sie rief

zur Treppe bei der Bühne hinüber: »Können wir dich wirklich allein lassen, Lynnetta?«

»Ja! Bitte. Ich komme schon zurecht.«

Rinda warf Jenna einen Blick zu, der bedeutete: »Sag ich doch!« Sie zog wissend eine Braue hoch und flüsterte: »Vielleicht will sie, dass wir gehen, weil gleich ihr Mann kommt und sie es mitten auf der Bühne treiben wollen.«

»Du bist unmöglich«, stellte Jenna fest. Dabei sah sie im Geiste Reverend Derwin Swaggart vor sich. Er war ein Mann von knapp vierzig Jahren, ein ernster Geistlicher mit langem Gesicht, schwarzem Vollbart, buschigen Brauen und einer dröhnenden Stimme, mit der er in seinen Predigten Feuer und Schwefel herabbeschwor.

»Schließlich war das hier vor nicht allzu langer Zeit eine Kirche. Sex an der Stelle, wo einmal der Altar gestanden hat, wäre doch weiß Gott verlockend.«

»Komm. Lass uns gehen, bevor unsere Unterhaltung auf ein noch niedrigeres Niveau absinkt.«

»Ist das überhaupt möglich?« Rindas Lachen klang dunkel und absolut respektlos.

»Wahrscheinlich nicht.« Jenna öffnete einen der beiden schweren Türflügel. Trocken-kalter Winterwind fegte durch den Vorraum. Draußen blickte sie zum sternenlosen Himmel auf und fröstelte. »Herrgott, wann will es endlich mal wieder wärmer werden?«

»Nie«, weissagte Rinda, verriegelte die Tür hinter sich und probierte noch einmal die Klinke, um sich zu vergewissern, dass wirklich abgeschlossen war. »Laut dem Wettebericht in KBST ist kein Ende absehbar.« Sie stiegen die Außentreppe hinunter. »Es wäre an der Zeit, nach

Süden zu fliehen, *bevor* es zur Aufführung unseres Stücks kommt und die Lokalpresse uns in der Luft zerreißt.«

»Hat dir schon mal jemand erklärt, dass das Glas manchmal auch halb voll sein kann?«

»Nein, nie«, antwortete Rinda. Sie folgten einem betonierten Weg zum beinahe leeren Parkplatz, auf dem unter einer einsamen Straßenlaterne ihre beiden Fahrzeuge warteten. Die Autos waren in ein schwaches blaues Licht getaucht, das die dünne Eisschicht schimmern ließ. Der Wind fegte durch eine Gasse und über den Platz hinweg und drang durch Jennas dicke Daunenjacke, als sei sie aus hauchdünner Spitze.

»Hast du noch Zeit für ein Bier?« Rinda spielte mit ihrem Schlüsselring. »Ich lade dich ein. Das ist das Mindeste, was ich nach deiner Spende fürs Theater heute tun kann«, sagte sie, wobei sie sich auf die Kleider, Schuhe und Handtaschen bezog, die Jenna dem Theaterfundus überlassen hatte.

»Vergiss es einfach. Das kann ich von der Steuer absetzen, weißt du. Mein Steuerberater wird begeistert sein.«

»Dann lädst du eben *mich* ein.«

Jenna kicherte. »Heute Abend lieber nicht. Ich muss mich zu Hause zurückmelden«, sagte sie und zog mit einer behandschuhten Hand ihr Sprechfunkgerät aus der Tasche. »Außerdem bin ich müde. Habe nicht sonderlich gut geschlafen, seit ich dieses spaßige kleine Pamphlet von meinem ›Freund‹ gefunden habe.« Dass sie nicht gut geschlafen habe, war eine grobe Untertreibung. Seit sie entdeckt hatte, dass jemand in ihr Schlafzimmer eingedrungen war, konnte Jenna keine Ruhe finden. Sie hörte merkwürdige Geräusche, manchmal auch Schritte, und hatte ständig das Gefühl, dass jemand sie auf Schritt und Tritt beobachtete. Und dieser Jemand war nicht Jake Turnquist. Das bloße Wissen, dass irgendwer in ihr Haus eingedrungen, durch die Flure geschlichen war und ihre Sachen angefasst hatte, machte sie nervös und gereizt.

»Hey, du hast doch jetzt einen Bodyguard. Geht es dir seitdem denn nicht besser?«

»So müsste es eigentlich sein, ich weiß, aber ...« Jenna blickte zum Glockenturm hinauf, der bis in die tief hängenden Wolken emporragte. »... aber ich bin trotzdem reichlich angespannt.«

»Umso dringender kannst du ein Bier oder ein Glas Wein gebrauchen. Außerdem finde ich, wir müssen über unser Stück sprechen. Dir ist bestimmt auch aufgefallen, dass Madge die Rolle der Mary Bailey nicht verstanden hat«, sagte Rinda. Mit einem lauten Klicken öffnete sich ihre Wagentür.

Jenna pflichtete ihr bei, sagte jedoch: »Sie wird es schon noch schaffen.«

»Und wann? Im nächsten Jahrtausend?«

»*So* schlimm ist es auch wieder nicht.«

»O doch, das denke ich sehr wohl. Sieh den Tatsachen ins Auge, Jenna – Madge ist ein hoffnungsloser Fall! Mit ihr ist diese Rolle schrecklich, grauenhaft, unerhört fehlbesetzt.« Das gespenstisch blaue Licht ließ ihre Miene desto düsterer erscheinen. »Meine Schuld. Ich hätte die Rolle anders besetzen sollen.«

»Du übertreibst«, widersprach Jenna, obwohl es wirklich wehgetan hatte, Madge zuzusehen, wie sie versuchte, die Gefühlswelt der Mary Bailey darzustellen.

»Nein. Ich habe gewisse Vorstellungen von der Rolle.«

»Wenn du glaubst, ich würde einspringen, vergiss es. Madge kriegt das schon hin.« Jenna sah auf die Uhr. Ein Glas Wein war eine himmlische Vorstellung. Oder, noch besser, Kaffee mit einem Schuss Kahlua. Sie musste entspannen, den Stress in ihrem Leben vergessen, aber es war schon spät. »Lass uns das auf ein anderes Mal verschieben. Wir können ja morgen Vormittag beim Kaffee darüber reden.«

»Na gut, Spielverderberin«, willigte Rinda ein. »Dann eben beim Kaffee ... Sagen wir, um zehn im Canyon Café?«

»Ich bin dabei.«

»Und du lädst mich ein.«

»Aber klar.« Jenna schloss ihren Jeep auf und stieg ein. Fröstelnd ließ sie den Motor an, verriegelte die Türen wieder und schaltete das Gebläse auf die höchste Stufe. Dann wartete sie, bis das Eis auf der Windschutzscheibe geschmolzen war. Innerhalb von fünf Minuten hatte sich ein Guckloch gebildet. Wenige Sekunden nach Rinda verließ sie den Parkplatz und folgte den roten Rücklichtern ihrer Freundin. Sie war immer noch leicht beunruhigt, weil im Theater noch Licht brannte und Lynnetta sich allein im Kellergeschoss aufhielt.

»Mach dir deswegen keine Sorgen«, redete sie sich selbst leise zu, doch die Sorge war nun einmal seit Wochen ihr ständiger Begleiter. Alles, was sie in ihrem Leben belastete, nagte an ihr, vertrieb den Schlaf. Während sie durch die verschneiten Straßen fuhr, fiel ihr auf, wie ungewöhnlich still die Stadt wirkte. Nur wenige Fahrzeuge waren auf den schmalen, von Geschäften mit üppiger Weihnachtsdekoration gesäumten Straßen unterwegs.

All die Lichter, Girlanden und Tannenkränze weckten in Jenna weder Vorfreude noch tröstliche Gefühle. Wie in jedem Jahr seit Jills Tod fürchtete sie das Weihnachtsfest, eine Zeit, die ihr leer und kalt erschien und in der sie immer wieder Schuldgefühle plagten.

Du hättest an Jills Stelle sterben sollen.

Wie oft schon waren diese Worte durch ihren Kopf gehallt?

Hundert Mal?

Tausend Mal?

Zehntausend Mal?

»Hör auf!«, sagte sie laut zu sich selbst. Sie überreagierte, weil Weihnachten bevorstand. Die beunruhigenden Briefe, die sie erhalten hatte, und die verschwundenen Frauen steigerten noch ihre Anspannung, während das Fest näher rückte. Sie schaltete das Radio ein, und die Melodie von *Blue Christmas* tönte aus den Lautsprechern, als hätte der Moderator ihre Stimmung erahnt. Elvis Presley faselte von einem traurigen Weihnachtsfest. Genau das, was ihr jetzt noch gefehlt hatte.

»Toll«, schimpfte sie, schaltete das Radio wieder aus und griff nach ihrem Handy. Sie wählte ihre eigene Nummer, und schon vor dem zweiten Klingeln meldete sich Allie.

»Mom?«

»Ja.«

»Du hast doch meinen Rucksack, oder? Ich habe ihn im Jeep vergessen und er war den ganzen Tag nicht hier und ich brauche ihn für die Hausaufgaben und …«

»Hey, langsam! Bleib ruhig, Schätzchen.« Während Jenna versuchte zu verhindern, dass der Jeep ins Schleudern geriet, schaltete sie die Innenbeleuchtung ein und wagte einen raschen Blick auf den Rücksitz. »Ich glaube, im Wagen ist der Rucksack nicht.«

»Da war er aber auf dem Heimweg. Weißt du noch? Gestern ist Critter zu mir auf den Rücksitz gesprungen, und da habe ich meinen Rucksack in den Kofferraum geworfen, weißt du? Zu all dem anderen Kram, den du zum Theater mitnehmen wolltest.«

Jenna schwante Übles. »Soll das heißen, zu den Kleidersäcken und den Handtaschen, die ich dem Theater stiften wollte?« Sie versuchte, sich an ihre Ankunft auf dem Parkplatz zu erinnern. Wes Allen war gerade aus seinem Pick-up gestiegen und hatte ihr angeboten, ihr beim Ausladen zu helfen. Sie hatte das Angebot dankbar angenommen. »Dann ist dein Rucksack jetzt wahrscheinlich im Theater.«

»Ich brauche ihn aber dringend«, jammerte Allie.

»Heute Abend noch?«, fragte Jenna und überlegte, wie sie die Fahrt zurück in die Stadt vermeiden konnte. »Soll ich umkehren und ihn holen?«

»Bitte, bitte, Mom. Wenn ich morgen meine Algebra-Aufgaben nicht vorlegen kann, bringt Mrs Hopfinder mich um!«

»Ich bezweifle, dass die Lage so dramatisch ist.«

»Du glaubst gar nicht, *wie* dramatisch sie ist!« Allies Stimme klang, als stünde sie kurz vor dem völligen Zusammenbruch, und das konnte Jenna an diesem Abend nun wirklich nicht mehr gebrauchen.

»Es geht wohl um Leben und Tod?«, zog Jenna sie auf.

»Ja!« Allie hatte keine Lust auf Scherze.

»Okay, okay«, sagte Jenna schicksalsergeben und sah sich mit zusammengekniffenen Augen durch die beschlagene

Windschutzscheibe bereits nach einer Gelegenheit zum Wenden um. »Beruhige dich, Schatz. Ich hole dir deinen Rucksack.«

»Danke, danke, danke!«

»Keine Ursache.« In den Lichtsäulen ihrer Scheinwerfer tanzten ein paar Schneeflocken. »Ist Jake bei euch?«

»Mhm.«

»Gibst du ihn mir mal?«

»Okay.«

Eine Sekunde blieb es still in der Leitung. Jenna entdeckte eine Ausbuchtung am Straßenrand, wo sie wenden konnte. Während sie abbremste, meldete sich eine tiefe Männerstimme: »Turnquist.«

Jenna hielt sich nicht mit langen Vorreden auf. »Hören Sie, es gibt da ein Problem mit Allies Rucksack.« Sie erklärte, wie sich die Sache ihrer Meinung nach verhielt, und schloss: »Ich fahre jetzt zurück und hole ihn.«

»Moment mal.« Besorgnis klang in seiner Stimme durch. »Ich möchte nicht, dass Sie zurückfahren. Sie wären um diese Zeit ganz allein im Theater. Lassen Sie mich das erledigen.«

»Das würde zu lange dauern, Jake, und ohnehin kann mir dort nichts passieren. Das Theater ist verriegelt und verrammelt, und ich bin eine der wenigen, die einen Schlüssel besitzen. Wahrscheinlich werde ich nicht einmal allein dort sein. Lynnetta Swaggart war noch im Gebäude, als ich vor zehn Minuten gegangen bin. Rinda hat sie eingeschlossen, und ihr Mann holt sie nachher ab, also besteht für mich keinerlei Gefahr. Außerdem möchte ich nicht, dass Sie die Mädchen allein im Haus zurücklassen. Ich kehre jetzt um und hole den Rucksack. Ich habe das

Funkgerät, Pfefferspray und mein Handy bei mir. Falls ich in vierzig Minuten nicht zurück bin, schicken Sie die Kavallerie.«

Sie spürte, dass er widersprechen wollte, doch dann unterließ er es dankenswerterweise, und sie legte auf, nachdem sie ihm versprochen hatte, ihn anzurufen, falls sie das Gefühl haben sollte, dass irgendetwas nicht stimmte.

Das war doch ein Witz. Das Problem war ja, dass zurzeit so ziemlich gar nichts stimmte. Wirklich gar nichts.

»Ach, zum Teufel mit diesem ganzen Mist«, flüsterte sie, wendete trotz all ihrer heimlichen Befürchtungen rasch den Wagen und fuhr zurück in Richtung Falls Crossing.

Wenn sie Glück hatte, hielt Lynnetta sich noch im Theater auf.

Wenn nicht, würde sie sich sehr beeilen.

32. Kapitel

Vermutlich lag es an ihrem angegriffenen Nervenkostüm, dass die Stadt ihr noch verlassener vorkam als bei ihrer Durchfahrt vor wenigen Minuten. Der Parkplatz des Theaters war leer und vereist. Die alte zum Theater umfunktionierte Kirche stand da wie ein einsamer Wachtposten, dunkel, kalt und bedrohlich, und der Turm stach aufwärts in den Schneefall hinein.

Jenna spähte durch die Windschutzscheibe, die schon wieder beschlug. Sie spürte ein kaltes Prickeln im Nacken, wie eine Warnung, keinen Schritt weiterzugehen.

Das bildest du dir nur ein. Du warst doch erst vor einer knappen halben Stunde noch selbst im Theater! Bring es hinter dich, um Himmels willen!

Sie erwog kurz, Jake anzurufen und in Telefonkontakt mit ihm zu bleiben, während sie nach dem Rucksack suchte, entschied sich jedoch dagegen. Es erschien ihr albern; sie würde dastehen wie ein hilfloses Weibchen.

Was bist du nur für ein Angsthase! Hol einfach den verdammten Rucksack und fahr nach Hause!

Bevor sie es sich anders überlegen konnte, stieg sie aus dem Jeep und schloss den Wagen ab. Eisiges Schneegrieseln rann ihr in den Nacken. Sie hastete über den schlüpfrigen Parkplatz und die Treppe hinauf. Etwa einen Block entfernt hörte sie Verkehrslärm, versuchte sich einzureden, sie sei im Grunde ja gar nicht allein, und schob den Schlüssel ins Schloss. Sie drehte ihn, doch die Verriegelung reagierte nicht. »Komm schon, komm schon«, murmelte sie ungeduldig, war versucht, das blockierende Schloss als böses Vorzeichen zu werten. Da ließ es sich plötzlich öffnen. »Gott sei Dank.«

Im Theater war es kalt und still. Trübes Licht fiel durch die Bleiglasfenster und zeichnete merkwürdige, verschwommene Muster auf den Boden. Jenna hatte Angst. Selbst die wenigen noch verbliebenen religiösen Bilder an den Wänden wirkten in der Düsternis eher dämonisch als himmlisch.

»Reiß dich zusammen«, flüsterte sie vor sich hin und schaltete das Licht ein. Als das alte Mittelschiff von Licht erfüllt war, beruhigte sich ihr hämmernder Herzschlag ein wenig. Sie lief mit laut hallenden Schritten den Mittelgang entlang. »Lynnetta?«, rief sie, hauptsächlich, um ihre eigene Stimme zu hören. »Bist du noch hier? Ich bin's, Jenna.« Sie hielt inne, horchte, erhielt aber wie erwartet keine Antwort, sondern hörte nur das Knarren der alten Dachbalken und das Rauschen des Windes im Kirchturm. Zweifellos war Lynnetta bereits nach Hause gegangen, wahrscheinlich am Arm ihres Mannes.

Jenna hastete die paar Stufen an Rindas Büro vorbei nach unten, dann über die Treppe zum Kellerbereich und zu den Umkleideräumen, in denen noch ein Hauch von Lynnettas Parfüm hing. Sie wollte nach dem Lichtschalter tasten, hielt aber mitten in der Bewegung inne.

Wieder spürte sie ein Prickeln wie von kaltem Atem auf der Haut, eine Warnung, dass etwas nicht stimmte. Etwas war anders als sonst. Sie lehnte sich gegen die Wand. »Lynnetta?«, rief sie, überzeugt zu spüren, dass sich noch jemand in dem Gebäude aufhielt, dass jemand in der Dunkelheit atmete. Sie hielt die Luft an und lauschte.

Nichts.
»Herrgott«, flüsterte sie. Ihre Nerven waren zum Zerreißen gespannt. Wieder hämmerte ihr Herz wie wild, als sie das Licht einschaltete und das Labyrinth der Umkleideräume, Schminktische und Wandschränke plötzlich blendend hell erleuchtet war.
Die Kleidersäcke befanden sich noch in der Nähe der Wandschränke, wo sie sie abgelegt hatten. Jenna begann hastig zwischen ihnen herumzuwühlen. Kein Rucksack. Ein kleiner Haufen von Handtaschen und Schuhen lag auf dem uralten, zerkratzten Schreibtisch, doch Allies Rucksack mit pink-lila Camouflagemuster war auch hier nicht zu finden. »Großartig«, flüsterte Jenna sarkastisch, suchte weiter und gab sich Mühe, nicht auf das Ächzen des Windes in den Dachbalken oder auf das Knarren von altem Holz zu achten.
Schließlich hob sie ratlos beide Hände, sagte sich, Allie habe sich wohl geirrt und den Rucksack doch nicht im Auto vergessen. Und da hörte sie es.
Das leise Scharren eines Stiefels auf Holz … oder? Ihre Nackenhaare richteten sich auf. Ein Frösteln überlief sie. »Ist da jemand?«, rief sie und kramte in ihrer Handtasche nach dem Pfefferspray. »Hallo?«
Stille.
Eine unirdische Ruhe.
Und doch … Sie hatte das Gefühl, nicht allein zu sein. Ja, sie *wusste*, dass jemand in der Nähe war.
Ihr Brustkorb verengte sich, das Atmen wurde ihr schwer. Sie hätte sich nicht bemerkbar machen sollen. Wenn tatsächlich jemand mit bösen Absichten in der Dunkelheit lauerte, wusste er jetzt ganz genau, wo sie sich aufhielt,

und sie saß im Kellergeschoss in der Falle. Es sei denn, sie nahm die Treppe zum Küchenbereich, wo es einen weiteren Ausgang gab. Aber das war zu weit, der Weg führte einen langen, gewundenen, dunklen Korridor entlang. Es war besser, die Haupttreppe zu benutzen.

Vor Nervosität brach ihr der Schweiß aus; kalte Angst schnürte ihr die Kehle zu.

Zum Teufel mit dem verdammten Rucksack. Sie umklammerte die Pfefferspraydose, als sei sie ein silbernes Kreuz zur Abwehr von Vampiren, und schlich behutsam die Treppe hinauf. Im Gehen zog sie ihr Handy aus der Tasche und klappte es auf. Es piepte. *O Gott, wie schaltete man bei dem verdammten Ding den Ton aus, damit der Eindringling im Theater sie nicht hörte?* Das Blut rauschte ihr in den Ohren. Sie wagte kaum zu atmen, ihr Mund wurde trocken. Sie schluckte krampfhaft. Drückte die Kurzwahltaste für zu Hause auf ihrem Handy und hörte das Rufzeichen. *Bitte, melde dich. Bitte.* Vorsichtig drehte sie sich auf dem Treppenabsatz um und lauschte.

Krach!

»O nein!« Jenna fuhr herum, den Finger auf dem Sprühknopf des Pfeffersprays. Das Handy entglitt ihr und fiel klappernd zu Boden.

Irgendetwas streifte ihre Waden.

Sie fuhr zusammen und hätte beinahe vor Angst aufgeschrien, doch dann sah sie Oliver. Die Katze blickte mit großen grünen Augen zu ihr auf. Ein alter Schirmständer war umgefallen und rollte über den Boden. »Himmel, Oliver, du hast mir einen Heidenschrecken eingejagt!«

Der Kater miaute klagend zu ihr auf, und sie verzieh ihm

auf der Stelle. Erleichterung ließ sie aufatmen, sie tätschelte seinen samtigen Kopf und stellte den Schirmständer wieder auf. »Entschuldige«, sagte sie sanft, während er schnurrte wie der Motor eines Segelflugzeugs. »Ach, was freue ich mich, dich zu sehen. Du kannst dir ja nicht vorstellen, *wie* sehr ich mich freue.«

Sie hob ihr Handy auf und schob es in die Tasche. »Es ist wohl nicht zu übersehen, dass ich in letzter Zeit reichlich nervös bin, wie?«

Das war stark untertrieben – ihre Nerven waren bis zum Zerreißen gespannt, so sehr, dass sie gar nicht mehr an den Kater gedacht hatte.

Als sei er stolz darauf, sie zu Tode erschreckt zu haben, rieb Oliver sich an ihrem Bein, während sie beruhigt ihr Pfefferspray einsteckte. »Du bleibst hier und hältst Wache«, befahl sie dem Kater, der sich gleichmütig in Rindas Büro verzog, auf den Schreibtisch sprang und anfing sich zu putzen. »Gut. So ist's recht. An dir kommt kein Bösewicht vorbei«, schmeichelte sie ihm.

Bamm! Bamm! Bamm!

Ein heftiges Klopfen ließ die Fenster scheppern und hallte durch das Theater.

Jenna fuhr erschrocken zusammen.

»Jenna? Hier ist Shane Carter«, dröhnte die Stimme des Sheriffs durch die Tür.

Ihre Knie wurden weich. Carter? Hier? Erleichtert lief sie zur Tür und schloss sie auf.

Mit einer Miene, die finster war wie die Nacht, stand er dort unter dem vorgezogenen Dach.

Tränen der Erleichterung traten ihr in die Augen, als er eintrat.

»Ist alles in Ordnung?«

Nein! Was denken Sie denn? Nichts ist in Ordnung, seit ich diesen ersten Brief bekommen habe! Sie schluckte krampfhaft und riss sich zusammen. »Ja … Ich glaube schon«, log sie

»Bestimmt?«

»Ja, das heißt, ich … Mir geht's gleich wieder besser.« Sie kam sich idiotisch vor, kämpfte gegen die Tränen an, damit er nicht sah, dass sie kurz vor dem Nervenzusammenbruch stand. »Aber ich bin erleichtert. Und froh, dass Sie hier sind.«

Er legte den Arm um ihre Schultern, und sie hätte sich am liebsten an ihn geschmiegt und ihren Tränen freien Lauf gelassen, sich völlig gehen lassen, gleich hier im Vorraum des Theaters. »Ist ja gut«, sagte er sanft, und ihr wollte schier das Herz brechen, als seine Lippen ihre Stirn streiften. »Ihnen fehlt nichts.«

Sie lachte. »Wie können Sie das sagen?« Dass ihr nichts fehlte, traf nicht zu, und gut war ganz eindeutig überhaupt nichts.

Er blickte an ihr vorbei und suchte das Innere der alten Kirche ab. »Sonst noch jemand hier?«

»Nur Oliver.«

»Wer? Ach so, Rindas Katze.«

»Ja, seinetwegen hatte ich fast einen Herzinfarkt. In Anbetracht meines Zustands in letzter Zeit ist das wohl nichts Ungewöhnliches.«

Carter drückte kurz ihre Schultern und ließ sie dann los. »Schließen wir ab und sehen wir zu, dass Sie nach Hause kommen. Gesund und wohlbehalten.«

»Klingt gut.« Mehr noch, es klang himmlisch. Vor ihrem

inneren Auge sah sie sich selbst bereits mit einem Glas Wein im heißen Whirlpool liegen, wo ihre Ängste und Verspannungen sich im warmen Wasser auflösten und im Dampf, der in die kalte Luft aufstieg. Das Problem war nur, in ihrer Vorstellung war Carter bei ihr … lächerlich. Bevor ihre Fantasie mit ihr durchgehen konnte, löschte sie das Licht, und im Theater wurde es mit einem Schlag stockdunkel.

Sie trat über die Schwelle hinaus in die eiskalte Nacht. Wieder hatte sie Probleme mit dem Schlüssel, bis das Schloss endlich doch einschnappte.

Carter prüfte die Türflügel; sie waren abgeschlossen. »Gehen wir.«

»Woher wussten Sie, dass ich im Theater war?« Sie gingen dicht nebeneinander her zum Parkplatz, wo Carters Chevrolet Blazer neben ihrem Jeep stand, und die weißen Atemwolken vor ihren Mündern vermischten sich in der Luft.

»Turnquist hat mich angerufen«, erwiderte Carter. »Er hat mir erklärt, was passiert war, und auch, dass es ihm nicht behagte, Sie um diese Uhrzeit allein draußen zu wissen. Er fragte, ob vielleicht jemand nach Ihnen sehen könnte.« Carter blickte ihr in die Augen. »Ich habe mich freiwillig gemeldet.«

Ihr Herz begann zu flattern – wie töricht. »Pflichtgefühl?«

Er zog eine dunkle Braue hoch. »Ich war sowieso gerade auf dem Heimweg.«

Sie verspürte einen kleinen Stich der Enttäuschung und schimpfte sich selbst eine unverbesserliche Idiotin. Was hatte sie sich denn erhofft? Dass Carter eifrig zu ihrer Rettung herbeigeeilt war, weil er das Bedürfnis verspürte,

sie zu sehen? Weil sie ihm etwas bedeutete? *Bleib auf dem Teppich, Jenna.*
Carter fuhr fort: »Es war gut, dass Turnquist angerufen hat. Sie sollten sich nicht allein draußen aufhalten. Mir wäre sehr viel wohler, wenn Sie ständig jemanden an ihrer Seite hätten, vorzugsweise Turnquist. Aber jeder andere wäre immer noch besser als niemand. Mir behagt die Vorstellung nicht, dass Sie ohne Begleitung im Dunkeln unterwegs sind, solange wir den Kerl nicht geschnappt haben.«
»Ich glaube, heute Abend drohte keine Gefahr. Oliver hat mich ja nicht angegriffen.«
»Dieses Mal ist es gut gegangen. Aber ich weiß nicht, ob man dem Kater auf die Dauer trauen kann«, witzelte er, und sie lachte erleichtert. Sie waren bei ihrem Jeep angekommen, und er berührte ihren Arm. »Aber im Ernst: Seien Sie vorsichtig. Ich möchte nicht, dass Ihnen etwas zustößt. Schon gar nicht, wenn ich Bereitschaft habe.« Noch einmal drückte er sie an sich, und es war schön, sich in seinen starken Armen geborgen zu fühlen. »Wissen Sie, es wäre der Kampagne zu meiner Wiederwahl nicht eben zuträglich, wenn ich die berühmteste Einwohnerin meines Bezirks verlieren sollte.«
Also hat er doch Sinn für Humor, stellte sie fest, und für den Bruchteil einer Sekunde erschienen ihr das Eis und der Raureif, die den Boden überzogen, weniger bedrohlich. »Ich würde nicht im Traum daran denken, Ihren grandiosen Ruf zu beschmutzen«, scherzte sie ihrerseits und spürte, wie sie errötete. Wie ein Schulmädchen! Was war nur los mit ihr?
»Gut so, das ist die richtige Einstellung.«

Sie sah zu ihm auf und rechnete im kühlen blauen Licht der Straßenlaterne sekundenlang damit, dass er sie vielleicht küssen würde. Sein eindringlicher Blick verriet seinen Wunsch, sie in die Arme zu schließen und zu küssen, bis sie keine Luft mehr bekam. Sie spürte den elektrischen Funken in der Luft, die prickelnd verführerische Atmosphäre, und sie erbebte innerlich. Gleich darauf schob er die Hände in die Taschen, als könnte er ihnen plötzlich nicht mehr trauen, und räusperte sich. »Ich meine das wirklich ernst«, sagte er, und seine Stimme klang etwas tiefer als gewöhnlich. »Passen Sie gut auf sich auf.«

Unwillkürlich traten ihr die Tränen in die Augen. »Ich will's versuchen.«

»Geben Sie sich Mühe.« Ein kaum merkliches Lächeln umspielte die Mundwinkel des großen Mannes. »Ich werde das Meine tun.«

Ein Schauer überlief sie. Zärtlichkeit von diesem wortkargen Gesetzeshüter? »Danke«, sagte sie ein wenig atemlos. »Ich nehme mich in Acht, versprochen.« Dann reckte sie sich spontan, bevor ihre Vernunft sich einschalten konnte, auf die Zehenspitzen und hauchte einen Kuss auf den Bartschatten seiner Wange. »Danke, Sheriff. Ich glaube, ich habe mich noch nie im Leben so gefreut, jemanden zu sehen, wie heute Abend, als Sie vor der Tür standen.« Sie wies mit einer Kopfbewegung auf den Eingang zum Theater. »Passen Sie auch auf sich auf.« Bevor sie in den Jeep stieg, hielt sie noch einmal kurz inne, neigte nachdenklich den Kopf zu Seite und spürte die Winterkälte an der Wange. »Das wollen Sie bestimmt nicht hören, aber hinter Ihrer Fassade des knallharten Bullen verbirgt sich ein verdammt netter Kerl.«

»Nett ist nicht gerade der treffende Ausdruck.« Wieder wurden seine Augen dunkel vor Begehren.

»Oh, ich glaube doch.« Sie sah unter seinem dichten Schnauzbart kurz die weißen Zähne aufblitzen.

»Nun, aber sagen Sie's nicht weiter. Es würde meinen Ruf ruinieren.«

Sie legte einen Finger an die Lippen und versicherte ihm: »Ihr Geheimnis ist bei mir sicher.«

»Gut. Und jetzt fahren Sie nach Hause, bevor wir beide erfrieren. Ich folge Ihnen.«

»Das ist nicht nötig …«

»Doch.« Das Fünkchen Leichtigkeit der vergangenen paar Minuten verflüchtigte sich in der kalten Nacht, doch dieses Gefühl des Begehrens, der Schmerz eines frisch entdeckten Verlangens zwischen ihnen lag immer noch in der Luft, während wirbelnde Schneeflocken zu Boden schwebten. Mit trockenem Mund stieg Jenna in den Jeep und versuchte, das eigenwillige Pochen ihres Herzens nicht zu beachten. *Das ist verrückt, Jenna. Total verrückt! Du hast keine Zeit für Fantasien oder Schwärmereien. Noch dazu mit Carter – Herrgott, schlag dir diesen Unfug aus dem Kopf.* Sie kramte in ihrer Handtasche, fand ihren Schlüsselbund und schob den Zündschlüssel ins Schloss, wobei ihre behandschuhten Hände zitterten. *Reiß dich zusammen*, ermahnte sie sich und zuckte zusammen, als er an das Fenster auf der Fahrerseite klopfte und sein Gesicht der kalten Scheibe näherte.

Sie ließ die Scheibe herab. Sein Gesicht, warm in der eisigen Nacht, war nur Zentimeter von ihrem entfernt.

»Nur damit Sie's wissen«, sagte er. »Ich heiße Shane.«

»Aber alle nennen Sie Carter, oder?« Lieber Himmel, was

bedeuteten diese warmen Schauer, die sie an diesem Abend überliefen, dieses Gefühl der Intimität? Sie nahm einen Hauch von seinem Aftershave wahr. »Oder Sheriff?«

»Ach, hinter meinem Rücken haben sie wohl noch so manchen anderen Namen für mich, von denen keiner es wert ist, wiederholt zu werden. Aber Sie dürfen mich Shane nennen.«

»In Ordnung, Carter«, neckte sie ihn.

Eine Augenbraue zuckte in die Höhe. »So geht's auch.« Er sah ihr eine Sekunde lang tief in die Augen, während sich Schneeflocken in seinem dunklen Haar und auf seinen breiten Schultern sammelten. Wieder glaubte sie, er werde sie küssen. Und wieder wurde sie enttäuscht. »Bis später.« Er klopfte zweimal mit der flachen Hand auf den Kotflügel des Jeeps und ging zu seinem Fahrzeug.

»Tief durchatmen«, ermahnte Jenna sich selbst, schloss das Fenster und sah zu, wie der hoch gewachsene Mann in seinen Chevrolet Blazer stieg. Was hatte sie sich dabei gedacht, mit ihm zu flirten und ihm einen Kuss auf die Wange zu geben?

»Die Nerven«, sagte sie sich und legte den Gang ein. »Es liegt nur daran, dass ich mit den Nerven am Ende bin.« Er vermittelte ihr ein Gefühl der Sicherheit, das war alles. Es lag nicht daran, dass er so ungeheuer sexy war, auch nicht an seinen warmen, dunklen Augen und seinem Lächeln, das das Eis um ihr Herz zum Schmelzen brachte.

Blöde Kuh! Bei allem, was hier um dich herum passiert, ist das Letzte, aber wirklich das Allerletzte, was du brauchst, eine Männergeschichte – erst recht mit Carter. An so etwas solltest du nicht einmal denken!

Sie seufzte, wütend auf sich selbst und ihre albernen

Fantasien, und blickte in den Rückspiegel. Wie versprochen folgte Carter ihr, sie sah das beruhigende Licht der Scheinwerfer des Chevrolet Blazers hinter sich auf der Straße. Doch ihr Blick wanderte weiter zurück, zum Theater, das schon halb außer Sicht war.

Wieder fröstelte sie, wurde ihr eisig kalt. In der alten Kirche stimmte irgendetwas nicht. Das abgelegene Gebäude mit seinen undurchsichtigen Bleiglasfenstern und dem spitzen Glockenturm erhob sich dunkel in die kalte Nacht, ein scharfer Umriss im Flockenwirbel, der bedrohlich wirkte. *Das ist lachhaft. Du bildest dir das alles nur ein, deine Wahrnehmung spielt dir einen Streich. Das Gebäude hat nichts zu verbergen, es gibt darin keine hässlichen Geheimnisse. Lieber Himmel, schließlich war es früher eine Kirche, ein Ort des Frohsinns, an dem sich Gläubige zum Lobpreis Gottes versammelten.*

Warum hatte sie nur das Gefühl, dass dort an diesem Abend Satan persönlich hauste?

»Weil du dramatisierst, oder vielleicht weil du vollends dem Verfolgungswahn erlegen bist«, sagte sie leise. An dem Theatergebäude war nichts Bedrohliches. *Absolut nichts!* »Du hast zu viele Horrorfilme gesehen.« Sie hatte sich einfach nur in ihre Angst hineingesteigert, das war alles. Oder? Und selbst wenn die alten Holzwände etwas Entsetzliches verbargen, war es in dieser Nacht unbemerkt geblieben, und Sheriff *Shane* Carter, ein außergewöhnlich attraktiver Gesetzeshüter, war zu ihrer vermeintlichen Rettung herbeigeeilt. Nun fuhr er hinter ihr durch das Schneegestöber. Es hätte schlimmer sein können. Sehr viel schlimmer.

Ohne den Blick von der Straße zu lösen, klappte Jenna ihr

Handy auf und versuchte, zu Hause anzurufen. Es bedurfte mehrerer Versuche, da das Handy anscheinend beschädigt worden war, als sie es vorhin hatte fallen lassen. Endlich war die Verbindung hergestellt.

Allie meldete sich. »Hallo?« Über das statische Knistern hinweg war ihre Stimme kaum hörbar.

Kein Grund, um den heißen Brei herumzureden. »Hallo, Schatz. Hör zu, es tut mir Leid, aber dein Rucksack liegt nicht im Jeep, und im Theater war er auch nicht zu finden. Ich habe alles durchsucht.«

»Aber er muss da sein!«

»Vielleicht hast du ihn in der Schule vergessen«, vermutete Jenna und lauschte angestrengt.

»Nein.«

»Oder in Jakes Pick-up oder in deinem Zimmer oder …«

»Mom!«, fiel Allie ihr wütend ins Wort. Ihre Stimme zitterte. »Ich *weiß*, wo er war. Hinten im Jeep!« Es klang, als sei sie den Tränen nahe, aber möglicherweise trog der Eindruck wegen der schlechten Verbindung.

»Hör zu, mach dir keine Sorgen. Ruf jemanden aus deiner Klasse an und lass dir die Aufgaben am Telefon diktieren, oder falls jemand ein Faxgerät hat, kann er sie dir faxen.«

»Aber nicht, wenn derjenige die Aufgaben schon gelöst hat. Und ich brauche das Buch!«

»Wir reden weiter, wenn ich zu Hause bin. Wenn nötig, rufe ich Mrs Hopfinger morgen früh an.«

»Ich kann dich nicht hören.«

Jenna wiederholte, diesmal beinahe schreiend, was sie gesagt hatte. Allie wollte weitere Einwände vorbringen.

Jennas strapazierter Geduldsfaden riss. »Es reicht jetzt, Allie. Ich habe getan, was ich konnte. Jetzt kannst du meinetwegen schmollen oder wütend werden oder was immer du willst – es nützt doch nichts mehr, oder?«

Ein langes, gekränktes Schweigen folgte. Jenna wartete ab. Begann sich schon zu fragen, ob die Verbindung abgebrochen war. Schließlich, als sie gerade die Aus-Taste drücken wollte, sagte Allie kaum hörbar: »Jake will mit dir reden.«

»Gut.« Jenna bemühte sich, erfreuter zu klingen, als sie war, während sie vor einer roten Ampel bremste. »Gib ihn mir.«

Im nächsten Moment war der Bodyguard in der Leitung. »Ist alles in Ordnung?«, fragte er.

»Abgesehen von dem verschwundenen Rucksack und meinem Handy, das den Geist aufzugeben droht, ist alles bestens«, sagte sie und blickte noch einmal in den Rückspiegel. Carters Chevrolet Blazer folgte ihr immer noch. »Hören Sie mich?«

»Kaum.«

»Nun ja, die Kavallerie ist gekommen und hat mich gerettet. Danke.«

»Ich tue nur meine Pflicht«, sagte er, von Störungsgeräuschen unterbrochen.

»Und ich weiß das zu schätzen. Wirklich. In zwanzig Minuten bin ich zu Hause.«

Noch ehe er etwas erwidern konnte, brach die Verbindung vollends ab. »Und du bist ein kleines Miststück«, sagte sie zu ihrem Handy, warf es auf den Beifahrersitz und fuhr, gefolgt von Carter, aus der Stadt hinaus.

Er sah sie gehen.

Eingeschlossen im dunklen Turm, in den Schatten verbor-

gen, richtete er sein Nachtsichtgerät auf sie und beobachtete reglos, wie Jenna Hughes in ihrem Jeep davonfuhr.
Und der verdammte Sheriff folgte ihr.
Er hatte nicht damit gerechnet, dass die Polizei auftauchte.
Noch weniger hatte er damit gerechnet, dass Jenna, *seine* Jenna, ihr Gesicht an das des Bullen schmiegte und den verdammten Scheißkerl auf die Wange küsste. Wut kochte in ihm hoch, und ein Muskel an seinem Auge begann nervös zu zucken. Sie sollte niemanden küssen, mit niemandem reden, mit niemandem lachen.
Mit niemandem außer ihm!
Die Polizei hätte nicht kommen dürfen. Nein!
Das nächste Mal musst du gründlicher planen.
Dennoch, er hätte Jenna trotz des Gesetzeshüters an diesem Abend holen können. Wenn er es gewollt hätte. Wenn ihre Zeit schon gekommen wäre.
Es wäre so einfach gewesen.
Aber übereilt.
Nicht so, wie sein Plan es vorsah.
Präzision. Das war der Schlüssel. Präzision.
Heute Abend wäre er um ein Haar entdeckt worden.
Weil er übereifrig gewesen war.
Noch einmal schalt er sich selbst und schloss für ein paar Sekunden die Augen, ließ den kalten Wind über sein Gesicht streichen, den Zorn in seinem Blut abkühlen. Winzige Eiskristalle liebkosten sein Gesicht, und er stellte sich vor, von Jennas kühlen Lippen geküsst zu werden. Oh, welch eine süße, süße Hingabe.
Aber sie hatte ihn nicht geküsst. Nicht an diesem Abend. Nein, sie hatte sich auf die Zehenspitzen gereckt und mit kühlen Lippen das Gesicht dieses Deckskerls liebkost.

Vor Wut spannten sich seine Muskeln an.
Das Erscheinen des Sheriffs hatte ihn völlig unvorbereitet getroffen. Er hatte seine Mission gerade eben erfüllt und war noch geblieben, um die Kleidersäcke, die Jenna gestiftet hatte, durchzusehen auf der Suche nach dem perfekten Halstuch für Zoey Trammel ... Ein grünes Halstuch, grob gewebt und mit Goldfäden durchzogen, wie dasjenige, das sie in *A Silent Snow* trug und ständig befingerte. Übrigens ein passender Titel, noch dazu mit ironischem Unterton.
Als er hörte, dass sie der Theatertruppe noch mehr Kleidung vermachen wollte, hatte er gehofft, ein paar kleine Kostbarkeiten für seine Sammlung zu finden. Einschließlich des Halstuchs. Doch er hatte sich bitter getäuscht. Das meiste, was er sah, war Müll. Alte Kleider, aus denen ihre Kinder herausgewachsen waren, oder Kleider von ihr, die nichts mit ihren Filmen zu tun hatten. Er hatte ein paar der Kleidungsstücke an die Wange gehalten, sein Gesicht darin vergraben in der Hoffnung, ihren Duft wahrzunehmen, einen Hauch von ihrem Parfüm, doch er war enttäuscht worden. Zudem hatte er erwartet, ein paar Slips oder BHs zu finden, doch Unterwäsche war nicht dabei, nicht einmal ein Unterrock oder Body.
Tiefe Enttäuschung nagte an ihm.
Die Suche hatte sich nahezu als fruchtlos erwiesen. Bis er den Rucksack fand und erkannte, zu welchem Zweck er zu gebrauchen war. Ein Köder. Ein hässlicher kleiner Köder. Der Gedanke lockte ein Lächeln auf sein Gesicht, und er schlug die Augen auf. Von seiner hohen Warte aus blickte er auf die Lichter der Kleinstadt hinunter und weiter bis zum trüben Columbia River, in dessen Wasser sich

Eisschollen türmten, was den Schiffsverkehr zum Erliegen brachte und die Bevölkerung in Panik versetzte. Sogar die Zuflüsse waren bereits bis auf den Grund gefroren, die Wasserfälle, die von den umgebenden Felsen stürzten, waren zu Eiskaskaden erstarrt.

Die perfekte Zeit zum Töten.

Die Erregung jagte ihm einen Schauer über den Rücken. Er betrachtete diesen neuerlichen, frischen Schneefall als Omen, als Zeichen, dass alles sich der Vollendung näherte.

Er wartete noch ein paar Minuten, blickte über den Parkplatz und die vereisten Straßen hinweg und vergewisserte sich, dass der Sheriff keinen Streifenwagen zum Theater geschickt hatte. Als er schließlich überzeugt war, dass keine Störung mehr zu erwarten sei, machte er sich wieder an die Arbeit.

Er warf sich den Kinderrucksack über die Schulter und begann den Abstieg. Mit raschen, geräuschlosen Schritten lief er stetig in die Tiefe. Das dumpfe, skelettartige Innere des Glockenturms schützte ihn vor dem Wetter, die baufällige Wendeltreppe ächzte leise unter seinem Gewicht. Er hielt erst inne, als er im Kellergeschoss angelangt war. Diesen Bereich kannte er wie seine Westentasche.

Er schlich an alten, an die Wand gelehnten Kulissen vorbei, einen dunklen Gang mit Schminktischen entlang, dann um eine Ecke zu einem nahezu vergessenen Lagerraum unter dem Boden der im Erdgeschoss gelegenen Bühne.

Sein Puls raste vor gespannter Erwartung, als er vor dem Schrank stand, den er als den seinen betrachtete – einem engen, dunklen Raum, in dem er sich als Kind hinter aufgestapelten Klappstühlen versteckt hatte. Von diesem Geheimplatz aus hatte er gehört, wie der Geistliche mit lauter Stimme predigte, hatte das Scharren der Füße eine Etage höher gespürt, der Klaviermusik gelauscht, den herrlichen, melodischen Tönen des Vorspiels zu den Hymnen, bevor der Chor oder die Gemeinde mit so lautem Gesang einsetzten, dass er sich die Ohren zuhalten musste.

Dies war sein ganz privater Unterschlupf, ein kalter, dämmriger Ort, an den er sich zurückziehen konnte und von dem niemand wusste. *Seine* Kammer. So gut wie ungestört.

Jetzt öffnete er mit seinem Schlüssel die Tür, und modrige Luft drang aus der engen Kammer, als er den Lichtkegel der Stableuchte über die paar Schachteln, Kisten und Truhen gleiten ließ, die hier abgestellt und lang vergessen waren. Er sah noch einmal seine Schlüssel durch, suchte den kleinsten an seinem Ring aus und schloss eine große, verstaubte Truhe auf, die seit wer weiß wie langer Zeit niemand außer ihm mehr eines Blickes gewürdigt hatte.

Er stemmte den Deckel hoch.

Knarrend ließ sich die gewölbte Klappe öffnen.

Wie ein Stromschlag zuckte es durch seine Adern, als sein Blick auf die kaum noch atmende Gestalt im Inneren fiel. Bewusstlos. Ihres Schicksals nicht gewahr.

So, wie er sie hier zurückgelassen hatte.

Er betrachtete die Finger einer kleinen Hand. Sie hatten Ähnlichkeit mit Zoeys, sofern er die richtigen Ringe fand, um sie zu schmücken … Er heftete den Blick auf ihren Ringfinger und furchte die Stirn, als er den Ehering und den kitschigen Verlobungsring sah. Die waren völlig falsch. Zoey war eine allein stehende Frau. Der Ehering musste auf der Stelle verschwinden, doch noch während er auf ihren Finger starrte, stellte er sich vor, was er damit anstellen konnte. Adrenalin strömte in sein Blut und bewirkte ein Spannungsgefühl in seinem Schritt.

O ja. Der Finger war perfekt.

»Komm schon, Zoey«, flüsterte er sanft und zog die zierliche Frau aus der engen Truhe. »Zeit für deinen Auftritt.«

33. Kapitel

»Ich hatte gehofft, wir könnten mal zusammen essen gehen«, sagte Travis. Jenna hatte das Telefon zwischen Ohr und Schulter geklemmt. Sie drehte den Korkenzieher in den Korken der Weinflasche und gab sich Mühe, nicht an Shane Carter zu denken. Im Rückspiegel hatte sie beobachtet, wie der Sheriff ihr nach Hause folgte, und sie hatte gehofft, er möge in ihre Zufahrt einbiegen, doch als das Tor zum Haus sich öffnete, war er vorbeigefahren, und sein Chevrolet Blazer war rasch im immer heftiger werdenden Schneegestöber verschwunden. Enttäuscht war sie ins Haus gegangen, hatte ein paar Minuten mit Turnquist und den Mädchen geredet und dann endlich widerstrebend Travis Settler zurückgerufen. Zwar erreichte sie ihn nicht gleich, doch zehn Minuten später rief er an. Ein Essen mit ihm erschien ihr plötzlich nicht mehr sonderlich verlockend.

Wegen des Bezirkssheriffs, der sich, im Gegensatz zu diesem Mann, nichts aus dir macht? Dieser intelligente, gut aussehende, allein erziehende Vater mit dem großartigen Sinn für Humor? Und du schmachtest nach dem eigenbrötlerischen Gesetzeshüter? Komm schon, Jenna, wach auf!

Stattdessen schlug sie vor: »Vielleicht kannst du mit Dani ja mal zu uns kommen, sobald die Straßen geräumt sind. Ich könnte sogar etwas kochen, auch wenn mein Repertoire etwas begrenzt ist.«

»Wenn die Straßen geräumt sind?« Er lachte. Die Verbindung war so schlecht, dass Jenna vermutete, er sei in dem abscheulichen Wetter irgendwo unterwegs. Jedenfalls rief er nicht von zu Hause aus an, sondern vom Handy. »Wann soll das sein? Im Mai?«

»Ich dachte eher an ein Grillfest im Juli«, scherzte sie und wurde ein bisschen ruhiger. Sie blickte aus dem Fenster, während sie versuchte, die Flasche zu entkorken. Lange Eiszapfen hingen von der Dachrinne, und Windböen schlugen gegen das Haus, rüttelten an den Fenstern und drehten die Windmühlenflügel, die durch das Schneetreiben kaum noch zu erkennen waren, mit rasender Geschwindigkeit. Endlich löste sich der Korken, und sie schenkte sich Wein in ein langstieliges Glas ein. »Wie wär's am Vierten?«

»Ich schaue mal in meinem Terminkalender nach.« Es entstand eine kleine Pause, bevor er fortfuhr: »Sieht ganz gut aus. Abgemacht. Weißt du noch, wie wir neulich über heiße Strände und Drinks fantasiert haben?«

Das Gespräch hatte sie völlig vergessen. »Ach ja.«

»Und wie wäre es ein bisschen früher? Im Ernst, Jenna, ich würde dich gern sehen. Ohne die Mädchen. Ich hatte gehofft, dass Cassie den Babysitter spielt, dann könnten wir zwei nach Portland fahren. Das Restaurant dort im Hotel Danvers soll ausgezeichnet sein.«

Seine Stimme klang jetzt näher, doch das war wahrscheinlich eine Täuschung aufgrund des Wetters. Jenna kostete ihren Wein und fragte: »Wo bist du gerade?«

Nahm sie da ein leichtes Zögern wahr?

»In meinem Wagen, auf dem Heimweg.«

»Ist Dani bei dir?«

»Nein, die Babysitterin passt auf sie auf«, sagte er.

»Zu Hause?«
»Ich hole sie auf dem Weg ab. Wieso?«
Das erklärte, weshalb niemand sich gemeldet hatte, als sie bei ihm zu Hause anrief. Er hatte ihre Nachricht wohl von unterwegs abgerufen. Daran war nichts Bedenkliches. Lieber Gott, verdächtigte sie denn inzwischen jeden, selbst Travis? »Ich wollte nur fragen, wie die Lage auf den Straßen ist«, log sie, dabei war sie selbst noch vor knapp einer Stunde vom Theater aus nach Hause gefahren.
»Miserabel.«
Sie trank ihren Chardonnay, spähte hinaus in das Schneegestöber und bemerkte kaum sichtbare Heckleuchten auf der Straße. Die feinen Härchen auf ihren Armen richteten sich auf. War es möglich, dass er in diesem Augenblick an ihrem Haus vorüberfuhr und nichts davon erwähnte?
»Bist du irgendwo in der Nähe?«
»Nein. Wieso? Stimmt was nicht?«
Nichts stimmt, dachte sie und sah, wie die Heckleuchten verschwanden. *Überhaupt nichts stimmt.* »Das Wetter macht mich fertig, sonst ist alles in Ordnung«, log sie erneut.
»Wir treffen uns, wenn es besser wird«, schlug er vor. »Ich ruf dich an.«
»Tu das. Weißt du, ich hätte dich gern mal was gefragt.«
»Schieß los.«
Jenna nahm allen Mut zusammen. »Allie hat sich in den Kopf gesetzt, dass du in einer Art militärischer Elitetruppe warst, in irgendeiner Spezialeinheit.«
»Sagt sie das?«
»Stimmt es?«
»Ja, aber ich spreche nicht gern darüber«, sagte er.

»Sie behauptet außerdem, du seist Privatdetektiv.«
»Teufel auch.« Er seufzte tief. »Dani redet zu viel. Diese Gören. Ja, es stimmt – ich ermittle in Sachen Versicherungsbetrug und helfe Anwälten, Väter aufzuspüren, die sich vor Unterhaltszahlungen drücken, oder Leute, die ihre Rechnungen nicht bezahlen. So was in der Art. Das ist nicht annähernd so aufregend, wie man es im Fernsehen sieht.«
»Und ich dachte, du wärst Rancher.«
»Bin ich auch. Aber ich verdiene mir etwas dazu.«
»Trägst du eine Waffe?«, fragte sie.
»Nur, wenn ich damit rechne, sie zu brauchen. Aber, ja, ich habe einen Waffenschein. Jenna, was sollen diese Fragen?«
»Reine Neugier«, behauptete sie und konnte sich selbst nicht erklären, warum sie sich ihm nicht anvertrauen konnte, warum sie ihm gegenüber plötzlich solches Misstrauen empfand, solchen Wert darauf legte, dass er die Wahrheit nicht erfuhr.
»Hör zu, wenn wir zusammen essen gehen, erzähle ich dir alles über mich, aber ich fürchte, es ist nicht halb so aufregend oder geheimnisvoll, wie meine Tochter es gern darstellt. Hey, jetzt bin ich bei der Babysitterin angekommen. Ich muss Schluss machen.«
»Grüß Dani von mir und schimpf nicht zu sehr mit ihr, weil sie mit dir angegeben hat, okay?«
»Würde ich nie tun«, versprach er, und seine Stimme wurde weicher, als er von seiner Tochter sprach. »Sie ist doch die Vorsitzende meines Fanclubs. Vermutlich auch das einzige Mitglied. Ich melde mich später.«
Er unterbrach die Verbindung, und Jenna blieb mit zwie-

spältigen Gefühlen zurück. War er der treu sorgende Vater, für den sie ihn bislang gehalten hatte, oder jemand, den sie in Wirklichkeit gar nicht kannte, ein Mann mit einem streng gehüteten Geheimnis?

Ach, Jenna, dreh jetzt nicht völlig durch. Du zuckst vor jedem Schatten zusammen. Travis Settler ist ein feiner Kerl. Das weißt du ganz genau. Vertrau auf deine weibliche Intuition und hör um Himmels willen auf, nach Shane Carter zu schmachten. Der *Mann bringt weiß Gott Probleme mit sich!*

Sie trat näher ans Fenster. Durch den Schneesturm sah sie eine Bewegung bei den Stallungen, eine dunkle Gestalt. Ihr Herz setzte einen Schlag aus, doch dann erkannte sie, dass der Mann Turnquist war, der den Zaun um ihr Grundstück abschritt. Wie jeden Abend. Er führte den Kontrollgang zu wechselnden Uhrzeiten durch, manchmal nahm er Critter mit, manchmal trug er seine Nachtsichtbrille. Er überprüfte den Stall, die Schuppen und die Scheune, vergewisserte sich, dass Schlösser, Türen und Fenster in Ordnung waren, und schien kaum jemals zu schlafen. Trotzdem fühlte Jenna sich nicht völlig sicher und fragte sich, ob sie es jemals wieder können würde. Sie verkorkte die Weinflasche und stellte sie in den Kühlschrank, bevor sie mit ihrem fast leeren Glas nach oben ging. Aus dem Bad, wo Cassie duschte, hörte sie über das Wasserrauschen hinweg das Plärren des Radios. Allie lag, den Hund zu ihren Füßen, zusammengerollt auf dem Bett und sah fern. Critter hörte Jenna an der Tür, hob den Kopf und wedelte mit dem Schwanz.

»Alles in Ordnung?«, fragte Jenna und trat ins Zimmer.

Allie zuckte mit den Schultern. »Glaub schon.«

»Tut mir Leid, dass ich deinen Rucksack nicht gefunden habe, aber er war einfach nicht da.« Allie reagierte nicht.

»Hör mal. Zuerst die schlechte Nachricht: Das Wetter wird noch schlimmer.«

»Ich hasse diese Witze über gute und schlechte Nachrichten«, murrte Allie.

Jenna fuhr fort: »Die gute Nachricht ist, dass die Schule wahrscheinlich ausfällt und du deine Hausaufgaben sowieso noch nicht abgeben musst. Vielleicht hast du Glück.« Sie zwinkerte ihrer Tochter zu. »Wie findest du das?«

Allie lächelte mühsam und hob die Hände mit gekreuzten Fingern. »Das wäre wirklich klasse.«

»Dachte ich's mir. Gute Nacht, Schätzchen.«

»Nacht, Mom.«

Jenna blieb vor der Tür zum Bad noch einmal stehen, lauschte kurz auf das Wasserrauschen und das Radio, entschied sich dann jedoch, Cassie nicht zu stören, und stieg die halbe Treppe zu ihrem Schlafzimmer hinunter. *Zu dem Zimmer, in das er eingedrungen war.* Ein unbehaglicher Schauder überlief sie, wie immer, wenn sie sich vorstellte, wie der Mistkerl durch ihr Haus ging, ihre Sachen berührte, ihre Schublade öffnete. Ihr Blick wanderte zu dem Nachttisch, und sie fragte sich … Nein, unmöglich … Doch ihr Herz pochte heftig vor Angst bei der Vorstellung, dass der Stalker eine weitere Botschaft in ihrem Zimmer hinterlegt haben könnte.

Das ist verrückt. Rede dir nichts ein.

Sie schob ihre Angst beiseite, trank mit einem Schluck ihr Glas leer, ging zum Nachttisch und öffnete langsam die Schublade. Mit angehaltenem Atem blickte sie hinein.

Leer.
Gott sei Dank! Sie atmete auf. In diesem Moment flackerte das Licht. Einmal. Zweimal. Dreimal.
»Verdammt.«
Aus dem Obergeschoss hörte sie Cassie aufschreien, und die Musik und das Wasserrauschen setzten gleichzeitig aus.
Die raschen Schritte kleiner Füße wurden auf der Treppe hörbar. Hundepfoten scharrten über den Holzboden. »Mom?«, rief Allie mit zitternder Stimme und öffnete die Tür. »Mein Fernseher flackert.«
»Ich weiß. Komm rein.«
Die Einladung war überflüssig. Allie war längst ins Zimmer geschlüpft. Critter wollte sich nicht ausschließen lassen, folgte ihr und warf sich aufs Bett.
Jetzt platschten nasse Füße über den Boden. »Was zum Kuckuck ist nun schon wieder los?« Cassie, die hastig in ein Nachthemd geschlüpft war und ein Handtuch wie einen Turban um ihr Haar gewickelt hatte, tauchte auf dem Treppenabsatz vor Jennas offener Zimmertür auf. Ihre Wimperntusche war verschmiert, und Schaumflocken klebten an ihrer Stirn und an ihren Wangen.
»Ich fürchte, wir müssen mit einem Stromausfall rechnen.«
»Oh, toll. Du machst hoffentlich Witze!« Cassie war wütend und verschränkte die Arme vor der Brust, während ihr Turban sich zu lockern begann. »Hier zu wohnen ist ein Albtraum, Mom. *Schlimmer* als ein Albtraum.«
»Das sagtest du schon.« Flackernd ging das Licht wieder an. Cassie fluchte leise. Jennas überreizte Nerven beruhigten sich, und sie lächelte gezwungen. »Regt euch

nicht auf.« Ausnahmsweise wies sie Cassie nicht wegen ihrer Kraftausdrücke zurecht. Sie hatten jetzt wichtigere Probleme. »Okay. Das Feuer brennt im Kamin, und wir alle haben warme Pyjamas, Daunendecken, Taschenlampen und Kerzen. Jake ist draußen, und alles ist in Ordnung.«

»In Ordnung nennst du das?«, protestierte Cassie und rückte ihren Turban zurecht.

»Betrachte es als Abenteuer.«

»Ja, bestimmt«, höhnte Cassie und ging aus dem Zimmer. »Ach, Mom, mach dich nicht lächerlich. *Abenteuer!*«

»Beherrsch dich, Cassie«, rief Jenna ihrer Tochter warnend nach. »Ich bin nicht in der Stimmung für solche Frechheiten.«

Cassie schlug ihre Zimmertür zu.

Herr, gib mir Kraft, betete Jenna.

»Sie nervt!«, bemerkte Allie.

Amen. »Ja, manchmal.«

»*Meistens.*« Allie ließ sich auf das Bett ihrer Mutter fallen, und der Hund rollte sich neben ihr zusammen. »Ich bleibe jetzt erst mal hier.«

»Gute Idee.« Jenna beschloss, Cassie nicht hinterherzulaufen. Das Mädchen brauchte Zeit, um sich zu beruhigen. Sie alle waren gereizt. Sie setzte sich auf die Bettkante. »Wollen wir uns einen Film ansehen?«

»Weil morgen die Schule ausfällt?«

»Noch wissen wir es nicht mit Sicherheit.«

Wieder hob Allie die Hände, um zu zeigen, dass sie sämtliche Finger einschließlich der Daumen gekreuzt hatte, und ihre Angst wegen des flackernden Lichts war vorerst vergessen.

»Aber keinen gruseligen, okay?«
»Wir finden bestimmt irgendwo einen lustigen.« Mit Hilfe der Fernbedienung schaltete Jenna den Fernseher ein, dann zündete sie ein paar Kerzen an und holte Kissen, die sie sich in den Rücken stecken konnten. Auch wenn sie es sich gegenüber den Kindern nicht anmerken ließ, machte der mögliche Stromausfall sie ebenfalls nervös. In einem Haus ohne Licht und Heizung gefangen zu sein, war das Letzte, das sie sich wünschte.
Und da draußen war jemand …
Der wusste. Beobachtete. Wartete.
Sie ging zu den Fenstern und schloss alle Jalousien. Dabei sah sie Jake Turnquist, der an den Stallungen vorbeistapfte. Seine Stiefel hinterließen eine frische Spur im immer höher werdenden Schnee, seine dunkle Jacke und die Mütze waren wie weiß gepudert.
Ein einsamer Wachposten in einer kalten Winternacht.
Jenna fröstelte, kreuzte ihrerseits die Finger und betete, dass der Bodyguard als Schutz vor dem lauernden Unbekannten ausreichte.
Ich komme dich holen.
Den Teufel wirst du tun, sagte sie sich und dachte an die Flinte, die unter ihrem Bett bereitlag.

Auf dem Heimweg versetzte Carter sich im Geiste selbst die eine oder andere Ohrfeige.
Was zum Kuckuck hatte er sich auf dem Theaterparkplatz eigentlich gedacht?
Während in seinem Bezirk Frauen entführt wurden und es einen Mordfall aufzuklären galt, machte er sich an Jenna Hughes heran? Gab sich wie ein Schuljunge schwülen

Gedanken an eine Hollywoodprinzessin hin? Himmelherrgott! War er denn ein Vollidiot?

Nun ja, im Grunde genommen hatte sie sich ja an ihn herangemacht, tröstete er sich. Er hatte das begehrliche Funkeln in ihren Augen gesehen und eine unverkennbare Erregung verspürt, als ihre kühlen Lippen sein Gesicht streiften. Aber interessierte sie sich wirklich für ihn? Oder war ihre kleine Liebesbezeugung nur ein Beweis ihrer Schauspielkunst gewesen?

»Verdammt«, knurrte er und sehnte sich nach einer Zigarette.

Er kniff die Augen zusammen, während die Scheibenwischer die neuerlichen Schneemassen zu bewältigen versuchten, und lenkte sein Fahrzeug über die kurvenreiche Straße, die an seinem Grundstück vorbeiführte. »Schlag dir das aus dem Kopf«, ermahnte er sich. Er hatte seine Pflicht getan. Sie war in Sicherheit. Nichts war geschehen. Gut, sie hatte ihm aus Dankbarkeit einen Kuss gegeben. Na und?

Er passierte die Stelle, an der Roxie Olmstead verunglückt war, und dachte an die verschwundenen Frauen. Die Untersuchung ihres Laptops und die Befragung ihrer Kollegen hatte ergeben, dass sie auf dem Weg zu Carter gewesen war, um ihn über das geheimnisvolle Verschwinden von Sonja Hatchell auszuquetschen. Hatte jemand von ihrem Vorhaben erfahren und versucht, Roxies Bemühungen um eine heiße Story zu vereiteln, oder war sie das nächste Opfer? Hatte der Täter ihr gezielt aufgelauert? Oder war sie ihm zufällig in die Hände gefallen?

Wie planvoll ging dieser Kerl vor?

Plante er seine Entführungen, wählte er seine Opfer im

Voraus aus, oder wartete er einfach ab, bis er zufällig auf eine Frau stieß, die ihm gefiel, und versuchte sein Glück? Carter konnte es kaum erwarten zu erfahren, was der Profiler vom FBI darüber dachte.

Er schlug das Lenkrand ein und spürte, wie die Reifen abrutschten und dann wieder Halt fanden. Der Chevrolet Blazer jaulte auf, während er durch die Schneewehen auf seiner Zufahrt pflügte.

Zwar waren die Staatspolizei von Oregon und das FBI nicht restlos überzeugt, dass zwischen den beiden vermissten Frauen eine Verbindung bestand, doch Carter vertraute auf seinen Instinkt. Sowohl er als auch BJ sahen einen Zusammenhang zwischen den Fällen von Mavis Gette und Jenna Hughes. Carter hatte immer wieder das Gefühl, dass das Bindeglied zwischen beiden ihm vage durch den Kopf geisterte, doch er vermochte es nicht zu greifen. Er empfand die übliche Frustration angesichts eines schwierigen Falls, dieses nagende Gefühl, dass er etwas übersah – etwas, das wichtig genug war, um den Schlüssel zur Lösung des Falls zu liefern.

Aber was?

Durch den Vorhang aus Schnee beleuchteten seine Scheinwerfer die rustikale Wand seiner Hütte, einer Unterkunft, die von der Größe her mit Jenna Hughes' Garage vergleichbar war. Der Chevrolet Blazer kam zum Stehen, und Carter schaltete den Motor aus. Die Unterschiede zwischen dem Exhollywoodstar und ihm waren so gewaltig, dass es ihm lächerlich vorkam, auch nur von ihr zu träumen. Schließlich redete er sich doch immer ein, Realist zu sein.

Warum geisterte sie dann ständig durch seine Gedanken – nicht nur nachts, wenn seine Träume ihn in ihr Schlafzimmer und in ihr Bett versetzten, sondern sogar bei Tag?

Die Bilder waren lebhaft und eindringlich.

Eis überzog die Fensterscheiben. Draußen schneite es unablässig. Ein Feuer knisterte im Kamin neben dem Bett, in dem er sie in allen erdenklichen Stellungen liebte, seine Muskeln spannten sich, ihr Körper war weich und willig, ihre Lippen waren warm, ihre Augen blickten unschuldig-erotisch zu ihm auf. Ihre Vereinigung war fieberheiß, beinahe brutal, erfüllt von Lust und Begehren, die sich erst legten, wenn ihrer beider Körper feucht von Schweiß waren.

Danach wachte Carter auf.

Kam sich idiotisch vor.

Sein Körper fühlte sich befriedigt.

Realist – dass ich nicht lache.

War Carolyn, die Tochter eines Exgouverneurs, dir nicht auch gesellschaftlich überlegen? Eine Frau, die früher Model für Anzeigen im The Oregonian *gewesen war? Warum kannst du dich nicht mit einer netten Einheimischen begnügen, mit einer Bäckereibesitzerin oder Versicherungsangestellten oder Werbefachfrau, mit einer Frau, die zu dir aufblickt statt umgekehrt?*

Er biss die Zähne so fest zusammen, dass seine Kiefermuskeln schmerzten, und zog den Zündschlüssel aus dem Schloss. Er hatte Hunger, war todmüde und, ob er es sich eingestehen mochte oder nicht, unglaublich erregt. »Scheiße«, knurrte er, stieg aus dem Wagen und ging die paar Schritte bis zur Haustür, wo er die Schuhe auszog und seine Jacke aufhängte.

Er schnallte das Schulterhalfter ab und ermahnte sich,

dass er zu arbeiten hatte – er durfte sich nicht von dieser Frau ablenken lassen. Von *keiner* Frau. Er legte das Halfter über eine Stuhllehne, warf seine Aktentasche aufs Sofa, schürte das Feuer im Holzofen, schob eine große Pizza in die Mikrowelle und stellte die Zeitschaltuhr ein.

Dann schenkte er sich einen steifen Drink ein und bemühte sich, nicht an Jenna Hughes zu denken. Er hatte zu viel zu tun, um Zeit mit Gedanken an Frauen zu vergeuden, erst recht mit Gedanken an *diese* Frau. Sie war das Opfer, auf das es ein Stalker abgesehen hatte, und er musste am Ball bleiben und einen kühlen Kopf bewahren. Leichter gesagt als getan. Irgendwie war sie ihm unter die Haut gegangen und wollte ihm nicht mehr aus dem Sinn.

Er war ein Idiot.

Während die Mikrowelle summte und er seinen Drink schlürfte, schaltete er den Fernseher ein und suchte den Nachrichtensender. Alte Aufnahmen von Charley Perry am Catwalk Point wurden gezeigt, dann folgte eine Diskussion über das Verschwinden von Sonja Hatchell und Roxie Olmstead. Ein Polizeiinformant »nahe an den Ermittlungen« behauptete, es bestünde kein Zusammenhang zwischen den Verbrechen, doch der Nachrichtensprecher spekulierte über die Möglichkeit eines Serientäters, sei es ein Entführer, ein Vergewaltiger oder ein Mörder.

»Prima«, höhnte Carter.

Die beiden Nachrichtensprecher, eine Frau und ein Mann in aufeinander abgestimmten Jacketts, plauderten über die Vorsichtsmaßnahmen der Bevölkerung und versprachen ein Statement von der Staatspolizei von Oregon. *Schön.* Carter ließ die Eiswürfel in seinem Drink klirren. *Soll Lieutenant Sparks sich damit befassen.*

Die Mikrowelle klingelte, und er füllte seinen Drink auf, trug den heißen Plastikteller mit Hilfe eines Geschirrtuchs ins Wohnzimmer, wo er seinen Polsterschemel als Tisch benutzte, und verfolgte den Wetterbericht.

Noch mehr schlechte Nachrichten. Von Kanada her zog eine weitere Kaltfront heran, und die Temperaturen sollten so tief sinken wie seit mehr als fünfzig Jahren nicht mehr. Ein Reporter, der vor den Multnomah-Fällen stand, wirkte im Vergleich zu den fast zweihundert Meter hohen Eiskaskaden zwergenhaft klein. Schon trafen Eiskletterer ein und schickten sich an, den zweitgrößten Wasserfall in den angrenzenden Bundesstaaten zu ersteigen.

»Verdammte Blödmänner«, brummte Carter und schob sich ein Stück Pizza in den Mund. *Wie David.* Innerlich zuckte er zusammen, weigerte sich, an den Tag zu denken, als David Landis abgerutscht, gestürzt und zu Tode gekommen war. Er schaltete den Ton des Fernsehers auf stumm, ließ den Rest seines Abendessens auf dem Polsterschemel stehen und ging mit seinem Drink zum Schreibtisch. Dort hackte er auf die Tastatur ein, stellte die Internetverbindung her, rief seine E-Mails ab und klickte dann Jenna Hughes' offizielle Homepage an, bevor er in ihren Fan-Seiten surfte.

Wer, fragte er sich, macht es wohl genauso? Wie viele Menschen im ganzen Land, auf der ganzen Welt versuchten in diesem Augenblick, mehr über die Schauspielerin mit der erotischen Ausstrahlung zu erfahren? Wer von ihnen befand sich in der Nähe, wer war der Perverse, der so nahe war, dass er sich Zutritt zu ihrem Haus verschaffen konnte?

Carter entnahm seiner Aktentasche BJs Listen und glich

die Namen der Personen, die Videos von Jennas Filmen gekauft oder ausgeliehen hatten, mit den Namen derjenigen ab, die laut Jennas Aussage in den letzten paar Monaten in ihrem Haus gewesen waren.

Er fand Wes Allen, Harrison Brennan, Scott Dalinsky, Rinda Dalinsky, Travis Settler, Yolanda Fisher, Ron Falletti, Hans Dvorak, Estelle Thriven, Joshua Sykes, Seth Whitaker, Lanny Montinello, Blanche Johnson und Shane Carter. Er löschte die Namen der Frauen und seinen eigenen aus der neu angelegten Liste und kam zu dem Schluss, dass die verbleibenden »Verdächtigen« im Grunde nur die Spitze des Eisbergs waren. Wahrscheinlich gab es noch weitere Personen, an die sie sich nicht erinnerte, Arbeiter, die am Haus zu tun gehabt hatten, Freunde von Freunden, und schließlich musste man auch die Möglichkeit in Betracht ziehen, dass der Kerl gar nicht zu ihrem Bekanntenkreis gehörte. Es konnte jemand sein, der entweder noch vom früheren Besitzer einen Schlüssel hatte oder sich mit anderen Mitteln Zutritt verschaffte, vielleicht jemand, von dem Jenna gar nicht wusste, dass er je ihr Grundstück betreten hatte. Carter trommelte mit den Fingerspitzen auf die Schreibtischplatte und betrachtete das Bild von Jenna Hughes auf seinem Bildschirm, ein PR-Foto, auf dem ihr das lange Haar über eine Schulter fiel und sie die Kamera anblickte wie einen Geliebten. Ihre Schultern waren nackt, sodass der Eindruck entstand, sie sei völlig unbekleidet, was natürlich eine Illusion war – ebenso, wie die meisten Vorstellungen, die die Öffentlichkeit von ihrer Person hegte, Illusion waren. Er klickte sich durch eine Reihe von Fotos, die Jenna in ihren verschiedenen Rollen zeigten: Katrina Petrova, ihre erste Hauptrolle, eine halbwüchsige Prostituierte in *Innocence Lost*, Marnie Sylvane, die Lehrerin mit dem Doppelleben in *Summer's End*, Paris Knowlton, eine verängstigte junge Mutter in *Beneath the Shadows.* Es gab noch weitere Bilder aus Filmen, in denen sie eine Nebenrolle gespielt hatte, und schließlich folgten mehrere Aufnahmen aus ihrem letzten, von Unheil überschatteten Film *White Out*, produziert von ihrem Mann und nie in den Kinos erschienen. Während der Dreharbeiten zu diesem Film war Jennas Schwester Jill zu Tode gekommen. Jenna hatte Rebecca Lange gespielt, ein Abfahrtski-Ass, und dafür ihr Aussehen ein wenig verändert.

Auf den Fotos von den Dreharbeiten hatte Jenna klare blaue Augen – dank getönter Kontaktlinsen, wie Carter vermutete. Für diese Rolle trug sie ihr Haar blond, und eines der Fotos zeigte sie zerschunden und zerschrammt als Rebecca, die nach einem beinahe tödlichen Skiunfall im Krankenhaus auf ihre Genesung wartete. Ihr Gesicht war geschwollen, die Haut verfärbt, die Zähne abgebrochen, und sie war kaum noch als die schöne Jenna Hughes zu erkennen.

Es war, als sähe er eine völlig andere Frau vor sich.

Dank Make-up und dank der Fähigkeiten der Maskenbildnerin.

Carter starrte auf das Bild, und langsam dämmerte ihm eine Erkenntnis. *Make-up!* Das war der Schlüssel.

Seine Gedanken eilten voraus, als er eine unter seinen Bookmarks gespeicherte Website zum Thema Alginat anklickte. Hastig scrollte er nach unten, überflog den Absatz über Alginat als Material für Kieferabdrücke und dachte an Mavis Gettes abgeschliffene Zähne. Anfangs hatte er angenommen, dadurch habe der Täter die Identifizierung erschweren wollen, aber vielleicht steckte auch etwas anderes dahinter.

Er dachte an Jennas abgesplitterte Zähne in ihrer Rolle als Rebecca Lange und stellte sich vor, wie die Maske dafür hergestellt wurde: Ein Zahnarzt oder Maskenbildner nahm einen Abdruck von Jenna Hughes' Zähnen und stellte dann ein falsches Gebiss mit beschädigten Zähnen her, das genau über Jennas echtes Gebiss passte, sodass es aussah, als seien bei dem Skiunfall Zähne ausgeschlagen oder abgebrochen worden. So ähnlich wie die Vampirgebisse, die Kinder sich zu Halloween kauften.

»Teufel«, flüsterte er, erwog die verschiedenen Möglichkeiten und las weiter. Dabei stieß er auf einen Artikel, der über Alginat zur Herstellung von Prothesen und Masken berichtete, und er hatte das Gefühl, als habe ihm jemand einen Schlag in die Magengrube versetzt. War es möglich? Hatte ihm etwas so nahe Liegendes bisher entgehen können?

Während der nächsten Stunde informierte er sich eingehend über die Herstellung von Masken und Abdrücken und erfuhr, dass Masken produziert wurden, indem man den gewünschten Körperteil mit flüssigem Alginat bedeckte, um einen Abdruck oder eine Form zu erhalten. Sobald das Alginat fest wurde, löste man es behutsam von dem Körperteil und erhielt so eine Hohlform. Wenn man anschließend Gips in die Form goss, entstand eine perfekte Kopie des gewünschten Körperteils, sei es nun ein Gesicht, eine Hand, ein Fuß oder was auch immer.

»Teufel«, flüsterte Carter erneut, als ihm klar wurde, was das bedeutete. Man konnte auf diese Weise also eine Maske herstellen, die genauso aussah wie der ursprüngliche Körperteil. Diese Maske konnte angemalt und beliebig erweitert oder reduziert werden. Alginat- oder Latexstücke konnten auf die Original-Maske geklebt werden, um die Züge zu verändern oder zu verzerren.

In der Filmindustrie gab es Künstler, die auf diese Weise Monster oder Comic-Figuren schufen oder auch Gestalten altern ließen.

Carter ließ ein kurzes Video abspielen, das im Schnelldurchlauf vorführte, wie ein normal aussehender Hollywoodschauspieler sich mit Hilfe von Alginatmaske, Prothesen, Kontaktlinsen, falschen Reißzähnen und einer zottigen Perücke in einen Werwolf verwandelte. Nicht nur sein Gesicht, sondern auch seine Hand entwickelte sich langsam von einer menschlichen Hand zu einer pelzigen Pfote mit scharfen Krallen.

»Ein Künstler oder jemand, der mit Maskenbildnerei zu tun hat«, sagte Carter zu sich selbst und dachte an die Spuren von Alginat, die an Mavis Gette gefunden worden waren. »Kein Zahnarzt.«

Sie hatten in der falschen Richtung gesucht.

Er sah sich das Video noch einmal an. Wenn der Alginat-Abdruck vom Gesicht des Schauspielers genommen wurde, atmete dieser mit Hilfe von in die Nase eingeführten Strohhalmen.

Und überstand die Prozedur lebend.

Aber wenn der Betreffende, wie Mavis Gette, bereits tot war? Dann konnten ihr Gesicht und andere Körperteile ohne Zuhilfenahme von Strohhalmen für eine Form benutzt werden.

Doch im Labor hatte man Hinweise darauf gefunden,

dass das Alginat auch in den Körper eingedrungen war. Als hätte sie es geschluckt oder eingeatmet.
Seine Gedanken wurde düster. War das flüssige Alginat angewendet worden, als Mavis noch lebte, als eine Art ultimative Totenmaske? Warum hatte sie sich nicht gewehrt, was den Abdruck zerstört hätte? Vielleicht hatte sie sich ja gewehrt. Oder der Täter hatte sie unter Drogen gesetzt oder sonst irgendwie ins Koma befördert … Herr im Himmel!
Das alles klang wie aus einem alten Science-Fiction-Film der B-Kategorie.
Er lehnte sich auf seinem Stuhl zurück und starrte auf den Monitor. Ihn verlangte wie rasend nach einer Zigarette – er konnte immer viel besser denken, wenn er sich bei einer Zigarette entspannte. Er kramte in seinem Schreibtisch, fand noch ein altes Nikotin-Kaugummi und schob es in den Mund. Die Wirkung war schwach, nicht annähernd das, was er jetzt gebraucht hätte, doch er kaute eifrig und surfte weiter, dieses Mal auf Websites, die sich mit der Erschaffung von Film-Monstern auseinander setzten. Er fand ein weiteres kurzes Video und verfolgte, wie sich ein Schauspieler in einen Alien und ein anderer in einen Furcht einflößenden Satan erwandelte, während ein dritter um Jahrzehnte alterte.
War es möglich?
Hatte der Täter einen Abdruck von Mavis Gettes Gesicht genommen?
Woher sonst sollten die Alginatspuren im Kopfbereich stammen?
Handelte es sich um denselben Dreckskerl, der Sonja Hatchell entführt hatte?

Carter kaute nachdenklich und machte sich Notizen, malte gedankenverloren Kringel aufs Papier, während er versuchte, den Sinn hinter dem eben Erfahrenen zu erkennen. Was für ein Psychopath wäre das, der eine Frau umbrachte, um einen Abdruck von ihrem Gesicht oder Körper herzustellen?

Konnte Mavis Gettes Mörder ein Maskenbildner sein, jemand aus Jenna Hughes' beruflichem Umfeld? Jemand aus der Filmindustrie?

Vincent Paladin kam ihm in den Sinn. Der Mann hatte in einer Videothek gearbeitet, aber, soweit es Carter bekannt war, nicht als Maskenbildner oder Filmregisseur. Und er lebte nicht in der Nähe. Carter hatte sich bei seinem Bewährungshelfer vergewissert. Vincent Paladin hielt sich brav in Florida auf.

Wer kam dann infrage? Ein Einheimischer? Ein Durchreisender? Was für ein Typ war er?

Carter nahm sich die Liste derjenigen vor, die Jennas Filme ausgeliehen hatten. Wes Allen stand ganz zuoberst. Wes Allen war Künstler, hatte sich allerdings nie mit Maskenbildnerei beschäftigt, soweit Carter wusste, und Wes Allen hatte auch nie in Kalifornien gelebt. *Aber er hatte seine Schwester und seinen Neffen besucht, als sie noch in der Nähe von L.A. wohnten.*

Carter lehnte sich zurück und lauschte dem Knistern des Feuers im Holzofen. Er musste auf der Hut sein und durfte nicht zulassen, dass seine Wahrnehmung durch seine persönliche Abneigung gegen Wes Allen getrübt wurde. Wenn er diesen Mann mit den Verbrechen in Verbindung brachte, musste das aufgrund von Tatsachen geschehen, nicht wegen privater Rachegelüste.

Dann untersuch das Beweismaterial!

Er straffte sich und klopfte mit dem Radiergummi am Ende seines Bleistifts auf den Schreibtisch. Seine Gedanken drehten sich im Kreis, und er wandte sich Jenna Hughes zu. Schön. Intelligent. Sexy. Und jetzt eine Zielscheibe.

Der Verehrung?

Oder für einen Mord?

Er zog die Tastatur zu sich heran, klickte seine Favoriten-Liste im Web ab und suchte ihren Namen. Wieder einmal. Mit einem Mausklick ließ er ihr Bild auf dem Monitor erscheinen. Unwillkürlich spürte er eine gewisse Spannung im Schritt, als er langsam ein Bild nach dem anderen betrachtete. Jedes einzelne war hinreißend, lauter Fotos von der Art, die sexy, dabei trotzdem unschuldig und zugleich rätselhaft wirken sollte.

Trotzdem bot der Bildschirm nur eine platte, armselige Replik von der lebendigen, wirklichen Frau.

Carter kaute auf seinem Kaugummi, der inzwischen jeglichen Geschmack verloren hatte, dachte länger an Jenna, als gut für ihn sein konnte, und kam am Ende zu dem Schluss, dass BJ Recht hatte: Er war scharf auf Jenna.

Auf einen Hollywoodstar.

Nicht anders als hundert Millionen andere Männer auch.

Von denen einer sie belauerte.

Möglichweise Wes Allen.

Wen konnte er ohne weiteres von der Liste der Verdächtigen streichen? Der Sheriff spie den Kaugummi in den Abfallkorb, öffnete die oberste Schreibtischschublade und kramte darin, bis er eine kleine Pappschachtel gefunden hatte. Darin lagen auf weicher Watte drei Ringe. Sein

Ehering und Carolyns Verlobungs-Set, einschließlich eines einkarätigen Diamanten.
Ohne den Schmuck zu beachten, hob er die Watte an. In der Schachtel lag ein einzelner abgenutzter Schlüssel, der zu einem altmodischen Schloss gehörte. Ein Schlüssel, den er nie benutzt hatte, obwohl er wieder und wieder in Versuchung geraten war.
Ohne lange zu überlegen, steckte Carter den Schlüssel in seine Brieftasche. Für alle Fälle.
In diesem Augenblick klingelte sein Handy.
Er drückte die Taste, um den Anruf anzunehmen, den Blick noch immer auf die Bilder auf seinem Monitor gerichtet. Die Bilder von Jenna Hughes.
»Shane Carter.«
»Sheriff, hier ist Dorie.« Die Kollegin von der Telefonzentrale wirkte atemlos und schwer erschüttert.
Carter machte sich auf das Schlimmste gefasst.
»Ja?«
»Wir haben gerade einen Notruf erhalten«, teilte sie ihm mit. »Derwin Swaggarts Frau ist verschwunden.«
»Lynnetta?« Die Zeit schien stillzustehen.
»Genau.«
»Teufel.« Carter wusste auf Anhieb, dass eine weitere Frau entführt worden war. »Wie lange wird sie schon vermisst?«
»Erst seit ein paar Stunden, aber Swaggart ist außer sich vor Sorge. Er hat bereits die städtische Polizei angerufen, aber er will, dass Sie sich auch darum kümmern, deshalb informiere ich Sie. Ich weiß, die vierundzwanzig Stunden sind noch nicht um, aber ich dachte mir, Sie würden es erfahren wollen.«

»Richtig gedacht«, bestätigte Carter und sah im Geiste die zierliche kleine Frau des Predigers vor sich, eine liebenswürdige Person mit einem übermäßig frommen und strengen Ehemann und einem rebellischen Sohn. »Wo wurde sie zuletzt gesehen?«

»Im Columbia Theater.«

Wo er gewesen war.

Wo Jenna gewesen war.

»Ich habe schon eine Streife hingeschickt. Sie haben sich noch nicht gemeldet.«

»Danke, Dorie.« Er schob seinen Stuhl zurück und griff nach seinem Halfter. »Bin schon unterwegs.«

34. Kapitel

Nicht Lynnetta ... O Gott, bitte nicht Lynnetta.

Jenna wäre womöglich zusammengebrochen, wenn Carter sie nicht am Arm gefasst und gestützt hätte. »Es tut mir Leid«, sagte er. Es war sechs Uhr morgens, und sie standen in ihrer Küche. Der Kühlschrank summte, im Kamin brannte zischend und knisternd ein Feuer, das den Raum mit dem Geruch von Holzrauch erfüllte. Doch über Nacht hatte sich die Welt drastisch verändert, und all diese beruhigenden Geräusche und Gerüche traten in den Hintergrund.

Carter hatte sich telefonisch angemeldet, und knapp fünf Minuten später traf er ein mit der entsetzlichen Nachricht, Lynnetta Swaggart sei verschwunden.

Er sah schlimm aus. Unter seinen vor Schlafmangel roten Augen hingen schwere Tränensäcke. Seine Stirn war sorgenvoll zerfurcht. Ein dunkler Bartschatten überzog Kinn und Wangen, und er roch nach Zigarettenrauch. Körperlich wirkte er müde bis auf die Knochen, doch hinter der erschöpften Fassade schimmerte etwas anderes durch, ein Carter, der dank Adrenalin, Koffein und Nikotin auf Hochtouren lief. »Ich wollte es Ihnen persönlich mitteilen«, sagte er, »und Sie fragen, was genau sich gestern Abend abgespielt hat, bevor ich ins Theater kam. Sie und Rinda sind womöglich die Letzten, die Lynnetta Swaggart gesehen haben.«

Lebend.

Er hatte es nicht ausgesprochen, doch das Wort stand im

Raum, beinahe mit Händen greifbar. Jenna wandte den Blick ab und kämpfte gegen die Tränen. *Lynnetta. Warum Lynnetta?* Es bestand durchaus die Möglichkeit, dass Lynnetta Swaggart tot war. Genauso, wie die Wahrscheinlichkeit zunahm, dass Sonja Hatchell und Roxie Olmstead nicht mehr lebten.

»Lynnetta hat ihren Mann also gar nicht angerufen?«

»Nein. Er nahm an, dass sie länger arbeitete, und hat erst gegen halb zehn versucht, sie anzurufen.«

»Als wir gerade gegangen waren«, ergänzte Jenna, die nun wieder ein wenig besser bei Kräften war und sich sehr aufrecht hielt.

Nachdem Carters Anruf sie früh an diesem Morgen aus dem Schlaf gerissen hatte, war sie in Jeans und Sweatshirt geschlüpft und hatte sich rasch das Haar hochgesteckt. Dann war sie, dicht gefolgt von Critter, die Treppe hinuntergeeilt, gerade als Jake den Chevrolet Blazer des Sheriffs durchs Tor einließ.

»Es besteht immer noch die Möglichkeit, dass sie weggelaufen ist«, sagte er nachdenklich, obwohl sie beide wussten, dass diese Annahme nicht realistisch war.

»Ohne Auto, und das bei Temperaturen weit unter dem Gefrierpunkt?«

»Vielleicht hat jemand sie mitgenommen. Jemand, den sie kennt.« Neben der Entschlossenheit in seinem Blick nahm sie Traurigkeit wahr.

»Das glauben Sie doch selbst nicht.«

»Keine Sekunde lang«, gab er zu und ließ endlich ihren Arm los, als habe er gerade erst bemerkt, dass er ihn die ganze Zeit über umfasst hielt. »Lassen Sie uns genau rekonstruieren, wie der gestrige Abend verlaufen ist. Wer im Theater war, ob Lynnetta Anrufe bekommen hat, wer hereingeschaut hat, wer telefoniert hat, ob sie E-Mails geschickt hat, ob sie irgendwie bekümmert wirkte und so weiter. Vermutlich wird die Staatspolizei Sie auch noch vernehmen, Lieutenant Sparks, schätze ich. Er wirkt anfangs mitunter etwas einschüchternd, aber er ist einer von den Guten. Ich weiß nicht, wer vom FBI sich mit Ihnen in Verbindung setzen wird, aber die Agentin, die für diese Angelegenheit zuständig ist, weiß, was sie tut. Wir kriegen den Kerl.«

»Bevor er noch jemanden entführt?«

Carter presste die Lippen zusammen, und sie hätte die scharfen Worte gern zurückgenommen. »Wir tun unser Möglichstes.«

»Sie werden rasch arbeiten müssen«, sagte sie, ging zur Kaffeemaschine und mahlte Kaffee. »Wer er auch sein mag, er ist anscheinend unersättlich.« Sie füllte den Wassertank und drückte die Einschalttaste.

Carter nickte. »Sieht aus, als wollte er den Einsatz erhöhen. Er eskaliert.«

Critter stieß ein leises »Wuff« aus, als die Hintertür sich öffnete. »Ich bin's«, rief Turnquist. Jenna spähte den kurzen Flur entlang und sah ihren Bodyguard bei der Waschküche stehen bleiben, wo er seine Stiefel auszog. »Was gibt's?«

Carter legte seinen Hut auf den Tisch und hängte seine Jacke über die Lehne eines Küchenstuhls. Darunter hatte er das Schulterhalfter mit der Pistole umgeschnallt, was Jenna daran erinnerte, wie gefährlich ihr Leben und das Leben der übrigen Bürger von Falls Crossing neuerdings war.

Während der Kaffee durchlief und der Duft die Küche erfüllte, setzte sich Carter an den Tisch und berichtete, Lynnetta Swaggart habe ihren Mann nicht angerufen, sei nicht nach Hause gekommen, und im Theater sei sie auch nicht aufzufinden. Der Reverend hatte am Vorabend noch herumtelefoniert, nach seiner Frau gesucht, und Carter überprüfte in Gemeinschaftsarbeit mit der Staatspolizei alle, die im Theater gewesen waren oder Lynnetta in den vergangenen paar Tagen gesehen hatten.

»Also muss er sie in dem Zeitraum entführt haben, nachdem ich gegangen war und bevor ich zurückkam, um Allies Rucksack zu suchen«, folgerte Jenna, und ihr Magen krampfte sich zusammen. *Wenn du mit Rinda doch bloß geblieben wärst, bis Lynnetta mit ihrer Arbeit fertig war!*

»Oder er war noch mit ihr im Theater, als Sie zurückkamen.«

Jenna wand sich innerlich und dachte an das Gefühl, das sie die ganze Zeit über gehabt hatte, während sie nach dem Rucksack suchte: ein Gefühl, als sei sie nicht allein, als sei jemand in der Nähe, der leise atmete, sich geräuschlos bewegte. Die bloße Vorstellung, dass er ihr womöglich genauso nahe gewesen war wie Carter jetzt ... Und sie hatte dem Kater die Schuld gegeben. Mit zitternden Händen schenkte sie Kaffee ein und trug die Becher zum Tisch, dann nahm sie dem Sheriff gegenüber Platz. Während Carter Notizen machte und zwischendurch von seinem Kaffee trank, berichtete Jenna alle Einzelheiten vom Vorabend, an die sie sich erinnerte, einschließlich des unheimlichen Gefühls, dass sich jemand im Theater aufhielt. Sie erzählte auch das Wenige, was sie über Lynnetta Swaggart wusste – dass sie gläubig war, verheiratet mit einem Prediger, den Jenna zwar ein paar Mal getroffen hatte, aber nicht wirklich kannte, dass Lynnetta einen Sohn hatte, der mit Josh Sykes befreundet war, und dass sie eine großartige Näherin war, die für die Truppe Kostüme schneiderte oder änderte. Jenna schätzte Lynnetta auf etwa achtunddreißig, doch sie sah jünger aus, besaß Tatkraft für fünf und arbeitete in Teilzeit als Buchhalterin für einen Wirtschaftsprüfer am Ort.

»Und ihr Privatleben?«

»Ich glaube nicht, dass sie unglücklich war. Zumindest hat sie sich nie beklagt.« Jenna hatte aus Lynnettas Mund nicht ein einziges Mal einen Hinweis darauf gehört, dass sie unzufrieden war mit ihrem Leben, ihrem Mann, ihrer Arbeit oder selbst mit ihrem Sohn Ian. Jenna wusste überhaupt herzlich wenig über die Frau. Allerdings hatte Lynnetta einmal einen Bruder erwähnt, der in der Gegend von Cincinnati lebte.

»… und das ist so ziemlich alles«, schloss sie und rieb sich die Arme, als sei ihr plötzlich kalt. Sie fühlte sich schrecklich. Verantwortlich. Obwohl sie es besser wusste.

Ihr Kaffee stand unberührt vor ihr.

»Haben Sie schon irgendwelche Hinweise?«, fragte sie, als Carter seine Aufzeichnungen beendet hatte.

Er zögerte, und sie rechnete schon mit dem Standardspruch, dass er nicht über den Fall reden dürfe. Stattdessen blickte er finster in seine Tasse und trank dann einen großen Schluck. »Bisher nicht. Aber ich wollte Sie noch etwas anderes fragen.«

»Nur zu.«

»Kannten Sie in Hollywood auch Maskenbildner?«

»Natürlich. Eine ganze Menge.«

»Ich denke an die Art Masken, die perfekt über den Kopf eines Schauspielers passen und ihn drastisch verändern, wobei die eigenen Gesichtszüge aber doch erhalten bleiben. Die Art von Masken, für deren Herstellung ein Abdruck von der betreffenden Person genommen wird.«

»Ja ... Die Monster-Macher. Es gibt Firmen, die so etwas herstellen. Robert, mein Exmann, hat während seiner Horrorfilm-Phase mit mehreren zusammengearbeitet«, antwortete sie, in Gedanken immer noch bei Lynnetta. »Wieso?«

»Ach, nur so eine Theorie. Ziemlich weit hergeholt.« Und offenkundig eine Theorie, in die Carter sie nicht einweihen wollte. »Könnten Sie mir eine Liste der Firmen geben, die an Ihren Filmen mitgearbeitet haben, und außerdem von allen, die Sie in der Branche kennen?«

»Klar.«

»Glaubst du, Jennas Stalker ist ein Maskenbildner aus Hollywood?«, fragte Turnquist.

»Ich weiß nicht, wer er ist, möchte aber jede Möglichkeit in Betracht ziehen.« Er trank seinen Kaffee aus, als sein Handy klingelte. »Carter.« Seine Miene wurde, wenn möglich, noch finsterer, während er dem Anrufer lauschte. »Ich bin gleich da«, sagte er und legte auf. »Ich muss los. Ein Möchtegern-Eiskletterer ist von den Pious Falls gestürzt. Sieht aus, als hätte er sich das Becken zertrümmert.« Er fuhr sich mit den Fingern durch das dichte Haar. »Ich wäre Ihnen sehr dankbar, wenn Sie mir die Namen der Masken-Firmen aufschreiben würden.«

»Wir faxen sie dir«, versprach Jake. Im nächsten Moment sah er Hans Dvoraks Wagen ans Tor rollen und anhalten.

Hans kurbelte das Fenster herunter und gab den Code ein. Das Tor öffnete sich.
Carter beobachtete, wie der Pick-up des Verwalters durchs Tor fuhr. »Wie viele Personen kennen den Sicherheitscode?«, fragte er.
»Sechs … vielleicht auch sieben. Leute, die hier arbeiten«, erwiderte Jenna.
Turnquist nickte und leerte seinen Kaffeebecher. »Ich habe ein Namensverzeichnis.«
»Fax mir das auch, und ändere den Code jeden Tag.«
»Jeden Tag?«, wiederholte Jenna bestürzt.
»Ganz recht.«
»Ich rufe Wes Allen, damit er das regelt«, sagte Turnquist.
Carter rieb sich das Kinn und kratzte seinen Bart. »Willst du es nicht lieber mit jemand anderem versuchen?«, schlug er mit gefurchter Stirn vor.
Turnquist kniff die Augen zusammen. »Stimmt was nicht mit Wes Allen?«
»Er hat viel zu tun – zusätzlich zu seinen eigenen Geschäften kümmert er sich auch noch um das Theater.«
Carter nahm seine Jacke vom Stuhl und zog sie an.
»Wes würde sich schon die Zeit dafür nehmen«, warf Jenna ein, die einen Unterton heraushörte, den sie nicht verstand. Dann fiel ihr ein, dass Rinda gesagt hatte, zwischen ihrem Bruder und dem Sheriff habe es früher einmal böses Blut gegeben. Wegen Carters Frau oder so.
Turnquist entschied: »Dann rufe ich diesen Bekannten von Harrison, Seth Whitaker.«
»Den kenne ich kaum.« Carter warf Jenna einen Blick zu.

»Ich kenne ihn – er scheint in Ordnung zu sein«, sagte sie.

Turnquist nickte. »Ich verbürge mich für ihn.«

»Er hat schon mal für Sie gearbeitet?« Carter musterte Jenna.

»Ja, als die Pumpe eingefroren war.«

»Dann lassen Sie sich von ihm zeigen, wie das elektronische Schloss programmiert wird, und ändern Sie selbst täglich den Code. Die Einzigen, die ihn jeweils kennen, sollten Sie, die Kinder und Turnquist sein.« Carter nickte Jake zu und schloss seinen Reißverschluss.

»Und Hans und Estella«, ergänzte sie.

»Nein. Die beiden lassen Sie rein. Der Elektriker, also dieser Whitaker, soll es so einrichten, dass Sie das Tor vom Haus aus öffnen können.«

»Das könnte eine Weile dauern.« Sie fragte sich, wie die Mädchen mit dem ständig wechselnden Code zurechtkommen sollten.

»Dann suchen Sie sich jemand anderen. Eine Firma, die den Toröffner heute oder morgen installiert.« Er sah Jenna an und setzte seinen Hut auf. »Das ist ja nicht für immer«, versicherte er, schon auf dem Weg zur Tür. »Nur so lange, bis wir diesen Dreckskerl haben.«

Knapp eine Stunde später rief Rinda an. Offenbar mit den Nerven am Ende, sagte sie mit zitternder Stimme alle Aktivitäten im Theater ab – Tanzunterricht, Sprechtraining, sogar die Proben für die bevorstehende Aufführung. »Es wäre einfach zu unpassend, zu respektlos«, flüsterte Rinda mit plötzlich zugeschnürter Kehle, als sei sie den Tränen nahe. »Du hattest Recht – wir hätten gestern

Abend bleiben sollen, bis Lynnettas Mann kam. Wir hätten sie niemals allein lassen dürfen.«

»Du weißt ja gar nicht, ob das etwas geändert hätte. Wenn der Dreckskerl, der sie entführt hat, es auf sie abgesehen hatte, hätte er eine andere Möglichkeit gefunden, sie zu erwischen.«

»Herrgott, wer ist der Kerl?« Sie räusperte sich. »Er hat gewartet, bis wir fort waren, und dann zugeschlagen, nicht wahr? Er muss das Theater beobachtet haben. Vielleicht hat er sogar einen Schlüssel.« Sie steigerte sich in ihre Erregung hinein, redete immer lauter. »Er hat nicht auf gut Glück gehandelt, Jenna. Das war geplant. Da bin ich mir ganz sicher. O Gott, warum sollte jemand ausgerechnet Lynnetta etwas zuleide tun wollen?«

»Ich weiß es nicht.« Jenna lehnte sich mit der Hüfte an den Küchentresen und starrte ins Feuer. Sie konnte sich keinen Menschen vorstellen, dem daran gelegen sein könnte, der Frau des Predigers etwas anzutun.

Rinda schniefte und fragte dann: »War Carter schon bei dir?«

»Ja, heute Morgen.«

»Hier war er auch und hat alle möglichen Fragen gestellt. Gerade ist er gegangen. Er oder ein Beamter von der Staatspolizei will mit allen Mitgliedern der Theatertruppe sprechen – mit den Schauspielern, Bühnenarbeitern, dem Hausmeister, mit allen eben. Sogar mit Scott, ob du es glaubst oder nicht.«

Jenna glaubte es durchaus, äußerte sich aber nicht dazu. Rinda war ohnehin schon verärgert, und ihr Kummer war im Begriff, in Wut umzuschlagen.

»Ich kann nicht fassen, was hier passiert«, gestand Rinda.

»Ich hoffe – das heißt, ich bete –, dass Lynnetta gesund und munter wieder auftaucht. Vielleicht war ihr Verschwinden nur ein großer Irrtum ...« Doch die Verzweiflung und der Schmerz in ihrer Stimme verrieten, dass sie nicht daran glaubte. Genauso wenig wie Jenna.

»Wir wollen die Hoffnung noch nicht aufgeben.«

»Das tue ich nicht. Wenn es auch schwer fällt. Und du solltest dich auf einiges gefasst machen. Diese Reporterin von KBST, Brenda Ward, hat mich schon angerufen. Zwei Mal. Und jemand vom *Banner*, wo Roxie Olmstead gearbeitet hat. Sie haben mir mehrere Nachrichten hinterlassen. Diese Leute sind Kannibalen, glaub mir. Eine Kollegin von ihnen ist verschwunden, und sie wollen eine Story daraus machen.« Sie schnäuzte sich und fügte aufgewühlt hinzu: »Aber versuch mal, sie zu überreden, dass sie einen Artikel von allgemeinem Interesse über die Renovierung des Theaters schreiben! Dann wirst du sehen, was passiert. Nichts, das sage ich dir! Heutzutage wollen sie nur noch Mord, Skandal, Blut und Sex!«

»Ich schätze, die Presse wird sich jetzt sehr intensiv mit dem Theater befassen.«

»Allerdings. Aber nur negativ. Genau das, was uns jetzt noch gefehlt hat. Und Lynnetta ... Ich muss immerzu an sie denken, an gestern Abend ... Oh, Jenna, was geht hier bloß vor?«

Nichts Gutes. »Ich weiß es nicht.«

»Ich muss jetzt Schluss machen«, sagte Rinda. »Und Scott warnen.«

»Warnen?«

»Ja. Er weiß noch nichts von Lynnetta, und sie waren ziemlich eng befreundet. Er ist gestern Abend zu einem

Konzert nach Portland gefahren, das zunächst wegen des Wetters ausfallen sollte. Es fand dann aber doch statt. Wie auch immer, er hat keine Ahnung, dass Shane auf dem Kriegspfad ist. Herr im Himmel, das macht mich so wütend! Dass er auch nur daran denkt, Scott könnte etwas wissen. Shane Carter ist Scotts Patenonkel, und trotzdem traut er ihm nicht.«

»Das bringt sein Beruf mit sich. Im Augenblick darf er niemandem trauen«, beschwichtigte Jenna, insgeheim leicht verärgert darüber, dass sie nun den Mann verteidigte, den Rinda monatelang in den Himmel gehoben hatte und jetzt beschimpfte.

»O nein!« Rinda schnappte nach Luft.

»Was?«

»Schalte mal schnell den Fernseher ein. Auf KBST.«

Den Telefonhörer am Ohr, griff Jenna mit der freien Hand nach der Fernbedienung und schaltete den Sender ein, den Rinda ihr genannt hatte. Auf dem Bildschirm stand eine Reporterin im hohen Schnee vor dem Theater. Streifenwagen und ein paar Uniformierte waren zu sehen, außerdem ein Plakat, das auf den Karten-Vorverkauf für *Ist das Leben nicht schön?* hinwies.

Rinda stöhnte auf.

»Du wolltest doch Reklame.«

»Jetzt wird niemand mehr zu unserer Aufführung kommen.«

»Das kannst du doch nicht wissen – bis zur Premiere dauert es ja noch ein paar Wochen«, widersprach Jenna und fragte sich insgeheim, warum sie eigentlich versuchte, ihre Freundin aufzumuntern. Rinda hatte Recht, sie steckten in einer furchtbaren Misere. Die arme Lynnetta.

»Das hier ist nicht die richtige Art von Reklame.«

»Mein Agent hat immer behauptet, jede Art von Werbung sei gut«, versetzte Jenna in der Hoffnung, das Gespräch aufzulockern, doch Rinda ließ sich nicht trösten.

»Ach herrje.«

»Was?«

»Ein Polizeiauto auf meiner Zufahrt. Officer Twinkle vermutlich.«

»Wer?«

»Ein alter Witz. Und zwar ein schlechter. Vergiss es.« Sie seufzte, als trüge sie die Last der Welt auf ihren Schultern. »Ich fürchte, das nimmt nie ein Ende.«

»Vielleicht finden sie Lynnetta ja doch noch.«

»Hoffen wir's.« Damit beendete Rinda das Gespräch.

Jenna verfolgte die Vorgänge auf dem Bildschirm. Sie fühlte sich innerlich hohl, als die Reporterin, Brenda Ward, eine kecke kleine Rothaarige mit blauem Parka und Handschuhen, in das Schneegestöber blinzelte und über die Entführung von Lynnetta Swaggart berichtete. Davon ausgehend kam sie auf die anderen verschwundenen Frauen zu sprechen, und Jenna hatte das Gefühl, als lägen ihr Steine im Magen. Es folgten der Wetterbericht und der Hinweis, dass die Schulen noch immer geschlossen blieben. Jenna nahm kaum etwas davon wahr, da sie in Gedanken bei Lynnetta war. Schließlich schaltete sie den Fernseher aus.

Sie verbrachten den Tag im Haus. Beide Mädchen waren zu Tode gelangweilt, auch wenn sie sich nicht beklagten, und beide hatten keinerlei Interesse daran, a) frühzeitig Weihnachtsplätzchen zu backen, b) sich weiter der weihnachtlichen Innendekoration zu widmen oder c) Karten oder sonst etwas zu spielen. Beide wollten lieber allein sein.

Cassie telefonierte, schickte E-Mails oder sah sich Seifenopern im Fernsehen an. Allie pflügte an Jakes Seite einen frischen Weg durch den Schnee, um Hans mit den Pferden zu helfen. Zwei Stunden später kam sie zurück, mit geröteten Wangen und laufender Nase. Jenna machte ihr heiße Schokolade und ein Erdnussbutter-Sandwich und bestand dann darauf, dass sie für ihre Klavierstunden übte. Widerwillig gab Allie nach, und jetzt, als Jenna vor ihrem Wochenplaner am Tisch saß, drangen die Melodien von Weihnachtsliedern zu ihr ins Arbeitszimmer.

Mit Harrison Brennans Hilfe gelang es Jenna, zu dem Elektriker vorzudringen, aber natürlich war Seth Whitaker kaum eingetroffen, als auch schon Harrison, wild entschlossen zu helfen, durchs offene Tor fuhr. Er parkte seinen Wagen neben Turnquists Pick-up. Trotz Jennas Protest half Brennan seinem Freund, und wenn Jenna auch das Gefühl hatte, dass Whitaker lieber allein gearbeitet hätte, beklagte er sich doch nicht, auch nicht als Harrison versuchte, das Kommando zu übernehmen.

»Wenn er Ihnen zur Last wird, schicke ich ihn fort«, bot Jenna an, als sie im Skianzug den Männern eine Thermoskanne voller Kaffee brachte. Brennan stand ein paar Meter entfernt bei Whitakers weißem Pick-up, außer Hörweite, und wickelte gerade eine Rolle Draht auf. Er trug einen eng sitzenden Overall aus einem dünnen, wetterbeständigen Material, darüber eine dicke Jacke und eine Skimütze.

»Schon in Ordnung.« Whitaker, in dicker Jacke und Hose, eine Jägermütze mit Ohrenklappen auf dem Kopf, konzentrierte sich völlig auf seine Arbeit am Torpfosten und hob kaum den Blick. Zu seinen Füßen stand sein Werkzeugkasten, der mehr und mehr im heranwehenden Schnee versank.

»Gut, aber ich weiß durchaus, wie anmaßend er sein kann.«

»Das bringt die Zeit beim Militär wohl mit sich, schätze ich«, erwiderte Whitaker und schraubte die Abdeckplatte auf die Tastatur am Torpfosten. »So. Zeit für eine erste Einweisung.« Er nahm ihr die Thermoskanne aus der behandschuhten Hand. »Also, drücken Sie die PID-Taste – das steht für Persönliche Identifizierung. Geben Sie drei Ziffern ein, die Ihnen etwas bedeuten, und drücken Sie dann noch einmal die PID-Taste.« Sie gab zwei, zwei, sechs ein. »Mein Geburtstag«, erklärte sie.

Whitaker schnaubte. »Na ja, für den Augenblick mag das reichen, aber in Zukunft nehmen Sie lieber eine nicht so offensichtliche Zifferngruppe. Also, wenn Sie Ihre PID eingegeben haben, müssen Sie noch einmal vier Ziffern für den Code drücken – das sind dann die Ziffern, die jeden Tag geändert werden. Machen Sie mal, einfach mit beliebigen Zahlen. Wir ändern den Code wieder, sobald Sie verstanden haben, wie die Sache funktioniert.«

Jenna gab die Ziffernfolge eins, zwei, drei, vier ein.

Er grinste, und in den Winkeln seiner braunen Augen zeigten sich feine Fältchen. »Prima. Und jetzt drückten Sie die Reset-Taste.« Mit der Spitze seines Schraubenziehers wies er auf den entsprechenden Knopf. Sie folgte seinen Anweisungen. »Okay, und jetzt versuchen Sie Ihren neuen Code.« Sie gab die Ziffern noch einmal ein. Sofort

öffnete sich das Tor. Auf die gleiche Weise ließ es sich auch wieder schließen und verriegeln.
Whitaker öffnete mit einem Fußtritt seine Werkzeugkiste und warf den Schraubenzieher in ein Fach, das Schraubenschlüssel, Zangen und Schraubendreher enthielt. Während er den Deckel mit dem Fuß wieder zuklappte, begann er bereits, die Thermoskanne aufzuschrauben. Er schien mit seiner Arbeit zufrieden zu sein, grinste sogar.
»Genauso können Sie im Haus verfahren. Ich schließe alles an.«
»Was könnte jemanden daran hindern, die Abdeckplatte zu lösen und selbst einen neuen Code einzugeben?«
»Nichts. Sofern dieser Jemand Ihre PID hat. Daher mein Rat, eine weniger nahe liegende Ziffernfolge als Ihren Geburtstag zu wählen. Verstehen Sie?« Er goss sich Kaffee in den Schraubverschluss der Thermoskanne.
»Ja, ich glaube schon. Hoffentlich kann ich mir die Codes merken, wenn ich sie jeden Tag ändern muss.«
»Sie könnten vielleicht eine Art System ausarbeiten, das nur Sie und Ihre Kinder kennen. Zum Beispiel, dass Sie zu der gesamten Zahl etwas hinzuzählen. Sie geben einfach eins, zwei, drei, vier ein, das heißt eintausendzweihundertvierunddreißig. Morgen addieren Sie dreiunddreißig, und dann lautet Ihr Code eintausendzweihundertsiebenundsechzig oder eins, zwei, sechs, sieben. Am nächsten Tag zählen Sie wieder dreiunddreißig hinzu, dann lautet der Code eintausenddreihundert oder eins, drei, null, null.«
Die Zahlen drehten sich in Jennas Kopf. »Ich glaube, wir denken uns lieber etwas Einfacheres aus.«
Whitaker zuckte mit den Schultern und schlürfte seinen Kaffee. »Hauptsache, Sie vergessen es nicht.«

»Alles verstanden?«, fragte Harrison, schleppte die Kabelrolle zum Zaun und gesellte sich zu ihnen.

Jenna kehrte dem Wind den Rücken und griff in ihre Tasche. »Nie.« Sie holte einen kleinen Becher hervor. »Ich dachte, du könntest etwas zum Aufwärmen gebrauchen.«

Harrison sah sie aus seinen blauen Augen an, und in seinen Mundwinkeln spielte ein leises Lächeln, kaum sichtbar unter seiner Strumpfmütze. Als rührte ihn ihre Freundlichkeit. In letzter Zeit hatte ein ziemlich scharfer Ton zwischen ihnen geherrscht. »Danke«, sagte er und nahm den Becher entgegen. »Es ist wirklich ein bisschen kalt hier draußen.«

»Etwa minus fünfundzwanzig Grad«, pflichtete Whitaker ihm bei. »Nimmt man den Wind hinzu, wird's noch schlimmer.«

Umwirbelt vom Schnee reichte Whitaker ihm lächelnd die Thermoskanne. »Und Sie?«, fragte er Jenna.

»Ich habe meinen Kaffee im Haus. Ich lasse Sie beide jetzt hier draußen frieren und trinke meinen am Feuer«, scherzte sie.

»Wie reizend«, spottete Whitaker.

»Kommen Sie rein, wenn Sie fertig sind, und wärmen Sie sich auf.«

»Nachher«, brummte Whitaker. »Wir sind hier beinahe durch.«

»Gott sei Dank – es ist wirklich kalt wie in Sibirien.« Brennan sah Jenna abschätzend an. »Nicht dass du mich falsch verstehst, ich will mich keineswegs beklagen. Kälte hat mir nie was ausgemacht. Gewöhnlich ist der Winter meine liebste Jahreszeit.«

35. Kapitel

Im Büro des Sheriffs ging es zu wie in einem Irrenhaus. Obwohl das FBI und die Staatspolizei von Oregon sich an der Aufklärung der Entführungsfälle und des Mordes beteiligten, herrschte in der Behörde Personalmangel, denn es waren bereits wieder neue Probleme hinzugekommen. Mit den Sturmschäden, vereisten Straßen, Eingeschneiten, Stromausfällen und Idioten wie dem Jungen, der sich beim Versuch, die Pious Falls zu ersteigen, an acht Stellen das Becken gebrochen hatte, waren Carters Leute vollauf beschäftigt. Obwohl die Straßen noch immer kaum befahrbar waren, fiel die Presse *en masse* in Falls Crossing ein.

Ein Suchtrupp forschte nach Lynnetta Swaggart. Die Gruppe bestand zum größten Teil aus Freiwilligen – Nachbarn, Freunden, Gemeindemitgliedern –, die ohnehin schon erschöpft waren, nachdem sie auf der Suche nach Sonja Hatchell und Roxie Olmstead durch die verschneiten Wälder und Felder gestapft waren. Sogar die »Explorer Scouts«, junge Leute, die eine Laufbahn bei der Polizei anstrebten und oft zu Suchtrupps herangezogen wurden, waren müde, gereizt und durchgefroren bis auf die Knochen. Die sonst so eifrige Gruppe nahm diese neuerliche Suche sichtlich lustlos in Angriff.

Carter saß hinter einem wachsenden Berg von Papieren, leeren Kaffeebechern und einem Stapel von Telefonnummern, die er noch anrufen musste, an seinem Schreibtisch. Der Großteil des Papierkrams würde warten müssen – die

verschwundenen Frauen hatten höchste Priorität. Lynnettas Mann machte indessen das Beste aus der schrecklichen Situation.
Reverend Derwin Swaggart war im Fernsehen aufgetreten und hatte trockenen Auges, wenn auch sichtlich erschüttert, vom Willen Gottes gefaselt und um Gebete für seine Frau ersucht. Für diesen Abend war eine Mahnwache mit Kerzenlicht geplant, und der Reverend forderte die Bevölkerung auf, nicht nur für Lynnetta, sondern auch für die anderen verschwundenen Frauen zu beten.
Die Stimmung war auf dem Tiefpunkt.
Deputys wie auch Büroangestellte benötigten dringend eine Pause.
Sogar BJ war nicht mehr sie selbst.
Sie kam zu Carter ins Büro und schloss die Tür hinter sich. »Du weißt ja, ich habe ein Problem mit Ian Swaggart, ein großes Problem sogar. Er hängt immer noch mit Megan ab, und der Junge bedeutet Ärger, aber das hier …« Sie hob eine Hand und ließ sie mutlos wieder sinken. »Das hier ist wirklich schrecklich.«
»Noch besteht Hoffnung, sie zu finden.«
»Lebendig!«, fuhr BJ auf. »Wir müssen sie lebendig finden.«
Jerri klopfte kurz an und legte zwei Blätter Papier auf Carters Schreibtisch. »Fax für dich«, sagte sie. »Von Jenna Hughes.«
Nachdem die Sekretärin wieder gegangen war, erkundigte sich BJ: »Was für ein Fax?«
»Eine Liste von Maskenbildnern, die sich auf Monster spezialisiert haben.« Rasch überflog Carter die Liste. »Firmen, die möglicherweise Alginat für ihre Abdrücke benutzen.«

»Wovon redest du?« Ihr Interesse war geweckt. Sie lehnte sich mit der Hüfte an seinen Schreibtisch und las die Liste verkehrt herum, während er erklärte, was er in Erfahrung gebracht hatte und auf welche Weise das Alginat seiner Meinung nach das Bindeglied zwischen dem Mord an Mavis Gette und Jenna Hughes' Stalker sein könnte.

»Ist das dein Ernst?«

»Unbedingt.«

BJ studierte die Liste. »Ich weiß nicht, das scheint mir ziemlich an den Haaren herbeigezogen«, bemerkte sie skeptisch. »Hast du mit dem FBI oder der OSP darüber gesprochen?«

»Ich habe Larry Sparks angerufen. Er will der Sache nachgehen. Meine Theorie dem FBI vortragen. Einer ihrer Profiler beschäftigt sich jetzt mit der Serie von Entführungen, aber sie sind immer noch nicht überzeugt, dass zwischen den Fällen ein Zusammenhang besteht. Vielleicht hilft ihnen das hier auf die Sprünge.«

»Oder sie lachen dich aus.«

Carter schnaubte. »Das wäre nicht das erste Mal.« Er fuhr mit dem Finger die Spalte der Firmennamen entlang. »Was wir jetzt brauchen, ist ein Abgleich der Beschäftigten in diesen Firmen mit Personen, die aus dieser Gegend stammen, vielleicht mit Personen, die früher in Kalifornien für sie gearbeitet haben und mittlerweile in den Norden gezogen sind.« Er kniff die Augen zusammen, stützte das Kinn auf die aneinander gelegten Fingerspitzen und lehnte sich in seinem Stuhl zurück, bis das alte Metallgestell ächzte. »Und wir müssen in Erfahrung bringen, ob in einer dieser Firmen Alginat abhanden gekommen ist. Wie steht es eigentlich mit deiner Suche nach Lieferanten, die jemanden in unserer Gegend mit Alginat versorgen? Hat sich daraus etwas ergeben?«

»Abgesehen von Zahnärzten?« Sie schüttelte den Kopf. »Nein.«

»Und in Portland? Oder Vancouver? Selbst Seattle käme in Frage. Jede mit dem Auto erreichbare Stadt.«

»Ich arbeite noch daran.«

»Gut.«

Wieder klopfte es an der Tür, und Jerri schaute ins Zimmer. »KBST hat vor dem Eingang sein Lager aufgeschlagen«, verkündete sie. »Und eine der Reporterinnen, eine ...« – sie warf einen Blick auf ihre Notizen –, »... Brenda Ward will dich interviewen.«

»Jetzt nicht.«

»Sie verlangt eine Stellungnahme.«

Carter beugte sich vor. »Sag ihr, sie soll Lieutenant Sparks von der OSP anrufen.«

Jerri zog sich zurück, und BJ griff nach der Liste. »Was dagegen, wenn ich mir die kopiere?«, fragte sie.

»Nur zu. Sobald du die Namen von Angestellten hast, die kürzlich umgezogen sind, gekündigt oder Urlaub genommen haben, gleichen wir sie mit unserer Liste von Personen ab, die die Filme ausgeliehen oder gekauft haben, und zwar nicht nur hier, sondern im Stadtbereich von Portland, vielleicht sogar im ganzen nördlichen Oregon und südlichen Washington. Wenn wir dann noch immer keine Ergebnisse haben, weiten wir die Suche aus.« Er zerdrückte einen leeren Pappbecher und warf ihn in den Abfallkorb. »Aber ich habe das Gefühl, dass der Kerl sich in der Nähe aufhält.« Mit zusammengekniffenen Augen dachte er nach. »Und er ist gut organisiert. Vielleicht kennt er seine Opfer. In der Kirche haben wir keinen Hinweis auf einen Kampf gefunden, ebenso wenig wie am Schauplatz von Olmsteads Unfall oder auf dem Parkplatz von Lou's Imbiss. Entweder setzt der Typ seine Opfer außer Gefecht, ohne dass es vorher zu handgreiflichen Auseinandersetzungen oder zu einem Blutverlust kommt, oder er trickst sie aus und bittet um Hilfe. Erinnerst du dich an Ted Bundy? Manchmal trug er einen Gips, glaube ich, oder einen Verband, um seine Opfer in Sicherheit zu wiegen.«

»Roxie Olmstead hat ihren Wagen zu Schrott gefahren. Die hat er nicht ausgetrickst.«

»Mag sein, dass er klug genug ist, sich blitzschnell auf jede Situation einzustellen. Wenn es auf die eine Weise nicht klappt, dann eben auf eine andere.«

»Hoffen wir mal, dass er nicht besonders schlau ist, sondern bisher einfach Glück hatte«, versetzte BJ. »Und dass seine Glückssträhne bald zu Ende ist.« Sie nahm Jennas zweiseitiges Fax an sich und wandte sich zum Gehen. »Ach, Augenblick noch«, sagte sie dann. »Vielleicht interessiert es dich, dass ich ein paar Zeilen aus den Gedichten im Internet entdeckt habe. *Heute. Morgen. Für immer.* Das stammt aus einem Gedicht von Leo Ruskin. Hast du von dem schon mal gehört?«

Carter schüttelte den Kopf.

»Eine Art New-Age Timothy Leary. Schreibt Gedichte, die mir nichts sagen, aber stell dir vor – diese Zeile sollte in der Promotion für *White Out* verwendet werden, den Jenna-Hughes-Film, der nie abgedreht wurde.«

Carter hob ruckartig den Kopf. Er starrte BJ an. »Hätte sie sich nicht daran erinnern müssen?«, fragte er. »Ihr

Mann war der Produzent dieses Films, und der abgebrochene Dreh hat Millionenverluste verursacht.«

»Man sollte meinen, dass sie davon wusste, aber vielleicht hat sie sich um diesen Aspekt des Geschäfts nicht gekümmert. Außerdem war ihre Schwester umgekommen, und ihre Ehe ging auch gerade in die Brüche. Möglicherweise hat sie die ganze Sache verdrängt, falls sie überhaupt darüber im Bilde war.«

Carter spürte den Adrenalinstoß körperlich – die gleiche Art Erregung, die ihn immer erfasste, wenn er kurz vor der Lösung eines Falls stand. Vielleicht hatte er den Schlüssel jetzt gefunden. »Wo lebt Ruskin zurzeit?«

»Ich suche noch.«

»Mach ihn ausfindig. Bring sämtliche vorherigen Adressen in Erfahrung. Und wenn du anfängst, die Maskenbildner und Firmen in L. A. abzuklappern, nimm dir zuerst diejenige vor, die bei *White Out* mitgearbeitet hat.«

»Mach ich«, versprach sie und verließ das Büro, gerade als Carters Telefon klingelte. Während er nach dem Hörer griff, hoffte er inständig, endlich einen Treffer gelandet zu haben.

Was war los?

Gott im Himmel, was ging hier vor?

Lynnetta öffnete die blutunterlaufenen Augen und fröstelte.

Es war so kalt … eiskalt … Sie war bestimmt am ganzen Körper blau gefroren. Trotzdem fühlte sie sich so benommen, als hätte sie Watte im Kopf. Sie blinzelte und blickte sich langsam in dem riesigen Raum um … Oder war es eine Lagerhalle? … Von dem Sessel aus, in dem sie saß –

einer Art Ruhesessel –, konnte sie es nicht genau erkennen. Sie hörte Musik, die von weit her zu kommen schien, und dann bemerkte sie mehrere Frauen, die auf einer Bühne standen. Die Hälfte von ihnen gesichtslos, nackt und kahlköpfig, drei jedoch waren bekleidet, trugen ihr Haar frisiert, und ihre Gesichter ... Lynnetta schluckte krampfhaft. Sie alle waren Jenna Hughes! Nein, das konnte nicht sein. Sie sahen Jenna ähnlich, waren aber fremde Models.

Was sollte das?

Sie verdrehte die Augen zur Decke. Über ihr hing der lange Arm eines Zahnarztbohrers, rostfreier Stahl schimmerte im trüben Licht. Blitzte sie an wie das personifizierte Böse.

Nein ... Das konnte nicht mit rechten Dingen zugehen. Hier stimmte etwas nicht. Absolut nicht. Sie musste sich zusammenreißen und aufwachen, sonst ... Sie hörte ein Geräusch, ein leises Schaben, das an den Zähnen schmerzte.

Sie war benebelt und überzeugt davon, dass sie wie Alice in einen Kaninchenbau gestürzt sein musste. Alles war so surreal. Bizarr. Verdreht. Sie blinzelte wieder, um klarer sehen und denken zu können.

Doch die Benommenheit wich nicht.

Am Rande ihres Blickfelds sah sie ihn. Den Mann, der sie im Theater so erschreckt hatte. Aber jetzt war er nackt.

O nein.

Sie erinnerte sich, dass sie im Theater unter der Bühne an den Kostümen gearbeitet hatte. Als sie ein Geräusch hörte, hatte sie das Kleid zur Seite gelegt, dessen Saum sie gerade nähte. Anfangs nahm sie an, die neugierige Katze treibe sich wieder einmal an verbotenen Orten herum. Sie rief nach dem Tier, doch als sie um die Ecke zu Rindas Büro bog, stieß sie auf einen Mann, der ihr in der Dunkelheit auflauerte. Sie glaubte, eine Waffe in seiner Hand zu sehen, und wollte weglaufen. Doch er hatte sie bereits gepackt, drückte das kalte Metall an ihren Hals und versetzte ihr einen Elektroschock. Der Strom schoss durch ihren Körper. Sie brach zusammen, aber er war noch nicht fertig mit ihr, sondern stieß ihr die Nadel einer Spritze in den Arm.

Angst kroch ihr kalt über den Rücken, während sie versuchte, ihn deutlicher ins Blickfeld zu bekommen und gleichzeitig vor ihm zurückzuweichen. Doch es gab kein Entkommen; sie war an diesen verdammten Stuhl gefesselt. Jetzt erst bemerkte sie, dass sie selbst ebenfalls nackt war. Ihre Haut klebte an kaltem Leder. Übelkeit stieg in ihr auf – o Gott, wollte er sie vergewaltigen? Warum? Was hatte sie getan, um ein so grauenhaftes Schicksal verdient zu haben?

Tränen traten ihr in die Augen, und sie sah ihn nur noch verschwommen, mit entblößten Genitalien, auf der Brust eine Tätowierung, die sie nicht erkennen konnte. Er hielt etwas in der Hand, etwas, das sie nicht deutlich sah.

Hilfe, flehte sie stumm. *Bitte, lieber Gott, hilf mir.*

Wer war dieser Mann? Sie glaubte ihn zu kennen, ihn schon einmal in der Stadt gesehen zu haben, doch er schien sich verändert zu haben. Er war schlanker, als sie ihn in Erinnerung hatte, sein Haar dünner und anders gefärbt. Als sei er verkleidet ... oder als sei er die ganze Zeit vorher verkleidet gewesen.

Selbst seine Augen waren anders. Grausam. Wie glit-

zernde blaue Steine, tief in ihren Höhlen liegend. Von einer Bosheit, wie sie sie nie zuvor gesehen hatte.
Sie schluckte heftig, als sie das Gerät in seiner Hand erkannte. Es war ein zahnärztliches Gerät: ein Gummibogen mit einem Rahmen aus rostfreiem Stahl – ein Gerät, mit dem der Mund gewaltsam offen gehalten wurde.
Nein! Panik bemächtigte sich ihrer, obwohl sie keinen klaren Gedanken fassen konnte. Sie musste raus hier! Jetzt gleich! O Gott, es gab keinen Fluchtweg. Sie war an diesen Stuhl gefesselt. Über die Musik und ihr eigenes wildes Herzklopfen hinweg hörte sie eine Stimme.
Bleib ruhig, Lynnetta, ich bin bei dir.
War es die Stimme Gottes, die sie hörte ... oder war es eine Halluzination? Wurde über den an ihrem Handgelenk befestigten Tropf etwa irgendeine psychedelische Droge in ihre Adern gepumpt? Sie senkte den Blick auf ihre Hand und bemerkte erst jetzt den Verband ... einen dicken Streifen Gaze, der um ihre Finger gewickelt war. Was sollte das alles? Da war ein dunkelroter Fleck – zweifellos Blut – in der Gaze, Blut, das von ihrem Ringfinger durch den Verband sickerte ... Trotzdem verspürte sie keinen Schmerz, aber die Hand fühlte sich merkwürdig an. Verzweifelt versuchte sie, die Finger zu bewegen, doch es gelang ihr nicht. Wahrscheinlich wegen der Droge, die aus dem verdammten Tropf in ihren Kreislauf gelangte. Die klare Flüssigkeit musste etwas enthalten, das ihren Verstand benebelte und den Schmerz betäubte.
Warum war ihre Hand verbunden? Hatte sie sich gewehrt? Gekämpft? Sie konnte sich nicht erinnern. Und ihr blieb keine Zeit zu überlegen.
Er kam näher.

Angst ließ ihr Blut gefrieren.

Setze dein Vertrauen in mich. Wieder die Stimme des Herrn, der sie beruhigen wollte, der hoffte, dass ihr Glaube sie aufrecht hielt.

Bitte, Vater im Himmel, hab Gnade, betete sie und schloss die Augen, als sie Luzifers heißen Atem auf ihrem kalten Gesicht spürte. Sie dachte an die Märtyrer, die vor ihr hatten sterben müssen, an die furchtlosen Seelen, die das von Gott auferlegte Schicksal annahmen. Aus irgendeinem Grund stellte der Vater im Himmel sie auf die Probe, doch sie würde nichts fürchten ... Er würde sie erlösen. Dessen war sie sicher.

Sie dachte an den Frühling und an ihre lieben verstorbenen Eltern, dann an Derwin, einen umgetriebenen Mann, aber doch einen Mann, der sie geliebt hatte ... Und sie dachte an ihren Sohn Ian, noch nicht ganz erwachsen, in Versuchung geführt durch alles, was den Jugendlichen heutzutage verfügbar war. *Steh ihnen bei, lieber Gott*, betete sie. Was auch immer diese abscheuliche Inkarnation des Teufels mit ihr vorhatte, sie würde niemals ihren Glauben verlieren. Nie! Bald würde sie zu Hause sein. Bald würde sie bei Ihm sein. Sie würde, wie die Märtyrer vor ihr, wie Jesus, der am Kreuz gelitten hatte, auf Erden höllische Schmerzen erdulden, um im Himmel belohnt zu werden.

Ich werde bei dir sein, Jesus, mein Herr, bald werde ich bei dir sein.

Sie hielt die Augen noch immer geschlossen, wehrte sich nicht, als der Unhold ihr grob den Gummibogen in den Mund schob, wimmerte nicht einmal, als er die Schrauben anzog, sodass ihre Kiefer auseinander gezwungen wurden, bis es schmerzte und die Lippen aufs Äußerste gespannt waren. Ihre Zunge und ihre Zähne waren ihm ausgeliefert. Sie zuckte nur leicht zusammen, als sie das Summen des Bohrers vernahm, doch dann konzentrierte sie sich ganz und gar auf ihr Gebet, verdrängte jeden Gedanken aus ihrem Bewusstsein.

Vater unser, der du bist im Himmel …

Der Bohrer kreischte an ihren Zähnen, schrie gellend auf, während ihr ein Geruch wie von verbranntem Email in die Nase stieg, und sie wusste, dass es nur noch Sekunden dauern würde, bis der erbarmungslose Bohrer einen Nerv traf.

36. Kapitel

Im Grunde war es kein Einbruch
Er besaß ja einen Schlüssel.

Den Schlüssel, den Wes Allen Carolyn vor Jahren gegeben hatte und der jetzt in der Vordertasche von Shane Carters Jeans steckte.

Aber du hast keinen Durchsuchungsbefehl. Was immer du findest, hat vor Gericht keinen Beweiswert. Du wirst deinen Job verlieren.

Beinahe vier Tage lang hatte Carter mit der Entscheidung gerungen – seit der Nacht, in der Lynnetta Swaggart entführt worden war. Er hatte gehofft, genug Material gegen Wes sammeln zu können, um den verdammten Durchsuchungsbefehl zu bekommen, doch Amanda Pratt und ihr Chef, der Bezirksstaatsanwalt, ließen sich nicht dadurch beeindrucken, dass Wes Allen sich als Künstler versuchte, Jenna kannte und ihre sämtlichen Filme auf DVD oder Video gekauft oder ausgeliehen hatte. Und zwischen Wes und Leo Ruskin, dem Timothy-Leary-Nachfolge-Dichter aus L. A., der vom Erdboden verschwunden zu sein schien, bestand keinerlei Verbindung.

Shane war sich selbst darüber im Klaren gewesen, dass das von ihm zusammengetragene belastende Material mehr als spärlich war, und sein Instinkt zählte hier nun einmal nicht. Außerdem bestand da noch das kleine Problem möglicher Rachegelüste, das Amanda Pratt zur Sprache gebracht hatte.

»Ist der Typ nicht ein Freund von Ihnen … ach!« Sie

setzte sich auf die Schreibtischkante, ließ die Beine baumeln und schnippte mit den Fingern, als sei die Erkenntnis gerade erst blitzartig über sie gekommen. »Moment mal … Das wär doch der Kerl, der eine Affäre mit Ihrer Frau hatte, oder? Und Sie haben in einem Wutanfall geschworen, ihn umzubringen – war das nicht der Grund dafür, dass man Ihnen eine Therapie nahe legte? Um Ihren Kummer und Ihre Wut in den Griff zu bekommen? Wenn ich mich recht entsinne, hat dieser Vorfall Sie damals fast Ihren Job gekostet.«

»Das liegt lange zurück«, hatte Carter geantwortet.

»Man sagt doch immer, Rache schmeckt am besten, wenn sie kalt serviert wird.«

Sie war unerbittlich geblieben. Deshalb war er also jetzt, Stunden später, hier und parkte seinen Wagen an einer alten Holzfällerstraße eine Viertelmeile von Wes' Farmhaus entfernt, schmachtete nach einer Zigarette und war drauf und dran, das Gesetz zu brechen und alles aufs Spiel zu setzen, wofür er ein Leben lang gearbeitet hatte.

Wegen eines Gefühls im Bauch.

Und weil er jegliche Verhältnismäßigkeit aus den Augen verlor, wenn er an Jenna Hughes dachte. Was hatte Dr. Randall doch gleich über ihn gesagt? Er sei der Typ, der sich grundsätzlich selbst ins Bein schoss, der immer einen Weg fand, sich selbst Schaden zuzufügen? Zuerst Carolyn. Und jetzt … sein Beruf.

Pech, dachte er, stieg aus seinem Wagen und stapfte durch den Wald. Er trug Stiefel, die eine Nummer zu groß waren – ein Paar, das Wes selbst vor Jahren in Carters Hütte zurückgelassen hatte. Wie passend, dachte Carter zynisch. Die Stiefel waren eine gängige Marke, beliebt bei Jägern und Wanderern im Nordwesten. Schwer zu identifizieren. Vorsichtig suchte er sich mit Hilfe einer Taschenlampe den Weg durch den Wald, dankbar, dass der Schneesturm nachgelassen hatte, der durch die Schlucht getobt war. Er kannte die Wildwechsel gut, war ihnen als Jugendlicher gefolgt, wenn er gejagt hatte, zusammen mit Wes und David.

Das lag Jahre zurück. Carter hatte diesen Teil des Waldes nicht mehr betreten, seit David Landis bei seinem Versuch, die Pious Falls zu erklimmen, zu Tode gestürzt war. Doch die Gegend hatte sich kaum verändert, der Wald schien wie immer. Carter schlug einen Bogen um die Fälle, die sich als massiv gefrorene Wassersäulen von der Oberkante der hoch aufragenden Steilwand bis zu dem vereisten Becken tief unten erstreckten.

Die Nacht war still. Eigentümlich still ohne das Tosen des herabstürzenden Wassers, ohne das Heulen des Windes in der Schlucht, die der Columbia River gegraben hatte. Der Wald hüllte sich in gespenstisches Schweigen. Eine schmale Mondsichel lugte durch die dichten Wolken, doch die Sterne waren verhangen, als wollten sie nicht Zeugen seiner Tat werden.

Manchmal blieb einem Mann nun einmal keine andere Wahl, als das Gesetz selbst in die Hand zu nehmen. So, wie er es jetzt tat.

Als er schräg den Hügel hinunterstieg, sah er zwischen den Bäumen hindurch Wes' Haus vor sich. Ein einziger starker Sicherheitsscheinwerfer beleuchtete die kleine Farm mit dem alten Wohnhaus und der geräumigen Scheune. Wes' Pick-up war nicht da, was Carter nicht überraschte, da er ihn vor dem Lucky Seven Saloon gesehen hatte, einem beliebten Bierlokal nahe der Stadtgrenze. Dort verbrachte Wes gewöhnlich an jedem Abend, wenn die Trail Chevrolet Blazers spielten, ein paar Stunden. Carter konnte nur hoffen, dass er seine Gewohnheit nicht ausgerechnet an diesem Abend durchbrach. Das Spiel hatte vor einer Stunde angefangen, sodass ihm noch reichlich Zeit bleiben sollte. Es sei denn, Wes brach vor Ende der Übertragung auf.

Carter hatte erwogen, BJ in seinen Plan einzubeziehen, sie zu bitten, an der Bar sitzen zu bleiben, Bier zu trinken und darauf Acht zu geben, dass Wes sich nicht von seinem Barhocker rührte. Doch BJ hätte Fragen gestellt, und dann hätte er sie in die Sache hineinziehen müssen, die, wenn nicht tatsächlich illegal, so doch grenzwertig war. Nein, das hier erledigte er besser allein.

Er hielt inne, um sich noch einmal zu vergewissern, ob sich wirklich niemand auf der Farm aufhielt. An den Stamm einer Douglasie gelehnt, die – weshalb auch immer – von der Holzfälleraxt verschont geblieben war, sah er zu, wie sein Atem in der stillen Nacht zu Nebel kondensierte. Auf dem fernen Highway blitzen Scheinwerfer auf, nur wenige und in großen Abständen. Irgendwo rumpelte ein Zug über weit entfernte Gleise, doch kein Hund bellte. Das zweistöckige Farmhaus mit seinen breiten Veranden, dem steilen Dach und dem abblätternden Putz wirkte verlassen, nirgendwo brannte Licht.

»Jetzt oder nie«, sagte er zu sich selbst und schritt behutsam durch den Wald zur Scheune, wo er stehen blieb und auf Geräusche von einem Hund oder einem anderen Tier lauschte, doch er hörte nichts, kein Gebell, kein aufgeschrecktes Wiehern. Carter schlich durch ein morsches

Tor auf die dunkle hintere Veranda, die er vor Jahren so oft betreten hatte.

Bevor Wes und Carolyn ein Liebespaar wurden.

Mit zusammengebissenen Zähnen stieg er die zwei Stufen zur Hintertür hinauf. Mit den Zähnen zog er sich einen Handschuh aus, um seine Brieftasche hervorzuholen und ihr den Schlüssel zu entnehmen.

Das Schloss ließ sich problemlos öffnen. Carter verzog das Gesicht, wappnete sich gegen den Heulton einer Alarmanlage, die Wes womöglich in den vergangenen Jahren installiert haben könnte. Doch das einzige Geräusch war das Klacken des Schlosses.

So weit, so gut.

Er ließ seine Stiefel auf der Veranda zurück und schlich auf Socken durch die Flure, die ihm vor Jahren so vertraut gewesen waren.

Der Geruch im Haus hatte sich nicht verändert. Carter bemerkte eine Reihe leerer Halbliter-Dosen Bier der Marke Coors auf dem Küchentresen. Die Einrichtung – eine chaotische Zusammenstellung unterschiedlichster Möbel, die Wes gefiel und die deutlich verriet, dass keine Frau hier Hand angelegt hatte – war dieselbe, ein bisschen verstaubt, doch das Wohnzimmer mit seinen zwei Lehnsesseln, dem langen Sofa und dem Großbildschirm-Fernseher mit Surround-Sound-System war aufgeräumt.

Bodendielen knarrten unter Carters Füßen, als er ein Zimmer nach dem anderen durchsuchte, den Strahl seiner Taschenlampe über einen Esstisch mit einer wohl zehn Jahre alten Blumendekoration gleiten ließ, auf dessen ehemals glänzendem Holz sich jetzt Staub sammelte, dann in einen kleinen Raum neben der Treppe, einen Salon, den

Wes als Arbeitszimmer benutzte. Auf der breiten Schreibtischplatte lag neben einem Computer der jüngsten Generation säuberlich aufgeschichtet die Post. Ein Stapel Rechnungen, ein Stapel Zeitungen, ein Stapel Zeitschriften. Als Carter sie durchsah, entdeckte er nichts Ungewöhnliches – die Rechnungen bezogen sich auf Dienstleistungen und Ähnliches, dazwischen Kreditkartenangebote zu günstigen Bedingungen, die Zeitschriften reichten von *Popular Science* und *Hunter's World* bis zu *Playboy* und *Penthouse*.

Der Computer war auf Standby geschaltet und erwachte auf Tastendruck zum Leben. Carter sah auf die Uhr. Er hielt sich seit zehn Minuten im Hause auf – er würde sich nur noch weitere zehn Minuten gestatten, für den Fall, dass das Spiel Wes langweilte.

Da er Wes Allens eigenen Computer benutzte, erhielt er problemlos Zugang; alle Einstellungen waren gespeichert. Carter prüfte Wes' jüngste Aktivitäten: eBay und Jenna Hughes' Website standen ganz oben auf der Verlaufsliste. Auch unter den Bookmarks fand der Sheriff die Adressen von eBay und Jenna Hughes, außerdem ihre Fanseiten und Pornoseiten, dazu Websites zu den Themen Basketball, Elektronik, Heimwerken und Kunst. Carter kopierte die Liste, schickte sie an sich selbst und löschte die abgeschickte Mail. Falls Wes schlau war und genauer hinsah, würde er es herausfinden, doch Carter wäre jede Wette eingegangen, dass Wes Allen nie auf die Idee kommen würde, jemand könnte ihm in seiner Abwesenheit einen Besuch abgestattet haben.

Die Anzeige der Systemuhr auf dem Monitor ermahnte ihn, dass die Zeit, die er sich zugebilligt hatte, beinahe verstrichen war. Nachdem er die Tastatur abgewischt hatte, lief Carter eilig die Treppe hinauf und sah sich in zwei kleinen, kalten Schlafzimmern voller überschüssiger Möbel und Kleidung um, die allem Anschein nach nicht genutzt wurden, nicht einmal als Gästezimmer. Auf Tischen, Sesseln, einem Bett ohne Matratze und leeren Schränken stapelten sich Kisten. Mit einem raschen Blick stellte Carter fest, dass die Kisten mit alten Papieren gefüllt waren, Steuerbescheiden und dergleichen – also nicht das, wonach er suchte.

Er rührte in den unbewohnten Schlafräumen nichts weiter an, sondern durchsuchte nun das einzige Bad und schließlich Wes Allens Schlafzimmer. Es war zweckmäßig und spärlich möbliert wie der Rest des Hauses; auf einem geknüpften Teppich standen ein schmiedeeisernes Bett, ein einsamer Schreibtisch, der zugleich als Fernsehtisch diente, und ein Nachtschränkchen, auf dem eine Lampe, eine Lesebrille, eine Schachtel mit Papiertüchern und die Fernbedienung Platz fanden. Sauber. Ordentlich. Alles an seinem Ort. Fast als hätte Wes Gäste erwartet.

Carter sah auf die Uhr. Das Spiel war jetzt vermutlich beendet, es sei denn, es gab eine Verlängerung. Er musste sich beeilen.

Rasch durchsuchte er den Schrank, fand nichts, öffnete eine Nachttischschublade, und als er den Strahl seiner Taschenlampe ins Innere richtete, stockte ihm der Atem. Die Schublade war leer bis auf ein paar Schmuckstücke und einen Stapel Fotos.

Von Carolyn.

Ein säuerlicher Geschmack stieg in seiner Kehle auf, als er die Fotos anschaute.

Bilder von Carolyn, wie sie lachte, herumalberte, auf etwas zeigte oder auf ihre Unterlippe biss. Fotos von ihr in Jeans und Sweater, im Bikini, in einem spitzenbesetzten Body. Schnappschüsse von ihr, wie sie im Fluss watete, am Steuer von Wes' Pick-up saß, auf einem Bett mit zerwühlten Laken lag.

Carter schloss die Augen und stieß die Luft aus. »Dreckskerl.« Er biss so heftig die Zähne zusammen, dass seine Kiefer schmerzten. »Verdammter Deckskerl!«

Der alte, heiße Schmerz des Betrogenwerdens schnitt in sein Bewusstsein.

Was hast du erwartet, als du hierher gekommen bist, um zu spionieren?

War es von vornherein ein sinnloses Unterfangen gewesen? Ein privater Rachefeldzug, wie Amanda Pratt vermutet hatte? War es das hier, wonach er in Wirklichkeit gesucht hatte?

Er erwog, die Fotos zu verbrennen, legte sie dann jedoch zurück in die Schublade und schob diese wieder zu.

Bei dieser Suche ging es nicht um ihn. Auch nicht um Carolyn. Es ging um Jenna Hughes und ihre Sicherheit.

Aber er hatte nichts gefunden.

Bis jetzt.

Dennoch konnte er die Fotos von Carolyn nicht einfach in der Schublade liegen lassen. Während er sich innerlich einen Idioten schimpfte, nahm er die Bilder wieder heraus und steckte den ganzen Stapel ein. Sollte Wes doch bemerken, dass sie fehlten. Was konnte er schon tun? Auf die Wache kommen und Carter bezichtigen, Schnappschüsse von seiner Frau gestohlen zu haben?

Ohne länger zu überlegen, ging er zurück ins Erdgeschoss

und zuckte heftig zusammen, als eine alte Standuhr bei der Haustür die volle Stunde schlug. Er blickte auf dem Weg zur Hintertür in jeden Schrank und in jedes Regalfach, schlüpfte dann hinaus und schloss hinter sich ab. *Beeil dich. Dir bleibt nicht mehr viel Zeit. Fordere dein Glück nicht heraus.*

Nachdem er seine Stiefel angezogen hatte, trat er von der Veranda. Er entdeckte den Eingang zum Keller, eine Außentür, die ins Untergeschoss führte. Abgeschlossen. Spuren im Schnee führten auf sie zu.

In einer Schublade nahe der Hintertür hatte er einen Schlüsselbund gesehen.

Obwohl seine Zeit ablief, konnte er es nicht ertragen, so weit gekommen zu sein, so viel riskiert und das Werk dann doch nicht vollendet zu haben. So schnell wie möglich stapfte Carter in seinen eigenen Spuren zurück, holte den Schlüsselbund und ging wieder zur Kellertür. In all den Jahren seiner Bekanntschaft mit Wes Allen hatte er diese Schwelle nicht einziges Mal überschritten.

Carter probierte sechs Schlüssel aus, ehe er den passenden fand. Während er mit der Taschenlampe vor sich leuchtete, trat er vorsichtig ein, schloss die Tür hinter sich und stieg die alte Holztreppe hinunter in einen feuchten, gemauerten Keller, gerade so hoch, dass er aufrecht stehen konnte. Der schmale Strahl seiner Taschenlampe fiel auf alte Einweckgläser, Werkzeug, unbenutztes Jagd- und Angelgerät, Wathosen, ein Kanu, das schon bessere Tage gesehen hatte.

Nichts.

Er stieß weiter ins Innere vor, atmete langsam, versuchte, nicht daran zu denken, wie die Sekunden verstrichen.

Bedächtig richtete er die Taschenlampe in jeden Winkel, und der gelbe Lichtschein huschte über von Spinnweben bedeckte Balken, bröckelnden Putz und, als Carter um eine Ecke bog, auf eine weitere, mit einem Riegel gesicherte Tür.

Was es wohl damit auf sich hatte?

Carter sah auf die Uhr. Seine Zeit war um. Eigentlich hätte er längst fort sein müssen. Doch er konnte nicht ausgerechnet jetzt aufhören. Wieder brauchte er mehrere Versuche, bis er den richtigen Schlüssel fand. Er stieß die Tür auf und betätigte den Lichtschalter.

Ihm war, als hätte ihm jemand einen Hieb in den Magen versetzt.

Hab ich dich, dachte er maßlos befriedigt. Dieser kleine Raum war ein Schrein, eine verdammte Weihestätte für Jenna Hughes.

So schmutzig der Rest des Kellers war, dieser Raum war makellos sauber, die Wände waren erst kürzlich in einem weichen Goldton gestrichen worden, der Boden mit Teppich ausgelegt. An einer Wand war ein Fernseher angebracht, daran angeschlossen waren ein Videorekorder, ein DVD-Player und ein Surround-Sound-System. Außerdem bemerkte Carter eine Videokamera, eine Digitalkamera auf einem Stativ, einen Heizlüfter auf dem Boden neben einem Regal voller Videos, DVDs und Bilder von Jenna Hughes. Überall. In Rahmen oder an die Wand gepinnt, zwischen Kerzen und zwischen Armbändern und Halsketten, Haarspangen und Strumpfbändern. Ein Styroporkopf trug eine schwarze Kurzhaarperücke. Ohrringe funkelten auf der Armlehne des einzigen Möbelstücks in dem Raum, eines rotledernen Sessels vor dem Bildschirm.

Carter hob mit seinem Taschentuch ein Diadem auf. Es kam ihm bekannt vor. Hatte Jenna so etwas nicht in *Innocence Lost* getragen, als sie die halbwüchsige Prostituierte spielte? Waren dies hier die Ohrringe, die an den Ohren von Paris Knowlton geglitzert hatten, deren Rolle Jenna in *Beneath the Shadows* gespielt hatte?

Carter hatte in der letzten Zeit genug von ihren Filmen gesehen, um sich an solche Details zu erinnern. Er sah auf die Uhr und furchte die Stirn. Er hatte sich zu lange aufgehalten.

Gerade als er den Raum verlassen wollte, streifte das Licht seiner Taschenlampe die Videos und DVDs, Pornotitel und Jenna-Hughes-Titel. Wes Allens ganz privater Vorführraum. Carter mochte sich nicht vorstellen, was Wes tat, während er seine Filme anschaute.

Er war bereits auf dem Weg zur Tür, als der Strahl seiner Lampe den schwarzen Rücken einer Videokassette ohne Aufdruck streifte. Ihm wurde flau im Magen. Auf einem Aufkleber stand der Titel des selbst aufgenommenen Films: CAROLYN.

»Scheiße!« Carter griff nach der Kassette in der Absicht, sie einzustecken oder in tausend Stücke zu schlagen. Doch das durfte er nicht tun. Nicht, wenn er Wes zur Strecke bringen wollte, und verdammt noch mal, er *wollte* Wes Allen zur Strecke bringen, und zwar so brutal wie möglich. Und sei es lediglich wegen der Pornografie. Neugier auf den Inhalt der Videokassette brannte in seinem Hirn und in seinem Bauch.

Doch er durfte das mögliche Verfahren nicht kompromittieren. Er musste sich beherrschen.

Trotzdem steckte er die Videokassette ein.

Es war höchste Zeit, zu gehen.
Da durchdrang ein Geräusch die Stille. Das tiefe Dröhnen eines Motors. Und es kam näher.
Verdammt!
Eilig schlüpfte er aus dem Raum, schaltete das Licht aus und schloss hastig die Tür ab. Doch auf halbem Weg durch den Keller blieb er abrupt stehen. Der Pick-up war sehr nahe, das Motorengeräusch wurde lauter. Durch den Spalt der Kellertür sah Carter bereits die Scheinwerfer, die das Farmhaus anstrahlten. Die Scheinwerfer von Wes Allens Pick-up.
Carter erstarrte.
Drückte sich flach an die Wand.
Er hörte, wie der Motor erstarb, die Tür des Wagens sich knarrend öffnete, wie Wes durch den Schnee zum Haus stapfte.
Carter hielt den Atem an, als die Schritte die Stufen zur Veranda hinaufpolterten, einen Augenblick innehielten, sich dann ins Haus bewegten. Dicht über seinem Kopf knarrten die Bodendielen.
Los, Wes, schalte die Nachrichten ein … Ruf deine E-Mails ab … Oder geh nach oben ins Bett und schlaf dich aus.
Doch die Schritte über ihm machten in der Küche Halt.
Dann wurde es still im Haus.
Als ob Wes spürte, dass etwas in der Luft lag. Als ahnte er, dass jemand im Haus gewesen war.
Wieder hörte Carter ein leises Scharren. Wurde eine Schublade geöffnet? Mist, hatte Wes etwa vor, seinen privaten Vorführraum aufzusuchen?
Carter hatte immer noch den Schlüsselbund bei sich. Falls Wes nun die Schlüssel suchte … o Scheiße. Er durfte jetzt

nicht in Panik geraten. Musste überlegen, wie er aus der Sache rauskam. Wes schlurfte umher und fluchte. Suchte er nach den fehlenden Schlüsseln?

Wenn du nicht bald etwas unternimmst, kommt er hier runter, und dann sitzt du in der Falle.

Langsam zog Carter sein Handy aus der Tasche. Trotz der eisigen Temperaturen schwitze er, als er das Handy auf stumm schaltete. Er gab BJs Nummer ein.

Sie meldete sich beim zweiten Klingeln. »Hallo?«

»Ruf Wes Allen an«, flüsterte Carter.

»Was?«

»Carter hier. Ruf Wes Allen an. Zu Hause. Sag ihm, du hättest gesehen, dass jemand bei seinem Laden in der Stadt herumschleicht. Er soll sofort kommen. Auf der Stelle. Du hast mich bereits benachrichtigt, und ich treffe ihn dort. Du selbst musst dich um einen anderen Notfall kümmern.«

»Carter? Was zum Kuckuck faselst du da?«, fragte sie. »Was ist los?«

Oben knarrten die Bodendielen. »Verdammte Scheiße«, knurrte Wes.

»Mach schon. Sofort!«, flüsterte Carter eindringlich in sein Handy und gab BJ Wes Allens Nummer durch.

»Kannst du das nicht selbst machen?«, wollte sie wissen. Als er nichts erwiderte, gab BJ nach. »Okay. Aber du bist mir was schuldig.« Sie klang ungehalten.

Carter schaltete sein Handy aus. Er wagte kaum zu atmen in dem feuchten, eiskalten Keller. Er hätte Wes auch selbst anrufen können, doch dann wäre ihm nicht genug Zeit geblieben, um vor Wes beim Laden zu sein. Jemand anders musste den Anruf tätigen – und dieser andere war BJ.

Auf diese Weise waren alle abgesichert, sofern Wes den Köder nahm.

Über ihm ging Wes wieder zur Tür hinaus, seine Stiefelschritte dröhnten auf den Dielen der Veranda.

Mach schon … mach schon … mach schon …

Wes kam näher.

Um Himmels willen, BJ, ruf endlich an!

Die Schritte näherten sich der Kellertür; Wes musste jetzt jeden Augenblick feststellen, dass sie offen war.

Klingeling!

Carter wartete und lauschte angestrengt. Nichts.

Wieder klingelte das Telefon. Die Schritte setzten unvermittelt aus.

Geh ans Telefon, Wes. Geh ans Telefon, verdammt noch mal!

»Mist.« Wes lief durch den Schnee zurück und die Stufen hinauf. Während er die Hintertür öffnete, klingelte das Telefon erneut. Carter, der direkt unter Wes Allen stand, hörte alles mit an.

»Hallo!« Wes' Stimme klang gereizt. Er schlug die Tür hinter sich zu. »Was? … Wer ist da? Mein Laden? … Der Alarm hat nicht angeschlagen … Ist das nicht Ihr Job? Ach, zum Teufel. Ja … danke. Ich schau mal nach.« Wes legte auf, fluchte und hastete nach draußen. Carter hörte, wie er zu seinem Fahrzeug rannte, wie die Tür seines Pick-ups geöffnet und wieder zugeschlagen wurde, wie endlich der Motor ansprang.

Er ließ sich gegen die Wand sinken und schwor sich, BJ Blumen zu schenken oder sie zu einem Basketballspiel einzuladen oder sonst was.

Reifen drehten durch. Der Wagen fuhr dröhnend die

Zufahrt hinunter. Carter wartete noch zwei Minuten für den Fall, dass Wes es sich anders überlegte, dann rannte er aus dem Keller, verschloss die Tür, legte den Schlüsselbund weit hinten in die Schublade hinter ein paar Flaschenöffner und lief nach draußen. Nachdem er mit Carolyns Schlüssel die Tür sorgfältig hinter sich abgeschlossen hatte, machte er sich aus dem Staub, rannte in seinen zu großen Stiefeln den Hügel hinauf und durch den Wald. Es hatte wieder angefangen zu schneien, und zwar heftig, was ein verdammtes Glück für ihn war. Noch vor Anbruch des Tages würden seine Spuren ausgelöscht sein.

37. Kapitel

Ich kann nicht. Nicht heute Nacht«, flüsterte Cassie in ihrem Bett. Es war spät. Was dachte Josh sich dabei, sie nach Mitternacht anzurufen? »Und fang jetzt nicht an zu streiten, okay? Ich lass mir von dir nicht sagen, was ich zu tun und zu lassen habe.«

»Dann lass dich doch von deiner Mom gängeln.«

»Ich habe gesagt: keinen Streit.«

»Okay, aber wie sieht's mit morgen aus? Da gibt's 'ne Fete.«

»Ich *kann* nicht. Hör zu, Josh, lass es einfach, ja?«

»Aber ich liebe dich, Cass, das weißt du doch.«

Weiß ich das wirklich? »Ich kann es nicht riskieren.«

»Morgen. Wir können ja früher losgehen. Es gibt wieder eine Mahnwache für Ians Mom – du könntest sagen, dass du dahin gehst. Ich will dich einfach mal wieder sehen.«

»Ich weiß nicht …« Aber ein Teil von ihr musste dringend raus hier, raus aus diesen vier Wänden, wo sie mit ihrer überreizten Mutter, ihrer bekloppten Schwester und dem wachsamen Bodyguard eingesperrt war.

»Überleg's dir«, sagte Josh und legte auf.

Cassie nagte an ihrer Unterlippe und blickte aus dem Fenster. Hörte es denn überhaupt nicht mehr auf zu schneien, verdammt? Sie langweilte sich zu Tode, und ihre Mutter und sie gingen einander entsetzlich auf die Nerven.

Sie hätte beinahe mit Josh Schluss gemacht … hatte es sich dann jedoch anders überlegt.

Aber auszureißen unter dem Vorwand, an der Mahnwache

für Lynnetta Swaggart teilnehmen zu wollen? War das nicht zu idiotisch? Und zu scheinheilig?
Sie warf sich wieder in die Kissen und kämpfte mit den Tränen.
Ihr Leben war Scheiße.

»Ich komme dich holen …«, flüsterte eine körperlose Stimme über das vereiste Land hinweg. Vom mondlosen Himmel rieselten wie an Schnüren aufgereiht winzige Schneeflocken.
Die Stimme schien aus allen Richtungen zugleich zu kommen – von den Bergen, vom vorbeirauschenden Fluss, aus dem dunklen Wald.
»Wer bist du?«, rief Jenna, außer sich vor Angst. Sie lief, so schnell sie konnte, sog keuchend die kalte Luft ein und blickte über die Schulter zurück in dem Versuch, ihren Verfolger auszumachen. Sie sah nichts, aber er war da, jagte sie, verfolgte jede ihrer Bewegungen. Sie ahnte ihn. Fühlte ihn. Wusste, dass er sie jagte.
Es gab kein Entrinnen, und dennoch rannte sie. Ihre bloßen Füße glitten auf dem von Raureif überzogenen Boden aus, ihr enges schwarzes Kleid behinderte sie, bremste ihren Lauf.
»Jenna … Jennaaaaaa.«
Sie starb tausend Tode, wenn sie seine Stimme hörte. Sie schien von überall her auf sie einzudringen. »Wer bist du?«, verlangte sie zu wissen, während der Wind an ihrem Haar zerrte und in ihre Wangen biss.
»Das weißt du doch.«
»Nein!« Ihre Beine waren bleischwer, zogen sie tiefer in den Schnee, ihr Kleid riss und schälte sich von ihrem

Körper, während sie verzweifelt den Weg zwischen den Grabsteinen hindurch suchte, sich mit vor Kälte brennender Haut durch das Schneegestöber kämpfte.

Flüsternd ertönte es an ihrem Ohr: »Ich bin der Mann schlechthin.« Tief, männlich, kehlig hallte die Stimme über den Friedhof.

»Lass mich in Ruhe.« Sie stolperte über eine niedrige Steinmauer, die unter dem Schnee verborgen lag.

»Warte auf mich …«

»Lass mich in Ruhe, zum Teufel!«, schrie sie, drehte sich um und sah nichts. Kein Monster. Kein Gespenst. Keine grauenhafte Gestalt, die sie verfolgte. Unentwegt fielen Schneeflocken vom Himmel, wirbelten und tanzten durch die Nacht.

»Du bist meine Frau …«

»Ich bin niemandes Frau, du Satan!« Sie wandte sich um und rannte weiter, doch etwas packte sie von unten, hielt sie fest, kräftige Finger umklammerten ihren Knöchel. Jenna blickte hinab, geradewegs in das Gesicht von Lynnetta Swaggart.

Lynnetta, mit frisiertem Haar und etwas wie einem Heiligenschein um den Kopf, lächelte selig zu ihr auf und sagte: »Du hast dein Kleid zerrissen, Jenna.« Die blauen Augen trübten sich sorgenvoll. »Gib auf dich Acht. Ich kann es dir jetzt nicht mehr flicken.«

»Lynnetta! Gott sei Dank, du bist wohlauf!«

Lynnettas glückseliges Lächeln wurde maliziös. »Sinnlich … stark … erotisch …«, wiederholte Lynnetta, als hätte sie die Worte auswendig gelernt.

»Was tust du hier? Wer hat dich hergebracht?«, wollte Jenna wissen.

»Du bist die Frau schlechthin.«
»Ach, hör auf!«
»Ts, ts. Es ist deine Bestimmung.«
»Bestimmung? Nein …« Besinnungslos vor Angst blickte Jenna sich um, sah die verfallenden Grabsteine, die sie umgaben. Die Nacht wurde dunkler und schloss sie ein. »Ich habe keine Bestimmung.«
»Doch, natürlich. Ich rede von Gott, Jenna«, sagte Lynnetta. »Er ist der einzige Schlüssel zu deiner Erlösung.«
»Gott hat mit dieser Sache nichts zu tun.«
»Seine Wege sind oft rätselhaft.«
»Das ist doch Quatsch, Lynnetta.«
»Wo sind deine Kleider?«
»Was?« Jenna sah an sich hinab und erkannte, dass sie nackt war. Das schwarze Etuikleid verhüllte ihren Körper nicht mehr, und ihr war kalt … so verflucht kalt … Sie fröstelte. Schneeregen peitschte ihre Haut und hinterließ kleine rote Striemen. »Ich weiß es nicht.«
»Dann finde sie, du ungezogenes, sündiges Mädchen. Ts, ts, Jenna. Schäm dich. Solch schmutzige Filme zu machen …« Lynnettas friedliches Lächeln erstarb, und dann war sie fort. Wo sie gelegen hatte, war nur schmutziger Schnee, der sich um einen Grabstein auftürmte.
Voller Entsetzen las Jenna die Inschrift:
Cassandra Lynn Kramer, meine geliebte Tochter.
Was! Ihr Herz hämmerte so heftig, dass es schmerzte. Cassie? Nein!
»Nein, nein, nein!«, schrie sie, begann zu hyperventilieren, und Tränen strömten über ihr Gesicht …
Jenna schlug die Augen auf.

Sie lag in völliger Dunkelheit, während der Albtraum sich in den finstersten Winkel ihres Unterbewusstseins verflüchtigte. »Mein Gott«, flüsterte sie und wischte sich die Tränen aus den Augen.

Sie war zu Hause.

In ihrem Bett.

In Sicherheit.

Ihr Puls und ihr Atem beruhigten sich. Und dann spürte sie es. Da war etwas. Finster und bösartig ... als hätte jemand vor ihrem Bett gestanden und zugesehen, wie sie sich verzweifelt in ihrem Albtraum wand. Doch das war unmöglich; wahrscheinlich spielte ihre Einbildung ihr einen Streich, die Überbleibsel des grotesken Traums, der ihr Blut gefrieren ließ. Ihre Haut prickelte vor Angst, und sie horchte angestrengt auf flaches Atmen oder das Scharren eines Schuhs auf dem Fußboden. Sie hörte nichts Außergewöhnliches, nur das Heulen des Windes unter den Giebeln und das Ächzen von altem Holz, das sich auf den gefrorenen Grundmauern setzte.

Trotzdem fühlte sie eine Veränderung in der Atmosphäre. Etwas stimmte nicht, sie nahm einen kühlen Hauch wahr – etwas Lebendes bewegte sich im Haus.

Tu dir das nicht an, ermahnte sie sich, schlüpfte leise unter der Bettdecke hervor und griff nach dem Bademantel, den sie über das Fußende geworfen hatte. Mit wild klopfendem Herzen tastete sie sich in den Flur hinaus und stieg im schwachen Schimmer des Nachtlichts die wenigen Stufen zum nächsten Stock hinunter, wo sie den Holzfußboden kalt unter den Füßen spürte und die Luft grundlos aufgerührt zu sein schien.

Cassies Schlafzimmertür stand einen Spalt offen, drinnen

flackerte bläuliches Licht. Leise schob Jenna die Tür auf und sah ihre Tochter fest schlafend im Bett. Cassies Gesicht wirkte unschuldig weich und faltenlos im blassblauen Licht des stummen Fernsehers. Der Friede, den der Schlaf mit sich brachte, hatte Kummer und Sorgen ihres Teenagerlebens aus ihren Zügen gelöscht.
So weit, so gut, dachte Jenna, atmete langsam und leise aus und ging geräuschlos weiter zum Zimmer ihrer Jüngsten. Behutsam öffnete Jenna die Tür. Am Fußende des Bettes hob Critter seinen zottigen Kopf. Er wedelte mit dem Schwanz, während Allie im Schlaf schmatzte, sich auf die andere Seite wälzte und tiefer unter die Bettdecke kroch.
Alle waren in Sicherheit.
Nichts Böses trieb sich hier herum.
»Jenna?«
Um ein Haar hätte sie die Kontrolle über ihre Blase verloren.
Keuchend fuhr sie herum und sah Jake Turnquist. Da er auf der Treppe stand, waren nur Kopf und Schultern sichtbar. »Ist alles in Ordnung?«
Natürlich nicht. Sieht es etwa so aus? »Ja … nein … Ich glaube schon.« Sie strich sich das Haar aus den Augen und versuchte, ihr rasendes Herz zu beruhigen, während sie rasch auf ihn zuging. Im Flüsterton sagte sie: »Ich habe schlecht geträumt. Von Lynnetta. Und als ich aufgewacht bin, hatte ich das Gefühl, dass jemand in meinem Zimmer war, an meinem Bett stand und mich ansah.«
»Vielleicht haben Sie gehört, wie ich reingekommen bin.«
»In mein Zimmer?« Sie stutzte.
»Nein. Ich war unten. Heute Nacht haben die Batterien

in meiner Taschenlampe den Geist aufgegeben, und ich hatte keinen Ersatz. Ich weiß, dass Sie im Vorratsraum Batterien aufbewahren, und wollte mir welche holen. Vielleicht haben Sie mich gehört, als ich die Hintertür öffnete.«

»Kann sein«, sagte sie und schüttelte den Kopf. Gemeinsam stiegen sie die Treppe hinab. »Aber das glaube ich eigentlich nicht. Ich glaube ... O Gott, verliere ich den Verstand?«, sagte sie und wurde sich bewusst, dass sie sich nicht erinnern konnte, wann sie das letzte Mal gut und ohne Unterbrechung geschlafen hatte. Ihre Nerven waren überreizt, sie stand kurz vor einem Zusammenbruch. »Das wird's sein; ich verliere den Verstand.«

»Das glaube ich nicht. Es heißt doch, man könne nicht verrückt sein, solange man sich diese Frage stellt. Kommen Sie mit nach unten«, sagte er matt. »Wenn es Sie beruhigt, patrouilliere ich noch einmal um das Grundstück.«

»Danke«, erwiderte sie. Sie spürte seinen Unwillen, als er sich aufmachte, um seine Runde zu gehen.

Im Arbeitszimmer schaltete Jenna den Fernseher ein, sah jedoch nicht hin, sondern blickte aus dem Fenster in die dunkle, stürmische Nacht hinaus. Weder Mond noch Sterne waren am Himmel zu sehen. Aber es schneite stetig und unablässig.

Sie sah ihr eigenes blasses Spiegelbild in der Scheibe und blickte Jake nach, bis er außer Sichtweite war. Dann wartete sie fast eine Stunde lang auf seine Rückkehr. Sie schürte das Feuer, kochte Kakao, las in der Zeitung vom Vortag und lauschte mit halbem Ohr auf die nächtliche Talkshow, ohne dabei den Sekundenzeiger der Uhr aus dem Auge zu lassen.

Endlich öffnete sich die Hintertür, und Turnquist trat ins Haus. Er wischte sich den Schnee von Jacke und Hose, sein Gesicht war gerötet vom kalten Wind und vom Schnee, und er sah genauso müde aus, wie sie sich fühlte.

»Nichts?« Jenna bot ihm eine Tasse heiße Schokolade an.

Er zog seine Handschuhe aus und nahm die Tasse dankbar entgegen. »Absolut nichts.«

Er hatte draußen niemanden gesehen.

Keinen Hinweis darauf gefunden, dass jemand auf der Ranch gewesen war.

War sicher, dass nichts passiert war.

»Ich leide wohl wirklich unter Verfolgungswahn«, gestand sie und kam sich reichlich dumm vor. Sie hatte den Mann hinaus in die bittere Kälte geschickt, weil sie das ›Gefühl‹ gehabt hatte, dass jemand an ihrem Bett stand und sie in ihrem unruhigen Schlaf beobachtete. Und Jake war einigermaßen sauer, auch wenn er es zu verbergen suchte. Der Schnee schmolz auf seiner Strumpfmütze, und seine Hände sahen trotz der imprägnierten Handschuhe, die er auf seinen Runden trug, rau und halb erfroren aus.

»Hören Sie, ich halte Sie nicht für verrückt, und das wissen Sie. Aber Sie sind wirklich mit den Nerven am Ende.«

So, wie er es sagte, klang es nicht freundlich. Er wärmte sich die Hände am Feuer, krümmte und streckte die Finger, als wolle er sich vergewissern, ob sie ihm noch gehorchten. »Vielleicht sollten Sie etwas einnehmen, das Ihnen hilft durchzuschlafen.«

»Schlaftabletten?«

Über die Schulter sah er sie aus seinen kühlen blauen Augen abschätzend an. »Oder Valium oder Prozac; irgendwas, das Ihnen die Anspannung nimmt.«

»Ich glaube, diese Anspannung brauche ich zurzeit.«
Ohne etwas zu erwidern, griff er wieder nach seiner Tasse und leerte sie. Draußen fegte der Wind durch die Schlucht und heulte und pfiff unter den Giebeln.
»Jake?«
»Ja?«
»Danke.«
»Ich tue nur meine Pflicht«, entgegnete er mit etwas weicherer Stimme und stellte seine Tasse in die Spüle. »Gehen Sie jetzt wieder rauf; ich schließe ab.«
»Okay. Gute Nacht.«
»Gute Nacht?«, scherzte er und schüttelte den Kopf. »Himmel, ich glaube nicht, dass es eine gute Nacht ist.«
»Ich auch nicht.« Sie lächelte über seinen schlechten Witz und ging hinauf in ihr Schlafzimmer, einst ihre Zuflucht, jetzt aber entweiht. Sie fragte sich, ob sie in diesem Zimmer je wieder entspannt sein könnte. Dann warf sie ihren Bademantel über das Fußende und gähnte. Alle waren im Haus. In Sicherheit. Sie konnte jetzt schlafen.
Ihr Blick fiel auf ihre Schmuckschatulle auf dem Frisiertisch. War sie verrückt worden? *Reiß dich zusammen, Jenna. Geh schlafen.*
Doch als sie das Kästchen näher ansah, fiel ihr auf, dass eines der kleinen Schubfächer nicht ganz geschlossen war.
Hatte sie es halb offen gelassen?
Wann hatte sie es das letzte Mal geöffnet?
Sie erinnerte sich nicht.
Jenna, um Himmels willen, da ist bloß ein Schubfach nicht ganz geschlossen – na und? Willst du jetzt wegen jeder winzigen Kleinigkeit ausflippen? Jake hat Recht, du

brauchst Tabletten oder so etwas, um dich zu beruhigen! Wütend auf sich selbst streckte sie schon die Hand nach dem Lichtschalter aus, beschloss dann jedoch, das Schubfach zu schließen. Sie ging zum Frisiertisch und warf einen Blick in das Kästchen.

Sämtliche Muskeln spannten sich an. Ein winziges Eckchen lavendelfarbenen Seidenpapiers lugte aus dem Schubfach.

Was zum Teufel …?

Sie hatte nichts in Seidenpapier Gewickeltes in die Schatulle gelegt.

Aber vielleicht Allie. Sie spielt doch ständig mit deinen Sachen. Vielleicht hat sie das verschwundene Armband gefunden und es als Geschenk verpackt wieder in das Kästchen gelegt.

Oder …

Mit heftig klopfendem Herzen faltete sie das Seidenpapier behutsam auseinander, und im nächsten Moment glaubte sie, sich übergeben zu müssen. Entsetzt riss sie die Augen auf und schrie, als sie den abgetrennten blutigen Finger sah.

38. Kapitel

Jenna stieß einen Schrei aus, der sicherlich meilenweit zu hören war. Zitternd, voller Entsetzen starrte sie auf den Finger. *O Gott, o Gott, o …* Sie hörte Schritte und die Stimmen ihrer Töchter. »Mom! Mom!« Critter begann wie verrückt zu bellen. »Mom, ist alles in Ordnung?«
Über die Schulter sah Jenna Allie an der Tür stehen, mit blassem Gesicht und zitterndem Kinn. Allie krallte die Finger um den Türpfosten, ihre Nägel gruben sich in die Holzverkleidung. Cassie stand direkt hinter Allie, die Hände schützend auf die Schultern ihrer jüngeren Schwester gelegt, und sah Jenna angstvoll an. »Was ist los?«, flüsterte sie sichtlich erschrocken.
Reiß dich zusammen, Jenna. Vor den Mädchen musst du jetzt stark sein. Jenna holte tief Luft, warf einen Blick in die Schmuckschatulle und erkannte, dass das Blut nicht echt aussah … dass im Fleisch nichts von einem Knochen zu sehen war, dass … Was zum Teufel sollte das? Ihre Gedanken drehten sich im Kreise, und ihr wurde übel. Sie begriff, dass es sich nicht um einen echten Finger handelte, sondern um einen künstlichen, von der Art, wie sie für Filme produziert wurden. Die Art von Produktion, an die auch Carter schon gedacht hatte.
»Mom?«, fragte Cassie drängend.
»Ich … alles in Ordnung. Es war nur ein übler Scherz«, sagte sie. »Ein übler, perverser, grausiger Scherz.« Innerlich immer noch zitternd zwang sie sich zu lächeln. »Jemand hat mir ein Geschenk gebracht.«

»Zeig mal.« Mit dem beruhigenden Gefühl, dass nichts passiert war, trat Cassie an der entsetzten Allie vorbei ins Zimmer. »Heiliger Strohsack«, flüsterte sie. »Was ist das?«
»Künstlich.«
»Wo hast du den gefunden?«
»In meiner Schmuckschatulle.«
»Ich will das auch sehen.« Allie lief barfuß zum Frisiertisch. »Oh, würg!«, rief sie aus und verzog angewidert das Gesicht.
Cassie schüttelte den Kopf. »Aber wer …?«
Unten knarrte eine Tür. »Pssst!« Jenna legte den beiden Mädchen jeweils einen Arm um die Schultern.
»Jenna!« Turnquists Stimme dröhnte durchs Haus. Seine Schritte polterten auf der Treppe. »Jenna!«
Sie seufzte erleichtert auf. »Hier oben! In meinem Zimmer! Es ist nichts passiert!«
Mit gezückter Waffe stürmte er ins Zimmer. »Ich habe einen Schrei gehört.«
»Wieder mal Besuch gehabt«, sagte sie und wies mit einer Kopfbewegung auf das Schmuckkästchen.
Turnquist durchquerte mit langen Schritten das Zimmer. »Scheiße.« Er betrachtete den Finger, rührte ihn jedoch nicht an. »Was zum Teufel ist das?«
»Die Nachbildung eines Fingers. Der Scherz eines kranken Geistes.«
»Oder schlimmer. Die Ringe sehen echt aus.«
»Sie sind echt«, flüsterte sie, »oder verdammt gute Imitationen.« Ihr Magen verkrampfte sich. Wer war nur zu so etwas fähig? »Sie sehen aus wie Lynnetta Swaggarts Verlobungs- und Ehering.«

»Nein!«, schrie Cassie auf, und ihr ohnehin blasses Gesicht verlor alle Farbe. »Doch nicht die echten? Die hier sind nur ... so ähnlich.«
»Sie sind mir neulich aufgefallen, als Lynnetta ein Kleid änderte. Wenn es nicht Lynnettas Ringe sind, dann sind sie verdammt gut nachgemacht.«
Allie riss die Augen auf. Sie schlang die Arme um ihre Mutter, und Jenna drückte sie an sich. »Ich habe Angst, Mom.«
»Ich auch, Schätzchen. Ich auch.« Zum ersten Mal im Leben wusste Jenna nicht weiter. Jemand war in ihr Haus eingedrungen; hier waren sie offenbar nicht sicher. Die Person, die sie terrorisierte, ging nach Belieben aus und ein. Trotz der Alarmanlage. Obwohl sie die Polizei eingeschaltet hatte. Trotz ihres verdammten Bodyguards.
Sie blickte durch das Fenster in den rieselnden Schnee hinaus und betete, der Strom möge nicht ausfallen.
Wohin konnte sie ihre Kinder bringen? Wo fand sie einen sicheren Zufluchtsort, an dem ihre Töchter außerhalb der Gefahrenzone wären? Und wie sollte sie sie fortbringen? Die Straßen waren nahezu unbefahrbar, und sämtliche Hotels in der Stadt waren voll belegt. Außerdem legte dieser Dreckskerl es offenbar gerade darauf an, dass sie vor ihm davonlief. Warum sonst sollte er ihr solche Angst einjagen? Wut mischte sich in ihre Angst. »Es wird alles gut«, sagte sie fest und strich Allie übers Haar.
Cassie sah ihre Mutter an, stumm, aber vorwurfsvoll wegen der Lüge. Ausnahmsweise lag in ihrem Blick keine Spur von Zorn, Respektlosigkeit oder Spott. Nur nackte Angst. »Ich finde, wir sollten über die Feiertage alle nach L. A. fahren.«

Jenna widersprach nicht, sagte aber: »Ich glaube, genau das will er.«

»*Er?* Wer? Der Perverse, der das hier getan hat?«, fragte Cassie.

»Ja.«

»Pech – ich finde trotzdem, dass wir verreisen sollten. Irgendwohin. Mom, so etwas ist uns in Kalifornien *nie* passiert.«

Das stimmte. Dennoch sah es fast so aus, als wollte der Schweinehund, dass sie nach L. A. zurückkehrte. Warum? Fühlte er sich durch ihre Anwesenheit bedroht? Wollte er sie aus dem Weg haben? Oder versuchte er, sie zurück nach Kalifornien zu treiben, weil er sie dort haben wollte? Warum? Um neue Filme zu drehen?

Robert.

Er will die Kinder in seiner Nähe haben.

»Ich rufe den Sheriff«, sagte Turnquist. »Er schickt seine Leute her oder schaltet die Staatspolizei ein. Ich will, dass das Haus von oben bis unten gründlich durchsucht wird. Zunächst einmal bleiben wir alle zusammen. Im Arbeitszimmer. Sobald die Polizei hier ist, nehme ich das Haus auseinander.«

»Bitte«, sagte Jenna. Er zückte sein Handy und gab die Nummer des Sheriffs ein. Jenna war alles gleich, von ihr aus hätte er auch die Wände einreißen können. Sie wollte nur, dass der Scheißkerl gefasst wurde.

Carter raste mit überhöhter Geschwindigkeit durch den Schnee. Er würde behaupten, gesehen zu haben, dass jemand bei Wes' Laden herumlungerte. Er sei dem Kerl gefolgt, habe BJ über sein Handy angerufen und sei dann, nachdem der Verdächtige ihm im Schneegestöber entkommen war, zum Tatort zurückgekehrt, wo er Wes traf. Das wäre eine gute Erklärung. Zur Vertuschung seiner Lügen.

Er fuhr in die Stadt hinein und sah Wes' Pick-up auf der Straße vor seinem Elektrogeschäft stehen. Der Laden war klein, nichts weiter als ein Büro und eine Werkstatt, in der er Ersatzteile und Werkzeug aufbewahrte. Wes war drinnen. Licht brannte, und er stand mitten im Büro.

Carter trat durch die offene Tür ein.

»Was zum Kuckuck ist hier los?«, fragte Wes mit finsterer Miene und gefurchter Stirn. Er roch nach Bier und Zigarettenrauch.

»Ich habe gesehen, wie jemand hier herumschnüffelte.«

»Wer war es?«

»Hab ihn nicht erkannt.«

»Hier fehlt nichts. Die Fenster sind heil. Die Türen waren fest verschlossen.« Wes lehnte sich mit der Hüfte an den verschrammten Schreibtisch.

»Du hast Glück gehabt.«

»Ach ja?«, versetzte Wes. »Ich führe diesen Laden seit, hm, seit neun Jahren. Kein einziger Einbruch, kein Diebstahl, und heute Nacht siehst du auf einmal jemanden, den du nicht kennst, verfolgst ihn und verlierst ihn im Schneesturm aus den Augen. Das soll ich dir glauben?«

»Ganz genau.«

»Während du eine Leiche, drei verschwundene Frauen und alle möglichen Notfälle in deinem Zuständigkeitsbereich am Hals hast, kurvst du gemütlich durch die Stadt und siehst jemanden bei meinem Laden.« Er durchbohrte Carter mit einem Blick, der deutlich sagte: *Quatsch*.

»Ich war auf dem Heimweg.«
»Dein Haus liegt in der entgegengesetzten Richtung.«
»Ich bin noch ein letztes Mal Streife gefahren, aber, hey, wenn du meine Hilfe nicht willst, dann kann ich ja gehen. Ob du es glaubst oder nicht, Wes, ich hatte einen langen Arbeitstag. Mir ist kalt, ich bin müde und muss mir weder von dir noch von sonst irgendwem solchen Mist anhören.« Carter war jetzt wütend und sah keinen Grund, sich mit langen Diskussionen aufzuhalten. »Wie du schon sagtest: Ich habe Wichtigeres zu tun.«
Wes rieb sich nachdenklich das Kinn, schien sich in keiner Weise angegriffen zu fühlen.
»Du hast verflucht lange gebraucht, um hierher zurückzukommen.«
Carter griff nach dem Türknauf. »Ich habe Besseres zu tun, als mir das hier anzuhören. Ich dachte, es könnte dich interessieren, dass jemand um deinen Laden herumstreicht. Ich hatte den Eindruck, dass er einen Einbruch plante. Vielleicht habe ich mich geirrt. Also, bis demnächst.«
»Jemand war heute Abend in meinem Haus.«
»Wer?«, fragte Carter ruhig, obwohl seine Nerven zitterten.
»Ich weiß es nicht. Aber jemand war im Haus. Ich glaube, er ist geflüchtet, als ich kam.«
»Wie ist er hineingekommen? Hat er eine Tür aufgebrochen? Oder ist er durchs Fenster eingestiegen?«
Wes schüttelte den Kopf.
»Kein Hinweis auf ein gewaltsames Eindringen?«
»Nein.«
»Vielleicht hast du vergessen abzuschließen.«

»Nein.«
»Was dann?«
Wes runzelte finster die Stirn.
»Ist etwas gestohlen worden?« Die Fotos und die Videokassette in Carters Tasche wurden schwer wie Blei.
»Das weiß ich noch nicht.«
»Wenn du willst, fahre ich mit zu dir und schaue mich um. Durchsuche das Haus. Wir können gemeinsam nachsehen, ob etwas gestohlen worden ist, und wenn ja, was.«
Wes blinzelte, riss sich zusammen, aber trotzdem lag eine Spur von Panik in seinem Blick, die er zu verbergen suchte. »Vielleicht habe ich mich geirrt.«
»Du bist nicht sicher?«
»Zum Teufel, Shane, ich bin mir über gar nichts mehr sicher.« Er verschränkte die Arme vor der Brust.
»Willkommen im Club. Und jetzt fahre ich nach Hause, es sei denn, du brauchst mich noch.«
»Ich finde es ein bisschen merkwürdig, dass du mich mitten in der Nacht hierher zitierst.«
Carter zog eine Braue hoch und spielte seinen Trumpf aus. »Vielleicht solltest du lieber nicht mehr fahren.«
»Wieso?«
»Du stinkst wie eine ganze Brauerei.«
Wes kniff die Augen zusammen. »Willst du jetzt etwa einen Alkoholtest machen?«, fragte er leise. »Deine Behörde lockt mich unter irgendwelchen Vorwänden hier heraus, und dann willst du mich auch noch ins Röhrchen blasen lassen. Was zum Teufel soll das alles, Shane? Willst du mir was anhängen?«
»Ich habe dir gesagt, was passiert ist.«
»Und ich glaube dir nicht.«

Carter seufzte und rieb sich den Nacken. »Ich möchte mich nicht gezwungen sehen …«

»Du musst dich zu gar nichts gezwungen sehen, Shane. Zu überhaupt nichts, verdammt noch mal. Ich fahre jetzt einfach nach Hause, und wir vergessen die Sache.« Er löste sich vom Schreibtisch und nahm seine Schlüssel von der Platte.

Carter gab vor zu überlegen.

Wes ging zur Tür. »Es ist spät geworden.«

»Stimmt.« Carter zog die Lippen zwischen die Zähne, als grübelte er über alle Last der Welt nach, dann fing er Wes' skeptischen Blick auf und hielt ihn fest.

»Schluss für heute.«

Carter nickte bedächtig, schien immer noch zu überlegen. »Hör zu. Du machst den Laden dicht, fährst nach Hause, schaust nach, ob etwas gestohlen wurde, und wenn ja, rufst du mich an. Ich schicke dir einen Deputy, oder du lässt in meinem Büro ein Protokoll aufnehmen.«

»Großartige Idee«, brummte Wes und öffnete die Tür. Eisiger Wind fegte in das Büro. Carter ging hinaus zu seinem Wagen.

»Fahr vorsichtig«, rief er, als glaubte er wirklich, Wes sei betrunken. Er wusste es besser, erkannte wohl, dass Wes einen leichten Schwips hatte, der aber keineswegs über der Promillegrenze lag. Doch Wes ließ sich so weit einschüchtern, dass Carter sich seine Befürchtungen zunutze machen konnte.

Wes schlug seinen Kragen hoch. »Mir passiert schon nichts«, entgegnete er und stapfte zu seinem Pick-up.

O doch, wenn es nach mir geht, dachte Carter, stieg in seinen Wagen und beobachtete im Rückspiegel, wie Wes davonfuhr. Er lächelte grimmig, als er sah, wie Wes gewissenhaft den Blinker setzte, vorschriftsmäßig vor der blinkenden Ampel abbremste und die Geschwindigkeitsbegrenzung einhielt.

Nur um Wes noch mehr einzuschüchtern, folgte Carter ihm sechs Häuserblocks weit, bevor er wendete und nach Hause fuhr. Die Straßen waren weitgehend leer, als er zur Stadt hinausfuhr; im Rückspiegel war kein Fahrzeug zu sehen. Was ihm ganz recht war.

Carter steuerte den Wagen in westlicher Richtung über die I-84. Hier herrschte überhaupt kein Verkehr, denn die Straße war offiziell gesperrt, doch der Sheriff ignorierte die Absperrung, umfuhr die vereisten Barrikaden und bog nach wenigen Meilen auf die Brücke über den Columbia River ab. Mitten auf der Brücke hielt er an. Er ließ den Motor laufen, stieg aus, trat ans Geländer und zog die Videokassette aus der Tasche. Während er die schwarze Hülle betrachtete, fragte er sich, was für Bilder von Carolyn wohl auf dem verdammten Band festgehalten sein mochten. War sie nackt? Mit Wes zusammen? In einer kompromittierenden Situation? Oder waren es nur Aufnahmen von ihr, vollständig bekleidet und lächelnd? Wen interessierte es? Er sagte sich, dass es besser für ihn wäre, es nicht zu wissen, und wunderte sich, dass so viel von dem schwärenden alten Schmerz vergangen war. Im Grund war ihm egal, was Carolyn getan hatte, aber er wollte es weiß Gott nicht noch einmal ans Tageslicht zerren.

Man soll keine schlafenden Hunde wecken.

Er wischte etwaige Fingerabdrücke von der Videohülle und fröstelte in der Kälte. Der Wind war rau, drang schneidend durch seine Kleider und trieb den Schnee vor sich her. Unter der Brücke toste der Hochwasser führende Columbia River.

Mit klappernden Zähnen ließ Carter die Videokassette auf den eisglatten Asphalt der Brücke fallen. Mit dem Stiefelabsatz trat er darauf und zerstampfte das Plastik zu scharfen schwarzen Scherben.

Das reichte noch nicht.

Er riss das Band von den Spulen, dann raffte er die Überreste zusammen und schleuderte den ganzen verdammten Mist in den dunklen, eisigen Fluss. »Adios«, rief er in den heulenden Wind hinein und fühlte sich erstaunlicherweise wie befreit.

Zu Hause würde er die Fotos, die noch immer in seiner Tasche steckten, im Holzofen verbrennen. Völlig unzeremoniös. Er würde die verräterischen Aufnahmen einfach ins Feuer werfen und nicht einmal zusehen, wie sie schmolzen und zischend verbrannten.

Sie sollten vernichtet werden. Für immer. Wenn Wes Allens Haus durchsucht wurde, würden keine Fotos von Carolyn auftauchen, die den alten Skandal wieder aufflackern ließen. Und Carter glaubte nicht, dass Allen so dumm sein würde, vor der Polizei zu erklären, jemand habe ihm seine Fotos und Filme von der Frau eines anderen – von der Frau des Sheriffs – gestohlen. Selbst wenn, würde es keine Rolle spielen. Wes Allen war nicht nur sein, Carters, ehemaliger bester Freund und Liebhaber seiner Frau, er war jetzt auch Jenna Hughes' Stalker.

Er war auf dem absteigenden Ast.

Und zwar gewaltig.

Durch das Heulen des Windes hörte Carter sein Handy klingeln. Auf dem eisglatten Asphalt schlitternd erreichte er seinen Chevrolet Blazer und sprang auf den Fahrersitz. Mit einer Hand griff er nach dem Handy, mit der anderen schloss er gleichzeitig die Tür.

»Carter«, meldete er sich.

»Turnquist hier.« Die Stimme des Bodyguards war kaum zu hören.

Carters Muskeln spannten sich an.

»Wir haben ein Problem hier im Haus der Hughes'. Es besteht keine akute Gefahr, aber die Sicherheitsvorkehrungen wurden durchbrochen.«

Verdammt. »Wie?«, fragte Carter.

»Anscheinend war der Kerl im Haus. Ich weiß nicht, wann. Wahrscheinlich irgendwann in der Nacht.«

»Wie bitte? Während du da warst?«

»Ich weiß es nicht sicher, aber, ja, davon gehe ich aus.«

»Verdammt Scheiße!« Carter wäre dem Bodyguard am liebsten an die Kehle gesprungen. »Ist Jenna wohlauf?«

»Ja. Alle sind wohlauf.«

»Auch die beiden Mädchen?«

»Ja!«, fuhr Turnquist ihn an. »Aber ich brauche Hilfe. Wir haben uns im Arbeitszimmer verschanzt, und ich will Jenna und die Mädchen nicht allein im Haus lassen, muss aber eine Durchsuchung vornehmen.«

»Lass sie auf gar keinen Fall allein!«, befahl Carter, plötzlich von Angst gepackt. Warum war er Wes nicht bis nach Hause gefolgt? Doch es war ausgeschlossen, dass Wes innerhalb der letzten halben Stunde das Haus erreicht hatte. *Aber früher, als er deiner Meinung nach im Lucky Seven war?*

Carter trat aufs Gas und wendete auf der Brücke rasch in drei Zügen. »Gib mir Jenna.«
»Ihr fehlt nichts.«
»Hol sie an den Apparat!« Mit durchdrehenden Reifen fuhr er an.
»Hallo?« Ihre Stimme klang ruhig und berührte ihn auf unvorstellbare Weise. Der Chevrolet Blazer hielt jetzt die Spur.
»Ist alles in Ordnung mit Ihnen?«
»In Ordnung? Wie meinen Sie das?«, fragte sie, und neben dem ärgerlichen Tonfall hörte er noch etwas anderes in ihrer Stimme – eine unterschwellige Panik.
»Bleiben Sie bei Turnquist.« Er fuhr von der Brücke, während die Scheibenwischer gegen das Eis ankämpften, das die Windschutzscheibe zu überziehen drohte.
»Keine Sorge.«
In seinem Inneren brach etwas auf. »Ich mache mir aber Sorgen.«
Nach kurzem Zögern sagte sie: »Carter …«
»Ja?«
»Kommen Sie her.«
»Halten Sie durch, Jenna.« Seine Stimme klang plötzlich heiser. »Ich bin gleich bei Ihnen.«

39. Kapitel

Der Sekundenzeiger der Uhr im Arbeitszimmer tickte unaufhaltsam weiter, und Jenna glaubte, den Verstand zu verlieren. Sie, Cassie, Turnquist und sogar Critter hockten in dem kleinen Zimmer zusammen. Im Haus waren sämtliche Vorhänge und Fensterläden fest geschlossen, und das Licht wie auch der Fernseher flackerten, während der Wind durch die Schlucht heulte und das Haus umtoste. Die Mädchen lagen zusammen unter einem Schlafsack auf dem Sofa. Jenna bemühte sich nach Kräften, einen kühlen Kopf zu bewahren.

Unmöglich.

Komm schon, Carter, dachte sie im Stillen. Jeder Muskel in ihrem Körper war angespannt.

Auch Turnquist, die Waffe griffbereit an seiner Seite, war gereizt.

Alle zehn Minuten patrouillierte er mit gezückter Pistole durchs Haus. Seine Augen waren überall. An den Fenstern blieb er stehen und öffnete die Läden einen Spalt, um in den Sturm hinauszuspähen. Jenna lauschte auf seine Schritte, die auf der Treppe knarrten oder auf den Fußböden über ihnen tappten.

Sie saß in einem Schaukelstuhl, den Blick auf die Uhr geheftet, und ließ eine Hand über die Armlehne hinabhängen, um Critter hinter den Ohren zu kraulen.

Endlich, als sie schon glaubte, die Anspannung keinen Moment länger ertragen zu können, hob der Hund den Kopf und knurrte. Turnquist, der gerade aus dem ersten

Stock herunterkam, ging in die dunkle Küche und blickte hinaus in die Nacht. »Carters Chevrolet Blazer«, meldete er und gab den Code ein, der das Tor öffnete, damit Carter hindurchfahren konnte. Doch das Tor rührte sich nicht. »Verflixtes Ding. Ich gehe raus«, rief er über die Schulter. »Das Tor ist eingefroren.« Er zog seine Jacke an, verließ das Haus und schloss die Tür hinter sich ab.

Allie döste, Cassie hatte die Augen halb geschlossen. »Kannst du ihm vertrauen, Mom?«

»Wem? Jake Turnquist?«

»Ja. Sieht nicht so aus, als würde er sich ein Bein ausreißen. Nicht, wenn der Kerl trotz allem hier einbrechen kann. Vielleicht ist er es selbst.«

»Ich habe ihn überprüft.«

»Indem du mit Mr Brennan geredet hast. Oh, toll.«

»Ich habe ein paar von den Namen auf seiner Referenzenliste angerufen.«

»Die kann er auch getürkt haben.«

»Sheriff Carter hat ihn mir empfohlen.«

»Vielleicht steckt er mit ihm unter einer Decke.«

»Nein.«

»Nein?« Cassie zog eine Braue hoch. »Woher willst du das *wissen*, Mom? Diese ganze Stadt könnte eine merkwürdige eingeschworene Gemeinschaft sein, in der jeder so etwas wie ein Alien ist. Manche Dinge hier sind wirklich absonderlich, Mom. Die Hälfte der Bevölkerung glaubt an Bigfoot, und dieser Charley Perry, der Mann, der die Leiche am Catwalk Point gefunden hat, der behauptet, er wäre mal von Aliens entführt worden. Das Erschreckende daran ist, dass alle in der Stadt es einfach akzeptieren. Es heißt, er ist ›ein bisschen exzentrisch‹. Soll das ein Witz sein? Der Typ ist völlig übergeschnappt und gehört eingesperrt. Und die Hälfte der Leute hier auch. Findest du es nicht seltsam, dass zwei von den Männern, mit denen du dich triffst – Harrison Brennan und Travis Settler –, ein Geheimnis aus ihrer Vergangenheit machen? Dass sie beide irgendeiner besonderen militärischen Elitetruppe oder der CIA oder was weiß ich angehört haben, über die sie nicht reden dürfen? Und dann diese Rinda, deine Freundin. Ihr Bruder und ihr Sohn sind unheimlich. Da liegt eine genetische Fehlentwicklung vor, wenn du mich fragst.«

»Aber Josh ist normal.«

»Nein. Das habe ich nicht gesagt. Seine gesamte Familie ist voll daneben! Langsam denke ich, dass wir – du, ich und Allie – die einzigen Normalen hier sind. Und das ist erst recht verrückt, denn du bist ein Hollywoodstar, oder warst zumindest einer, du bist geschieden, Dad hat wieder geheiratet ... Aber trotzdem sind wir normaler als die meisten Leute in dieser Gegend, finde ich.«

»Meinst du?«, fragte Jenna, als Cassie sich wieder dem Fernseher zuwandte. Normal? Sie mit ihrem Abscheu vor dem Winter? Zweifelnd blickte sie hinaus in die arktische Landschaft.

Arktische Landschaft – *White Out*. Der unvollendete Film. Während der Dreharbeiten war Jill ums Leben gekommen.

An deiner Stelle. Du hättest oben auf dem Berg sein sollen, nicht Jill.

Mit Schaudern erinnerte sie sich an das Donnern der Explosion, an die Schneewolke, die sich zig Meter hoch in die Luft erhob, und dann das grauenhafte Rumpeln, als risse es die Erde selbst schmerzhaft auseinander. Von ihrem Platz im Schneemobil aus hatte sie voller Entsetzen zugesehen, wie eine Mauer aus Schnee und Eis den Berg hinabdonnerte, direkt auf die Stelle zu, an der die nächste Szene abgedreht werden sollte, dort, wo Jill ahnungslos wartete. Jenna hatte geschrien und sich aus dem Schneemobil gestürzt, doch ein paar Mitglieder des Filmteams hatten sie festgehalten.

Sie hatten Jills Leiche stundenlang nicht gefunden, doch Jenna hatte sofort gespürt, dass sie tot war.

Und nur wegen dir. Du hast sie überredet, deinem Beispiel zu folgen. Du hast Robert empfohlen, sie zu engagieren. Und das ist dann dabei herausgekommen.

Die Katastrophe hatte weit reichende Folgen nach sich gezogen. Die Ermittler gingen davon aus, dass Sprengstoff, der zu einem späteren Zeitpunkt der Dreharbeiten hatte eingesetzt werden sollen, frühzeitig entzündet wurde, die Lawine ausgelöst und den vorgesehenen Drehort zerstört hatte. Eine schreckliche Tragödie. Niemand hatte wirklich Schuld daran, doch zugleich wurden alle am Film Beteiligten beschuldigt. Jenna war ein emotionales Wrack, Robert finanziell nahezu ruiniert. Sie hatten einander die Schuld zugewiesen, und Jenna hatte die Schauspielerei aufgegeben und sich geweigert, das Projekt zu Ende zu bringen, das Jill das Leben gekostet hatte.

Die Presse war völlig aus dem Häuschen. Bilder von Jenna und ihrer Familie erschienen landesweit in den Zeitungen. Die Klatschpresse ging mit einer Verschwörungstheorie hausieren und verbreitete die Vermutung, das Unternehmen, das in einer finanziellen Krise steckte, habe das Budget so weit überzogen, dass der Film von einem der

Geldgeber sabotiert wurde, der abspringen und sich mit der Versicherungssumme aus dem Staub machen wollte. Diese Phase ihres Lebens war in einem grauenhaften Nebel an ihr vorbeigezogen. Sie hatte versucht, sich um der Kinder willen zusammenzureißen, doch ihre Karriere lag in Scherben, ihre ohnehin schon brüchige Ehe stand vor dem Aus, ihre Schuldgefühle ließen ihr keine Ruhe. Alle, die sie kannte, waren wütend und zeigten mit dem Finger auf sie. Einer der bedeutenderen Geldgeber, Paulo Roblez, war ganz besonders verärgert gewesen, ebenso wie Monty Fenderson, Jennas Agent, der, als sie ihre Schauspielkarriere für beendet erklärte, seine einzige hochkarätige Star-Klientin verlor. Er hatte gedroht, sie und Robert und noch einige andere zu verklagen.

Seitdem hasste sie den Winter und die Weihnachtszeit.

Warum bist du dann hierher gezogen, in das Land der kalten Winter, wo die höchsten Berge des Bundesstaats quasi in deinem Garten stehen? Warum gehst du immer noch mit den Mädchen Ski laufen? Um dich selbst zu bestrafen? Oder um deine Ängste und deinen Schmerz zu überwinden?

Eine gute Frage – eine Frage, die in der ein Jahr währenden Therapie nicht hatte beantwortet werden können.

Bis zu diesem Tag wurde Jenna wegen des Verlusts ihrer Schwester von Schuldgefühlen und Schmerz gebeutelt. Jenna war diejenige gewesen, die Jill ins Filmgeschäft geschleust hatte. Jenna, die sich mit der Rolle der Katrina in *Innocence Lost*, einer Rolle ähnlich der von Brooke Shields in *Pretty Baby*, in jungen Jahren bereits Ruhm erworben hatte. Von dem Punkt an hatte sie die Rollen selbstbewusster, hartgesottener Heldinnen gespielt und sich in einer Branche Respekt verschafft, die diesen sonst nicht kannte. Jill war bereitwillig in Jennas ruhmreiche Fußstapfen getreten, nur um dadurch ihr Leben zu verlieren.

Es war so sinnlos gewesen, und als Jenna jetzt in die stürmische Nacht hinausblickte, empfand sie wieder die alten nagenden Zweifel, die sie schon seit dem Unfall quälten. Nicht dass es einen Sinn ergab, doch Jenna hatte sich von Anfang an gefragt, ob die Tragödie geplant war, ob der Unfall bei den Dreharbeiten zu *White Out* womöglich skrupellos inszeniert worden war. Konnte es sein, dass jemand mit Absicht die Lawine zu Tal geschickt hatte? Aber warum? Die polizeilichen Untersuchungen zum Tod ihrer Schwester hatten nichts ergeben, nicht einmal menschliches Versagen, und so wurde die gesamte Katastrophe als Unglücksfall eingestuft. Doch die Gerüchteküche hatte gebrodelt, und hinter vorgehaltener Hand wurde gemunkelt, der Film sei bewusst sabotiert worden – indem der für eine andere Szene vorgesehene Sprengstoff vorzeitig explodierte, habe jemand einem Film ein Ende gesetzt, der ohnehin sein Budget hoffnungslos überzog. Es wurde sogar behauptet, mit Hilfe des »Unfalls« sei der Film künstlich ins Gespräch gebracht worden, als makabrer Anreiz für die Kinogänger.

Doch Jenna hatte jeglichen Profitspekulationen im Zusammenhang mit dem Tod ihrer Schwester die Spitze abgebrochen, indem sie ihre Karriere aufgab und alles Weitere den Anwälten überließ.

Sie sah zu, wie Jake mit einiger Kraftanstrengung das Tor öffnete und Carter in seinem Geländewagen durch die Schneeverwehungen zur Garage fuhr. Eine Welle der

Erleichterung überrollte sie, und sie vermochte den Blick nicht von ihm zu wenden, dem großen, sehnigen Ordnungshüter, dem sie nun die ungewollte Rolle ihres persönlichen Helden zuwies. Was lächerlich war. Dennoch konnte sie sich nicht zurückhalten, eilte in die Küche und öffnete ihm die Tür. Albern, wie sie war, warf sie sich ihm entgegen, und er schloss sie in seine kräftigen Arme, drückte sie fest an sich. »Gott sei Dank, dass Sie da sind«, stieß sie hervor, den Tränen gefährlich nahe, während der schneidend kalte Wind in die Küche fegte.

»Hey, ganz ruhig.« Sein Atem streifte ihr Haar, er schob mit dem Fuß die Tür zu, ließ Jenna jedoch nicht los. Und, verdammt noch mal, sie war so dankbar, sich an diesen starken Körper schmiegen zu können. Dankbar für seine harte männliche Anwesenheit. Für alles, Knochen, Fleisch und unerschütterliche Entschlossenheit, eingepackt in eine wasserfeste Daunenjacke. »Ich bin ja bei Ihnen.«

Ihre Knie drohten nachzugeben, und sie hielt sich an ihm fest. »Danke.« Sie wandte ihm ihr Gesicht zu, reckte sich auf die Zehen, ihre Lippen berührten sein Ohr.

Er biss die Zähne zusammen. »Danken Sie mir nicht zu früh. Wir müssen erst diesen Verrückten finden.«

»Ja, das müssen wir.« Widerwillig löste sie sich aus dieser ach so schützenden Umarmung und unterdrückte blinzelnd die Tränen, die ihr in den Augen brannten.

»Übrigens, kennen Sie zufällig einen Dichter namens Leo Ruskin?«

Sie schüttelte den Kopf.

»Er hat vor ein paar Jahren in Südkalifornien gelebt, und ›Heute … Morgen … Für immer‹ war ein Vers von ihm, der für die Promotion von *White Out* verwendet werden sollte.«

»Das wusste ich nicht«, sagte sie ernst, »aber damals wusste ich eine ganze Menge nicht, da Robert und ich kaum noch miteinander sprachen. Ich habe meine Tage am Drehort verbracht, die Abende mit den Kindern, und alle finanziellen Dinge – die Promotion, die Durchführung, eben alles – habe ich ihm überlassen. Haben Sie mit Ruskin gesprochen?«

»Wir wissen nicht, wo er sich aufhält. Noch nicht. Aber wir werden ihn finden.« Er hielt inne. »Ich bin der Meinung, wir sollten Ihren Exmann nach ihm fragen, nach diesem Vers und nach den Personen oder Firmen, die mit den Masken für den Film betraut waren.«

»Mit den Masken?«

»Ja. Vermutlich hat doch ein Maskenbildner oder eine entsprechende Firma die Veränderungen an Ihrem Gesicht bewerkstelligt.«

Sie kniff die Augen zusammen. »Sie meinen, der Betreffende könnte etwas mit dem Finger zu tun haben, den ich gefunden habe.«

»Glauben Sie das denn nicht?«

»Ich weiß nicht, was ich denken soll, und ich erinnere mich nicht an den Namen der Firma, aber ich werde Robert anrufen. Er muss ja noch Belege haben.«

»Das sollte man meinen.«

Die Hintertür öffnete sich noch einmal, und Turnquist trat in einem neuerlichen Schwall eiskalter Winterluft in die Küche, stampfte mit den Füßen auf und blies auf seine behandschuhten Hände. Er bemerkte die Nähe zwischen Jenna und Carter und zog die Mundwinkel herab.

»Bleib du am besten hier, und ich suche inzwischen das Grundstück ab.«
»Ich dachte, das hättest du gleich nach deiner Einstellung schon erledigt.«
»Ich wollte damit sagen, ich nehme alles gründlich auseinander. Irgendwoher weiß der Scheißkerl, was in diesem Haus los ist.«
»Warte auf die Staatspolizei. Ich habe sie auf dem Weg hierher angerufen.«
Turnquists ohnehin schon rotes Gesicht verfärbte sich noch dunkler. »Ich schaffe das schon.«
»Tatsächlich? Davon habe ich bisher aber noch nicht viel gesehen«, fuhr Carter ihn an. »Ich will nicht, dass Beweismaterial zerstört wird. Berichte mir haargenau, was hier los war, und dann warten wir auf die Staatspolizei.«
»Das kann noch Stunden dauern.«
»Wir haben Zeit.« Carters Handy klingelte, und er meldete sich, bereits mit den anderen auf dem Weg ins Arbeitszimmer. Critter gähnte, reckte sich, trottete dann steifbeinig zu Carter und schnupperte an seinen Stiefeln, während Allie nicht einmal mit einer Wimper zuckte.
Cassie lümmelte am anderen Ende des Sofas, und auch sie hatte schließlich der Erschöpfung nachgegeben. Den Kopf auf einen angewinkelten Arm gelegt, schnarchte sie leise in friedlichem, sorglosem Schlaf.
Jennas Herz krampfte sich zusammen, als ihr grauenhafter Traum ihr in den Sinn kam. Wie hatte es dazu kommen können, dass sie und Cassie sich so weit voneinander entfernten? Als Kind war Cassie so übersprudelnd, so glücklich, so begeistert von allem Neuen gewesen, sei es ein junger Hund, ein großes Eis oder eine Flugreise. Dann,

als sie in die Pubertät eintrat und die Ehe ihrer Eltern zerbrach, war ihr diese schöne, sprunghafte *joie de vivre* abhanden gekommen. War es der natürliche Übergang ins Erwachsenenleben gewesen oder die Unfähigkeit ihrer Eltern, nach dem Unfall ihre Probleme zu verarbeiten?

Womit sie schon wieder bei der Tragödie angelangt war. Ewig diese Tragödie.

Carter beendete sein Gespräch. »Larry Sparks ist auf dem Weg hierher«, verkündete er, »aber die Staatspolizei ist durch das Unwetter außer Gefecht gesetzt. Wir müssen uns gedulden. Sieht aus, als stünde uns eine lange Nacht bevor.«

»Nicht die erste«, knurrte Turnquist.

»Okay, gehen wir in die Küche.« Carter wies mit einer Kopfbewegung auf die offene Tür. »Und dann erzählt ihr zwei mir alles, was heute Nacht hier passiert ist.«

40. Kapitel

Die nächsten Stunden zogen sich endlos in die Länge. Larry Sparks und ein Detective der Staatspolizei von Oregon trafen ein und suchten zusammen mit Turnquist das Haus und das Grundstück ab. Jenna berichtete, was in den letzten paar Tagen geschehen war, gab zu Protokoll, wer das Grundstück betreten hatte, wann sie zum letzten Mal bemerkt hatte, dass ihre Schmuckschatulle geöffnet worden war, wann überhaupt jemand das Haus hätte betreten können, wer ihr feindlich gesonnen sein könnte und ihr womöglich etwas antun wollte. Die Polizei durchsuchte noch einmal ihr Zimmer, staubte auf der Suche nach Fingerabdrücken noch einmal alles ein, nahm den künstlichen Finger mit, um die Zusammensetzung auf Alginat zu untersuchen, die Substanz, die am Fundort von Mavis Gettes Leiche entdeckt worden war. Außerdem hatte Sparks bereits Reverend Swaggart angerufen, damit dieser die Ringe seiner Frau identifizierte.

»Sie glauben also, die Person, die mich terrorisiert, ist identisch mit dem Mörder dieser Gette und dem Entführer der anderen drei Frauen«, stellte Jenna fest, als die Polizisten sich schließlich anschickten zu gehen.

»Sieht so aus.«

»Aber wieso? Warum?« Sie schüttelte den Kopf und nagte vor Angst und Ratlosigkeit an ihrer Unterlippe. »Ich begreife nicht, warum irgendwer mir so etwas antut.«

»Ich auch nicht. Da ist offenbar jemand völlig besessen

von Ihnen«, sagte Carter. Er saß auf der etwas erhöhten Kamineinfassung, die gefalteten Hände locker zwischen den Knien, und wärmte sich den Rücken.
»Ein Verrückter.«
»Gut möglich.« Er sah sie fest an. »Ein Verrückter mit Besitzansprüchen. Er glaubt, Sie seien sein Besitz, Sie gehörten ihm allein. Sie erinnern sich doch an den Vers ›Meine Frau‹ in dem Gedicht?«
»Schwer zu vergessen.« Sie rieb sich den Arm. »Verflixt schwer.«
»Das FBI arbeitet an einem Täterprofil.«
»Und wird es automatisch auf dieses Monster hinweisen, wer immer der Kerl sein mag?«
»Leider nicht«, entgegnete der Sheriff kopfschüttelnd und streckte den Rücken durch. »Aber wir kriegen ihn, Jenna. Wir kreisen ihn ein.«
»Bei Gott, das hoffe ich.« Sie setzte sich neben ihn auf die Kamineinfassung, spürte die Wärme des knisternden Feuers und fühlte sich dank Carters Nähe ein bisschen stärker. »Es scheint, als wollte er mich zwingen, von hier fortzugehen. Als wollte er mich aus meinem Haus treiben. Warum nur?«
»Ich weiß es nicht«, gestand er. »Haben Sie eine Vorstellung?«
Sie schüttelte den Kopf, grübelte wieder einmal vergebens über diese Frage nach.
Lieutenant Sparks hatte bereits den Hut aufgesetzt und zog jetzt seine Handschuhe an. »Du bleibst?«, fragte er Carter.
»Ja.«
»Und der Bodyguard?«

»Er hat draußen zu tun. Er wohnt auf dem Gelände, hat einen Ausblick über das Grundstück und schläft erst, wenn es Tag wird. Ich bleibe in der Wohnung.«
Sparks nickte und lächelte kurz. »Viel Glück. Ich rufe dich morgen früh an und lasse dich wissen, was das Labor über den Finger herausgefunden hat und ob die Ringe identifiziert worden sind.«
»Danke.« Carter erhob sich und schüttelte dem Kollegen, der größer war als er selbst, die Hand. »Und ich möchte dich bitten, noch etwas für mich zu überprüfen.«
»Was denn?«
»Wes Allen. Finde mal heraus, was für ein Alibi er für die Abende hat, an denen die Frauen entführt wurden.«
»Du glaubst, er hat mit der Sache zu tun?«
»Wes?«, fragte Jenna verblüfft. Sie erhob sich ruckartig. »Moment mal. Er ist ein Freund von mir.«
Carter beachtete ihren Einwand nicht, sondern sah Sparks fest an. »Überprüf das gründlich, ja?«
»Mach ich.«
»Ich sage Ihnen doch, er ist ein Freund von mir«, protestierte Jenna.
»Dann wird er nichts zu verbergen haben.«
Nachdem Sparks die Tür hinter sich zugezogen hatte, schloss Carter sie ab, schaltete die Alarmanlage ein und sah durch das Schneetreiben zu, wie das Dienstfahrzeug abfuhr und Turnquist mühsam das Tor schloss. Es war schon fast zwei Uhr morgens.
»Warum verdächtigen Sie Wes?«
»Ich verdächtige jeden.«
»Aber Sie lassen nicht sämtliche Alibis prüfen.«

Er fuhr sich müde mit einer Hand über den Nacken. »Jenna, es gibt Dinge, über die ich mit Ihnen nicht reden kann.«

»Hier geht es um *mein Leben*, Carter. Um das Leben meiner *Mädchen*! Sie sollten mir wirklich lieber sagen, was los ist.«

»Das werde ich. Bald.«

Sie ließ sich nicht beschwichtigen. Trat dicht vor ihn und blickte energisch zu ihm auf. »Ich habe ein Recht, es zu wissen. Wie kommen Sie darauf, dass Wes mit der Sache zu tun haben könnte? Wes ist Rindas Bruder!«

»Und ich kenne ihn, solange ich denken kann. Ich arbeite nach dem Ausschlussverfahren.«

»Und wie das?«

Er presste die Lippen aufeinander, und seine Augen glitzerten düster. »Ich werde es Ihnen erklären, bald schon, okay? Aber ich darf Ihnen nichts sagen, was die Ermittlungen gefährden könnte.«

»Augenblick mal, Carter. Sie können nicht einfach eine Bombe wie diese hier platzen lassen und mich dann um Geduld bitten. Nicht angesichts dessen, was hier vorgeht. Also, wieso Wes?«

Er zögerte, sog seine Schnurrbartspitzen zwischen die Lippen und fluchte. »Ach, zum Teufel! Sie haben ein Recht, es zu erfahren.«

»Verdammt richtig!«

»Aber alles kann ich Ihnen nicht sagen. Ich will die Ermittlungen auf keinen Fall gefährden.«

»Natürlich nicht, aber lassen Sie mich wenigstens nicht im Dunkeln tappen.«

Ein Muskel zuckte in seiner Wange. »Zum einen hat er

mehr Videos und DVDs von Ihren Filmen gekauft oder ausgeliehen als irgendwer sonst in der Stadt.«

»Und?«, fragte sie, war jedoch insgeheim betroffen. Die Vorstellung, dass Wes Allen sie zu Hause völlig privat immer und immer wieder betrachtete, war ihr unbehaglich, aber das wäre im Fall jedes anderen Bekannten wohl genauso. Nicht dass sie sich der Rollen, die sie gespielt hatte, schämte – für sie war die Schauspielerei nichts weiter als ein Beruf. Aber ihr war klar, dass nicht jeder das so sah und dass ihre Filme durchaus dazu missbraucht werden konnten, verderbte Fantasien zu nähren.

»Und er sucht Ihre Fanseiten auf. Oft sogar.«

»Das tun viele.« Wieder überkam sie dieses unbehagliche Gefühl, und sie erinnerte sich, wie oft Wes sich ihr im Theater auf Tuchfühlung genähert hatte. »Ich könnte mir vorstellen, dass das Interesse an meiner Arbeit hier in der Stadt zugenommen hat, seit ich hier wohne. Sodass viele Exemplare ausgeliehen oder verkauft werden.«

»Aber Wes Allen scheint Ihr eifrigster Kunde zu sein – Ihr größter Fan. Wir wollen nur ausschließen, dass er der Täter ist.«

Sie dachte an all die Gelegenheiten, bei denen sie mit Wes Allen zusammen gewesen war. Wie nahe er ihr immer kam. Wie oft er ihre Schulter, ihren Arm berührte. Freundschaftlich? Interessiert? Oder besessen? »Ich kann es einfach nicht glauben«, flüsterte sie, doch ein Teil von ihr akzeptierte im Grunde längst, was Carter angedeutet hatte, und zwar der Teil, der schuld daran war, dass es ihr säuerlich in die Kehle stieg.

»Sie brauchen gar nichts zu glauben. Noch nicht. Ich lasse nur Vorsicht walten«, entgegnete er, doch ihr fielen sein verbissenes Gesicht und das entschlossene Funkeln in seinen Augen auf. Er war überzeugt davon, dass Wes irgendwie in der Sache drinsteckte. »Sie sollten jetzt schlafen«, sagte Carter, als habe er gerade erst bemerkt, wie müde Jenna war.

»Und Sie?«

»Machen Sie sich meinetwegen keine Gedanken.«

»Klar.« Sie hob die Hand und strich mit einem Finger über seine unrasierte Wange. »Sie sehen völlig fertig aus.«

»Das fasse ich als Kompliment auf.«

»Genau. Recht so«, spottete sie.

Jenna wusste, dass sie oben niemals würde schlafen können. Das Fingerabdruck-Pulver überall, die unheimlichen Erinnerungen ... Sie brachte es nicht einmal über sich, ihr Zimmer zu betreten. Deshalb schloss sie die Türen zu allen Zimmern im Obergeschoss, holte Kissen und Bettdecken aus dem Wäscheschrank und ging damit zurück ins Arbeitszimmer. Sie warf Carter ein Kissen und einen handbestickten Bezug zu. »Nur für alle Fälle.« Dann trat sie durch die Fenstertüren ins Wohnzimmer und ließ sich auf dem Sofa nieder. Carter durchsuchte ein letztes Mal das Haus – sie hörte seine Schritte, während er jedes Zimmer und jedes Kämmerchen in Augenschein nahm – und gesellte sich schließlich wieder zu ihr. Er setzte sich in einen üppig gepolsterten Sessel und legte den Stiefelabsatz auf einen Polsterschemel.

»Ruhen Sie sich aus«, riet er Jenna.

Gähnend antwortete sie: »Das sollten Sie auch tun.«

Seine Lippen verzogen sich zu dem respektlosen Lächeln, das sie inzwischen so mochte. Unter dem Schnurrbart

blitzten weiße Zähne. »Sie wissen doch, was man über schlechtes Gewissen und Ruhekissen sagt.«
»Ich dachte, es hieße ›ein gutes Gewissen …‹.«
»Kommt fast aufs selbe raus«, versetzte er. »Glauben Sie mir, heute bräuchte ich nicht mal ein Kissen.«
»Ich auch nicht«, sagte sie, schloss die Augen und bemühte sich, nicht an Wes Allen zu denken.
Auf Socken ging Carter noch ein letztes Mal durch das Haus. Er war seit über vierundzwanzig Stunden auf den Beinen. Seine Nerven waren überstrapaziert, und er fühlte sich, als hätte er zu viel getrunken, aber sie waren außer Gefahr. Zumindest für diese Nacht. In wenigen Stunden würde die Sonne aufgehen, und das Unwetter schien sich zu legen. Es war immer noch entsetzlich kalt, doch der Wind hatte nachgelassen und es schneite nicht mehr. Carter setzte sich an den Küchentisch, von wo aus er ins Arbeitszimmer blicken konnte, in dem die Kinder tief und fest schliefen. Auch das Sofa im Wohnzimmer und der Kamin lagen gerade noch in seinem Blickfeld, und so konnte er Jenna im Schlaf betrachten.
Er trank Kaffee, obwohl sein Magen bereits dagegen rebellierte, dachte an den bevorstehenden Tag und alles, was er sich dafür vorgenommen hatte, angefangen mit dem Abgleichen der Indizien, die möglicherweise einen Zusammenhang zwischen den Taten herstellten, über die Prüfung von Wes' Alibis und Motiven bis hin zur Beantragung des Durchsuchungsbefehls für sein Haus und seine Scheunen. Diese riesigen Gebäude, die schon seit Jahren leer standen. Vielleicht fand sich dort noch mehr als der Videoraum, diese Weihestätte im Keller.
Aus dem Wohnzimmer hörte er ein Seufzen.

Carter sprang auf und lief hastig zum Sofa, auf dem Jenna mit vor Qual verzerrtem Gesicht wild um sich schlug. »Nein!«, stieß sie hervor, ohne jedoch die Augen zu öffnen. »Nein, bitte nicht.«

»Jenna«, flüsterte er und sah, dass sie zitterte. »Jenna. Wach auf. Alles ist gut. Ich bin bei dir.«

»Nicht. O nein, nicht.«

»Jenna«, sprach er sie ein wenig lauter an und fasste mit beiden Händen ihre zitternden Schultern. »Wach auf. Du träumst nur.«

Flatternd hoben sich ihre Lider.

Sie erschrak und hätte beinahe aufgeschrien.

»Pssst. Jenna, Liebes. Es ist alles in Ordnung«, sagte er und näherte sein Gesicht dem ihren, sodass sie ihn im Schein des Feuers erkennen konnte.

»Oh. Oh.« Sie zwinkerte, Tränen schossen ihr in die Augen. Ihr Gesicht war leichenblass, und sie zitterte, als fröre sie bis auf die Knochen.

»Es ist alles in Ordnung.«

Sie schniefte und schüttelte den Kopf. Er setzte sich neben sie auf das Sofa, ohne sie loszulassen, und sie barg den Kopf an seiner Schulter. »Es ging wieder um Cassie. Er hatte sie ... Dieser gesichtslose Schweinehund hatte sie in seiner Gewalt!«

»Ihr fehlt nichts. Sie schläft im Arbeitszimmer.«

Jenna ließ sich nicht beruhigen. In ihre Bettdecke gehüllt ging sie zum Arbeitszimmer und spähte hinein. Ihre Töchter schliefen beide. Nicht einmal der Hund rührte sich. Jenna strich sich das Haar aus der Stirn und schien sich ein wenig zu beruhigen. »Wie spät ist es?«

»Noch früh.«

»Und?«
»Seit Sie eingeschlafen sind, ist nichts Außergewöhnliches passiert.«
»Gott sei Dank.« Sie reckte sich, wobei die Decke auseinander schlug und ihr Pullover hochrutschte, sodass ihr flacher Bauch zu sehen war. Carter spürte eine Spannung im Schritt. »Ich sollte aufstehen.«
»Sie sollten schlafen.«
»Und Sie?«, fragte sie gähnend und ließ die Arme sinken.
»Mir geht's gut.«
»Ein Mann aus Stahl?«
Er lachte. »Das ist vielleicht ein bisschen übertrieben. Wohl eher ein Mann aus Alufolie.«
Sie lächelte, und ihre weißen Zähne blitzten verlockend zwischen den Lippen auf, lenkten seine Gedanken in eine ungewollte, gefährliche Richtung. »Ob Stahl oder Alufolie, ist mir eigentlich egal«, gestand sie und trat auf ihn zu. »Ich bin einfach nur froh, dass Sie hier sind.« Der Blick ihrer grünen Augen hielt den seinen fest. »Danke, Carter. Ich glaube, ich habe Sie in dieser Nacht sehr gebraucht.« Es klang wie eine sachliche Feststellung, und er erhob keine Einwände.
Stattdessen schob er, obwohl er wusste, dass er der größte Narr aller Zeiten war, seine Hände unter die Bettdecke, zog Jenna an sich und küsste sie. Zuerst ganz sanft. Als er spürte, wie ihre warmen, weichen Lippen reagierten, drückte er sie, ohne an die Folgen zu denken, fest an sich und presste seinen Mund auf den ihren.
Sie öffnete die Lippen, seufzte in seinen geöffneten Mund, und es war um ihn geschehen.
Lust pulsierte in seinem Blut.

Er konnte sich nicht erinnern, wann er zum letzten Mal eine Frau geküsst hatte; es lag einfach zu lange zurück. Und diese Frau begehrte er schon, seit er sie auf dem verschneiten Highway angehalten hatte. Sie begehrte ihn ebenfalls. Er spürte es an der Art, wie sie sich an ihn schmiegte, ihre Brüste an seinen Oberkörper presste, die Arme um seinen Nacken schlang, ihn fest an sich drückte, sich mit leicht gespreizten Beinen auf die Zehenspitzen erhob. Er schob das Knie zwischen ihre Beine und spürte den Reißverschluss ihrer Jeans an seinem Schenkel, hörte das lustvolle Stöhnen, das ihr entschlüpfte.

Seine Hände lagen auf ihrem Rücken, seine Finger strichen über ihren Pullover, ahnten die warme Haut unter der weichen Angorawolle, und er ertrank in ihrem Duft und dem Gefühl ihrer Nähe. Sein Körper schrie nach Erfüllung, die Muskeln spannten sich, sein Verstand war wachsam, und Sex wäre ein leichtes und willkommenes Gegenmittel gegen alles Falsche auf der Welt gewesen. Sie war so schön, so erotisch, so verdammt sexy, und jede Nervenfaser verlangte nach der Erfüllung, die sie ihm geben konnte.

Tu's nicht, Carter. Schalte deinen Verstand ein. Sie ist ein Opfer, eine Frau, die du schützen sollst, eine Hollywooddiva, die jeder Mann, der ihr über den Weg läuft, für sich begehrt. Tu's nicht.

Doch ihr Körper rieb sich an seinem, und ihre Lippen öffneten sich ihm bereitwillig. Er spürte ihre Brustwarzen durch den Pullover und den BH hindurch, harte Knospen, und es drängte ihn, sie zu berühren, zu küssen, mit den Zähnen an ihnen zu zupfen.

Sein Herz klopfte wie rasend, das Blut dröhnte in seinem

Kopf, seine Erektion war groß und hart. Seine Lunge war so beengt, dass er nur flach atmen konnte, seine Gedanken drehten sich unsinnig im Kreise. Er stellte sich vor, wie es wäre, mit ihr zu schlafen, zu spüren, wie ihr warmer, feuchter Körper ihn aufnahm, auf sie niederzublicken, wenn sie unter ihm lag, das dunkle Haar fächerartig um ihr Gesicht gebreitet, die Brüste voll, die Brustwarzen dunkel und hart vor Verlangen, die Haut schweißglänzend, während er in sie eindrang und den Rhythmus fand. Die ganze Nacht hindurch … Es würde die ganze Nacht lang dauern und noch länger.

Doch er durfte nicht. Nicht hier. Nicht so.

Er hob den Kopf und wäre beinahe wieder verloren gewesen, als er in Jenna Hughes' verschleierte, erotische Augen blickte. »Ich kann nicht«, brachte er heraus, obwohl sein Körper ihm zuschrie, dass er den größten Fehler seines Lebens beging.

»Ich weiß.«

»Die Mädchen.« Er wies mit einer Hand in Richtung Arbeitszimmer.

»Ich weiß.«

Sie zupfte an seinem Ärmel, führte ihn, rückwärts gehend, durchs Wohnzimmer und zwei Treppen hinunter in ein Gästezimmer. Leer. Kalt. Dunkel.

»Wir sollten das nicht tun«, sagte sie, warf jedoch die Arme um seinen Nacken und küsste ihn mit fiebriger Glut.

Seine Willenskraft verließ ihn; er schloss die Tür hinter sich und drehte den Schlüssel im Schloss, ohne den Blick von ihr zu wenden. Er zog ihr den Pullover aus; seine Hände sehnten sich danach, ihre Brüste zu umfassen. Sie keuchte, als der Pullover zu Boden fiel und er ihr einen BH-Träger von der Schulter schob, um ihre Brust zu entblößen. Ihre Finger nestelten an seinem Hemd, und er zog es aus, hob sie dann auf seine Hüften und nahm begierig eine Brustwarze in den Mund. Hungrig. Sie stöhnte und hielt sich mit einem Arm an ihm fest, ließ den Kopf in den Nacken fallen, während er saugte.

Das ist ein Fehler, hämmerte eine innere Stimme ihm ein, doch er beachtete sie nicht. *Du verdirbst alles. Wenn du mit ihr schläfst, Carter, ist deine Karriere, dein Leben, alles, wofür du gearbeitet hast, im Eimer.*

Er zog ihr den BH aus, und sie tastete nach seinem Hosenschlitz. Er zog ihr die Jeans und den Slip aus, befreite sich von seiner eigenen Kleidung und zog Jenna an sich, sah, wie sie nach Luft rang, als er sie über seine Erektion hob. Süß. Heiß. Feucht. Er begann sich zu bewegen, und seine müden Muskeln waren plötzlich wieder energiegeladen.

Sie umklammerte seine Schultern, drängte sich an ihn, ihre Körper spannten sich an. Mit einem Arm hielt er ihre Taille umschlungen, die andere Hand wühlte in ihrem Haar.

»Jenna«, flüsterte er heiser, lauschte ihrem raschen Atmen, sah zu, wie ihre Brüste hüpften, während sie ihn ritt, ihn benutzte, sich gehen ließ. Erst als er spürte, wie sie schauderte, als er ihr Stöhnen hörte, stieß er tiefer, härter in sie hinein, spürte, wie die Sehnen in seinem Nacken sich spannten, hörte, wie ihr Atem sich wieder beschleunigte zu süßen, kurzen Stößen, als sie den Rhythmus übernahm und sich mit ihm bewegte. Schneller, schneller, schneller, bis er sich nicht eine Sekunde länger zurückhalten konn-

te, den Kopf in den Nacken warf und den Höhepunkt fand.
Ihrer beider Körper zuckten, und sie umklammerte ihn noch fester. An seinem Hals stieß sie einen leisen Schrei aus, barg ihr Gesicht an seiner Haut, während Welle um Welle über ihren Körper lief. »O Gott«, stieß sie schließlich hervor. Ihr Haar war so feucht wie das seine, ihr Gesicht war gerötet, als er sie zu dem an die Wand gerückten Tagesbett trug und sich mit ihr zusammen darauf fallen ließ. Auf der schmalen Matratze aneinander gedrängt, umgeben von viel zu vielen Kissen, drückte er sie an sich und küsste sie auf den Scheitel.
Sie blickte zu ihm auf und lächelte kess. »Na, na, na, Carter … Vergiss den Mann aus Alufolie. Du bist tatsächlich ein Mann aus Stahl.«
»Meinst du?«
»Mhm.« Sie küsste ihn auf die Wange, knabberte an seinem Ohrläppchen. »Ich meine nicht nur, Sheriff, ich weiß es.«
Er lachte, ein tiefes, kehliges Lachen, und es tat gut, sich gehen zu lassen, sei es auch nur für ein paar Minuten. Bald mussten sie sich der Welt wieder stellen, aber ein paar Minuten noch … Er wandte sich ihr zu und begann sie erneut zu küssen. Dieses Mal, das schwor er sich im Stillen, als er ihre Reaktion spürte, würde er sich Zeit lassen. Viel Zeit.

»Schlampe!« Dank einer verborgenen Kamera, die er in ihrem Haus so angeschlossen hatte, dass die Kabel tief in der Dachbodenisolierung oder längs der Leitungen in Decken und Fußböden verborgen verliefen, konnte er die vulgäre Szene auf seinem Bildschirm verfolgen. Solange seine Geräte funktionierten, wurde er Zeuge von allem, was sie tat. Sobald er erfahren hatte, dass sie auf der alten McReedy-Ranch einziehen wollte, hatte er angefangen, das Haus für seine Zwecke zu verkabeln, aber ein paar der winzigen Kameras hatten versagt, und deshalb war er oft gezwungen, draußen zu stehen und sie von seinem Versteck in den Bäumen aus zu beobachten. Was er sehr genoss. Besonders, wenn der Schnee seine Haut liebkoste.

An diesem Abend jedoch fiel der Schnee so dicht, dass er gezwungen war, im Haus zu bleiben und Jenna auf dem Monitor zu beobachten. Dabei spürte er, wie die Übelkeit in ihm aufstieg. Ihm war heiß, es prickelte von innen heraus. Wütend trat er nach einer Farbdose, und die rote Farbe spritzte an die Wände. Er nahm es kaum wahr.

Sie war mit einem anderen Mann zusammen.

Küsste ihn.

Berührte ihn.

Ließ sich ficken wie eine läufige Hündin.

Sein Puls hämmerte, pochte in seinem Kopf. Er empfand es als Verrat der schlimmsten Art, als er sah, dass sie Befriedigung bei einem anderen Mann fand. Erbärmlich. Hätte sie nicht warten können? Wusste sie nicht, dass nur *er allein* sie befriedigen konnte? Sein Schrein zu ihren Ehren war fast vollständig – und das war jetzt der Lohn dafür: Für den Sheriff spielte sie die ganz gewöhnliche Schlampe.

Shane Carter, ein Mann, der geschworen hatte, Recht und Gesetz zu hüten – und jetzt das! Er zog sie aus, fuhr mit der Zunge und den Händen über ihre Haut. Und sie ließ es zu.

Seine Jenna.
Sie ließ es zu!
Rasende Wut tobte in ihm, und er malte sich alle erdenklichen Rachefantasien aus, doch er konnte seinen Plan nicht aufgeben. Nicht jetzt. Präzision war der Schlüssel zum Erfolg.
Er sah zu, wie sie sich liebten, und seine Wut wurde heiß wie die Nacht. Er warf einen Blick zur Bühne hinüber, wo die meisten der Frauen bereits in Positur standen. Wie lange hatte er auf diesen Zeitpunkt hingearbeitet? Jahrelang. Schon ehe jemand auch nur etwas ahnen konnte. Und dann kam die Nachricht von ihrem Umzug, und er hatte davon gewusst, lange bevor sie in Falls Crossing eintraf. Seit dem Augenblick, da das Gerücht ihn erreichte, dass sie in diesen Teil von Oregon ziehen wollte, war er vorbereitet, nutzte den Geldsegen einer Versicherungsauszahlung dazu, dieses Haus zu kaufen und instand zu setzen. In der Hinsicht hatte er Glück gehabt; die Sterne hatten günstig gestanden. Denn es war Schicksal.
Er und Jenna waren füreinander bestimmt. Zufälle gab es nicht. Es war vorbestimmt, dass sein Leben sich mit ihrem verwob, und alles, was er tat, geschah für Jenna.
Immer nur für Jenna …
Das wusste er, seit er ihr zum ersten Mal persönlich begegnet war. Er hatte sich vorbereitet.
Er atmete tief durch und blickte auf seine Bühne. Seine Weihestätte für sie und für ihre Arbeit.
Alles war bereit.
Alle Figuren waren kostümiert und in Pose gestellt, die aufgemalten Gesichter waren beinahe perfekte Repliken von Jennas Gesicht – Marnie Sylvane, Faye Tyler, Paris

Knowlton und Zoey Trammel, alle waren fertig bis auf die letzten zwei. Sie warteten noch auf Katrina Petrova und Anne Parks. Jenna Hughes' berühmteste Rollen. Er hatte erwogen, auch eine Rebecca Lange zu erschaffen, aber da *White Out* nie vollendet worden war, hatte er dann doch davon abgesehen.

Er entspannte sich. Er hatte immer noch alles unter Kontrolle. Er musste nur eine kleine Korrektur vornehmen, die Dinge ein bisschen beschleunigen. Doch er war bereit. Er schaltete den Bildschirm aus, ging ins Bad und begann sich anzukleiden. Zuerst die Kontaktlinsen, die ihm eine andere Augenfarbe verliehen, dann das Haarteil, um seine Frisur und Haarfarbe zu verändern, und schließlich ein enger Bodysuit zur Veränderung seiner Figur, dazu Einlegesohlen in den Schuhen, die ihn ein paar Zentimeter größer machten. Außerdem achtete er penibel darauf, korrekt rasiert zu sein.

Als er fertig war, betrachtete er sich eingehend im Spiegel.

Nicht einmal seine eigene Mutter hätte ihn so erkannt.

Darüber musste er lächeln, und dann fielen ihm die Zahnkappen ein, die er schnell überstülpte.

Nein, seine Mutter würde ihn im Leben nicht erkennen.

Desto besser.

Sein Ziel fest vor Augen, griff er nach seiner Jacke.

Es war Zeit, auf die Jagd zu gehen.

41. Kapitel

Sie erwachte von Kaffeeduft und mit dem Gefühl, dass sich etwas in ihrem Leben verändert hatte. Sie bewegte sich, fühlte sich etwas wund zwischen den Beinen und lächelte. Sie und Shane Carter hatten sich stundenlang geliebt, und jetzt ... Sie warf einen Blick auf die Uhr und stöhnte auf. Es war kurz vor sieben Uhr, und er war bereits auf den Beinen, während das erste schwache Morgenlicht durch die Ritzen der geschlossenen Fensterläden drang.

Sie fuhr sich mit der Hand übers Gesicht und dachte an die Ereignisse, die Carters Besuch vorausgegangen waren. Sofort meldeten sich ihre Ängste zumindest teilweise zurück. *Wes Allen. Die Polizei glaubt, dass Wes Allen derjenige ist, der dich terrorisiert.* Sie konnte es immer noch nicht fassen. Auch wenn sie Wes durchaus einiges zutraute, konnte sie doch nicht glauben, dass er ein Mörder war, und wenn zwischen ihrem Fall und den vermissten Frauen ein Zusammenhang bestand, dann war der Täter ein brutaler Mörder.

Wenngleich keine weiteren Leichen gefunden worden waren, schürte der Fund von Mavis Gettes verwesten Überresten doch in allen die Angst, dass Sonja Hatchell, Roxie Olmstead und nun auch noch Lynnetta Swaggart das gleiche grausige Ende gefunden hatten.

Carter telefonierte – sie hörte seine leise, feste Stimme. Nachdem sie ihre zerknitterte Kleidung angezogen hatte, warf sie einen Blick ins Arbeitszimmer, sah, dass die

Mädchen immer noch fest schliefen, und ging barfuß in die Küche.
Er sah sie nur kurz an und schien, Gott segne ihn, zu erröten. »Morgen, Schönste«, begrüßte er sie und stellte seine Tasse ab. Bevor sie etwas erwidern konnte, zog er sie in seine Arme, küsste sie, als wollte er nie wieder aufhören, hob dann den Kopf, sodass ihre Nasen sich beinahe berührten, und zwinkerte ihr zu.
Ihr albernes Herz hüpfte unkontrolliert, und ihre Lippen brannten von der Berührung mit seinem Mund. Atemlos legte sie eine Hand auf ihr heftig pochendes Herz. »Du liebe Zeit, Sheriff, du verstehst es, einem Mädchen einen guten Morgen zu wünschen, wie?«
Ein Lächeln umspielte seine Mundwinkel.
»So würde ich gern jeden Morgen beginnen«, gestand sie, und er lachte leise und zog eine dichte Augenbraue hoch, als ließe auch er im Geiste Revue passieren, was sich in der vergangenen Nacht zwischen ihnen beiden abgespielt hatte.
Sie spürte, wie die Röte an ihrem Hals emporkroch, als auch sie vor ihrem inneren Auge ihre ineinander verschlungenen, schwer atmenden Körper sah, die angespannten, festen Muskeln, die Art, wie ihm das Haar in die Augen fiel, als er einen letzten, heftigen Seufzer ausstieß und sie umklammerte, als wollte er sie nie wieder loslassen. Es war lächerlich, aber sie stellte sich vor, wie es wäre, mit Sheriff Shane Carter zusammenzuleben, mit seiner unwirschen, unnahbaren Art, seinem unregelmäßigen Feierabend, der Gefahr, die sein Beruf oft genug mit sich brachte. Aber die Nächte, Allmächtiger, die Nächte würden bombastisch sein.

Du liebe Zeit, was für einen Traum spann sie sich da zusammen?

»Kaffee?«, fragte er und sah sie an, als könnte er ihre Gedanken lesen. Hastig zügelte sie ihre allzu blühende Fantasie und schob solche albernen Vorstellungen von sich.

»Mhm. Klingt himmlisch.«

Während er die Kanne von der Wärmeplatte nahm und Kaffee in einen Becher schenkte, musterte sie sein festes Gesäß, über dem die Hose spannte, und dachte daran, wie sie die Finger während des Liebesspiels in diese harten Muskeln gegraben hatte. Ihr Mund wurde trocken, und ihr Blick wanderte weiter über seinen Rücken zu den breiten Schultern, die sich unter seiner Jacke abzeichneten, und sie stellte sich die glatte Haut und die straffen Muskeln unter dem wetterfesten Stoff vor. Dabei hatten sie bloß eine Nacht miteinander verbracht, ermahnte sie sich. Mehr nicht. Ein paar Stunden sexueller Erfüllung, das war alles. *Tu dir das nicht an, Jenna. Du und Carter, ihr beide steckt in einer unerträglich angespannten Situation; gestern Nacht habt ihr einander gebraucht. Ende.*

Er reichte ihr einen Becher, sah ihr in die Augen, und als hätte er ihre Gedanken erraten, gespürt, in welche Richtung sie gingen, lenkte er das Gespräch rasch aufs Hier und Jetzt. Völlig geschäftsmäßig. »Ich muss ins Büro, aber ich rufe dich später an.«

»Tu das«, sagte sie.

»Und ich informiere dich, falls wir Wes verhaften.«

Schaudernd trank sie einen Schluck Kaffee. »Ich kann mir das wirklich nicht vorstellen.«

»Ich habe mit Larry Sparks gesprochen. Jemand beschattet Wes Allen, bis wir einen Durchsuchungsbefehl für sein Haus haben. Du und die Mädchen, ihr dürftet hier bei Turnquist in Sicherheit sein. Ich veranlasse, dass in der Umgebung regelmäßig Streife gefahren wird, und wenn dich etwas beunruhigt, wenn dir *irgendwas* nicht geheuer erscheint, ruf mich auf dem Handy an.«

»Mach ich«, sagte sie. »Versprochen.«

Er blickte auf die Uhr. »Okay, ich muss jetzt los. Vorher rede ich noch kurz mit Turnquist.«

Jenna stellte ihren Becher ab, griff nach Carters Hand und zog ihn zurück ins Gästezimmer. Dort schob sie die Hände in seine Jackentaschen, zog ihn an sich und hob ihm das Gesicht entgegen, um ihn noch einmal zu küssen.

»Jenna«, wehrte er ab.

»Wie, kein Abschiedskuss?«

»Na gut, einen.« Aufstöhnend nahm er sie in die Arme und fand ihren Mund. Sie erwiderte seinen Kuss, spürte, wie ihr Blut aufwallte und sich blitzschnell Verlangen aufbaute. Ihre Beine wurden weich, und sie versuchte, ihn zu Boden zu ziehen.

»Ich muss wirklich los«, sagte er und löste sich langsam von ihr.

»Spielverderber.« Als sie die Hand zurückzog, berührten ihre Fingerspitzen etwas – Pappe? – in seiner Tasche. Im nächsten Moment flatterten Fotos zu Boden, und sie spürte, wie Carter erstarrte. Er beugte sich hastig hinab und hob die Fotos auf, doch sie hatte bereits die Frau darauf gesehen – eine schöne, üppige Frau, nur mit einem goldenen Tanga bekleidet, die, die Hände über der Brust gekreuzt, eindeutig erotisch in die Kamera blickte. Ein weiteres Foto zeigte dieselbe Frau auf einem zerwühlten Laken, dieses Mal völlig nackt, mit zerzaustem Haar und rosigem Teint wie kurz nach dem Liebesakt.

Jenna wich einen Schritt zurück. Ihr Herz zersprang schmerzhaft in tausend Stücke. *Was um alles in der Welt hatte sie sich denn eingebildet? Was hatte sie sich gedacht bei all diesen albernen Träumen von einem Mann, den sie kaum kannte? Herrgott, wie blöd war sie eigentlich?* Ihr Blick begegnete Shanes, und heiße Wut schoss ihr durch die Adern.

»Hoppla«, sagte sie.

»Ich kann das erklären.«

»Nicht nötig.«

»Es sind Fotos von meiner Frau. Von meiner verstorbenen Frau.«

»Du trägst Schnappschüsse von deiner nackten Frau mit dir herum, lose in der Tasche?«, fuhr sie ihn an. »Ich kann nur hoffen, dass du therapeutische Hilfe in Anspruch nimmst, Carter, denn das ist schon verflixt merkwürdig. Das grenzt beinahe an Besessenheit.«

Er antwortete nicht, kniff nur die Augen zusammen.

Mit einer Hand wischte sie sich das Haar aus dem Gesicht und sah aus den Augenwinkeln das Tagesbett, Kissen und Decke nachlässig zu Boden geworfen, das Laken völlig zerwühlt. Wieder dachte sie an den heftigen, heißen Geschlechtsakt, daran, dass sie sich nicht geschützt hatten, und ihr kam der beängstigende Gedanke, dass Carter das Gleiche auch mit Dutzenden von anderen Frauen getan haben könnte.

»Es gibt Dinge, von denen du nichts weißt«, sagte er und

verzog gleich darauf das Gesicht, weil es so lahm klang. Wie ein Spruch aus einer uralten Seifenoper.
»Augenscheinlich.«
»Die Fotos haben nichts zu bedeuten.«
Sie schnaubte verächtlich durch die Nase. »Klar, ich laufe auch ständig mit Fotos von Dingen herum, die mir überhaupt nichts bedeuten.« Bevor er eine weitere fadenscheinige, leicht durchschaubare Ausrede vorbrachte, fing sie an, das Tagesbett zu richten, zog die Bettwäsche ab, der noch der Geruch nach Sex anhing, und schüttelte die Kissen auf. »Hör zu, du bist mir keinerlei Entschuldigungen oder Erklärungen schuldig.« Sie hob die Bettwäsche auf und wandte sich ihm zu. »Verhafte nur den verdammten Stalker, okay? Das ist dein Job. Deswegen bist du hier.«
Sie trug die Wäsche in den Wirtschaftsraum. Gleich darauf wurde die Hintertür geöffnet, und Turnquist trat ein. Carter unterhielt sich ein paar Minuten lang mit ihm, während Jenna die Wäsche in die Waschmaschine stopfte, das Wasser aufdrehte und Waschpulver einfüllte. Sie sah ihm nicht nach, als er ging, hörte nur, wie die Hintertür geöffnet und wieder geschlossen wurde, und brach über der Waschmaschine zusammen.
Tu das nicht, Jenna. Es war ja nur Sex. So etwas passiert doch ständig.
Aber ihr nicht. Weil sie es nie zugelassen hatte. Weil sie immer auf der Hut gewesen war. Ihr Herz fest in beiden Händen gehalten hatte.
Bis jetzt.
Bis sie den verdammten Ordnungshüter kennen gelernt hatte.

Carter biss so heftig die Zähne zusammen, dass seine Kiefer schmerzten. Er hatte alles verdorben. Dadurch, dass jemand die Fotos von Carolyn gesehen hatte, die er aus Wes Allens Haus gestohlen hatte, waren die Ermittlungen bedroht. »Verdammt, verdammt, verdammt!«, knurrte er auf dem Heimweg in seinem Auto und schlug mit der Faust aufs Lenkrad. Die Straßen waren immer noch tückisch, einige waren geräumt und gestreut, andere noch mit dem Schnee der vergangenen Nacht bedeckt. Was hatte er sich nur dabei gedacht, mit Jenna Hughes zu schlafen?

Er hatte gar nicht gedacht. Das war das Problem. Er konnte diese Dummheit auf zu viele Monate ohne Frau, auf zu viele Stunden ohne Schlaf, zu viele Sorgen hinsichtlich der Ermittlungen zurückführen, doch unterm Strich blieb lediglich die traurige Tatsache, dass er verflixt scharf und ohnehin schon halb in die Hollywooddiva verliebt gewesen war und dass sich die Gelegenheit eben ergeben hatte. Welcher gesunde amerikanische Mann hätte da wohl anders reagiert?

»Scheiße«, brummte er und bog auf die Straße zu seinem Haus ein. Trotz des Allradantriebs jaulte der Motor, als der Wagen gegen die Schneemassen ankämpfte. Zu Hause angekommen verbrannte er die verdammten Fotos, legte mehr Holz nach und sorgte dafür, dass auch das letzte Fitzelchen Beweismaterial sich buchstäblich in Rauch auflöste. Er rief seine E-Mails ab, suchte im Netz noch einmal nach Leo Ruskin und fand ein paar alte, nicht sehr ergiebige Einträge. Seine Online-Suche nach *White Out* brachte ebenfalls nicht viel ein, abgesehen davon, dass er den Namen der Firma fand, die mit der Herstellung der

Masken für den nie vollendeten Film beauftragt war. Warum zum Teufel glaubte er, der Film habe etwas mit den Morden zu tun? Wegen des verdammten kalten Wetters? Oder weil der Schnee ihm so zum Hals heraushing? Bei seiner ersten Suche nach den Namen der Maskenbildner fand er keinerlei Hinweise, und er durfte nicht mehr Zeit damit verschwenden. Trüber Stimmung, in seinem müden Hirn immer noch mit den bisher gewonnenen Informationen beschäftigt, in die er Wes Allen einzupassen versuchte, begann Carter, sich Eier, Speck und Kartoffeln zu braten. Er verzehrte seine Mahlzeit, während er im Fernsehen die Nachrichten verfolgte, stellte dann seinen Teller in die Spüle und stieg die Treppe zum Dachgeschoss hinauf.

Wes Allen hatte nicht das Geringste mit Maskenbildnerei zu tun. Er war nie direkt oder indirekt an einem von Jennas Filmen beteiligt. Könnte es sein, dass der elende Mistkerl unschuldig ist?

»Scheiße«, brummte er und zog sich aus. Nichts an diesem Fall war einfach. Nichts ergab einen Sinn. Aber irgendwer, irgendein Dreckskerl, der Zugang zu Jennas Haus hatte, musste mit ihren Filmen zu tun haben. Ihr Mann? Nein – sie hatten ihn überprüft; er hielt sich immer noch in L. A. auf. Ein Exfreund? Soweit die Polizei informiert war, hatte Jenna keine Beziehungen mit Männern. Sie ging hin und wieder mit jemandem aus, nichts Ernstes. Nicht einmal ein One-Night-Stand.

Außer mit dir.

Zum Teufel.

Unter der Dusche dachte er an Jenna und konnte nicht verhindern, dass er bei der Erinnerung an den Sex mit ihr eine Erektion bekam. Sie war so schön wie in ihren Filmen, wenn nicht noch schöner. So begierig. Geschmeidig. Heiß.

»Allmächtiger.«

Gut, du hast eine Hollywooddiva gebumst, einen Star gefickt, na und? Willst du vielleicht damit angeben? Dass sie dich auserwählt hat aus der Schar derer, die nach ihr lechzen? Und auch das hast du vermasselt, wie? Genauso, wie Dr. Randall es vorausgesagt hat. Alles, was du dir wirklich wünschst, versaust du dir, ist es nicht so?

Er ignorierte die kritischen Fragen seiner inneren Stimme, seifte sich ein, duschte sich ab, trat aus der Duschkabine und wickelte sich ein Handtuch um die Hüften. Er rasierte sich und betrachtete sich wütend im beschlagenen Spiegel. Er sah genauso müde und ratlos aus, wie er sich fühlte, wusste jedoch, dass ihm ein weiterer Tag bevorstand, den er nur mit viel Kaffee und vielleicht ein wenig Nikotin bewältigen konnte.

Denn heute war der Tag, an dem Wes Allen überführt werden sollte.

Wieder verspürte der Sheriff nagende Zweifel an seinem Vorhaben, doch er vermied es, eingehender darüber nachzudenken.

Unschuldig bis zum Beweis der Schuld, Carter, vergiss das nicht – unschuldig bis zum Beweis der Schuld.

»Allens Alibi ist wasserdicht«, informierte Sparks ihn per Handy.

Carter fuhr auf dem Weg durch die Stadt gerade am Theater vorbei und bemerkte, dass keine Fahrzeuge auf dem Parkplatz standen. In den Parkbuchten lag unberührter Schnee, aus den Bleiglasfenstern fiel kein Lichtschimmer. »In der Nacht, als Sonja Hatchell entführt wurde, hielt Wes sich im Lucky Seven auf und hat bis weit nach Mitternacht Bier getrunken. Die Kellnerin erinnerte sich an ihn, weil sie auf den Kerl steht.«

»Himmel. Sag ihr, sie soll vorsichtig sein.« Carter fuhr die Hauptstraße entlang. Vor dem Imbiss sah er ein paar bekannte Gesichter und Fahrzeuge. Hans Dvorak, Charley Perry, Seth Whitaker, Harrison Brennan und Blanche Johnson strebten dem Eingang des Canyon Café zu, wie sie es jeden Morgen taten. Außerdem bemerkte er Dr. Dean Randall, einen Pappbecher Kaffee in der Hand, auf dem Weg zur Bibliothek, und Travis Settler betrat gerade das Eisenwarengeschäft. Aber Wes Allen befand sich an diesem Morgen nicht unter den Leuten, die sich eine Tasse Kaffee oder ein Gebäckstück servieren ließen. »Was ist mit den anderen Frauen? Wo war er, als Roxie Olmstead und Lynnetta entführt wurden?«

»Daran arbeiten wir noch.«

»Vielleicht hat er einen Komplizen.«

»Vielleicht sind wir aber auch auf dem Holzweg.«

Ausgeschlossen, dachte Carter und beendete das Gespräch. Doch die Zweifel waren immer noch da, und eine innere Stimme warf ihm vor, es auf den Mann abgesehen zu haben, der ihm seine Frau ausgespannt hatte. *Ausgespannt? Oder hast du sie ihm nicht eher auf einem silbernen Tablett serviert?*

Er fuhr auf den Parkplatz und verriegelte den Chevrolet Blazer.

Das Innere des Gerichtsgebäudes war völlig überheizt; die warme Luft stieg drei Stockwerke hoch und staute sich im Büro des Sheriffs. Er öffnete ein Fenster einen Spaltbreit, und klirrend kalte Luft strömte herein und bewegte die welkenden Fransen seines Weihnachtskaktus.

»Hey, bist du verrückt geworden? Was soll das?«, protestierte BJ und ließ sich auf einem Schreibtischstuhl nieder. »Großer Gott, Carter, was ist dir denn letzte Nacht widerfahren?«

»Sehe ich so gut aus?«

»Einfach blendend«, antwortete sie sarkastisch.

»So sieht man nun mal aus, wenn man eine ganze Nacht nicht geschlafen hat. Hast du was Neues herausgefunden? Wie steht's mit Ruskin? Und die Leute von der Maske? Besonders die, die bei *White Out* mitgearbeitet haben. Dieser Film ist ein Bindeglied zwischen allen bisherigen Vorfällen. Es ist der Film, der Jenna Hughes' Karriere beendete, der Film, für dessen Promotion der Vers aus dem Ruskin-Gedicht verwendet werden sollte, und der Film, dessen Titelmusik im Hintergrund spielte, als Jenna den seltsamen Anruf bekam.«

»Ich überprüfe das noch. Was das Papier betrifft, auf dem die Briefe geschrieben sind: Es ist normales Schreibpapier, überall zu kaufen, vom Büroartikel-Versand bis zu kleinen Schreibwarengeschäften. Das Gleiche gilt für die Tinte und den Drucker. Sackgasse.«

»Bis jetzt.

Und was ist mit dem Alginat?«

»Das meiste wird nach Kalifornien geliefert. Die Sorte, die bei Mavis Gette gefunden wurde, stammt von einer Firma in Kanada. Ich habe mir eine Liste aller Kunden geben lassen, die in den letzten fünf Jahren dort bestellt haben.«

Sein Handy klingelte. Er griff in seine Tasche und bemühte sich, seinen galoppierenden Puls zu beruhigen, als er Jennas Nummer auf dem Display erkannte. »Carter.«

»Hi, hier ist Jenna.« Ihre Stimme klang ausdruckslos. Offenbar hatte sie die Entdeckung von Carolyns Fotos noch nicht verwunden. Verdammt. »Ich dachte, ich sollte dich wissen lassen, dass ich eben Robert angerufen habe und – Wunder über Wunder – ich habe ihn erreicht. Ich habe ihn nach Ruskin gefragt. Er hat den Mann nie kennen gelernt. Irgendwer hatte ein Büchlein mit Ruskins Werken am Drehort an der Skipiste zurückgelassen.«

»Jemand, der am Film mitarbeitete?« Er zog sich einen Schreibblock heran und griff nach einem Stift.

»Höchstwahrscheinlich«, bestätigte sie, und Carter spürte förmlich den erneuten Adrenalinstoß. »Robert las das Gedicht, und die Formulierung gefiel ihm.«

»Hat er sich die Rechte zur Nutzung des Werks besorgt?«

»Die Dreharbeiten wurden eingestellt, noch ehe es so weit kam«, erklärte sie, noch immer in distanziertem, unpersönlichen Ton. »Robert sagte auch, dass die Firma, die er für die Masken und Special Effects engagiert hatte, sich Hazzard Brothers nannte. Es war dieselbe Firma, mit der er in vielen seiner Horrorfilme arbeitete. Sie ist in Burbank ansässig, die Besitzer sind Del und Mack Hazzard. Sie hätten nach *White Out* beinahe Pleite gemacht wegen der Versicherungsansprüche. Die Familien der Todesopfer und einige der Verletzten hatten gegen die Produktionsfirma geklagt.«

»Und hat sie gezahlt?«

»Die Versicherung von Hazzard Brothers, ja.«
»Danke.«
»Hilft dir das weiter?«
»Natürlich.«
»Gut.«
»Jenna …«
Klick. Sie hatte aufgelegt.
Carter seufzte, hob den Kopf und sah, dass BJ ihn beobachtete.
»Ihr seid also schon beim ›Du‹ angelangt, wie?«
»Hat nichts zu bedeuten.«
BJ zog die Mundwinkel herab. »Wenn du das sagst.«
Er war nicht geneigt, sich auf ein Gespräch über Beziehungen einzulassen. Zumal überhaupt keine Beziehung bestand. »Ich will alles über Hazzard Brothers wissen, eine Firma für Maske und Special Effects in Burbank, Kalifornien. Finde alles heraus, was es herauszufinden gibt, und prüfe insbesondere, ob vielleicht ehemalige Mitarbeiter nach der Arbeit für *White Out* hierher umgezogen sind.«
Wieder klingelte sein Handy, und er meldete sich. »Carter.«
»Herrgott, Shane, was für eine Hexenjagd veranstaltest du denn da?«, wollte Wes Allen wissen. »Jemand beschattet mich, und ich will verdammt noch mal wissen, warum!«
»Vielleicht solltest du herkommen, damit wir darüber reden können.«
»Worüber?«, fragte Wes. »Wenn ich es nicht besser wüsste, würde ich glauben, du wolltest mir die Morde anhängen.«

Carter merkte auf. »Du meinst wohl die Entführungen?«
»Ach, um Gottes willen, uns allen ist doch klar, dass diese Frauen längst tot sind. Ich wünschte zwar, es wäre nicht so, aber sag selbst – hältst du es für wahrscheinlich, dass der Scheißkerl, der diese Frauen entführt hat, sie alle lebend irgendwo gefangen hält?«
»Sag du's mir.«
»Ach, zum Teufel! Ich rufe meinen Anwalt an, Shane. Ich habe auch Rechte. Ich habe nichts verbrochen, und du lässt mich überwachen! Das ist nichts weiter als ein Racheakt, und wenn du nicht sofort damit aufhörst, verklage ich dich, dass du deines Lebens nicht mehr froh wirst!«
»Du kannst klagen, so viel du willst.«
»Du scheinheiliges, verlogenes Schwein! Ich bringe dich um deinen Job.«
»Versuch's nur«, versetzte er, doch Allen hatte bereits den Hörer aufgeknallt.
»Dein Fanclub?«, fragte BJ.
»Nur der Vorsitzende.«
»Woher kommt nur dieses Gefühl, dass du im Begriff bist, dich richtig böse reinzureiten?« BJ lächelte nicht. Es war kein Scherz.
»Du bist eben eine sehr scharfsinnige Frau, BJ. Ausgesprochen scharfsinnig.«
»Was geht da vor, Shane?«
»Das will ich dir sagen: Ich denke, wir stehen kurz davor, den Scheißkerl zu fassen, der hinter all dem steckt. Und jetzt ruf Hazzard Brothers an und finde heraus, wie viel Alginat sie verbrauchen, ob ihnen in letzter Zeit welches abhanden gekommen ist, woher sie es beziehen. Frag sie

auch nach ihren Angestellten. Mal sehen, ob ein Name auftaucht, der auf unserer Liste steht.« Er tippte mit zwei Fingern auf den Ausdruck der Liste von Leuten, die Jenna Hughes' Filme gekauft oder ausgeliehen hatten. »Ich wette hundert zu eins, dass es eine Übereinstimmung gibt.«

42. Kapitel

Ich komme«, versprach Jenna und lehnte sich mit der Schulter an den Schrank. Am anderen Ende der Leitung schluchzte Rinda.

»Ich bitte dich nur ungern darum. Ich weiß, du hast selbst genug um die Ohren, aber ich denke, ich sollte unbedingt an der Mahnwache teilnehmen. Ich könnte Scott fragen, ob er mich begleitet, aber er geht neuerdings so sehr seiner eigenen Wege, ist nie zu Hause, ständig unterwegs ...« Sie seufzte schwer. »Manchmal kommt es mir vor, als ob ich ihn gar nicht mehr kenne.«

»Ich glaube, so muss es auch sein.«

»Wenn sie sechzehn sind, ja. Aber nicht mit vierundzwanzig. In seinem Alter war ich bereits verheiratet und hatte ein Kind ... Okay, vergiss das. Ich will nicht, dass er das durchmacht, was ich hinter mir habe.«

»Er wird seinen Weg schon finden«, sagte Jenna und verzog das Gesicht, als ihr bewusst wurde, welche Gemeinplätze sie da von sich gab. Dabei glaubte sie selbst am allerwenigsten daran. Doch jetzt war wirklich nicht der geeignete Zeitpunkt für eine Bemerkung darüber, dass Jenna Rindas Sohn ein bisschen sonderbar fand, um nicht zu sagen, ziemlich abgedreht. So etwas hörte keine Mutter gern, und Rinda litt noch immer unter Schuldgefühlen wegen Lynnettas Verschwinden.

»Ich hoffe es ... Ach Gott, bei allem, was hier passiert, wäre es mir einfach lieber, wenn er zu Hause bliebe. In meiner Nähe.« Das konnte Jenna gut verstehen, wenn sie an ihre beiden Mädchen dachte. »Also, wo wollen wir uns treffen?«

»Ich glaube, ich bin dir noch eine Tasse Kaffee schuldig. Treffen wir uns doch um halb sieben im Java Bean. Dann gehen wir zusammen zur Mahnwache. Sie fängt um sieben an, nicht wahr?«

»Ich glaube schon. Ich rufe dich noch einmal an, falls ich etwas anderes höre. Danke, Jenna.«

»Kein Problem.« Das sagte sie ganz und gar aufrichtig. Jenna wollte nicht nur selbst gern an der Mahnwache bei Kerzenschein für die drei Frauen teilnehmen, sie musste auch unbedingt mal wieder aus dem Haus kommen. Den ganzen Tag lang war sie mit den Mädchen hier eingesperrt gewesen. Allie, die wieder einmal eine Erkältung ausbrütete, war übellaunig, und Cassie war wieder in ihr übliches finsteres Brüten verfallen. Außerdem wurden die Lebensmittel knapp, und nach der Achterbahn der Gefühle, die sie in der vergangenen Nacht durchlebt hatte, ging Jenna jetzt die Wände hoch. Dachte sie eben noch an das Grauen, als sie den künstlichen Finger fand, erinnerte sie sich im nächsten Moment an Shanes leidenschaftliche Liebe, und dann wieder sah sie im Geiste vor sich, wie die Fotos von Carolyn Carter zu Boden flatterten. Obendrein war irgendwie – entweder dank einer undichten Stelle bei der Polizei oder aber aus Reverend Swaggarts Lager – das Gerücht durchgesickert, dass sie in ihrem Haus ein makabres Geschenk gefunden hatte, einen künstlichen Finger. Als eine Reporterin anrief, hatte Jenna einfach aufgelegt, und seitdem ließ sie den Anrufbeantworter laufen. Doch sie konnte nicht noch eine weitere Nacht eingesperrt bleiben. Sie musste raus, selbst wenn Turnquist dagegen war. Und er war strikt dagegen.

»Ich halte das für gefährlich«, wandte er ein, als sie am Abendbrottisch saßen und Spagetti aßen.

»Eine Mahnwache bei Kerzenlicht in der Kirche? Da kann doch nichts passieren. Wir bleiben ja alle zusammen.«

Allie horchte auf. Sie hatte bisher lustlos mit der Gabel in ihren Spagetti herumgestochert. »Ich will nicht dahin.«

»Warum nicht?«

»Weil …« Sie seufzte laut. »Weiß nicht.«

»Weil es morbide ist«, sagte Cassie. »Ich will auch nicht mit.«

»Moment mal. Ich habe es Rinda versprochen.«

»Dann geh doch«, versetzte Cassie.

»Soll ich euch etwa allein zu Hause lassen? Nach dem, was gestern Abend passiert ist?«

»Du weißt doch gar nicht, ob überhaupt gestern Abend jemand hier war«, bemerkte Cassie. »Gestern Abend hast du den Finger gefunden. Aber er kann schon seit Tagen dort gelegen haben.«

»Das wäre mir aufgefallen.«

»Ach ja?« Cassie verdrehte die Augen. »Mom, vergiss nicht: Du bist seit einiger Zeit nicht mehr du selbst.« Sie wickelte ein paar Spagetti um ihre Gabel und schob sie in den Mund.

»Ich habe Rinda versprochen, dass ich komme. Ich treffe mich um halb sieben mit ihr.«

»Dann geh. Ich kann nicht«, sagte Cassie.

»Warum nicht?«

Sie warf einen Blick zu Turnquist und flüsterte dann: »Der

Zeitpunkt ist ungünstig für mich. Ich fühle mich nicht gut.«
»Du auch nicht?« Was für eine Verschwörung war hier im Gange?
»Nein, ich habe keine Halsentzündung, aber, verstehst du, ich habe …« Sie wurde rot. »… Krämpfe.«
»Oh.« Jenna verstand und kam sich wie eine Idiotin vor, weil sie nicht verstanden hatte, was ihre Tochter ihr sagen wollte: dass sie ihre Regel hatte. Jenna überschlug rasch, wie lange das letzte Mal zurücklag, und kam zu dem Schluss, dass der Zeitpunkt passte. Es war also kein Vorwand – Cassie hatte offenbar tatsächlich ihre Tage. Seit sie sich mit Josh herumtrieb, war Jenna jeden Monat aufs Neue erleichtert darüber.
Cassie versetzte: »Genau: Oh.«
Jenna warf ihre Serviette auf den Tisch. »Hört mal, Mädchen, ich muss in die Stadt, aber schließlich treffe ich mich dort mit Rinda, also bin ich in Sicherheit.«
»Sie fahren nicht allein«, mischte Turnquist sich ein.
»Jemand muss bei den Mädchen bleiben.«
Er unternahm nicht einmal den Versuch zu widersprechen, zückte lediglich sein Handy und sprach zu Jennas größtem Unbehagen mit niemand anderem als dem Sheriff persönlich.
»Moment mal!«
Doch es war schon zu spät. Turnquist klappte sein Handy zu. »Carter holt Sie ab. Um sechs Uhr.«
»Ausgeschlossen.« Nicht nach der letzten Nacht und dem heutigen Morgen. Sie war noch nicht bereit, Carter wieder gegenüberzutreten, geschweige denn, den Abend in seiner Nähe zu verbringen.

»O doch. Als Sie mich engagierten, haben Sie mir einen Auftrag erteilt, Ms Hughes, und jetzt scheinen Sie entschlossen zu sein, sich meinen Anordnungen zu widersetzen. Ihr Leben und mein Ruf stehen auf dem Spiel. Ich bleibe bei den Mädchen. Sie fahren mit dem Sheriff.«
»Eigentlich bin ich doch hier der Boss.«
»Sicher. Aber in diesem Fall richten Sie sich entweder nach mir, oder ich gehe. Keine Kompromisse.« Seine blauen Augen waren kalt vor Entschlossenheit, sein Kiefer wirkte kantig.
Jenna kochte innerlich, doch es gelang ihr, sich zu beherrschen. »In Ordnung. Heute Abend machen wir es so, aber in Zukunft besprechen wir sämtliche Ausgehvorhaben, bis diese Sache abgeschlossen ist.«
»Soll mir recht sein.«
Das Telefon klingelte, und Allie stürzte zum Apparat. »Moment. Geh nicht ran«, erinnerte Jenna sie, und schon sprang der Anrufbeantworter an. Zuerst war ein Kichern zu hören, dann sagte eine freche Stimme: »Hey, Allie, wie ich höre, hat man deiner Mom den Finger gezeigt!« *Klick!*
Allie war wie vom Donner gerührt. »Wer tut denn so was?«
»Irgendein kleiner Spinner. Mach dir keine Gedanken deswegen«, sagte Cassie und schob ihren Stuhl zurück. »Der Typ hat ein Gehirn von Erbsengröße, und sein Schwanz ist noch kleiner. Das einzig Große an ihm ist sein Maul!«
»Cassie!«, mahnte Jenna, musste jedoch wider Willen lachen, und auch Allie kicherte.
Turnquist wurde rot und röter und entschuldigte sich hastig.

Jenna blieb nichts anderes übrig, als sich vom Sheriff fahren zu lassen. Sie konnte nur hoffen, dass er genügend Verstand besaß, keine Fotos von seiner Frau mitzubringen.

»Okay, damit eines klar ist«, sagte Jenna, als Carter ihr die Wagentür öffnete und sie in seinen Chevrolet Blazer stieg. »Das war nicht meine Idee. Ich hätte auch allein in die Stadt fahren können, aber Jake wollte nichts davon hören. Also, ob es dir passt oder nicht, wir müssen einander für die nächsten paar Stunden ertragen.«
»Ich werd's überleben«, versetzte er trocken und wurde mit einem Blick belohnt, der ihn hätte erdolchen können. Er schlug die Tür zu und ging durch den schneidenden Wind um den Wagen herum zur Fahrerseite. Als er den Motor angelassen hatte und sie zum Tor hinausfuhren, das Turnquist ihnen geöffnet hatte, sagte er: »Weißt du, ich finde, wir sollten beide nicht so verbissen sein. Dann könnte der Abend doch entschieden angenehmer werden.«
»Okay.« Sie nickte langsam, als müsse sie sich selbst dazu überreden. Er schaltete die Scheibenwischer ein. »Aber ich glaube, ich sollte dir wegen gestern einiges erklären.«
»Gibt es da etwas zu erklären?«
»Ja, ich glaube schon. Ich weiß, vermutlich glaubst du, alle, die aus L. A. kommen, sind ultra-hip und sexuell befreit und schlafen mit jedem.«
»Das glaube ich ganz und gar nicht.«
»Ich bin jedenfalls nicht so.« Sie blickte aus dem Seitenfenster und fuhr mit dem Fingernagel durch das Kondenswasser, das sich an der Scheibe sammelte. Obwohl sie das

Gesicht von ihm abwandte, sah er doch kurz ihr Profil und die nachdenklich herabgezogenen Mundwinkel. »Ich bin sexuell nicht sonderlich freizügig, und deshalb … deshalb war die gestrige Nacht … Nun ja, ich hätte darauf bestehen müssen, dass wir uns schützen.«

Seine Hände umklammerten das Lenkrad. »Machst du dir deswegen Sorgen? Dass du schwanger sein könntest?«

»Ja, das auch. Wirklich, ich verstehe nicht, wie ich so den Kopf verlieren konnte. Nach all den Gardinenpredigten, die ich Cassie gehalten habe, und dann mache ich selbst … Ich … Ach was, du weißt selbst, was passiert ist. Du warst schließlich dabei.«

»Ich bin genauso schuld wie du.«

»Schuld. Nett und romantisch ausgedrückt.«

»Ich wusste nicht, dass es etwas mit Romantik zu tun hat«, versetzte er und bemerkte die kleine Falte zwischen ihren Brauen.

»Hat es auch nicht. Ich finde nur, wir sollten zumindest freundlich zueinander sein.«

»Das wäre mir sehr lieb.« Er bremste vor einer Kurve ab und sah durch das Schneegestöber hindurch die Lichter der Stadt im Vorgebirge. »Nur damit du Bescheid weißt: Ich bin weder hip noch sexuell freizügig und ich schlafe auch nicht mit jeder. Jedenfalls schon sehr, sehr lange nicht mehr. Früher, als hormongesteuerter Teenager, habe ich das mal anders gesehen. Also, wir sollten uns nicht allzu viele Gedanken machen und in erster Linie dafür sorgen, dass dir nichts zustößt und dass wir den Kerl schnappen, der dich terrorisiert. Einen Schritt nach dem anderen. Einverstanden?«

Sie seufzte tief. »Einverstanden.«

»Unser nächstes Problem wäre Rinda. Sie ist im Augenblick ziemlich sauer auf mich. Glaubt, ich mache ihrem Bruder das Leben schwer und verdächtige ihren Sohn.«

»Und? Stimmt das?«

Er verzog den Mund zu einem Lächeln. »*Ich* würde nicht sagen, dass ich Wes das Leben schwer mache. Und ich verdächtige jeden. Scott kommt durchaus infrage. Aber seine Mutter hält mich für übereifrig.«

Sie fuhren in die Stadt und parkten ein paar Straßen von dem Café entfernt. Auf dem Weg dorthin bemerkte Carter bereits die Ü-Wagen in der Nähe der First Methodist Church und die Ansammlung von Einwohnern vor der Kirchentreppe. Ein ungewohnter Anblick in dieser verschlafenen Kleinstadt.

Er geleitete Jenna hastig in das Café, wo der Duft von frischem Kaffee die Gäste umfing. Das Stimmengesumm übertönte das Zischen der Espressomaschine und die Weihnachtsmelodien aus den verborgenen Lautsprechern. Rinda, die an einem hohen Tisch saß, streute gerade Zimt auf den Milchschaum ihres Cappuccinos und hielt mit der anderen Hand ihr Handy ans Ohr. Wie zu erwarten, furchte sie bei Carters Anblick die Stirn und fiel sogleich über ihn her. »Herrgott, Shane«, sagte sie, klappte ihr Handy zu und knallte den gläsernen Zimtstreuer so heftig auf den Tisch, dass sich eine duftende, rostfarbene Wolke daraus erhob. Sie schien es gar nicht zu bemerken. »Du bist der Letzte, mit dem ich heute Abend hier gerechnet habe. Solltest du nicht draußen sein und Verbrechen verhindern oder zumindest unschuldige Steuerzahler verfolgen?«

Er grinste und versuchte, nicht auf ihren gereizten Ton einzugehen. »Ich dachte, ich bräuchte mal eine Ruhepause.«

»Lass lieber *mich* in Ruhe.«

»Du mich auch, Rinda, okay? Ich tue nur meine Arbeit, und heute Abend geht es nicht um dich oder mich oder Wes oder Scott. Es geht um die verschwundenen Frauen.«

Sie wollte noch mehr sagen – er sah es daran, wie ihre Nasenflügel sich blähten, ihr Mund schmal wurde und sie ihn mit einem bösen Blick bedachte –, doch dann entschied sie sich, eine Szene zu vermeiden. Wenigstens für die paar Minuten bis zur Mahnwache wollte sie den Mund halten. Es folgte ein unbehaglicher Waffenstillstand. Doch Carter hatte nicht allzu viel Zeit, sich Gedanken darüber zu machen, während er die Menschenansammlung im Café beobachtete, die jetzt auf die Straße hinausströmte. Er erkannte viele der Gesichter, aber einige waren ihm auch fremd, offenbar keine Einheimischen. Er hielt sich dicht neben Jenna, sein Arm streifte ihren, der Duft ihres Parfüms stieg ihm in die Nase, während er jede einzelne Person, die sich auf den Weg zur Methodistenkirche machte, aufmerksam musterte.

Cassie sah auf die Uhr. Zeit für ihr Treffen mit Josh. Er hatte am Telefon angekündigt, er werde hinter dem Zaun auf sie warten. Im Wald. Wo sie sich auch früher schon getroffen hatten. Das Grundstück grenzte an eine alte Holzfällerstraße.

Doch zuerst musste sie den Bodyguard abschütteln. Turnquist war anhänglicher als eine Klette, obwohl ihr Gefasel

über »Frauenprobleme« ein Geniestreich gewesen war. Immerhin hatte er sie deshalb in ihrem Zimmer allein gelassen und hielt sich mit Allie im Erdgeschoss auf.
Sie unternahm einen halbherzigen Versuch, den Anschein zu erwecken, als liege sie im Bett, indem sie zusammengerollte Kissen unter die Decke stopfte und ein bisschen Puppenhaar darunter hervorlugen ließ. Wenn sie nicht zu lange ausblieb, würde diese behelfsmäßige Attrappe wohl ausreichen.
Jetzt brauchte sie sich nur noch durch das Schlafzimmer ihrer Mutter hinauszuschleichen und an dem glatten Holzpfahl hinunterzurutschen, der den Whirlpool stützte. Sie hatte warme Kleidung in ihren Rucksack gepackt und schlich mit gespitzten Ohren, um sich kein Geräusch entgehen zu lassen, durch die Zimmer im Obergeschoss.
Nachdem sie sich vergewissert hatte, dass der Gorilla von einem Bodyguard nicht gerade die Treppe heraufkam, schlüpfte sie auf die obere Terrasse hinaus, schloss geräuschlos die Tür hinter sich und ließ sich an dem Pfahl hinuntergleiten.
Sie hörte nicht auf die innere Stimme, die sie verrückt schalt – die Stimme, die mahnte, dass ganz in ihrer Nähe bereits mehrere Frauen entführt worden waren, die Stimme, die sie an die merkwürdigen Briefe und den makabren Finger erinnerte, den ihre Mutter gefunden hatte.
Das alles bewies doch nur, dass sie im Haus auch nicht sicher waren. Trotz Jake Turnquist, dieser lächerlichen Parodie eines Bodyguards.
Cassie zog ihre Stiefel an, hielt sich dicht an der Hausmauer, duckte sich unter den Fenstern hindurch und sprintete durch den verglasten Gang und um die Garage herum. Sie

wagte einen letzten Blick über die Schulter zurück zum Haus und wäre beinahe gestolpert, als sie Allie am Fenster von ihrem, Cassies, Zimmer stehen sah.
Was? Das kann doch nicht sein!
Cassie blickte noch einmal am Haus empor, doch jetzt war Allie verschwunden – oder hatte sie, Cassie, Gespenster gesehen? *Reiß dich zusammen*, ermahnte sie sich, zog den Reißverschluss ihrer Jacke bis zum Kinn hoch und huschte unter den Flügeln der Windmühle hindurch hinter die Scheune. Sie glitt immer wieder aus, und ihre Stiefel hinterließen Spuren, die der Schnee hoffentlich bald zudecken würde.
Die Luft war so kalt, dass sie in der Lunge brannte, der Wind heulte in der Schlucht und ließ die schneebedeckten Äste der Fichten schwanken und wippen.
Das ist doch Blödsinn, schoss es ihr plötzlich durch den Kopf. Es war viel zu kalt, um sich draußen herumzutreiben, viel zu gruselig, solange dieser Entführer frei herumlief … Kurzum, es war einfach nervig. Sie würde Josh sagen, dass sie es sich anders überlegt hatte, und wieder umkehren. Keine Party war so viel Aufwand wert. Und dann war da noch ihre Mom. So sauer Cassie auch auf Jenna war, sie wollte sie doch nicht in Todesangst versetzen. Falls Jenna herausfand, dass ihre Tochter schon wieder ausgerissen war, würde sie, Cassie, nicht nur zu lebenslänglichem Hausarrest verdonnert, sondern Jenna würde zudem umkommen vor Sorge, und dabei war sie sowieso schon mit den Nerven am Ende. Nein … Das war es nicht wert. Und wenn sie ehrlich war, langweilte Josh sie neuerdings maßlos. Aber im Grunde war hier ja alles langweilig.

Den Kopf gegen den beißend kalten Wind gesenkt, lief sie am Zaun entlang, fand die gewohnte Stelle und warf ihren Rucksack über die oberste Latte. Er fiel drüben in den weichen Schnee und versank fast völlig darin. Cassie kletterte über den Zaun und packte den Riemen des Rucksacks.

»Josh«, flüsterte sie. »Bist du hier?«

Sie hörte nichts, blickte noch einmal auf ihre Uhr und verfluchte im Stillen den Blödmann, der entweder zu spät kam oder sie versetzt hatte. Sie klappte ihr Handy auf, gab seine Nummer ein und wartete, bis die Voicemail sich meldete. »Josh, verdammt noch mal, was soll das?« Als der Signalton erklang, sagte sie: »Ich bin an der verabredeten Stelle. Jetzt warte ich noch fünf Minuten, und wenn du dann nicht kommst, gehe ich nach Hause. Die ganze Sache ist sowieso verrückt. Hier draußen ist es rattenkalt.« Sie klappte ihr Handy zu und verzog sich tiefer in den Wald, wo Allie sie nicht sehen konnte.

Sie hat gar nicht aus dem Fenster geschaut. Das hat dir nur dein schlechtes Gewissen vorgegaukelt.

Der Wind pfiff wie wahnsinnig. Gespenstisch. Cassie duckte sich hinter einen Baum, griff in ihren Rucksack, zog sich mit den Zähnen einen Handschuh von den Fingern und kramte in den verschiedenen Fächern, bis sie ihre Zigaretten und ein Feuerzeug gefunden hatte. Mit zitternden Fingern zündete sie sich eine Kippe an, warf sich dann den Rucksack über die Schulter und stapfte in Richtung Holzfällerstraße. Vielleicht wartete Josh in seinem Pick-up auf sie, wo er es warm hatte. Wahrscheinlich hatte er die Musik so laut gedreht, dass er sein Handy nicht klingeln hörte.

Nein, das konnte nicht sein. Ohne sein Handy ging er nirgendwohin. Er meldete sich immer. »Einmal ist immer das erste Mal«, sagte sie leise zu sich selbst. Dann bemerkte sie durch das Schneegestöber hindurch einen Lichtschimmer. Sie sog heftig an ihrer Zigarette, spähte in die Dunkelheit und sah erneut ein Licht aufblitzen. Scheinwerfer! Er wartete tatsächlich im Wagen. Dieser Blödmann. Der würde was zu hören bekommen! Sie stapfte zwischen den Bäumen hindurch, hörte bereits die Musik aus seinem CD-Player, sah ihn hinter dem Steuer sitzen.

Der Scheißkerl stieg nicht einmal aus, um sie zu begrüßen. »Hey! Wir waren da drüben verabredet! Ich habe auf dich gewartet«, sagte sie vorwurfsvoll, doch er rührte sich nicht, tat, als sähe er sie überhaupt nicht. Jetzt reichte es. Sie musste Schluss mit ihm machen. Sie hatte gedacht, er sei besser als gar nichts, aber das war ein Irrtum gewesen.

»Cassie!«

Sie zuckte zusammen, fuhr herum in die Richtung, aus der die Stimme kam.

»Cassie!«, schallte Allies Stimme durch den Wald.

Was wollte die Kleine? Das alles wuchs sich zu einem Albtraum aus. Sie musste umkehren. Sie warf ihre Kippe in den Schnee, ging zur Beifahrertür des Pick-ups und öffnete sie. »Hör mal, so geht das nicht«, sagte sie, bevor sie Josh überhaupt richtig angesehen hatte. Er wandte sich immer noch nicht zu ihr um. »Josh, hast du gehört? Ich muss zurück nach ...«

Da hörte sie etwas hinter sich. Leise, verstohlene Schritte im Schnee.

Und dann bewegte sich Josh – das heißt, er rutschte, sein

Körper kippte auf die Sitzbank, seine Augen starrten blicklos zu ihr auf, sein schwarzes Hemd war blutgetränkt. Ein dunkler, bluttriefender Schnitt zog sich über seinen Hals.

Cassie schrie auf. Fuhr herum. Sah ihren Angreifer und wurde im selben Moment gegen das Fahrzeug gedrückt. Verzweifelt trat und kratzte sie um sich, rammte ihm die Faust ins Gesicht. Er schrie unter seiner Skimütze dumpf auf. Sie zog das Knie hoch, zielte nach seinen Geschlechtsteilen, doch er wich rechtzeitig aus, sodass ihr Knie nur seinen Oberschenkel traf. Dabei nahm sie über seine Schulter hinweg eine Bewegung wahr. Für einen Augenblick fasste Cassie Mut, glaubte, dass Hilfe käme – und dann sah sie Allie.

»Lauf!«, schrie sie, immer noch um sich schlagend. »Lauf, schnell, renn weg!«

Ihr Angreifer sah sich um. »Verdammte Scheiße«, knurrte er, und die Stimme kam Cassie bekannt vor.

»Lauf!«, schrie sie. »Hol Hilfe!«

Allie hastete zwischen den Bäumen davon, verschwand im Dickicht.

»Scheiße!«

Cassie entwand sich seinem Griff, doch er packte sie erneut, seine behandschuhte Hand riss ihr die Strumpfmütze vom Kopf und zerrte an ihrem Haar, so grob, dass sie rückwärts taumelte und ihre Füße den Halt verloren. Sie stürzte in den Schnee, und im nächsten Augenblick war er über ihr, hockte sich rittlings auf sie, breitbeinig unterhalb ihres Busens, packte ihre Handgelenke und hielt sie mit einer Hand über ihrem Kopf fest.

Sie bäumte sich auf und wand sich, doch er schien es gar

nicht wahrzunehmen, sondern griff in seine Hosentasche und zückte ein Gerät, das aussah wie eine Fernbedienung.

Im nächsten Moment drückte er ihr dieses Gerät an den Hals, und Cassies Körper zuckte unkontrolliert, als der Stromschlag sie durchfuhr. Dann erschlafften ihre Muskeln, und sie blieb hilflos liegen. Sie stöhnte, konnte sich nicht bewegen. Kurz bevor sie das Bewusstsein verlor, sandte sie noch ein Stoßgebet zum Himmel, Allie möge sich in Sicherheit gebracht haben.

43. Kapitel

Die Mahnwache entwickelte sich rasch zum Medienrummel. Trotz des schlechten Wetters hatte sich die Hälfte der Einwohnerschaft von Falls Crossing mit Kerzen auf dem Platz versammelt und strömte nun in die Kirche, wo Reverend Swaggart sie aufforderte zu beten, eine kurze Predigt hielt und anscheinend darauf bedacht war, sich vor den Kameras zu präsentieren. Jenna sagte sich, dass sie ihn übertrieben skeptisch beobachtete, doch sie wurde das Gefühl nicht los, dass der Gottesdienst, wenn nicht gerade gekünstelt, so doch ein wenig auf Show ausgerichtet schien. Der Prediger vergoss ein paar Tränen, behauptete, Lynnetta sei »sein ihm persönlich vom Himmel geschickter Engel«, und betete inbrünstig auch für die anderen Frauen. Der Altar war mit Blumen geschmückt, von großen Postern, die auf Staffeleien angebracht waren, blickten die Gesichter der vermissten Frauen der Gemeinde entgegen. Jenna betrachtete diese Dekoration verstohlen mit gesenktem Kopf, während Derwin Swaggart mit geschlossenen Augen und schweißüberströmtem rotem Gesicht das Pult auf der Kanzel so heftig umklammerte, dass seine Fingerknöchel weiß hervortraten.

Das Licht flackerte.

Die Leute hoben mitten im Gebet die Köpfe, während die Stimme des Reverend voller Ehrfurcht und Demut weiter dröhnte. Jenna versuchte, sich auf seine Worte zu konzentrieren, doch der Wind hatte wieder aufgefrischt und pfiff um das Gebäude herum.

Erneut flackerte das Licht.
Carters Hand lag unter ihrem Ellenbogen.
»Man möchte meinen, Gott hört zu«, sagte Rinda in dem Moment, als das Licht verlosch. Doch wegen der vielen Kerzen, die die Gemeindemitglieder in den Händen hielten, wurde es nicht dunkel.
Der Reverend schlug die Augen auf und hob die Hände, um die Gemeinde zu beruhigen, die anfing zu flüstern und mit den Füßen zu scharren. »Gott der Vater ist bei uns«, verkündete er, »und wir beten darum, dass er auch bei Sonja, Roxie und meiner geliebten Lynnetta ist. Friede sei mit euch. Gute Nacht.«
Langsam verließen die Leute nacheinander die Kirche, man drängte sich zusammen und tuschelte auf dem Weg nach draußen und die Treppen hinunter, hinaus auf die dunklen Straßen. Rinda hielt inne, stellte sich mit dem Rücken zum Wind und rief nach ihrem Sohn, gab es aber bald frustriert auf. Die Fenster der Häuser in der Umgebung waren dunkel, die Straßenlaternen verloschen, die einzige Beleuchtung stammte von Kerzen, Taschenlampen und den Scheinwerfern vorbeifahrender Autos und Lastwagen.
Carters Handy klingelte; er blieb stehen und zog das kleine Gerät aus seiner Tasche. »Carter … Was? Na prima; hier in der Stadt ist auch der Strom ausgefallen. Ja …« Das Gespräch war nur noch gedämpft zu hören.
»Jenna!«
Sie drehte sich um und sah Travis Settler, der sich durch die Menschenmenge einen Weg zu ihr bahnte, seine Tochter fest an der Hand. In der freien Hand trug er eine Votivkerze.

»Ist Allie hier?«, fragte Dani. Ihre krausen braunen Locken ringelten sich ungezähmt unter ihrer Skimütze hervor.

»Sie ist heute Abend zu Hause geblieben. Fühlt sich nicht so gut.

»Schade«, sagte Dani.

»Wir hatten gehofft, sie würde mitkommen und bei uns schlafen. Dani möchte gern auf dem Teich hinter unserem Haus Schlittschuh laufen.«

»Vielleicht morgen, falls es Allie dann besser geht … und wir wieder Strom haben«, erwiderte Jenna. Dabei spürte sie, dass Shane sich näherte.

Travis warf einen Blick auf Carter, dann auf Jenna. »Wir wollen hoffen, dass der Stromausfall nicht die ganze Nacht andauert.«

»Ich finde das cool«, verkündete Dani, und ihre nussbraunen Augen blitzten lebhaft im schwachen Schimmer ihrer Kerze. So war Dani, immer für ein Abenteuer zu haben.

»Aber nur, weil du nicht Holz hacken und das Feuer am Brennen halten musst und dir keine Sorgen zu machen brauchst, dass die Leitungen einfrieren könnten«, zog ihr Dad sie auf.

»Nein, weil wir Spiele machen und nicht nur immerzu Sport im Fernsehen anschauen müssen.«

Travis verzog den Mund zu einem halben Lächeln. »Sie liebt es, mich beim Schach oder beim Pokern zu schlagen.«

Dani verdrehte die Augen, grinste jedoch und zeigte ihre leicht vorstehenden Schneidezähne. »Er bildet sich ein, er lässt mich gewinnen.«

»Ausgeschlossen! Komm, Kleine, wir müssen nach Hause. Wir sehen uns«, sagte er zu Jenna und nickte Carter und Rinda zu. Carter klappte sein Handy zu und biss die Zähne zusammen.

»Allie soll mich anrufen!«, rief Dani noch über die Schulter zurück, während Travis sie zu seinem Pick-up zerrte.

»Ärger?«, fragte Jenna.

»Jede Menge. Der Strom ist nicht nur hier ausgefallen, sondern auch meilenweit im Umkreis. Ein Auto ist von der Bridge of the Gods gestürzt, und auf der 84 hat es einen schweren Unfall gegeben. Ich muss hin. Der Rettungshubschrauber kann wegen des Unwetters womöglich nicht starten.« Er wies auf seinen Geländewagen. »Ich bringe dich am besten nach Hause.«

»Das ist die entgegengesetzte Richtung«, wandte Rinda ein. »Ich fahre Jenna.«

»Ich hätte in meinem Jeep kommen sollen.«

Wieder klingelte Carters Handy. Er meldete sich, fluchte und führte ein kurzes Gespräch. Als es beendet war, sagte er: »Es wird von Minute zu Minute besser. Ein weiteres Fahrzeug ist am Unfallort außer Kontrolle geraten, hat einen Streifenwagen der Staatspolizei gerammt und einen Polizisten getötet. Ich muss hin.«

»Ich rufe Turnquist an, damit er kommt und mich abholt.«

»Sei nicht albern«, widersprach Rinda. Sie wandte sich Shane zu. »Ich fahre sie heim.«

Carter zögerte.

»Ach, um Himmels willen, ich fahre schon mein Leben lang bei Mistwetter wie diesem, außer während meiner albernen Selbstfindungsjahre in Kalifornien. Mein Subaru hat Allradantrieb. Der fährt traumhaft im Schnee.«

In diesem Moment klingelte Carters Handy erneut, und er nickte. »Okay. Aber wenn etwas schief geht, wenn dir was spanisch vorkommt, ruf mich an, Jenna. Nein, wenn ich's mir recht überlege: Ruf mich auf jeden Fall an, wenn du zu Hause bist. Halt mich auf dem Laufenden.« Er drückte ihren Arm, hauchte ihr einen Kuss auf die Wange und lief zu seinem Chevrolet Blazer.

»Oh, wow, war das etwa ein Kuss? Von unserem Sheriff, zäh wie altes Leder und überzeugt, dass er nie wieder eine Frau ansehen wird? Das ist ja ein Ding!«

»Tatsächlich?«, versetzte Jenna und eilte, den Kopf gegen den Wind gesenkt, zu Rindas Kleinwagen. »Ich dachte, er hängt immer noch an seiner Frau.«

»Sie ist lange tot, Schätzchen.« Sie stiegen ein, und Rinda machte sich an der Heizung und dem Gebläse zu schaffen. Die Menschenansammlung zerstreute sich allmählich, und ohne Strom war die Stadt fast völlig dunkel. Nur ein paar Geschäfte wurden mit Hilfe von Generatoren beleuchtet. »Carolyn war meine beste Freundin ...« Sie warf Jenna einen Blick zu. »Ironie des Schicksals, wie? Anscheinend steht Shane auf Frauen, die ich mag. Wie auch immer, wir alle hatten einen Riesenspaß zusammen, wir kannten uns schon seit der High School. Wes, Shane und David Landis waren sehr eng befreundet.« Sie reckte den Hals, um einen Blick über die Schulter zu werfen, trat dann aufs Gas, wendete geschickt und fuhr zur Stadt hinaus. »Übrigens, David kam bei dem Versuch, die Pious Falls zu ersteigen, ums Leben. Shane war dabei. Beide waren sechzehn, und es hat Shane schwer getroffen, doch irgendwann kam er durch meine Vermittlung mit Carolyn zusammen, und eine Zeit lang waren sie ziemlich glücklich.«

»Nur eine Zeit lang?«

»Ein paar Jahre, und dann …« Sie blickte starr durch die Windschutzscheibe und kniff die Augen zusammen. Schnee sammelte sich auf dem Glas. »… Dann haben sie sich wohl auseinander gelebt, wie das so oft passiert. Shane ging völlig in seiner Arbeit auf, und Carolyn langweilte sich und … Nun ja, kurz gesagt: sie hatte eine Affäre mit meinem Bruder.«

»Wes?«

»Mhm. Ich glaube, es hat Shane fast umgebracht. Schlimmer noch, nach einem schrecklichen Streit eines Nachts – in einer eisigen Nacht, ähnlich wie jetzt – ist Carolyn abgehauen, verlor die Kontrolle über ihren Wagen und hatte einen tödlichen Unfall.« Rinda bremste vor einer nicht funktionierenden Ampel ab und fuhr dann weiter durch die leeren Straßen. »Wenn du mich fragst: Das hat Shane sich nie verziehen. Beides nicht, weder Davids Tod noch Carolyns.«

Was eine ganze Menge erklärte.

»Willst du dich wirklich mit ihm einlassen?«, fragte Rinda.

»Ich weiß im Moment selbst nicht, was ich eigentlich will.«

»Du weichst mir aus. Zwischen euch beiden hat es ordentlich gefunkt. Das spüre ich. Shane ist nicht der Typ, der öffentlich Gefühle zeigt. Ehrlich, ich glaube nicht, dass ich je gesehen habe, wie er einer Frau einen Kuss gibt. Höchstens vielleicht in der Silvesternacht oder so.«

Sie trommelte mit den Fingern aufs Steuerrad, während der Subaru weiter durch den Schnee pflügte. »Im Grunde ist er seit Caroylns Tod nur äußerst selten überhaupt mal mit einer Frau ausgegangen. Glaub mir, ich muss es wissen. Ich versuche schon seit Jahren, ihn wieder unter die Haube zu bringen, aber, nein, ich glaube nicht, dass er ihr Andenken hochhält. Es sind einfach nur Schuldgefühle.«

Sie passierten ein verlassenes Fahrzeug am Straßenrand, das halb von Schnee zugedeckt war, und Rinda schaltete das Radio ein. Der Wetterbericht war niederschmetternd – noch mehr Schnee, sinkende Temperaturen. »Schlimmer geht's doch kaum noch«, kommentierte Rinda und wechselte zu einem Sender, der Weihnachtslieder spielte.

In keinem der Häuser, an denen sie vorbeifuhren, war Licht in den Fenstern. Der trübe Schimmer, der hier und da durch die Ritzen der Jalousien oder Vorhänge drang, schien von Kerzen, Kaminfeuer oder Taschenlampen zu stammen.

Sie begegneten einem Schneepflug mit gelbem Blinklicht, der sich durch das Unwetter kämpfte und Schneemassen an den Straßenrand schob, ein Streufahrzeug im Gefolge. Die vereisten und verschneiten Straßen waren tückisch, und sie wurden fast eine Dreiviertelstunde lang durch einen weiteren Unfall auf der Hauptstraße aufgehalten. Der Pick-up eines Farmers war mit einer Limousine zusammengestoßen, und es gab keine Möglichkeit, die Unfallstelle zu umfahren. Jenna versuchte, zu Hause anzurufen, und stellte fest, dass ihre stromabhängigen Telefone nicht funktionierten. Sie rief Turn-

quist an, dann Cassie und Allie, doch niemand meldete sich.
»Warum geht niemand ans Handy?«, fragte sie, und Angst kroch in ihr Herz.
»Das ist wirklich merkwürdig. Wollten sie nicht zu Hause bleiben?«
»Eigentlich schon.«
»Vielleicht ist ein Sendemast ausgefallen. In abgelegenen Gegenden kommt das schon mal vor. Ich war mal am Strand und konnte zwei Tage lang niemanden erreichen – am Ende musste ich den Handyservice übers Festnetz anrufen.«
»Oder das Handynetz ist wegen des Unwetters überlastet.«
»Ja, so wird es sein. Versuch wenigstens Shane zu erreichen. Oder sein Büro«, riet Rinda ihr und stellte die Heizung höher. Sie musste den Motor fast die ganze Zeit laufen lassen, denn sobald sie ihn abstellte, sank die Temperatur in dem kleinen Subaru.
»Mach ich. Wenn sich die Lage hier nicht bald bessert.« Sie behielt ihr Handy in der Hand und kämpfte gegen ihre Angst an.
»Ein Glück, dass ich keine schwache Blase habe«, bemerkte Rinda, als ein Abschleppwagen das Unfallfahrzeug, das die Straße blockierte, endlich an den Seitenstreifen zog und ein Polizist die wartenden Autos durchwinkte. »Und dass ich eine ausgezeichnete CD-Sammlung besitze.« Sie hörten Weihnachtsmusik, während sie warteten, bis sie endlich an dem sichtlich erschöpften Polizisten vorbeifahren konnten. Rindas kleiner Wagen kroch über die vereiste Straße. Der Sturm hatte kein bisschen

nachgelassen, und die Räummannschaften kamen nicht gegen den massenhaften Schneefall an. Rinda nahm die CD aus dem Player und schaltete erneut das Radio ein. In den Nachrichten hieß es, in Lewis County seien bereits die meisten Straßen gesperrt.

»Das schlimmste Unwetter des Jahrhunderts«, bemerkte Rinda und schaltete das Radio aus. »Ist das nicht gerade noch das Tüpfelchen auf dem i?«

»Irgendwann muss es ja wieder aufhören«, erwiderte Jenna, die sich nicht halb so viele Sorgen wegen des Unwetters machte wie um ihre Familie. Wieder versuchte sie anzurufen, wieder ohne Erfolg. Sie gab sogar Carters Handynummer ein, doch er meldete sich nicht und sie hinterließ keine Nachricht. So schlichen sie langsam weiter durch den Schneesturm und hatten mittlerweile Jennas Haus fast erreicht.

»Das ist irgendwie verdammt gruselig«, bemerkte Rinda und presste die Lippen zusammen, während sie den Wagen vorsichtig die parallel zum Fluss verlaufende Straße entlangsteuerte. Immer wieder gerieten die Reifen ins Rutschen, fanden jedoch gleich wieder Halt. »Ich hoffe nur, dass Scott zu Hause ist und sich nicht in diesem Wetter herumtreibt.«

»Kannst du ihn nicht anrufen?«

»Meine Telefone sind sämtlich abhängig vom Strom, also werde ich keine Verbindung bekommen. Ich habe schon seit langem vor, mir ein ganz normales, altmodisches, ans Telefonnetz angeschlossenes Telefon zu besorgen, vergesse es aber immer. Es fällt mir erst wieder mitten im kältesten Winter seit fünfzig Jahren ein.«

»Und was ist mit seinem Handy?«

»Ich hab's versucht, drei oder vier Mal, aber es schaltet sich immer nur seine Voicemail ein mit dem Versprechen, dass er zurückruft. Ja, toll.«

Eine Viertelstunde später, als gerade die letzten Töne von »Jingle Bell Rock« verklangen, bog Rinda auf die Zufahrt zu Jennas Haus ein.

Das Tor stand offen.

Nirgends war Licht zu sehen.

Jennas Magen krampfte sich vor Angst zusammen. »Hier stimmt was nicht«, flüsterte sie beklommen, als der Kleinwagen vor der Garage schlitternd zum Stehen kam. »Hier ist was ganz und gar faul.« Hastig sprang Jenna aus dem Wagen. Schlitternd und rutschend rannte sie zur Hintertür, wobei sie sich selbst ermahnte, Ruhe zu bewahren. Natürlich war alles dunkel im Haus. Der Strom war ausgefallen. Das hatte nichts zu bedeuten. Alle, die entlang dem Flussufer wohnten, waren von diesem Stromausfall betroffen.

Aber warum hatten ihre Töchter nicht auf ihre Anrufe reagiert? Und Turnquist auch nicht?

Als sie aufschließen wollte, öffnete sich die Tür von selbst – sie war unverschlossen. Im Haus war es nicht nur dunkel, sondern auch kalt. Kein Lebenszeichen. »Cassie!«, schrie sie, bemüht, nicht so panisch zu klingen, wie sie sich fühlte. »Allie! Hey, ich bin zurück. Cassie! Jake!«

»Was ist los?«, fragte Rinda dicht hinter ihr.

»Ich weiß es nicht. Wahrscheinlich gar nichts.« Doch Jennas Herz raste vor Angst, ihre Nackenhaare sträubten sich. Hier stimmte was nicht. Ganz und gar nicht. Sie konnte es in der kalten Luft riechen, in der Stille hören.

Das Feuer im Kamin war heruntergebrannt. Jenna kramte in einer Küchenschublade nach einer Taschenlampe, knipste sie an und rief wieder nach den Mädchen. »Cassie! Wo steckst du? Allie?«

Doch alles blieb still bis auf den Wind, der um die Giebel pfiff und an den Dachfenstern rüttelte. Und bis auf ihre eigene Stimme, die im Haus widerhallte. Es war nicht bloß kalt. Viel schlimmer, es war wie ausgestorben. Als sei niemand zu Hause.

Eisig wie ein Hauch des Todes kroch es ihr über den Rücken. »Er hat sie«, flüsterte sie, und grausame Angst fuhr ihr an die Kehle. »Er hat sie.«

»Wer?«

Das Handy in ihrer Tasche klingelte.

»Gott sei Dank.« Für eine Sekunde huschte ihre Panik zurück in einen dunklen Winkel ihres Bewusstseins. Vermutlich war Jake, als der Strom ausfiel, mit den Mädchen in die Stadt gefahren oder irgendwohin, wo sie in Sicherheit waren, und steckte jetzt wohl auf den unbefahrbaren Straßen fest. So war es bestimmt. So *musste* es sein. »Hallo?«, rief sie ins Handy, doch niemand meldete sich. »Hallo? Wer ist da? Jake? Carter?« Sie schrie beinahe, und dann hörte sie etwas – keine Stimme, sondern die schwermütige Melodie aus einem Film … dem Film, in dem sie ihre erste Hauptrolle gespielt hatte. Die Titelmusik von *Innocence Lost*.

Sie wäre um ein Haar zusammengebrochen.

Er! Er forderte sie heraus. Sie blickte wild um sich, der gelbliche Strahl ihrer Taschenlampe huschte über die Stühle und Arbeitsflächen in der Küche. »Wer ist da?«, fragte sie. »Wer zum Teufel ist da?« Doch die Leitung war schon wieder tot. Sie ließ sich gegen den Küchentresen sinken, wusste, dass es wahr war. Ihre schlimmsten Ängste waren Wirklichkeit geworden: Der Wahnsinnige, wer immer der Scheißkerl sein mochte, hatte ihre Töchter in seiner Gewalt.

44. Kapitel

Keine Panik«, sagte Rinda, als Jenna begann, das Haus auseinander zu nehmen. Sie suchte, blickte in alle Winkel, rief nach ihren Töchtern. Leugnete, was sie im Herzen doch wusste.

»Wo zum Teufel sind sie? Und der Hund? Wo ist der verdammte Hund?«, wollte sie wissen. »Wohin hat er sie gebracht?«

»Ich weiß es nicht, Jenna. Aber sie sind nicht hier, und wenn du alles durcheinander wühlst und womöglich Spuren vernichtest, wird alles nur noch schlimmer.«

Die Panik zerriss sie innerlich, ihr Verstand kam nicht dagegen an. »Ich muss etwas tun!« Sie rief noch einmal Shane an, kam jedoch nicht durch.

»Dann lass uns strategisch vorgehen, okay?«, redete Rinda ihr zu. »Vielleicht finden wir dann heraus, was hier passiert ist.«

»Gut. Fangen wir auf dem Dachboden an, und von dort aus arbeiten wir uns bis nach unten vor.« Sie waren beide mit Taschenlampen ausgerüstet, doch das Haus war groß, ein weitschweifiges Labyrinth, dunkel wie das Innere einer Gruft.

Jennas Muskeln waren völlig verkrampft, ihre Nerven lagen blank, hinter den Augen pochten beginnende Kopfschmerzen. Seite an Seite mit Rinda durchsuchte sie sämtliche Schlafräume und Kammern, die Sauna, die Bäder, jede Ecke und jeden Winkel.

Nichts.

Keine Spur von irgendwem, nicht einmal von dem verflixten Hund.
Mit jedem Schritt schnürte die Angst ihr die Kehle zu, bis sie kaum noch atmen konnte.
Bitte gib, dass ihnen nichts passiert ist. Gib, dass ich sie finde. Bitte – o Gott, gib, dass sie in Sicherheit sind!
»Allie!«, rief sie vergeblich. »Cassie! Mädchen!« Tränen brannten in ihren Augen, ihre Kehle war wie zugeschnürt. Sie waren nicht im Haus. Nirgends.
Gib nicht auf. Du musst sie finden. Du musst!
Doch ihre Töchter waren nicht im Haus. Es schien, als seien sie im Schneesturm verschwunden. Zusammen mit ihrem Bodyguard.
»Ich sehe in der Garage nach«, entschied sie, nachdem sie das Haus von oben bis unten durchkämmt hatten. So sehr sie sich auch zu beherrschen versuchte, sie konnte nicht verhindern, dass die nackte Angst in ihrer Stimme mitschwang. »Vielleicht ist Turnquist mit ihnen weggefahren. Irgendwohin, wo es sicher ist. In meinem Wagen.«
»Hätte er dann nicht angerufen?«
»Normalerweise schon«, räumte sie ein, doch in den letzten paar Tagen hatte sie begonnen, an den Fähigkeiten und dem Urteilsvermögen ihres Bodyguards zu zweifeln. Jenna ging nach draußen, wo der Wind ihr wütend entgegenschlug, den Schnee in schrägen Bahnen unter das Dach des Durchgangs trieb und unter Knarren und Ächzen die Flügel der Windmühle drehte.
»Cassie!« Jenna schrie gegen das Tosen des Windes an. »Allie!«
Lieber Gott, gib, dass sie wohlauf sind!
Wie war er ins Haus gekommen?

Nichts deutete darauf hin, dass er sich gewaltsam Zutritt verschafft hatte.
Hatten sie den Wahnsinnigen etwa ins Haus gelassen?
Was zum Teufel war passiert?
Hör auf damit. Lass dich nicht von deinem schlimmsten Albtraum lähmen.
Sie suchte die Garage und das Gelände darum herum gründlich ab. Keines der Fahrzeuge fehlte. Ihr Jeep, der alte Pick-up und Jake Turnquists Wagen standen dort, wo sie immer standen, an den Wänden hing Werkzeug, der Rasenmäher stand unnütz und verstaubt in seiner Ecke.
Als sei alles in Ordnung. Als sei nicht schreckliches Unheil über ihre Familie gekommen.
Jenna war drauf und dran, allen Mut zu verlieren, doch sie sträubte sich dagegen, aufzugeben. Sie entdeckte eine Sichel an der Wand und nahm sie vom Haken. Nur für alle Fälle. Dann hastete sie hinaus zur Außentreppe, die zur Atelierwohnung über der Garage führte, wo Jake Turnquist sich einquartiert hatte. Auf dem Treppenabsatz angekommen, sah sie, dass die Tür unverschlossen war. Wie alle anderen Türen auch. Turnquists Räume waren dunkel und kalt und allem Anschein nach genauso, wie er sie verlassen hatte. Jenna ließ den Strahl der Taschenlampe durch die Wohnung wandern. Zwei Coladosen, eine leere Bierflasche und ein paar Kartons von Fertiggerichten standen auf dem Küchentresen. Eine Pyjamahose aus Flanell hing an einem Haken neben der Schlafzimmertür. Hinter der Tür sah sie das ungemachte Bett und den leeren Schrank. Am Waschbecken im Bad lag ein Einweg-Rasierer.
Im Wohnzimmer fand sie seine Ausrüstung – Kameras,

Nachtsichtgläser, eine Handfeuerwaffe – auf dem Kaffeetisch. *Er hatte seine Waffe nicht bei sich?*

Hier war etwas faul.

Je mehr sie sah, desto stärker wurde ihre Überzeugung, dass ihre Kinder nicht sicher waren. In Gefahr schwebten.

Wer hatte das getan? Und warum?

Und wie? Wie konnte jemand – vermutlich eine einzelne Person – ins Haus eindringen, Turnquist überwältigen, den Hund zum Schweigen bringen und die Mädchen entführen? Oder war Turnquist womöglich an der Tat beteiligt?

Gegen die Kopfschmerzen ankämpfend ging sie zurück ins Haus, wo Rinda mit dem Rücken zum Kamin hastig in ihr Handy sprach und mit der freien Hand wild gestikulierte, als könne ihr Gesprächspartner sie sehen. Als sie Jenna erblickte, unterbrach sie sich. »Einen Moment bitte. Sie ist jetzt hier. Nichts, wie?«

»Nein.«

»Verdammt.« Rindas Miene verdüsterte sich, sie reichte Jenna das Handy. »Ich habe endlich Shane erreicht. Sprich mit ihm.«

Jenna hätte beinahe geweint vor Erleichterung. So lächerlich es auch war – allein die Verbindung mit Carter gab ihr schon etwas mehr Kraft. »Hi.«

»Rinda hat mir alles erklärt«, sagte er, und seine Stimme legte sich wie Balsam über ihre Seele. Tränen traten ihr in die Augen. »Tut mir Leid, dass ich mich nicht früher gemeldet habe – zu viele Anrufe auf einmal. Da sind leider einige nicht durchgekommen. Die Leitungen sind überlastet. Hast du Turnquist gesehen?«

»Nein. Niemand ist hier. Weder die Kinder noch der verdammte Bodyguard, nicht mal der Hund – niemand«, sagte sie. Nun überwältigte sie doch die Panik, ihre Stimme brach. Es fiel ihr unendlich schwer, sich zu beherrschen.

»Okay. Hör zu. Schließ jetzt alle Türen ab. Rinda soll bei dir bleiben. Verschanzt euch in einem Zimmer mit nur einem Zugang und schließt die Tür gut ab. Ich schicke jemanden zu euch, eine Einheit der Polizei von Oregon, die gerade in der Nähe ist, und ich selbst bin in einer halben Stunde da. Bleibt, wo ihr seid. Haltet die Handyverbindung aufrecht, wenn ihr wollt.«

»Ich gehe raus und durchsuche den Stall und die Scheune.«

»Warte, bis die Polizei eingetroffen ist.«

»Ich kann nicht, Shane. Ich muss die Mädchen finden.«

»Auf ein paar Minuten mehr oder weniger kommt es jetzt nicht an.«

»Ein paar Minuten mehr oder weniger können entscheidend sein. Womöglich erfrieren sie da draußen in diesem verfluchten Schneesturm. Jede Minute zählt.« Sie starrte aus dem Fenster auf die verschneite Landschaft, die Schneewehen, die dräuenden dunklen Gebäude mit ihren vereisten schwarzen Fenstern. »Oder *er* hat sie in seiner Gewalt. Jetzt, in diesem Moment. Ich habe schon wieder so einen merkwürdigen Anruf bekommen.«

»Einen Anruf?«

»Auf meinem Handy. Er fordert mich heraus, Shane.«

»Bleib, wo du bist!«

»Ich komme schon zurecht. Ich habe das Gewehr.«

»Halte es griffbereit. Im Haus.«

»Ich muss jetzt Schluss machen«, sagte sie.

»Ich bin gleich bei euch.«
Sie beendete das Gespräch und reichte Rinda das Handy.
»Du gehst nicht noch mal raus.«
»Doch, natürlich. Du würdest es auch tun. Wenn es um Scott ginge.«
Da die Handys wieder funktionierten, kramte sie ihr eigenes Gerät aus der Tasche und drückte eine Kurzwahltaste.
Ihr erster Anruf galt Cassie, die sich jedoch nicht meldete. Jenna ließ es vier Mal klingeln und hinterließ dann auf der Voicemail die Nachricht, Cassie solle schnellstens zu Hause anrufen. Anschließend wählte sie die Nummer von Allies Handy. Während sie wartete, hörte sie Allies Gerät klingeln und fand es unter einem Sofapolster im Arbeitszimmer.
»Verdammt.«
Sie sah Rinda an und versuchte es als Nächstes mit Joshs Handynummer. Wieder ohne Erfolg. »Komm schon, melde dich endlich«, verlangte sie, als könnte der Junge sie hören. Innerlich zitterte sie, fürchtete sich zu Tode. Als Joshs körperlose Stimme sie aufforderte, eine Nachricht zu hinterlassen, sagte sie: »Hi, hier ist Jenna, Cassies Mutter. Ich mache mir Sorgen um sie. Sie ist nicht zu Hause, und ich dachte, das heißt, ich *hoffte*, sie könnte bei dir sein. Bitte ruf mich so bald wie möglich zurück.« Sie nannte ihre Telefonnummer, unterbrach dann die Verbindung und wählte eine letzte Nummer.
Eine raue Frauenstimme meldete sich. Es hörte sich an, als sei die Frau aus dem Schlaf gerissen worden. »Hallo?«
»Mrs Sykes? Hier spricht Jenna Hughes. Ich suche meine Tochter und habe gehofft, Josh sprechen zu können.«

»Er ist nicht zu Hause. Keine Ahnung, wann er zurückkommt.« Sie hielt inne, und Jenna hörte das Klicken eines Feuerzeugs, dann tiefes Inhalieren. »Ich dachte, er wäre mit Ihrer Tochter zusammen«, sagte Wanda Sykes in einem Tonfall, als wolle sie Cassie beschuldigen, einen schlechten Einfluss auf ihren Sohn auszuüben.
»Ich weiß nicht, wo die beiden sein könnten.«
»Kein Wunder.« Sie sog noch einmal tief an ihrer Zigarette. »Wissen Sie, ich habe versucht und versucht, den Jungen zu bändigen, aber er hört nicht auf mich, schon gar nicht, wenn es um Ihre Tochter geht. Ich habe ihm geraten, sich von ihr fern zu halten, denn sie ist nichts für ihn, aber hört er auf mich? Nein, zum Teufel. Hatte noch nie einen Funken Verstand. Ist seinem Alten viel zu ähnlich. Nichts im Kopf außer Trinken, Rauchen und Weiber.«
Jenna war sprachlos. Sie hatte die Frau nie persönlich kennen gelernt, und trotzdem schüttete Wanda ihr so bereitwillig ihr Herz aus. »Hören Sie, wenn Josh kommt oder anruft, sagen Sie ihm bitte, er möchte sich bei mir melden?«
Als Antwort ertönte ein gackerndes, sarkastisches Lachen, das mit einem Hustenanfall endete. »O ja, ich sag's ihm, falls es was bringt und falls ich wach bin. Klar sag ich ihm das.«
»Bitte, hinterlassen Sie ihm eine Nachricht, falls Sie zu Bett gehen wollen.« Wieso war Wanda nicht ebenfalls außer sich vor Sorge?
»Sagten Sie nicht, Sie hätten ihm eine Nachricht aufs Handy gesprochen? Er wird sich schon bei Ihnen melden.« Damit legte sie auf, als sei Cassies Verschwinden völlig nebensächlich.

»Bescheuertes Weib. Weiß sie nicht, dass da draußen ein Verrückter herumläuft und Frauen entführt?«, knurrte Jenna. Ohne Rindas Antwort abzuwarten, rannte sie die Treppe hinauf, wobei sie immer zwei Stufen auf einmal nahm. Das schwache Licht ihrer Taschenlampe hüpfte vor ihr auf und ab. Sie holte die Flinte unter dem Bett hervor und nahm die Patronen aus dem Nachttisch. Nachdem sie das Gewehr geladen und gesichert hatte, eilte sie zurück ins Erdgeschoss, wo Rinda Holz auf das ausbrennende Feuer legte. Die Glut schimmerte rot auf, und ein paar Flammen begannen an den neuen Fichtenkloben zu lecken.

»Ich komme mit.«

»Nein.« Jenna sah ihre Freundin wild entschlossen an. »Das kommt nicht infrage. Bleib hier. Ich habe mein Handy. Wenn ich dich brauche, ruf ich dich an.«

»Sofern es funktioniert.«

»Ja.«

»Versprich mir, dass du keine Dummheiten machst«, verlangte Rinda mit einem Blick auf die Flinte. Sie hockte auf der Kamineinfassung, und die Glut in der Feuerstelle hinter ihr begann zu knistern und zu zischen und warf goldene Lichtflecken durchs Zimmer. »Versprich mir, dass du dir Shanes Rat zu Herzen nimmst.«

»Ich werde meine Kinder finden«, sagte Jenna. »Das verspreche ich dir und sonst nichts.«

Rindas Blick wanderte erneut zu der Flinte. »Mit einem Gewehr?«

»Zu unserer Verteidigung. Und falls irgendein Mistkerl meine Mädchen in seiner Gewalt hat.«

Rinda schnaubte durch die Nase. »Kannst du überhaupt mit dem Ding umgehen?«

»Gut genug«, erwiderte Jenna und stapfte hinaus in die Nacht. Tosender Wind schlug ihr entgegen, Schnee und Graupel fielen in schrägen Bahnen vom Himmel, und irgendwo, o Gott, irgendwo da draußen waren ihre Kinder.

»Sheriff Carter?«, übertönte eine Männerstimme das statische Knistern der Handyverbindung. Carter kehrte dem Wind und den Unfallwagen, einem eingeknickten Sattelschlepper und einem völlig zusammengedrückten Kleinwagen, den Rücken zu. Sanitäter versorgten die Überlebenden, der Gerichtsmediziner war zu dem Toten gerufen worden. »Hier spricht Officer Craig von der Polizei von Oregon. Wir waren auf dem Weg zum Grundstück der Hughes', sind aber jetzt hier auf dem Highway mit einem Unfall befasst. Zwei Verletzte, einer davon lebensgefährlich verwundet. Eine Frau in den Wehen. Der Notarzt ist auf dem Weg, aber es dauert bestimmt noch eine halbe Stunde, bevor wir hier wegkommen.«

Verdammt! Carter warf einen Blick auf die Uhr. Der Einsatzwagen hätte inzwischen längst bei Jenna sein sollen.

»Ich habe Verstärkung angefordert, aber die Dienststelle ist ohnehin schon völlig überlastet.«

»Ich kümmere mich darum«, sagte Carter.

»Wir kommen, so schnell wir können.«

»In Ordnung.«

Carter beendete das Gespräch und ging zurück an die Unfallstelle, wo Lieutenant Sparks sich Notizen machte. »Brauchst du mich hier noch?«, fragte er, woraufhin Larry den Kopf hob und ihn abschätzend aus dunklen Augen musterte.

»Was gibt's?«

Carter erklärte es ihm, und Sparks nickte. »Ich komme hier allein klar. Fahr schon los.«

Das ließ Carter sich nicht zweimal sagen. Er sprang in seinen Chevrolet Blazer und fuhr davon, so schnell er es bei diesen Straßenverhältnissen wagte. Die Scheibenwischer schoben den Schnee vom Glas, der Polizeifunk knisterte, sein Herz schlug ihm bis zum Hals. *Halte durch, Jenna*, dachte er und nahm sich vor, diesem nutzlosen Mistkerl, der sich Bodyguard nannte, gründlich die Meinung zu sagen und ihn dann zu feuern. Was dachte Turnquist sich nur?

Sein Handy klingelte. Er hoffte inständig, es möge keinen weiteren Notfall geben, der ihn hinderte, auf schnellstem Weg zu Jenna zu fahren. »Carter«, meldete er sich.

»Hi, ich bin's, BJ. Ich bin gerade zu einem Unfall auf der 84 gerufen worden, aber ich wollte dich vorher noch wissen lassen, dass ich eine Entsprechung gefunden habe.«

»Eine Entsprechung?«, wiederholte er und krampfte die Hände fester ums Lenkrad.

»Nicht viel, aber du hattest Recht. Ein Angestellter von Hazzard Brothers hat gleich nach der Arbeit an *White Out* die Firma verlassen. Er war Maskenbildner und auch für den technischen Kram zuständig, und er wurde bei der Explosion verletzt, hätte beinahe ein Bein verloren. Hat eine stattliche Summe Schmerzensgeld kassiert, fast eine Million Dollar, und ist dann von der Bildfläche verschwunden. Sie haben mir die damalige Nachsendeadresse gegeben – in Medford, ob du es glaubst oder nicht –, aber die ist längst nicht mehr aktuell.«

»Mavis Gette wurde zuletzt in Medford gesehen«, erinnerte sich Carter. »Okay, wie heißt er?« Er erwartete gespannt die Antwort.

»Steven White«, sagte sie.

»Steven White? Nie gehört.«

»Ich auch nicht, und sein Name steht auch nicht im hiesigen Telefonbuch. Natürlich gibt es etwa zwanzigtausend S. Whites in der Umgebung von Portland, und ich überprüfe sie alle. Außerdem fordere ich sämtliche Strafregister zu diesem Namen an.

Bei Hazzard Brothers haben sie tonnenweise Informationen über den Angestellten White, die sie mir faxen wollen, einschließlich eines Fotos. Falls der Kerl einen falschen Namen führt, finden wir ihn trotzdem.«

»Und schau nach, wo seit dem Unfall Grundstücke gekauft wurden. Dieser Typ muss irgendwo hier in der Nähe wohnen, und ich möchte wetten, er kann gut auf einen neugierigen Vermieter verzichten. Also beschaff eine Liste der Personen, die seit dem Unfall Grundstücke oder Häuser gekauft haben.«

»Und da ist noch etwas«, fügte BJ hastig an. »Das heißt, ich weiß nicht recht, wie es zusammenpasst, wenn überhaupt. Aber Steven White war der Name einer Figur in *Resurrection*. Er war der Schwarm von Anne Parks, gespielt von Jenna Hughes.«

»Oh, das passt durchaus zusammen«, stellte Carter voller Überzeugung fest. »Ich weiß nur noch nicht, wie. Ich rufe Lieutenant Sparks an und bitte ihn, sich an das FBI zu wenden, damit sie dort Steven Whites Namen durch den Computer jagen. Außerdem würde mich interessieren, ob an der Westküste mal jemand mit diesem Namen eingesessen hat.«

»Das überprüfe ich«, versprach BJ. »Sobald ich wieder im Büro bin.«

»Halte mich auf dem Laufenden.« Carter beendete das Gespräch mit einem Tastendruck, dann wählte er Sparks' Nummer und trug sein Anliegen vor. Gleich darauf bog er von der Hauptstraße ab. Von hier aus waren es noch knapp zwanzig Minuten bis zu Jenna.

Jenna hielt in einer Hand die Flinte und in der anderen die Taschenlampe. Eisiger Schnee prasselte auf sie nieder, während sie versuchte, die Spuren zu lesen, die sich um Haus, Garage und Scheunen herum angesammelt hatten. Über ihr drehten sich die Windmühlenflügel knarrend im kalten Wind, und obwohl die Nacht dank der weißen Schneedecke hell wirkte, erschien sie ihr doch von Bosheit erfüllt, von einem Grauen, das sie weder benennen noch sehen, sondern nur fühlen konnte, als ob sein kalter Atem ihren Nacken streifte.

Die Fußstapfen waren bereits wieder zur Hälfte mit frischem Schnee aufgefüllt, doch sie bemerkte mehrere Doppelreihen, die zum Stall, zum Zaun und zur Scheune führten. Große Fußstapfen. Turnquist hatte sie hinterlassen, als er das Grundstück abschritt.

Und was hat es genutzt?, fragte sie sich wütend, als sie die kleinen Spuren bemerkte, die, fast völlig zugeschneit, geradewegs zur Scheune führten. Ihr Herz raste. Allie ...

Das konnten nur Allies Fußabdrücke sein. Daneben verlief die Fährte eines Tiers. Der Hund? Und da waren auch noch größere Abdrücke. Hoffentlich stammten sie von Turnquist.

Hilfe, dachte Jenna und folgte im Lichtschein ihrer Taschenlampe den Spuren. Ihr Herz schlug wie ein Schmiedehammer vor Angst, Adrenalin strömte in ihr Blut. Was, wenn der Scheißkerl tatsächlich ihre Töchter in seiner Gewalt hatte? Flüchtig dachte sie an Sonja Hatchell, Lynnetta Swaggart und Roxie Olmstead – kräftige Erwachsene, die wahrscheinlich demselben geisteskranken Schweinehund zum Opfer gefallen waren, dem jetzt ihre Kinder ausgeliefert waren. Die Sorge legte sich bleischwer auf ihr Herz. Sie umklammerte die Flinte noch fester.

Wäre sie fähig, das Schwein zu erschießen?

Wenn er ihre Kinder hatte – jederzeit.

Und wenn er Allie als Schild benutzte?

Sie würde einen Weg finden müssen, ihre Töchter zu befreien.

Und wenn Allie und Cassie schon tot sein sollten?

So weit wollte sie gar nicht denken. Sie biss die Zähne zusammen, stapfte durch den knietiefen Schnee zum Fenster und spähte vorsichtig in die dunkle Scheune, die ihr als Lagerraum diente. Sie hatte nie Vieh oder Schafe besessen, und ihre Pferde standen im Stall.

Durch die vereisten Scheiben sah sie nichts als Schwärze, kein Lebenszeichen drang aus dem Inneren. Doch die Spuren hörten vor dem Scheunentor auf.

Jenna atmete tief durch und knipste die Taschenlampe aus, um nicht unnötig auf sich aufmerksam zu machen.

Falls dort drinnen jemand auf sie wartete, wollte sie kein leichtes Opfer abgeben.
Dann fiel ihr Blick wieder auf den Schnee bei der Tür, und ihre Hoffnung sank. Dunkle Flecken und Spritzer, zum Teil verdeckt von frisch gefallenem Schnee – warme Tropfen, die Löcher in die harschige Schneedecke geschmolzen hatten.
Vogelkacke, dachte sie, doch sie wusste es besser. Als sie die Taschenlampe kurz aufleuchten ließ, bestätigte sich ihr Verdacht. *Blut. Tiefrote Blutflecken.*
Ihr wurde innerlich eiskalt vor Angst. Bilder von ihren Töchtern zogen vor ihrem inneren Auge vorbei, und sie musste sich zwingen weiterzugehen. Vielleicht waren sie nur verletzt ... Vielleicht konnte sie ihnen zur Hilfe kommen. Die Angst trieb sie weiter, sie öffnete mit einiger Gewaltanwendung eine Seitentür, die leise knarrte. Der Wind übertönte das Geräusch fast völlig.
Sie schlüpfte in die Scheune. Jetzt wünschte sie sich, sie hätte Turnquists Nachtsichtgerät mitgenommen, das sie auf dem Kaffeetisch gesehen hatte. *Zu spät.* Der Duft von trockenem Heu und Staub kitzelte sie in der Nase, und über das Tosen des Sturms hinweg, der durch die Fensterritzen pfiff, hörte sie etwas ... ein leises, regelmäßiges Geräusch, das nicht hierher gehörte.
Sie hob die noch immer gesicherte Flinte an die Schulter.
Während sie sich um alte, leere Futterkrippen herum vortastete, spähte sie angestrengt in die Dunkelheit, sah schemenhaft Geräte und Getreidesäcke, deren Umrisse in dem Dämmer gespenstisch wirkten. Durch die kleinen Fenster drang nur sehr schwaches Licht herein. Das Gewehr wog schwer in ihren Händen. Das Geräusch, das sie noch im-

mer nicht definieren konnte, schien jetzt näher zu kommen, immer noch leise und gedämpft, aber eindeutig menschlich.

Ihr Gaumen war trocken.

Sie war nicht allein.

Ein tiefes, Furcht einflößendes Grollen hallte durch die höhlenartige Scheune. Jenna fuhr erschrocken herum und hätte beinahe das Gewehr fallen gelassen.

Ein Hund bellte laut. Jennas Herz klopfte bis zum Hals, als unsichere Krallen hektisch über den Boden scharrten.

»Critter, nicht!«, schrie Allie voller Panik aus der Ecke bei der Leiter zum Heuboden.

»Allie?« Unsägliche Erleichterung überkam Jenna. Sie tastete sich in die Richtung vor, aus der sie die Stimme ihrer Tochter gehört hatte. »Allie? Ich bin's, Mom. Ich bin bei dir.« Sie schaltete die Taschenlampe an und richtete den Lichtstrahl auf ihr eigenes Gesicht, bevor sie ihn über die Wand gleiten ließ.

»Mom?« Die Stimme ihrer Tochter klang ganz erstickt vor Angst. »Oh, Mom!«

Jenna vergaß alle Vorsicht und rannte auf das Geräusch zu, wobei Critter sie in seinem Eifer um ein Haar zu Fall gebracht hätte. Das Licht der Taschenlampe streifte eine der Boxen, und da entdeckte sie Allie. In Embryostellung eingerollt wiegte sie sich vor und zurück, und Tränen strömten über ihr Gesicht. Sie stürzte sich Jenna in die Arme. Klappernd fiel das Gewehr zu Boden, als Jenna ihr Kind an sich drückte.

Schluchzend, am ganzen Leib zitternd klammerte Allie sich an sie.

»Schsch … mein Baby …«, sagte Jenna. »Alles ist gut, ich bin bei dir.«

»Nein … Nein …«, stammelte Allie, leichenblass, die Augen in der Dunkelheit weit aufgerissen.

»Ist alles in Ordnung mit dir?« Was für eine absurde Frage. Allie hatte zwar keine sichtbaren körperlichen Verletzungen, war jedoch geradezu hysterisch.

»Wo ist Cassie?«, flüsterte Jenna, drückte ihre Tochter an sich und dachte an das Blut.

»Bei … bei … ihm.« Allie rang zwischen Schluchzern mühsam nach Luft.

»Schsch, Liebling, beruhige dich. Alles ist gut. Bei wem ist Cassie? Bei Turnquist? Oder bei Josh?«

Allie zitterte so heftig, dass Jenna sich gegen einen Pfeiler lehnen musste, der den Mähbalken stützte, um nicht das Gleichgewicht zu verlieren. Auch Critter war verängstigt, er jaulte und knurrte und lief auf und ab. In der Scheune war es kalt wie in einer Kühlkammer, und Jenna stieg ein Geruch in die Nase, der nicht hierher gehörte.

»Nein«, stieß Allie hysterisch hervor. »Nicht bei Josh, bei *ihm.* Bei *ihm*!«

»Bei wem?«, fragte Jenna noch einmal, doch die Angst bohrte sich mit eiskalten Klingen in ihre Seele. Nein … O Gott, nein … Nicht bei diesem Perversen, ihrem Stalker. Durch eines der kleinen Fenster hielt sie sehnsüchtig nach Scheinwerferlicht Ausschau, nach einem Zeichen dafür, dass die Polizei auf dem Weg war. »Komm«, flüsterte sie. »Wir gehen zurück ins Haus.«

»Nein!« Allie schniefte und klammerte sich noch fester an sie. »Da ist er doch«, flüsterte sie verzweifelt. »Er wartet.«

»Wo ist er?«, fragte Jenna. Eine Gänsehaut lief über ihren Rücken.

»Im Haus.«

Jennas Eingeweide krampften sich zusammen. *Rinda.* »Aber dort war ich gerade, ich habe es von oben bis unten durchsucht. Hör mal, du musst jetzt ganz tapfer sein. Lass mich mal kurz los.«

»Nein!«

»Ich muss im Haus anrufen und das Gewehr aufheben. Komm schon, Allie … Ich bin ja bei dir.« Behutsam löste sie sich aus der Umklammerung ihrer Tochter und bückte sich, um die Flinte aufzuheben. »Du hältst die Taschenlampe, okay?«

»J-ja.«

Mit unsicheren Fingern zog Jenna das Handy aus ihrer Tasche und klappte es auf. Der Akku ging zur Neige, doch sie tippte die Kurzwahl für ihr Haus ein.

Das Rufzeichen ertönte.

Was war das für ein Geräusch? Seit Allie still war, hörte sie es. Plopp, Plopp … als ob etwas tropfte.

Das Rufzeichen ertönte zum zweiten Mal.

Und dieser Geruch … Was zum Kuckuck war das für ein Geruch? Kupfer? Eisen? Irgendetwas Metallisches.

Das Rufzeichen ertönte zum dritten Mal. Warum meldete Rinda sich nicht? Panik schnürte ihr die Kehle zu. Hatte Allie Recht? War das Ungeheuer in ihrem Haus und wartete auf sie?

O nein, bitte, nicht Rinda. »Nun melde dich schon!«

Nach dem vierten Klingeln hörte sie ihre eigene Stimme vom Anrufbeantworter. »Rinda, nimm endlich ab!«, flüsterte sie, während die Ansage lief. »Nimm den verdammten Hörer ab!« Critter sprang jaulend um sie herum, und schließlich gab sie es auf. Sie unterbrach die Verbindung und wählte stattdessen Carters Handy an.

»Carter.« Er meldete sich nach dem vierten Klingeln.

»Jenna hier. Komm schnell. Cassie und Turnquist sind nicht hier. An der Scheune hab ich Blut gesehen und …«

Plopp!

»Was? Ich bin in fünf Minuten da!«

»Dann könnte es zu spät sein!«, entgegnete sie. In diesem Moment fiel ihr der Boden auf: Dort, wo der Strahl der Taschenlampe auf die Dielen fiel, bildeten Pfoten- und Fußabdrücke ein wirres rotes Muster … »O Gott«, flüsterte sie, klemmte das Handy zwischen Ohr und Schulter ein, nahm ihrer Tochter die Taschenlampe aus der Hand und folgte mit dem schwachen Lichtstrahl der Reihe der blutigen Pfotenabdrücke nach hinten zur Wand, wo sich auf den uralten Bodendielen langsam eine große, dunkle Lache ausbreitete.

Kaltes Grauen packte sie. Sie schluckte krampfhaft und ließ den Strahl der Taschenlampe langsam aufwärts wandern. Da sah sie einen Körper von einem Querbalken hängen.

Ihr Schrei gellte durch die Scheune, ihr Gesicht verzerrte sich vor Entsetzen, als sie das Opfer erkannte. Jake Turnquist, nackt und verstümmelt, war wie ein Reh auf einer Jagd ausgeweidet worden. Sein Leichnam war weiß, ausgeblutet, der Länge nach aufgeschlitzt. Eingeweide lagen noch dampfend in einem grotesken Haufen auf dem Boden.

Jenna ließ das Handy fallen. Allie klammerte sich an sie und schrie erneut wie eine Wahnsinnige.

Jennas Magen hob sich.
Sie würgte heftig bei dem grauenhaften Anblick.
Was für ein Schlächter hatte das getan? Befand sich Cassie etwa in seiner Gewalt? Schwer atmend kämpfte sie gegen das betäubende Grauen an, tastete auf dem Boden nach dem Handy, griff dabei in die Lache, und ihre Hände wurden klebrig vom Blut des Bodyguards. »Shane!«, schrie sie, doch die Verbindung war abgebrochen. Sie packte das schlüpfrige Handy, das Gewehr und die Taschenlampe und fasste Allies Arm, wobei sie alles mit Blut besudelte. »Nichts wie raus hier.« Sie zog ihre Tochter mit sich zum hinteren Ausgang. Wenn sie die Garage erreichten und den Jeep …
Sie schob die große Tür auf und trat hinaus in die stille Nacht. Ohne Allie loszulassen, schaltete Jenna die Taschenlampe aus und rannte los durch den knietiefen Schnee. Im Laufen wählte sie mit einer Hand auf dem Handy die Notrufnummer. Je mehr Polizisten sie herbeirufen konnte, desto besser. Critter rannte hechelnd hinter ihnen her durch den unablässigen Schneefall.
Rinda! Sie konnte Rinda nicht allein lassen!
Doch der Dreckskerl hatte Cassie.
Sie glaubte nicht, dass er sich im Haus aufhielt – als sie herausgekommen war, hatte sie keine frischen Spuren im Schnee gesehen, die in diese Richtung führten. Die kalte weiße Decke war unberührt bis auf Jennas eigene Spur, deren Konturen unter dem frisch gefallenen Schnee bereits nur noch unscharf zu erkennen waren.
Halte durch, Jenna. Reiß dich zusammen. Du musst eine Möglichkeit finden, Allie aus der Gefahrenzone herauszuhalten, während du Cassie suchst.

Wie? O Gott, wie denn nur? Sie brauchte Hilfe.
Shane Carter, komm her, auf der Stelle.
Warum zum Teufel bekam sie keine Handyverbindung? Warum gab das Gerät keinen Ton mehr von sich? War es beschädigt worden, als es ihr aus der Hand fiel, war womöglich durch den Kontakt mit dem gerinnenden, warmen Blut ein Kurzschluss entstanden? Oder lag es daran, dass Tausende von Anrufen das Mobilfunknetz überlasteten? *Vielleicht funktioniert das Gerät doch noch. Versuch es weiter!*
Sie zerrte immer noch Allie hinter sich her, stapfte durch den Schnee und blinzelte gegen die Eiskristalle, die der Wind ihr ins Gesicht peitschte. Der Hund lief voraus.
Los doch, los doch … Wo zum Teufel blieb die Polizei?
Carter hatte versprochen, einen Einsatzwagen zu schicken.
Die Garage war nur noch wenige Meter entfernt, und die Schlüssel steckten im Jeep – oder? Falls nicht, lag noch ein Ersatzbund in einer Schublade in der Garage verborgen.
Plötzlich blieb Critter wie vom Donner gerührt stehen. Er sträubte das Rückenfell und knurrte mit gefletschten Zähnen.
Jenna kam schlitternd zum Stehen. Sie hielt ihr Kind entschlossen fest. Durch die Schleier des Schneetreibens hindurch glaubte sie eine Bewegung gesehen zu haben. Ihr Herz drohte stehen zu bleiben. Die Nerven zum Zerreißen angespannt, spähte sie durch den Schnee und kam zu dem Schluss, dass es sich nur um den dunklen Umriss eines Baums handelte, dessen Zweige sich im Wind bewegten.
»Los Allie«, drängte sie und zog ihre Tochter weiter.
Sie hörte kein Geräusch, empfand nur eine Veränderung

in der Atmosphäre, wie einen kalten Lufthauch im Nacken. Aus den Augenwinkeln sah sie wieder eine Bewegung; eine dunkle, massige Gestalt sprang hinter der Garage hervor.

Allie schrie auf.

Jenna riss das Gewehr hoch, entsicherte es, doch im selben Moment stürzte er sich auf sie, ein kräftiger, schwerer Mann, dessen Gewicht sie zu Boden riss.

»Lauf!«, schrie sie Allie zu. Sie versuchte aufzustehen, tastete verzweifelt im Schnee nach ihrer Waffe, ohne ihren Angreifer aus den Augen zu lassen, während der Hund bellte und schnappte. Mit einem Tarnanzug bekleidet, der im Schnee gut sichtbar war, eine Skimütze über Kopf und Gesicht gezogen, warf sich der Mann erneut über sie. Sie wälzte sich im eiskalten Schnee zur Seite. »Lauf!«

Sie ertastete den Gewehrlauf und griff danach, spürte durch ihren Handschuh hindurch den kalten Stahl. Doch er war bereits wieder über ihr. Jetzt presste er etwas Kaltes gegen ihren Hals, und ein elektrischer Schlag fuhr durch ihren Körper, Tausende Volt, die einen brennenden Schmerz durch ihre Nerven jagten. Mit einem kläglichen Wimmern brach sie auf dem Boden zusammen.

45. Kapitel

Carter kam zu spät. Als er durch das offene Tor zu Jennas Ranch fuhr, wusste er, dass es vorbei war. Er hatte ihren entsetzten Schrei am Handy gehört und die darauf folgende Stille, das Unheil verkündende Schweigen. So laut er auch in den Apparat brüllte, sie antwortete nicht. Als er erneut ihre Nummer eingab, kam keine Verbindung mehr zustande.

Seitdem schien eine Ewigkeit vergangen zu sein, doch die Uhr zeigte an, dass nicht einmal zehn Minuten verstrichen waren. *Gib nicht auf*, ermahnte er sich, doch jetzt, da er vor ihrem Haus hielt, wusste er, ohne aus seinem Wagen auszusteigen, dass er sie verloren hatte. Rasch forderte er per Handy noch einmal Verstärkung an, auf die er jedoch nicht wartete. Die Zeit war zu kostbar.

Sein Magen krampfte sich zusammen, als er die Tür des Chevrolet Blazers öffnete und ihm ein eiskalter Windstoß ins Gesicht schlug. Durch den hohen Schnee lief er zum Haus und sah einen Lichtschimmer in den Fenstern. Vielleicht war er voreilig gewesen; es bestand noch die Chance, dass sie überlebt hatte. Er zog seine Waffe und eilte durch den verglasten Durchgang ins Haus. Die Hintertür war nicht verriegelt. Kein gutes Zeichen. Der Sheriff stieß sie auf und trat leise ein.

Drinnen empfing ihn niemand, nicht einmal der verflixte Hund. »Jenna?«, rief er. »Ich bin's, Shane.«

Aus einem der hinteren Räume hörte er ein Schluchzen.

»Shane?« Das war Rindas Stimme. »Gott sei Dank.«

Schritte klapperten auf den Holzdielen. »Ich dachte, du kommst überhaupt nicht mehr!« Das Licht einer Taschenlampe huschte über die Wände, ein schwacher Strahl, der auf sein Gesicht gerichtet wurde. Im nächsten Moment hängte sie sich an ihn, weinte und schluchzte und stammelte Unverständliches. An ihrer Seite sah er Jennas jüngste Tochter.

»Beruhige dich und erzähl mir genau, was passiert ist. Wo zum Teufel ist Turnquist?«

»Tot, glaube ich, in der Scheune. Ich … ich war nicht dort, aber Allie hat ihn gesehen.«

»Bist du sicher, dass er tot ist?«, fragte Shane Allie, und sie nickte stumm mit vor Grauen weit aufgerissenen Augen. Kalte Angst wühlte in Carters Eingeweiden.

»Es kommt noch schlimmer«, berichtete Rinda. »Josh Sykes ist auch tot. In seinem Pick-up auf der anderen Seite des Grenzzauns, an der Holzfällerstraße. Allie ist Cassie gefolgt, als sie sich aus dem Haus geschlichen hat, um sich mit Josh zu treffen. Sie hat gesehen, wie der Mörder Cassie angefallen hat. Josh hatte er bereits umgebracht. Der arme Junge liegt tot in seinem Wagen.«

»Du hast nachgesehen?«

»Nein. Allie hat es mir erzählt.«

»Er ist tot. Ich hab's gesehen«, flüsterte Allie heiser.

»Und Cassie?«

Allie fing an zu weinen. »Ich hätte sie nicht allein lassen sollen. Er hat sie. Er hat sie!«

»Er hat sie beide, Shane«, sagte Rinda mit vor Angst und Wut verzerrtem Gesicht. Ihre dunklen Augen blitzten im Feuerschein. »Diese brutale Bestie, wer immer er ist, hat Cassie und Jenna in seiner Gewalt.«

»Du weißt nicht, wer er ist?«
»Allie hat ihn gesehen, ich selbst nicht.«
Shane wandte sich dem kleinen Mädchen zu, das ihn aus großen, entsetzten Augen anstarrte. Sie nickte immer noch mit dem Kopf, als könne sie nicht wieder aufhören, eine monotone Bewegung, die sie irgendwie ein wenig beruhigte. »Kannst du mir erzählen, was hier passiert ist?«, fragte Carter. Ihre Unterlippe begann zu zittern. »Allie, bitte.« Er strich ihr sanft über die Schulter. »Ich kann deiner Mutter besser helfen, wenn du mir sagst, was geschehen ist. Hast du den Mann gesehen, der das getan hat?«
Sie nickte. Tränen füllten ihre Augen.
»Hast du ihn erkannt?«
Sie zögerte. Schüttelte den Kopf.
»Denk nach, Allie«, sagte er eindringlich. »Weißt du, wer er ist?«
»Nein ... aber ... aber ...« Sie biss sich auf die Unterlippe. »Er kannte meinen Namen. Und seine Stimme ...« Sie schluckte krampfhaft. »Ich glaube, ich *müsste* ihn kennen.«
»Kannst du ihn beschreiben?«
Ihr Kinn zitterte, und sie sah Rinda an. »Komm, Schätzchen, versuch es.«
»Er war groß.«
»So groß wie ich?«
»Aber kräftiger ... Er trug eine Skimütze. Einen Tarnanzug ... Es war dunkel, und ich war weit weg, als er Cassie packte und ...« Sie redete immer schneller, mit hoher, dünner Stimme, hyperventilierte beinahe. »... und dann bin ich zurückgerannt und in die Scheune, und da ... da hab ich Jake gesehen, und ich hatte solche Angst, dass

ich nicht mehr wusste, was ich tun sollte, und da bin ich in der Scheune geblieben, weit weg … weit weg von Jake, und Critter war bei mir, und dann ist endlich meine Mom gekommen.« Sie schluchzte hysterisch, das Gesichtchen vor Verzweiflung verzerrt. Dann fügte sie hinzu: »Und jetzt ist sie weg!« Sie schniefte, wischte sich mit dem Handrücken über die Augen und sah Carter an. »Sie müssen sie finden, Sheriff. Sie *müssen*.«

»Ich weiß. Ich werde sie finden«, versprach er, und sein Blick wanderte zu Rinda hinüber. Wie standen die Chancen, dass Cassie noch lebte? Und Jenna? Durchs Fenster sah er Blinklichter, rot und blau zuckend im stetig fallenden Schnee. Seine Verstärkung war gekommen.

Aber, verdammt noch mal, es war zu spät.

Cassie fröstelte, die Kälte ging unter die Haut. Ihr tat alles weh, und als sie versuchte, sich zu bewegen, gelang es ihr nicht. Sie riss die Augen auf und geriet in Panik. Wo zum Teufel war sie? Sie hing in der Luft, etwa zwei Meter über einem riesigen Behälter mit einer klaren Flüssigkeit. Was sollte das?

Schlimmer noch, sie war nackt. Völlig nackt … und zum Kuckuck, was war mit ihrem Haar geschehen? Das Schwein hatte sie ausgezogen und dann … was dann? Ihr den Kopf geschoren. Sie an diese winzige Plattform geschnallt und ihr die Hände über dem Kopf gefesselt – Wozu? O Gott, das war Wahnsinn! Alles daran machte ihr so schreckliche Angst. Durch den Nebel in ihrem Kopf hindurch erinnerte sie sich, Josh in seinem Wagen gesehen zu haben, wie er verblutete, und Allie, die durch den Wald rannte, und dann dieser grauenhafte Stromstoß, den der Verrückte ihr verpasst hatte. Sie kannte den Mann, das hätte sie geschworen, obwohl sie sein Gesicht nicht gesehen hatte.

Bebend, verängstigt wie nie zuvor in ihrem Leben begann sie, in kurzen, flachen Stößen zu atmen. Sie wünschte, sie wäre bewusstlos, könnte die Augen schließen und tief schlafen, um dann in ihrem eigenen Bett aufzuwachen. Josh würde noch leben, ihre Mutter wäre im Zimmer nebenan, ihre kleine Schwester würde sie nerven … Ein Schluchzen entfuhr ihr, und sie biss sich auf die Zunge. Sie durfte jetzt nicht die Nerven verlieren und sich der heillosen Panik ergeben.

Nein. Sie musste nachdenken. Musste einen Ausweg aus diesem Grauen finden. *Beruhige dich, Cass. Finde heraus, was hier los ist. Keine Panik.* Keine *Panik.* Sie atmete tief durch und blickte sich aufmerksam um, so gut es ging. Der Psychopath war im Augenblick nicht in der Nähe; zumindest konnte sie ihn nirgends sehen.

Sie musste aus diesem surrealen Albtraum entkommen. Also, wo war sie?

Obwohl sie sich kaum bewegen konnte, zwang sie sich, nach unten zu sehen.

Trübes Licht schimmerte, und sie erkannte Statuen in verschiedenen Posen unten auf einer Bühne, an eine Seite gerückt, und nicht weit entfernt einen großen Ruhesessel mit einem abgewinkelten stählernen Arm darüber.

Sie kniff die Augen zusammen, bemühte sich, klar zu denken. Die Statuen waren keine Zufallsprodukte, und sie stellten auch nicht irgendwelche Frauen dar, stellte sie fest, und wieder kroch ihr Angst und ein seltsamer Schauder über den Rücken. Alle Statuen sahen aus wie ihre

Mutter. Vielmehr wie ihre Mutter in Kostümen und Make-up für einige ihrer berühmtesten Rollen.

Nein, das konnte nicht sein, das ergab doch keinen Sinn.

Was ergab in dieser Situation denn überhaupt einen Sinn?

Sie musste auf einem Trip sein oder so ... Das war's wohl. Sie gab sich größte Mühe, klar zu sehen, und obwohl sie das Gefühl hatte, ihr Gehirn sei von Spinnweben verhangen, und trotz des schwachen Lichtes erkannte sie die Figuren: Paris Knowlton aus *Beneath the Shadows*, Faye Tyler aus *Bystander*, Zoey Trammel aus *A Silent Snow*, Marnie Sylvane aus *Summer's End*, alle genauso gekleidet wie in den jeweiligen Filmen, einschließlich Schmuck und Accessoires, mit perfekten Repliken der Frisuren jeder einzelnen Figur.

Merkwürdig.

Und verdammt gruselig.

Cassie kämpfte energisch ihre Angst nieder, drehte den Kopf und reckte den Hals, um nach oben zu blicken. Oberhalb des Balkens, der sie hielt, waren an der hohen Decke Poster angebracht, Dutzende von vergrößerten Fotos ihrer Mutter in ihren berühmtesten Rollen. Die gleichen Figuren wie die, die starr unten auf der Bühne posierten, und zusätzlich Fotos von Jenna als Katrina Petrova in *Innocence Lost* und als Anne Parks in *Resurrection*.

Das alles war so unheimlich. Sie blickte noch einmal nach unten. Zwei der Statuen ... nein, es waren Schaufensterpuppen, lebensgroß. Zwei hatten kein Gesicht, eine von diesen trug allerdings eine Perücke – lange, schwarze Locken, die an Katrina erinnerten ... ach,

Scheiße, der Dreckskerl, wer immer er sein mochte, hatte sein Kunstwerk noch nicht fertig gestellt …

Cassies Herz drohte auszusetzen. Sie dachte an die entführten Frauen … Waren sie Teil dieser makabren Szene?

Ihr Herz schien zu Stein zu werden, als sie den Blick nach unten auf die Bühne richtete, wo zwei Schaufensterpuppen ohne Gesicht bei den anderen standen. Die zwei sollten mit Sicherheit einmal Katrina Petrova aus *Innocence Lost* und Anne Parks aus *Resurrection* verkörpern.

Wenn der Künstler so weit war.

Aber was zum Teufel hat das alles mit mir zu tun?

Verzweifelt ließ sie den Blick umherschweifen, während ihr Kopf allmählich klarer wurde und sie sich an die Entführung erinnerte, daran, wie der Perverse sie mit einem Stromstoß ausgeschaltet hatte, und an Josh … tot … die Augen verdreht, die Kehle aufgeschlitzt, Blut überall in seinem Pick-up.

Was ging hier vor?

Denk jetzt nicht darüber nach. Konzentrier dich ganz darauf, wie du hier rauskommst. Du musst flüchten, sofort.

Ihr Blick wanderte durch den riesigen Lagerraum. Da waren mehrere Türen … und eine Art Technikzentrale mit Bildschirmen. Wenn sie sich irgendwie von ihren Fesseln befreien könnte … Wie zum Teufel war sie überhaupt aufgehängt? Ihre Handgelenke waren gefesselt … Aber sie hing nicht wirklich daran. Ihre Füße ruhten auf einer Art Balken, und im Rücken spürte sie ein kaltes Rohr … Warum?

Je klarer sie denken konnte, desto verzweifelter wurde sie. Sie erkannte, wie aussichtslos ihre Lage war. Der

Dreckskerl – ein Mann, dessen Gesicht sie nicht gesehen hatte, den sie aber glaubte kennen zu müssen – war nicht da. Aber er würde zurückkommen.
Bis dahin musste sie irgendwie vorbereitet sein.

Benommen schlug Jenna die Augen auf. Jeder Knochen in ihrem Leib schmerzte, und ihr Gehirn arbeitete nicht richtig. Wo zum Teufel war sie, und warum waren ihre Gedanken so schwerfällig, so träge, als hätte sie Pudding im Kopf?
Sie lag flach auf dem Rücken und wurde heftig durchgerüttelt. Offenbar wurde sie in einem Fahrzeug transportiert – wahrscheinlich auf der überdachten Ladefläche eines Pick-ups. Sie war an Händen und Füßen gefesselt, und ihr Körper war mit einem Gurt auf dem kalten, gewellten Metallboden festgeschnallt. Erinnerungsfetzen durchdrangen den Nebel in ihrem Gehirn. Cassie verschwunden. Turnquist, der blutend an einem Dachbalken hing. Allie besinnungslos vor Angst. Ein Stromstoß von, wie es sich anfühlte, einer Million Volt, der schmerzhaft durch ihren Körper fuhr.
Doch das war noch nicht alles gewesen, nein … Sie war betäubt worden, hatte selbst gesehen, wie ihr beinahe zärtlich eine glänzende Nadel in den Arm gestochen wurde, und eine weiche Männerstimme, die sie glaubte kennen zu müssen, sagte: »Endlich kommst du heim.«
Heim? Was sollte das heißen?
Und jetzt wurde sie ohne Umstände verschleppt, wer weiß wohin, gefesselt auf der Ladefläche eines Pritschenwagens, durch dessen Verdeck die Kälte kroch. Der Weg war so holprig, dass ihr Körper hin und her geworfen

wurde. Ihre Hand- und Fußgelenke waren so fest verschnürt, dass es wehtat.

Sie dachte an ihre Tochter. *Cassie ... Wo um alles in der Welt war Cassie?* Sie mochte sich nicht vorstellen, dass dieser Verrückte sie in seiner Gewalt hatte. Jenna wehrte sich gegen den Gedanken, dass ihre Tochter bereits tot sein könnte; dass diese abscheuliche Bestie, die Cassie in ihre Gewalt gebracht hatte, Zeit genug gehabt hatte, um sie zu töten.

Bitte nicht, lieber Gott, betete sie stumm. *Gib mir die Kraft, meine Tochter zu finden und zu retten.* Sie hörte den starken Motor des Wagens heulen, spürte, wie die Reifen ausglitten, als das Fahrzeug bergan fuhr, immer höher, holpernd, rutschend, zur Seite ausbrechend. Offenbar führte der Weg einen sehr steilen Berg hinauf.

Plötzlich setzte das Motorengeräusch aus, und sie machte sich auf das Schlimmste gefasst. Der Mörder hatte wahrscheinlich sein Ziel erreicht. Das war ihre Chance. Die Gelegenheit zur Flucht. *Denk nach, Jenna, denk nach.* Sie hatte so wenig Möglichkeiten, aber sie musste sich befreien. Wenn er die Ladeklappe öffnete, würde sie sich mit ihrem ganzen Gewicht auf ihn werfen, ihn mit den gefesselten Füßen ins Gesicht treten, wenn er sich vorbeugte, um sie auszuladen.

Und was dann? Dann bist du immer noch gefesselt. Nein ... du wirst warten müssen, bis er versucht, dich wegzutragen. Solange du an diesen Wagen gefesselt bist, kannst du überhaupt nichts tun.

Aber dann benutzt er wieder diesen Elektroschocker.

Nicht, wenn du ihn hereinlegst. Tu so, als hätte die Wirkung des Betäubungsmittels noch nicht nachgelassen. Stell dich

schwach und hilflos, und dann nichts wie weg. Du bist schließlich Schauspielerin, verflixt noch mal! Mach dich bereit für die Vorstellung deines Lebens!
Sie nahm allen Mut zusammen, betete still und starrte durch die Dunkelheit auf die Stelle, wo sie die Ladeklappe des Pick-ups vermutete. *Mach schon, du geisteskranker Perverser*, dachte sie. *Ich bin bereit.* Doch die Heckklappe des Wagens wurde nicht wie erwartet geöffnet. Stattdessen hörte Jenna Ketten klirren, ganz nahe, irgendwo beim Kühler, und dann das Heulen eines Motors. Das gesamte Fahrzeug bebte, ruckte an und bewegte sich dann langsam, Zentimeter für Zentimeter, in unheimlich steilem Winkel nach oben, kroch beinahe senkrecht immer weiter hinauf.
Wie bitte?! Nein! Sie musste flüchten ... auf der Stelle! Die Schwerkraft zerrte an ihr, und Jenna wäre von der Ladefläche gerutscht, wäre sie nicht mit einem Riemen um den Körper gesichert gewesen, der an den Seitenwänden befestigt war. Was ging hier vor? Ihre Gedanken rasten vergebens, bis ihr klar wurde, dass der Wagen mit Hilfe einer Winde einen Berg hinaufgezogen wurde. Ja, so musste es sein.
Der Ort, an den er sie verschleppte, war also abgelegen. In den Bergen versteckt. Weit entfernt von allen Straßen.
Jegliche Hoffnung auf Rettung löste sich in nichts auf.
Die Polizei hatte keine Ahnung, wo sie sie suchen sollte.
In diesem Schneesturm würde man sie niemals finden.

Er hatte sie!
Er hatte seine Jenna.
Er summte leise vor sich hin, die Titelmusik von

Resurrection. Die melancholische, beinahe gespenstische Melodie hallte wie eine Hymne durch seinen Kopf. Sein Blut rauschte heiß, er fieberte vor Begehren. Sie aus solcher Nähe zu sehen. Sie zu berühren ... aaaah ... Jetzt waren die Vorbereitungen fast abgeschlossen, sagte er sich und genoss die Kälte von Wind und Schnee, die durch die Bäume tosten. Er sah zu, wie sein Pick-up mittels der Winde von der Straße und über eine Lichtung hinweg auf ein Hochplateau am Berg gezogen wurde. Nur zu diesem Zweck, um sein Fahrzeug zu verstecken, besaß er die Vorrichtung, und jetzt, während der Schnee unablässig vom Himmel fiel, seine Haut küsste und seine Spuren verdeckte, wusste er, dass alles, was er sich erhofft, alles, was er geplant hatte, sehr bald in Erfüllung gehen würde.

Er hatte so lange auf diesen Augenblick gewartet. Das Grundstück hatte er ausfindig gemacht, sobald er erfuhr, dass Jenna Hughes sich in diesem Teil von Oregon niederlassen wollte – in einer Gegend, die ihm vertraut war, dem Landesteil, in dem seine eigene erbärmliche Mutter lebte.

Er lächelte bitter bei dem Gedanken an das Weibsstück, das ihn geboren hatte, und an den Vater, den er nie kennen gelernt hatte, den sie, wie er vermutete, selbst nicht kannte. Die schlampige Hure! Wie oft war er nach draußen geschickt worden, während sie im warmen Haus Gäste unterhielt? War sein eigener Vater von der gleichen Art gewesen wie die Männer, die er durchs Fenster gesehen hatte? Ein Musiker mit öligem Haar, einem grausamen Lächeln und schmachtenden Augen, die Sorte Mann, die sie anlockte und mit nach Hause nahm? In wie vielen

Nächten war er nach draußen geschickt worden, während sie Besuch hatte?

Eine kalte, eiskalte Mutter.

Und sie lebte in der Nähe.

Sein Hochgefühl ließ ein wenig nach, als er an sie dachte, an die Frau, die nicht einmal ihr eigenes Kind erkannte. Er hatte sie auf der Straße gesehen, und sie hatte ungerührt durch ihn hindurchgeblickt. Das Miststück hatte ein Herz aus Eis.

Ironie des Schicksals, dass Jenna ausgerechnet diesen Teil des Nordwestens zu ihrer neuen Heimat erwählt hatte. Als hätte die Vorsehung sie zu den Schluchten des Columbia River mit ihren klirrend kalten Wintern gelockt.

Alles war perfekt gewesen. Mühelos hatte er eine Behausung ganz in der Nähe gefunden, eine private Skihütte, die seit Jahren leer stand, nachdem der Besitzer krank geworden war. Nach dessen Tod hatten die Erben das ihrer Meinung nach unnütze Ding gar nicht schnell genug los werden können. Es war nicht schwierig gewesen, die Skihütte zu seinem persönlichen Unterschlupf umzurüsten. Er hatte alle Arbeiten selbst ausgeführt, und im Sommer, wenn die Straßen frei waren, konnte er sein Baumaterial und seine Vorräte hinaufschaffen. Dann waren da natürlich noch seine Schwarzmarkt-Quellen, die ihn mit allem versorgten, was er für seine Kunst benötigte, dem Alginat, den Drogen und Spritzen, winzigen Kameras und was er sonst noch brauchte. Sein Kontakt in Portland konnte ihm alles beschaffen und stellte keine Fragen.

Die Winde hielt, und sein Wagen befand sich jetzt sechs Meter oberhalb der Straße, hinter Bäumen verborgen.

Der einzige andere Zugang führte um den Berg herum – eine Fahrt, die unter normalen Bedingungen vierzig Minuten dauern würde, in einem Unwetter wie diesem jedoch Stunden, wenn sie überhaupt zu bewältigen wäre.

Nicht dass er fürchtete, jemand könnte ihn finden.

Niemand wusste, wer er war.

Und sie würden es auch nie erfahren.

Die Lösung lag direkt vor ihm. Dessen war Carter sicher. Während Rinda und Allie im Arbeitszimmer hockten und die Officers von der Polizei des Staates Oregon auf die Leute von der Spurensicherung warteten, breitete er die Listen der Leute vor sich aus, die Jennas Website oder die Websites ihrer Fans besucht, Filme gekauft oder ausgeliehen hatten, im Haus oder durch das Theater mit ihr in Kontakt gekommen waren, in einem Umkreis von fünfundzwanzig Meilen Grundbesitz hatten ... Sein Verstand arbeitete schnell und präzise, doch die Zeit verstrich unaufhaltsam.

Merline Jacobosky und drei Mitarbeiter der staatlichen Forensikabteilung trafen ein, nachdem Shane noch einmal die Scheune und die Holzfällerstraße in Augenschein genommen hatte, um sich zu vergewissern, dass weder Jenna noch Cassie noch dort waren. An beiden Mordschauplätzen war jeweils ein Deputy postiert worden, der in der Eiseskälte wartete.

Carter hatte mit der Staatspolizei telefoniert und gebeten, sie möchten sich mit Jennas Mobilfunk-Anbieter in Verbindung setzen. Er hatte die leise Hoffnung, dass sie und Cassie ihre Handys noch bei sich trugen und über die GPS-Chips zu orten wären. Außerdem hatte er Polizisten angefordert, die Harrison Brennan, Travis Settler, Hans Dvorak und Ron Falletti überprüfen sollten – zwei Männer, mit denen sie ausgegangen war, ihren Vorarbeiter und ihren Personal Trainer. Sie alle kannten ihren Tagesablauf. Von Wes Allens Überprüfung hatte er abgesehen, denn der hockte nach den Aussagen eines Deputys auf seinem Lieblingsbarstuhl im Lucky Seven, dem Lokal, das dank eines Generators auch bei Stromausfall geöffnet blieb.

Und die Zeit verstrich unaufhaltsam.

»Ich hätte normalerweise gar nicht so schnell hier sein können«, erklärte Jacobosky an Carter gewandt, »aber wir hatten gerade auf der anderen Seite vom Hood River zu tun. Sieht aus, als kämen wir heute Nacht nicht mehr nach Portland zurück. Die Straßen sind nicht passierbar.«

»Da haben wir wohl Glück gehabt.«

»Wenn Sie es so sehen wollen. Für mich wäre es eher Glück, in einem Wintersportort beim Après-Ski an einem Feuer zu sitzen und Glühwein oder Grog zu trinken. Aber das hier käme natürlich gleich an zweiter Stelle – eine Übernachtung in einer Stadt, in der der Strom ausgefallen ist und die über nur sehr wenige Hotels verfügt«, erklärte sie trocken. »Also, wo befindet sich die erste Leiche?«

»In der Scheune.« Carter informierte sie und führte ihre Gruppe zum Mordschauplatz in der Scheune.

»O mein Gott«, sagte Merline leise, als sie den Strahl ihrer Taschenlampe über die Blutlache und die verschmierten Fuß- und Pfotenabdrücke auf dem Holzboden wandern ließ. Dann blickte sie hinauf zu Turnquists sterblichen

Überresten. »Sieht aus, als hätte ihm jemand aufgelauert. Gut vorbereitet. Bewaffnet. Hat ihm wahrscheinlich die Kehle durchgeschnitten, ihn an einem Seil über den Querbalken hochgezogen und ihn dann ausgeweidet. Das ist meine inoffizielle Meinung, damit das klar ist. Die endgültige Aussage kommt von der Gerichtsmedizin.« Sie ließ den Lichtstrahl an Turnquists Rumpf hinabgleiten. »Ein sauberer Schnitt, vermutlich mit einer Art Jagdmesser, vielleicht sogar mit einem Skalpell. Wenn man sich ansieht, wie fachmännisch er den Leichnam ausgenommen hat, war es bestimmt nicht das erste Mal für ihn.« Sie richtete den Lichtstrahl auf die Eingeweide, die aufgehäuft neben einem alten Futterbehälter lagen. »Nett«, spottete sie. »Das sollte besser weggeräumt werden, bevor die Ratten sich darüber hermachen.«

»Ein Jäger«, bemerkte Carter und betrachtete den blutigen Haufen. Was für ein Psychopath war zu so etwas fähig?

»Wenn nicht, hätte er zumindest Talent dazu«, stellte sie fest und rümpfte angewidert die Nase. »Vielleicht jemand mit einer militärischen Ausbildung. Darauf würde ich tippen.« Sie hob den Blick. »Okay, Leute, sperrt die ganze Scheune ab. Am besten halten wir alle, einschließlich des verdammten Hundes, von der Scheune fern, bis wir zumindest die Fußabdrücke gesichtet und sonstige Indizien sichergestellt haben.« Sie notierte sich etwas auf ihrem Klemmbrett.

»Es gibt noch eine weitere Leiche, nicht wahr?«, fragte sie.

»Hier entlang.« Gemeinsam stapften sie, die Kragen hochgeschlagen, die Hände tief in den Taschen vergraben, durch den Schnee am Grenzzaun entlang bis zu einer Stelle, an der der Schnee niedergetrampelt und zerwühlt war. Inzwischen hatte sich bereits wieder eine Decke von Neuschnee darüber gelegt. Sie stiegen über den Zaun und gingen zwischen eisverkrusteten Bäumen hindurch zu dem Pick-up. Die Tür stand offen, die Innenbeleuchtung glomm nur noch schwach, die Lichtwarnung, das einzige Geräusch außer dem ständigen Windrauschen, piepte langsam und leise.

Josh lag auf dem Rücken. Sein Kopf war zur Seite gekippt und hing über die Sitzkante hinab. Schnee und Eis bedeckten sein Gesicht, verbargen jedoch nicht den tiefen roten Schnitt unter seinem Kinn. Sein dünner Kinnbart und die lang ausgezogenen Koteletten waren blutverkrustet, seine Haut gespenstisch weiß.

Merline stieß die Luft zwischen den Zähnen aus. »Ein Junge. Hat jemand seine Eltern angerufen?«

»Noch nicht«, erwiderte Carter, musterte den Pick-up und ließ den Strahl seiner Taschenlampe über die Kampfspuren am Boden gleiten. Der Schnee war zertrampelt, und Joshs Blut rann vom Sitz herab über das Trittbrett in den Schnee.

»Sobald der Gerichtsmediziner hier fertig ist, schicke ich jemanden zu den Sykes.«

»Kein angenehmer Job«, flüsterte sie und beugte sich hinab, um die Leiche näher in Augenschein zu nehmen. Sie richtete das Licht auf Joshs Hals. »Aufgeschlitzt von einem Ohr bis zum anderen. Sieht nicht nach einem nennenswertern Kampf aus. Auch hier hat der Kerl auf der Lauer gelegen. Das Opfer hatte gar keine Chance, sich zu wehren.«

Carter warf einen Blick auf seine Uhr, spürte, wie die Zeit drängte. Wo steckte der verfluchte Mörder, der Jenna in seiner Gewalt hatte? Wäre das Wetter besser gewesen, hätte man die Berge von Hubschraubern oder Flugzeugen aus absuchen können, doch aufgrund des Schneesturms konnten sie nicht starten, und auch der Einsatz von Suchtrupps am Boden war nahezu unmöglich.
Die Forensiker machten sich an die Arbeit, und Shane stapfte durch den Schnee zurück zum Haus. Er war rastlos, überreizt. Spürte, dass ihm die Zeit davonlief und Jennas Überlebenschancen stetig geringer wurden.
Was wusste er über den Kerl?
Er lebte in der näheren Umgebung.
War besessen von Jenna Hughes.
Hielt sich für eine Art Dichter.
Ein Jäger, groß und kräftig.
Jemand, der mit Hollywood in Verbindung stand und Alginat zur Herstellung von Masken benutzte.
Jemand, der die Umgebung kannte wie seine Westentasche, über Jennas alltägliche Gewohnheiten informiert war. Von Cassies Rendezvous mit ihrem Freund wusste. Die Holzfällerstraße kannte.
Jemand, der in der Nähe war …
Jemand, der sich Steven White nannte, nach einer Figur aus *Resurrection*.
Als Carter zum Haus zurückkam, waren Lieutenant Sparks und ein weiterer Officer von der Staatspolizei eingetroffen. Sparks stand im Arbeitszimmer am Kamin und sprach ins Telefon. Rinda, Allie und der Hund kauerten unter einer Bettdecke zusammen auf dem Sofa, ein weiterer Forensiker der Polizei von Oregon durchsuchte das

Haus. »Über die GPS-Chips habe ich nichts in Erfahrung gebracht«, sagte Sparks, nachdem er sein Telefonat beendet hatte. »Und Brennan, Settler, Falletti und Dvorak sind sämtlich sauber. Ich habe sie überprüfen lassen.«

»Können wir jetzt gehen?«, fragte Rinda. »Allie kann mit zu mir kommen. Ich kümmere mich um sie. Aber ich muss Scott suchen.«

»Ist er nicht zu Hause?«, fragte Carter und dachte daran, dass Rindas Sohn aus Jennas Dialogen zitieren konnte und ziemlich weit oben auf der Liste der Personen stand, die ihre Filme gekauft oder ausgeliehen hatten.

»Er ist nach Portland gefahren, und, Carter, sieh mich nicht so an. Scott hat mit dieser Sache nichts zu tun. Genauso wenig wie Wes.« Als er nicht antwortete, warf sie die Bettdecke zurück. »Ach, um Himmels willen, Shane, reiß dich zusammen. Du bist auf dem Holzweg!«

»Hey!«, rief der Forensiker von der Treppe her. »Hier oben!«

»Bleib bei Allie«, wies Carter Rinda an, während er und Sparks bereits nach oben liefen, vorbei an dem Treppenabsatz mit dem bleiverglasten Fenster. Der Forensiker stand in der Tür. Er führte sie in Jennas begehbaren Kleiderschrank zu einer ausziehbaren Leiter zum Dachboden. Auf dem Dachboden zeigte er ihnen unter einer dicken Isolationsschicht einen Draht, der in einer kleinen birnenförmigen Verdickung endete. »Eine Kamera«, sagte er, »die nicht zu der normalen Vernetzung hier hinten gehört.« Er zeigte ihnen noch mehrere solcher Geräte, die, tief unter der Verkleidung verborgen und an einem Balken entlanggeführt, kaum sichtbar im Obergeschoss verlegt waren. »Da war ein Profi am Werk. Ziemlich High-Tech, und er hat viel Zeit dafür gebraucht. Ich schätze, er hat das Haus verkabelt, bevor sie hier eingezogen ist ... Vielleicht ein Sicherheitsprüfer oder jemand, der den Auftrag hatte, die Verkabelung auf den sichersten Stand zu bringen. Die Isolierung ist ziemlich neu, mit Sicherheit erst lange nach dem Bau des Hauses angebracht, wahrscheinlich bevor Ms Hughes es gekauft hat. Unser Freund hat also vermutlich die legitimen Elektroinstallationen ausgeführt, alles prüfen lassen und dann seine eigenen kleinen Spezialitäten angebracht.«

Shane dachte an Scott Dalinsky. Ja, der Junge verfügte über ein gewisses Know-how, aber er hätte keine Gelegenheit gehabt, so aufwändige Installationen durchzuführen. Wes Allen? Oder wer sonst ... Seth Whitaker fiel ihm ein. War er nicht ein Zugezogener?

Shane zückte sein Handy und rief BJ an. »Greif dir jemanden vom Bürgermeisteramt und bring in Erfahrung, wer Instandsetzungsarbeiten in Jenna Hughes' Haus ausgeführt hat und wo zum Teufel Seth Whitaker wohnt ... Ist das nicht irgendwo auf der anderen Seite von Juniper?«

»Den kenne ich. Ich habe schon nachgesehen«, sagte BJ. »Vor etwa zweieinhalb Jahren hat er den Farris-Besitz gekauft. *Bevor* Jenna Hughes ihr Grundstück kaufte.«

»Aber vielleicht hat sie sich damals schon umgesehen. Wo wohnt Whitaker?«

»Erinnerst du dich an das private Skigebiets-Projekt, das dann fallen gelassen wurde? Da lebt er.«

Carter verspürte diese erhöhte Wachsamkeit, das Prickeln der Erkenntnis, den schnellen Rausch, der die Auflösung eines besonders komplizierten Rätsels begleitete.

Von der Umgebung der alten Skihütte aus hatte man Ausblick auf diese Ranch. Das Grundstück hoch oben auf einer Klippe, von der aus die Pious Falls ihren tosenden Sturz in die Tiefe begannen, lag tief im Wald verborgen. Dass ein Erschließer aus Arizona tatsächlich auf die Idee gekommen war, dort oben eine Skihütte zu bauen, war von den meisten Einheimischen als Wahnsinn betrachtet worden. Es war nahezu unmöglich, einen Zugang zu schaffen, höchst unwahrscheinlich, dass eine Genehmigung erteilt wurde, und im Winter wurde diese Seite des Bergs vom Sturm gepeitscht, der durch die Schlucht tobte. Die ganze Idee war im Sande verlaufen, bevor sie überhaupt Gestalt annahm. Der Mann, der diesen verrückten Plan geschmiedet hatte, war kurz nach der Erstellung erster vorläufiger Baupläne gestorben. Die Erben hatten sich zwei oder drei Jahre lang damit abgeplagt, das Grundstück wieder loszuschlagen.

Und hier kam Seth Whitaker ins Spiel. Der Einzelgänger. Ein Handwerker. Elektriker. Hatte er in L. A. gearbeitet? Stand er in einem Zusammenhang mit Jenna und ihren Filmen?

»Du glaubst, Whitaker steckt in der Sache drin?«, fragte BJ.

»Ja, ich halte es für möglich. Überprüf seine Alibis für die Nächte, in denen Sonja Hatchell, Roxie Olmstead und Lynnetta Swaggart entführt wurden, und schau nach, ob er sich letztes Jahr, zu der Zeit, als Mavis Gette per Anhalter unterwegs nach Oregon war, in Medford aufgehalten hat. Es könnte dauern, aber vielleicht gibt sein Kreditkartenregister Aufschluss darüber, dass er in Süd-Oregon oder Nordkalifornien war. Ich muss wissen, ob dieser Kerl seinen Namen legal oder illegal geändert hat, ob er mal in der Gegend von L. A. gelebt hat, ob er Verbindungen zu Hazzard Brothers oder anderen Firmen unterhielt, die in Jenna Hughes' Filmen mitgearbeitet haben. Finde alles raus, was du über ihn in Erfahrung bringen kannst.«

»Ganz schön anspruchsvoll.«

»Und zwar in kürzester Zeit. Ich brauche das alles so schnell wie möglich.«

»Ich werde tun, was ich kann, aber vergiss nicht, du warst auch schon mal überzeugt, Wes Allen sei der Gesuchte.«

»Wunschdenken«, scherzte er.

Sie lachte nicht.

»Und schick eine Einheit rauf zu Whitakers Grundstück auf dem Berg.«

»Es gibt keine Einheit, die ich schicken könnte, nicht mal einen einzigen Deputy. Alle sind zu anderen Notfällen gerufen worden«, sagte sie. »Moment mal ... Die Straßen am Wildcat Mountain sind so steil, dass sie alle gesperrt werden mussten. Sie sind unbefahrbar, und einen Hubschrauber können wir in diesem Wetter nicht einsetzen.«

Der Rückzugsort in den Bergen war seine Höhle ... Carter spürte es in allen Knochen.

»Ruf die Forstwacht an. Besorg dir Ausrüstung von ihnen. Finde eine Möglichkeit, da raufzukommen, und melde dich wieder bei mir.«

»Herrgott, Carter, soll ich dir vielleicht auch gleich den Mond vom Himmel holen?«

»Tu's einfach, BJ, verdammt noch mal«, sagte er gereizt.

Jede vergeudete Minute war eine Minute, die Jenna mit dem Psychopathen verbringen musste.
Er beendete das Gespräch und wandte sich Sparks zu. »Seth Whitaker ist es. Er ist der Täter.«
»Bist du sicher?« Sparks war skeptisch. Zusammen gingen sie zurück zum Arbeitszimmer.
»Er ist Elektriker. Wohnt in der Nähe. Lebt erst seit zwei, drei Jahren in der Gegend.«
Sparks schüttelte den Kopf. »Das ist immer noch recht dürftig.«
»Kein Grund, ihm nicht mal rasch einen Besuch abzustatten.« Am Fuß der Treppe wandte Carter sich dem Arbeitszimmer zu. Jennas Tochter hockte in der Sofaecke, einen Gameboy im Schoß, und sah aus dem Fenster. »Hey, Allie«, begann Carter, sorgsam darauf bedacht, ihr keine Worte in den Mund zu legen. »Hat der Mann, der deine Mom mitgenommen hat, den gleichen Körperbau wie irgendjemand, den du kennst? Wie jemand, der vielleicht mal in eurem Haus war?«
»Kann sein.« Sie war noch immer zu Tode verängstigt und musterte Shane wachsam.
»Mit wem hatte er Ähnlichkeit?«
»Mit dem Bodyguard. Er war so groß wie er.«
»Hoch gewachsen und muskulös?«
»Ja ...« Sie wandte sich ab und kratzte sich an der Wange.
»Aber du hast ihn nicht erkannt?«
Ihr Gesicht verzog sich. Tränen liefen aus den Augenwinkeln.
»Lass sie in Ruhe«, sagte Rinda. »Carter, es reicht!«
Sie hatte Recht.

Die Kleine hatte getan, was sie konnte.

Er ging in die Küche. »Kannst du bei ihnen bleiben?«, fragte er Sparks. »Bis ich zurück bin?«

»Ich muss sowieso auf den Gerichtsmediziner und den Bezirksstaatsanwalt warten. Solange die Forensiker noch hier sind.« Sein Handy klingelte, und Sparks meldete sich. Es war nur ein kurzes Gespräch. Seine dunklen Augen verengten sich zu Schlitzen, er klappte sein Handy zu. »Die Handys wurden per GPS geortet, auch Turnquists. Sieht aus, als ob sie an der Wildcat Road, östlich von hier, weggeworfen wurden.«

»Auf dem Weg zu Whitakers Haus.«

»Auf dem Weg Gott weiß wohin, aber du hast Recht.«

Larry nickte.

»Du hältst ihn für den Täter?«

»Ich wette, dass er es ist. Ruf das FBI. Fordere Verstärkung an.«

»Du willst tatsächlich da rauf?«

»Mir bleibt keine andere Wahl«, erklärte Carter, war schon zur Tür hinaus und verschwand in der Eiseskälte. »Besorg mir einen Durchsuchungsbefehl.«

»Für heute Abend?«

»Ganz recht. Ruf Amanda Pratt von der Bezirksstaatsanwaltschaft an und lass sie wissen, dass sie jetzt ihre große Chance bekommt. Sie wird sich freuen. Glaub mir, wenn sie eine Möglichkeit sieht, diesen Fall zu knacken, findet sie einen Richter, der den Durchsuchungsbefehl unterschreibt, und wenn sie noch heute Nacht mit ihm ins Bett steigen müsste. Ich muss jedenfalls unbedingt Zugang zu Seth Whitakers Grundstück bekommen.«

»Ich will sehen, was ich tun kann, aber wie zum Teufel

willst du auf den Berg raufkommen?«, fragte Sparks. Der Wind verschluckte fast seine Worte.
»Es gibt nur eine Möglichkeit«, sagte Carter und öffnete die Tür seines Chevrolet Blazers.
Er musste den verfluchten Wasserfall hinaufsteigen.

46. Kapitel

Die Kälte liebkoste ihn, als er vom Fahrersitz des Wagens glitt. Sie umfing ihn wie eine Geliebte und jagte ihm ein eisiges Prickeln über den Rücken. Er stapfte zur Ladeklappe und öffnete sie. Jenna lag genauso da, wie er sie hingelegt hatte, anscheinend noch immer bewusstlos, obgleich sie allmählich hätte aufwachen müssen.

Vorsichtig, darauf bedacht, dass sie die Bewusstlosigkeit vielleicht nur vortäuschte, berührte er ihr Bein. Sie regte sich nicht. Dann tat er, als wollte er sie schlagen, stieß die Faust in Richtung ihres Gesichtes, um sie im letzten Moment wieder zurückzuziehen. Jenna zuckte nicht mit der Wimper.

Überzeugt, dass sie noch völlig weggetreten war, löste er behutsam den Riemen, mit dem sie auf die Ladefläche geschnallt war.

Das schwarze Haar fiel ihr ins Gesicht, die ebenholzschwarzen Wimpern warfen Schatten auf ihre schön geformten Wangen, und er stellte sich vor, wie sie als Anne Parks aussehen würde … das heißt, er wusste es. Er hatte *Resurrection* so oft gesehen, dass er die Dialoge auswendig zitieren konnte, jede Nuance ihrer Gesten kannte, ihre Handlungen im Voraus wusste.

Doch ehe er mit der Arbeit an Anne begann, galt es zuvor noch eine andere lebensechte Figur zu erschaffen. Dazu benötigte er die Frau, die Jenna so ähnlich sah, dass es ihm den Atem benahm. Cassie Kramer, Jennas älteste Tochter, würde die perfekte Form für Katrina aus *Innocence Lost* hergeben. Sie war ihrer Mutter wie aus dem Gesicht geschnitten.

Sobald er mit Cassie fertig war, würde er seine Nachbildung der Anne Parks erschaffen, für die er Jenna selbst als Form benutzen wollte. Dann wäre sie unsterblich, bis in alle Ewigkeit in ihrer schönsten Rolle festgehalten.

Seine Weihestätte würde vollständig sein – die einzige Figur, die fehlte, wäre Rebecca Lange aus *White Out*. Die Rolle hatte er Jennas Schwester Jill zugedacht, doch vor Jahren hatte er etwas vermasselt und einen Unfall verursacht, den er nicht geplant hatte. Was nicht hieß, dass die Vorstellung einer Lawine nicht eine erotische Fantasie von ihm war, in der Schnee und Eis sich in einer donnernden Masse den Berg hinunterwälzten. Doch er hatte nicht vorgehabt, eine Frau zu töten, die ideal gewesen wäre für die lebensechte Nachbildung der Rebecca Lange aus *White Out*, wenngleich seine Weihestätte zu jener Zeit noch nicht mehr gewesen war als ein grober, halb fertiger Plan. Erst in der Folge dieser Tragödie, als er verletzt war und das Versicherungsgeld kassiert hatte, war ihm der Gedanke gekommen, ihr auf diese Weise einen besonderen Tribut zu zollen. Die Dreharbeiten wurden eingestellt, und Jennas Ehe zerbrach. Sie hatte sich aus der Glitzerwelt von Hollywood zurückgezogen und spielte mit dem Gedanken, L. A. zu verlassen. Als er hörte, dass sie in den Norden ziehen wollte, betrachtete er es als Omen. Vorsehung. Ein Zeichen dafür, dass sie füreinander bestimmt waren. Dazu, eins zu werden. Eine unvorstellbar perfekte Vereinigung von Körper und Geist.

Und jetzt gehörte sie ihm.

Ihm allein.

Doch die Zeit lief ihm davon. Er spürte es. Hatte sogar seine gewohnte Vorgehensweise leicht verändert, und das ärgerte ihn. Ihm war keine Zeit geblieben, Cassie Kramers Zähne abzuschleifen …

Nicht gut. Ein schlechtes Zeichen. Man sollte immer nach Plan vorgehen.

Er hob sie behutsam von der Ladefläche und trug sie, wie ein Bräutigam seine frisch Angetraute über die Schwelle trägt, zum wartenden Schneemobil, an das eine geflochtene Trage angehängt war – die Art von Trage, mit der Verletzte von der Skipiste geborgen wurden.

Sanft bettete er Jenna darauf. »Jetzt dauert es nicht mehr lange«, versprach er ihr.

Jenna wartete. Sie musste ihre geballte Willenskraft aufbringen, um sich nicht auf den Verrückten zu stürzen und damit alles zu verderben. Auf diese Weise würde sie keine Chance haben, ihn zu entwaffnen. Oder Cassie zu finden.

Hab Geduld, ermahnte sie sich, als sie spürte, wie er sie ablegte, erneut festschnallte, einen Motor anwarf und losfuhr. Sie wagte nicht, auch nur einen Spaltbreit die Augen zu öffnen, bevor sie den scharfen Ruck spürte. Das Gefährt beschleunigte und glitt rasch über die Schneedecke. Kalte Luft schoss über sie hinweg, und erst jetzt traute sie sich, einen Blick in die schneebeladenen Bäume und Büsche zu werfen, die verschwommen an ihr vorbeirasten. Hoch über ihr dräuten die Wipfel uralter Bäume. Sie war in eine Art Schlitten geschnallt, angehängt an ein Schneemobil, das im Fahren eine Schneefontäne aufstieben ließ.

Angst erfasste sie, doch sie biss die Zähne zusammen. Sie würde es durchstehen, was immer er auch mit ihr vorhatte.

Bring mich erst mal zu Cassie, du Geisteskranker, dann sehen wir weiter.

Die Ausrüstung war alt. Seile und Krampen und Eispickel, die seit dem Unfall, der David Landis das Leben gekostet hatte, unbenutzt geblieben waren. Carter hatte nie vorgehabt, diese Ausrüstung noch einmal hervorzuholen, doch er hatte sie in der Garage aufbewahrt, ohne recht zu wissen warum. An diesem Abend hatte er alles in den Kofferraum seines Chevrolet Blazers geladen und den Weg zur Holzfällerstraße eingeschlagen, die etwa sechzig Meter oberhalb der Talsohle auf die Fälle traf. Er trug Stiefel mit Spikes, flexible und doch warme Handschuhe, seinen eng anliegenden Skianzug und er gestattete sich nicht, den Sinn seiner Mission zu hinterfragen.

BJ hatte Recht – die Straße zu Whitakers Grundstück war gesperrt, eine nur für forstwirtschaftliche Nutzfahrzeuge zugelassene Straße stellte einen meilenweiten Umweg dar. Die Fälle hinaufzuklettern war ein halsbrecherisches Unterfangen, doch auf diesem Weg konnte er am schnellsten und unauffälligsten zu Whitakers Hütte gelangen.

Er folgte der stillgelegten Holzfällerstraße; seine Reifen drehten im Schnee immer wieder durch, und der Chevrolet Blazer schlingerte und holperte. Der Allradantrieb zwang den Geländewagen bergan, der Motor knirschte. Carter steuerte sein Fahrzeug die alte Straße entlang, so schnell er es wagte, so schnell der Chevrolet Blazer es schaffte, vorbei an Bäumen, die in den wolkenverhangenen Himmel aufragten, und an Schluchten, deren Wände direkt am Straßenrand steil abfielen.

Er starrte angestrengt durch die Windschutzscheibe, um nicht auf die unter dem Schnee verborgene Böschung abzurutschen. Mit zusammengebissenen Zähnen, schmerzenden Kiefern, jeden Moment darauf gefasst, dass ein Reifen von der Schotterstraße abglitt und sein Wagen inmitten einer Schnee- und Steinlawine in den dunklen Abgrund stürzte, fuhr er bergauf. Immer weiter. Schlingernd. Mahlend. Die Reifenprofile krallten sich in die Straße, der Motor brüllte, bis er schließlich das Ende der Straße erreicht hatte.

Carter überlegte nicht lange. Er zog die Handbremse an, lud seine Ausrüstung ab und stapfte zu Fuß weiter. Es war ein anstrengender Marsch, stetig bergan in tiefem Schnee, einen schmalen Zickzackpfad entlang, der bei den Fällen abrupt endete.

In der Dunkelheit ließ der Sheriff den Lichtstrahl seiner Taschenlampe über das silbrig schimmernde Eis wandern – Wasser, das im freien Fall über die Felsklippen hinunter in die Schlucht gefroren war. Im nächsten Moment sah er David Landis vor seinem inneren Auge genau diesen Abschnitt des gefrorenen Wassers emporklettern, hörte seine spöttischen Worte, während er die schlüpfrige Steilwand hinaufstieg, dieselben spöttischen Worte, die seit Jahren in seinem Kopf nachhallten.

»Du hast doch nicht etwa Angst?«

Ja, zum Teufel, ich habe Angst.

»Oberfeigling? Das größte Weichei aller Zeiten?«

Carters Magen krampfte sich zusammen, als er sich an den Sturz erinnerte … wie er David nicht hatte retten können. Und jetzt flüsterte der Wind in den Bäumen wie das Echo von Davids Hohn.

»Du hast doch nicht etwa Angst?«

Carter biss die Zähne zusammen.

Schnallte seine Steigeisen an und sah nicht nach unten. Er würde Jenna retten oder bei dem Versuch sterben.

Die Fahrt wurde langsamer, dann verstummte der Motor des Schneemobils.

Jenna ermahnte sich, entspannt liegen zu bleiben, Bewusstlosigkeit vorzutäuschen, ihre Rolle gut zu spielen. Bisher war es ihr gelungen.

O ja, wie Zauberei. Und jetzt bist du tausend Meilen entfernt von allem Leben und sitzt hier oben mit einem Psychopathen in der Falle.

Sie hörte, wie er das Schneemobil unterstellte, spürte dann, wie er sie wieder hochhob, und sie musste sich sehr beherrschen, nicht vor seiner Berührung zurückzuschrecken. Sie ließ den Kopf über seinen Arm in den Nacken fallen, spürte, wie ihr Haar hinabhing, sodass der eisige Wind sich darin fing.

Er hielt inne. Blieb wie vom Donner gerührt stehen. Als ob er spürte, dass etwas nicht stimmte.

Atme normal. Bleib schlaff. Du bist eine Lumpenpuppe. Zittere nicht, mach nicht die Augen auf, zucke mit keiner Wimper.

»Herrgott, du bist schön«, flüsterte er, und sie glaubte, die Stimme zu erkennen. Innerlich wand sie sich. Nach außen hin zeigte sie keine Reaktion. »Ich habe so lange gewartet.« Er verlagerte ihr Gewicht, hob sie höher, und sie spürte seinen heißen Atem auf ihrem Gesicht.

Nicht bewegen, Jenna. Was immer er auch tut, zeig keine *Reaktion.*

»Du bist die Frau schlechthin … meine Frau …«

Sie fürchtete, würgen zu müssen.

Er strich mit den Lippen über ihren Hals, sein warmes Fleisch ließ ihre kalte Haut prickeln. Trotzdem reagierte sie nicht, nicht einmal, als sein Mund den ihren berührte und er die Zungenspitze zwischen ihre Lippen zu schieben versuchte. Sie hätte am liebsten fest die Zähne zusammengebissen, erinnerte sich jedoch rechtzeitig all der Liebesszenen, die sie gespielt hatte, in denen ihr Partner, dem Drehbuch zufolge ihr Geliebter, ein widerwärtiges, arrogantes Schwein gewesen war.

Du kannst das, Jenna. Du kannst es.

Sie spürte, wie ihr Entführer vor Begehren schauderte, und nur mit Mühe konnte sie sich beherrschen, nicht vor ihm zurückzuweichen.

Endlich ging er weiter, sie hörte, wie eine Tür geöffnet wurde und dann mit einem schweren, metallischen Knall wieder zuschlug. Seine Schritte waren fest, und Jenna redete sich gut zu, dass sie es schaffen werde, bis sie die Stimme hörte – Cassies Stimme. Erleichterung mischte sich mit Angst.

»Hey! Du da! Lass mich hier runter! Hörst du? Ich sagte … oh … neiiin! Meine Mutter? Du Dreckskerl, lass sie los, auf der Stelle!«

Nicht, Cassie, fordere ihn nicht heraus!

»Was zum Teufel hast du mit ihr vor? Lass sie in Ruhe, verdammt noch mal!«

Ihr Entführer versteifte sich.

»Sei still!«

»Lass sie los. Du glaubst doch nicht, dass du davonkommst mit diesen … diesen Perversitäten.«
»Ach, nein?«, versetzte er bissig, und Jenna verließ der Mut. *Reiz ihn nicht, Cass, um Himmels willen!*
Er legte Jenna ab. Sie spürte einen kalten, glatten Untergrund, vermutlich ein Zementboden. Überhaupt war es verflucht kalt in diesem Raum. Sie hörte, wie seine Schritte sich von ihr entfernten, und wagte es, die Lider einen winzigen Spalt zu öffnen.
Rasch erkannte sie, dass sie sich in einem riesigen Raum befand. Er hatte sie mitten auf einer Bühne abgelegt, auf der Schauspielerinnen in Positur standen. Nein, keine Schauspielerinnen – jede einzelne Figur war eine Nachbildung ihrer selbst in einer ihrer Filmrollen. Die Kleider, der Schmuck, ein Schirm an Marnie Sylvanes Arm, eine Intellektuellenbrille auf Zoey Trammels Nase, das verschwundene Armband aus imitierten Perlen an Paris Knowltons Handgelenk. Lauter Requisiten aus ihren Filmen. Selbst die beiden Schaufensterpuppen ohne Gesichter waren durch ihre Perücken kenntlich. Katrinas lange, schwarze Locken, dazu der durchsichtige weiße, spitzenbesetzte Body, eine perfekte Imitation des Kostüms, das Jenna in dieser Rolle getragen hatte. Die andere gesichtslose Schaufensterpuppe trug bereits ein Hundehalsband und hielt ein Schlachtermesser in einer Hand; kein Zweifel, daraus sollte in Kürze die Nachbildung der Anne Parks werden.
Oh, das war widerlich …
Angesichts der Abartigkeit dieses Mannes stieg Übelkeit in Jenna auf. Was war das hier – eine eigentümliche Art von Weihestätte? Ein Wachsfigurenkabinett, in dem sie

das einzige Ausstellungsstück war? Panik überkam sie, und sie musste sich zwingen, die Lider fast geschlossen zu halten und beim Anblick dieser Bühne nicht zu zittern. Ein Zahnarztstuhl war das einzige Möbelstück. Darüber hing der Arm eines Bohrers. Dunkle Flecken ... Blut? ... sprenkelten die Armlehne und die Kopfstütze. Was für Gräuel gingen hier vor?

Hoch über ihr waren Fotos von ihr in verschiedenen Rollen angebracht, aus Zeitschriften, vergrößert und an die Decke geheftet.

Sie wagte noch einen raschen Blick und entdeckte einen Computerraum, erleuchtet vom Schein der Monitore. Das Summen verriet ihr, dass ein Generator die ganze Anlage mit Strom versorgte.

Aber wo war Cassie?

Sie riskierte es, ein wenig den Kopf zu drehen, und dann konnte sie sich nur noch mit äußerster Mühe beherrschen. In der entgegengesetzten Ecke war eine sonderbare Vorrichtung aufgebaut: Ein riesiger Glasbehälter, und darüber hing ihre Tochter, nackt, mit geschorenem Kopf, an einer Art Balken, die Hände über dem Kopf gefesselt, die Füße auf ein schmales Fußbrett gestützt.

Jenna hätte beinahe aufgeschrien, als sie ihre Tochter sah. Die Gewissheit, dass sie verloren waren, krampfte ihr Herz zusammen wie eine eisige Faust.

Jenna zweifelte nicht daran, dass dieser Psychopath sie beide umbringen würde.

Aufwärts. Einen Schritt nach dem anderen, in ständiger Todesangst. Shane kämpfte sich hinauf, schlug die Krampen ins Eis, umklammerte die eisigen Kaskaden, sicherte sich mit dem Seil und spürte, wie der kreischende Wind an ihm zerrte. Schnee fiel vom Himmel, und es war noch dunkel – früher Morgen, doch die Dämmerung lag noch in weiter Ferne.

Trotz seiner isolierten Kleidung klapperten ihm die Zähne vor Kälte. Sein Körper war vor Anstrengung schweißgebadet. Er kam voran – langsam, stetig, nervenaufreibend, doch seine Sorge trieb ihn weiter.

Jenna war vielleicht schon tot.

Wieder sollte ein Mensch, den er liebte, Opfer der Winterkälte und eines Verrückten werden.

Cassie war wahrscheinlich auch bereits ermordet worden.

»Du geisteskranker Scheißkerl«, knirschte er, schwang seinen Eispickel und hackte eine weitere Kerbe in den gefrorenen Wasserfall. Er musste noch knapp sechs Meter erklimmen – sechs Meter voller Todesangst.

Ein neuerlicher Windstoß fuhr ihm in den Rücken, schien ihn und seine erbärmlichen Bemühungen zu verhöhnen. Carter griff nach der Kerbe im Eis, verfehlte sie, seine Füße glitten ab. Er stürzte, rutschte an der eisigen Wand entlang.

»Scheiße!«

Das Seil fing ihn auf.

Stoppte seinen rasanten Absturz.

Bewahrte ihn davor, beinahe neunzig Meter tief auf den gefrorenen Grund zu stürzen. Eine Sekunde lang dachte er an David. Mit wild klopfendem Herzen suchte er erneut Halt an der Klippe und der eisigen Kaskade, die ihm als Leiter diente.

Mit zusammengebissenen Zähnen und schmerzenden

Muskeln schmiegte er sich an das gefrorene Wasser, tastete mit der Hand über sich nach dem nächsten Halt. »Ich komme, du Scheißkerl«, sagte er durch die gefrorenen Borsten seines Schnurrbarts hindurch. »Ich komme.«

»Bist du schon wach, Jenna?«, fragte er, und seine Stimme schien von überall her zu kommen, wie aus in der Dunkelheit versteckten Lautsprecherboxen. »Das hier ist mein Theater. Ich habe es dir gewidmet. Wach auf und schau dir mein Werk an, meinen Tribut an dich.«

»Tribut?«, schrie Cassie, und Jenna betete, sie möge endlich still sein. *Fordere ihn nicht heraus.*

»Ich weiß, dass du wach bist. Du spielst Theater. Nicht nötig. Jetzt nicht mehr. Du bist zu Hause, bei mir. Du weißt, wer ich bin, nicht wahr?«

»Wen interessiert das, du dummes Stück Scheiße!«

Cassie, nicht!

Durch den Vorhang ihrer Wimpern sah Jenna zu, wie er langsam seine Schnürsenkel löste und die Stiefel auszog. Dadurch schien er seltsamerweise mehrere Zentimeter kleiner zu werden. Dann entledigte er sich seiner Kleidung, der isolierten Camouflage-Jacke – die Art, die Jäger zur Herbstjagd trugen –, der dazu passenden Hose, dann der Thermo-Unterwäsche. Als er sich die Skimütze vom Gesicht zog, hätte sie um ein Haar nach Luft geschnappt.

Seth Whitaker.

Der Mann, den sie mit der Installation ihrer Alarmanlage betraut hatte. Wie oft hatte er »die Leitungen überprüft«? O Gott, wie hatte sie so dumm sein können?

»Du Arschloch!«, schrie Cassie.

Er blickte zu ihr auf. »Du hast ja keine Ahnung, wer ich in Wirklichkeit bin«, sagte er, und seine Stimme veränderte sich, wurde eine Nuance höher. Er zog sich die Perücke vom Kopf, unter der er beinahe kahl war. Nur ein kurzer, blonder Flaum bedeckte seinen Schädel. Dann nahm er die Kontaktlinsen heraus, ohne die seine Augen dunkler waren. Es waren Augen, die Jenna schon einmal gesehen hatte.

»Wer bist du?«, fragte Cassie, während er die Zähne und die zeitweiligen Implantate aus dem Mund nahm, die sein Kinn eckiger wirken ließen.

Jenna hatte ihn schon einmal gesehen, dessen war sie sicher. Aber wann? Als sie noch in Kalifornien lebte? Dann wandte er ihr sein Gesicht zu, und sofort fiel es ihr wieder ein: Er war einer der Techniker am Drehort von *White Out*, einer der Jungs, die verletzt worden waren. Der Typ, der genauso hieß wie eine Figur in dem Film. Steven White. Ja, das war's.

Unter der Thermo-Wäsche trug er einen Bodysuit. Als er diesen auszog, verschwand die füllige Taille, und zurück blieb ein fester, sehniger Körper, der aussah, als würde er durch ständiges Training in Form gehalten.

Seth Whitaker. Steven White. Sie hätte gern gewusst, wie er in Wirklichkeit hieß.

Nun war er nackt und blickte zu Cassie auf. »Jetzt, Katrina, wird es Zeit für dich.«

»Sprichst du mit mir? Ich heiße nicht Katrina. Lass mich endlich hier runter.«

»Immer dieses vorlaute Mundwerk«, sagte er, ging in den Computerraum und tippte etwas auf der Tastatur. Im nächsten Moment erfüllte Musik den großen Raum, die

Musik aus *Innocence Lost*, die gleiche Musik, die er während des Anrufs bei Jenna abgespielt hatte.

Während er sich im Computerraum aufhielt, suchte sie verzweifelt nach einer Fluchtmöglichkeit. Sie musste sich aus den Fesseln befreien, doch ihre Hände waren so fest zusammengebunden, dass sie sie kaum bewegen konnte.

Mit einem metallischen Klappern und dumpfem Summen senkte sich der Balken, an dem Cassie hing, sodass sich ihre Füße langsam der klaren Flüssigkeit in dem Behälter unter ihr näherten. Was war das? Es sah aus wie Wasser, konnte aber auch etwas Grauenhaftes sein.

»Hey! Nein!« Cassie kreischte jetzt, ihre Großspurigkeit war mit einem Schlag dahin. »Lass mich runter, bitte«, schrie sie mit brechender Stimme. »Ich habe dir doch nichts getan. Bitte, tu mir das nicht an!«

Er kam aus dem Computerraum zurück und starrte sie an. Sagte kein Wort, und Jenna beobachtete entsetzt seine Reaktion: Je näher Cassie dem Behälter kam, je tiefer sie herabgelassen wurde, desto höher begann sein Glied sich aufzurichten.

Cassies Anblick erregte den Perversen ganz eindeutig. Während er Jenna den Rücken kehrte, schob sie sich behutsam näher an die Schaufensterpuppe, die einmal Anne Parks darstellen würde, zu dem Messer in ihrer Hand. Nur noch ein paar Zentimeter, aber die Zeit lief ihr davon; der Träger, an den Cassie gefesselt war, hatte sich bereits bis an den Flüssigkeitsspiegel des Behälters herabgesenkt.

Cassie sah, wie Jenna sich bewegte.

»Mom! Nein!«

Er fuhr mit blitzenden Augen herum.

Jetzt oder nie.

Jenna warf sich gegen die Schaufensterpuppe und riss sie um, wobei jedoch das Messer weit außerhalb ihrer Reichweite landete. Annes Arm traf Paris, und in einer Art Dominoeffekt stürzten all diese merkwürdigen, lebensechten Nachbildungen ihrer selbst mit dumpfem Gepolter zu Boden. Schmuck und andere Requisiten rollten über die Bühne. Der Kopf einer Schaufensterpuppe verdrehte sich in einem unmöglichen Winkel nach oben.

»Nein!« Er starrte mit zusammengekniffenen Augen auf das Durcheinander der umgestürzten Schaufensterpuppen. Seine Erektion schrumpfte. »Lass die Finger von ihnen!« Er stürzte auf Jenna und die Figuren zu. »Paris! Marnie! Faye!«, schrie er mit schmerzverzerrtem Gesicht, bevor er Jenna wütend anstierte. »Da siehst du, was du angerichtet hast! Das war meine Weihestätte für dich, du undankbares Weibsstück!«

Jenna bewegte sich so flink, wie sie konnte, ohne den Blickkontakt mit dem Verrückten zu unterbrechen. Aus dem Augenwinkel sah sie das Messer mit der langen Klinge, kaum zwei Meter von ihr entfernt.

Er kam geschmeidig auf sie zu und schien Cassie völlig vergessen zu haben, die, als ihre Zehen jetzt in die Flüssigkeit eintauchten, einen gellenden Schrei ausstieß, der von den Dachbalken widerhallte.

»Lass sie frei!«, befahl Jenna. »Ich bin es doch, die du willst. Also lass sie frei.«

»Ich brauche euch beide.«

Cassie glitt langsam tiefer in die Flüssigkeit. Zitterte. Ihr nackter Körper wand sich, während sie unaufhaltsam weiter eintauchte. »Hilfe!«, kreischte sie und stieß schrille Entsetzensschreie aus.

»Bitte, Seth«, sagte Jenna beschwörend. »Lass sie frei!«
»Ich bin nicht Seth.«
»Dann eben Steven. Bitte!« Sie schien sich ihm zu nähern, ihm entgegenzukommen, ihn demütig anzuflehen. »Ich tue alles, was du willst. Alles. Aber lass meine Tochter frei.«

O Gott, es war so kalt, das Wasser, das sie umschloss, fühlte sich gallertartig an, wie Gelatine, und es war so kalt. Cassie versuchte, sich an dem Pfahl, an den sie gefesselt war, hochzuziehen, doch es war vergebens – sie tauchte immer tiefer ein. Ihr Blick huschte panisch von der eiskalten Flüssigkeit zu ihrer Mutter und dem Monster und zurück zu dem Behälter.
Eiswasser – wenn es das denn war – kroch an ihren Beinen empor, über ihre Knie, über ihre Schenkel.

Carter zog sich über den Rand der Klippe hinauf und wälzte sich in eine Schneewehe. Er rang nach Luft; Eiskristalle stachen in seine bloße Gesichtshaut. Schweißgebadet und zitternd kam er auf die Füße, befreite sich von den Spikes und warf sich den Rucksack über die Schulter. Zwischen den Bäumen hindurch sah er die Skihütte, ein massives Gebäude, völlig von Schnee bedeckt. Nur noch wenige kleine Fenster waren intakt, die größeren waren mit Brettern vernagelt.
Er näherte sich der Hütte mit äußerster Vorsicht, und ein gespenstisches Gefühl des Grauens beschlich ihn, als er das Grundstück betrachtete. Kein Pick-up, kein Lieferwagen; nur ein Schneemobil stand neben einer Tür, an dem ein Rettungsschlitten angehängt war.

Ihm kam die düstere Erkenntnis, dass Whitaker mit Hilfe dieses Schlittens seine Opfer hierher transportierte. Durch die vereisten Fenster fiel nur wenig Licht nach draußen, und Carter hatte das Gefühl, ihm läge ein Klumpen Blei im Bauch. Er zog sein Handy aus der Tasche und schaltete es ein. Nichts. Kein Empfang.

Scheiße.

Er kramte sein Sprechfunkgerät aus dem Rucksack und drückte die Sprechtaste. Ein lautes Knistern ertönte. »Hier ist Carter. Ich bin jetzt an der Skihütte, und ich glaube, Whitaker ist hier. Schickt mir Verstärkung!«

Er wartete nicht auf eine Bestätigung; er durfte keine Zeit mehr verlieren. Hastig steckte er das Walkie-Talkie wieder in den Rucksack und zog seinen Revolver.

Die Finger der anderen Hand umkrampften den Griff seines Eispickels.

Ein Schrei zerriss die Stille des Waldes, ein grauenvoller Klagelaut, der aus dem Gebäude drang.

Carter überlegte nicht lange.

Er trat die Tür ein, sprang geduckt ins Innere und schrie mit vorgehaltener Waffe: »Polizei! Keine Bewegung!«

Was!

Whitaker hörte den Ruf und drehte sich um. Der Gesetzeshüter stand in der Tür, die Pistole auf ihn gerichtet. Kam hereinmarschiert, als hätte er jedes Recht dazu.

Jenna stieß einen Seufzer der Erleichterung aus, der Whitakers Blut gerinnen ließ. Das konnte doch nicht wahr sein. Nicht jetzt. Nicht, wenn er so kurz vor dem Ziel war.

Er warf sich zur Seite, rollte sich auf dem Boden ab und

packte Jenna, um sie vor sich zu halten wie einen menschlichen Schild. Er hatte keine Waffe, doch er umklammerte ihren Hals und bog ihren Kopf nach hinten.

Sie schrie auf.

»Ich bring sie um, Carter«, sagte er ruhig. »Und dann kannst du das alles hier zusammenschießen, mich töten. Mir egal – ich bin dann bei ihr.«

»Hilfe!«, schrie Cassie, und Whitaker warf einen raschen Blick in ihre Richtung. Sie war schon fast untergetaucht und rang nach Luft. Das eiskalte Wasser verlangsamte ihre Reaktionen, Unterkühlung setzte ein.

»Shane, hilf ihr«, schrie Jenna. »Das Ding wird vom Computerraum aus gesteuert.«

»Lass sie los.«

Carter richtete seine Waffe auf ihn, doch das war Whitaker gleichgültig. Er würde mit Jenna sterben, sie mit sich nehmen, und dann hätte er sein Ziel erreicht. Hier, mit Jenna in seinen Armen.

»Ich sagte: Lass sie los«, wiederholte Carter.

»Verpiss dich«, knurrte der andere, starrte den Sheriff an und hielt gleichzeitig Jennas Kopf mit einem Arm unnatürlich verdreht, während er mit der anderen Hand ihre Brust streichelte. Es war der Himmel auf Erden.

Vom anderen Ende des Raums kam ein gurgelndes Geräusch. Cassie ertrank, und der Gesetzeshüter konnte es nicht verhindern.

Jenna unternahm einen verzweifelten Versuch, sich dem Griff ihres Peinigers zu entwinden. Ihr ganzer Körper bäumte sich krampfartig auf, sie schlug mit den gefesselten Händen wild um sich. Whitaker sah, wie Carter eine

Bewegung machte, und er packte Jenna fester, verdrehte ihren Hals noch brutaler.

Der Schmerz war kaum auszuhalten, doch Jenna hörte nicht auf zu kämpfen. Cassie ertrank vor ihren Augen. Und das Messer war nur Zentimeter außerhalb ihrer Reichweite. Sie warf sich mit ihrem ganzen Gewicht, mit all ihrer Kraft gegen ihren Peiniger, ihre Hände schrammten über den Zementboden, ihre Nägel brachen ab. Sie bekam den Griff des Messers zu fassen, packte ihn mit beiden Händen, drehte sich um und hieb wild um sich. Sie hatte das Gefühl, als würde ihr der Kopf abgerissen.

Whitaker stieß einen spitzen Schrei aus. Cassie spuckte und keuchte.

Für eine Sekunde lockerte sich seine Umklammerung.

Ein Schuss peitschte durch den Raum, hallte von den Wänden wieder, und Whitaker brach zusammen.

»Rette Cassie!«, schrie Jenna, während sie sich aufrappelte. Mit dem Eispickel zertrennte Carter Jennas Hand- und Fußfesseln, und sie hastete stolpernd in den Computerraum, während Carter an der merkwürdigen Vorrichtung hinaufkletterte.

Cassie war inzwischen völlig untergetaucht, ihr Körper regte sich nicht.

Carter zögerte nicht länger. Er zielte auf den Glasbehälter.

Jenna schrie.

Er drückte ab.

Glassplitter prasselten nach allen Seiten, als der Behälter explodierte. In riesigem Schwall ergoss sich das Wasser in den Raum, überspülte die Geräte und leckte weiter über den Boden.

Cassie hing bewegungslos in ihren Fesseln, während Carter den Balken zu einer Plattform hinüberschwenkte. Mit einem Schlüssel, den er dort liegen sah, befreite er sie, und sie brach auf der Plattform zusammen. »Such Wolldecken«, schrie er Jenna zu und begann mit der Mund-zu-Mund-Beatmung, zwang warme Luft in Cassies Lunge und stemmte sich dann schwer auf ihren Brustkorb. *Komm schon, Cassie, atme.* Er versuchte es noch einmal. Und noch einmal. *Bitte nicht, bitte stirb nicht. Komm schon, du musst kämpfen. Lass nicht zu, dass dieses Arschloch den Sieg davonträgt.*

Er hörte, wie Jenna die Leiter heraufkam. »O Gott, ist sie …«

Ruckartig bäumte Cassie sich auf, spuckte und hustete, und Wasser schoss ihr aus Mund und Nase. Sie beugte sich zur Seite, keuchte, atmete tief ein und hustete erneut.

»Oh, mein Schätzchen!« Jenna kniete sich neben sie, wickelte sie in eine Wolldecke, hielt ihr den Kopf. »Oh, Baby, Baby, Baby …«

Cassie weinte, bebte am ganzen Körper, versuchte zu verstehen, was los war, und als sie begriff, erfasste ihr Blick Shane Carter, der ein paar Schritte hinter Jenna stand. Vor Kälte zitternd sah sie an ihrem nackten Körper hinab und zählte, so benommen sie auch war, zwei und zwei zusammen. »Oh, widerlich …« Sie zog die Decke fester um sich. »Würg.«

Carter betrachtete die Nachbildungen Jennas, halb vom Wasser überspült, das von Whitakers Blut rosa gefärbt war, und war völlig ihrer Meinung. Schmuck und andere Requisiten, ein zerbrochener Schirm und Armbänder schwammen in der Flüssigkeit, die sich um den Zahnarztstuhl sammelte. Eine Brille aus Plastik mit zerbrochenen Gläsern trieb an der Oberfläche.

»Ich sollte mal nachsehen, ob er noch lebt«, sagte Carter, schien es jedoch nicht eilig zu haben. Whitakers Augen blickten starr zur Decke hinauf, an der Poster von Jenna angebracht waren. Blut sickerte aus seinen Mundwinkeln und drang unter seinem Rücken hervor.

Carter watete durch das Wasser auf ihn zu, beugte sich hinab und tastete an Whitakers Hals nach einem Puls.

Er fand keinen.

Seth Whitaker, alias Steven White, war tot.

Jenna und Cassie lebten.

Es hätte schlimmer enden können.

Sehr viel schlimmer.

Epilog

»Ich dachte, Sie hätten genug von diesen ›blödsinnigen‹ Sitzungen«, sagte Dr. Randall knapp zehn Monate später, als Carter unangekündigt bei ihm auftauchte.

»Habe ich auch.« Er trat in den Raum, in dem er sich viele Monate lang so manches von der Seele geredet hatte, und betrachtete stirnrunzelnd die weiche Ledercouch, die pastellfarbenen Seelandschaften, den eichenhölzernen Bücherschrank voller Fachbücher über alle erdenklichen Arten von Psychosen, Geisteskrankheiten oder Syndromen.

Ein Farn in der Ecke beim Fenster, in dem sich das letzte Licht des Sommers fing, gedieh prächtig und trieb frische grüne Wedel.

Randall schien erfreut zu sein, fast als sei der verlorene Sohn endlich heimgekehrt. Sie standen beide an dem Fenster mit Blick auf den Parkplatz. »Ich habe im Augenblick keine Zeit. Ich wollte gerade gehen.«

»Schon gut, ich will Ihre Zeit auch gar nicht über Gebühr in Anspruch nehmen. Ich will Sie nur daran erinnern, dass ich die Augen offen halte, okay? Man munkelt, Sie schreiben ein Buch.«

»Davon träumt wohl jeder.«

»Ich nicht.«

»Tja, wir können nicht alle Schriftsteller sein«, bemerkte Randall.

»Wie ich hörte, basiert es mehr oder weniger auf Seth Whitakers Besessenheit von Jenna Hughes.«

Randall strich über seinen Kinnbart und erwiderte mit einer ausweichenden Handbewegung: »Es handelt von einem labilen Menschen, der von einem Exfilmstar besessen ist.«

»Und es hat auch schon jemand angebissen, stimmt's? Ein Agent und ein Verlag zeigen sich interessiert, selbst Hollywood klopft bei Ihnen an.«

»Nun ... davon weiß ich nichts.« Randall blickte auf seine Uhr. Carter wies mit einer Kopfbewegung auf den Parkplatz, und als der Psychologe der Aufforderung folgte und aus dem Fenster blickte, sah er, dass Jenna hinter dem Steuer ihres Jeeps bei laufendem Motor in der heißen Nachmittagssonne wartete.

»Für Sie scheint sich alles gut zu entwickeln, wie ich sehe«, bemerkte Randall mit der Andeutung eines Lächelns. »Vielleicht ist der Winter doch gar nicht so schlimm.«

»Vielleicht. Und, ja, alles entwickelt sich prima. Aber Jenna hat noch Beziehungen in L. A., und dort kursieren Gerüchte, dass ihr Exmann versucht, eine Geschichte zu verfilmen, die verteufelte Ähnlichkeit mit Ihrer hat.«

»Tatsächlich?« Randalls humorloser Blick begegnete seinem, und Carter bemerkte diesen Hauch von Überlegenheit, den leicht abschätzigen Ausdruck, den Dean M. Randall, Doktor der Psychologie, für Menschen übrig hatte, die nicht so intelligent waren wie er. Immerhin hatte er nicht gelogen und es abgestritten.

»Ich finde, Sie sollten wissen, dass ich Sie im Verdacht habe, die Sitzungen mit mir auf Band mitgeschnitten zu haben.«

Randall furchte die Stirn. »Ich soll Ihre Sitzungen aufgezeichnet haben?«

Wieder eine Nicht-Lüge. »Und falls irgendetwas, auch nur eine Spur von dem, was ich Ihnen anvertraut habe, in Ihrem Buch auftaucht, dann verklage ich Sie.«

»Ich würde niemals …«

»Natürlich nicht«, fiel Carter ihm ins Wort und setzte sein entwaffnendstes Lächeln auf. »Ich wollte Sie nur warnen.«

Damit ging Carter. Er ging zur Tür hinaus, die Treppe hinunter und nach draußen, wo der Spätsommer bereits den ersten Vorboten des Herbstes wich. Der Parkplatz war trocken, ein bisschen Laub lag auf dem Gehsteig. Falls Crossing hatte den härtesten Winter seit fast einem Jahrhundert überstanden, und wenn auch ein paar Narben blieben, hatte Randall doch Recht: Alles hatte sich gut entwickelt.

Es hatte geraume Zeit gedauert, bis die Polizei die Leichen der Frauen fand, die Seth Whitaker entführt hatte. Sie waren in Planen gewickelt auf seinem Grundstück versteckt, wo die nackten, gefrorenen Körper der endgültigen Entsorgung harrten. Schließlich wurden Sonja Hatchell, Roxie Olmstead und Lynnetta Swaggart entdeckt, alle drei mit geschorenen Köpfen und abgeschliffenen Zähnen. Sonjas Wagen stellte man in einem alten Schuppen sicher. In einer Schublade verschlossen fand sich eine Zahnkonstruktion, die mit Hilfe eines vom Drehort für *White Out* gestohlenen Abdrucks hergestellt worden war. So konnte Seth all seinen Schaufensterpuppen Jennas spektakuläres Lächeln verleihen. Die Leute von der Spurensicherung, Psychologen vom FBI und natürlich die Presse feierten große Erfolge in diesem Fall.

Carter war in den Stand des Helden der Stadt erhoben

worden, ein Attribut, das er seiner eigenen Meinung nach nicht unbedingt verdiente oder brauchte. Er und Jenna waren einander kaum noch von der Seite gewichen. Sie sprachen von einem gemeinsamen Leben, würden vielleicht sogar heiraten, doch das wollten sie nicht überstürzen.

Jennas Töchter waren, nachdem sie das Weihnachtsfest bei ihrem Vater verbracht hatten, nach Falls Crossing zurückgekehrt. Allie schien äußerlich zu ihrem fröhlichen Wesen zurückgefunden zu haben und folgte Carter wie ein Hündchen, wenn er im Hause war. Carter ging mit ihr und ihrer Freundin Dani Settler reiten, angeln und in den Wäldern wandern, bevor die Schule wieder anfing. Allie schien aufzublühen, sich aus ihrem Schneckenhaus hervorzuwagen, während Cassie das durch Seth Whitaker erlittene Trauma noch nicht so gut verarbeitet hatte.

Carter biss die Zähne zusammen, wann immer er an den Dreckskerl denken musste. Nach seiner Meinung war die Hölle nicht heiß genug für Seth Whitaker.

Cassies Genesung würde viel Zeit in Anspruch nehmen. Wahrscheinlich Jahre.

Ihr Haar wuchs nach, doch sie war nicht zufrieden damit und bestand darauf, die kurzen Strähnen tiefrot zu färben, was erstaunlicherweise gar nicht so schlecht aussah, wie man hätte annehmen können. Später ging sie dazu über, sich mit Hilfe von reichlich Gel eine Igelfrisur zu machen.

Trotz der Unterstützung durch ihre Mutter hatte Cassie immer noch in der Schule zu kämpfen und trieb sich mit den falschen Leuten herum, zu denen unglücklicherweise auch BJs Tochter Megan gehörte. Doch Carter verzeichnete durchaus Fortschritte in ihrem Verhalten: Ihrer Mutter gegenüber taute sie allmählich auf, sie gab sich mehr Mühe im Unterricht und akzeptierte, wenn auch mit leiser Skepsis, die Beziehung zwischen Carter und Jenna.

»Hast du Randall die Meinung gesagt?«, fragte Jenna, als Carter auf der Beifahrerseite einstieg.

»Nicht ganz.«

»Nicht?«

»Vielleicht sollte ich noch etwas hinzufügen, um meinen Worten mehr Nachdruck zu verleihen.«

»Nämlich?«

Carter sah Randall aus dem Gebäude treten, seine Krawatte zurechtrücken und zum Parkplatz eilen. »Ach, zum Beispiel das hier«, sagte er, nahm sie in die Arme und zog sie fest an sich. Er legte den Mund auf ihren und küsste sie, als wollte er nie mehr aufhören. Was er in der Tat nicht wollte. Ihre Lippen waren weich und nachgiebig, und das leise Lachen und Nach-Luft-Schnappen, das ihr entfuhr, als er sie an sich riss, verstummte in dem intensiven Kuss.

Als Carter den Kopf wieder hob, war sie außer Atem, und er hatte ein deutlich angespanntes Gefühl im Schritt.

»Also wirklich, Sheriff!«, zog sie ihn auf.

Lächelnd blickte er über ihre Schulter hinweg aus dem Fenster und sah in Randalls verdutztes Gesicht.

»Was sollte das?«, fragte sie.

»Ich wollte nur etwas deutlich machen.« Er zwinkerte ihr zu.

»Und? Ist es dir gelungen?«

»Ich denke schon. Los, fahren wir.«

Sie legte den Sicherheitsgurt an. »Dein Wunsch ist mir Befehl.«

»Recht so.«

Mit geröteten Wangen legte sie den Gang ein, und sie fuhren durch die Stadt und an der alten Kirche vorbei, vor der für eine neue Theaterproduktion ein großes Zelt aufgebaut war.

Mitte Dezember hatte das Unwetter nachgelassen, doch die Kälte dauerte an, was den Skigebieten eine fabelhafte Saison bescherte. Über der Stadt allerdings hing während der Weihnachtstage eine ständige Düsternis. Am ersten Januar warf Carter seine Eiskletter-Ausrüstung in den Müll.

Er hatte alle Bilder von Carolyn aus seinem Haus entfernt und sie aus seiner Erinnerung gestrichen. Er hatte Wes Allen im Lucky Seven sogar ein Bier spendiert, doch nachdem Allen sein Pils ausgetrunken hatte, legte er Shane nahe, sich »für immer zu verpissen«, obwohl Rinda, mütterlich wie eh und je, versucht hatte, eine Versöhnung zwischen den beiden Männern herbeizuführen. Scott war auf der Jagd nach einem Mädchen nach Portland gezogen, und Rinda hatte zwei Hunde und eine Schildkröte bei sich aufgenommen. Nach Carters Meinung brauchte sie einen Mann anstelle des Haustierzoos, den sie sammelte. Doch er nahm an, das werde ihr schon noch selbst klar werden.

Jetzt, neun Monate später, fuhr Jenna in einen Stadtteil nicht weit entfernt von der Junior High School, wo hinter einem Staketenzaun ein hundert Jahre altes viktorianisches Haus mit pittoreskem Schnitzwerk, spitzen Giebeln und einer breiten, geräumigen Veranda stand, umgeben von lückenhaftem, vertrocknetem Rasen. Jenna blickte auf die Uhr. »Der Unterricht müsste gleich vorbei sein«, sagte sie, während sie auf der Zufahrt neben Blanche Johnsons Wagen bei laufendem Motor im Jeep warteten.

Allie bekam hier Klavierunterricht, doch als Jenna das Fenster herunterkurbelte, hörte sie nicht wie üblich Musik aus den alten Fenstern klingen. Dani Settler war wahrscheinlich ebenfalls dort, da die beiden Mädchen nacheinander ihre Klavierstunde hatten und Dani in der kommenden Nacht bei Allie schlafen wollte.

»Schätze, sie kommt jeden Moment raus«, sagte Shane.

Jenna sah noch einmal auf die Uhr. Gerade fuhr Travis Settler vor, parkte nahe der Haustür und winkte, als er Jenna und Shane erblickte. Sein Lächeln wirkte noch immer ein wenig verkrampft, als könnte er Jenna nicht verzeihen, dass sie Carter ihm vorgezogen hatte. Doch er schien allmählich darüber hinwegzukommen.

Eine kleine Tasche schwingend trat er an Jennas Auto. »Ein dringender Anruf von Dani«, erklärte er und hob die Tasche an. »Sie hat ihr Übernachtungsgepäck vergessen, als sie heute Morgen zur Schule ging, und mir befohlen, es hierher zu bringen.«

»Wir hätten es auch abholen können«, sagte Jenna.

»Zu spät. Ich musste sowieso in die Stadt, und ich wollte noch mit Dani sprechen, bevor sie zu euch fährt.« Er lächelte schon ein wenig liebenswürdiger, dann sog er schnuppernd die Luft ein. »Riecht ihr auch Rauch?« Sein Blick glitt über das Dach des Geländewagens hinweg zum Haus.

»Nein …«

»Ich schon«, sagte Shane, der aus dem Jeep gestiegen war, um sich die Beine zu vertreten. Er sah sich nach allen Seiten um.

Jenna schaute erneut auf die Uhr. Der Unterricht hätte schon vor einer Viertelstunde beendet sein müssen, und es sah Allie gar nicht ähnlich, freiwillig auch nur eine Sekunde länger zu bleiben. »Ich sehe mal nach, was da los ist.« Sie sprang aus dem Jeep und stieß das Tor auf, als ihr der stechende Geruch in die Nase drang. Kein Holzrauch. Etwas anderes.

»Ich komme mit«, entschied Shane, als spürte er, dass etwas faul war.

Erste Schauer der Angst krochen ihr über den Rücken, als sie den Klingelknopf drückte und das Läuten im Hausinneren hörte.

Und dann fiel ihr auf, dass die Tür einen Spaltbreit offen stand.

Wahrscheinlich hatte eines der Mädchen sie nach dem Eintreten nicht richtig geschlossen ... oder?

Jenna trat ein, und ihr Herz begann heftig zu pochen. »Hi, Blanche!«, rief sie, bemüht, die Ruhe zu bewahren. Hier war nichts faul. Das konnte gar nicht sein. »Ich bin's, Jenna.« Die Eingangshalle war leer. Dunkel. Kein Geräusch aus dem Haus, bis auf ein gelegentliches Knarren von sich setzendem Holz. »Blanche? Allie?«

Sie hörte Schritte hinter sich. Travis und Shane waren ihr ins Haus gefolgt. »Was ist los?«, fragte Travis. »Wo sind die Mädchen?«

»Ich weiß es nicht.« Sie bog um die Ecke zu dem kleinen Salon, in dem das alte Klavier stand. Die Bank war abgerückt. Notenblätter lagen am Boden verstreut. Jennas Magen krampfte sich zusammen. »Hier stimmt was nicht«, flüsterte sie und sah sich hektisch im Zimmer um. Travis und Shane fingen an, das übrige Haus zu durchsuchen. »Allie!«, schrie Jenna, und Angst, die gleiche lähmende Angst, die sie im vergangenen Winter gespürt hatte, schnürte ihr die Kehle zu. Nicht schon wieder, oh, bitte, *nicht schon wieder!*

»Herrgott«, stieß Travis hervor, als er einen Blick hinter das Sofa warf. Sein Gesicht wurde leichenblass. »Ruft den Notarzt!«

»Was?« In Panik eilte Jenna zu ihm. Shane sprach bereits in sein Handy. Hinter dem Sofa lag Blanche Johnson, auf dem Rücken, und auf dem Teppich breitete sich eine Blutlache aus. »Nein! O Gott, nein!«

Blanche, mit kreideweißer Haut, zerzaustem Haar, in einer Blutlache. Glasige, leblose Augen starrten an die Decke.

Jenna griff sich an die Kehle. »Nicht schon wieder«, flüsterte sie angsterfüllt.

»Such die Mädchen«, befahl Travis und griff nach Blanches Handgelenk, um den Puls zu fühlen. Eine Ewigkeit schien zu vergehen, bis er schließlich den Kopf schüttelte. »Wir kommen zu spät. Sie ist tot.«

Carter stieg über die Leiche hinweg. Zog Jenna fest an sich. »Ich habe auch gleich die Polizei gerufen. Ein Einsatzwagen ist schon auf dem Weg hierher.« Er kniff die Augen zusammen und ging zum Klavier. »Was ist das?«

Jetzt erst bemerkte Jenna den Schaden in der bedruckten Tapete an der Wand hinter dem Klavier, die bösen Worte, tief eingeritzt, sodass das Papier gerissen war, und mit einer dunklen Substanz nachgezeichnet, die über das Blumen- und Rankenmuster heruntergetropft war.

Abrechnung!
»Was zum Teufel soll das heißen?«, fragte Travis mit angstvoller Stimme.
Allie? Wo war Allie?
Jenna drehte sich um und bemerkte den Rauch. Dicht und schwarz quoll er aus der Küche in den Flur hinaus. »Feuer!«, schrie sie. »Allie! Dani!« O Gott, wo waren sie? Verzweifelt lief sie zurück in die Eingangshalle. Sie mussten in Sicherheit sein. Sie *mussten* einfach. »Allie!«, schrie sie erneut. »O Gott, wo sind die Kinder?«
In der Ferne heulten Sirenen.
Travis riss ein Schutzdeckchen von der Armlehne eines Sessels, hielt es sich über Mund und Nase und lief hinaus in den Rauch. »Dani! Um Himmels willen, wo bist du? Dani!«
Carter hastete bereits die Treppe hinauf. »Raus aus dem Haus, Jenna! Auf der Stelle!«
»Kommt nicht infrage!«
»Sie sind wahrscheinlich längst draußen.«
Wenn sie nur wagen würde, es zu glauben. Sie schrie den Namen ihrer Tochter und öffnete die Tür zum nächsten Garderobenschrank. Leer. Sie stürzte ins Wohnzimmer. Ins Esszimmer, in den Vorratsraum. Nichts! Sie hörte das Prasseln der Flammen und Carters Schritte im Obergeschoss.
Travis kam rückwärts aus der Küche, sprühte Schaum aus einem Feuerlöscher und rief ihr über die Schulter zu: »In der Küche ist niemand. Eine Pfanne mit Fett ist in Brand geraten.«
Das Haus war leer.
Als die Polizei und die Feuerwehr eintrafen, sammelte

sich rasch eine Menschenmenge an. Shane führte Jenna hinaus zum Jeep. Das Handy! Sie stieg in den Wagen, fand ihr Handy und wollte gerade die Nummer aufrufen, als sie sah, dass zwei neue Nachrichten eingegangen waren. Beide von Allie.

Mit bangem Gefühl hörte sie sie ab, und Tränen der Erleichterung liefen über ihre Wangen, als sie die Stimme ihrer Tochter hörte. Sie blinzelte, wischte sich die Nase und sagte zu Travis: »Sie wartet an der Schule auf uns. Dani hat ihr Bescheid gegeben, dass sie einen Anruf von Blanche erhalten hat. Die Klavierstunden sind heute ausgefallen.«

»Dann ist ihnen also nichts passiert«, sagte Travis erleichtert, und seine Miene entspannte sich. Er zückte sein Handy und gab Danis Nummer ein. »Dani, hier ist Dad. Ruf mich bitte zurück.« Er klappte das Handy zu. Sah Shane an. »Es war nur die Voicemail dran.«

Jenna hatte bereits Allie angewählt, und ihre Tochter meldete sich sofort. »Hallo?«

»Hi, Schätzchen.« Eine Woge der Erleichterung überschwemmte sie.

»Wo bist du?« Allie war sauer. »Ich warte schon seit einer Ewigkeit!«

»Ich bin bei Mrs Johnson. Deine Nachricht hab ich zu spät erhalten – ich dachte, du wärst zum Klavierunterricht gegangen. Aber bleib jetzt, wo du bist, ich hole dich ab. In fünf Minuten bin ich da. Ist Dani bei dir?«

»Nein.«

»Nein?« Jenna erstarrte. Wieder flackerte die Angst auf. Sie sah Travis an. »Wo steckt sie?«

»Ich weiß es nicht«, murrte Allie. »Sie hat mich versetzt.«

»Sie hat dich versetzt?«, wiederholte Jenna. »Das passt aber gar nicht zu Dani. Was ist passiert?«

»Ich sage doch: Ich weiß es nicht. In der Mittagspause hat sie mir gesagt, dass der Klavierunterricht ausfällt und dass wir uns nach der letzten Stunde treffen. Sie ist aber nicht hier. *Kein Mensch* ist hier.« Jenna bekam ein mulmiges Gefühl. »Kommst du?«

»Bin schon auf dem Weg. Warte beim Sekretariat. Hörst du?«

»Ja! Verflixt!«

Wieder krampfte die Sorge ihr Herz zusammen, und Jenna sah Travis Settler in die Augen. »Dani ist nicht bei ihr«, sagte sie, während die Löschzüge mit heulenden Sirenen auf die Straße hinausfuhren. Zwei Streifenwagen bremsten scharf, sodass der Kies spritzte. »Ich hole Allie ab«, sagte sie zu Shane. »Wir sind gleich wieder hier.«

»Ich komme mit«, entschied Shane.

»Meinst du nicht, du solltest der Polizei zu Protokoll geben, was hier geschehen ist?« Sie wies mit einer Kopfbewegung auf die Polizisten, die gerade aus ihren Fahrzeugen stiegen. »Ich komme wieder hierher. Mit Allie.«

Travis drängte ungeduldig: »Los jetzt. Ich fahre hinter dir her.«

Jenna lenkte ihren Wagen auf die Straße hinaus und sah dicht hinter sich Travis' Pick-up. Dreieinhalb Minuten später bogen sie auf den Parkplatz der Schule ab.

Allie wartete beim Eingang der Harrington Junior High School, den Riemen des Rucksacks über ihre schmale Schulter gelegt. Sie lehnte an einem Pfeiler, hatte die Arme vor der Brust verschränkt und wirkte stinksauer. Doch das kümmerte Jenna nicht. Sie sprang aus dem Jeep, und Allie kam ihr entgegen.

Travis stieß die Tür seines Wagens auf, schlug sie hinter sich mit lautem Knall wieder zu und überquerte den Parkplatz.

»Wo ist Dani?«, fragte er militärisch hart und knapp.

»Ich habe Mom schon gesagt, dass ich keine Ahnung habe«, erwiderte Allie, die nun ein wenig eingeschüchtert wirkte. »Ich habe in der Mittagspause zuletzt mit ihr geredet.«

»Hat sonst jemand sie gesehen?«

Allie zuckte mit den Schultern und schüttelte den Kopf.

»Warte hier«, befahl er und fügte dann sanfter hinzu: »Bitte.«

Jenna hatte die Arme um ihre Tochter gelegt. »Wir warten«, versprach sie, als Travis sie draußen stehen ließ. Obwohl es keineswegs kalt war, fröstelte sie. Lieber Gott, was war geschehen? Wo war Dani? Und Blanche – warum war sie ermordet worden? *Abrechnung*? Was zum Kuckuck sollte das bedeuten?

Ihr Handy klingelte. Sie sah Shanes Namen auf dem Display und lächelte verkrampft. »Hi«, meldete sie sich, während sie sich auf dem leeren Parkplatz umsah.

»Hi. Hör zu, ich finde, das solltest du wissen: Ich habe das sichere Gefühl, dass diese Sache nichts mit Allie und dir zu tun hat. Bei dem, was hier geschehen ist, geht es um Blanche.«

»Warum ist Dani dann verschwunden?«

»Ich weiß es noch nicht. Vielleicht ist es Zufall, aber ...«

»Aber du glaubst nicht an Zufälle.«

»Genau. Wir werden es herausfinden«, versicherte er. »Ich

habe schon zu Hause angerufen. Cassie hat sich gemeldet. Ihr geht es gut.«

»Das wollte ich auch gerade tun.« Jenna verspürte neuerliche Erleichterung, allerdings gedämpft durch ihre Sorge um Travis und seine Tochter. Was zum Teufel mochte Dani widerfahren sein? *Es geht ihr gut. Es geht ihr gut. Es kann gar nicht anders sein. Beruhige dich. Das alles ist nur ein riesengroßer Irrtum.*

Aber Blanche ist tot.

Jenna drückte Allie noch fester an sich und empfand große Dankbarkeit für Shane. Für seine Stärke. Für seine Liebe.

»Alles in Ordnung mit dir?« Sorge schwang in seiner Stimme mit.

»Ja«, behauptete sie, und unter einem heftigen Gefühlsansturm wurde ihr die Kehle eng.

»Gut. Dann sehen wir uns zu Hause. Ich habe hier noch ein paar Stunden zu tun und lasse mich später von irgendwem heimfahren.«

»Oder ruf mich an, dann hole ich dich ab.« Sie war begierig darauf, wieder bei ihm zu sein. Ihm nahe zu sein.

»Oder so«, erwiderte er und fügte hinzu: »Ich liebe dich, das weißt du doch?«

»Ja, ich weiß. Ich liebe dich auch.«

»So muss es auch sein, Liebling«, sagte er. Jenna hörte im Hintergrund die gedämpfte Stimme eines Mannes, der seine Aufmerksamkeit verlangte. »Jenna, ich muss Schluss machen.«

»Ja.« Sie blinzelte heftig.

»Bis später.«

»Ich verlass mich drauf, Sheriff«, zog sie ihn auf. Es stieg ihr plötzlich heiß in die Augen, Tränen der Erleichterung kamen ihr, als sie das Gespräch beendete. Sie riss sich zusammen. Jetzt war nicht der richtige Zeitpunkt für einen Zusammenbruch. Ihre Mädchen waren in Sicherheit. Ihr Leben mit Shane war sicherer und mehr von aufrichtiger Liebe erfüllt, als sie es je für möglich gehalten hätte.

Doch es blieb die Angst um Dani Settler. Wo steckte sie, zum Kuckuck?

Travis hatte das Gefühl, als wollte in seinem Inneren etwas explodieren. Er lief zum Schulgebäude und stieß die Eingangstür auf. Die Flure waren fast menschenleer. Keine lachenden Kinder, keine Lehrer, nur ein Hausmeister, der einen großen Müllcontainer vor sich herschob.

In einem rundum verglasten Büro saß die Sekretärin hinter ihrem Schreibtisch. Die Lesebrille weit vorn auf die Nase gerückt, hielt sie den Telefonhörer ans Ohr und las dabei in einem Computerausdruck. Als Travis näher kam, hob sie den Blick. »Ach, Mr Settler. Ich bin froh, dass Sie kommen.« Sie lächelte gezwungen. »Danielle ist in der letzten Stunde nicht zum Sportunterricht erschienen. Ich wollte Sie gerade anrufen. Sie braucht eine schriftliche Entschuldigung für …«

»Was soll das heißen, sie ist nicht erschienen?«

»Genau das. Mr Jamison hat sie als fehlend eingetragen und …«

»Und wo ist sie?«, wollte er wissen. Das Blut rauschte ihm in den Ohren.

»Das wollte ich Sie gerade fragen.« Der Blick der Frau wechselte hinter der Brille von gelassen zu besorgt.

»Ich habe sie zuletzt gesehen, als ich sie heute Morgen vor der Schule abgesetzt habe«, sagte er und eine düstere

Angst krallte sich in seinem Inneren fest. Bilder von Dani schossen ihm durch den Kopf wie die eines hingeworfenen Kartenspiels. Dani als Säugling, mit feinem Haarflaum und rotem Gesichtchen, Dani als Dreijährige mit koboldhaftem Lächeln und unbändigen Locken, Dani mit sieben Jahren zu Weihnachten ohne Schneidezähne, Dani auf dem Begräbnis ihrer Mutter ... O Gott, wo um alles in der Welt mochte sie stecken?

»Wir sollten den Direktor rufen«, sagte die Sekretärin und gab eine Kurzwahl ein.

Den Direktor, die Polizei, die Nationalgarde. Ruf sie alle an. Aus den Augenwinkeln sah Travis, dass Jenna und Allie auf das Sekretariat zukamen. Beide waren bleich und angespannt, und Travis Settler empfand eine Verzweiflung, so tief und schwarz wie die Hölle selbst.

Jenna und Allie traten ins Büro. Jenna hatte schützend die Hand auf Allies Schulter gelegt. »Was gibt es Neues?«, erkundigte sie sich.

Die Realität traf ihn wie ein Schlag in den Magen. »Sie wissen auch nicht, wo sie ist«, sagte er und dachte an Blanche Johnsons Leiche, an die merkwürdige Botschaft, die in die Wand geritzt worden war, an den Qualm aus der Küche und die Pfanne mit dem brennenden Fett auf dem Herd. Er schluckte krampfhaft und hatte das Gefühl, als würde alles Leben aus ihm herausgepresst. Seine finstersten Ängste ballten sich zusammen. Das Leben, das er bisher gekannt hatte, fand ein abruptes Ende. »Meine Tochter ist verschwunden«, sagte er und zweifelte keine Sekunde daran, dass sein schlimmster Albtraum begonnen hatte.

Danksagung

Unglaublich viele Menschen haben mir bei diesem Buch geholfen, von Agenten und Lektoren bis hin zu Rechercheuren und Korrektoren sowie Freunden und Verwandten, die mich unterstützten. Die im Folgenden Genannten haben alle daran mitgewirkt, dieses Buch auf den Markt zu bringen:
In New York danke ich John Scognamiglio, meinem Lektor, und Robin Rue, meinem Agenten, die beide unglaublich klug, heiter und geduldig sind. An der Westküste danke ich Nancy Bush, Ken Bush, Matthew Crose, Michael Crose, Ken Melum, Sally Peters, Marilyn Katcher, Linda Sparks, Larry Sparks, Carol Maloy, Cecilia Stinson, Danielle Katcher, Kathy Okano, Ari Okano, Jack Pederson, Betty Pederson und Samantha Santistevan sowie allen, die ich vielleicht versehentlich nicht genannt habe.